**Kelley Armstrong**, née en 1968, est canadienne. Elle a déjà publié plus d'une dizaine de romans, la plupart situés dans l'univers que les lecteurs ont découvert avec *Morsure*, qui remportent un succès étourdissant aux États-Unis et en Grande-Bretagne. Son œuvre se place dans la lignée de **Laurell K. Hamilton**, au premier plan du genre *bit-lit*.

Du même auteur, chez Milady :

Femmes de l'Autremonde :

1. *Morsure*
2. *Capture*
3. *Magie de pacotille*
4. *Magie d'entreprise*

Aux éditions Bragelonne :

*Morsure*
*Capture*
*Magie de pacotille*
*Magie d'entreprise*

www.milady.fr

Kelley Armstrong

# *Magie d'entreprise*

Femmes de l'Autremonde – 4

Traduit de l'anglais (Canada) par Mélanie Fazi

*L'Ombre* de Bragelonne

Milady est un label des éditions Bragelonne

Cet ouvrage a été originellement publié en France par Bragelonne.

Titre original : *Industrial Magic*


Suivi d'un extrait de : *Haunted*


ISBN : 978-2-8112-0363-4

Bragelonne – Milady
35, rue de la Bienfaisance – 75008 Paris

E-mail : info@milady.fr
Site Internet : www.milady.fr

*À ma belle-mère, Shirley… Merci d'être fière de moi.*

# Remerciements

Je tiens à remercier...

Mon agent, Hellen Heller, qui me maintient toujours sur la bonne voie.

Anne Groell de Bantam, aux États-Unis, pour m'avoir aidée à donner forme à ce roman.

Antonia Hodgson de Time Warner, au Royaume-Uni, pour avoir suggéré le rebondissement parfait qui a rehaussé ma fin trop plate.

Anne Collins de Random House, au Canada, pour son soutien constant.

Constance MacKenzie, directrice commerciale de Random House, et mon attachée de presse Adrienne Phillips, pour les efforts qu'elles déploient afin que cette série se retrouve dans les mains du plus grand nombre.

Taylor Matthews, mon contact en Floride, pour avoir lu les scènes se déroulant à Miami et dans les Everglades et m'avoir donné d'excellents conseils.

Et enfin, un grand merci à Ary, qui a créé le formidable jeu de rôle en ligne consacré à cette série (www.kaotherworld.com). Ainsi qu'à Jen, Matt et Raina, qui l'aident à maintenir ce site en croissance constante. Vous faites un boulot extraordinaire !

# Prologue

— J'ai encore une question sur *Les Experts* à vous soumettre, déclara Gloria lorsque Simon entra dans le standard avec des papiers plein les bras. Si vous n'êtes pas trop occupé.

— Vous tombez bien, répondit-il. J'allais prendre ma pause-café. (Il fit mine de tirer une chaise jusqu'au poste de Gloria, puis hésita.) Vous voulez que je vous apporte quelque chose ?

Avec un sourire, elle répondit par la négative. Simon approcha la chaise de la sienne en prenant soin de ne pas lui cacher l'écran qui affichait la carte de la ville sur le mur latéral. C'était ce que Gloria adorait chez les chamans : leur prévenance extrême. Si vous voulez un brave type, prenez un chaman. Si vous voulez un connard égoïste, prenez un semi-démon.

Erin, la collègue qui travaillait aux mêmes horaires, détestait l'entendre dire ça. Bien entendu, Gloria ne considérait pas vraiment tous les semi-démons comme des connards – d'autant qu'elle en faisait elle-même partie – mais ça ne l'empêchait pas de le dire à Erin. Le poste de nuit au standard pouvait être d'un ennui mortel et il n'y avait rien de tel qu'un bon débat sur le politiquement correct pour l'égayer un peu.

Gloria repoussa sa chaise sans quitter le moniteur des yeux.

— Donc, je regardais *Les Experts* la semaine dernière et ils ont piégé un type pour qu'il leur donne son ADN. Et puis cinq minutes plus tard, ils lui disent qu'il correspond. C'est vraiment possible d'analyser de l'ADN si vite ?

— Possible pour *eux* ou pour *nous* ? demanda Simon. Pour un labo de criminologie, c'est quasi impossible. Mais pour le nôtre, il n'y a pas de querelles politiques sur les heures sup, le budget et les précédents. On ne peut pas analyser un spécimen d'ADN en cinq minutes, mais…

Le casque de Gloria émit deux bips : un appel externe sur la ligne d'urgence. Elle leva le doigt vers Simon, puis se retourna. Avant même qu'elle prenne l'appel, les données commencèrent à défiler sur l'écran de son ordinateur à mesure que le traceur d'appels s'activait. Jetant un coup d'œil par-dessus son épaule, elle vit la carte de Miami remplacée par celle d'une autre ville : Atlanta.

Gloria tendit la main vers le bouton pour rappeler Erin qui était partie déjeuner, mais Simon la devança et s'empara du casque d'Erin pour l'enfiler.

Déclic au bout du fil.

— Service d'urgence Cortez, annonça Gloria.

Une voix féminine aiguë, que la panique rendait confuse, lui répondit :

— … aide… le parc… un homme…

Gloria apaisa son interlocutrice en lui assurant qu'on lui envoyait des secours. Elle comprenait à peine ses propos, mais ça n'avait aucune importance. Les ordinateurs avaient déjà localisé l'origine de l'appel, un téléphone public dans un parc d'Atlanta. La Cabale possédait un bureau là-bas, et par conséquent une équipe d'urgence que l'ordinateur avait envoyée automatiquement sitôt l'appel localisé. La tâche de Gloria ne consistait qu'à calmer son interlocutrice en attendant l'arrivée de l'équipe.

— Vous pouvez me dire votre nom, ma grande ?

— D… na M… ur.

Les sanglots rendaient ses paroles inintelligibles. Gloria consulta le moniteur. L'ordinateur analysait la voix, s'efforçait de faire coïncider ce qu'il avait entendu avec la liste des employés de la Cabale et de leurs familles. Une liste de plusieurs dizaines de noms apparut. Puis l'ordinateur prit en compte le sexe, l'âge approximatif et le lieu de l'appel. Il réduisit la liste à cinq noms. Gloria se concentra sur le premier, le plus probable.

— Dana ? demanda-t-elle. Vous êtes Dana MacArthur, ma grande ?

Elle obtint un « oui » étouffé pour toute réponse.

— Bon, maintenant, je veux que vous trouviez un endroit…

La ligne fut coupée.

— Et merde ! s'exclama Gloria.

— L'équipe d'Atlanta vient d'appeler, dit Simon. Elle pense arriver dans dix minutes. Qui est-ce ?

Gloria désigna l'écran. Simon se pencha pour regarder la photo. Il y vit sourire une adolescente.

— Ah merde, dit-il. Encore une.

Le chauffeur fit entrer le véhicule utilitaire dans le parc et éteignit les phares. Dennis Malone étudia par la vitre l'obscurité de la nuit. Il se retourna vers Simon pour lui dire qu'ils allaient avoir besoin d'une bonne lampe mais le technicien de scène de crime était déjà en train d'ouvrir sa lampe torche pour en remplacer les piles. Dennis hocha la tête, étouffa un bâillement et baissa la vitre pour prendre un peu d'air frais. Il s'était dopé à la caféine dans l'avion mais elle ne faisait pas effet. Il devenait trop vieux pour tout ça. Alors même que cette idée le traversait, il la chassa en souriant. Le jour où il battrait en retraite sans se bagarrer, on le retrouverait raide et froid dans son lit.

Il avait le boulot rêvé pour un flic : chef du meilleur service de sécurité du pays, qui disposait du genre de ressources et de financement dont ses vieux potes du FBI ne pouvaient que rêver. Et non content de résoudre des crimes, il avait aussi l'occasion d'en mettre au point. Quand les Cortez devaient se débarrasser de quelqu'un, ils venaient trouver Dennis qui concevait, en compagnie de son équipe, le crime parfait sur lequel les autorités sécheraient totalement. C'était la meilleure partie du boulot. Ce qu'il faisait cette nuit, c'était la pire. Deux en une semaine. Il devait s'agir d'une coïncidence, d'agressions aléatoires sans rapport avec la Cabale elle-même. Quant à l'autre explication… eh bien, personne ne voulait l'envisager.

La voiture s'arrêta.

— Là-bas, dit le chauffeur en désignant une direction. Sur la gauche, derrière ces arbres.

Dennis ouvrit la portière et sortit. Il roula des épaules pour les décrisper tout en inspectant les lieux. Il ne vit rien. Pas de cordon de sécurité, ni d'équipes de télé, même pas d'ambulance. L'équipe médicale d'urgence était repartie comme elle était venue, débarquant en silence dans un monospace banalisé avant de disparaître furtivement dans la nuit, en direction de l'aéroport où elle déposerait son passager dans le même avion qui avait amené Dennis et Simon à Atlanta.

Près d'un bosquet d'arbres, une lampe torche s'alluma brièvement une fois pour leur envoyer un signal.

— Malone, lança Dennis. De la sécurité de Miami.

La lampe s'alluma et un homme blond et costaud s'avança. Un nouveau, qui avait récemment rejoint la Cabale après avoir quitté les St. Cloud. Jim ? John ?

Ils se saluèrent brièvement. Ils ne disposaient que de quelques heures avant l'aube et ils avaient beaucoup de travail d'ici là. Jim et le chauffeur qui les avait amenés de l'aéroport étaient formés à assister Dennis et Simon, mais ils auraient besoin de chaque minute de ces quelques heures restantes pour examiner les lieux.

Simon s'approcha de Dennis par-derrière, appareil photo dans une main, source lumineuse dans l'autre. Il tendit celle-ci à son chauffeur – Kyle, c'était bien ça ? – puis désigna l'endroit où il voulait qu'il la dirige. Ensuite, il commença à prendre des photos. Il fallut un moment à Dennis pour voir ce que photographiait Simon. L'avantage d'engager des chamans pour ce poste, c'était qu'il suffisait de les conduire quelque part pour qu'ils perçoivent d'instinct les ondes de violence et sachent où commencer le travail

Suivant l'angle de l'objectif de Simon, Dennis leva les yeux et vit une corde qui pendait d'une branche au-dessus d'eux et dont on avait tranché l'extrémité. Un autre bout de corde reposait à terre, là où l'équipe médicale d'urgence l'avait ôté de la gorge de la jeune fille.

— Il m'a fallu un moment pour la trouver, dit Jim. Si j'étais arrivé quelques minutes plus tôt…

— Elle est vivante, déclara Dennis. Si vous étiez arrivé plus tard, ce ne serait pas le cas.

Son téléphone portable vibra. Il le tira de sa poche. Il avait reçu un texto.

— Vous avez tenu M. Cortez informé ? demanda-t-il à Jim. Il n'a pas encore reçu de rapport.

À en juger par l'expression de Jim, Dennis comprit que non. Dans la Cabale St. Cloud, on n'appelait sans doute pas les membres de la famille à 3 heures du matin à moins que la Bourse de Tokyo se soit effondrée. Il en allait tout autrement chez les Cortez.

— Vous avez bien rempli une fiche de rapport préliminaire ? demanda Dennis.

Jim hocha la tête et tira de sa veste son PalmPilot modifié.

— Eh bien, envoyez-la immédiatement à M. Cortez. Il attend pour prévenir le père de Dana et il ne peut pas le faire avant de connaître les détails.

— M… ? Quel M. Cortez ?

— Benicio, murmura Simon sans cesser de prendre des photos. Vous devez la transmettre à Benicio.

— Ah ? Oui, bien sûr.

Tandis que Jim envoyait son rapport, Simon recula pour photographier la corde à terre. Le dessus du rouleau était maculé de sang et Dennis frémit en imaginant sa petite-fille étendue là. Ces choses-là n'étaient pas censées arriver. Pas aux enfants de la Cabale. Quand on travaillait pour une Cabale, nos enfants étaient protégés.

— C'est la fille de Randy, hein ? demanda Simon d'une voix douce derrière lui. L'aînée ?

Dennis savait à peine à quoi ressemblait Randy MacArthur, et encore moins combien il avait d'enfants. Mais Simon avait sans doute raison. Lâchez ce type dans un pique-nique d'entreprise et vous pouviez être sûr qu'il demanderait le lendemain à Joe Blow de la compta si le rhume de son fils guérissait.

— Son père est quoi ? demanda Jim.

— Semi-démon, répondit Simon. Un Exaudio, je crois.

Jim et Dennis hochèrent la tête. Ils étaient semi-démons, comme la majeure partie des forces de police de la Cabale, et ils comprenaient donc ce que ça signifiait. Dana n'avait hérité d'aucun des pouvoirs de son père.

— Cette pauvre gosse n'a pas eu de chance, commenta Dennis.

— En fait, je crois qu'elle est une créature surnaturelle malgré tout, ajouta Simon. Si je ne me trompe pas, sa mère est une sorcière, donc elle doit l'être aussi.

Dennis hocha la tête.

— Comme je viens de le dire, cette pauvre gosse n'a pas eu de chance.

# Le petit Cortez

Assise dans une chambre d'hôtel face à deux sorcières trentenaires en tailleur, je les écoutais me débiter toutes les répliques attendues. Toutes les politesses. Elles n'avaient entendu dire que le plus grand bien de ma mère. Elles avaient été horrifiées d'apprendre son assassinat. Elles étaient ravies de me voir m'en sortir malgré ma rupture avec le Convent.

Elles me tenaient ces propos avec des sourires qui exprimaient le parfait mélange de tristesse, de sympathie et de soutien. C'était surtout Wendy Aiken qui parlait. Pendant ce temps, les yeux de sa jeune sœur Julie filaient vers le lit où était perchée Savannah, ma pupille de treize ans. Je perçus les regards que lui lançait Julie, chargés de dégoût mêlé de peur. La fille d'une sorcière adepte de la magie noire, dans leur chambre d'hôtel.

Tandis que les lèvres de Wendy remuaient pour réciter des platitudes soigneusement préparées, son regard dériva vers l'horloge. Je compris alors que j'avais échoué… une fois de plus. Mais je leur servis malgré tout mon laïus. Je leur présentai ma vision d'un nouveau Convent de l'ère technologique, qui reposerait sur la solidarité plutôt que sur la proximité, et dont chaque sorcière vivrait où elle le choisirait, mais disposerait du soutien plein et entier du Convent au premier e-mail ou coup de fil.

Quand j'en eus fini, les deux sœurs échangèrent des regards. Je poursuivis :

— Comme je vous le disais, il y a aussi les grimoires. Des sorts de troisième niveau perdus depuis des générations. Ils sont en ma possession et je souhaite les partager pour rendre aux sorcières leur puissance d'autrefois.

Ces livres étaient mon principal atout. Même quand on se moquait bien du soutien et de la solidarité, on ne pouvait que souhaiter un tel pouvoir. Quelle sorcière n'en voudrait pas ? Pourtant, je voyais mes paroles glisser sur Wendy et Julie comme si je leur offrais un jeu de couteaux gratuits pour l'achat d'un salon complet.

— Vous êtes une vendeuse très convaincante, me dit Wendy en souriant.

— Mais…, marmonna Savannah depuis le lit.

— Mais nous devons avouer que votre… entourage actuel nous pose problème.

Le regard de Julie glissa vers Savannah. Je me raidis, prête à bondir à sa défense.

— Le petit Cortez, ajouta Wendy. Enfin, je devrais dire « le jeune ». Je sais bien qu'il n'est pas impliqué dans la Cabale de sa famille, mais nous savons tous comment finissent par tourner ces choses-là. C'est bien beau, la rébellion juvénile, mais ça ne paie pas le loyer. Et j'ai cru comprendre qu'il ne s'en sortait pas très bien à cet égard.

— Lucas…

— Il est encore jeune, je sais, et il effectue pas mal de travail *pro bono*. C'est très noble, Paige. Je comprends ce qu'une jeune femme peut y trouver de romantique.

— Mais comme l'a dit Wendy, l'interrompit Julie, ça ne paie pas le loyer. Et puis c'est un Cortez.

Wendy hocha la tête.

— Oui, en effet, c'est un Cortez.

— Dites, intervint Savannah en se levant, j'ai une question. (Quand elle se tourna vers les sœurs, Julie eut un mouvement de recul.) C'était quand, la dernière fois que vous avez empêché une sorcière de se faire assassiner par des hommes de main d'une Cabale ? Lucas l'a fait le mois dernier.

— Savannah…, commençai-je.

Elle s'avança vers les deux femmes.

— Et la dernière fois que vous avez défendu un chaman piégé par une Cabale ? C'est ce que Lucas est en train de faire. Ah oui, et Paige aussi fait du boulot gratos. C'est même ce qu'elle est en train de faire, quand elle offre une place dans son Convent à deux sales hypocrites comme vous.

— Savannah !

— Si tu me cherches, dit-elle, je serai dans le couloir. Y a un truc qui pue ici.

Sur ce, elle pivota et quitta la chambre d'un pas furieux.

— Mon Dieu, commenta Wendy. C'est bien la fille de sa mère.

— Dieu merci, répondis-je avant de partir à mon tour.

Alors que je quittais le centre-ville, Savannah rompit le silence.

— J'ai entendu ce que tu leur as dit. C'était une bonne repartie.

Les mots « même si tu ne le pensais pas » planaient entre nous. Je hochai la tête et m'affairai à étudier la circulation. Je m'efforçais encore de comprendre Eve, la mère de Savannah. Ce n'était pas évident. Tout mon être se rebellait à l'idée d'éprouver de l'empathie pour une sorcière qui pratiquait la magie noire. Mais, bien qu'incapable de l'admirer, j'avais fini par accepter l'idée qu'elle ait été une bonne mère. J'en avais la preuve vivante à côté de moi. Une femme fondamentalement mauvaise n'aurait pas pu produire une fille comme Savannah.

— Tu sais que j'avais raison, dit-elle. À leur sujet. Elles sont exactement comme le Convent. Tu mérites…

— Arrête, lui dis-je. S'il te plaît.

Je sentais son regard braqué sur moi mais ne me retournai pas. Au bout d'un moment, elle le reporta sur la vitre.

J'étais de mauvais poil, comme aurait dit ma mère. Je m'apitoyais sur mon sort tout en sachant que c'était sans raison. J'aurais dû être heureuse – euphorique, même. D'accord, ma vie avait pris une sale tournure quelques mois plus tôt – si on peut qualifier ainsi la fin du monde que j'avais toujours connu –, mais j'avais survécu. J'étais jeune, en bonne santé, et amoureuse. J'aurais dû être heureuse, nom d'un chien. Et ne pas l'être ne faisait qu'ajouter la culpabilité au bourdon, si bien que je me réprimandais parce que je me comportais comme une enfant gâtée et égoïste.

Je m'ennuyais. Les travaux de création de sites web qui me passionnaient autrefois s'entassaient sur le bureau – des corvées que je devais terminer si je voulais faire bouillir la marmite dans notre foyer. Plutôt que foyer, je devrais dire « appartement ». Quatre mois plus tôt, ma maison des environs de Boston avait brûlé ainsi que toutes mes possessions. J'étais maintenant l'heureuse locataire d'un trois pièces pourri dans un quartier pourri de Portland, dans l'Oregon. Oui, j'avais les moyens de trouver mieux mais je ne voulais pas puiser dans l'argent de l'assurance, terrifiée à l'idée de me réveiller un jour sans rien sur mon compte et contrainte de passer l'éternité en dessous de l'appartement d'une vieille femme sourde qui regardait la télé avec le volume à fond dix-huit heures par jour.

Les deux premiers mois, tout s'était bien passé. Lucas, Savannah et moi avions voyagé tout l'été. Mais ensuite, septembre était arrivé et il avait fallu que Savannah aille en classe. Nous nous étions donc établis à Portland où la vie avait repris son cours. Enfin, celle de Savannah et de Lucas. Comme ils avaient déjà connu une existence nomade, ça n'avait rien d'une nouveauté pour eux. Mais ça l'était pour moi. J'étais née près de Boston, j'y avais grandi et je n'en étais jamais partie – pas même pour mes études. Mais lorsque je m'étais battue pour protéger Savannah au printemps précédent, ma maison n'était pas la seule chose qui ait brûlé. Toute mon existence était partie en fumée – mon travail, ma vie privée, ma réputation –, tout ça avait été balancé dans la fosse commune par la presse à scandale, ce qui m'avait contrainte à prendre mes distances, à déménager quelque part où personne n'avait entendu parler de Paige Winterbourne. Le scandale s'était vite atténué, mais je ne pouvais pas retourner là-bas. Le Convent m'avait exilée, ce qui signifiait qu'on m'interdisait de vivre dans les limites de l'État. Malgré tout, je n'avais pas baissé les bras. J'avais ravalé mon chagrin, séché mes larmes et j'étais retournée au combat. Mon Convent ne voulait pas de moi ? Très bien, alors j'allais créer le mien. Ces huit dernières semaines, j'avais rencontré neuf sorcières. Chacune m'avait fait toutes les réponses appropriées avant de décliner purement et simplement mon offre. À chaque refus, le gouffre s'élargissait.

On sortit dîner, puis voir un film. C'était ma manière de m'excuser auprès de Savannah pour lui avoir imposé une nouvelle séance de recrutement de sorcières.

De retour à l'appartement, je l'envoyai se coucher, puis me précipitai dans ma chambre alors que le radio-réveil affichait 22 h 59. Je m'emparai du téléphone sans fil, bondis sur le lit et fixai le radio-réveil. Il était passé à 23 heures depuis deux secondes quand le téléphone sonna.

— Deux secondes de retard, annonçai-je.

— Jamais de la vie. Ton horloge doit avancer.

Je souris et m'installai sur le lit. Lucas se trouvait à Chicago où il défendait un chaman à qui les St. Cloud voulaient faire porter le chapeau dans une histoire d'espionnage industriel qui avait mal tourné.

Je lui demandai comment se passait l'affaire et il m'expliqua tout. Puis il me demanda comment s'était passé mon après-midi, et plus particulièrement ma réunion avec les deux sorcières. L'espace d'un instant, je regrettai presque de ne pas avoir un de ces petits amis qui se moquaient bien de ma vie en dehors de leur sphère d'influence. Lucas devait noter tous mes rendez-vous dans son agenda, et il n'aurait jamais eu l'incorrection d'oublier de m'en parler ensuite.

— La cata, répondis-je.

Quelques secondes de silence.

— Je suis désolé.

— Ça n'a rien de…

— Mais si. Je sais que si. Enfin bref, je suis persuadé que lorsque les circonstances s'y prêteront, tu finiras par te trouver dans une position où le nombre de sorcières qui se bousculeront pour rejoindre ton Convent dépassera de loin tes espérances.

— En d'autres termes, si j'attends un peu, je serai obligée de les repousser avec un bâton ?

Gloussement de rire à l'autre bout du fil.

— Je deviens encore moins cohérent après une journée au tribunal, c'est ça ?

— Ça me manquerait si tu ne parlais pas comme ça une fois de temps en temps. Un peu comme tu me manques en ce moment. Tu sais quand tu reviendras ?

— Dans trois jours maximum. Ce n'est pas comme un procès pour meurtre. (Il s'éclaircit la voix.) D'ailleurs, à ce propos, on m'a signalé un autre cas aujourd'hui. Un semi-démon a été tué dans le Nevada, et il semblerait qu'on l'ait confondu avec un autre sur lequel une Cabale avait un mandat d'exécution.

— Oups.

— Exactement. La Cabale Boyd n'aime pas reconnaître ses erreurs, sans parler de mener une enquête et une révision de procédure en bonne et due forme. J'ai pensé que tu pourrais peut-être m'assister. Enfin, si tu n'es pas occupée...

— Quand est-ce qu'on peut partir ?

— Dimanche. Savannah pourrait passer la nuit chez Michelle et on rentrerait lundi soir.

— Ça m'a l'air... (Je m'interrompis.) Savannah a un rendez-vous chez l'orthodontiste lundi après-midi. Je pourrais décaler, mais...

— Il t'a fallu six semaines pour l'obtenir, je sais. Oui, je l'ai noté ici. À 15 heures avec le docteur Schwab. J'aurais dû vérifier avant de te poser la question. (Il marqua une pause.) Peut-être que tu pourrais venir quand même et partir tôt lundi matin ?

— Oui. Ça m'a l'air parfait.

Ces mots sonnaient creux et l'allégresse qui était la mienne quelques instants plus tôt disparut, chassée par cet aperçu de mon futur sous forme de pages de calendrier remplies jusqu'à la gueule de rendez-vous chez l'orthodontiste, de cours de dessin le samedi matin et de réunions parents-profs qui s'étiraient à l'infini.

Une autre pensée suivit celle-ci de près. *Comment oses-tu te plaindre ?* J'avais accepté cette responsabilité, je l'avais voulue. Quelques mois plus tôt, ce même aperçu de mon avenir m'avait réjouie. À présent, malgré toute mon affection pour Savannah, je ne pouvais nier que j'éprouvais parfois quelques bouffées de ressentiment.

— On trouvera une solution, me dit Lucas. En attendant, je me sens obligé de mentionner que j'ai profité aujourd'hui d'une brève suspension d'audience pour visiter certains des commerces les moins connus de Chicago où j'ai trouvé quelque chose qui te remontera peut-être le moral. Un collier.

Je souris.

— Une amulette ?

— Non, je crois que c'est ce qu'ils appellent un nœud celtique. En argent. Le motif est simple, mais très élégant.

— OK. C'est chouette... C'est génial.

— Menteuse.

— Non, vraiment, je... (Je marquai une pause.) Ce n'est pas un collier, quand même ?

— J'ai appris de source fiable que les bijoux sont une marque d'affection appropriée. Je dois avouer avoir éprouvé quelques doutes. On pourrait rétorquer que tu préférerais un sortilège rare, mais l'employé de la bijouterie m'a assuré que toutes les femmes préfèrent les colliers aux parchemins moisis.

Je roulai sur le ventre et souris.

— Tu m'as acheté un sortilège ? Quel genre ? De sorcière ? De mage ?

— C'est une surprise.

— Quoi ? (Je me redressai d'un bond.) Pas question ! Je t'interdis...

— Ça te donnera des raisons d'attendre mon retour avec impatience.

— Alors c'est une bonne chose, Cortez, car Dieu sait que je n'en avais vraiment aucune.

Petit rire.

— Menteuse.

Je me laissai retomber sur le lit.

— Et si on faisait un marché ? Tu me dis ce que fait ce sortilège et je te donne quelque chose que *toi*, tu attendras impatiemment.

— C'est tentant.

— Ce sera plus que ça.

— Je n'en doute pas.

— Parfait. Alors voilà le marché. Je te donne une liste d'options. S'il y en a une qui te plaît, tu l'auras en rentrant si tu me parles de ce sortilège tout de suite.

— Avant que tu commences, je préfère t'avertir que je compte bien garder le secret. Me faire céder nécessitera bien plus qu'une liste d'options, si créatives soient-elles. Tout résidera dans les détails.

Je souris.

— Tu es seul ?

— Ça va sans dire. Si tu me demandes si je suis dans ma chambre d'hôtel, la réponse est oui.

Mon sourire s'élargit.

— Parfait, alors tu vas avoir tous les détails dont tu peux rêver.

Je ne découvris jamais ce qu'était ce sortilège, sans doute parce qu'on oublia tous deux le point de départ de la conversation cinq minutes après avoir commencé et, lorsqu'on raccrocha, je m'enfouis sous les couvertures en oubliant même les gestes de toilette les plus basiques d'avant le coucher et m'endormis bien vite, satisfaite en tout point si ce n'était ma curiosité.

# La mort plutôt que le déshonneur

Le lendemain matin, je bondis hors du lit, prête à conquérir le monde. Ce qui aurait été un signe positif si je n'en avais pas fait de même chaque matin de ces deux dernières semaines. Je me réveillai, fis ma toilette, bien résolue à ce que ce jour soit celui où j'allais me bouger le train pour faire avancer les choses. J'allais préparer le petit déjeuner pour Savannah. Laisser un message de soutien enjoué sur le téléphone portable de Lucas. Courir trois kilomètres. Me plonger dans mes projets de sites web avec une vigueur et une créativité accrues. Prendre le temps, dans l'après-midi, d'aller chercher des tomates séchées au marché. Préparer une cocotte de sauce pour spaghetti qui allait remplir notre minuscule congélateur. La liste se poursuivait indéfiniment. En règle générale, je quittais ces rails entre le moment où je laissais un message à Lucas et celui où j'entamais ma journée de travail… Grosso modo, vers 9 heures.

Ce matin-là, j'étais toujours gonflée à bloc quand je démarrai mon jogging. Je savais que je n'atteindrais pas les trois kilomètres, n'ayant jamais dépassé le kilomètre et demi depuis que je m'étais mise à la course cinq semaines plus tôt. Lors des dix-huit derniers mois, j'avais constaté à de nombreuses occasions que ma forme n'était pas ce qu'elle devrait être. Auparavant, mon activité la plus physique, c'était une bonne partie de billard. Mais si on me demandait de courir pour sauver ma peau, je risquais de frôler l'arrêt cardiaque.

Quitte à me réinventer, autant me fixer aussi un programme d'exercice. Dans la mesure où Lucas courait, ça me paraissait un choix logique. Je ne lui en avais pas encore parlé. Pas tant que je n'aurais pas atteint les trois kilomètres. Là, je lui dirais : « Ah tiens, au fait, je viens de me mettre au jogging. » Jamais, au grand jamais, je n'admettrais ne pas remporter un succès immédiat dans quelque domaine que ce soit.

Ce matin-là, j'atteignis enfin le cap des trois kilomètres. D'accord, je ne le dépassai que de vingt mètres, mais c'était déjà un record personnel, si bien que je m'offris un *chai* glacé sur le trajet du retour.

Alors que j'atteignais ma rue, je remarquai deux silhouettes suspectes devant mon immeuble. Elles étaient en costume, détail extrêmement louche dans mon quartier. Je guettai la présence de Bibles ou d'encyclopédies, mais les deux hommes avaient les mains vides. L'un d'entre eux levait les yeux vers l'immeuble, comme s'il s'attendait à le voir se transformer en bureaux d'une grosse entreprise.

Je piochai mes clés dans ma poche. Quand je levai les yeux, deux filles passèrent près des hommes. Je me demandai pourquoi elles n'étaient pas à l'école – question idiote dans ce quartier, mais je commençais à peine à y trouver mes marques – quand je compris que les « filles » avaient au moins quarante ans. Mon erreur provenait de la différence de taille. Les deux types les dépassaient d'au moins trente centimètres.

Les deux hommes avaient de courts cheveux noirs et le visage buriné, rasé de près. Ils portaient tous deux des Ray-Ban et faisaient à peu près la taille de séquoias. S'il n'y avait eu entre eux une différence de deux ou trois centimètres, j'aurais cru voir de vrais jumeaux. Autrement, on ne les distinguait qu'à la couleur de leur cravate. L'un d'entre eux en avait une rouge sombre et l'autre une vert jade.

Alors que je m'approchais, les deux hommes se tournèrent vers moi.

— Paige Winterbourne ? me demanda la cravate rouge.

Je ralentis et préparai mentalement un sortilège.

— Nous cherchons Lucas Cortez, me dit la cravate verte. C'est son père qui nous envoie.

Mon cœur accéléra et je clignai des yeux pour masquer ma surprise.

— Son… ? répondis-je. Benicio ?

— Ça doit être lui, dit la cravate rouge.

J'affichai un sourire forcé.

— Je suis désolée, mais Lucas est au tribunal aujourd'hui.

— Dans ce cas, M. Cortez aimerait vous parler.

Il se tourna à moitié, dirigeant mon regard vers un véhicule utilitaire monumental dont le moteur tournait au ralenti juste au coin de la rue, dans la zone de stationnement interdit. Ces deux-là n'étaient donc pas de simples messagers : c'étaient les semi-démons qui servaient de gardes du corps personnels à Benicio.

— Benicio veut me parler ? demandai-je. J'en suis flattée. Dites-lui de passer me voir. Je ferai chauffer de l'eau pour le thé.

Un tic contracta les lèvres de la cravate rouge.

— Il ne bougera pas. C'est vous qui allez lui rendre visite.

— Ah bon ? Vous, vous devez être un de ces semi-démons télépathes. Je n'en ai encore jamais rencontré.

— M. Cortez veut que vous…

Je levai la main pour l'interrompre. Ma main atteignit à peine le niveau de son nombril. C'est plutôt effrayant quand on y pense. Ce que je ne fis heureusement pas.

— Voilà comment ça va se passer, leur dis-je. Benicio veut me parler ? Très bien, mais comme je n'ai pas demandé cette audience, c'est lui qui va venir me voir.

Les sourcils de la cravate verte se haussèrent au-dessus de ses lunettes noires.

— Ce n'est pas…, commença la cravate rouge.

— Vous êtes des messagers. Je vous ai transmis un message. Maintenant, allez le livrer.

Comme aucun d'entre eux ne bougeait, je récitai une incantation à mi-voix et agitai les doigts dans leur direction.

— Vous m'avez entendue. Fichez le camp !

Lorsque j'agitai les doigts, ils basculèrent en arrière. Les sourcils de la cravate verte se soulevèrent encore plus haut. La cravate rouge retrouva son équilibre et me jeta un regard mauvais, comme s'il voulait me lancer une boule de feu, ou pratiquer Dieu sait quelle spécialité démoniaque. Avant qu'il puisse agir, la cravate verte remarqua son expression et désigna la voiture d'un geste du menton. La cravate rouge se contenta de me fusiller du regard puis s'éloigna d'un pas lourd.

Je saisis la poignée de la porte. Alors que la porte s'ouvrait, une main apparut au-dessus de ma tête pour la retenir. Levant les yeux, je vis le garde à la cravate verte. Je m'attendais qu'il maintienne la porte fermée pour m'empêcher de m'échapper, au lieu de quoi il la tint ouverte pour moi. J'entrai. Il me suivit.

À ce stade, toute femme saine d'esprit se serait enfuie. Au minimum, elle se serait détournée pour regagner la rue, un endroit public. Mais je m'ennuyais et c'est le genre de facteur qui exerce un effet néfaste sur ma santé mentale.

J'ouvris la porte intérieure. Cette fois, je la lui tins ouverte. On entra dans l'ascenseur en silence.

— Vous montez ? lui demandai-je.

Il appuya sur le bouton. Tandis que le mécanisme de l'ascenseur grinçait, ma détermination faiblissait. Je m'apprêtais à entrer dans un endroit petit et fermé avec un semi-démon qui faisait littéralement deux fois ma taille.

— Non, pas de problème, répondis-je. J'accepte de le voir s'il vient chez moi.

Troy hocha la tête.

— Il le fera.

# Une proposition que je peux très bien refuser

Dès l'instant où j'entrai chez moi, je dus serrer fort les poings pour m'empêcher de claquer la porte et de fermer le verrou. J'étais sur le point de rencontrer Benicio Cortez. Et à ma grande honte, j'avais peur.

Benicio dirigeait la Cabale Cortez. La comparaison entre Cabales et Mafia était aussi vieille que le crime organisé, quoique pas très appropriée. Autant mettre en parallèle un gang d'ados néonazis avec la Gestapo. Pourtant je redoutais de rencontrer Benicio, pas parce qu'il était le P.-D.G. de la Cabale la plus puissante du monde, mais parce qu'il était le père de Lucas. Cet homme incarnait tout ce qu'était Lucas et tout ce qu'il craignait de devenir.

Quand j'avais appris l'identité de Lucas, j'avais supposé, comme il consacrait sa vie à lutter contre les Cabales, qu'il aurait coupé les ponts avec son père. J'avais bientôt compris que ce n'était pas si simple. Benicio passait des coups de fil. Il envoyait des cadeaux d'anniversaire. Il invitait Lucas à toutes les réunions familiales. Il se comportait comme s'il n'y avait jamais eu de brouille. Et même son fils ne semblait pas comprendre pourquoi. Quand le téléphone sonnait et que le numéro de Benicio apparaissait sur l'écran, Lucas restait planté là à le fixer et je lisais dans ses yeux un conflit dont l'ampleur m'échappait. Parfois, il répondait. Parfois non. Dans les deux cas, il paraissait regretter son choix.

J'allais donc maintenant rencontrer cet homme. Qu'est-ce que je craignais en réalité ? De ne pas être à la hauteur. De voir Benicio me jauger d'un coup d'œil et décider que je n'étais pas assez bien pour son fils. Et vous savez le pire ? Pour l'instant, je n'étais pas sûre qu'il aurait tort.

On frappa un coup unique à la porte.

J'inspirai profondément, me dirigeai vers la porte et l'ouvris. Quand je le vis planté là, mon cœur se coinça dans ma gorge. L'espace d'une seconde, j'eus la certitude qu'on m'avait piégée, que ce n'était pas Benicio mais l'un de ses fils – celui qui avait ordonné ma mise à mort quatre mois plus tôt. J'avais été droguée et la première chose que j'avais vue en revenant à moi, c'était les yeux de Lucas – ou leur version cauchemardesque, dont le marron parvenait à être plus froid que le bleu glacial du regard de Troy Morgan. J'ignorais duquel des demi-frères de Lucas il s'agissait. Mais à présent que je regardais droit dans ces yeux, je sentais ramollir ma colonne vertébrale et je dus me retenir à la poignée de la porte.

— Mademoiselle Winterbourne.

Quand il s'adressa à moi, je compris mon erreur. La voix que j'avais entendue ce jour-là était incrustée dans mon crâne, avec sa cadence brutale et saccadée et son intonation amère. Alors que j'entendais là la voix douce d'un homme qui n'a jamais besoin de crier pour obtenir l'attention. Lorsque je l'invitai à entrer, un regard plus dur me confirma mon erreur. Le fils que j'avais rencontré avait la quarantaine, et cet homme-là une vingtaine d'années de plus. Mais c'était une erreur compréhensible. Si l'on lissait certaines des rides qui creusaient son visage, Benicio serait la copie conforme de son fils. Tous deux étaient trapus, larges d'épaules et ne dépassaient pas le mètre soixante-dix, ce qui contrastait avec le physique d'un Lucas grand et maigre.

— J'ai connu votre mère, dit Benicio en entrant dans la pièce.

Lui n'y accolait pas de « C'était quelqu'un de bien » ou « Toutes mes condoléances ». C'était une déclaration aussi vide d'émotion que ses yeux. Il balayait la pièce du regard, inspectant les meubles d'occasion et les murs nus. Une partie de moi voulait s'expliquer, une autre était horrifiée par cette impulsion. Je ne devais à cet homme aucune explication.

Benicio s'avança devant le canapé – qui faisait partie d'un ensemble tout à fait fonctionnel quoique un peu élimé. Il l'observa comme s'il se demandait s'il risquait de salir son costume. Ce fut alors qu'un soupçon de l'ancienne Paige refit surface.

— Ne prenez pas la peine de vous asseoir, lui dis-je. Vous n'êtes pas invité à prendre le thé et les gâteaux. Ah oui, et je vais très bien, merci de poser la question.

Benicio tourna vers moi son regard vide et attendit. Pendant vingt bonnes secondes, on se dévisagea simplement. Je voulais résister mais cédai la première.

— Comme je l'ai dit à vos hommes, Lucas n'est pas en ville, il est au tribunal. Si vous ne m'avez pas crue…

— Je sais très bien où est mon fils.

Un frisson me chatouilla la nuque car j'entendis entre les lignes : « Je sais *toujours* où est mon fils. » Je n'y avais jamais réfléchi mais je compris sans doute possible, quand il me fit cette réponse, que Benicio savait toujours très bien où se trouvait Lucas et ce qu'il faisait.

— Eh bien, c'est amusant, lui répondis-je. Parce que vos hommes disaient que vous aviez un message pour lui. Mais si vous savez qu'il n'est pas là, alors… Ah, j'ai compris. Ce n'était qu'un prétexte, c'est ça ? Vous savez que Lucas est parti et vous venez ici sous prétexte de lui donner un message, en espérant avoir l'occasion de rencontrer sa nouvelle copine.

Vous ne vouliez pas le faire en sa présence, sachant que vous n'arriveriez peut-être pas à maîtriser votre déception quand vous auriez confirmation que votre fils sortait avec – oups, vivait avec – une sorcière.

— J'ai bel et bien un message, répondit-il. Pour vous deux.

— Je suppose que ce n'est pas « Félicitations ».

— J'ai une affaire qui pourrait intéresser Lucas, dit-il. Et qui pourrait particulièrement vous intéresser, vous aussi.

Ses yeux n'avaient jamais quitté les miens depuis que nous parlions, mais il parut me regarder réellement pour la première fois.

— Vous êtes en train de vous faire une sacrée réputation, aussi bien pour avoir déjoué les efforts de la Cabale Nast quand elle cherchait à reprendre Savannah que pour votre rôle dans cette histoire avec Tyrone Winsloe l'an dernier. L'affaire dont je vous parle nécessiterait ce genre d'expertise.

Tandis qu'il parlait, un frisson de satisfaction me traversa. Suivi d'une bouffée de honte. Bon sang, étais-je donc si transparente ? Jetez-moi quelques fleurs et je remue la queue comme un chiot heureux ? Benicio me rencontrait pour la première fois et savait déjà sur quels boutons appuyer.

— Ça remonte à quand, la dernière fois que Lucas a travaillé pour vous ? demandai-je.

— Il ne s'agit pas de travailler pour moi. Je ne fais que vous informer d'une affaire qui me paraît susceptible d'intéresser mon fils...

— Et ça remonte à quand, la dernière fois que vous avez essayé cette tactique ? Au mois d'août, c'est ça ? Une histoire de prêtre vodoun dans le Colorado ? Lucas vous a envoyé balader, comme toujours.

Un tic agita la joue de Benicio.

— Quoi, poursuivis-je, vous pensiez que Lucas ne m'en avait pas parlé ? Et qu'il ne m'avait pas dit que vous lui présentiez une affaire tous les deux ou trois mois, soit pour contrarier les autres Cabales, soit pour le piéger afin qu'il fasse quelque chose à votre demande ? Il ne sait pas trop laquelle des deux options est la bonne. Je dirais les deux.

Il marqua une pause. Puis croisa mon regard.

— Cette affaire-ci est différente.

— Oh, je n'en doute pas.

— Elle concerne la fille d'un de nos employés, dit-il. Une fille de quinze ans nommée Dana MacArthur.

J'ouvris la bouche pour le faire taire mais n'y parvins pas. Dès qu'il eut prononcé les mots « fille de quinze ans », il fallut que j'entende le reste.

Benicio poursuivit :

— Il y a trois nuits, quelqu'un l'a agressée alors qu'elle traversait un parc. On l'a étranglée et laissée pour morte, suspendue à un arbre.

Mes tripes se nouèrent.

— Elle est… ?

Je tentai de m'obliger à prononcer le dernier mot, en vain.

— Vivante. Dans le coma, mais vivante. (Sa voix s'adoucit et ses yeux se teintèrent du mélange adéquat de chagrin et d'indignation.) Dana n'était pas la première.

Comme il attendait que je pose la question qui s'imposait, je la ravalai et obligeai mon cerveau à partir sur une autre voie.

— C'est… terrible, répondis-je en luttant pour garder une voix calme. J'espère qu'elle va se rétablir. Et que vous trouverez le coupable. Je ne peux pas vous aider, et je suis sûre que Lucas non plus, mais je lui transmettrai le message.

Je me dirigeai vers l'entrée.

Benicio ne bougea pas.

— Il y a quelque chose d'autre que vous devez savoir.

Je me mordis la lèvre. *Ne pose pas la question. Ne tombe pas dans le panneau. Ne…*

— Cette jeune fille, dit-il. Dana MacArthur. C'est une sorcière.

Chacun soutint le regard de l'autre un moment. Puis je détournai le mien, me dirigeai vers la porte et l'ouvris en grand.

— Sortez, lui dis-je.

À ma grande surprise, il m'obéit.

Je passai la demi-heure suivante à essayer de programmer un questionnaire de satisfaction pour le site web d'un client. C'était simple, mais je n'arrivais pas à le faire fonctionner, sans doute parce que quatre-vingt-dix pour cent de mon cerveau repassait en boucle les paroles de Benicio. Une jeune sorcière. Étranglée et suspendue à un arbre. Désormais dans le coma. Y avait-il un lien avec sa nature de sorcière ? D'après Benicio, ce n'était pas la première. Est-ce que quelqu'un s'en prenait aux sorcières ? Pour les tuer ?

Je me frottai les yeux en regrettant de l'avoir laissé entrer dans notre appartement. Alors même que je formulais cette idée, j'en compris la futilité. D'une manière ou d'une autre, il se serait assuré que j'entende parler de Dana MacArthur. Après toutes ces années passées à présenter des affaires à Lucas, il en avait trouvé une parfaite et n'aurait eu de cesse que nous en entendions parler.

Un léger bruissement provenant de la cuisine interrompit mes ruminations. Je songeai d'abord « On a des souris » puis « Eh bien, il ne me manquait plus que ça aujourd'hui ». Puis la latte du plancher mal fixée près de la table grinça et je compris que ce qui se trouvait à la cuisine était bien plus gros qu'un rongeur.

Avais-je bien fermé la porte à double tour ? Jeté un sort de verrouillage ? Je ne m'en souvenais pas, mais j'avais sans doute été trop remuée par la visite de Benicio pour m'occuper de détails aussi terre à terre : je préparai mentalement deux sorts, le premier destiné à un intrus humain et le second, plus puissant, à son équivalent surnaturel. Puis je quittai ma chaise et m'avançai furtivement vers la cuisine.

Cliquetis d'une assiette qu'on laissait tomber, suivi d'un juron. Non, pas un juron, comme je le compris en reconnaissant la voix. Une simple exhalaison de dépit non formulée. Là où n'importe qui d'autre aurait marmonné « merde » ou « putain », c'était là quelqu'un qui ne formulait jamais le moindre juron sans se demander d'abord s'il était approprié compte tenu de la situation.

Je souris et jetai un coup d'œil dans la pièce. Lucas était vêtu pour le tribunal d'un costume gris foncé et d'une cravate tout aussi sombre. Le mois précédent, Savannah lui en avait acheté une en soie verte, note de couleur dont elle considérait qu'elle devenait franchement nécessaire. Depuis, il s'était rendu trois fois en ville, emportant chaque fois la cravate pour ne jamais la porter – j'en aurais juré.

En matière d'apparence, Lucas préférait jouer la carte de l'invisibilité. Avec ses lunettes à monture métallique, ses cheveux noirs coupés court et son visage très ordinaire, Lucas Cortez n'avait pas besoin de sorts de camouflage pour passer inaperçu.

À présent, il faisait de gros efforts pour être aussi silencieux qu'invisible tandis qu'il transvasait dans des tasses le café contenu dans des gobelets de carton.

— On fait l'école buissonnière, monsieur l'avocat ? demandai-je en entrant dans la cuisine.

N'importe qui d'autre aurait sursauté. Lucas se contenta de cligner des yeux puis les leva vers moi tandis que ses lèvres dessinaient un pli que j'avais appris à identifier comme un sourire.

— Moi qui voulais te surprendre en t'apportant un en-cas, c'est raté.

— Tu n'avais pas besoin de ça pour me surprendre. Et ton procès ?

— Suite à la débâcle avec le nécromancien, la partie plaignante a demandé une suspension d'audience de vingt-quatre heures pour trouver un témoin de dernière minute. Au départ, j'y étais opposé, car je voulais que le procès se termine le plus vite possible, mais après t'avoir parlé hier soir, j'ai décidé que tu n'aurais peut-être pas d'objection à recevoir une visite surprise. J'ai donc décidé d'être magnanime et d'accepter la demande de la partie plaignante.

— Et ça n'aura pas d'impact négatif sur ton affaire s'ils trouvent leur témoin ?

— Ils n'en trouveront pas. Il est mort. Mauvaise manipulation d'un larme-à-feu.

— D'une arme à feu ?

— Non, d'un larme-à-feu.

Je secouai la tête et m'assis à la table. Lucas posa deux scones sur une assiette qu'il m'apporta. J'attendis qu'il prenne sa première bouchée.

— D'accord, je mords à l'hameçon. Qu'est-ce que c'est qu'un larme-à-feu et qu'est-ce que ça a fait à ton témoin ?

— Ce n'est pas *mon* témoin…

Je lui lançai ma serviette. Son quart de sourire s'élargit et il entreprit de me raconter toute l'histoire. C'est un des avantages lorsqu'on travaille comme avocat du monde surnaturel. Le salaire est minable et la clientèle peut se révéler mortelle, mais chaque fois qu'on essaie de présenter des événements surnaturels à un tribunal humain, ça donne des histoires fabuleuses. Mais cette fois, aucune histoire, si amusante soit-elle, ne parviendrait à me distraire des propos de Benicio. Lucas s'interrompit au bout de quelques phrases.

— Raconte-moi ce qui s'est passé hier soir, me dit-il.

— Hier… ? (Mon esprit changea lentement de vitesse.) Ah oui, ce truc avec le Convent. Je leur ai servi mon baratin, mais pendant ce temps, elles surveillaient l'heure pour ne pas manquer leur réservation au restau.

Son regard sonda le mien.

— Mais ce n'est pas ça qui te tracasse, hein ?

J'hésitai.

— Ton père est passé ici ce matin.

Lucas s'arrêta net, serrant les doigts sur sa serviette. Cette fois encore, il fouilla mon regard pour s'assurer que je ne cherchais pas à lui faire une blague de mauvais goût.

— Il a commencé par envoyer ses gardes, poursuivis-je. Je crois qu'ils te cherchaient, mais quand j'ai dit que tu n'étais pas là, il a décidé de me parler. J'ai... décidé qu'il valait mieux l'accepter. Je ne savais pas trop... On n'avait jamais parlé de ce que je devais faire si jamais...

— Parce que ça n'aurait jamais dû se produire. Quand il a découvert que je n'étais pas là, il n'aurait pas dû insister pour te parler. Je suis étonné qu'il n'ait pas déjà été au courant... (Il s'interrompit et croisa mon regard.) Il savait que je n'étais pas là, hein ?

— Hum, eh bien, je ne sais pas trop...

Lucas pinça les lèvres. Il repoussa sa chaise, se dirigea vers l'entrée à grands pas et tira son téléphone portable de sa veste. Avant qu'il puisse composer un numéro, je passai la tête dans le couloir et levai la main pour l'arrêter.

— Si tu comptes l'appeler, je ferais mieux de te dire ce qu'il voulait, sinon il va croire que j'ai refusé de transmettre le message.

— Oui, bien sûr. (Lucas fourra le portable dans sa poche puis se pinça l'arête du nez, relevant ses lunettes du même geste.) Désolé, Paige. Ce n'était pas censé se produire. Si j'avais pensé qu'il risquait de venir ici, je t'aurais avertie, mais personne de l'organisation de mon père n'était censé te contacter, ni toi ni Savannah. Il m'a donné sa parole...

— Pas de souci, répondis-je avec un sourire forcé. C'est resté bref et courtois. Il voulait juste que je t'avertisse qu'il avait une autre affaire qui pouvait nous intéresser – enfin, t'intéresser, toi.

Lucas fronça les sourcils et je compris qu'il avait remarqué le lapsus.

— Il a dit que ça nous intéresserait tous les deux, repris-je. Mais c'était de toi qu'il parlait. Il n'ajoutait ce « nous » que pour piquer ma curiosité. Tu sais, intriguer la nouvelle copine en se disant qu'elle te harcèlerait peut-être pour que tu acceptes.

— Qu'est-ce qu'il a dit ?

Je lui rapportai les paroles de Benicio. Quand j'en eus fini, Lucas ferma les yeux et secoua la tête.

— Je n'arrive pas à croire qu'il puisse… enfin si, j'arrive *très bien* à le croire. J'aurais dû te mettre en garde.

Après une pause, il me dirigea de nouveau vers la cuisine.

— Désolé, dit-il. Ces derniers mois n'ont pas été faciles pour toi et je ne veux pas que tu sois affectée plus que nécessaire par cet aspect de ma vie. Je sais que c'est à cause de moi que tu ne trouves pas de sorcières pour ton Convent.

— Ça n'a rien à voir. Je suis jeune et je n'ai pas encore fait mes preuves – enfin, en dehors de prouver que je pouvais me faire virer du Convent. Mais quels que soient leurs blocages, ça n'a rien à voir avec toi.

Petit sourire fatigué.

— Tu mens toujours aussi mal.

— Peu importe. Si elles ne veulent pas… (Je secouai la tête.) Pourquoi on parle de ça ? Tu as un coup de fil à passer. Ton père est déjà persuadé que je ne vais pas te transmettre son message, alors je vais te harceler jusqu'à ce que tu l'appelles.

Lucas tira son téléphone mais se contenta de regarder fixement le clavier. Au bout d'un moment, il se tourna vers moi.

— Est-ce que tu as des projets de première importance à terminer cette semaine ? demanda-t-il.

— Si j'avais dû rendre quoi que ce soit cette semaine, je l'aurais terminé la semaine dernière. Avec Savannah dans les parages, je ne peux pas me laisser surprendre par des dates limites, sinon la moindre urgence pourrait me mettre au chômage.

— Oui, évidemment. Dans ce cas… (Il s'éclaircit la voix.) Je ne dois pas retourner au tribunal avant demain. Si Savannah pouvait loger chez une amie ce soir, est-ce que tu aurais la possibilité – je devrais plutôt dire « est-ce que tu *accepterais* » – de m'accompagner pour un aller-retour rapide à Miami ?

Avant que je puisse ouvrir la bouche, il s'empressa d'ajouter :

— Ça fait trop longtemps que je repousse tout ça. Pour ta propre sécurité, il est temps de te présenter officiellement à la Cabale. J'aurais dû le faire il y a déjà des mois, mais… Eh bien, j'espérais que ce ne serait pas nécessaire, que mon père tiendrait parole. Visiblement, non.

Je le regardai. C'était un bon prétexte, mais je connaissais la vérité. Il voulait m'emmener à Miami pour que je puisse entendre le reste de l'histoire de Dana MacArthur. Autrement, l'inquiétude et la curiosité me rongeraient jusqu'à ce que je trouve un moyen de dénicher les réponses que je cherchais. C'était la réaction qu'espérait Benicio et je ne voulais pour rien au monde lui donner cette satisfaction. Et pourtant, y avait-il le moindre mal à écouter ce qui s'était produit, peut-être même à voir cette sorcière et m'assurer qu'elle allait bien ? D'après Benicio, c'était la fille d'un employé de la Cabale. Les Cabales s'occupaient des leurs. J'avais cette certitude. Tout ce que nous avions à faire, c'était répondre « Non, merci », la Cabale lancerait une enquête et justice serait faite à Dana MacArthur. Ça me suffisait. Il le fallait.

J'acceptai donc et on se prépara à partir sur-le-champ.

# Génie de la manipulation

On réserva des places sur un vol pour Miami. Puis on s'organisa pour que Savannah passe la nuit chez une amie et on appela son école pour l'en informer. Une heure plus tard, nous étions à l'aéroport.

Nous n'avions eu aucun mal à réserver à la dernière minute, comme nous nous y attendions. À peine plus d'un mois plus tôt, des terroristes s'étaient jetés en avion contre le World Trade Center et de nombreux voyageurs préféraient éviter la voie aérienne qui leur paraissait soudain bien moins sûre. Nous étions arrivés tôt, sachant que la sécurité serait moins rapide à passer qu'autrefois.

L'agent de sécurité ouvrit le sac de Lucas et en passa le contenu en revue, puis en tira un tube de carton. Il le passa au détecteur de métaux puis en ôta prudemment le bouchon et jeta un œil à l'intérieur.

— Du papier, dit-il à son partenaire.

— C'est un parchemin, expliqua Lucas.

Les deux hommes le fusillèrent du regard comme s'il s'agissait du nom d'un nouveau type de fusil automatique.

— Une feuille de papier qui comporte du texte ancien, poursuivit-il.

L'un des gardes tira le parchemin du tube et le déroula. Le papier était neuf, d'un blanc éclatant, et couvert d'une écriture calligraphiée précise et gracieuse. Le garde fit la grimace.

—Qu'est-ce que ça dit ? demanda-t-il.

—Je n'en sais rien. C'est de l'hébreu. Je le transporte pour un client.

Ils le lui rendirent, toujours déroulé et plié dans le mauvais sens. Tandis qu'ils inspectaient mon ordinateur portable et mon sac de voyage, Lucas redressa le parchemin puis l'enroula. Quand ils en eurent fini, Lucas souleva les deux sacs et l'on se dirigea vers la zone d'embarquement.

—C'était quoi, ça ? chuchotai-je. Mon sortilège ?

—Je me suis dit que tu aurais besoin d'un peu de distraction après la journée que tu viens de passer.

Je lui souris.

—Merci. Qu'est-ce qu'il fait ?

—Je choisis la deuxième option.

Me rappelant notre petit jeu, j'éclatai de rire.

—Trop tard, Cortez. Le marché, c'était que tu devais m'en parler hier soir. Maintenant que tu es rentré, le parchemin m'appartient, et sans conditions.

—J'aurais choisi une option si tu ne m'avais pas distrait.

—Quoi, c'est en détaillant la liste des options que je t'ai empêché d'en choisir une ?

—De manière fort efficace. Deuxième option.

—Donne-moi ça, Cortez.

Il déposa le parchemin dans ma main tendue.

—J'ai été dévalisé.

—Eh bien, il y a toujours une autre solution. Tu peux m'offrir un autre sortilège.

—Gourmande, dit-il en me dirigeant vers un emplacement calme le long du mur. Une soif insatiable de puissance et de variété en matière de sorts. Ça ne présage rien de bon pour notre relation.

—Pourquoi ? Parce que tu ne vaux pas mieux ?

D'un pas de deux fluide, Lucas vint se placer devant moi et se retourna pour me faire face. Il haussa un sourcil.

— Moi ? dit-il. Jamais de la vie. Je suis un lanceur de sorts prudent et discipliné, conscient de mes limites et nullement désireux de les dépasser.

— Et tu arrives à me dire ça en gardant ton sérieux ?

— Je peux dire tout ce que je veux en gardant mon sérieux, ce qui fait de moi un menteur-né.

— Donc, tu as testé mon sortilège combien de fois ?

— Testé ton sortilège ? Ce serait mal. D'une fâcheuse maladresse, et même d'une grande impolitesse, comme de lire un roman avant de l'emballer comme cadeau de Noël.

— Deux fois ?

— Trois. Je pensais m'arrêter à la deuxième mais comme j'ai eu un peu de chance à la deuxième tentative, j'ai réessayé. Malheureusement, j'ai eu bien moins de succès cette fois-là.

— On va y travailler. Alors, qu'est-ce qu'il fait ?

— Deuxième option.

Je lui giflai le bras et entrepris de dérouler le parchemin.

— C'est un sortilège de mage très rare, un sort de glace de niveau gamma, dit-il. Quand on le lance sur un objet, il se comporte plus ou moins comme un sortilège de niveau bêta, il le gèle aussitôt. Toutefois, si on le lance sur quelqu'un, il provoque une hypothermie temporaire et plonge la cible dans l'inconscience. Il y avait bien quatre options, c'est ça ?

— Trois... Non, avec le cinéma, ça fait quatre.

— Quatre options. Donc, si je te fournis quatre sortilèges...

— Qui fait le gourmand maintenant ?

— Je demande simplement si la promesse sous-entendue d'échanger un sortilège contre une option pouvait raisonnablement se traduire par le fait que quatre sortilèges me valent...

— Mais vas-y, nom d'un chien, fais ton choix. Ce n'est pas comme si tu ne pouvais pas obtenir ces choses-là en temps ordinaire.

— C'est vrai, admit-il. Mais j'aime devoir me battre pour l'obtenir. Quatre sorts pour quatre options.

— Ce n'était pas…

— Voilà notre vol.

Il souleva nos sacs et se dirigea vers la zone d'embarquement avant que je puisse ajouter un seul mot.

La traditionnelle rencontre avec les parents. A-t-il jamais existé pire torture dans toute l'histoire des couples ? Je parle par ouï-dire, pas par expérience. Bien sûr, techniquement, j'avais souvent rencontré les parents de mes anciens copains, mais jamais de manière officielle. En règle générale, je les avais plutôt croisés par hasard alors qu'on quittait la maison. Du style « Maman, papa, je vous présente Paige. À plus ».

J'avais rencontré la mère de Lucas, mais de manière impromptue. Elle était apparue un jour sur le pas de notre porte avec les bras chargés de cadeaux d'emménagement. Si j'avais anticipé sa venue, j'aurais été terrifiée. M'aurait-elle critiquée parce que je n'étais pas hispanique ? Ni catholique ? Parce que je vivais avec son fils unique depuis le tout début de notre relation ? Mais ça n'avait aucune importance. Si Lucas était heureux, Maria aussi.

Les Cortez, c'était une autre affaire. Benicio avait quatre fils, dont Lucas était le benjamin. Les trois aînés travaillaient pour la Cabale, comme le voulait la tradition pour tous les membres de la famille centrale. Si bien que Lucas était déjà à part. Le fait que Benicio et Maria ne se soient jamais mariés n'arrangeait rien, sans doute parce que Benicio était toujours marié à son épouse à l'époque où Lucas avait été conçu, ce qui faisait de Lucas… quelqu'un de pas franchement populaire lors des réunions familiales.

Dans la famille centrale d'une Cabale, comme dans toute famille « royale », la question de la succession est essentielle. On suppose qu'un des fils du P.-D.G., généralement l'aîné, reprend les affaires. Ce n'était pas le cas avec Benicio. Alors que ses trois aînés travaillaient dur depuis le début de leur vie d'adulte pour accroître la fortune familiale, qui avait-il désigné comme héritier ? Le benjamin illégitime qui avait, lui, consacré sa vie d'adulte à détruire les affaires familiales, ou au minimum à les esquinter sérieusement. Est-ce que tout ça paraissait logique aux yeux de qui que ce soit d'autre que Benicio ? Bien sûr que non. Soit ce type était un génie de la manipulation familiale, soit il avait carrément une case en moins. Je n'emploie pas souvent l'expression, mais dans certains cas, c'est la seule qui convienne.

À l'aéroport, on prit un taxi qui nous conduisit en ville. Lucas demanda au chauffeur de nous déposer devant un café, où il suggéra qu'on s'arrête prendre une boisson fraîche car il faisait au moins trente-deux degrés et, comme le soleil cognait, on aurait cru qu'il en faisait pas loin de quarante, surtout après la fraîcheur de l'automne en Oregon. Je répondis que ça allait, mais il insista. Il cherchait à gagner du temps. J'avais du mal à y croire, mais au bout de vingt minutes passées sur le patio du café, à faire semblant de boire nos cafés frappés, je sus que c'était la vérité.

Lucas parla de la ville, des avantages et inconvénients de Miami, mais son débit était précipité, presque comme s'il cherchait désespérément à meubler le temps. Quand il prit une gorgée de sa boisson, plus par réflexe que par intention, ses joues pâlirent et je crus un instant qu'il allait être malade.

—On n'est pas obligés de faire ça, lui dis-je.

—Mais si. Il faut que je vous présente. Il y a des procédures à suivre, des formulaires à remplir. Il faut que ce soit officiel. Tu ne seras pas en sécurité autrement. (Il leva le regard de la table.) Il y a une autre raison si je t'ai emmenée ici. Quelque chose me tracasse.

Il marqua une pause.

—J'aime la franchise, lui dis-je.

—Je sais. Simplement, si j'ajoute encore un inconvénient au fait de sortir avec moi, j'ai peur que tu retournes à Portland en hurlant et que tu fasses changer tes serrures.

—Je ne peux pas, répondis-je. Tu as rangé mon billet retour dans ton sac.

Il éclata d'un petit rire.

—Un acte significatif sur un plan inconscient, on dirait. D'ici à ce que la journée se termine, tu voudras peut-être que je te le rende. (Il but une gorgée de café.) Comme on s'y attendait, mon père n'est pas franchement ravi de notre relation. Je ne te l'ai pas dit parce que je ne voyais pas de raisons de confirmer tes soupçons.

—C'était un fait, pas un soupçon. Là où je me méfierais, ce serait s'il était ravi par la perspective de voir son fils sortir avec une sorcière. Dans quelle mesure est-ce qu'il s'en plaint ?

—Mon père ne formule jamais d'objections qui dépassent le stade du soupir, mais c'est un murmure insidieux et constant. À ce stade, il ne fait que soulever des « inquiétudes ». Mais moi, ce qui m'inquiète, c'est qu'à travers ce voyage à Portland, il ait déjà commencé à évaluer ton influence sur moi. S'il décide qu'elle va affecter de manière négative sa relation avec moi, ou la probabilité que je lui succède…

—Tu crains que je sois en danger si ton père croit que je m'interpose entre vous deux ?

Lucas marqua une pause.

— On parlait de franchise, tu te rappelles ?

Il me regarda droit dans les yeux.

— Oui, ça m'inquiète. L'astuce, dans ce cas, consiste à ne pas le laisser croire que ça va se produire. Ce serait encore mieux si j'arrivais à le convaincre que mon bonheur avec toi sera bénéfique pour lui. Que la force de notre relation va plus probablement soutenir que détruire mes autres relations.

Je hochai la tête comme si je comprenais, mais ce n'était pas le cas. Rien dans ma vie ne m'avait préparée à comprendre une relation père-fils dans laquelle il fallait planifier une simple visite aussi minutieusement qu'un combat militaire.

— J'espère que ça ne veut pas dire que tu vas accepter cette affaire, répondis-je.

— Non. J'ai simplement l'intention de refuser avec moins de véhémence que d'habitude, sinon c'est à toi qu'il le reprochera, si illogique que soit ce raisonnement. Je vais l'écouter jusqu'au bout en m'efforçant d'être plus réceptif que de coutume à ses attentions paternelles.

— Ouais.

Lucas sourit.

— En d'autres termes, je vais faire des politesses. (Il repoussa son verre encore à moitié plein au milieu de la table.) On va devoir marcher un peu. Je sais qu'il fait chaud. On pourrait appeler un taxi…

— C'est sympa de marcher, répondis-je. Mais j'imagine bien ce que l'humidité a dû faire à mes cheveux. Je vais rencontrer ta famille avec l'allure d'un caniche à qui on a enfoncé un câble électrique dans le train.

— Tu es superbe.

Il l'avait dit avec une telle sincérité que je rougis sans doute. Je lui saisis la main et le forçai à se lever.

— Allez, finissons-en. On va rencontrer la famille. On va remplir les formulaires. On va trouver un hôtel, acheter une bouteille de champagne et voir si je n'arrive pas à faire marcher ce sortilège pour toi.

— *Toi*, tu vas le faire marcher ?

— Je ne voudrais pas te vexer, Cortez, mais ton hébreu craint vraiment. Tu as dû mal prononcer la moitié des mots.

— Ou alors je n'arrive pas à la cheville de l'experte que tu es en matière de sorts.

— Je n'ai jamais dit ça. Enfin, pas aujourd'hui. Là, j'essaie juste de faire des politesses.

Il éclata de rire, m'embrassa sur le front et me suivit hors du café.

Je n'étais encore jamais venue à Miami et n'avais pas été impressionnée lors de notre arrivée en taxi. Disons simplement que, si le taxi avait crevé, je n'aurais pas quitté le véhicule, même armée d'une tripotée de sorts permettant de lancer des boules de feu. Mais à présent, nous traversions la zone sud-est du centre-ville, longeant un alignement spectaculaire de gratte-ciel d'acier et de miroirs surplombant les eaux de Biscayne Bay d'un bleu insensé. Les rues bordées d'arbres donnaient l'impression d'avoir été récurées et les seules personnes qui traînaient sur le trottoir buvaient des cafés à cinq dollars à des terrasses. Même les marchands de hot-dogs portaient des lunettes de marque.

Je m'attendais que Lucas me conduise vers des quartiers miteux où nous trouverions les bureaux de la société Cortez ingénieusement déguisés en entrepôt délabré. Au lieu de quoi on s'arrêta devant un gratte-ciel qui évoquait un monolithe de fer brut jaillissant de la terre, tour de fenêtres réfléchissantes orientées de manière à attraper le soleil pour le refléter en un halo éblouissant. À la base du bâtiment, les portes s'ouvraient sur une oasis agrémentée de bancs de bois, de bonzaïs, de fougères ainsi que d'une cascade entourée de pierres moussues. Au sommet de la cascade, un « S » et un « C » taillés dans le granit. Au-dessus des portes vitrées à double vitrage, une plaque de cuivre annonçait, avec une simplicité confinant à l'humilité : « Société Cortez ».

— Oh la vache, commentai-je.

Lucas sourit.

— Tu es en train de revenir sur ton serment de ne jamais être la femme du P.-D.G. ?

— Jamais. Mais du co-P.-D.G., faut voir.

On entra. Dès que les portes se refermèrent, les bruits de la rue s'effacèrent. Une douce musique flottait, portée par une brise artificielle. Quand je me retournai, le monde extérieur avait réellement disparu, banni par le verre réfléchissant.

Je regardai autour de moi en m'efforçant de ne pas rester bouche bée. Cela dit, je n'aurais pas été la seule. Devant nous, un troupeau de touristes tordait le cou dans tous les sens pour contempler les aquariums tropicaux de trois mètres cinquante qui s'étiraient sur la longueur de deux des murs. Un homme en complet s'approcha du groupe et je me raidis, persuadée qu'ils allaient se faire virer. Au lieu de quoi il salua leur guide et les dirigea vers une table où une matrone servait de l'eau glacée.

— Des visites guidées ? chuchotai-je.

— Il y a un observatoire au dix-neuvième étage. Il est ouvert au public.

— Je m'efforce de ne pas être impressionnée, répondis-je.

— Rappelle-toi simplement d'où vient tout ça. Ça aide.

Je m'exécutai, douchant mon admiration involontaire aussi vite que si l'on m'avait versé sur la tête cette cruche d'eau glacée.

Alors que nous nous dirigions vers l'accueil, un homme d'une trentaine d'années au sourire de présentateur télé faillit bousculer son collègue dans sa hâte de sortir de derrière le bureau. Il se précipita vers nous comme si nous venions d'enfreindre les règles de sécurité, ce qui devait être le cas.

— Monsieur Cortez, dit-il en nous bloquant le chemin. Bienvenue, monsieur. Quel plaisir de vous voir.

Lucas le salua à mi-voix et me repoussa sur la gauche d'un coup de coude. L'homme nous suivit en trottinant.

— Souhaitez-vous que je vous appelle quelqu'un, monsieur ?

— Non merci, répondit Lucas sans cesser d'avancer.

— Je vais vous appeler l'ascenseur. Il est un peu lent aujourd'hui. Souhaitez-vous un verre d'eau glacée chacun pendant que vous patientez ?

— Non, merci.

L'homme fonça devant nous vers un ascenseur indiqué « Privé ». Quand Lucas tendit la main vers le pavé numérique, l'employé le devança et composa un code.

L'ascenseur arriva et on y monta.

# Qu'il paie joliment, le salaire du péché

À l'intérieur, l'ascenseur paraissait taillé dans l'ébène. Aucune empreinte digitale ne maculait les murs noirs et luisants ni les finitions argent. Le sol était de marbre noir veiné de blanc. Combien d'argent une société doit-elle gagner avant de commencer à équiper ses ascenseurs de sols de marbre ?

Avec un petit ronronnement, un mur ininterrompu en apparence révéla une porte qui coulissa pour dévoiler un ordinateur ainsi qu'un petit écran. Les doigts de Lucas s'activèrent sur l'écran. Puis il appuya le pouce contre l'écran. L'ordinateur émit un petit bruit aigu, le panneau se referma et l'ascenseur entreprit sa montée.

On sortit au dernier étage. Celui de la direction. Au risque de jouer les blasées, je vais cesser de décrire notre environnement. Disons simplement qu'il était exquis. Tout était simple et discret mais la moindre surface, le moindre matériau, était ce que l'on pouvait acheter de mieux.

Au milieu du vestibule se dressait un bureau de marbre qui donnait l'impression d'être surgi du sol fait de la même matière. Un homme costaud en costume était assis derrière un alignement d'écrans de télé. Quand la sonnerie de l'ascenseur annonça notre arrivée, il leva vivement les yeux. Lucas me conduisit hors de l'ascenseur vers le côté gauche du vestibule. Une porte de bois robuste s'ouvrit sur la gauche. Lucas jeta un coup d'œil au garde, hocha la tête et me fit franchir la porte.

On remonta un long couloir. Tandis que la porte se fermait derrière nous, je ralentis, éprouvant une impression d'anomalie. Il me fallut un moment pour comprendre. Le silence. Pas de musique d'ambiance, pas de voix, pas même le cliquetis des claviers. Par ailleurs, le couloir lui-même ne ressemblait à aucun corridor de bureau que j'aie jamais vu. Il n'y avait aucune porte, des deux côtés. Rien qu'un long couloir qui bifurquait en son milieu et menait à d'immenses portes vitrées.

Alors que nous dépassions le niveau de l'intersection, je jetai un coup d'œil des deux côtés. Il y avait en réalité deux couloirs en diagonale de chaque côté, chacun donnant sur une porte vitrée. À travers chacune des quatre portes, je voyais un bureau d'accueil et du personnel de secrétariat.

—À gauche, le bureau d'Hector, murmura Lucas. L'aîné de mes demi-frères. À droite, ceux de William et de Carlos.

—À qui appartient l'autre bureau ? À part Hector ?

Dès que j'eus prononcé ces mots, je compris la réponse et regrettai d'avoir posé la question.

—À moi, répondit Lucas. Mais je n'y ai jamais travaillé ne serait-ce qu'une heure. C'est un gâchis absurde d'excellent immobilier, mais mon père y garde du personnel car il estime que je peux retrouver la raison d'un jour à l'autre.

Il s'efforçait de parler d'un ton léger mais j'y percevais une certaine dureté.

—Et si la chose se produit un jour, demandai-je, j'ai droit à quel bureau ? Tu sais, je ne compte pas faire partie de ces épouses passives. Je veux ma place au conseil d'administration et un bureau avec une belle vue.

Il sourit.

—Alors je te donnerai celui-ci.

Nous étions arrivés au bout du couloir. À travers la porte vitrée, je voyais une réception trois fois plus vaste que celles que j'avais entrevues au bout des couloirs latéraux. Bien qu'il soit 18 heures passées, le bureau était occupé par tout un bataillon de secrétaires et d'employés.

Comme l'autre porte, celle-ci était automatique et, comme la dernière fois, quelqu'un se sentit obligé de l'ouvrir avant qu'on approche à trois mètres. Lorsque les portes s'ouvrirent, l'océan des employés s'écarta pour nous dégager un chemin jusqu'à la réception. Les plus jeunes secrétaires saluèrent notre arrivée par des bonjours balbutiants et des regards fixes qu'ils ne cherchaient pas à cacher. Les plus âgés nous accueillirent par des sourires sans entrain avant de retourner bien vite à leur travail.

— Monsieur Cortez, dit le réceptionniste tandis que nous approchions du bureau. C'est un plaisir de vous voir, monsieur.

— Merci. Mon père est ici ?

— Oui, monsieur. Permettez-moi…

— Il est en réunion. (Un homme costaud s'approcha vers nous depuis un couloir et se dirigea vers une rangée de classeurs.) Vous auriez dû appeler.

L'homme situé de l'autre côté de la pièce remua des papiers assez bruyamment pour attirer notre attention.

— Il est occupé, Lucas. Vous ne pouvez pas débarquer ici sans prévenir et l'arracher à des réunions. Nous avons des affaires à gérer.

— Bonjour, William. Tu as l'air en pleine forme.

William Cortez. Le deuxième frère. On pouvait me pardonner de ne pas avoir tiré cette conclusion plus tôt. Il ressemblait fort peu à Lucas et à Benicio. Il était de taille moyenne et pesait dans les trente-cinq kilos de trop, avec des traits doux qui avaient peut-être été d'une beauté très féminine, mais celle-ci s'était dissipée au profit d'une fadeur pâteuse. William se tourna vers nous pour la première fois et jeta à Lucas un coup d'œil irrité. Il me frôla du regard avec un petit signe de tête.

— N'appelez pas mon père, Dorinda, dit William. Lucas peut attendre comme nous autres.

Elle jeta un coup d'œil à ses collègues secrétaires pour demander de l'aide, mais ils se plongèrent de plus belle dans leur travail et firent semblant de ne pas la voir s'enfoncer dans les sables mouvants des autorités contradictoires.

— Peut-être devrions-nous établir la nature exacte des consignes, dit Lucas. Mon père a-t-il dit qu'on *pouvait* l'avertir ou qu'il *fallait* le faire ?

— Qu'il fallait, monsieur. Il a été très clair sur ce point. (Elle jeta un coup d'œil en biais à William.) Très clair.

— Dans ce cas, je suis sûr que ni William ni moi-même ne souhaitons vous attirer d'ennuis. Veuillez lui signaler mon arrivée, mais préciser que ce ne sont pas des questions urgentes qui m'amènent et que je peux attendre la fin de sa réunion.

La réceptionniste soupira quasiment de soulagement, hocha la tête puis décrocha le téléphone. Tandis qu'elle appelait, Lucas me fit signe d'approcher de William, qui se trouvait toujours près des classeurs.

— William, dit Lucas en baissant la voix. J'aimerais te présenter...

William l'interrompit en refermant brusquement le tiroir, Puis il souleva un tas de dossiers sous son bras.

— Je suis occupé, Lucas. Certains d'entre nous ont du travail ici.

Il pivota sur ses talons et sortit avec raideur par la porte principale.

— Monsieur Cortez ? lança la réceptionniste depuis son bureau. Votre père arrive tout de suite. Il souhaite que vous patientiez dans son bureau.

Lucas la remercia et me conduisit le long du couloir vers la double porte de verre glauque située au bout. Avant qu'on les atteigne, une porte s'ouvrit sur notre gauche et trois hommes en costume typique de cadres intermédiaires en sortirent, puis s'arrêtèrent et dévisagèrent Lucas. Après avoir rapidement repris leurs esprits, ils offrirent poignées de main et paroles de bienvenue au prince héritier et ne s'arrêtèrent qu'à deux doigts de lui faire la révérence. Je lançai un coup d'œil à Lucas. Que pouvait éprouver quelqu'un comme lui, qui passait généralement inaperçu dans la vie, lorsqu'on le reconnaissait ici au détour de chaque couloir, lorsque des vice-présidents du double de son âge lui présentaient leurs respects ?

Après leur départ, on franchit la double porte pour entrer dans un petit salon, puis une autre avant d'atteindre la tanière de Benicio. Si j'avais vu ce bureau en photo auparavant, j'en serais restée bouche bée. Mais à présent que j'avais vu le reste du bâtiment, il était conforme à mes attentes. Simple, d'une élégance discrète et guère plus grand que la moyenne des bureaux de vice-présidents moyens de grosses entreprises. Sa seule caractéristique remarquable était la vue, rendue encore plus spectaculaire par la fenêtre elle-même, qui consistait en une vitre unique s'étirant du sol au plafond sur toute la largeur du mur. La vitre était immaculée et l'éclairage de la pièce était conçu pour ne projeter aucun reflet, ce qui signifiait qu'on ne voyait pas une fenêtre mais une pièce qui semblait s'ouvrir directement sur le ciel bleu vif de Miami.

Lucas se dirigea vers l'ordinateur de son père et entra un mot de passe. L'écran s'alluma.

— Je vais imprimer un exemplaire des formulaires de sécurité pendant qu'on attend, me dit-il.

Tandis qu'il s'y affairait, j'observai attentivement les photos sur le bureau de Benicio. La première qui attira mon attention représentait un petit garçon de cinq ans maximum, sur une plage, qui fixait l'objectif avec l'expression la plus sérieuse qu'ait jamais affichée un enfant de cet âge en bord de mer. D'un coup d'œil à son expression, je reconnus Lucas. Près de lui, une femme faisait des grimaces pour l'inciter à sourire, mais ne parvenait qu'à se faire rire elle-même. Ce large sourire insufflait à son visage quelque chose de proche de la beauté. Maria. Son sourire était aussi reconnaissable que l'expression grave de Lucas.

Que pensaient les autres fils de Benicio quand ils voyaient la photo de l'ancienne maîtresse de leur père affichée aussi ouvertement, alors qu'il n'y en avait aucune de leur mère, son épouse légitime ? Par ailleurs, des trois photos ornant le bureau de Benicio, Lucas apparaissait sur deux, alors qu'ils partageaient à eux trois un portrait de groupe. Qu'est-ce qui passait par la tête de Benicio quand il faisait ces choses-là ? Se moquait-il simplement de ce que pensaient les gens ? Ou y avait-il là un motif plus sombre, attisant volontairement les flammes entre ses fils légitimes et « l'héritier bâtard » ?

— Lucas.

Benicio franchit la porte, un large sourire éclairant son visage. Lucas s'avança, main tendue. Benicio traversa la pièce en trois foulées pour l'étreindre.

Les deux gardes du corps qui avaient accompagné Benicio à Portland se glissèrent à l'intérieur, avec une discrétion remarquable pour des hommes de leur taille, et prirent place contre le mur. Je souris à Troy qui me répondit d'un clin d'œil.

— Ravi de te voir, mon garçon, déclara Benicio. Quelle surprise ! Tu es arrivé quand ?

Lucas se dégagea de l'étreinte paternelle tout en lui répondant. Benicio n'avait pas encore fait mine de me voir. Je crus d'abord à un oubli volontaire, mais en le regardant parler à Lucas, je compris qu'il ne m'avait même pas remarquée. À en juger par son expression, il n'aurait sans doute même pas prêté attention à un gorille furieux se trouvant dans la même pièce que Lucas. Je scrutai son visage, ses manières, cherchant des signes indiquant qu'il jouait la comédie, simulait l'affection paternelle, mais je n'en vis aucun. Ce qui rendait tout le reste nettement plus inexplicable.

Lucas revint se placer près de moi.

— Je crois que tu as déjà rencontré Paige.

— Oui, bien sûr. Comment allez-vous, Paige ?

Benicio tendit la main et m'offrit un sourire presque aussi radieux qu'à son fils. Visiblement, Lucas n'était pas le seul Cortez capable de faire des politesses.

— Paige m'a dit que tu voulais me parler, dit Lucas. Bien que la chose, évidemment, puisse se faire par téléphone, j'ai songé que ce serait une bonne occasion de l'emmener à Miami pour nous assurer que les formulaires de sécurité adéquats sont remplis, afin qu'il n'y ait aucun malentendu concernant notre relation.

— Ce n'est pas nécessaire, répondit Benicio. J'ai déjà envoyé les renseignements la concernant à tous nos bureaux. Sa protection a été assurée dès l'instant où tu m'as parlé de votre… relation.

— Alors je ne fais que clarifier les choses par des traces écrites, pour faire plaisir au département des assurances. Bon, je sais que tu es très occupé, *papá*. Quel serait le meilleur moment pour parler de cette affaire en détail ? (Après une pause, il reprit :) Si tu n'as rien de prévu, peut-être que nous pourrions dîner tous les trois ce soir ?

Benicio cligna des yeux. Une infime réaction, mais je lus dans ce clin d'œil et dans le silence qui suivit une telle stupéfaction que je devinai que Lucas n'avait pas volontairement partagé de repas avec son père depuis longtemps, sans parler de lancer une invitation.

Benicio lui assena une tape dans le dos.

— Parfait. Je vais tout organiser. Mais pour ce qui est de discuter de ces agressions, nous allons plutôt réserver le dîner aux conversations. Je suis sûr que vous êtes tous deux très curieux d'en apprendre plus…

Un bruissement de papier à la porte l'interrompit. William entra, regard braqué sur son père, sans doute afin de ne pas faire mine d'avoir enregistré notre présence.

— Toutes mes excuses, dit William. Mais alors que je passais rendre le dossier Wang, j'ai entendu par accident la proposition de Lucas et je voulais te rappeler que tu as un dîner prévu avec le gouverneur.

— Hector peut y aller à ma place.

— Il se trouve à New York. Depuis lundi.

— Alors on peut le repousser. Dis au bureau du gouverneur que j'ai un empêchement important.

William pinça les lèvres.

— Attends, lui dit Lucas. S'il te plaît, ne chamboule pas ton emploi du temps pour nous. On passe la nuit ici, Paige et moi. On pourra prendre le petit déjeuner ensemble.

Benicio marqua une pause, puis hocha la tête.

— D'accord, le petit déjeuner ensemble, et un verre ce soir si j'arrive à me libérer assez tôt du gouverneur. Quant à cette autre question…

— Au sujet du petit déjeuner…, dit William. Tu as une réunion en début de matinée.

— Reporte-la, aboya Benicio.

Comme William se détournait pour partir, il le rappela.

— William, avant que tu partes, j'aimerais te présenter Paige.

— La sorcière. On s'est déjà croisés.

Il ne m'accorda pas même un coup d'œil. Une ride se creusa entre les sourcils de Benicio, qui lâcha quelques mots en espagnol à un débit de mitraillette. Mon espagnol n'était pas mauvais, et Lucas m'avait aidée à progresser – ne serait-ce que pour pouvoir discuter sans que Savannah nous comprenne – mais Benicio parlait trop vite pour mon niveau de compréhension. Cela dit, je n'eus pas besoin d'interprète pour deviner qu'il réprimandait William pour son impolitesse.

— Et où est Carlos ? demanda Benicio, repassant à l'anglais. Il devrait être ici pour voir son frère et rencontrer Paige.

— Il est plus de 16 heures ? demanda William.

— Évidemment.

— Alors Carlos n'est plus ici. Si vous voulez bien m'excuser…

Benicio se détourna comme si William était déjà parti.

— Où en étais-je ? Ah oui. Cette autre affaire. J'ai prévu une réunion dans vingt minutes pour vous fournir tous les détails. Allons chercher un rafraîchissement pour Paige et dirigeons-nous vers la salle de conférences.

# Assurance contre les violences sur membres de la famille

Vingt minutes plus tard, Lucas m'ouvrit la porte de la salle de conférences. Ses yeux m'adressèrent une question muette. Est-ce que je voulais qu'il entre en premier ? Je fis signe que non. Bien que je ne sois pas franchement impatiente d'affronter ce qui m'attendait dans cette salle, je devais le faire sans me cacher derrière lui.

Alors que j'entrais, mon regard balaya la dizaine de visages présents. Mage, mage, mage… et encore un mage. Plus de trois quarts des hommes présents dans cette pièce en étaient. Chaque paire d'yeux croisa la mienne. J'entendis des bruits de chaises qu'on déplaçait et des murmures de désapprobation. Le mot « sorcière » fit le tour de la pièce en un murmure choral de mépris. Chaque mage présent dans la pièce comprit ce que j'étais sans qu'on ait besoin de le lui apprendre. Il suffisait qu'un mage regarde une sorcière dans les yeux pour qu'ils se reconnaissent, et cette rencontre faisait rarement plaisir aux deux parties.

D'un geste, Benicio nous fit signe, à Lucas et à moi, de prendre deux chaises libres au bout encore vide de la table.

— Bonjour, messieurs, déclara-t-il. Je vous remercie d'être restés si tard pour vous joindre à nous. Vous connaissez tous mon fils Lucas.

Les hommes les plus proches lui tendirent la main. Les autres le saluèrent oralement. Personne ne regarda dans ma direction.

— Et voici Paige Winterbourne, poursuivit Benicio. Comme la plupart d'entre vous doivent le savoir, la mère de Paige, Ruth, était la dirigeante du Convent américain. Paige elle-même appartient au conseil interracial depuis plusieurs années et j'ai le plaisir de vous annoncer qu'elle a exprimé, à ce titre, son intérêt pour le dossier MacArthur.

Je retins mon souffle en attendant des commentaires sur mon exil du Convent ou la brièveté embarrassante de mon mandat de dirigeante. Mais Benicio n'en dit rien. Malgré son peu d'estime pour moi, il n'allait pas contrarier Lucas en insultant sa petite amie.

Benicio désigna un homme trapu assis près du bout de la table.

— Dennis Malone est notre chef de sécurité. Comme il connaît très bien le dossier, je vais lui demander de nous en rappeler les grandes lignes.

Dana MacArthur, nous expliqua Dennis, était effectivement la fille d'un employé de la Cabale mais pas, comme je le croyais, de la sorcière de la Cabale. Comme Savannah, Dana avait hérité de sang surnaturel par ses deux parents, car son père était un semi-démon du département commercial de la société Cortez. Randy MacArthur se trouvait actuellement à l'étranger, en train de prendre pied dans les zones d'Europe de l'Est récemment converties au capitalisme. La mère de Dana était une sorcière nommée Lyndsay MacArthur. J'avais espéré reconnaître son nom, mais ce n'était pas le cas. Les sorcières du Convent avaient peu de contacts avec les autres. Même ma mère ne prêtait attention aux sorcières hors Convent que lorsqu'elles causaient des ennuis. C'était l'un des nombreux aspects du Convent que j'avais souhaité changer, ce qui ne m'était désormais plus possible.

Selon les informations fournies par Dennis pour poser le contexte, les parents de Dana étaient divorcés et elle vivait avec sa mère. Dennis précisa que celle-ci habitait à Macon, en Géorgie, et que l'agression s'était déroulée à Atlanta, et j'en déduisis donc que Dana était en voyage ou rendait visite à des amis. Elle était apparemment sortie se promener seule vers minuit – ce qui semblait très étrange pour une ado de quinze ans, mais l'explication viendrait plus tard. Le plus important était que, au cours de cette promenade, elle avait traversé un parc où on l'avait agressée.

— Où se trouve Dana actuellement ? demandai-je quand Dennis en eut fini.

— À la clinique Marsh, répondit Benicio.

— C'est une clinique privée pour les employés des Cabales, m'expliqua Lucas. Elle se trouve ici, à Miami.

— Et sa mère est avec elle ? demandai-je.

Benicio fit signe que non.

— Malheureusement, Mme MacArthur n'a... pas été en mesure de venir à Miami. Nous avons toutefois bon espoir qu'elle change d'avis.

— Qu'elle change d'avis ? Quel est le problème ? Si elle ne peut pas se payer l'avion, j'espère bien que quelqu'un...

— Nous lui avons laissé le choix entre lui financer un vol commercial et emprunter notre jet privé. Mme MacArthur a émis quelques... inquiétudes concernant les trajets par avion ces temps-ci.

Lorsque j'entendis un bruit émis depuis l'autre côté de la table, mon regard glissa le long de la rangée de visages jusqu'à la plus jeune personne présente, un mage d'une trentaine d'années. Il le soutint avec un demi-sourire narquois. Lorsque Benicio le fusilla du regard, il masqua ce sourire derrière une quinte de toux.

— Des inquiétudes concernant les trajets par avion, répétai-je lentement en cherchant à me faire à l'idée qu'une sorcière laisse quoi que ce soit l'empêcher de se ruer au chevet de sa fille. J'imagine que c'est assez courant ces temps-ci. Peut-être qu'un billet de car...

— Elle ne souhaite pas venir, m'interrompit le mage au sourire narquois.

— Dana et sa mère sont quelque peu brouillées, déclara Benicio. Dana vivait seule à Atlanta.

— Seule ? Elle a quinze ans...

Je m'interrompis, soudain consciente qu'une dizaine de paires d'yeux me fixaient. Je n'imaginais rien de plus humiliant pour une sorcière que de se trouver dans une pièce remplie de mages qui vous apprennent qu'une de vos semblables, membre d'une espèce qui s'enorgueillit de ses liens familiaux, a laissé sa fille adolescente à la rue. Et que, par ailleurs, elle n'a même pas pris la peine de se rendre à son chevet alors qu'elle se trouve seule et dans le coma dans une clinique de la Cabale. C'était inconcevable.

— Peut-être que si je lui parlais..., repris-je. Il y a peut-être eu un malentendu...

— Ou alors, il se peut que nous mentions, dit le mage. Voici mon téléphone portable. Quelqu'un a le numéro de Lyndsay MacArthur ? Histoire que la sorcière...

— Ça suffit, intervint Benicio d'une voix assez tranchante pour découper du diamant, un ton que j'avais déjà entendu... chez son fils. Vous pouvez disposer, Jared.

— Mais je...

— Vous pouvez disposer.

Le mage quitta la pièce. Je réfléchissais à un moyen de défendre mon espèce. La main de Lucas me serra le genou. Je le regardai mais il s'était retourné vers la table et ouvrait la bouche pour parler en mon nom. Je m'empressai de l'interrompre. J'avais beau souhaiter ce soutien, la seule chose qui puisse aggraver cette situation encore davantage serait qu'il vole à mon secours.

— Le père de Dana est-il au courant de la situation ? demandai-je.

Benicio fit signe que non.

— Randy se trouve en Europe depuis le printemps. S'il était au courant de la brouille entre Dana et sa mère, il aurait demandé l'autorisation de rentrer.

— Je parlais de l'agression. Est-il au courant ?

Nouveau signe de tête négatif.

— Il se trouve actuellement dans une zone très instable. Nous avons tenté de le contacter par téléphone, par e-mail et par télépathie, mais nous n'avons pas réussi à l'avertir. Nous pensons qu'il sera de retour dans une grande ville dans le courant de la semaine.

— Bon. Parfait. Revenons au dossier. Je suppose que nous sommes ici parce que vous voulez qu'on retrouve l'agresseur de Dana.

— Qu'on le retrouve et qu'on le punisse.

Je doutais que le châtiment en question soit infligé par les autorités locales, mais maintenant que j'en savais plus sur ce qu'avait subi Dana, j'avais beaucoup de mal à m'en soucier.

— Mais la Cabale peut mener sa propre enquête, non ?

À l'autre bout de la table, une voix aiguë répondit :

— Monsieur MacArthur est un employé de catégorie C.

Je me tournai vers la personne qui venait de parler, un homme maigre et pâle comme un spectre, vêtu d'un costume noir de croque-mort. Un nécromancien. Je sais que c'est un stéréotype, mais la plupart des nécros que je connais ont des allures cadavériques.

— Paige, je vous présente Reuben Aldrich, qui dirige notre département statistiques. Reuben, mademoiselle Winterbourne n'est pas au fait de notre barème. Voulez-vous bien le lui expliquer ?

— Bien entendu, monsieur. (Des yeux bleu pâle se tournèrent vers moi.) Nos employés sont classés de F à A. Seuls les employés des catégories A et B ont droit à l'assurance contre les violences exercées contre la famille.

— L'assurance… ?

Lucas se tourna vers moi.

— C'est une assurance qui couvre les enquêtes financées par la société concernant des affaires criminelles comme les enlèvements, les agressions, les meurtres, les traumatismes ou tout autre danger que les membres de la famille peuvent affronter en conséquence de leur travail pour la Cabale.

Je regardai Reuben Aldrich.

— Donc M. MacArthur, en tant que membre de la catégorie C, n'a pas droit à une enquête financée par la société concernant l'agression de sa fille. Alors pourquoi nous présenter cette affaire – la présenter à Lucas ?

— La Cabale se propose de l'engager, répondit mon voisin. En raison de la réaffectation des ressources et des heures de travail, le coût d'une enquête interne serait prohibitif. Au lieu de quoi nous proposons d'engager M. Cortez comme enquêteur externe.

Lucas joignit les mains sur la table.

— Financer une enquête externe dont les frais ne sont normalement pas couverts par l'entreprise est une offre généreuse et attentionnée, mais… (Il croisa calmement le regard de son père.)… peu susceptible de correspondre aux critères de rentabilité de l'entreprise. Tu as dit à Paige que l'agression contre Mlle MacArthur n'était pas la première.

— Il y a une deuxième affaire, peut-être liée à celle-ci, répondit Benicio. Dennis ?

Celui-ci s'expliqua. Huit jours plus tôt, un jeune fugueur, fils d'un autre employé de la Cabale, avait été agressé. Holden Wyngaard, quatorze ans, était le fils d'un chaman. Quelqu'un l'avait suivi une nuit le long de quelques rues, puis l'avait attaqué dans une ruelle. Avant qu'il puisse se produire quoi que ce soit, un jeune couple s'était aventuré dans la ruelle, chassant l'agresseur de Holden. La Cabale ne menait pas d'enquête.

— Laissez-moi deviner, commentai-je. M. Wyngaard est un employé de catégorie C.

— De catégorie E, répondit Reuben. Son statut a été rabaissé suite à des problèmes d'accoutumance à la drogue. Il est actuellement suspendu de ses fonctions et n'a droit par conséquent qu'aux services de santé les plus basiques.

— Mais vous pensez que les deux cas sont liés ?

— Nous n'en savons rien, répondit Benicio. Si nous avions des preuves évidentes de l'existence d'un schéma, nous mènerions notre propre enquête. En l'état actuel des choses, c'est une coïncidence troublante. Bien que la nécessité de financer une enquête en bonne et due forme ne soit pas justifiée, nous souhaitons faire preuve d'initiative et engager Lucas pour qu'il se penche sur cette affaire.

— Pas moi, rectifia Lucas d'une voix douce mais assez ferme pour porter à travers la pièce. Paige.

— Bien entendu, si Paige souhaite t'aider...

— Je suis actuellement engagé dans un procès et ne peux donc pas m'occuper de cette affaire avec toute la diligence que vous souhaiteriez.

Benicio hésita, puis hocha la tête.

— Je comprends. Tu as d'autres obligations. Je n'ai rien à redire sur ce point. Dans ce cas, si tu souhaites lancer Paige sur cette affaire et superviser...

— Paige n'a pas besoin que je la supervise. Tu l'as contactée dans le cadre de cette affaire en espérant qu'elle l'intéresserait peut-être parce qu'elle concerne une sorcière. C'est à elle de décider si elle accepte ou non.

Tous les yeux se braquèrent sur moi. Une réponse positive bondit impatiemment dans ma gorge. Personne dans cette pièce ne se souciait de Dana MacArthur. Il fallait que quelqu'un la soutienne, et je brûlais d'envie que ce soit moi. Malgré tout, je gardai les lèvres closes et laissai à mon cerveau le temps de reprendre le contrôle des opérations.

Une tragédie et une tragédie avortée concernant toutes deux les enfants fugueurs d'employés de la Cabale Cortez. Est-ce que je pensais qu'elles étaient liées ? Non. Les rues étaient un endroit rude et violent pour des adolescents. C'est un fait énoncé froidement. Je devais prendre une décision tout aussi froide. Il fallait que je laisse quelqu'un d'autre rendre justice à Dana. Si j'acceptais cette affaire, j'y impliquerais Lucas, ne serait-ce qu'en l'obligeant à servir d'intermédiaire entre la Cabale et moi. Il n'était pas question de lui infliger ça. Je les remerciai tous d'être venus… et refusai leur offre.

# L'HEURE DE VIDER LE MINIBAR

Après la réunion, Benicio nous reconduisit à son bureau pour y récupérer nos affaires.

— J'aimerais que vous gardiez Troy avec vous ce soir, nous dit-il. Je suis inquiet. Si quelqu'un s'en prend aux enfants de la Cabale…

— Il me semble avoir une dizaine d'années en trop pour correspondre à cette catégorie, répondit Lucas.

— Mais tu restes *mon* enfant. Tu connais Troy : il sera aussi discret que possible. Je voudrais simplement… te savoir en sécurité.

Lucas remonta ses lunettes et se frotta l'arête du nez, puis me regarda.

Je hochai la tête.

— Laisse-moi plutôt prendre un des gardes du person nel de sécurité, dit Lucas. Tu ferais mieux de garder les tiens…

— Il me reste Griffin, dit Benicio en désignant le partenaire de Troy. Ça me suffira pour ce soir.

Comme Lucas acceptait enfin, Benicio formula plusieurs autres « requêtes ». Il voulait payer notre note d'hôtel pour nous dédommager d'avoir fait le déplacement. Lucas refusa. Benicio fit marche arrière mais formula une autre demande. Entre cette nouvelle menace et celle du 11 Septembre, il ne voulait pas que Lucas prenne un vol commercial. Il allait s'assurer que le jet de la société soit ravitaillé pour nous ramener chez nous. Cette fois encore, Lucas refusa. Mais Benicio insista jusqu'à ce que Lucas accepte enfin de le laisser payer l'hôtel, simplement pour qu'on puisse s'en aller.

Lorsqu'on s'échappa enfin dans la rue, le front de Lucas avait gagné dix années de rides de stress. Il s'arrêta près du jardin, ferma les yeux et inspira.

— Le suave parfum de la liberté, lui dis-je.

Il s'efforça de sourire mais ses lèvres n'y parvinrent pas et se contentèrent de dessiner une ligne fatiguée. Les yeux plissés, il inspecta les deux côtés de la route, puis prit la direction de l'est. Troy se mit en place à deux pas derrière nous. Au bout de quelques mètres, Lucas lui jeta des coups d'œil par-dessus son épaule.

— Troy ? S'il vous plaît, marchez à nos côtés.

— Désolé, répondit-il en nous rattrapant. L'habitude.

— Oui, eh bien ce n'est jamais une bonne chose d'être suivi par un semi-démon de cent vingt-cinq kilos. En général, ça signifie que je suis en train de fuir quelque chose.

— Il vous faut un garde du corps, répondit Troy avec un rictus.

— Il me faut surtout une vie plus saine. Ou des pieds plus rapides. Mais pour l'heure, ce qu'il me faut…

— C'est un véhicule, dis-je. Ainsi qu'un remontant.

— Hum, monsieur ?

Lucas grimaça.

— Je voulais dire *Lucas*, rectifia Troy. Le parking se trouve près du bureau. Nous devons emprunter le passage pour piétons pour rejoindre la voiture.

— Et c'est maintenant que vous me le dites, soupira Lucas.

— Eh, ce n'est pas à moi de réfléchir. C'est votre boulot, ça. Moi ? Je suis payé pour la boucler, lancer des regards noirs aux étrangers et, les bons jours, briser quelques rotules.

— Bonne planque, commentai-je.

— Ça a ses bons côtés. Mais la partie brisage de rotules finit par lasser. J'ai bien essayé d'introduire un peu de fracassage de crâne et de mâchoires, mais M. Cortez est un accro des rotules.

Lucas secoua la tête et reprit la direction du bâtiment.

Une fois à l'hôtel, Troy inspecta notre chambre avant de nous laisser entrer. Ça me paraissait exagéré, mais c'était son boulot.

— Rien à signaler, nous dit-il en ressortant. Il y a une porte qui sépare ma chambre de la vôtre. Frappez si vous avez besoin de moi. Si vous sortez dîner…

— Nous vous en informerons, dit Lucas.

— Je me tiendrai à l'écart, je prendrai une table dans un coin, comme vous voudrez.

— Nous allons sans doute passer une nuit tranquille, nous faire servir le dîner ici.

— Tout est payé, alors ne vous privez pas. (Troy remarqua l'expression de Lucas.) Ouais, je sais que vous n'aimez pas dépenser l'argent de votre vieux, mais vous êtes son gamin, non ? Si c'était mon père… (Il sourit.) Enfin si c'était mon père à *moi*, j'imagine qu'il proposerait de me fournir à vie en soufre et en feu, et personnellement, je préférerais le fric, mais c'est personnel. Cela dit, sérieusement, profitez-en. Videz le minibar, gonflez la note, fauchez les peignoirs de bain. Dans le pire des cas, vous risquez juste de contrarier le vieux et il refusera de vous parler pendant un an.

— Ce n'est pas la pire punition que je puisse imaginer, marmonna Lucas.

— Exactement. Alors lâchez-vous. Et appelez-moi si vous avez besoin d'un coup de main avec le minibar.

Je fermai la porte, jetai un sort de verrouillage et m'effondrai sur le canapé.

— Je suis désolé, me dit Lucas. Je sais que ça a été difficile pour toi de refuser leur offre.

— Essayons simplement... de ne pas y penser. Pas maintenant. Peut-être demain matin... Est-ce qu'on aura le temps de passer à la clinique demain matin ? D'aller voir comment elle va ?

— On se débrouillera.

— Parfait. Je peux m'assurer qu'elle va bien, voir si je peux faire quoi que ce soit et essayer d'oublier le reste. Maintenant, servons-nous ce verre.

Je voulus me lever mais Lucas m'intima de rester assise.

— Ne bouge pas, j'y vais.

Il jeta un œil au minibar puis à la porte.

— Le minibar est plus proche, lui dis-je. Et si tu sors acheter à boire, tu vas devoir emmener Troy. Ton père nous a obligés à venir ici en courant, alors le moins qu'il puisse faire, c'est de nous payer l'hôtel et à boire.

— Tu as raison. D'abord un verre. Ensuite, le dîner. On va commander... (Il s'interrompit et secoua la tête.) Non, on va sortir. Dans un chouette endroit. Ensuite on ira voir un spectacle, ou on se baladera sur la plage, ou ce que tu voudras. C'est moi qui offre.

— Tu n'es pas obligé...

— J'en ai envie. Et bien que j'aie omis de le préciser jusqu'ici, j'ai de l'argent. Enfin, un peu. J'ai été payé pour un procès et je suis, pour la première fois ce mois-ci, raisonnablement en fonds.

— C'est pour ce dossier sur lequel tu travailles ? Avec le chaman ?

— Non, ça remonte à plusieurs années, un client dont la situation financière s'est améliorée et qui souhaitait me récompenser. Quant au dossier en cours, il y a une possibilité de paiement. Un troc, en quelque sorte. Il a… (Lucas marqua une pause puis secoua la tête.) Nous pourrons en discuter plus tard, si tout ça se concrétise. Pour l'heure, j'ai assez d'argent pour t'offrir une soirée digne de ce nom et payer le loyer pour les mois à venir. Je te sers ce verre, et ensuite nous dirons à Troy que nous sortons dîner dans l'heure.

La partie sur le loyer ne m'avait pas échappé, malgré l'habileté avec laquelle il l'avait glissée. En matière de dépenses du ménage, je payais la part du lion. Par choix, devrais-je préciser. Je savais que ça contrariait Lucas – pas parce qu'il se disait « Je suis un homme, c'est à moi de subvenir à nos besoins », mais pour des questions d'orgueil plus subtiles.

Lucas gagnait à peine de quoi vivre. Il effectuait la majeure partie de son travail *pro bono*, car il aidait des créatures surnaturelles qui n'avaient pas les moyens de s'offrir un avocat ou un détective privé. Le peu d'argent qu'il gagnait provenait généralement de la paperasse juridique dont il s'occupait pour des clients surnaturels aisés, dont beaucoup auraient facilement pu engager un avocat local, mais qui s'adressaient à Lucas dans l'intention de soutenir son travail *pro bono*. Même ce dernier point le mettait mal à l'aise car il ressemblait trop à de la charité, mais la seule autre solution aurait consisté à cesser d'accepter des boulots non rémunérés, ce qu'il ne ferait jamais.

C'était vraiment pénible de le voir dormir dans des motels infestés de puces, peiner à s'offrir les transports en commun et économiser le moindre sou pour pouvoir contribuer à nos dépenses. J'avais assez d'argent pour deux. Mais comment pouvais-je refuser ses contributions sans amoindrir ses efforts ? Encore un problème qu'il allait nous falloir résoudre dans notre relation.

On regagna notre chambre d'hôtel en titubant peu avant minuit, après quelques parties de billard et quelques tournées de bières. L'avantage de disposer d'un chauffeur et garde du corps, c'était de ne pas devoir se demander qui conduisait. Mais l'inconvénient, c'était que Troy m'avait battue à deux parties de billard sur trois, ce qui égratignait sérieusement mon ego. Je mettais ça sur le compte de l'alcool. Il anesthésiait mes réflexes… Mais il m'aidait merveilleusement à oublier le reste de la journée. Lucas aussi se sentait mieux.

— Je n'ai pas triché ! protestai-je en me débattant pour me libérer de la position dans laquelle je me trouvais coincée, tête en bas, jambes sur le dossier du canapé.

Il tira mon chemisier de ma jupe et me chatouilla les côtes.

— Un peu, que tu as triché. À la deuxième partie. Septième balle, coin gauche. Un sort mineur de télékinésie.

Je poussai un cri aigu et repoussai sa main.

— Je… La balle a roulé.

— Avec un coup de pouce.

— Une fois. Rien qu'une fois. J'ai… arrête ! (Nouveau glapissement de fillette embarrassant.) Et toi… à la troisième partie… la huitième balle. Tu l'as écartée de ta trajectoire.

Il nous fit basculer sur le canapé et glissa une main sous ma jupe.

— Manœuvre de diversion, monsieur l'avocat, lui dis-je.

— Coupable.

Il passa le bout des doigts sous ma culotte et la retira.

— Pas si vite, Cortez. Tu m'as promis un sort.

— Je crois qu'en matière de sorts, tu en as fait assez à la salle de billard.

Il étouffa mes bredouillements d'un baiser.

— Attends. Non… (Je me tortillai de côté et me laissai tomber à terre, puis filai hors d'atteinte.) Et si on jouait à un jeu ? Au strip-sort.

— Au strip… ? (Il frotta ses lèvres souriantes.) D'accord, je donne ma langue au chat. Comment est-ce qu'on y joue ?

— Comme au strip-poker, mais avec des sorts. On essaie le nouveau sort chacun son tour. Chaque fois qu'on échoue, on retire un vêtement.

— Compte tenu de sa difficulté, on va se retrouver complètement à poil avant d'y arriver.

— Alors il faudra nous montrer plus créatifs.

Lucas éclata de rire et s'apprêtait à me répondre quand un coup à la porte l'interrompit. Il regarda la porte principale. Je désignai celle qui reliait notre suite à celle de Troy. Lucas soupira, se leva et chercha autour de lui. Je ramassai ses lunettes par terre.

— Merci, dit-il en les reprenant. Je reviens tout de suite.

— Tu as intérêt. Sinon, je commence sans toi.

Lucas reboutonna sa chemise sur le chemin de la porte. Je rampai sur le canapé, redressai ma jupe et fourrai ma culotte entre les coussins.

Lucas ouvrit la porte donnant sur la chambre voisine.

— Il y a eu une nouvelle agression, dit Troy.

— Où ça ? demandai-je en me levant brusquement du canapé.

— Ici. À Miami. (Troy se passa la main dans les cheveux. Il était très pâle.) Je viens de recevoir le message. Ils… Je suis de garde cette semaine. On a oublié de me retirer de la liste ce soir. Vous pouvez les appeler pour leur dire que je ne suis pas en mesure d'y aller ?

— Entrez, dit Lucas.

— Je dois… J'ai des coups de fil à passer. C'est… c'est Griffin. Son fils aîné, Jacob. Je ferais mieux…

— Vous feriez mieux d'entrer. S'il vous plaît. (Lucas ferma la porte derrière Troy.) Vous êtes en train de me dire que le fils de Griffin a été agressé ?

— Je… on n'en sait rien. Il a appelé le numéro d'urgence, et ensuite il a disparu. On a envoyé une équipe de recherches.

— Pourquoi ne pas les accompagner ? lui dis-je. On s'en sortira très bien tous les deux.

— Il ne peut pas, répondit Lucas. Il serait sévèrement réprimandé de m'avoir abandonné. Un problème facile à résoudre si je l'accompagne. Tu veux te joindre à nous ?

— Tu as vraiment besoin de le demander ? dis-je en me levant.

— Pas question, dit Troy. Si j'entraîne le fils du patron et sa copine dans une opération de sauvetage, je ne vais pas seulement me faire engueuler mais carrément me faire virer. Ou pire encore.

— Vous ne m'entraînez nulle part, répondit Lucas. Je vais leur donner un coup de main, et par conséquent, vous êtes obligé de me suivre. J'appellerai en chemin pour m'informer des détails.

# Bienvenue à Miami

Je m'installai sur le siège avant du véhicule utilitaire pour laisser Lucas tranquille à l'arrière tandis qu'il appelait la sécurité pour s'informer de la situation.

La bruine crépitait sur le toit, juste assez pour rendre la route glissante et miroitante dans l'obscurité. Mais notre pare-brise était sec, ce qui multipliait par dix la visibilité de Troy. Je compris alors d'où il connaissait Robert Vasic. Comme Robert, Troy était un Tempestras, un démon de l'orage. Ce nom, comme celui de nombreux semi-démons, versait dans l'emphase et confinait à la publicité mensongère. Un Tempestras ne pouvait pas provoquer d'orage. Il pouvait toutefois contrôler le temps dans ses environs immédiats, invoquer le vent, la pluie ou, s'il était vraiment doué, des éclairs. Il pouvait également, comme Troy, accomplir de petits tours bien pratiques comme chasser la pluie du pare-brise. Je faillis formuler un commentaire mais un coup d'œil au visage tendu de Troy m'apprit qu'il n'était pas d'humeur à parler de ses pouvoirs. Il était tellement concentré sur sa conduite qu'il ne se rendait peut-être même pas compte qu'il dégageait le pare-brise.

— Je peux vous poser une question ? demandai-je calmement. Au sujet du fils de Griffin ?

— Hum ? Oh, oui, bien sûr.

— C'est un fugueur ?

— Jacob ? Ah ça non. Ils sont très unis. Griffin et ses gamins, je veux dire. Il en a trois. Sa femme est morte il y a quelques années. Cancer du sein.

— Ah.

— Ouais. Griffin est génial avec ses gosses. Très proche d'eux. (Troy se détendit sur son siège, comme s'il se réjouissait d'avoir pu meubler le silence par autre chose que le bruit de la pluie.) Griffin passe pour un connard, mais c'est quelqu'un de chouette. Simplement, il prend son boulot trop au sérieux. Avant, il bossait pour les St. Cloud, et ils font les choses différemment. Comme des putains de militaires… Pardonnez mon langage.

— Les St. Cloud, c'est bien la plus petite des Cabales ?

— La deuxième plus petite. Elle fait environ la moitié de la taille de celle des Cortez. Quand la femme de Griffin était malade, les St. Cloud l'ont forcé à compter comme congés chaque minute qu'il employait à la conduire en chimio, ce genre de choses. Après sa mort, il a démissionné et accepté une offre de M. Cortez.

Quand il entendit un déclic provenant de la banquette arrière, Troy jeta un coup d'œil dans le rétroviseur.

— Du nouveau ? demanda-t-il.

— Ils ont envoyé deux équipes de recherches. Dennis… (Lucas me regarda.) Dennis Malone. Tu l'as rencontré tout à l'heure à la réunion. On l'a appelé à coordonner les opérations depuis le siège. Il nous conseille de commencer à plusieurs rues de l'endroit d'où Jacob a appelé. Les équipes sont en train de fouiller les immeubles des deux côtés de cet emplacement.

Je me tortillai pour faire face à Lucas.

— On a la moindre idée de ce qui est arrivé à Jacob ?

— Dennis m'a repassé son coup de fil…

— Le 911 ?

Lucas fit signe que non.

— Notre propre ligne d'urgences. On donne ce numéro à tous les enfants des employés des Cabales en leur disant d'appeler plutôt celui-là. Les Cabales préfèrent éviter d'impliquer la police dans toute affaire qui risque de comporter des éléments surnaturels. La famille de chaque employé apprend qu'il obtiendra une réponse plus rapide en appelant ce numéro plutôt que le 911, ce qui est effectivement le cas. Les plus grosses Cabales disposent d'équipes de sécurité et d'équipes médicales prêtes à agir vingt-quatre heures sur vingt-quatre.

— Alors c'est là que Jacob a appelé.

— À 23 h 27. L'appel lui-même n'est pas très clair, aussi bien à cause de la pluie bien que de la réception médiocre. Apparemment, il dit avoir été suivi après qu'il avait quitté le cinéma et s'était séparé de ses amis. La suite n'est pas très claire. Il demande qu'on dise à son père qu'il est désolé. L'opérateur lui demande de garder son calme. Puis l'appel se termine.

— Merde, dit Troy.

— Pas forcément, répondit Lucas. Peut-être que la liaison avec son portable a été rompue. Ou alors, il a simplement décidé qu'il faisait beaucoup d'histoires pour pas grand-chose, il en a eu honte et il a raccroché.

— Est-ce que Griffin le laisserait aller voir un film tard le soir avec des amis ? demandai-je à Troy.

— La veille d'un jour d'école ? Jamais de la vie. Griff est hyperstrict sur ces choses-là.

— Alors c'est sans doute pour ça. Jacob a compris qu'il allait s'attirer des ennuis pour avoir fait le mur et il a raccroché. Il va sans doute passer la nuit chez un ami et appeler son père une fois qu'il en aura trouvé le courage.

Troy hocha la tête, mais sans paraître plus convaincu que moi.

— Nom d'un chien, commenta Troy alors qu'il se garait dans la zone conseillée par Dennis.

Il s'était faufilé entre deux immeubles avant de ressortir dans un minuscule parking à peine plus large que la ruelle elle-même. Tous les immeubles en vue étaient criblés de fenêtres condamnées, et les planches elles-mêmes constellées d'impacts de balles. Tous les éclairages de sécurité avaient été démolis depuis longtemps. La pluie absorbait la lumière de la nouvelle lune. Tandis que Troy se garait sur une place de parking, les phares éclairèrent un mur de brique couvert de graffitis. Je balayai du regard les symboles et les noms.

— Heu, ce sont… ?

— Des signatures de gangs, répondit Troy. Bienvenue à Miami.

— C'est ici ? demandai-je en plissant les yeux pour scruter la pénombre. Jacob a dit qu'il revenait du cinéma, mais ça ne ressemble pas…

— Il y a un cinéma à quelques rues d'ici, répondit Troy. Un multiplex avec une tripotée de salles, en plein milieu de l'enfer. L'endroit rêvé où larguer ses gamins pour la matinée du samedi. (Il coupa le moteur puis les phares.) Merde. Il va nous falloir des lampes torches.

— Ça fera l'affaire ? demandai-je avant de jeter un sort qui fit apparaître dans ma main une boule de lumière grosse comme une balle de base-ball.

J'ouvris la portière et lançai la boule dehors. Elle s'arrêta à quelques mètres de nous et resta suspendue dans les airs, éclairant le parking.

— Cool. Je n'avais jamais vu ça.

— De la magie de sorcières, dit Lucas. (Il jeta le sort à son tour et fit apparaître une boule à l'éclat plus faible qu'il garda dans sa paume.) Elle est bien plus terre à terre que la nôtre. Comme je ne maîtrise pas ce sort aussi bien que Paige, je vais garder la mienne en main, en quelque sorte. Si je la lance à l'extérieur… Eh bien, elle se montre rarement coopérative.

— Elle va s'écraser comme un œuf sur le trottoir, dis-je en lui lançant un sourire furtif. Donc, la question des lampes est réglée. Troy, vous pouvez peut-être vous charger du parapluie. Nous sommes prêts.

On s'avança jusqu'aux limites du parking. Les vestiges squelettiques d'un immeuble se dressaient sur une grosse étendue de terrain qui faisait au moins la taille d'un pâté de maisons. Des arbres rabougris, des murs à demi démolis, des fragments de béton brisé, des sacs-poubelle éventrés, des pneus abandonnés et des meubles brisés jonchaient le décor. Je me penchai pour soulever un morceau de carton trempé qui recouvrait une masse volumineuse. Troy écarta une seringue d'un coup de pied et me prit la main.

— Mauvaise idée, dit-il. Il vaut mieux se servir d'un bâton.

Je balayai le terrain du regard, relevant d'un seul coup d'œil une vingtaine d'emplacements où Jacob avait pu se cacher en attendant de l'aide.

— Et si on essayait de l'appeler ? demandai-je.

Troy secoua la tête.

— Ça risque d'attirer l'attention des mauvaises personnes. Jacob me connaît, mais c'est un gosse intelligent. S'il se cache par ici, il ne nous répondra pas avant d'avoir vu mon visage.

Aucun d'entre nous ne le formula tout haut, mais il y avait une autre raison justifiant qu'on ne se contente pas de l'appeler et d'avancer. Il était peut-être blessé, incapable de répondre. Ou pire encore.

— La pluie se calme et la boule de lumière de Paige sera suffisante pour nous permettre à tous de chercher, dit Lucas.

Je propose qu'on se sépare, que chacun prenne un carré de trois mètres sur trois et le fouille de fond en comble. (Il s'arrêta.) À moins que… Paige ? Ton sort de détection serait parfait pour ça.

— Un sortilège ? dit Troy. Génial.

— Hum, ouais. Juste un détail… (Je jetai un coup d'œil à Troy.) C'est un sort de niveau quatre. Techniquement, je suis encore au niveau trois, donc je ne suis pas… (La vache, que c'était blessant.) Je ne suis pas très douée…

— Elle est toujours en train d'affiner sa précision, expliqua Lucas, ce qui sonnait bien mieux que ce que je m'étais apprêtée à dire. Tu veux essayer ?

Je hochai la tête. Lucas demanda à Troy de le suivre pour commencer les recherches et me laisser ainsi tranquille. Je fermai les yeux, me concentrai et jetai le sort.

Dès l'instant où les mots quittèrent ma bouche, je sus qu'il avait échoué. La plupart des sorcières attendent les résultats, mais ma mère m'avait appris à recourir à mon instinct viscéral, à ressentir le déclic subtil qui signale la réussite d'un sort. Ce n'était pas facile. L'intuition m'a toujours fait l'effet d'un concept ésotérique ringard. Mon cerveau cherche la logique qui sous-tend les schémas ; il attend des résultats clairs et définitifs. Mais à mesure que je progressais vers des sorts plus complexes, je m'étais obligée à développer cette intuition. Autrement, si je ne percevais aucune présence avec le sort de détection, je ne saurais pas si c'était parce qu'il n'y avait personne ou parce que le sort avait échoué.

Je le lançai une deuxième fois. Le déclic suivit, presque comme un soupir de soulagement inconscient. Le plus dur était à venir. Ce sort-là, je ne pouvais pas me contenter de le lancer et de le laisser actif, comme la boule de lumière. Je devais l'entretenir, ce qui nécessitait de la concentration. Je restai immobile et me concentrai sur le sort, mesurant sa puissance. Il faiblit, disparut presque, puis trouva prise. Je luttai contre l'envie d'ouvrir les yeux. Le sortilège fonctionnerait toujours, mais je me reposerais trop sur la vue au lieu des sensations. Je me retournai lentement et perçus deux présences. Troy et Lucas. Je les localisai précisément, puis vérifiai d'un coup d'œil. Ils se trouvaient exactement là où je les avais perçus.

— C'est bon, déclarai-je d'une voix qui résonna dans le silence.

— Parfait, répondit Lucas tandis qu'ils me rejoignaient.

— Alors comment ça marche ? demanda Troy.

— Si j'avance lentement, je devrais être en mesure de détecter toute personne se trouvant dans un rayon de six mètres.

— Génial.

J'inspirai.

— Bon, c'est parti.

Deux choix s'offraient à moi. Me laisser guider yeux fermés, comme un médium cinglé, ou bien ouvrir les yeux et fixer le sol. Naturellement, je choisis la seconde option. Je ne voulais surtout pas avoir l'air d'une andouille.

Lucas et Troy me suivirent. Au bout de quelques mètres, je sentis le sortilège faiblir. J'avertis mes nerfs qu'il n'y avait aucune pression, aucune raison de paniquer. Ils me traitèrent de menteuse, mais acceptèrent de faire semblant. Je me détendis et le sort gagna sa pleine puissance.

De faibles présences chatouillaient les limites de ma conscience. Quand je me concentrais dessus, elles restaient amorphes. De petits mammifères, sans doute des rats. Une image me traversa l'esprit : un roman qu'une amie et moi avions « emprunté » à son frère aîné quand nous étions gamines. Une histoire de rats qui devenaient fous et dévoraient les gens. Il y avait une scène où… Je me forçai à ravaler l'image tandis que mon regard balayait le sol en quête de crottes de rat.

Le sortilège faiblit, mais je continuai à marcher. On termina une zone de six mètres et on commença la suivante. Je me frayai un chemin à travers un champ miné de canettes de bière et contournai la noire cicatrice laissée par un feu de camp. Puis je discernai une présence deux fois plus forte que les autres.

— J'ai un truc, annonçai-je.

Je me précipitai vers la source, enjambai des vestiges de mur de un mètre de haut et surpris un énorme chat gris tigré. L'animal siffla et détala à travers le terrain, emportant avec lui la présence que j'avais perçue. Le sort céda.

— C'était ça ? demanda Troy.

— Je ne peux pas...

Je lançai un regard noir à Lucas. Je savais qu'il ne le méritait pas, mais je ne pus m'en empêcher. Je me dirigeai vers l'extrémité de la zone, m'emparai d'un bâton et m'en servis pour fouiller un tas de chiffons.

— Paige ? dit Lucas.

— S'il te plaît, non. Je sais que ma réaction est excessive, mais je déteste...

— Tu n'as pas échoué. Le sort a fonctionné. Tu as trouvé ce chat.

— Si je ne sais pas différencier un chat d'un gamin de seize ans, alors non, il ne fonctionne pas. Laisse tomber, d'accord ? Je ferais mieux de chercher Jacob au lieu de tester des sorts sur le terrain.

Lucas s'approcha de moi par-derrière, si près que je sentais sa chaleur corporelle. Il baissa la voix jusqu'au murmure.

— D'accord, tu as découvert un ou deux chats en chemin. Quelle importance ? Troy ne sait pas comment le sort est censé marcher. Nous avons pas mal de terrain à couvrir.

Beaucoup trop. Nous étions ici depuis une bonne demi-heure et nous avions à peine fouillé une centaine de mètres carrés. Je songeai à Jacob qui se trouvait là-dehors en train d'attendre les secours. Et si c'était Savannah ? Est-ce que j'avancerais laborieusement à travers ce terrain en râlant contre Lucas ?

— Vous pourriez continuer à fouiller normalement ? chuchotai-je assez bas pour que Troy n'entende rien. Je ne veux pas… que vous vous reposiez sur mon sort.

— Pas de souci. On progressera plus vite comme ça. J'ai ma boule de lumière, si minable soit-elle. Tu prends la tienne, tu vas de l'autre côté du terrain et tu commences par là.

Je hochai la tête, m'excusai en lui touchant le bras puis m'éloignai, suivie de ma boule de lumière.

Cette fois, le sort de détection marcha du premier coup. Ou du moins le pensais-je, mais quelque chose allait de travers. Dès l'instant où je le lançai, je sentis une présence dix fois plus forte que celle du chat. Je rompis le sort et fis une nouvelle tentative. J'échouai, puis réussis. Mais la présence était toujours là, le long d'une étroite ruelle entre deux immeubles. Fallait-il que je prévienne Lucas et Troy ? Et ensuite, je les entraînerais là-bas pour m'aider à découvrir toute une portée de chats ? Cette fois, je pouvais aller voir moi-même. Aucun garçon de seize ans ne risquait de prendre peur en me voyant.

Je mis fin au sort de détection et orientai ma boule de lumière de sorte qu'elle reste au coin de l'immeuble. Elle y projetterait une lueur suffisante pour me permettre d'y voir, mais pas pour effrayer un gamin qui ne devait pas connaître grand-chose aux espèces surnaturelles.

Je me glissai dans la ruelle. La présence se trouvait quelques mètres plus loin, le long du côté est. Moins de trois mètres plus loin, je vis une porte dans un renfoncement. Ça devait être là. Je me faufilai parmi les détritus, le plus discrètement possible. Près de la porte, je m'appuyai contre le mur. Une odeur atteignit mes narines. De la fumée de cigarette ? Avant que je puisse enregistrer cette donnée, mon corps poursuivit sur sa lancée et franchit la porte. Parmi les ombres, je vis un adolescent.

Je souris. Puis j'aperçus un autre garçon près du premier, et un autre encore derrière lui. J'entendis un bruissement derrière moi. Je me retournai pour voir un autre ado coiffé d'un bandana qui me bloquait la voie. Il adressa à ses amis quelques mots en espagnol à un débit de mitraillette. Ils éclatèrent de rire.

J'eus l'intuition que ce n'était pas Jacob.

# La faune locale

Tout réside dans l'attitude. Par conséquent, quand on se retrouve face à quatre – ah non, tiens, en voilà un autre –, cinq membres d'un gang des quartiers pauvres, la pire réaction consiste à prendre ses jambes à son cou. Quant à savoir ce qui pourrait nous pousser à le faire, eh bien, la présence d'armes mortelles doit y être pour quelque chose, mais je ne vois pas les choses ainsi. Ce sont des gamins, d'accord ? Des gens comme les autres. En tant que tels, on peut raisonner avec eux, tant qu'on adopte la bonne position. Ferme, mais polie. Assurée, mais respectueuse. J'avais parfaitement le droit de me trouver là et, par ailleurs, j'avais de bonnes raisons. Par rapport auxquelles ils pourraient peut-être nous aider.

— Bonjour, leur dis-je en me dressant de toute ma taille et en levant les yeux pour croiser ceux de l'individu que j'identifiai comme le chef. Désolée de vous déranger. Je cherche un adolescent qui a disparu dans le coin. Vous l'avez vu ?

Pendant un moment, ils se contentèrent de me fixer.

— Ah ouais ? répondit enfin l'un de ceux du fond. Eh ben nous, on cherche du fric. Vous en avez vu ? Peut-être dans votre sac ?

Salve de ricanements. Je me retournai vers celui qui venait de parler.

— Comme vous avez dû le remarquer, je ne porte pas de sac. Je…

— Pas de sac ? (Il se tourna vers ses amis.) Je crois qu'elle le cache sous sa chemise. Deux gros sacs, même.

Il décrivit le geste masculin universel représentant de gros seins.

J'attendis les gloussements de rire inévitables et résistai à l'envie de leur rétorquer que, en matière de blagues sur les nibards, c'était une des plus minables que j'aie jamais entendues.

— Il a seize ans, leur expliquai-je. Il est grand. Avec des cheveux noirs. Il est blanc. Quelqu'un le poursuivait. Il est peut-être blessé.

— Si on l'avait vu, il le serait, blessé. Personne ne repart d'ici comme ça. (Il soutint mon regard.) Personne.

— Ah, dit une voix derrière nous. Eh bien, peut-être que cette fois, messieurs, vous pourriez faire une exception. (Lucas me prit par le bras.) Nous vous présentons nos excuses pour ce malentendu. Veuillez nous pardonner.

Le voyou situé derrière moi s'avança vers Lucas et ouvrit un couteau à cran d'arrêt dont il garda la lame tournée vers le bas, en guise de menace voilée.

— Chouette costard, *pocho*, dit-il avant de baisser les yeux vers ma jupe et mon chemisier. Vous venez d'où, tous les deux ? De la mission ?

— En fait, répondit Lucas, nous ne sommes pas d'ici, répondit Lucas. Donc, si vous voulez bien nous excuser…

— Pas tout de suite, dit le garçon au couteau. On n'en a pas encore fini.

Avec un sourire narquois, il tendit sa main libre vers ma poitrine. Je commençai à murmurer un sort d'entrave mais, avant que je puisse le lancer, Lucas leva la main pour bloquer celle du garçon.

— S'il vous plaît, ne faites pas ça, dit Lucas.

— Ah ouais, et qui va m'en empêcher ?

— Moi, gronda une voix.

On leva les yeux – très haut – pour voir Troy en train d'arracher le couteau de la main du garçon.

— Le garde du corps de la mission, dis-je. Désolée, les garçons, mais j'ai du travail. Merci de votre coopération et ne traînez pas dehors trop tard. Il y a école demain.

Un chœur de marmonnements en espagnol, sans doute guère élogieux, nous suivit le long de la ruelle, mais les garçons restèrent devant cette porte.

Quand on fut assez loin pour qu'ils ne nous entendent plus, Lucas jeta un coup d'œil à Troy.

— Vous vous rendez compte, j'espère, que vous m'avez privé d'une rare occasion de faire étalage de mes talents martiaux et de m'attirer ainsi la reconnaissance féminine pour un nombre inestimable de semaines à venir.

— Désolé.

Je souris et serrai le bras de Lucas.

— Ne t'en fais pas. Je sais que tu n'étais qu'à quelques millisecondes de leur balancer une décharge électrique.

— Absolument. (Il jeta un coup d'œil à Troy par-dessus son épaule.) Vous allez devoir pardonner à Paige cet excès de zèle dans sa tentative de sympathiser avec la faune locale. Là d'où elle vient, il n'y a pas beaucoup de spécimens de leur espèce.

— Hé, il y a des gangs à Boston.

— Ah oui. Je crois qu'ils sont particulièrement redoutables près des quais, où ils tombent parfois sur les passants insouciants pour les cerner à l'aide de leurs yachts en criant des insultes bien choisies et formulées avec élégance.

Troy éclata de rire. Lucas poursuivit :

— Quand on se trouve face à des membres d'un gang, Paige, il vaut mieux les traiter comme des chiens enragés. Dans la mesure du possible, éviter leur territoire. Si tu tombes dessus par accident, ne croise pas leur regard, fais lentement marche arrière… Ensuite, balance-leur une bonne décharge électrique.

— Compris.

— Et si nous reprenions…

Le téléphone portable de Lucas sonna. Il répondit. Quinze secondes plus tard, il raccrocha.

— Ils l'ont trouvé ? demanda Troy.

Lucas secoua la tête.

— Ils vérifiaient juste si nous l'avions trouvé de notre côté.

— Comme si on était du style à ne pas appeler pour les prévenir. (Troy balaya le terrain du regard.) Oh et puis merde, il n'est pas ici. Vous savez quoi ? Je crois que vous avez raison. Il doit se planquer chez un ami. Griffin est au courant des autres agressions. C'est pour ça qu'il a donné un portable à Jacob en lui demandant de signaler tout ce qu'il verrait d'inhabituel. Jacob a dû apercevoir un des voyous du coin, paniquer et passer ce coup de fil. Ensuite, il s'est senti bête et il a mis les bouts.

On échangea des regards.

— Donc, repris-je. Vous voulez recommencer la partie nord pendant que je couvrirai le sud ?

Ils hochèrent la tête. Nous nous apprêtions à nous séparer quand le téléphone de Lucas sonna. Nouvelle brève conversation.

— Griffin a débarqué dans le deuxième secteur, annonça Lucas.

— Oh, merde, répondit Troy en grimaçant.

— Précisément. Il complique la tâche à ceux qui font des recherches. Pas intentionnellement, bien sûr, mais il est paniqué. Et eux sont inquiets, ce qui peut se comprendre, compte tenu de ses pouvoirs.

— Quel genre de semi-démon est-il ? demandai-je.

— Un Ferratus, répondit Lucas.

Pas le type de semi-démon le plus fréquent. Tellement rare, en fait, que je dus traduire le nom du latin avant de me rappeler. Ferratus. « Garni de fer. » Un semi-démon qui ne connaissait qu'un tour, mais pas n'importe lequel. Quand un Ferratus exerçait son pouvoir, sa peau devenait dure comme fer. Pas étonnant que Benicio ait piqué Griffin aux St. Cloud. C'était le garde du corps parfait… et la dernière personne au monde qu'on voulait voir se déchaîner.

— Dennis m'a demandé d'intervenir, dit Lucas. Ils ne se trouvent qu'à un pâté de maisons d'ici. Je propose qu'on marche et qu'on fouille la zone qu'on traversera en chemin.

— Je pourrais rester ici et…, commençai-je.

— Non, me répondirent les deux hommes à l'unisson.

Je les suivis dans la ruelle.

Tandis que nous marchions, je laissai Troy et Lucas prendre de l'avance. Autant que je jette mon sort de détection pour voir si je percevais quoi que ce soit. Inutile de leur apprendre ce que j'étais en train de faire – ça ne servirait qu'à accroître l'obligation de fournir des résultats. Comme ils s'affairaient tous deux en chemin à examiner tous les coins et recoins, ils supposèrent que je faisais de même et ne remarquèrent pas que je restais en retrait.

Je trouvai deux nouveaux chats de gouttière. Ma carrière parallèle d'agent de fourrière s'annonçait très bien. Pour voir les choses du bon côté, dès que je perçus la présence du minou numéro trois, je sus qu'il était de nature féline, ce qui signifiait que j'apprenais à distinguer la puissance des présences.

Je venais de trouver mon quatrième chat errant quand une voix nous appela au loin. À l'autre bout de la ruelle, je vis plusieurs hommes qui approchaient de Troy et de Lucas.

La deuxième équipe de recherches. Je pressai le pas. J'avais avancé de trois mètres quand je sentis une autre présence. Plus forte que celle d'un chat, mais… Je m'arrêtai de marcher et me concentrai. Non, trop faible pour être humaine. J'avançai d'un pas. Mes pieds me paraissaient aussi lourds que du plomb, à mesure qu'une incertitude lancinante me titillait le cerveau. Trop forte pour un chat, trop faible pour un humain. Alors de quoi s'agissait-il ?

Devant moi, les hommes se tenaient penchés les uns contre les autres et leurs voix ne me parvenaient que sous forme d'ondes sonores. Lucas me vit mais ne me fit pas signe de les rejoindre. Il m'accordait la permission tacite de continuer à chercher. Il n'y avait donc aucun mal à aller examiner cette présence. Je la localisai dans une ruelle voisine. Je me retournai pour montrer à Lucas où j'allais mais il avait quitté le groupe. Il était sans doute parti calmer Griffin. J'allais inspecter la ruelle vite fait et revenir avant qu'il remarque mon départ.

Je suivis la piste de la présence le long d'une ruelle menant à une porte. La porte avait été calée en position ouverte par un morceau de carton replié. Du carton humide retenant une porte qui s'ouvrait vers l'intérieur. J'inspectai celle-ci en quête de signes d'humidité mais elle était sèche. Par cette nuit sans vent, la bruine seule n'expliquait pas que ce carton soit trempé, ce qui signifiait qu'on l'avait apporté là depuis moins de une heure.

J'hésitai devant la porte, préparai une boule de feu, puis déplaçai ma lumière vers l'entrée d'où elle illuminerait l'intérieur. J'entrai prudemment. La pièce était vide à l'exception d'un tas de chiffons dans le coin. La présence que je percevais provenait de ce coin-là, quelque part sous les chiffons. Lorsque j'approchai ma boule de lumière, je vis qu'il ne s'agissait pas de chiffons mais d'une couverture sale et rongée par les mites. Une basket montante en dépassait, ornée de l'emblème reconnaissable entre tous de Nike.

Je traversai la pièce en courant, m'agenouillai et tirai sur la couverture. Elle dévoila un homme recroquevillé en position fœtale. Je touchai son bras nu. Il était froid. Mort. La présence avait encore faibli depuis que je l'avais détectée. Elle se dissipait à mesure que les dernières traces de chaleur corporelle disparaissaient. Une bouffée de tristesse m'envahit, bientôt chassée par une vague de soulagement coupable à l'idée qu'il ne s'agisse pas du garçon que je cherchais.

Je reculai. Mon ombre s'écarta alors de son visage et je compris que ce n'était pas un homme. Sa taille m'avait induite en erreur, mais à présent que je voyais ses traits délicats et ses yeux effrayés, je comprenais qu'il s'agissait bien du fils de Griffin.

Mes mains volèrent à son cou, cherchant des signes de vie, mais je savais n'en trouver aucun. Je le fis rouler sur le dos pour vérifier si son cœur battait. Lorsque ses bras retombèrent de sa poitrine, j'inspirai vivement en voyant le patchwork sanglant que formait son tee-shirt, couvert d'un réseau de coups de couteau.

— Paige ! m'appela Lucas depuis l'extérieur.

— À l'int… (Ma voix s'étrangla. Je déglutis puis recommençai.) Je suis à l'intérieur.

Je me levai puis me penchai pour tirer la couverture sur le tee-shirt ensanglanté de Jacob. Ses yeux grands ouverts me fixèrent. Autrefois, les gens croyaient qu'on pouvait voir le dernier instant de la vie d'un homme imprimé dans ses yeux. J'étudiai ceux de Jacob et vis en effet ce dernier instant. J'y lus une terreur infinie, impuissante. Je me mordis la lèvre et m'obligeai à remonter la couverture.

Un bruit à la porte. Une ombre allongée remplit l'embrasure de la porte.

— Troy, lui dis-je. Parfait. Retenez les autres jusqu'à ce que j'aie pu dire à Lucas…

L'homme traversa la pièce en quelques longues foulées. Avant même de voir son visage, je compris que ce n'était pas Troy.

— Griffin, dis-je en reculant vivement pour lui cacher le corps de Jacob. Je…

Il me saisit par l'épaule et m'écarta violemment de son chemin. Je heurtai le sol. J'y restai un moment étendue, étourdie. Cet instant suffit à Griffin pour s'agenouiller près de son fils et tirer la couverture.

Un hurlement fendit l'air. Un juron, un cri, un nouveau hurlement. L'impact d'un poing heurtant la brique. Un autre. Encore un autre. Levant les yeux, je vis une brume de poussière de brique et de mortier et, à travers elle, Griffin en train de cogner le mur, ponctuant chaque coup par un hurlement inhumain.

— Griffin ! lui criai-je.

Mais il n'entendait rien. Je lançai un sort d'entrave, trop vite, qui échoua. Un bruit de voix et de course me parvint depuis l'extérieur, bientôt noyé par la douleur et la rage de Griffin. Une pluie de fragments de brique mêlés à des éclats de bois et de pierre s'abattit. Une planche chuta du toit en ricochant sur mon épaule lorsque la puissance des coups de Griffin fit trembler le bâtiment.

D'ici quelques minutes, quelque chose allait céder – le toit, un mur, quelque chose. À travers la poussière, j'apercevais la porte ouverte qui m'invitait à m'y réfugier. Au lieu de quoi je fermai les yeux, me concentrai et jetai de nouveau le sort d'entrave. En plein milieu de l'incantation, un fragment de brique me heurta le bras et je reculai en titubant. Nouvelle chute de briques, de plus gros morceaux cette fois, assez volumineux pour faire mal. Je serrai les dents, fermai les yeux et repris mon sort.

Les coups cessèrent. Je maintins le sort quelques secondes avant d'oser ouvrir les yeux. Je vis alors Griffin, le poing immobilisé dans les airs. Il poussa un grognement puis montra les dents, cherchant à se libérer, mais je concentrai toutes mes forces à le maintenir immobile. Nos regards se croisèrent. Ses yeux s'assombrirent de rage et de haine.

— Je suis désolée, lui dis-je.

Lucas et les autres franchirent la porte.

# Preuves de l'existence d'un schéma

Deux heures exténuantes plus tard, on regagna notre véhicule. L'équipe d'urgence avait emporté le corps de Jacob à la morgue de la Cabale pour l'examiner et l'autopsier. Une équipe médico-légale examinait les lieux. Des enquêteurs ratissaient la zone en quête d'indices et de témoins. La procédure standard pour une enquête sur un meurtre. Sauf que chacun des professionnels, du médecin légiste au photographe, était une créature surnaturelle employée par la Cabale Cortez.

Rien de tout ça ne passerait jamais au journal télévisé. Les Cabales ne connaissaient d'autre loi que la leur, au sens le plus strict de l'expression. Elles possédaient leur propre code juridique. Le faisaient respecter. Punissaient ceux qui le transgressaient. Et personne, dans le monde des humains, ne se doutait de rien.

— Vous voulez rester avec Griffin ? demandai-je à Troy tandis qu'il nous escortait vers la voiture. On pourra certainement emprunter un autre garde du corps à l'équipe de sécurité.

Troy secoua la tête.

— Ils emmènent Griffin voir ses enfants. Il n'a pas besoin de moi là-bas.

Alors que nous approchions du véhicule, Troy leva la télécommande. Un bruit de course résonna lourdement derrière nous. C'était Griffin.

— Je veux vous parler, dit-il en fonçant sur Lucas.

Troy leva la main pour l'arrêter mais Troy secoua la tête. Je préparai un sort d'entrave. Griffin s'arrêta à quelques centimètres de Lucas, beaucoup trop près à notre goût. Je me raidis, ainsi que Troy, prêts à intervenir. Lucas se contenta de lever les yeux vers Griffin.

— Je veux vous engager, dit Griffin. Je veux seulement que vous découvriez qui a fait ça.

— La Cabale va mener son enquête. Mon père va s'en assurer.

— Je l'emmerde, la Cabale.

— Griff, lui dit Troy sur un ton menaçant.

— Je suis sérieux, répondit Griffin. Je l'emmerde, la Cabale. Elle ne fera rien tant que ça n'arrivera pas au gosse d'un mage. Je veux que vous trouviez ce fils de pute et que vous me l'apportiez. Livrez-le-moi.

— Je…

— Je peux vous payer. Quel que soit le tarif actuel d'un détective privé, je vous offre le double. Le triple. (Il leva le poing pour souligner ses paroles, puis regarda sa main, la fourra dans sa poche et baissa la voix.) Dites-moi simplement ce que vous voulez et vous l'aurez.

— Vous n'êtes pas obligé de faire ça, Griffin. Mon père va demander une enquête et il a des ressources que je ne peux pas égaler.

— J'appartiens à la catégorie C. Je n'ai pas *droit* à une enquête.

— Mais vous en aurez une.

— Et sinon ?

— Sinon, je m'en chargerai, répondis-je calmement.

Griffin me jeta un coup d'œil comme s'il venait à peine de remarquer ma présence. Il se contenta de me fixer pendant une bonne minute. Puis il hocha la tête.

— Parfait, dit-il. Merci.

Il se détourna et s'enfonça dans la nuit.

— Oh mon Dieu, j'ai vraiment dit ça ? murmurai-je en laissant retomber ma tête contre le cuir de la banquette arrière. (Je regardai Lucas en train de boucler sa ceinture près de moi.) Je suis vraiment désolée.

— Ne le sois pas. Si tu ne l'avais pas dit, je l'aurais fait. Tu l'as réconforté. Il en avait besoin. Mais il ne sera pas nécessaire de concrétiser cette promesse. Mon père demandera une enquête, ne serait-ce que pour rassurer ses employés en leur montrant que la Cabale prend des mesures.

Cette fois, quand Troy fouilla notre chambre, il y trouva quelqu'un : Benicio. Lucas jeta un coup d'œil dans la pièce et s'affaissa, comme si toute la tension accumulée pendant la nuit lui retombait dessus à plein impact.

— Minibar ? chuchotai-je.

— Je veux bien.

Après un échange de signes de tête avec Benicio, je le contournai pour rejoindre le Frigidaire. Je pris deux verres puis hésitai et me tournai vers Benicio.

— Vous voulez quelque chose ?

— De l'eau, ce serait parfait, répondit-il. Merci, Paige.

Je préparai les verres tandis que les deux hommes discutaient derrière moi.

— Je voulais vous remercier d'avoir participé aux recherches, déclara Benicio. Ça représentait beaucoup pour tout le monde qu'un membre de la famille les aide.

— Oui, eh bien, il n'y a pas de quoi. La nuit a été longue. Peut-être que…

— Je ne pouvais pas y envoyer tes frères sur ordre direct, et encore moins de leur plein gré. Ils croient que le boulot de directeur consiste à venir chaque jour au bureau, à formuler des ordres et à signer des papiers. Ils n'ont aucune idée des attentes des employés, ni de leurs besoins.

Je jetai un coup d'œil à Lucas. Il affichait l'expression lasse d'un enfant qu'on oblige à subir pour la millième fois le sermon préféré de son père.

— Je suis sûr qu'Hector y serait allé.

Benicio ricana.

— Évidemment. Parce qu'il aurait su que je le voulais. Il aurait tué ce garçon lui-même s'il pensait que ça lui ferait gagner mes faveurs.

Lucas grimaça. Je lui tendis un whisky sec. Il articula un remerciement muet. Je donnai son eau à Benicio qui me gratifia d'un signe de tête avant de reprendre :

— Nous avons eu d'autres preuves indiquant l'existence d'un schéma. Un vice-président des St. Cloud a eu vent de notre problème, ce qui m'a valu un coup de fil de Lionel. La fille d'un de leurs nécromanciens, qui vivait avec des proches suite à des problèmes familiaux, a été attaquée samedi dernier, le lendemain de l'agression de Dana.

— Elle va bien ? demandai-je.

Benicio secoua la tête.

— Comme Jacob, elle a réussi à appeler leur service d'urgence en disant qu'on la suivait mais elle était morte quand on l'a trouvée. J'ai passé des coups de fil à Thomas Nast et à Guy Boyd pour leur demander s'ils avaient entendu parler d'agressions sur les enfants de leurs employés. Thomas a confirmé du bout des lèvres qu'il y a eu deux incidents, mais a refusé de donner des détails par téléphone. Les

Cabales se réunissent demain à Miami pour partager leurs informations.

— Elles vont lancer une enquête commune, je présume, dit Lucas.

— Oui, et c'est pourquoi je vous demande de réfléchir de nouveau à mon offre.

— Y réfléchir ? Si les Cabales mènent l'enquête, vous n'avez pas besoin de nous.

— Non. Si les Cabales mènent une enquête *commune*, j'ai plus que jamais besoin de votre aide. Comme Lucas pourra vous le dire, une opération interne…

Lucas leva la main.

— Nous sommes fatigués, *papá*, dit-il doucement. La nuit a été très longue. Je comprends parfaitement ce qui t'inquiète. Mais puis-je te demander de me laisser expliquer la situation à Paige ce soir, essayer de dormir, puis en discuter avec toi au petit déjeuner ?

— Oui, bien entendu, répondit Benicio. À quelle heure dois-tu être au tribunal demain ?

— Midi.

— Alors retardons notre petit déjeuner de 7 à 8 heures, afin de vous laisser le temps de dormir. Je vais tout arranger pour que le jet vous ramène ensuite à Chicago.

Lucas hésita, puis hocha la tête.

— Merci.

Il se tourna vers la porte.

— Une dernière chose, dit Benicio.

Lucas s'arrêta, faisant toujours face à la porte, une main sur la poignée, lèvres ouvertes sur un soupir muet.

— Oui, *papá* ?

— À la lumière de cette dernière tragédie, je crois que nous devons partir du principe que le tueur compte frapper les Cabales là où elles s'y attendent le moins et en souffriront le plus. Partant de là, nous devons également supposer que le trophée suprême serait pour lui un membre de la famille du P.-D.G.

— Oui, bien sûr, mais nous pourrons discuter de ça…

— Je ne parle pas de généralités, Lucas. J'attire votre attention sur ce point car il vous touche manifestement, Paige et toi, et que vous devez y réfléchir immédiatement.

— Il vise les adolescents. Je ne suis pas un…

— Je ne parle pas de toi. Le tueur est visiblement assez intelligent pour attaquer la marge, arracher au troupeau les plus vulnérables, les enfants les plus éloignés de la protection de la Cabale. S'il voulait un adolescent de la famille immédiate d'un P.-D.G. de Cabale, il n'y en a qu'une qui vive avec un membre d'une Cabale et ne soit pas sous surveillance vingt-quatre heures sur vingt-quatre.

— Oh mon Dieu, dis-je. Savannah.

# La gamine la plus menacée de la planète

Un peu plus tôt cette année-là, quand Kristof Nast avait réclamé la garde de Savannah, il avait affirmé être son père. Au départ, je ne l'avais pas cru. Savannah, dont la mère, connue pour sa puissance, était à la fois sorcière et semi-démone, donnait lieu de penser qu'elle allait égaler ou surpasser ses pouvoirs, et devenir par conséquent très prisée par les Cabales.

Quant au fait que Kristof soit son père, c'était grotesque. Aucune sorcière ne nouerait jamais de relation avec un mage, surtout un mage haut placé dans une Cabale. Puis j'avais rencontré Kristof, vu les yeux de Savannah soutenir mon regard, et compris alors qu'il n'y avait aucun doute quant à leur lien de parenté.

Quand bien même j'en aurais encore douté, ses actions m'avaient prouvé qu'il ne cherchait pas à recruter une nouvelle employée. Kristof ne s'était pas contenté d'une tiède tentative d'enlèvement. Il s'était investi corps et âme dans cette histoire de demande de garde et avait trouvé la mort en cherchant à empêcher Savannah de se faire du mal. Un mage comme Kristof Nast ne ferait jamais ces choses-là pour une sorcière qui ne soit pas sa fille.

Cette histoire alimentait le moulin à ragots de la Cabale depuis des mois. Toute personne cherchant des enfants de la Cabale serait au courant de l'existence de Savannah. Elle saurait également que, contrairement aux autres enfants et petits-enfants de P.-D.G. des Cabales, elle ne faisait pas le trajet jusqu'à une école privée dans une voiture blindée remplie de gardes semi-démons. Elle n'avait que Lucas et moi et, pour l'heure, nous n'étions même pas à ses côtés.

Je vous affirmerai, non sans une certaine fierté, ne pas avoir paniqué. D'accord, j'eus bien quelques accès de palpitations avec le souffle court, mais je parvins à me reprendre avant d'atteindre le stade de l'angoisse clinique.

Il ne fallut que quelques minutes à Lucas et à son père pour établir un plan qui m'empêcha de sauter dans le prochain avion pour rentrer chez moi. Benicio avait déjà envoyé le jet de la société à Portland. Lorsqu'il nous parla du danger potentiel que courait Savannah, des gardes de la Cabale étaient en route pour aller la chercher. J'avoue avoir eu une brève crise de panique sur le thème « Et si tout ça était un coup monté et qu'il voulait s'emparer d'elle », mais je parvins à l'étouffer avant de proférer des accusations insensées. Si Lucas faisait confiance à son père pour ramener Savannah ici, alors moi aussi.

Lucas appela les parents de Michelle, s'excusa de les réveiller et leur débita une histoire plausible pour expliquer l'arrivée imminente de plusieurs types immenses qui viendraient chez eux chercher Savannah. Du moins, je suppose qu'il en trouva une. Je n'entendis rien. Mais je connaissais assez Lucas pour le savoir capable de concocter en un clin d'œil les mensonges les plus convaincants – encore un don hérité de son père.

Sur ma demande, Lucas parla également à Savannah. Que lui raconta-t-il ? La vérité, j'en suis certaine. Si ç'avait été moi au bout du fil, j'aurais édulcoré les faits. Je n'aurais pas pu m'en empêcher. L'envie de lui rendre la vie plus facile était trop forte. Je lui aurais donc servi une version allégée et elle m'aurait écoutée, avant de demander à parler à Lucas pour entendre la vérité.

Après le départ de Benicio, Lucas se dirigea vers le canapé, s'assit près de moi et me prit la main.

— Ça va ? murmura-t-il.

Je serrai sa main et parvins à afficher un faible sourire.

— Je me sentirai mieux quand elle sera là, mais ça va.

— Au sujet de cette affaire, me dit-il. Je ne me trompe pas en supposant que tu veux l'accepter ?

— J'aimerais bien, mais…

— Après ce qui s'est passé ce soir, nous ne pouvons plus nous offrir le luxe de nous inquiéter de conflits d'intérêts. Quelqu'un doit mener cette enquête.

— Tu ne crois pas les Cabales capables de s'en occuper ?

— Individuellement, je dirais qu'elles sont parfaitement capables de gérer la situation. Mais ensemble ? Elles ne travaillent qu'à une infime fraction de leurs capacités.

— Querelles internes ?

Il hocha la tête.

— Exactement. Elles sont comme deux pays en guerre qui s'allieraient contre un ennemi commun. Chacune voudra diriger l'assaut. Chacune refusera de partager ses informations, de peur de divulguer ses contacts et ses techniques. Chacune voudra que les autres mettent *leurs* hommes en danger. Elles ne vont pas tant décider que *négocier* un plan d'action.

— Et pendant ce temps, d'autres gamins vont être agressés.

— Dégâts collatéraux. Je ne dirais pas que les Cabales s'en moquent ; ce ne sont pas des monstres. Mais elles sont structurées autour de la rentabilité et de l'instinct de conservation. Ces choses-là seront toujours prioritaires, que ce soit ou non intentionnel.

— Mais visiblement, ton père l'a prévu, sinon il n'insisterait pas pour que tu acceptes l'affaire. Pourquoi est-ce qu'il ne dit pas aux autres Cabales : « Merci pour la proposition, mais nous allons agir seuls » ?

Lucas se laissa aller sur le canapé.

— Question de politique. À ce stade, même mon père a les mains liées. S'il refuse de coopérer, non seulement ça affectera son prestige auprès des autres Cabales, mais ça causera également des querelles intestines. De manière compréhensible, ses employés lui demanderont pourquoi il refuse une aide externe.

— Alors tout repose sur nos épaules. Dans ce cas, j'accepte sans hésiter… (Je m'interrompis.) Attends. Et Savannah ? Je ne peux absolument pas la traîner partout et…

— J'y ai réfléchi. Quelqu'un pourrait s'occuper d'elle.

Je secouai la tête.

— Tu me connais. Si je ne m'occupe pas d'elle moi-même, je serai folle d'inquiétude. Je ne fais confiance à personne…

Il m'apprit à qui il avait pensé.

— Ah, répondis-je. C'est une idée.

Benicio nous appela pour nous dire que Savannah se trouvait dans l'avion et arriverait à Miami peu après 6 heures. Lucas l'informa de notre décision, à savoir que j'acceptais l'affaire et que je commencerais immédiatement. Quant au rôle que tiendrait Lucas, nous avions décidé de préférer l'honnêteté aux subterfuges. Bien sûr qu'il m'aiderait. Oui, ça impliquait de travailler aux côtés des Cabales, mais c'était pour une bonne cause, qu'il n'allait pas déprécier en cachant son implication.

Si Benicio estimait avoir remporté une victoire, nous devions lui laisser cette satisfaction. En revanche, nous n'accepterions aucun salaire venant de la Cabale. Nous agissions seuls, pour nos propres motifs.

Notre priorité étant à présent d'assurer la sécurité de Savannah, Lucas demanda à son père de reporter le petit déjeuner. Benicio m'apporterait une copie des dossiers de l'affaire plus tard dans la matinée, lorsque Lucas serait parti et que j'aurais eu le temps d'installer Savannah à l'hôtel. Benicio promit à Lucas qu'il l'aiderait à organiser la protection de Savannah, et Lucas eut le bon sens de ne pas lui dire que nous nous en étions déjà chargés. Bien qu'appréciant l'aide de Benicio, aucun d'entre nous ne voulait laisser trop longtemps Savannah sous sa garde, au cas où il espérerait profiter de cette occasion pour tenter de la recruter comme future employée.

On retrouva Savannah à l'aéroport. Par « on », j'entends Lucas, Troy et moi. Oui, Troy nous accompagnait toujours, même si j'avais la ferme intention de le rendre à son patron après le déjeuner. Je n'avais rien contre lui, mais c'était assez troublant de voir un immense semi-démon marcher sur vos talons. Savannah, toutefois, accepta sa présence sans sourciller, comme s'il n'y avait strictement rien d'inhabituel au fait de disposer d'un chauffeur/garde du corps – preuve supplémentaire que le sang d'une Cabale coulait dans ses veines.

Pendant le petit déjeuner, on répondit à ses questions au sujet des agressions. Elle nous écouta avec davantage de curiosité que d'inquiétude. L'altruisme n'est pas son fort. Je me répétais que c'était caractéristique de l'adolescence, mais je soupçonnais qu'il y avait bien plus que ça.

— Tant que je ne me fais pas encore enlever, dit-elle. Deux fois la même année, c'est largement assez. Je vous jure, je suis la gamine la plus menacée de la planète.

— Tu es unique.

Elle ricana.

— Ouais, ben on dirait que ce genre de truc n'attire que des ennuis. Maintenant, je comprends pourquoi ma mère nous faisait déménager si souvent. (Elle leva vivement la tête.) On ne va pas devoir encore bouger, dites ?

— Ce n'est pas ce genre de problème. Tout ce que nous avons à faire, c'est te mettre en lieu sûr pendant que je cherche ce type.

— Quoi ? (Elle nous regarda tour à tour, Lucas et moi.) Jamais de la vie. C'est une blague, hein ?

— Paige ne peut pas mener l'enquête tout en s'inquiétant pour toi, Savannah.

Ses yeux croisèrent les miens.

— Tu ne ferais pas ça. Tu ne m'éloignerais pas.

J'ouvris la bouche, mais la culpabilité me coupa le sifflet.

— Savannah…, lui dit Lucas d'un ton menaçant.

Elle refusait de lâcher mon regard.

— Tu te rappelles la dernière fois ? Tu m'avais dit que tu ne partirais plus. Plus jamais.

— Savannah…, insista Lucas d'une voix plus cassante.

— On peut mener l'enquête ensemble. T'as plein de nouveaux sortilèges. Tu pourras me protéger mieux que personne. J'ai confiance en toi, Paige.

Un coup en dessous de la ceinture. Je parvins à articuler d'une voix étranglée :

— Je… nous…

Puis Lucas lui apprit qui allait s'occuper d'elle.

Savannah cligna des yeux et se laissa aller sur son siège.

— Pourquoi vous ne l'avez pas dit plus tôt ? (Elle but une gorgée de jus d'orange.) Hé, ça veut dire que je peux rater les cours ?

Après le petit déjeuner, on retourna à l'aéroport accompagner Lucas. Tandis que Savannah bavardait avec Troy, Lucas et moi parlions des prochaines étapes de mon enquête.

— Le premier garçon qui a été attaqué, Holden, lui dis-je. il a appelé la ligne d'urgence, lui aussi. Tu ne trouves pas ça étrange ? Que pratiquement chaque victime ait eu le temps d'appeler à l'aide avant d'être attaquée ? Jacob, je comprends, parce qu'il avait un portable. Mais les autres ?

— Je serais toi, j'envisagerais sérieusement la possibilité qu'on les ait laissés passer ce coup de fil, peut-être pour prolonger la chasse afin qu'ils puissent atteindre un téléphone.

— Mais dans quelle intention ?

— Il était déjà trop tard pour que les secours arrivent, donc le tueur s'assurait sans doute que l'affaire reste du ressort des Cabales, et que les victimes ne soient pas retrouvées d'abord par des humains. Toutefois, nous devons nous concentrer sur les faits plutôt que sur des interprétations. Il est encore trop tôt.

— À propos de faits, je regrette que Holden n'ait pas vu son agresseur. (Une idée me traversa.) Ce qu'il nous faut, c'est le témoignage oculaire de quelqu'un qui *n'*était *pas* censé s'échapper. Il nous faut un nécromancien.

Lucas secoua la tête.

— Bonne idée, mais il est difficile de communiquer avec les victimes de meurtre si peu de temps après leur décès, et dans les rares occasions où un nécromancien parvient à établir un contact, les esprits sont presque toujours traumatisés et ne se rappellent pas les détails relatifs à leur mort.

— Je ne parle pas de Jacob. Je pensais à Dana. Un bon nécromancien doit pouvoir contacter quelqu'un qui se trouve dans le coma.

— Tu as raison, j'avais oublié ce détail. Excellente idée. J'ai le contact de plusieurs nécromanciens, qui me doivent tous des services considérables. Pendant le vol, je passerai quelques coups de fil pour voir lequel peut arriver le plus vite à Miami.

# L'HEURE DES VISITES

Avant de conduire Savannah à l'aéroport, les gardes de la Cabale l'avaient escortée à notre appartement pour qu'elle y prenne des vêtements de rechange. Benicio lui avait aussi demandé de préparer des valises pour Lucas et moi, car nous n'étions arrivés à Miami qu'avec un seul rechange. Très attentionné de sa part, je dois admettre. Je m'inquiétais tellement pour Savannah que je n'y avais pas pensé moi-même. Seul inconvénient, elle n'avait pris que ce qu'elle pensait que nous devions porter.

Lucas n'avait pas ouvert sa valise avant de monter dans le jet, craignant sans doute que son expression lorsqu'il y jetterait un œil fasse croire à Savannah qu'il sous-estimait ses efforts. Bien qu'il possède assez peu de tenues décontractées, j'aurais parié que ce sac les contenait toutes, mais pas un seul vêtement adéquat pour le tribunal. J'espérais seulement qu'elle avait pensé à lui prendre des chaussettes et des sous-vêtements.

Quand je défis mon sac, je vis que le manque de sous-vêtements ne serait pas un problème pour moi.

— Tu as vidé tout mon tiroir à lingerie dans ce sac, ou quoi ? demandai-je en démêlant un enchevêtrement de soutiens-gorge.

— Bien sûr que non. Je ne crois pas qu'on fasse de valises assez grosses. (Elle tira une paire de jarretelles de la masse de soutiens-gorge enchevêtrés.) Tu portes vraiment ça ? Ou c'est juste pour faire l'amour ?

Je les lui arrachai.

— Je les porte.

Évidemment, quand je les utilisais, c'était uniquement parce qu'elles accentuaient un certain avantage sexuel lié au port de la jupe, très difficile à accomplir avec des collants. C'était toutefois un point de détail que je ne souhaitais partager avec personne – enfin, à part Lucas, mais il était déjà au courant.

— Tu m'avais promis que j'aurais ce genre de trucs quand j'entrerais au lycée, me dit-elle en élevant un slip de soie verte.

— Je ne t'ai rien promis de tel.

— J'en ai parlé et tu n'as pas dit non. C'est pareil que promettre. Tu sais comme c'est gênant quand je me change au vestiaire et que toutes les filles me voient avec des culottes de grand-mère en coton ?

— Raison de plus pour que tu les gardes. Si ça t'embarrasse que des *filles* les voient, ce sera encore plus gênant quand ce seront des garçons. C'est la ceinture de chasteté des temps modernes.

— Je te déteste. (Elle se laissa tomber en arrière sur le lit, bras écartés, puis leva la tête.) Tu sais, si tu ne veux pas m'en acheter, je risque d'aller m'en procurer discrètement derrière ton dos. Ce serait terrible.

— Et tu vas commencer à faire la lessive, aussi ?

— Et puis quoi encore ?

— Alors je ne m'inquiète pas.

On frappa à la porte. Savannah bondit au bas du lit et sortit de la pièce avant que j'aie le temps de fourrer ma poignée de lingerie dans un tiroir. Quand je l'entendis accueillir quelqu'un à grands cris, je compris de qui il s'agissait.

— Paige est dans la chambre en train de ranger ses sous-vêtements, dit Savannah. Ça va prendre un moment.

J'en saisis une autre poignée.

— Merde, dit une voix derrière moi. Elle ne plaisante pas. Tu as dévalisé une boutique de lingerie, ou quoi ?

Je me retrouvai face à la seule femme loup-garou au monde, un titre qui semble plus à même de décrire un monstre de foire que la femme blonde qui se tenait à l'entrée de la pièce. Grande et svelte, Elena Michaels possédait la carrure typique des loups-garous et le genre d'allure saine qui pousse les hommes à dire des choses comme « La vache, elle serait canon si elle se pomponnait un peu ». Mais ceux qui oseraient dire ces choses-là risqueraient plutôt de sentir cramer la poudre du canon en question.

Aujourd'hui, Elena portait un tee-shirt, un short taillé dans un jean ainsi que des baskets, ses longs cheveux d'un blond argenté étaient retenus par un élastique et elle portait peut-être, je dis bien peut-être, du brillant à lèvres… et tout ça lui donnait l'air cent fois plus séduisant que moi quand je passe des heures à me faire belle. N'imaginez pas que je sois envieuse. Au fait, ai-je précisé qu'elle avait trente-deux ans mais en paraissait vingt-cinq ? Ou qu'elle pouvait manger un steak de quatre cents grammes sans qu'il lui tombe sur les hanches ? Les loups-garous ont tous les avantages : jeunesse prolongée, métabolisme extrême, sens accrus et force exceptionnelle. Bon, d'accord, je suis envieuse.

Malgré tout, si je ne peux pas posséder les dons des loups-garous, je peux en avoir une pour amie. Leur nature partielle de loup les rend extrêmement fidèles et protecteurs… Ce qui faisait d'Elena la seule personne à qui j'aurais confié Savannah.

Elena inspecta la lingerie en désordre qui jonchait le lit.

— Je ne suis même pas sûre de savoir comment se portent la moitié de ces trucs.

Savannah dépassa Elena à toute allure, bondit sur le lit, s'empara d'un soutien-gorge et le tint contre sa poitrine.

— Celui-ci est à moi, dit-elle en souriant. Ça ne se voit pas ?

Elena éclata de rire.

— Dans quelques années, peut-être.

Savannah ricana.

— À mon rythme actuel, il va falloir quelques années plus quelques paires de chaussettes. Je suis la seule fille de troisième qui porte encore une brassière.

— Je te bats, j'en portais toujours une en seconde, répondit Elena en se baissant pour ramasser un négligé que j'avais laissé tomber. Je vois que tu comptes passer pas mal de temps avec Lucas.

— Tu parles, répondis-je. Il est déjà rentré à Chicago. C'est Savannah qui a fait ma valise et j'espère bien qu'il y a des vêtements là-dedans.

— Au fond, dit Savannah.

Je fourrai le reste de la lingerie dans un tiroir, puis la valise à demi défaite dans la penderie et me tournai vers Elena. Je résistai à l'envie de la serrer dans mes bras. Elena n'était pas très portée sur les étreintes et les baisers. Même les contacts physiques les plus infimes, comme une poignée de main, la mettaient vaguement mal à l'aise, quoique nettement moins qu'une autre personne de ma connaissance… Ce qui me fit soudain remarquer qu'il manquait quelqu'un pour ces retrouvailles.

— Où est Clay ? demandai-je. Il attend dans la voiture ? Il espère pouvoir éviter de me dire bonjour ?

— Salut, Paige, me lança une voix à l'accent traînant du Sud depuis le salon.

— Salut, Clayton.

Je passai la tête par la porte de la chambre. Clayton Danvers, le partenaire d'Elena, se tenait près de la fenêtre et me tournait le dos, geste sans doute pas tout à fait inconscient. Comme Elena, Clay avait les cheveux blonds, les yeux bleus et une carrure solide. Mais alors qu'Elena était séduisante, Clay possédait une beauté à faire s'arrêter les bagnoles… et tout le charme d'une vipère.

Lors de notre première rencontre, il m'avait lancé un sac contenant une tête humaine et les choses étaient ensuite allées de mal en pis. Aucun de nous ne comprenait l'autre et nous n'avions qu'Elena comme point commun, ce qui causait plus de problèmes que ça n'en résolvait.

Il daigna enfin se tourner vers moi.

— Tu dis que Lucas n'est pas là ?

— Il a dû filer à Chicago pour son procès.

Clay hocha la tête, visiblement déçu. On pourrait croire qu'il espérait simplement avoir quelqu'un d'autre à qui parler pour éviter de me faire la conversation, mais en réalité, Clay semblait sincèrement apprécier Lucas, ce qui me stupéfiait. Pas que Lucas ne soit pas appréciable. C'était seulement que Clay, eh bien, n'appréciait pas grand monde. Ses réactions habituelles face à toute personne extérieure à sa Meute allaient de la quasi-tolérance à la haine pure et simple. J'avais atterri au bout le plus extrême de cette échelle, même si je commençais tout doucement à m'en éloigner.

— Prête à partir ? demanda Clay en regardant Elena derrière moi.

— Je viens d'arriver, dit-elle.

— On a une longue route…

— Et tout notre temps. (Elena sortit de la chambre et me regarda.) On a loué une voiture pour pouvoir retourner à New York, prendre notre temps, faire du tourisme, transformer ce séjour en vacances. Si quelqu'un en a après Savannah, Jeremy se disait qu'il serait peut-être judicieux de nous déplacer pendant quelques jours plutôt que de filer chez nous.

— Bonne idée. Remercie-le de ma part.

Elle sourit.

— Ne plus nous avoir dans les pattes pendant quelques jours, c'est déjà un remerciement bien suffisant.

— On peut s'arrêter à Orlando ? demanda Savannah.

— Tu veux aller à Disney World ? dit Elena.

Savannah roula les yeux.

— Ça ne risque pas.

J'articulai quelque chose à Elena en silence. Elle sourit.

— Ah, Universal Studios. Désolée. Disney World, je trouvais ça cool, mais on peut aller à Universal si Paige est d'accord.

— Amusez-vous, répondis-je. J'ai viré un peu d'argent sur le compte de Savannah, pour m'assurer qu'elle puisse payer sa part.

À en juger par le bref hochement de tête d'Elena, je compris que l'argent de Savannah ne serait dépensé qu'en fast-food et en souvenirs, comme la fois où je lui avais donné de l'argent pour la semaine qu'elle avait passée chez eux pendant l'été. J'eus le bon sens de ne pas protester. Leur Alpha, Jeremy, possédait une grosse fortune et ces trois-là partageaient tout, y compris leur compte bancaire. Si j'insistais pour payer, j'insulterais Jeremy. Si on l'écoutait, Savannah ne dépenserait même pas un sou pour s'acheter des friandises et des tee-shirts.

— Ton sac est prêt ? demanda Clay à Savannah.

— Je ne l'avais pas défait.

— Parfait. Va le chercher et on file.

— Faites un bon voyage, tous les deux, lança Elena en se laissant tomber sur le canapé. Moi, je rends visite à Paige.

Clay émit un bruit de gorge.

— Arrête de grogner, lui dit Elena. Maintenant que je suis ici, j'ai envie de passer du temps avec elle avant de partir. À moins que tu préfères que je reste. Tu sais quoi, ce ne serait peut-être pas une si mauvaise idée. Je pourrais rester ici, l'aider un peu…

— Non.

— C'est un ordre ?

— Savannah ? l'interpellai-je. Il y a un Starbucks pas loin d'ici. Et si vous alliez nous chercher des cafés, Clay et toi ? (Je me tournai vers Clay.) À votre retour, vous feriez mieux de partir. Benicio ne va plus tarder à passer et il a parlé entre les lignes de prendre Savannah sous sa garde, alors je préférerais éviter qu'elle soit là quand il arrivera.

Clay hocha la tête puis se dirigea vers la porte qu'il tint ouverte pour Savannah. Quand elle se referma derrière eux, Elena me regarda.

— Tu prends des leçons de médiation auprès de Lucas, je vois. Désolée. Je sais que tu as mieux à faire que de nous écouter nous chamailler. (Elle secoua la tête.) On a résolu pas mal de choses, mais il a toujours du mal à se faire à l'idée que je doive garder dans ma vie un petit coin rien qu'à moi, dont il ne fasse pas partie.

Je m'assis dans le fauteuil qui faisait face au sien.

— Il ne m'aime pas. Je peux le comprendre.

— Non, ce n'est pas ça. (Elle remarqua mon expression sceptique.) Sérieusement. C'est juste qu'il n'aime pas que j'aie des amis. Mon Dieu, ça a l'air terrible dit comme ça, hein ? Des fois, je m'entends dire ce genre de choses et ça me paraît parfaitement logique mais j'imagine ce que doivent en penser les autres... (Elle s'interrompit.) Bon, parle-moi de cette affaire.

— Ouille. Tu devrais travailler tes enchaînements quand tu changes de sujet pour éviter les problèmes personnels.

Elle éclata de rire.

— Ça s'est vu tant que ça ?

— Pour ce qui est du fait que Clay ne veuille pas que tu aies d'amis, je sais qu'il est comme ça et je comprends pourquoi, alors tu n'as pas à t'en faire. Je ne vais pas t'envoyer des brochures de refuges pour femmes. Je t'avouerai qu'à une époque, ça m'inquiétait un peu. Pas que j'aie cru qu'il te maltraitait ou quoi que ce soit, mais il est, comment dire, très impliqué…

— Obsessionnel.

— Je n'allais pas dire ça.

Elle éclata de rire et changea de position sur le canapé pour s'étendre avec les pieds sur la table basse.

— Pas de souci, je le dis tout le temps. En général, c'est à lui que je le dis. En criant, des fois. À l'occasion, ça s'accompagne d'un projectile quelconque. Mais on y travaille. Il apprend à me laisser un peu d'espace, et moi, j'apprends qu'il ne s'en satisfera jamais. Au fait, je lui ai parlé de ce projet qu'on avait d'aller skier cet hiver. Il a piqué une crise. Quand j'ai précisé qu'on serait quatre, pas juste toi et moi, il s'est calmé ET il a même dit que ça avait l'air sympa. Je crois que c'est ça, l'astuce. Lui présenter quelque chose qu'il va détester, puis lui offrir une alternative moins pénible.

— Si ça ne marche pas, la prochaine fois que vous vous disputerez à cause de moi, rappelle-lui que tu pourrais plutôt être amie avec Cassandra.

Elena éclata de rire.

— Alors ça, ça lui foutrait une de ces trouilles… Mais il ne le goberait sans doute pas. À propos, tu vas me croire si je te dis qu'elle continue à m'appeler ?

— Sérieusement ?

— Elle a réussi à se procurer mon numéro de portable.

— Ce n'est pas moi qui…

— Je sais que ce n'est pas toi, c'est pour ça que je ne te pose pas la question. Le problème, c'est que maintenant, je suis obligée de lui parler, au moins assez longtemps pour répondre que je n'ai rien à lui dire. Quand elle m'a appelée sur le fixe, Jeremy a répondu que je n'étais pas là, et Clay… Eh bien, Clay l'a à peine laissé dire bonjour. (Elena reposa les jambes à terre et se tortilla pour s'asseoir à l'autre bout du canapé, face à moi.) Je déteste l'admettre, mais elle me fout la trouille. Enfin, elle ne peut quand même pas vouloir qu'on soit amies, pas après ce qu'elle a fait, alors qu'est-ce qu'elle veut en réalité ?

— Honnêtement ? Elle n'a sans doute pas d'arrière-pensées. Je crois qu'elle veut réellement apprendre à te connaître et qu'elle ne voit pas de conflit entre ça et le fait d'avoir essayé de te piquer ton amant ou de convaincre le conseil de te laisser pour morte. (Je haussai les épaules.) C'est un vampire. Ils sont différents. Qu'est-ce que je peux te dire d'autre ?

— Deux mots. Psychothérapie approfondie.

Je souris.

— On se cotise pour lui offrir un bon d'achat pour Noël ?

Elena s'apprêtait à répondre quand la porte s'ouvrit. Savannah entra, tenant d'une main la carte magnétique et de l'autre un gobelet fumant. J'étais persuadée que ce gobelet ne contenait pas de chocolat chaud, ni même de déca, mais je ne dis rien. Je doutais que Clay comprenne qu'elle était trop jeune pour boire du café. J'espérais seulement qu'Elena s'interposerait avant qu'il en vienne au vin et au whisky.

Savannah tint la porte ouverte pour Clay, qui entra muni d'un porte-gobelet en carton contenant trois boissons.

— C'était du rapide, dit Elena. Trop rapide. Qu'est-ce que vous avez fait ? Vous avez couru jusque là-bas ? Ou vous avez pris la voiture ?

— Ce n'était qu'à un demi-pâté de maisons d'ici.

— Ah.

— Il a raison, dit Savannah. C'était plus près que Paige le croyait, mais on passe juste vous donner vos verres et ensuite on va jeter un coup d'œil à la marina pendant que vous bavardez.

Elena regarda Clay et se raidit comme si elle attendait qu'il proteste. Quand il ouvrit la bouche, elle serra les doigts sur le coussin du canapé.

— D'abord, on descend ta valise dans la voiture, dit-il à Savannah, avant de se tourner vers Elena pour lui tendre un gobelet de café. Quand tu en auras fini ici, tu n'auras qu'à venir nous chercher.

Elle lui sourit.

— Merci. Je n'en aurai pas pour longtemps.

Il hocha la tête et me tendit un gobelet.

— Du thé, annonça-t-il avant de se tourner vers Savannah. C'est ça ?

— Du *chai*, rectifia-t-elle.

Je lui pris le gobelet, le remerciai puis le posai pour aider Savannah à se préparer.

# Un concours de circonstances fortuit

Savannah, comme elle venait de le dire, avait déjà ses affaires toutes prêtes, mais je n'allais pas la laisser partir sans l'inonder d'instructions dont la plupart étaient des variations sur les thèmes « sois gentille » et « sois prudente ».

La confier à qui que ce soit, même à des gens dont je savais qu'ils risqueraient leur vie pour la protéger, n'était pas évident pour moi. Mais Elena me facilita les choses en s'arrangeant pour qu'on se donne des nouvelles deux fois par jour, à 11 heures et 23 heures. Si l'une ou l'autre d'entre nous était occupée à cette heure-là, elle préviendrait l'autre à l'avance, afin que personne ne s'inquiète d'un appel non passé ou resté sans réponse. Je sais que j'étais à la limite du trouble obsessionnel compulsif, mais ni Elena ni Clay ne me donnèrent l'impression que ma réaction était excessive, ce que j'appréciai vraiment.

Comme j'avais prévu de descendre avec Elena et de les rejoindre avant leur départ, je ne pris pas la peine de dire au revoir à Savannah. Lorsque la porte se referma derrière eux, je me tournai vers Elena.

— Clay est très gentil avec Savannah, dis-je.

— Ouais.

— Tu ne trouves pas ?

Elle se laissa tomber sur le canapé.

— Si, mais j'attendais la deuxième partie de ce commentaire.

— Tu veux dire celle qui commence par : « Tu sais, ce serait sans doute un bon… »

Elle leva la main pour m'interrompre.

— Ouais, cette partie-là.

J'éclatai de rire et m'affalai sur mon siège.

— Vous avez avancé dans ce domaine ?

— Il est passé des allusions déguisées en blagues à des allusions plus franches. Mais ça lui a pris un an, alors je dois encore avoir une année devant moi avant qu'il insiste pour en discuter vraiment. Mais il le prend bien. Il ne me brusque pas, il essaie de m'habituer à l'idée avant de poser la question.

— Il sait que tu n'es pas prête.

— Le problème, c'est que je ne suis pas sûre de l'être un jour. Je veux des enfants. Vraiment. J'ai toujours supposé qu'une fois adulte, j'allais me trouver un gentil mari, vivre en banlieue et élever toute une maisonnée. Mais dans le cas de Clay, eh bien, j'ai toujours considéré que vivre avec lui signifiait renoncer à tout ça. Même la partie « adulte ».

— Qui est très surfaite

— Je trouve aussi. (Elle sourit et étendit les jambes sur le canapé.) Mais les gamins, c'est une grande étape, et pas seulement pour les raisons habituelles. Clay sait que je n'irai nulle part, alors ce n'est pas une question d'engagement. C'est la question de notre nature. Deux loups-garous qui font un bébé ? Ça ne s'est jamais produit. Comment savoir ce qui… (Elle se frotta les bras.) Enfin bref, je ne suis pas prête et pour l'instant, je n'ai pas le temps de m'en inquiéter, pas avec tous ces problèmes de recrutement.

Je posai mon *chai*.

— C'est vrai. Tu as rencontré cette nouvelle recrue cette semaine. Comment…

Deux coups à la porte m'interrompirent.

— On dirait que Clay s'impatiente, commentai-je. Au moins, il a fait un effort.

Elena secoua la tête.

— C'est un coup bien trop poli pour Clay.

— Et c'est la mauvaise porte, dis-je en localisant la source du bruit. Ça doit être notre garde du corps.

Elena éclata de rire. Quand j'ouvris la porte qui reliait nos deux chambres, elle aperçut Troy.

— La vache, murmura-t-elle. Tu ne plaisantais pas.

— Je viens de voir la voiture de M. Cortez se garer dans le parking, dit Troy. J'ai pensé que vous aimeriez peut-être que je vous prévienne. Il m'a semblé entendre… (Il se pencha dans la pièce et aperçut Elena.)… des voix. Bonjour.

Il se pencha encore un peu plus pour mieux la regarder, et je compris qu'il ne repartirait pas sans avoir été présenté.

— Troy, voici Elena. Elena, c'est Troy Morgan, le garde du corps que Benicio nous a prêté temporairement.

Elena se leva et tendit la main. Troy faillit trébucher dans sa hâte de la serrer. Comme à son habitude, Elena n'eut pas conscience de cette attention et n'y répondit nullement.

— Vous êtes, hum, une amie de Paige ? demanda-t-il.

— Une collègue du conseil, répondis-je. Elle passait juste me rendre visite… avec son mari.

— Son ma… (Il baissa les yeux vers la main d'Elena et vit son alliance.) Ah. (Il recula à contrecœur.) Le conseil interracial, c'est ça ? Donc vous êtes une créature surnaturelle. Laissez-moi deviner…

— Désolée, dis-je, mais si Benicio arrive, Elena ferait mieux de s'en aller.

Nouveau coup à la porte, cette fois celle du couloir.

— Venez, dit Troy à Elena. On va sortir par ma chambre.

— Dis au revoir à Savannah pour moi, demandai-je. Je vous appelle ce soir.

Elena laissa Troy l'emmener dans sa chambre. Après une pause, j'ouvris la porte du couloir et invitai Benicio à entrer. Son nouveau garde du corps resta dans le couloir. Avant même que j'aie fermé la porte, la porte intérieure se rouvrit et Elena passa la tête. Elle désigna le couloir, articulant « garde ». Je lui fis discrètement signe d'entrer. Mieux valait qu'elle sorte par la porte principale, quitte à éveiller vaguement les soupçons de Benicio, plutôt que d'être vue par le garde en train de sortir furtivement de la chambre de Troy, en les éveillant carrément. Je doutais que Troy ait l'habitude de passer la nuit avec des femmes quand il était en service.

— Savannah est ici ? demanda Benicio en regardant autour de lui.

Il vit alors Elena.

— Elle allait partir, lui dis-je.

Elena passa près de lui avec un petit sourire et un signe de tête. Je lui tins la porte ouverte, puis la refermai derrière elle et me tournai vers Benicio.

— Bon, où en étions-nous ? demandai-je. Ah, vous avez apporté les dossiers de l'affaire. Merci.

Je m'en emparai. Benicio jeta un coup d'œil à la porte entrouverte de la chambre, cherchant à voir au-delà.

— Est-ce que Savannah… ?

— Lucas est bien arrivé à Chicago ? demandai-je. Il craignait d'être en retard. Il est parti à un peu à la bourre.

— L'avion a atterri à 11 heures.

— Alors il a du temps devant lui. Parfait.

Benicio jeta un coup d'œil par la porte de la chambre.

— Je suppose que Savannah…

— Tout est là-dedans ? demandai-je en soulevant le dossier.

Avant qu'il puisse répondre, je me dirigeai vers la fenêtre, ouvris le dossier à plat sur l'appui et fis semblant de le parcourir tandis que j'observais le parking en dessous. Je vis les têtes blondes de Clay et d'Elena avancer parmi les voitures éparpillées, avec entre elles la tête noire de Savannah.

— Voyons voir. Rapport d'incident… (Elena, Clay et Savannah s'arrêtèrent devant une voiture. Une décapotable, bien sûr. Clay jeta les clés à Elena puis ils montèrent.) Photos des lieux du crime… (La voiture quitta le parking.) On dirait que tout est là. Donc, vous disiez… ?

— Savannah, répéta-t-il. Je ne la vois pas, Paige, et j'espère bien que vous ne seriez pas assez idiote pour la laisser se promener seule dans l'hôtel.

— Bien sûr que non. Elle loge chez des amis pendant que je mène cette enquête.

— Des amis ? (Une pause.) La femme qui vient de partir, je présume. Vous ne comprenez peut-être pas à quel point toute cette histoire est sérieuse. Vous ne pouvez pas confier Savannah à une humaine…

— C'est une créature surnaturelle. Quelqu'un qui s'occupera bien de Savannah.

Benicio hésita un bref instant, passant en revue tout ce qu'il savait de mes contacts surnaturels en moins de temps qu'il en faudrait à la plupart des gens pour nommer la capitale de la France.

— La femme loup-garou, dit-il. Elena Michaels.

J'avoue que sa réponse me déconcerta brièvement. Les loups-garous tenaient à leur vie privée, raison pour laquelle je n'avais pas révélé son identité à Troy. Quand Benicio faisait ses devoirs, rien ne lui échappait.

— Un loup-garou ? murmura Troy derrière nous. C'était un loup-garou ? Ben voilà une histoire qui va me payer quelques tournées au club.

— Non, répondit Benicio. Vous n'en parlerez à personne.

Troy se redressa.

— Compris, monsieur.

— Par souci de courtoisie entre les espèces, nous devons respecter l'intimité des loups-garous. Je vous autorise toutefois à prendre quelques verres sur mon compte, à titre de compensation.

Troy sourit.

— Merci, monsieur.

— Je ne cherche pas à vous critiquer, Paige, me dit Benicio. Et je ne souhaite pas insulter vos amis, mais je me dois de vous signaler que la Cabale est bien mieux équipée pour protéger Savannah. Vous manquez d'expérience en la matière et bien que cette idée puisse vous sembler bonne, ce ne sera pas nécessairement la solution la plus judicieuse.

— Ce n'était pas mon idée.

— Alors qui… ? (Il s'interrompit en comprenant la seule réponse possible. Puis il hocha la tête.) Si Lucas croit que ça vaut mieux, alors nous laisserons la jeune fille avec eux… pour l'instant. Toutefois, si la situation s'aggrave, nous devrons peut-être revenir sur cette décision.

— Compris, répondis-je. Maintenant, que pouvez-vous m'apprendre sur cette affaire ?

Benicio nous commanda un déjeuner qu'on prit dans la chambre tout en parlant du dossier. S'il éprouvait des réticences à aborder les problèmes de la Cabale avec une sorcière, il n'en montra rien, mais m'offrit au contraire ses informations et son aide aussi généreusement que je pouvais l'espérer. Bien plus, même. J'étais déjà assez mal à l'aise d'accepter une affaire que Benicio nous avait présentée. Je ne voulais pas travailler en collaboration plus étroite que nécessaire avec lui.

Je pouvais effectuer quelques manœuvres stratégiques qui atténueraient l'impression qu'il m'avait embobinée pour s'assurer ma collaboration. Un peu plus tôt, j'avais prévenu l'hôtel que je prolongeais mon séjour et j'avais demandé que la note soit déduite de ma carte de crédit. L'endroit était rempli à moins d'un tiers de sa capacité et n'espérait pas de grosses réservations dans un futur proche, si bien que nous nous étions mis d'accord sur un tarif abordable après quelques marchandages. Je ne dis pas à Benicio que j'avais pris la facture en charge. Lorsqu'il le découvrirait, il serait trop tard pour qu'il proteste.

Je lui rendis également son garde du corps. Quand il protesta, je lui rappelai que, avec Griffin en congé de deuil, il lui fallait l'un de ses gardes habituels, et que je mènerais l'enquête plus discrètement sans un semi-démon en train de me suivre à la trace.

Benicio partit à 13 heures. Lucas n'avait toujours pas appelé au sujet du nécromancien. En attendant, je parcourus les dossiers. Je gardai mon téléphone portable sur le bureau, vérifiai deux fois mes messages et réglai une fois le volume de la sonnerie. Un peu nerveuse en attendant l'appel de Lucas ? Quelle idée.

Quand le téléphone sonna enfin, je regardai le nom de la personne qui appelait et l'accueillis par :

— Tu as trouvé quelqu'un ?

— Désolé d'avoir tardé. Deux de mes contacts ont été longs à me rappeler, et j'ai dû ensuite attendre la suspension d'audience.

— Mais tu as trouvé quelqu'un ?

— Par un concours de circonstances fortuit. Quelqu'un d'extrêmement doué qui se trouve justement à Miami pour affaires cette semaine.

Sa voix semblait curieusement tendue, comme s'il se forçait à adopter un ton enjoué. C'était sans doute la liaison.

— Parfait, répondis-je. Où est-ce qu'il peut me rencontrer ? Il ou elle ?

— En début de soirée, en fait. Nous avons beaucoup de chance. Le seul autre candidat possible ne pouvait pas avant lundi, donc c'est un coup de bol.

Est-ce qu'il donnait l'impression de chercher à me convaincre, moi ? Ou plutôt lui-même ?

— D'accord, alors parle-moi de…

— Un instant. (Il adressa quelques mots étouffés à quelqu'un d'autre.) On dirait que la suspension d'audience a duré moins longtemps que prévu. Tu as de quoi noter ? (Il me donna l'adresse et les indications pour m'y rendre.) Bon, tout est arrangé. Quelqu'un te retrouvera là-bas. Ils t'attendent entre 18 h 30 et 19 heures. C'est un quartier plutôt sûr de la ville, mais je te conseille de demander au chauffeur d'attendre que tu sois rentrée. Frappe à la porte arrière et présente-toi.

— À propos de nom, quel est celui du nécro…

— Ah, on m'appelle. Je dois y aller, mais je te passerai un coup de fil ce soir. Ah au fait, Paige ?

— Oui ?

— Fais-moi confiance sur ce coup. Quelle que soit l'impression que puissent te donner les choses, s'il te plaît, fais-moi confiance.

Sur ce, il raccrocha.

# Le Meridian Theater est fier de vous présenter…

— C'est ici ? demanda le chauffeur.

Je me penchai pour déchiffrer le panneau : Parking réservé aux employés et invités du Meridian. Tous les véhicules non autorisés seront conduits à la fourrière aux risques et aux frais du propriétaire. Est-ce que je faisais partie des invités du Meridian ? Qu'est-ce que c'était que le Meridian, d'abord ? Satané Lucas. J'avais laissé un message sur son portable en lui demandant de me rappeler pour me fournir plus d'informations mais, visiblement, la séance du jour s'éternisait.

Ses indications avaient fait traverser une zone industrielle au taxi selon un chemin alambiqué alors que ma carte de Miami toute neuve m'indiquait que j'aurais pu accéder à la même rue par une grande voie publique. Bien entendu, le chauffeur n'avait pas suggéré d'itinéraire plus court, mais je l'avais surpris une ou deux fois à regarder son compteur en souriant.

Nous nous trouvions à l'adresse que m'avait donnée Lucas. Ce parking. Que m'avait-il dit au juste ? Qu'il y aurait une porte de derrière. Sur ma gauche, un mur faisant toute la longueur d'un immeuble, criblé de grilles d'aération et de fenêtres munies de barreaux, plus deux entrées : une aire de chargement et une double porte métallique peinte en gris.

Après avoir demandé au chauffeur d'attendre, je sortis et me dirigeai vers les portes. Elles étaient effectivement solides, dépourvues de serrure ou de poignée. Je vis près d'elles une sonnette portant la mention LIVRAISONS. Je vérifiai l'adresse et sonnai.

Trente secondes plus tard, la porte s'ouvrit, laissant s'échapper un brouhaha où se mêlaient des cris, du rock et des outils électriques. Une jeune femme regardait à l'extérieur, plissant les yeux pour les protéger du soleil. Elle portait des lunettes ovales, un pantalon de cuir rouge et un badge affichant une obscénité à la place du nom.

— Bonjour, je suis… (J'élevai la voix.) Je suis Paige Winterbourne. J'avais rendez-vous…

La femme cria d'une voix aiguë par-dessus son épaule :

— J.D. ! (Elle se retourna vers moi.) Eh bien, entrez, jeune fille. Vous laissez sortir tout l'air conditionné.

Je m'excusai pour aller régler le chauffeur de taxi, puis me précipitai de nouveau vers le bâtiment. Alors que j'entrais, une nouvelle chanson commença, le volume à fond. Au premier braillement, je grimaçai.

— C'est atroce, hein ? dit la jeune femme en claquant la porte derrière moi. C'est la chanson que Jaime se passe avant ses spectacles. « My Way. »

— Dites-moi que ce n'est pas Frank Sinatra.

— Nan, c'est un Anglais mort.

— Qui l'a enregistrée pendant son agonie longue et douloureuse.

La femme éclata de rire.

— Bien vu, jeune fille.

Un homme d'une quarantaine d'années apparut, menu, atteint de calvitie naissante, portant un bloc-notes, l'air épuisé par les soucis.

— Ah, Dieu merci. J'ai cru que vous n'arriveriez jamais.

Il me saisit par le coude, m'entraîna dans la pièce et me poussa à travers une foule d'hommes munis de perceuses travaillant sur ce qui ressemblait à un échafaudage.

— Vous êtes bien Paige, dites-moi ? demanda-t-il tout en avançant si vite que je m'attendais qu'on franchisse le mur du son.

— Heu, oui.

— Je suis J.D., le directeur de production de Jaime. On ne vous a pas fait entrer par-devant, dites ?

Je fis signe que non.

— Dieu merci. C'est un vrai zoo, là-dehors. On est complet depuis la semaine dernière, mais un crétin de la radio WKLT a passé la journée à annoncer qu'il restait des places disponibles, et maintenant on a une file de types très mécontents qui s'étend d'ici jusqu'à Cuba.

Une femme aux cheveux roses sortit de derrière un lourd rideau de velours.

— J.D., on a un problème avec le volume sonore. L'acoustique de cet endroit est atroce et…

— Contente-toi de faire de ton mieux, Kat. On en parlera avec l'agent plus tard.

Il me poussa à travers le rideau. On se retrouva sur une scène latérale, devant une salle de spectacle qui se remplissait à vue d'œil. Je m'arrêtai pour regarder les lieux, bouche bée, mais J.D. m'entraîna derrière lui pour rejoindre l'autre côté de la scène.

— Quel genre de…, commençai-je.

J.D. s'arrêta à mi-foulée et je faillis le percuter.

— Je n'y crois pas, dit-il. Non mais j'hallucine. Tara ! Tara !

Une femme monta précipitamment les marches. Il aurait pu s'agir de la jumelle de J.D., munie d'un bloc-notes identique, tout aussi menue et soucieuse, et si elle ne souffrait pas de calvitie naissante, elle semblait sur le point de s'arracher les cheveux.

— Premier rang, dit J.D. Deuxième siège à droite côté couloir. Il n'est pas réservé pour l'invitée de Jaime ?

Tara consulta son bloc-notes.

— Une certaine Mlle Winterbourne. Paige Winterbourne.

— Voici Mlle Winterbourne, dit J.D. en agitant un doigt dans ma direction. (Puis il pointa le même doigt vers la blonde platine de soixante ans qui occupait le deuxième siège.) Ce n'est pas Mlle Winterbourne, ça.

— Je vais chercher la sécurité.

Tara disparut derrière le rideau. J.D. balaya du regard la salle de spectacle, à présent remplie aux trois quarts, et dans laquelle entrait un flux constant.

— J'espère qu'ils n'ont pas surréservé. C'est arrivé à Houston et c'était un vrai cauchemar. (Il s'interrompit.) Oh mon Dieu. Regardez ce qui vient de passer la porte maintenant. Vous voyez ce qu'elle porte ? Je ne pensais pas que ces trucs-là existaient en mauve. Certaines personnes feraient n'importe quoi pour attirer l'attention de Jaime. Le mois dernier, à Buffalo… Ah, parfait. Votre siège est vide. Suivez-moi.

Il gardait la main sur mon coude, comme pour empêcher la foule de m'engloutir. Un membre de la sécurité escortait la grand-mère aux cheveux blond platine le long du couloir. Elle se retourna pour me décocher un regard meurtrier. J.D. nous fit bien vite descendre les marches.

— Le premier rang, ça ira ? Pas trop près pour vous ?

— Heu, non, ça ira. Et ce… Jamey, c'est ça ? Il est dans le coin ? Je pourrais peut-être…

J.D. ne parut pas m'entendre. Son regard parcourait la foule comme celui d'un chien de berger surveillant un troupeau de brebis indisciplinées.

— Il nous fallait plus de placeurs. Le spectacle commence dans dix minutes. J'ai dit à Jaime… (Coup d'œil à sa montre.) Oh mon Dieu, huit minutes en fait. Comment est-ce qu'ils vont réussir à faire entrer tout le monde en huit minutes ? Allez-y, asseyez-vous et mettez-vous à l'aise. Je ressortirai vous voir à l'entracte. Profitez du spectacle.

Il fila vers un groupe de personnes et disparut.

— D'accord, marmonnai-je. Profitons du spectacle… Quoi que ça puisse bien être.

Tandis que je prenais place, je regardai mes voisins en espérant que l'un d'entre eux puisse être ce type, ce Jamey, que je supposais être le nécromancien avec qui j'avais rendez-vous. Sur ma gauche se trouvait une adolescente avec des piercings à tous les endroits imaginables… plus quelques-uns que j'aurais préféré ne pas imaginer. Sur ma droite, une vieille dame en tenue de deuil, la tête penchée sur son chapelet. Parlez d'un public varié. Là, je séchais. Je n'imaginais pas quel genre de spectacle pouvait intéresser ces deux personnes à la fois.

Je regardai autour de moi, espérant que les lieux me fourniraient quelques indices quant à la nature du spectacle, mais les murs étaient tapissés de velours noir et nu. Quoi que puisse être le spectacle, j'espérais qu'on ne s'attendait pas que je le regarde en entier avant de parler à ce Jamey. Peut-être qu'il viendrait me chercher une fois le spectacle commencé. Je supposais qu'il s'agissait du directeur ou du propriétaire du théâtre. Quelqu'un d'important, d'après les propos de J.D. Curieuse profession pour un nécromancien. À moins que ce Jamey ne soit pas le nécromancien. Peut-être simplement la personne qui me conduirait jusqu'à lui. Et merde ! Je n'avais pas de temps pour ça. Je tirai mon téléphone portable, recomposai le numéro de Lucas mais tombai sur sa boîte vocale.

Je lui laissai un message.

— Je suis installé dans un théâtre en ce moment même, je n'ai pas la moindre idée des raisons de ma présence ici, de ce qui se passe ou de qui je suis censée rencontrer. Il y a intérêt à ce que ça en vaille la peine, Cortez, sinon j'aurai besoin d'un nécromancien pour te contacter, *toi*.

Je raccrochai et jetai un nouveau coup d'œil à mes voisines. Pour ne pas déranger la veuve au chapelet, je me tournai vers l'adolescente et lui offris mon sourire le plus radieux.

— C'est bien rempli ce soir, hein ? lui dis-je.

Elle me fusilla du regard.

— Ça devrait être un chouette spectacle, lui dis-je. Vous êtes… fan ?

— Écoute-moi bien, connasse, si jamais tu lèves la main et qu'on te choisit à ma place, je t'arrache les yeux.

Je reportai mes globes oculaires menacés vers la scène et m'approchai de la veuve au chapelet. Elle me lança un regard noir assorti de quelques mots dans une langue qui devait être du portugais. Je ne connais pas un mot de portugais mais supposai à son intonation que la traduction de ses propos ressemblait grosso modo à ce que m'avait lancé la fille aux piercings. Je m'enfonçai dans mon siège et me jurai d'éviter de croiser leurs regards pour le restant de la soirée.

De la musique s'éleva, un air doux et symphonique, très éloigné du rock braillard entendu en coulisses. Les lumières baissèrent tandis que la musique enflait. On entendit des pas précipités qui se ruaient vers leurs sièges. Les lumières continuèrent à baisser jusqu'à ce que la salle soit plongée dans l'obscurité.

Nouveaux bruits d'activité, provenant cette fois du couloir près de moi. La musique faiblit. Quelques lumières apparurent, minuscules points lumineux scintillant sur les murs et le plafond, puis d'autres encore, et encore, jusqu'à ce qu'ils éclairent la pièce par milliers, projetant la douce lueur des étoiles sur le velours noir d'encre.

Un murmure choral de « ooh » et de « aah » s'éleva, puis céda la place au silence. Un silence absolu. Pas de musique. Ni de bavardages. Même pas le moindre raclement de gorge.

Puis une voix féminine, en un murmure amplifié au micro.

— Voici leur monde. Un monde de paix, de beauté et de joie. Un monde dans lequel nous souhaitons tous entrer.

Près de moi, la veuve au chapelet murmura un « Amen » qui se fondit dans une vague tranquille d'autres voix. Dans l'obscurité quasi totale, je vis une silhouette imprécise apparaître sur scène. Elle se glissa jusqu'au bord et continua à avancer comme si elle lévitait le long du couloir central. En plissant les yeux, je perçus la forme sombre d'une passerelle qui avait été mise en place très rapidement après l'extinction des lumières. La voix de la femme poursuivait, s'élevant à peine au-dessus du murmure, aussi apaisante qu'une berceuse :

— Un voile épais sépare notre monde du leur. Un voile que la plupart ne peuvent soulever. Mais moi, si. Suivez-moi à présent et laissez-moi vous conduire dans leur monde. Celui des esprits.

Les lumières clignotèrent puis gagnèrent en intensité. Au milieu de la passerelle se tenait une femme aux cheveux roux qui tournait le dos aux occupants des premiers rangs.

Elle se retourna. Elle approchait de la quarantaine. Superbe. Cheveux roux vif relevés avec des épingles, dont des mèches lui cascadaient autour du cou. Une robe vert émeraude chatoyante, de coupe modeste, mais assez moulante pour ne laisser aucune courbe à l'imagination. Des lunettes démodées à monture métallique complétaient sa panoplie de fausse professionnelle. Le vieux numéro hollywoodien de la « déesse du sexe déguisée en Mademoiselle Collet-Monté ». Lorsque cette pensée me traversa, elle déclencha une impression de familiarité. J'avais déjà vu cette femme et pensé exactement la même chose. Mais où… ?

Une voix masculine sonore remplit la salle.

— Le Meridian Theatre est fier de vous présenter, pour une soirée unique, Jaime Vegas.

Jaime Vegas. La médium télévisée préférée de Savannah.

Eh bien, j'avais trouvé ma nécromancienne.

# La diva des morts

— Je sens une présence masculine, annonça Jaime qui parvenait à parler tout en marchant avec les yeux fermés. (Elle se dirigea vers le fond de la salle.) Un homme d'une cinquantaine d'années, peut-être vers le début de la soixantaine ou la fin de la quarantaine. Son nom commence par un « M ». C'est un proche d'une personne qui se trouve dans ce coin-ci.

D'un geste de la main, elle engloba le tiers arrière gauche de la salle, c'est-à-dire une bonne centaine de personnes. Je me mordis la langue pour me retenir de gémir. Au cours de la dernière heure, je l'avais mordue si souvent que je ne sentirais sans doute plus le goût de la nourriture pendant une semaine. Plus d'une dizaine de personnes situées dans le « coin » désigné par Jaime se mirent à agiter les bras et cinq se relevèrent brusquement, dansant sur place sous l'effet de l'excitation. Et merde, j'étais persuadée que, si *n'importe quelle* personne parmi ce public fouillait dans ses souvenirs, elle trouverait un Mark, un Mike ou un Miguel de sa famille qui était mort vers cet âge-là.

Jaime se tourna vers le coin où la concentration de mains levées était la plus forte.

— Il s'appelle Michael, mais il dit que personne ne l'a jamais appelé comme ça. Ça a toujours été Mike, sauf quand il était petit et que certaines personnes l'appelaient Mikey.

Une femme âgée poussa un cri et se pencha en avant, souffle coupé par le chagrin.

— Mikey. C'est mon Mikey. Mon petit garçon. Je l'appelais toujours comme ça.

Je détournai le regard et des larmes de colère me montèrent aux yeux lorsque Jaime fonça sur elle comme un requin attiré par l'odeur du sang.

— C'est mon Mikey ? demanda la vieille femme, la voix rendue presque inintelligible par les larmes.

— Je crois bien, répondit doucement Jaime. Attendez… oui. Il dit qu'il est votre fils. Il vous demande d'arrêter de pleurer. Il se trouve dans un endroit agréable et il est heureux. Il veut que vous le sachiez.

La vieille femme essuya son flot de larmes et s'efforça de sourire.

— Voilà, dit Jaime. Maintenant, il veut que je parle de la photo. Il dit que vous avez encadré une photo de lui. Vous voyez de laquelle il parle ?

— J'en ai… quelques-unes, répondit-elle.

— Ah, mais il parle d'une en particulier. Il dit que c'est celle qu'il a toujours détestée. Vous savez de laquelle il parle ?

La vieille femme sourit et hocha la tête.

— Ça le fait rire, dit Jaime. Il veut que je vous enguirlande pour l'avoir accrochée. Il veut que vous la retiriez pour la remplacer par la photo de lui au mariage. Ça vous dit quelque chose ?

— Il doit parler du mariage de sa nièce, répondit la vieille femme. Elle s'est mariée juste avant sa mort.

Jaime regarda dans le vide, regard flou, tête légèrement penchée, comme si elle entendait quelque chose qui n'était audible que par elle. Puis elle secoua la tête.

— Non, c'est une autre photo de mariage. Plus ancienne. Il dit que si vous cherchez dans l'album, vous la trouverez. Maintenant, à propos de mariages…

Et ainsi de suite, d'une personne à l'autre, tandis que Jaime traversait la foule, lançant des informations « personnelles » qui pouvaient s'appliquer à n'importe quelle vie – quel parent n'encadre pas de photos de ses enfants ? Qui n'a pas de photos qu'il déteste ? Ni de photos de mariage dans ses albums ?

Même quand elle se trompait, elle était assez perspicace pour lire la confusion sur le visage de son interlocuteur avant qu'il réponde, faire marche arrière et se « corriger ». Lors des très rares occasions où elle séchait, elle disait aux gens « Rentrez chez vous et réfléchissez-y, ça vous reviendra », comme si c'était leur mémoire qui était en faute plutôt qu'elle-même.

Cette Jaime était peut-être bel et bien nécromancienne, mais elle n'était pas en train d'utiliser ses dons ici. Comme je l'avais dit à Savannah, personne – même un nécro – ne pouvait « appeler les morts » comme ça. Jaime Vegas se livrait à une escroquerie psychologique, pas très éloignée de celles des médiums qui annoncent aux jeunes filles « Je vois un mariage dans votre avenir ». Ayant perdu ma mère l'année précédente, je comprenais pourquoi ces personnes se trouvaient là et quel vide elles brûlaient de combler. Mais qu'une nécromancienne profite de cette douleur en apportant de fausses nouvelles de l'au-delà… Eh bien, ça ne me donnait pas très envie de travailler avec Jaime Vegas.

La loge avait une odeur de funérarium. C'était sans doute très approprié. Je cherchai une chaise et en trouvai une enfouie sous un bouquet de deux douzaines de roses noires. Je ne savais même pas que les roses existaient dans cette couleur.

J.D. m'avait escortée ici avant que je me fasse embrigader par son assistante, qui marmonnait quelque chose sur un homme qui refusait de quitter son siège avant que Jaime invoque sa mère morte.

Après avoir débarrassé la chaise du bouquet de roses, je tentai de nouveau d'appeler Lucas. Toujours pas de réponse. Je le soupçonnai d'éviter mes appels. Saloperie d'affichage des noms. J'étais en train d'appeler chez moi pour vérifier mes messages quand la porte s'ouvrit pour laisser entrer Jaime.

— Paige, c'est ça ? demanda-t-elle en avalant une goulée d'air. (Ses lunettes avaient disparu et les mèches volantes qui paraissaient si soigneusement disposées sur scène lui pendaient à présent sur le visage et dans le cou, trempées de sueur.) S'il vous plaît, dites-moi que vous êtes Paige.

— Heu, oui. Je…

— Ah, Dieu merci. J'étais en train de courir jusqu'ici et soudain je me suis dit : et si ce n'était pas elle ? Si j'étais en train de faire des clins d'œil à une étrangère et de l'inviter à me rejoindre en coulisses, ce qui est bien la dernière chose dont j'aie besoin. Même sans ça, j'ai déjà ma place assurée dans les tabloïds. Donc, Paige…

Elle s'interrompit et regarda autour d'elle, puis ouvrit la porte et s'écria :

— Ohé ! J'avais bien demandé… ?

Un plateau apparut de derrière la porte, flottant dans les airs. Il devait y avoir un sous-fifre qui le tenait derrière la porte. Du moins, je l'espérais. Avec les nécromanciens, on ne sait jamais.

Elle s'empara du plateau, puis de la bouteille de whisky single malt.

— Mais vous jouez à quoi, ce soir ? J'avais dit : pas d'alcool. J'ai un rendez-vous. Ni alcool, ni caféine. Comme si je n'étais pas déjà assez remontée comme ça. (Elle jeta à la bouteille un regard plein d'envie, puis ferma les yeux et la repoussa.) Remportez-la. S'il vous plaît.

La bouteille disparut derrière la porte.

—Et apportez-moi encore du Gatorade. Le bleu. Pas cette saleté orange. (Elle ferma la porte, s'empara d'une serviette et s'épongea le visage.) Donc, nous en étions où ?

—Je…

—Ah oui. Donc je me disais : et si ce n'était pas elle ? J'attendais la sorcière. Enfin je ne dirais pas que je l'attendais, mais j'espérais, vous comprenez ? Lucas m'a appelée en disant qu'il m'envoyait quelqu'un – une femme – alors je me suis dit : oh mon Dieu, c'est peut-être la sorcière.

—La… ?

—Vous n'êtes pas au courant ? poursuivit Jaime, la voix étouffée tandis qu'elle tirait sa robe par-dessus sa tête. Pour Lucas et la sorcière ? Personnellement, j'ai du mal à y croire.

—Vous voulez dire, le fait que Lucas sorte avec une sorcière ?

—Non, qu'il sorte avec quelqu'un, tout court. (Jaime ôta son soutien-gorge.) Je ne dis pas ça méchamment, hein. Il est génial. Mais il fait partie de ces gens qu'on n'imagine pas avoir de vie sociale. Comme les profs. C'est toujours flippant de les voir hors de la classe.

À présent débarrassée de son slip, Jaime entreprit d'appliquer une épaisse couche de crème de beauté sur son visage, sans cesser de parler.

—J'ai entendu dire que c'était une accro de l'informatique. Sans doute une gamine maigrichonne avec de grosses lunettes et les dents en avant, qui a peur de son ombre. Une sorcière typique. Je vois bien Lucas se maquer avec une fille comme…

—C'est moi, la sorcière, répondis-je.

Jaime cessa de se nettoyer la figure et me regarda.

—Qu… ?

—La sorcière. La copine de Lucas. C'est moi.

Elle grimaça.

— Ah, merde.

La porte s'entrouvrit et la voix de J.D. nous parvint.

— On a une urgence, Jaime. On a besoin de toi.

— Deux secondes, d'accord ? me dit-elle en enfilant un peignoir. Je reviens.

— Salut, c'est moi, dis-je en changeant mon portable d'oreille. Ton père est là ?

— Paige, c'est sympa d'avoir de tes nouvelles, répondit Adam. Je vais bien. Les examens se sont bien passés. Merci de poser la question.

— Désolée, dis-je. Mais je suis un peu press…

Une perceuse hurla de l'autre côté de la porte de la loge.

— Nom d'un chien, tu es en train de tuer quoi ?

— Je crois qu'ils démontent la scène, répondis-je. Est-ce que Robert…

— Il est sorti avec maman. Quelle scène ? Tu es où ?

— À Miami. Et avant que tu poses la question, je suis venue ici pour chercher un nécromancien. J'en ai trouvé une mais elle ne… fera pas l'affaire, donc j'espérais que Robert pourrait me mettre en contact avec quelqu'un d'autre dans le secteur.

— Pourquoi tu as besoin d'un nécromancien ? (Après une pause, il baissa la voix.) Tu n'espères pas… tu sais… avec ta mère ? Je te déconseille d'essayer ces choses-là, Paige. Je sais que tu es toujours…

— Fais-moi un peu confiance. Je n'essaie pas de contacter ma mère. C'est pour une enquête.

— Tu mènes une enquête et tu ne m'as pas appelé ?

— Je viens de le faire.

Nouveau hurlement mécanique assourdissant, suivi de cris et de sifflets.

— Il y en a qui s'amusent, on dirait, dit Adam. Tu as parlé d'une scène ? Tu es où ? Dans une boîte de strip-tease ?

— Tu brûles. Je viens de voir un numéro de strip-tease. Mais pas du bon sexe. Donc…

— Hé ho, pas question que tu m'intrigues comme ça sans me donner d'explications. Comment tu te retrouves à chercher un nécromancien dans une boîte de strip-tease ?

— Ce n'est pas une boîte de strip-tease. C'est un théâtre. Tu as déjà entendu parler de Jaime Vegas ?

— La… (Il éclata de rire.) T'es sérieuse ? Jaime Vegas, une nécromancienne ? Je n'arrive pas à croire que des gens regardent ces conneries. Alors c'en est une vraie ?

— D'une… certaine façon.

— Oh mon Dieu, elle est comment ?

— Disons simplement que le show-biz lui va bien.

— Hé ho, laisse tomber les politesses. Ce n'est pas à Lucas que tu parles. Elle est comment ?

— Plus timbrée qu'une enveloppe.

Nouvel éclat de rire.

— Oh mon Dieu, ce que j'aimerais être là. Donc, cette enquête… Tu as changé d'avis sur le fait de travailler avec Lucas ?

— Je n'ai jamais dit que je ne travaillerais pas avec…

— Mais si. Quand je suis venu à Portland le mois dernier. Lucas parlait de cette affaire avec l'Igneus, j'ai dit que tu pourrais peut-être l'aider, et tu as répondu…

— C'est juste temporaire. Comme il est occupé, je le remplace pour cette fois.

Jaime se glissa dans la pièce. Je levai un doigt. Elle hocha la tête, prit une bouteille de Gatorade et se percha sur le bord d'un meuble.

— S'il est occupé, poursuivit Adam, ça veut dire que tu as besoin d'un partenaire. Je pourrais…

— Pas la peine. Et tu as des cours.

— Pas pendant quatre jours, répondit Adam. Pas avant mardi. Je vais sauter dans…

— Non, ne bouge pas. Si j'ai besoin de toi, je t'appellerai. En attendant, tu pourrais interroger Robert sur les néc… (Je jetai un coup d'œil à Jaime.)… sur cette liste ? C'est assez urgent.

— Je le ferai si tu me promets de rappeler pour me donner *tous* les détails.

— Je te rappelle demain sans faute. Dès que tu te réveilles. Disons vers midi ?

— Très drôle. Je me lève à 10 heures. Rappelle-moi ce soir. Il n'est que 19 heures ici, rappelle-toi.

J'acquiesçai, puis raccrochai et me tournai vers Jaime.

— Désolée. Je ne savais pas trop pour combien de temps vous en aviez. (Je rangeai mon portable dans mon sac et le hissai sur mon épaule.) Écoutez, je comprends que le moment soit mal choisi, juste après un spectacle, tout ça. J'apprécie que vous ayez pris le temps de me recevoir, et le spectacle était… génial. Mais vous n'avez pas besoin que je vous embête avec ça. Quel que soit le service que vous devez à Lucas, considérez que vous êtes quittes. (Je reculai en direction de la porte et m'emparai de la poignée.) Enfin bref, c'était un plaisir de vous rencontrer, Jaime, et je vous souhaite…

— Désolée pour ce que j'ai dit. J'ai mis les pieds dans le plat et je n'arrive plus à m'en dépêtrer. Après un spectacle, je suis toujours tellement à cran que… eh bien, je ne réfléchis pas.

— Aucun souci. Je…

— Enfin je veux dire, je n'en reviens pas que je n'aie pas compris qui vous étiez dès l'instant où Lucas m'a donné votre nom. Je connaissais votre mère. Pas personnellement, mais de nom, et puis j'ai entendu parler de vous et de la fille d'Eve au printemps dernier, donc j'aurais dû faire le lien, mais quand je donne un spectacle, mon cerveau se met en pause et… (Un sourire ironique lui tordit les lèvres.) Et je jacasse, je m'embrouille, je raconte n'importe quoi, mais bien entendu, vous n'aviez rien remarqué, hein ?

— Pas de souci. De toute évidence, vous êtes occupée et vous n'avez pas besoin de ça, alors ne vous en faites pas. Je peux contacter d'autres nécromanciens.

Elle entreprit de se brosser les cheveux.

— De meilleurs nécromanciens.

— J'ignore totalement s'ils sont meilleurs. Je n'ai jamais travaillé avec vous.

Elle leva les yeux, comme étonnée que je ne lui aie pas servi de compliments mensongers. Je repris :

— Je dis simplement que ce n'est sans doute pas le meilleur moment…

— Vous avez besoin que je contacte une jeune fille dans le coma. C'est simple. Il est 22 heures et vous ne trouverez personne d'autre pour le faire ce soir. Autant me donner ma chance et me permettre de m'acquitter de ma dette envers Lucas.

Que pouvais-je y répondre ? Passer les prochaines heures en compagnie de la « Diva des Morts » ne m'éclatait pas franchement, mais elle semblait plus calme une fois l'excitation de son spectacle retombée. Ce ne serait peut-être pas si terrible après tout. Ce fut du moins ce que je me répétai tandis qu'elle laissait tomber son peignoir pour chercher des habits.

# De l'autre côté

Après avoir suivi mes instructions, le taxi s'arrêta devant un immeuble carré en brique coincé entre un restaurant et un petit cabinet d'expertise comptable. Contrairement à ses voisines, cette devanture ne portait aucune enseigne évidente. Il me fallut chercher une bonne minute avant de trouver un panneau presque microscopique dans la vitrine : Clinique Marsh.

— Mon Dieu, dit Jaime tandis que j'appuyais sur le bouton de la sonnette de nuit. Qu'est-ce que c'est ? Une clinique de désintoxication ?

— Une clinique privée, répondis-je.

— Merde. Il faut tuer qui pour entrer ici ? (Elle perçut mon expression.) Ah non, pas *qui* mais combien de personnes. Une clinique de la Cabale.

Une femme blonde d'une quarantaine d'années ouvrit la porte.

— Mademoiselle Winterbourne. Bonjour. M. Cortez nous a prévenus que vous passeriez ce soir. Entrez, je vous prie. Et vous devez être Jaime Vegas ?

Celle-ci hocha la tête.

— L'état de Dana a-t-il évolué ? demandai-je.

Une brève vaguelette d'émotion rida la surface calme de son expression.

— Malheureusement, non. Vous pouvez rester autant que vous le souhaitez. M. Cortez a demandé que cette visite soit privée, donc si vous avez besoin d'aide, n'hésitez pas à me sonner. Autrement, je ne vous dérangerai pas. Elle se trouve dans la chambre trois.

Je la remerciai et suivis ses indications jusqu'à un couloir latéral. Tandis que nous marchions, Jaime regarda autour d'elle, absorbant tous les détails.

— Et rendez-vous compte, dit-elle. Cet endroit est pour les employés. Ils doivent avoir une clinique dans les Alpes suisses pour les cadres. Et pour la famille ? Dieu seul le sait. Vous imaginez avoir ce genre de fortune ?

— Rappelez-vous d'où elle vient, lui dis-je en citant Lucas.

— J'essaie, mais vous savez, des fois, quand on voit ce que peut faire une Cabale, on se dit : « hummm, peut-être que ce ne serait pas une si mauvaise idée de tourmenter quelques âmes à l'occasion. » Vous sortez avec le type qui est censé posséder tout ça un jour. Je suis sûre qu'il vous arrive d'y penser.

— Pas sous un angle très positif.

— C'est tout à votre honneur ! Moi, je serais tentée. Et merde, je l'ai *déjà* été. Vous avez déjà rencontré Carlos ?

— Carlos Cortez ? Non.

— C'est le benjamin. Vous savez, le plus jeune fils de l'épouse lég… enfin, de Delores. Carlos, c'est le beau gosse de la portée. Il tient de sa mère, qui est superbe… et aussi mauvaise qu'un chien enragé. Carlos a aussi hérité de ses gènes mauvais, mais apparemment pas de la cervelle de Benicio, donc il n'est pas très dangereux. Enfin bref, je l'ai rencontré en boîte il y a quelques années et je l'intéressais visiblement. De temps en temps, j'ai été tentée. Je me retrouvais face à un type qui a de l'argent et du pouvoir, emballé dans un paquet-cadeau quasi parfait. Qu'est-ce qu'une fille pourrait vouloir de plus ? D'accord, peut-être quelqu'un qui n'a pas la réputation de jouer à de sales jeux au lit, mais on a tous nos petits défauts, non ? Sérieusement, c'est ce que j'ai pensé.

Je suis en train de regarder ce mec et je me dis : hummm, peut-être que je pourrais le changer.

— Sans doute pas.

— Non mais vous y croyez ? Moi qui ne tire jamais de leçons de rien, j'ai appris celle-là par cœur. *C'est à prendre ou à laisser, parce que tu ne changeras jamais ce type-là*. Mais ça ne m'a quand même pas empêchée de penser à Carlos. Le pouvoir et l'argent – si Calvin Klein pouvait mettre ce parfum-là en flacon, il se ferait une fortune. (Elle me lança un sourire.) Imaginez, on aurait pu être belles-sœurs. On aurait mis de l'animation aux réunions de famille.

Je poussai une porte portant un petit « 3 ».

— Elles sont sans doute déjà assez animées comme ça.

Jaime éclata de rire.

— Sans doute. Vous imaginez…

Elle se tut lorsqu'on entra dans la pièce. Elle faisait deux fois la taille de la chambre de mon appartement. Un canapé en cuir et deux fauteuils inclinables assortis étaient rassemblés autour d'une table basse juste à côté de la porte. Au-delà se trouvait un grand lit. Une jeune fille aux longs cheveux blonds était étendue au milieu, une couette à motif de tournesols relevée sur sa poitrine. Elle fermait les yeux. Des pansements lui entouraient le cou. D'un côté, des machines émettaient des signaux discrets comme pour éviter de la réveiller.

J'en eus le souffle coupé. Comment pouvait-on… ? Comment sa mère pouvait-elle… ? Nom d'un chien ! Pourquoi, pourquoi, pourquoi ? Je fermai les yeux, déglutis, m'approchai du chevet de Dana et lui pris la main.

— Nom d'un chien, chuchota Jaime. C'est une gamine.

— Qu… (Ma gorge s'asséchа. Je réessayai.) Elle a quinze ans. Mais elle paraît petite pour son âge.

— Quinze ans ? Punaise. Quand Lucas m'a parlé d'une fille, j'ai cru, vous savez, qu'il parlait d'une femme. J'aurais dû me douter que non. Quand il dit une fille, il parle d'une jeune fille.

— Ça pose problème ?

Jaime inspira, incapable de détacher son regard de Dana.

— C'est plus dur, oui. Pas de communiquer. Je veux dire… (Elle se tapota le front d'un ongle manucuré.) Ici. Que disent les médecins ?

— Que son état est stable. Quant à savoir si elle reprendra conscience, ils n'en savent rien.

— Eh bien, on va peut-être le découvrir ce soir. Si elle est passée de l'autre côté, je le saurai.

Jaime roula les épaules, approcha du lit et agrippa le bord du lit. Elle baissa les yeux vers Dana, puis secoua la tête, ouvrit son énorme sac et en tira ce qui ressemblait à une trousse de maquillage géante.

— Je vous appellerai quand j'aurai terminé, dit-elle sans lever les yeux.

— Je connais ces choses-là, répondis-je. Enfin, pas exactement, mais j'ai participé à quelques invocations. Tenez, passez-moi l'encensoir et les herbes et je les préparerai pendant que…

— Non.

Le mot sortit assez sèchement pour me faire sursauter. Jaime s'accrochait à sa trousse comme si je risquais de la lui arracher.

— Je préférerais que vous attendiez dans le couloir, dit-elle.

— Ah oui, bien sûr. Pas de problème. Vous n'aurez qu'à me rappeler.

Je me dirigeai vers la porte, puis jetai un coup d'œil en arrière et la vis qui attendait, serrant toujours son sac fermé. Je poussai la porte et sortis dans le couloir.

Je vous avais dit que les nécromanciens étaient des bêtes curieuses. Jaime paraissait peut-être à des lieues du nécro typique au regard halluciné, mais on peut se poser des questions sur une femme qui se déshabille sans problème devant une étrangère mais refuse qu'on la voie pratiquer une cérémonie d'incantation. Cela dit, ça ne me dérangeait pas d'être reléguée sur la touche. Je savais ce que renfermait cette trousse de maquillage Gucci et ce n'était pas du rouge à lèvres de marque.

Pour invoquer les morts, il faut des artefacts liés à la mort. Cette trousse devait contenir tout un arsenal allant de la terre prise sur une tombe à des lambeaux de linceul moisi et à des, comment dire, des choses mortes… ou du moins, des fragments transportables de ces trucs-là. Les outils du métier de nécromancien. Tout ça me rendait vraiment heureuse d'être une sorcière qui jetait des sorts au milieu d'herbes à l'odeur suave, de jolies gemmes et de calices antiques.

Jaime me rappela une dizaine de minutes plus tard. Lorsque j'entrai, elle était assise près du lit et tenait la main de Dana. La plupart des nécromanciens laissent leurs outils sortis pendant une invocation, mais la trousse de Jaime avait disparu ainsi que son contenu. Seul restait l'encensoir où brûlait de la verveine, qu'employaient les nécromanciens quand ils contactaient des âmes traumatisées, comme les victimes de meurtre, ou celles des gens qui ne savaient pas qu'ils étaient des esprits.

— Ça n'a pas marché ? lui demandai-je.

— Si. (La voix de Jaime avait faibli jusqu'à un murmure tendu et son visage était très pâle.) Elle est ici. Je n'ai pas… (Sa voix se raffermit.) Je ne l'ai pas encore contactée. Je crois que ce serait plus facile pour elle si je recourais au *channeling*. Vous savez comment ça marche ?

Je hochai la tête.

— Vous laissez Dana parler à travers vous.

— Voilà.

— Donc je vais lui poser les questions et…

— Non, non, répondit Jaime. Enfin, oui, vous lui poserez les questions, mais je les lui transmettrai et je la laisserai parler à travers moi. Elle ne prendra pas le contrôle de mon corps. Ça, c'est du *channeling* intégral, et si un nécromancien suggère jamais de le faire, trouvez quelqu'un d'autre. Aucun nécro doté d'un minimum de bon sens ne s'abandonne totalement à un esprit.

— Compris.

— Maintenant, dans un premier temps, je vais établir seule le contact. C'est plus facile comme ça. Je vais la contacter et… lui expliquer les choses. (Elle déglutit.) Je vais lui dire ce qui s'est passé et où elle se trouve. Elle le sait peut-être, mais… dans le cas des gamins… il arrive qu'ils résistent à la vérité.

Ah, merde. Je n'avais pas pensé à ça. On ne demandait pas simplement à Jaime de contacter Dana. On lui demandait de lui apprendre qu'elle se trouvait dans un lit d'hôpital, dans le coma.

— Je suis désolée, répondis-je. Si vous ne voulez pas le faire, je comprendrai parfaitement…

— Non, ça va. Elle s'en rendra bien compte tôt ou tard, non ? Cela dit, il est peu probable qu'elle se rappelle tous les détails.

— Amnésie traumatique, répondis-je. Lucas m'en a parlé.

— Parfait. Alors je vais la contacter. Ça risque de prendre un moment.

Il s'écoula vingt minutes. Pendant ce temps, Jaime restait assise, droite comme un piquet, serrant la main de Dana, et seuls des spasmes occasionnels lui agitant la joue trahissaient une quelconque activité.

— Bon, dit-elle enfin d'une voix enjouée. Donc, il y a ici quelqu'un qui va nous aider à attraper le type qui t'a fait ça, d'accord, ma grande ?

— Parfait.

Cette réponse était formulée une octave plus haut que la voix de Jaime.

— Elle s'appelle Paige et c'est une sorcière, comme toi. Tu sais ce qu'est le Convent ?

— Je… J'en ai entendu parler… Je crois.

— C'est un groupe pour les sorcières. Paige a fait partie du Convent, elle aidait les sorcières qui en étaient membres, mais maintenant qu'elle travaille en dehors, elle peut aider toutes les sorcières. (Jolie façon de présenter les choses. Je remerciai mentalement Jaime de les montrer sous ce jour positif.) Ce que je voudrais, c'est que tu lui racontes tout ce que tu te rappelles, ensuite elle te posera des questions, et on attrapera ce type avant que tu te réveilles.

Donc Dana allait bien. Dieu merci. Je me détendis pour la première fois depuis notre entrée dans cette chambre.

Elle demanda quand elle allait se réveiller.

— D'un jour à l'autre, répondit Jaime. Ton père est censé arriver bientôt…

— Mon père ? Je savais qu'il viendrait. Ma mère est là ?

— Elle est passée, répondit Jaime. Pour s'occuper de toi.

— Et ils seront là ? Quand je vais me réveiller ?

— Bien sûr. Maintenant, tu peux dire à Paige ce que tu as vu ?

— Bien sûr. Salut, Paige.

J'ouvris la bouche, mais Jaime répondit pour moi.

— Tu ne pourras pas l'entendre, ma puce. Je vais devoir lui transmettre tes messages. Mais tu la verras à ton réveil. Elle s'inquiète beaucoup pour toi.

Dana sourit à travers Jaime, le sourire d'une gamine qui n'avait pas l'habitude que les gens se soucient d'elle.

J'allais m'assurer que son père soit informé de sa situation vis-à-vis de sa mère et, s'il était le genre de père que décrivait Benicio, Dana n'aurait plus jamais à passer une seule nuit à la rue. Dans le cas contraire, eh bien, je m'en occuperais moi-même.

— Je vais essayer, répondit Dana. Mais… Je ne me rappelle pas trop bien. Tout se mélange un peu, comme si c'étaient des trucs que j'avais vus à la télé il y a longtemps et que je n'arrivais pas à me rappeler.

— Aucun problème, Dana, dit Jaime. Nous savons que tu ne te souviendras pas de grand-chose, et nous comprendrons très bien si c'est le cas, mais si tu te rappelles quoi que ce soit, vraiment quoi que ce soit, ce sera formidable.

— Donc, c'était dimanche soir. Je rentrais chez moi après une fête. Je n'étais pas défoncée ni rien. J'avais fumé un joint, mais c'est tout, juste un joint que j'ai partagé avec un mec que je connaissais. Donc je rentrais chez moi en traversant le parc – je sais que ça a l'air crétin, mais dans ce coin-là, le parc paraissait plus sûr que les rues, vous savez ? J'étais prudente, je restais sur le chemin, je regardais, j'écoutais. Et ensuite…

Elle se tut.

— Ensuite, Dana ? l'encouragea Jaime.

— Ensuite… Je crois que j'ai dû oublier ce qui s'est passé juste après, parce que tout ce que je me rappelle, c'est ce type qui se tient soudain juste derrière moi. J'ai dû l'entendre approcher, peut-être que j'ai essayé de m'enfuir, mais je ne m'en souviens pas.

— Demandez-lui…, commençai-je.

Dana poursuivit :

— Je sais que vous voudrez savoir à quoi il ressemblait, mais je ne le vois vraiment pas. Je sais que j'aurais dû…

— Hé, lui dit Jaime, si c'était moi, j'aurais tellement flippé que je ne me rappellerais absolument rien. Tu t'en sors très bien, ma grande. Vas-y lentement et donne-nous ce que tu peux.

— Il m'a attrapée, et ensuite, je me retrouve à terre, loin du chemin, dans cette forêt. J'étais presque réveillée mais pas vraiment, et j'étais épuisée. Je voulais juste m'endormir.

— On t'avait droguée ? lui demandai-je.

Jaime lui transmit ma question.

— Je… Sans doute. Sauf que je n'avais pas l'impression… Je me rappelle juste m'être sentie épuisée. Je ne crois même pas qu'il m'avait attachée, mais je n'ai pas bougé. Je n'en avais pas envie. Je voulais juste dormir. Ensuite il m'a enroulé une corde autour du cou et je suis tombée dans les vapes, et puis je me suis retrouvée ici.

— Je voudrais parler du coup de fil que tu as passé, lui dis-je.

— J'ai passé un coup de fil ?

— Au service d'urgence, lui expliquai-je. Celui de la Cabale – là où travaille ton père.

— Je comprends de quoi vous parlez, mais je ne m'en souviens pas. Papa nous l'a fait mémoriser, à ma sœur et à moi, et je sais que je suis censée les appeler d'abord, donc sans doute que je l'ai fait.

Je la relançai par quelques questions sur la voix de son agresseur, son accent, son vocabulaire, tout ce qui aurait pu la marquer davantage que son apparence physique, mais tout ce qu'elle put m'apprendre, c'était qu'il n'avait pas l'air d'être « du coin ».

— Ah oui, il a dit un truc qui m'a paru bizarre. Quand il a commencé à m'étrangler. On aurait dit qu'il parlait à quelqu'un, mais il n'y avait personne d'autre. Comme s'il parlait tout seul, sauf qu'il utilisait un nom.

Je dressai l'oreille.

— Tu t'en souviens ?

— Je crois que c'était Nasha, répondit Dana. Ou quelque chose comme ça.

— Demandez-lui exactement ce qu'il a dit, dis-je à Jaime, qui s'exécuta.

— Il a dit qu'il le faisait pour cette personne, ce Nasha, répondit Dana.

— Un sacrifice rituel, commentai-je.

Jaime hocha la tête. On continua à titiller la mémoire de Dana mais, de toute évidence, elle n'était que partiellement consciente lorsqu'elle avait entendu parler son agresseur. Ensuite, on repassa à l'agresseur lui-même. Il était sans doute d'essence surnaturelle et avait peut-être fait quelque chose qui aurait désigné son espèce, mais Dana ne se souvenait de rien. En tant que fille d'une sorcière et d'un semi-démon, elle connaissait à la fois les signes distinctifs des lanceurs de sorts et ceux des démons, mais son agresseur n'en avait laissé transparaître aucun.

— C'est formidable, ma puce, lui dit Jaime quand je lui indiquai que je n'avais plus de questions. Tu nous as donné un énorme coup de main. Merci beaucoup.

Dana sourit à travers Jaime.

— C'est moi qui devrais vous remercier. Et je le ferai quand je me réveillerai. Je vous emmènerai déjeuner, toutes les deux. C'est moi qui inviterai. Enfin, mon père et moi.

— D… D'accord, ma grande, répondit Jaime en détournant le regard. On fera ça. (Elle me jeta un coup d'œil.) Je peux la renvoyer maintenant ?

Je hochai la tête et remis le capuchon de mon stylo.

— Dites-lui que je reviendrai la voir quand elle se réveillera.

Quelques minutes plus tard, Jaime se leva et se massa les épaules.

— Ça va ? lui demandai-je.

Elle émit un bruit évasif et tendit la main vers son sac. J'étouffai un bâillement, puis allai m'asperger le visage d'eau froide à la salle de bains.

— Donc, vous avez la moindre idée du moment où elle reprendra conscience ? lui demandai-je en sortant.

— Jamais.

Je m'arrêtai et me retournai lentement. Jaime farfouillait dans son sac.

— Quoi ? lui dis-je.

Jaime ne leva pas les yeux.

— Elle est passée de l'autre côté. Elle est partie.

— Mais vous… vous avez dit…

— Je sais très bien ce que j'ai dit.

— Vous lui avez dit qu'elle allait bien. Comment avez-vous pu… ?

Jaime leva brusquement les yeux vers moi.

— Et j'étais censée lui dire quoi ? « Désolée, ma grande, tu es morte mais tu ne le sais pas encore » ?

— Oh, mon Dieu. (Je m'effondrai sur le siège le plus proche.) Je suis désolée. On ne voulait pas… je ne voulais pas… vous faire subir ça…

— Ça fait partie du boulot. Si ce n'était pas moi, ç'aurait été quelqu'un d'autre, non ? Il faut que vous attrapiez ce salaud, et c'était le meilleur moyen d'obtenir des infos, donc… (Elle se passa une main sur le visage.) J'ai vraiment besoin d'un verre. Et d'un peu de compagnie. Si ça ne vous dérange pas.

Je me levai maladroitement de mon siège.

— Pas du tout.

# Deux pour le prix d'un

Bien qu'étant toujours sous le choc après avoir appris le triste sort de Dana, je devais faire passer mes sentiments après ceux de Jaime. C'était elle qui avait besoin de soutien, et j'étais tout à fait prête à le lui accorder.

J'avais vu un bar jazz au bout de la rue, le genre d'endroit équipé de grandes banquettes de peluche où se perdre et où le groupe ne jouait jamais assez fort pour couvrir les conversations. On pouvait aller y boire quelques verres, passer cette pénible soirée à bavarder, et peut-être en arriver à mieux nous comprendre.

—Non, mais je vous jure ! glapit Jaime en agitant son cosmopolitan, provoquant un raz-de-marée par-dessus le bord de son verre. Ce type était assis sur son siège avec la braguette ouverte et son sexe qui dépassait, en espérant attirer mon attention !

Le type blond à gauche de Jaime se pencha vers elle.

—Et ça a marché ?

—Ça ne risquait pas. Un sexe de dix centimètres ? Je ne ralentis même pas pour ça. J'ai filé comme un éclair… en espérant qu'il soit aussi prompt à fermer sa braguette avant que la vieille dame assise à côté de lui fasse une attaque.

—Et vingt centimètres, ça le ferait ? demanda le brun à sa droite.

— Ça dépend du visage qui va avec. Après, vingt-cinq… à vingt-cinq, ça devient intéressant. Et à trente, j'invoque son putain de clebs s'il me le demande.

Éclat de rire. Je fixai mon mojito en regrettant de ne pas avoir commandé plutôt un double whisky sec. Je ne buvais pas de whisky, mais ça paraissait soudain une excellente idée.

Autour de nous, la musique jouait si fort qu'elle faisait onduler la flaque de cosmopolitan que Jaime venait de renverser. J'envisageai de l'éponger mais décidai d'attendre qu'un autre danseur défoncé trébuche sur la piste et s'effondre sur notre table. Ça s'était produit deux fois jusqu'ici et ça n'en resterait sans doute pas là. J'espérais seulement qu'il ou elle porterait assez d'habits pour absorber la boisson renversée par Jaime.

Nous étions là depuis près de deux heures, n'ayant jamais atteint le bar jazz. Jaime avait entendu la musique bruyante de l'extérieur et m'avait entraînée ici « juste pour un verre ». J'en avais pris deux. Elle en était au sixième. Pendant les deux premiers, elle avait ignoré l'attention des clients masculins du bar. Au troisième, elle avait commencé à jauger les intéressés. Arrivée au numéro cinq, elle avait fait son choix parmi un quintet de types fringués comme des agents de change qui nous observaient depuis le bar et avait fait signe aux deux plus mignons en leur offrant de venir s'asseoir à sa gauche et à sa droite, où ils s'étaient entassés à trois sur une banquette conçue pour deux.

Bien que j'aie gardé le regard fermement braqué sur mon verre, envoyant des signaux qui disaient clairement « Ça ne m'intéresse absolument pas », l'un des membres du trio restant avait décidé que les restes n'avaient pas l'air trop rebutants et s'était glissé à mes côtés. Je n'avais qu'une envie, regagner le calme de ma chambre d'hôtel et pleurer Dana en mettant au point mon étape suivante pour trouver son meurtrier. Et pourtant j'étais là, coincée contre le mur, à écouter Jaime raconter ses histoires de guerre, sirotant mon second mojito et repoussant les mains baladeuses de mon compagnon indésirable. Et je commençais à me sentir un peu en rogne.

Le type assis près de moi, Dale – ou bien Chip[1] ? – se tortilla pour s'approcher, bien qu'on soit déjà plus proches que j'aimais l'être de quelqu'un avec qui je ne couchais pas.

— Vous avez de très beaux yeux, me dit-il.

— Ce ne sont pas mes yeux, répondis-je. Regardez plus haut. Beaucoup plus haut.

Il gloussa de rire et leva le regard vers mon visage.

— Non, je suis sérieux. Vous avez des yeux magnifiques.

— De quelle couleur sont-ils ?

— Heu... (Il plissa les yeux dans l'obscurité.) Bleus ?

Ils étaient verts, mais je ne comptais pas le corriger. J'avais déjà répété « Je suis avec quelqu'un » jusqu'à ce que ça commence à ressembler à un défi. Presque aussi souvent que j'avais dit à Jaime qu'il fallait vraiment que je parte, mais elle faisait semblant de ne pas m'entendre. Quand je refis une tentative, elle se lança dans une nouvelle histoire grivoise.

C'était sympa de la voir récupérer de son expérience traumatisante à l'hôpital. Je commençais à soupçonner que « traumatisante » était exagéré. Légèrement déstabilisante, peut-être, au même titre que s'apercevoir qu'on est sorti de chez soi avec des chaussures marron et une robe noire. Rien que quelques cosmopolitans et de la musique d'enfer ne puissent guérir.

— Excusez-moi, dis-je. Je dois...

— Aller au petit coin ? dit mon voisin qui éclata de rire en se laissant glisser hors de la banquette.

---

1. « Chip and Dale » sont les noms originaux des écureuils Tic et Tac de Disney. (*NdT*)

— Attendez-nous, les garçons, dit Jaime. Les dames doivent se refaire une beauté.

— Heu, non, répondis-je alors qu'elle se dégageait de la banquette. Je m'en vais.

— Déjà ? Je n'ai pas fini mon verre.

— Pas de problème. Restez vous amuser.

Elle me serra le bras, davantage pour retrouver son équilibre que pour m'empêcher de partir.

— Vous m'abandonnez ? Avec ces trois-là ?

Elle lança au trio un sourire concupiscent. Dale répondit par un clin d'œil, puis se leva en titubant.

— Ah non, chérie, dit-il en braquant un regard flou dans ma direction générale. Je vous raccompagne en voiture.

— Oh, j'imagine que ça vous plairait bien, dit Jaime. Mais Paige a déjà un mec. Un ami à moi. Du genre à qui il vaut mieux ne pas chercher d'ennuis. (Elle se pencha vers l'oreille de Dale.) Il a des relations.

Dale fronça les sourcils.

— Des relations ?

— Comme les Kennedy, expliqua Jaime.

— Plutôt comme les Soprano, précisai-je.

Dale se rassit.

— Restez vous amuser, dis-je à Jaime.

— Pas question. J'ai promis à Lucas de m'occuper de vous dans la grande méchante ville.

— C'est très gentil mais…

— Y a pas de mais. Ma boîte de prod m'a réservé une chambre à perpète en banlieue et je n'ai pas l'intention de faire tout ce chemin ce soir. Je vais prendre une chambre dans votre hôtel. Alors suivez-moi, jeune fille.

Elle entreprit de m'éloigner de la table. L'un de ses compagnons se redressa.

— On peut vous accompagner… ?

— Oups, désolée. Je ne peux peut-être pas finir mon verre, mais je ne peux pas oublier mon remontant. (Elle se retourna pour jauger les deux hommes.) Dilemme, dilemme.

Le blond sourit.

— Deux pour le prix d'un.

— C'est tentant, mais je suis trop vieille pour ces conneries. Un par nuit. (Elle les inspecta de la tête aux pieds.) Le choix est difficile. Je ne vois qu'une manière de trancher. (Elle désigna le brun.) *Am stram gram...*

Une fois sortie du taxi et séparée de Jaime et de son « galant », j'appelai Lucas, mais ne tombai que sur un message annonçant qu'il n'était pas disponible. Bizarre. Je lui demandai de me rappeler, puis joignis Adam et l'informai des détails de l'affaire. Il était alors près de minuit, même en Californie, et Robert était allé se coucher. Aucune importance. Obtenir cette liste de nécromanciens n'était plus une haute priorité. Quels que soient les défauts de Jaime sur un plan personnel, elle avait fait son travail avec Dana.

Je n'avais pas dormi depuis mon arrivée à Miami et mon cerveau sembla protester contre ce manque de repos en s'assurant que mon sommeil soit agité cette nuit-là. Je rêvai que je me trouvais de nouveau dans la chambre d'hôpital et que je regardais Jaime libérer Dana vers le royaume des morts. Elle lui lâcha la main et la laissa retomber sur les draps. Je regardai fixement cette main en m'attendant à voir des ongles rongés et un bracelet effiloché. Au lieu de quoi elle était dodue et ridée, ornée d'une montre en or à l'air familier.

— Maman ?

— Elle ne veut pas vous parler, dit Jaime. Vous avez perdu le Convent. Elle vous l'a offert sur un plateau d'argent et vous avez quand même réussi à tout faire foirer.

— Non !

Je bondis de ma chaise, trébuchai et m'affalai sur un lit qui sentait la lessive d'hôtel. Je m'enfonçai dans l'oreiller et gémis. Soudain, le lit s'inclina et je l'agrippai des deux mains, luttant pour rester dessus. Je vis Lucas assis au bord. Il me tournait le dos et s'affairait à ôter l'étiquette d'une bouteille de champagne vide.

— Un mois, dit-il. Tu savais bien ce que je voulais dire.

Il se leva et le lit dégringola dans un gouffre noir et béant. Je voulus pousser un hurlement mais il se changea en petit cri de joie aigu.

— Cortez ! Tu renverses du champagne partout – éloigne cette bouteille du lit.

Le décor s'effaça. Nouvelle chambre d'hôtel. Trois mois plus tôt. Nous traversions le pays à un rythme d'escargot, sans nulle part où aller, rien d'autre à faire qu'apprécier le voyage. La veille, Maria avait envoyé à Lucas par télégramme l'argent de l'assurance de sa moto volée, si bien que nous avions décidé ce soir-là de l'employer en partie pour nous prendre une chambre avec un Jacuzzi, une cheminée et une suite contiguë pour Savannah.

Nous nous trouvions au lit depuis notre arrivée en fin d'après-midi. Les assiettes du repas servi dans notre chambre jonchaient le sol et Lucas avait fait apparaître au milieu de cette pagaille une bouteille de champagne qui était en train de mousser sur les draps… et sur moi. Tandis que j'éclatais de rire, il secoua le restant de la mousse sur moi, puis s'empara de deux verres, les remplit et m'en tendit un.

— À ce premier mois, dit-il.

— Un mois ? (Je me redressai.) Ah, oui. Un mois depuis qu'on a battu la Cabale Nast et sauvé Savannah, un exploit que nous aurons peut-être à regretter plus tard. Mais techniquement, tu as un jour d'avance.

Lucas hésita, le visage s'assombrissant une fraction de seconde avant qu'il hoche la tête.

— Oui, sans doute.

Ce souvenir défila en accéléré et l'on se retrouva quelques heures plus tard. J'étais blottie au lit et le champagne chantait toujours dans ma tête. Je sentais la chaleur de Lucas dans mon dos. Il remua, marmonna quelque chose et glissa la main entre mes jambes. Je me frottai contre ses doigts. Un rire ensommeillé, puis son doigt glissa en moi, tâtonnant doucement et lentement. Je gémis, car ma chair était encore sensible suite à la nuit précédente, mais cette douleur légère ne faisait qu'en accentuer une autre, plus profonde. Il retira le doigt et en titilla le dessus de mon clitoris. Je gémis de nouveau et écartai les jambes. Il entreprit une lente exploration qui me fit agripper l'oreiller.

— Lucas, chuchotai-je.

Nouveau rire, mais cette fois plus net, sans trace de somnolence. Je m'obligeai à passer du sommeil à l'éveil et sentis toujours une main tiède qui me caressait par-derrière.

— Lucas ?

Rire étouffé.

— J'espère bien.

Je fis mine de me retourner, sentis sa main se dégager et tendis la mienne pour la retenir.

— Ne t'arrête pas, lui dis-je.

— Je n'en ai pas l'intention. (Il se pencha par-dessus mon épaule et glissa de nouveau le doigt en moi.) C'est mieux comme ça ?

— Oh mon Dieu, oui. (Je cambrai le dos contre lui.) Comment… comment tu es arrivé ici ?

— Par magie.

— Mmmm.

— Bonne surprise ?

— La meilleure qui soit.

Il éclata de rire.

— Alors rendors-toi. Je maîtrise tout.

— Mmmm.

Naturellement, je ne me rendormis pas. Plus tard, je m'appuyai contre son torse et lui souris.

— Chacune de ces visites surprises est meilleure que la précédente.

Il me répondit par un sourire tordu.

— Je suppose que mon arrivée inattendue ne te déplaît pas totalement, même si j'ai dérangé ton sommeil ?

— Dérange-le tant que tu veux. Mais c'est effectivement une surprise. Qu'est-ce qui est arrivé à ton procès ?

— Il a pris fin cet après-midi. Une fois que la partie plaignante a confirmé que son nouveau témoin résidait dans un cimetière, elle a décidé de passer directement au réquisitoire et à la plaidoirie.

— C'est un avantage certain à travailler dans les tribunaux humains. Ils ne citent jamais des témoins morts à comparaître.

— C'est vrai. Donc, je suis ici pour t'aider, si tu veux bien de moi.

— Ah ça oui, lui dis-je en souriant. De toutes les manières possibles. Donc tu restes ?

— Si ça te conv…

— C'est génial. Je ne me rappelle même pas à quand remonte la dernière fois qu'on a passé plus d'un week-end ensemble.

— C'est vrai que ça fait un moment, dit doucement Lucas avant de s'éclaircir la voix. Ces derniers temps, mon planning a été plus chargé que prévu et je me rends compte que ce n'est pas une situation idéale pour une relation…

— Aucun problème, répondis-je.

— Ce n'est pas ce que tu attendais.

— Je n'attendais rien. (Je m'écartai de lui et m'assis.) Pas d'attentes, tu te rappelles ? On prend les choses au jour le jour. On était d'accord là-dessus.

— Oui, je sais bien que c'est ce que tu avais dit, mais…

— J'étais sincère. Pas d'attentes, pas de pression. Tu restes aussi longtemps que tu le voudras.

Lucas se redressa.

— Ce n'est pas ce que… (Il marqua une pause.) Paige, il faut qu'on parle.

— D'accord.

Je sentais Lucas m'observer dans le noir, mais il ne disait rien.

— De quoi est-ce que tu veux parler ? lui demandai-je au bout d'un moment.

— De… (Il soutint un moment mon regard, puis le détourna.) De cette affaire. Qu'est-ce qui s'est passé ce soir ?

— Oh, mon Dieu. (Je me laissai retomber sur l'oreiller.) Tu as des amis bizarres, Cortez.

Un quart de sourire.

— Je ne classerais pas Jaime parmi mes amis, mais oui, c'est une manière de présenter les choses. Donc, raconte-moi ce qui s'est passé.

Je m'exécutai.

# Une théorie

À 7 heures, n'ayant toujours pas cessé de discuter, on déplaça la conversation du lit au restaurant de l'hôtel. En mangeant aussi tôt, on s'assurait les meilleures places, une table au coin de l'atrium.

À 9 heures, le restaurant était plein et les gens faisaient la queue. Nous en étions à notre troisième tasse de café, longtemps après avoir fini notre petit déjeuner, ce qui nous attira pas mal de regards noirs de la part des gens qui attendaient à l'entrée, mais pas le moindre coup d'œil impatient de la part de notre serveur, sans doute en raison de la taille du pourboire que Lucas avait ajouté à la note.

— Nasha ? répéta Lucas quand je lui répétai le nom évoqué par l'agresseur de Dana. Ça ne me dit rien.

— Je l'ai transmis à Robert par l'intermédiaire d'Adam, pour avoir son opinion. Je l'ai appelé hier pour lui demander – hum, des affaires du conseil.

— Ainsi qu'une liste de nécromanciens de rechange, je présume.

— Je… heu… (J'inspirai.) Désolée. Je sais que tu m'as demandé de te faire confiance, et j'ai vraiment essayé…

Un sourire lui chatouilla les lèvres.

— Mais tu as cessé à mi-chemin entre Sid Vicious et le strip-tease privé. Deux points dont je comprends tout à fait qu'ils puissent éprouver les limites de la confiance la plus profonde.

— En réalité, c'était *après* le strip-tease.

Son sourire s'élargit.

— Ah, eh bien, dans ce cas tu as dépassé toutes les attentes que je pouvais raisonnablement concevoir. J'en suis flatté. Merci.

— Malgré tout, j'aurais dû t'écouter. Tu avais raison. Jaime a fait du bon travail.

— Elle est très douée, même si je crois que parfois elle préférerait ne pas l'être. Tu as déjà entendu parler de Molly O'Casey ?

— Bien sûr. Une nécro de premier ordre. Elle est morte il y a quelques années, c'est bien ça ?

Lucas hocha la tête.

— C'était la grand-mère paternelle de Jaime. Vegas, c'est un nom de scène.

— Je m'en doutais. Elle ne fait pas très hispanique.

— Elle ne l'est pas. Sa mère a choisi ce nom quand elle a fait débuter Jaime dans le show-biz, dans son enfance. D'après Jaime, sa mère était violemment raciste et ignorait totalement que Vegas était un nom hispanique. Pour elle, « Vegas » voulait dire « Las Vegas », un bon présage pour une enfant qui allait faire carrière dans le spectacle. Quelques années plus tard, quand elle a découvert l'origine du nom, elle a failli en avoir une attaque. Elle a demandé à sa fille d'en changer. Mais Jaime avait alors dix-huit ans et pouvait faire ce qu'elle voulait. Plus sa mère détestait ce nom, plus elle était résolue à le garder.

— Il y a une histoire là-derrière, dis-je doucement.

— Oui, sans doute.

On but notre café.

— Je vous croyais à Chicago, dit une voix au-dessus de ma tête.

Je me retournai pour voir Jaime tirer une chaise vide d'une table derrière nous. Le trio qui occupait cette table leva des yeux surpris, mais elle l'ignora et posa bruyamment la chaise près de moi avant de s'y laisser tomber. Elle portait un peignoir de soie et sans doute pas grand-chose d'autre.

— N'est-ce pas romantique, dit-elle en étouffant un bâillement. Le couple heureux, coiffé, pomponné et joyeux. (Elle laissa tomber la tête contre la table.) Quelqu'un peut m'apporter un café ?

Lucas écarta une mèche de Jaime de son assiette à muffins puis fit signe au serveur, qui s'arrêta en plein milieu d'une commande et se précipita vers nous avec la cafetière. Jaime garda le visage appuyé contre la table.

— Est-ce que votre, heu, votre invité va nous rejoindre ? demandai-je à Jaime.

Elle roula sur la joue pour lever les yeux vers moi.

— Mon invité ?

— Le type ? Celui d'hier soir ?

— Le type ?

— Celui que vous avez emmené dans votre chambre.

Elle leva la tête.

— J'ai emmené un… ? (Elle gémit.) Ah, merde. Attendez. Je reviens.

Elle se leva, avança de trois pas puis se retourna.

— Heu, Paige ? Il m'a donné son nom ?

— Mark… Non, Mike. Ah non, attendez. Ça, c'était le blond. Craig… ou Greg. La musique était trop forte.

Elle pressa les doigts contre ses tempes.

— Elle l'est toujours. Alors Greg. Je n'aurai qu'à marmonner.

Elle traversa l'atrium en titubant. Je me tournai vers Lucas.

— Quelle personne intéressante.

— On peut dire ça comme ça.

Jaime se débarrassa de son « invité » et nous rejoignit pour finir son café, puis retourna dormir dans sa chambre. Comme elle donnait un spectacle à Orlando ce soir-là, on la remercia pour son aide au cas où on ne la reverrait pas.

Lucas défit ses bagages tandis que j'appelais Robert pour parler de la piste « Nasha ». Le répondeur se déclencha à la quatrième sonnerie.

— Cet indice ne nous aidera sans doute pas beaucoup de toute façon, dis-je après avoir laissé le message. J'espérais vraiment que Dana nous en apprendrait plus.

— Elle a sans doute refoulé le peu qu'elle ait vu. On devrait peut-être plutôt chercher à découvrir comment le tueur a choisi ses victimes.

— Merde, évidemment. Visiblement, il ciblait des fugueurs dont les parents appartiennent aux Cabales, mais comment pourrait-il se procurer ce genre d'informations ? Peut-être qu'il y avait un lien entre les parents, en raison de leur employeur commun. Un groupe d'entraide par exemple. Les Cabales proposent ce genre de choses ?

— Oui, mais individuellement. Elles découragent fortement toute interaction avec les employés des autres Cabales.

— Et les psys ou les assistantes sociales ? Elles les partageraient ?

Lucas fit signe que non.

— Je crois que nous cherchons plutôt quelqu'un qui a obtenu l'accès aux dossiers des employés des Cabales Cortez, Nast et St. Cloud.

Je regardai mon ordinateur portable de l'autre côté de la chambre.

— Ils sont tous informatisés, non ? Donc si quelqu'un a piraté le système... et je *n'en reviens pas* de ne pas y avoir pensé.

— Tu n'y as pas pensé parce que tu ne connais pas les procédures d'archivage des Cabales ni la quantité de détails personnels qu'elles conservent. Tu ne trouveras pas beaucoup de grosses entreprises qui tiennent des dossiers sur la situation personnelle de leurs employés. Rien n'est sacré dans la vie des employés de la Cabale. Si la belle-mère de l'un d'entre eux a eu des problèmes d'accoutumance au jeu, la Cabale est au courant.

— Elle peut s'en servir comme moyen de pression.

— C'est aussi par sécurité. Si cette belle-mère s'attire des ennuis avec un usurier, son semi-démon de beau-fils peut recourir à ses pouvoirs pour résoudre le problème de manière permanente. De la même façon, un enfant fugueur des Cabales peut représenter une menace potentielle pour la sécurité, donc elles le gardent à l'œil et en savent sans doute plus que ses parents sur sa situation. Pour ce qui est de pirater le système, même si la chose est possible, les Cabales disposent d'une sécurité haut de gamme.

— Tout le monde croit bénéficier d'une sécurité haut de gamme, répondis-je. Jusqu'à ce que quelqu'un se faufile par la porte de derrière.

— C'est vrai, mais les systèmes sont protégés par des moyens aussi bien techniques que surnaturels. Pour s'y introduire, il faudrait une créature surnaturelle qui connaisse les systèmes de sécurité internes de la Cabale.

— Quelqu'un qui travaillerait dans les services informatiques ou de sécurité. Sans doute quelqu'un qui a été viré l'année précédente, quelque chose comme ça. La vieille théorie de « l'employé mécontent ».

Lucas hocha la tête.

— Je vais appeler mon père. Voir si on trouve quelqu'un qui corresponde à cette théorie.

Lucas n'eut aucun mal à obtenir la liste des employés de la Cabale Cortez. Benicio savait que Lucas, malgré son envie de conserver une copie de cette liste pour ses propres enquêtes contre les Cabales, choisirait l'option plus honorable consistant à la détruire dès qu'elle aurait rempli son but initial. Il fut nettement moins facile de convaincre les autres départements des ressources humaines de la Cabale de coopérer. Benicio ne leur dit pas que Lucas aurait accès à la liste, mais ils ne voulaient pas qu'*un seul* Cortez mette la main dessus. Il lui fallut deux heures rien que pour obtenir la liste des employés licenciés ainsi que leurs postes.

Ces listes étaient d'une étonnante brièveté. Je crus que la Cabale nous cachait des informations, mais Lucas m'assura que les listes paraissaient fiables. Quand on n'embauche que des créatures surnaturelles et qu'on en trouve qui font l'affaire, on se met en quatre pour les conserver. Si elles ne convenaient pas, mieux valait les faire disparaître plutôt que de leur remettre un avis de licenciement… et pas seulement pour éviter de payer des indemnités. Un employé surnaturel contrarié est bien plus dangereux que le premier facteur mécontent venu.

Lorsqu'on eut réduit la liste aux employés des départements informatique et de sécurité, on se retrouva avec deux noms de la liste Cortez, trois de la liste Nast et un de celle des St. Cloud. Ce qui nous donnait, en les additionnant, cinq candidats possibles. Et non, je ne suis pas fâchée avec le calcul mental. Deux plus trois plus un devraient faire six. Alors pourquoi cinq noms ? Parce que l'un d'entre eux apparaissait deux fois. Everett Weber, programmeur.

D'après les dossiers Cortez, Everett Weber était un druide qui avait travaillé comme programmeur dans leur département des ressources humaines de juin à décembre 2000, en contrat de six mois. Ça ne comptait pas comme un licenciement, mais les gens acceptent souvent des contrats à durée déterminée en croyant les transformer ensuite en postes fixes. Nous devions découvrir dans quelle mesure le départ de Weber s'était effectué à l'amiable. Et il nous fallait les détails de son travail au service des Nast. Lucas passa un nouveau coup de fil à Benicio. Soixante-dix minutes plus tard, celui-ci le rappela.

— Alors? demandai-je lorsque Lucas raccrocha.

— Les rapports préliminaires du département des ressources humaines indiquent que le contrat de Weber a pris fin sans rancœurs, mais mon père va se renseigner. Il arrive que des dirigeants soient peu communicatifs lorsqu'ils sont confrontés à des problèmes avec leurs employés dont personne n'a sans doute eu vent. Quant aux Nast, Weber a travaillé dans leur département informatique de janvier de cette année jusqu'au mois d'août, en contrat à durée déterminée.

— Encore un contrat de six mois?

— Non, un contrat d'un an qui a pris fin au bout de sept mois, mais les Nast ont refusé de développer.

Je refermai mon ordinateur portable.

— Et merde! Ils veulent qu'on attrape ce type, oui ou non?

— Je soupçonne le problème de venir des deux côtés. Mon père ne souhaite sans doute pas que les Nast sachent que nous nous interrogeons sur un individu en particulier. Autrement, Weber risque d'être arrêté par les Nast avant qu'on puisse l'interroger, ce qui est tout à fait possible puisqu'il réside actuellement en Californie.

— Et comme la Cabale Nast a son siège à Los Angeles, elle l'atteindrait plus vite que nous.

— Exactement. Mon père suggère, ce en quoi je l'appuie, que nous nous rendions nous-mêmes en Californie pour enquêter sur Everett, avant d'insister auprès des Nast pour obtenir des détails.

— Ça me paraît très bien, mais…

La sonnerie de mon téléphone portable m'interrompit. Je consultai l'écran.

— Adam, dis-je. Avant que je réponde, on se rend dans quelle partie de la Californie ?

— Assez près de Santa Cruz pour que tu puisses lui demander de nous rejoindre.

Je hochai la tête et décrochai.

Une heure plus tard, nous étions de retour à l'aéroport pour récupérer les billets achetés pour nous par la société Cortez. C'était, bien entendu, le fait de Benicio, même si ça restait une étape en deçà de son intention initiale, à savoir nous faire emprunter le jet de la société. Quand Benicio avait plutôt proposé ces billets, Lucas avait accepté – impatient d'en finir avec les disputes pour commencer l'enquête. Aucun d'entre nous n'était ravi de se laisser ainsi manipuler, mais en réalité, nous ne pouvions pas trop nous permettre financièrement de faire ce genre d'allers et retours dans le pays. Dana et Jacob méritaient mieux qu'une enquête au rabais et nous allions nous assurer qu'ils en obtiennent une en bonne et due forme, même si ça impliquait de laisser la Cabale régler les frais de transport.

Bien entendu, Adam ne vit aucune objection à jouer les hôtes et les guides touristiques, tant que ça lui fournissait l'occasion de s'amuser. Je connaissais Adam depuis la moitié de ma vie, assez longtemps pour avoir accepté le fait qu'il soit le genre de mec qui en fasse toujours le minimum requis – sauf quand on lui parlait d'action effrénée. Aujourd'hui, la perspective de se lancer dans des aventures pas franchement légales l'emballait assez pour qu'il vienne nous chercher à l'heure à l'aéroport.

Adam avait vingt-quatre ans et il était séduisant dans un style très californien, avec un bronzage permanent, des cheveux châtains agrémentés de mèches blondes et un corps de surfeur bien bâti. Comme son beau-père, c'était un semi-démon. Robert le soupçonnait depuis longtemps d'appartenir à la sous-catégorie la plus puissante de démons du feu – les Exustio – mais Adam ne lui avait donné raison que l'année précédente en brûlant enfin quelque chose pour la première fois. C'était le point culminant de dix-sept années pendant lesquelles ses pouvoirs avaient augmenté, depuis l'enfance où Talia avait cherché des réponses concernant les premières manifestations de ses pouvoirs, plutôt que d'accepter simplement les explications d'un psychiatre selon qui le tempérament de feu d'Adam, littéralement, n'était que le résultat d'une crise d'adolescence. Sa quête l'avait conduite jusqu'à Robert Vasic, qui lui avait fourni les réponses qu'elle attendait… et qui était tombé amoureux d'elle.

— Alors quel est le plan ? demanda Adam alors que nous montions dans sa Jeep.

— On commence à la source, annonçai-je. Avec un peu de chance, on pourra entrer avec effraction.

— Classe.

— Je savais que ça te plairait.

# Des aventures pas franchement légales

Everett Weber vivait dans une petite ferme en lisière de Modesto, hideux bâtiment de parpaing à la pelouse fraîchement tondue et au jardin bien entretenu mais dont les boiseries auraient eu besoin d'un bon coup de peinture. Sans doute une location appartenant à la même personne que les vignes environnantes. Comme la plupart des locataires, Weber maintenait bien volontiers l'endroit en ordre mais n'avait aucune intention d'y aller de sa poche pour les réparations.

Comme Weber travaillait dans une entreprise de Silicon Valley, on espérait qu'il s'y trouverait un vendredi à 13 heures. D'après les recherches préliminaires de Lucas, Weber semblait vivre seul. Si l'on y ajoutait l'absence de voisins sur huit cents mètres dans toutes les directions et l'emplacement de sa maison, située au bout d'un chemin de terre, un cambriolage diurne était moins risqué qu'il y paraissait.

L'isolation des lieux en faisait la cible parfaite de ce genre d'opération, mais les rendait du coup plus difficiles à approcher pour vérifier s'il y avait du monde. On appela la maison depuis la route mais personne ne répondit, ce qui ne signifiait pas pour autant qu'Everett n'y était pas. Après avoir un peu rôdé autour de la maison, Lucas la déclara vide et l'on se retrouva à la porte de derrière, pour découvrir alors que chaque fenêtre était équipée de barreaux et d'autocollants annonçant la présence d'un système de sécurité. Après une rapide vérification, Lucas déclara que les autocollants étaient conformes. Weber disposait d'un système de sécurité, et il était actif.

—À tout hasard, tu n'as pas de sorts désarmants dans ton répertoire ? chuchota Adam tandis que nous nous tenions serrés les uns contre les autres tout près de la porte de derrière.

Lucas tira une petite trousse de sous sa veste en cuir.

—Non, dit-il, mais moi, j'ai ça.

—Cool. (Adam s'accroupit près de Lucas tandis qu'il s'activait.) Tu n'as pas dû apprendre ça à l'école de droit.

—Tu serais surpris, murmura Lucas. Non, c'est lié au fait d'avoir des employés des Cabales pour clientèle. Comme on peut s'y attendre, les Cabales ne les embauchent pas pour leurs talents de secrétariat. Dans certains cas, un échange de talents se révèle bien plus intéressant qu'une rémunération financière. (Il tripota des câbles emmêlés.) Voilà. Maintenant, le plus difficile : je dois couper ces trois-là en même temps, sinon l'alarme va se déclencher. Toutefois, si je les coupe, ça ne passera pas inaperçu et Weber saura qu'on a pénétré son système. Ça va peut-être prendre quelques minutes… (Il fouilla dans sa trousse.) D'abord, je dois…

Adam tendit la main pour saisir la poignée de câbles. Après une étincelle, ils se désintégrèrent jusqu'à ce qu'il n'en reste que des cendres.

—Ou alors, on pourrait faire ça, dit Lucas.

—Quelle plaie, ces incendies d'origine électrique, dit Adam.

—Je vois que tu t'es entraîné, lui lançai-je.

Adam sourit tout en essuyant les cendres de ses mains. Il saisit la poignée de la porte.

—Attends, lui dis-je.

Je jetai un sort de déverrouillage. Adam ouvrit la porte. On attendit, mais aucune alarme ne retentit. Lucas finit de remplacer les câbles, puis nous fit signe d'entrer.

On comprit bientôt pourquoi Weber installait un système de sécurité dans une ferme de location. Tout l'argent qu'il économisait sur son loyer, il l'avait investi dans l'électronique, entre de nombreux ordinateurs, une télé à écran plasma et une chaîne hi-fi dont même les voisins devaient profiter à plus de un kilomètre.

Pendant que Lucas et Adam commençaient à fouiller, je me dirigeai vers ma zone d'expertise : l'ordinateur. Je découvris bientôt que Weber appliquait les mêmes normes de sécurité à son disque dur qu'à sa maison. Bien qu'il habite seul ici, il protégeait son ordinateur par un mot de passe. Il me fallut près d'une demi-heure pour le percer et découvrir alors que toutes ses données étaient cryptées – même ses e-mails. Je gravai les fichiers sur CD pour plus tard.

Comme Lucas et Adam poursuivaient leurs fouilles, je retournai à l'ordinateur de Weber en quête d'une information bien précise : un numéro de carte de crédit. Voyant de quelle prudence il faisait preuve avec ses fichiers, je supposais que cette recherche serait futile. Je me trompais. Je cherchais depuis moins de cinq minutes quand je trouvai un cookie qui contenait un numéro de carte de crédit non crypté. Plus tard, je pourrais m'infiltrer dans le système de la société de crédit et fouiller ses relevés, en espérant qu'il ait utilisé sa carte pour voyager s'il était bel et bien notre tueur.

Au bout d'une nouvelle heure, on déclara la maison fouillée de fond en comble. Lucas et Adam n'avaient rien trouvé. Restait à espérer que fouiller les fichiers de Weber et vérifier ses relevés se révélerait plus fructueux.

On regagna Santa Cruz, où Adam habitait avec ses parents. J'étais impatiente d'accéder aux relevés de Weber mais la mère d'Adam, Talia, insista pour qu'on dîne d'abord et, comme mon cerveau tournait à fond sans carburant depuis le petit déjeuner, je dus admettre qu'il avait besoin de nourriture avant que je fasse quoi que ce soit d'aussi dangereux que m'infiltrer dans le système de cette société.

On mangea des fettuccini Alfredo en plein air, sur la terrasse qui couvrait la moitié du jardin. Talia et Robert mangèrent avec nous pour qu'on leur parle de l'enquête. Comme d'habitude, dans son récit, Adam avait omis la moitié des détails et estropié le reste, si bien qu'ils voulaient entendre toute l'histoire de la source.

Talia faisait partie des rares humains vivant au sein du monde surnaturel. Elle avait choisi d'accepter les dangers liés à ce savoir pour mieux comprendre son fils et son mari et jouer un rôle plein et entier dans leur vie. Ces dernières années, la santé de Robert avait commencé à décliner et Talia avait pris le relais. Robert n'avait que soixante-huit ans mais son état physique n'avait jamais été ce qu'on qualifierait de robuste, ce qui l'avait obligé, dès son jeune âge, à choisir l'approche érudite pour aider les autres semi-démons, jouant le rôle de documentaliste et de confident. Talia, de vingt-sept ans sa cadette, s'était alignée sur cette reconversion. Quant à ce qu'Adam succède à Robert, eh bien, disons simplement que personne ne s'attendait à le voir lire des textes de démonologie derrière un bureau dans un futur immédiat.

Adam arracha une bouchée de pain qu'il mâcha tout en parlant.

— Donc voilà. On a ouvert, on est entrés, on a trouvé que dalle.

— J'espère que vous avez été prudents..., commença Talia avant de s'interrompre. Je suis sûre que oui. Si on peut faire quoi que ce soit, Robert et moi...

— Nous prêter ta Miata ? demanda Adam. La Jeep fait des bruits bizarres.

— Elle fait des bruits bizarres depuis que tu l'as achetée, et tu as bousillé le toit décapotable de ma voiture la dernière fois que tu l'as conduite, mais si on peut faire quoi que ce soit *d'autre*...

— Tu m'interrogeais sur un démon nommé Nasha, dit Robert, prenant la parole pour la première fois depuis le début du repas.

— Ah oui, c'est vrai, répondis-je. J'avais complètement oublié.

— Eh bien, je t'aurais bien transmis une réponse par l'intermédiaire d'Adam mais je gagnais du temps en espérant trouver mieux. Aucun texte ne mentionne de démon de ce nom. Il est assez probable que la pauvre gamine ait mal entendu, mais je ne trouve aucun nom qui ressemble à Nasha ne serait-ce que phonétiquement. Ce que j'ai trouvé de plus proche, c'est Nakashar.

— Nakashar, c'est un eudémon, non ? demanda Adam tout en pelant une orange. Parfaitement mineur. En dehors des journaux d'archives babyloniens, il n'est jamais mentionné nulle part.

Je levai les yeux, surprise qu'Adam sache ces choses-là. Il poursuivit :

— Donc, ce n'est certainement pas Nakashar. On peut invoquer les eudémons, mais ils n'aiment pas intervenir dans notre monde. Leur faire des sacrifices, ça revient à soudoyer une contractuelle pour échapper à une prune. Mais là, on parle d'un druide, c'est ça ? Donc on devrait chercher parmi les divinités celtes. Et Macha ?

— Évidemment, dit Robert. Ce serait logique, non ?

— Je ne connais strictement rien au panthéon celte, répondis-je.

— Pas étonnant. Même si on les classe parfois parmi les démons, ils ne figurent pas dans les textes de démonologie car seuls les druides peuvent communiquer avec eux. Ils ne rentrent pas dans la définition classique des eudémons ou des cacodémons. Si on leur pose la question, ils vous diront qu'ils sont des dieux, mais la plupart des démonographes sont mal à l'aise avec cette appellation et préfèrent les qualifier de « divinités mineures ». L'étude des divinités celtes…

— … est fascinante, le coupa Talia avec un sourire. Et je suis sûre que tout le monde aimerait en entendre parler… un autre jour.

Robert gloussa de rire.

— Merci, Lia. Disons simplement que Macha est une suspecte plausible. C'est une déesse guerrière, un des aspects de la Morrigan, et elle n'a rien contre les sacrifices humains. Donc, voilà un élément concret qui appuie ta théorie. Maintenant, je veux que tu retournes au travail. Adam ? Si tu peux aider ta mère à faire la vaisselle…

— Oh, ne le torture pas, dit Talia. Je suis sûre qu'il a envie d'aider Pa… (Elle perçut un coup d'œil de Robert.) Ou alors, il pourrait d'abord montrer sa moto à Lucas.

— D'accord, dit Adam en se tournant vers Lucas. Tu te rappelles que je t'ai parlé de ce type que connaît un ami à moi ? Il a acheté une Indian, il l'a démontée et il n'a pas réussi à tout remonter ? Eh bien, sa femme est en train de l'obliger à la vendre, donc je lui ai demandé de m'envoyer des photos par e-mail. On dirait un gros puzzle aux pièces métalliques, mais j'ai pensé que tu aimerais y jeter un œil. Tu pourrais sans doute l'obtenir pour pas cher et la laisser ici en attendant que vous trouviez où habiter.

— Alors allez-y, les garçons, dit Robert.

Tandis qu'ils s'éloignaient, il me fit signe de rester.

— D'accord, dis-je après leur départ. Depuis quand est-ce qu'Adam s'y connaît en eudémons mineurs et en divinités celtes ?

— Surprise ? demanda Robert en souriant. Je crois que c'était le but. Il étudie depuis quelques mois, mais il ne t'a sans doute rien dit pour t'épater par sa soudaine érudition.

Je m'installai sur la chaise proche de celle de Robert.

— Ça n'a jamais été facile pour lui, poursuivit celui-ci. D'entendre tout le monde parler de ta réussite. J'avoue que je me suis rendu coupable d'avoir loué tes exploits ces dernières années en espérant que ça l'encouragerait à jouer un rôle plus actif dans le conseil.

— Il en a déjà parlé, répondis-je. Mais ce n'est jamais allé plus loin. Plus on a de pouvoir, plus on a de responsabilités.

Robert sourit.

— Et plus de travail, deux aspects qui ne sont pas forcément très attrayants aux yeux d'Adam. Mais ces dernières années, il a commencé à regarder où tu en étais, et où il en était, lui – qui travaillait dans un bar après l'abandon de ses études –, et ça l'a suffisamment agacé pour qu'il se réinscrive à la fac, mais je crois qu'il arrivait toujours à se justifier, à se dire que tu étais une anomalie et que personne d'autre ne pouvait se mesurer selon les mêmes critères. Puis il a rencontré Lucas et vu ce qu'il faisait de sa vie. Je crois qu'il a compris que s'il continuait sur cette voie, il allait se retrouver sur la touche, dans le rôle de l'ami qui reste en coulisses, paie les bières et écoute les récits de guerre.

— Donc, potasser la démonologie n'est qu'une étape d'un projet plus vaste.

— Je ne parlerais pas vraiment de « projet ». Adam a des ambitions, mais il n'a pas encore trouvé où les concentrer. (Tandis que Talia revenait chercher une autre brassée d'assiettes, Robert lui sourit.) Sa mère sait bien où elle aimerait le voir les concentrer. Dans le savoir et les études, du travail qui ne l'oblige pas à s'impliquer directement, à l'instar de son paternel.

— Ce qui n'est pas une mauvaise idée en soi, répondit Talia. Malheureusement, avec Adam, ça nécessiterait des tranquillisants costauds et des chaînes ignifugées. S'impliquer, ça veut dire *s'impliquer*, et plus c'est dangereux, mieux c'est.

— Ce n'est pas si dangereux, dis-je. Pas vraiment.

Talia éclata de rire et me tapota l'épaule.

— Tu n'as pas besoin d'adoucir le tableau, Paige. J'ai toujours su que mon fils ne mènerait jamais une vie tranquille dans un bureau. Dans certains cas, la biologie définit réellement la destinée. Il a du pouvoir. Mieux vaut qu'il l'emploie pour une bonne cause. Ou du moins, c'est ce que je me répète en permanence.

— Il a un système de défense de premier choix, dis-je.

— Exactement. Il va s'en sortir. (Elle soupira et hocha la tête.) Il va s'en sortir. Maintenant, Paige, va chercher ce qu'il te faut pour arrêter ce type, et si tu as besoin de notre aide, tu n'auras qu'à demander.

J'avais déjà infiltré cette société de crédit – l'occasion précédente remontait à quelques semaines à peine, lorsque Lucas avait eu besoin d'informations pour un procès. Comme elle n'avait changé aucun de ses paramètres de sécurité depuis, je pénétrai facilement dans le système. En moins de vingt minutes, j'obtins les relevés de transactions. Rien n'indiquait qu'il se soit rendu dans l'une des villes ciblées ces six derniers mois. Ce qui pouvait toutefois signifier qu'il était assez malin pour ne pas réserver de chambre d'hôtel ou payer ses repas avec sa carte de crédit. Ou alors qu'il s'était servi d'une autre carte.

Lucas se glissa dans le bureau alors que je terminais. Quand je lui appris que j'avais fait chou blanc, il décida de passer quelques coups de fil pour voir si nous pouvions trouver un autre moyen de vérifier si Weber était ailleurs aux dates des agressions. Comme il valait mieux passer ces appels d'un téléphone payant, il emmena Adam. Avait-il vraiment besoin de lui pour lui servir de chauffeur dans Santa Cruz ? Non, mais s'il l'avait laissé ici, il aurait passé une heure à regarder par-dessus mon épaule pendant que je tenterais de cracker les fichiers de données de Weber. Lucas l'avait donc emmené.

Il me fallut une demi-heure environ pour déterminer quel programme de cryptage Weber avait utilisé pour ses fichiers. Lorsque j'eus compris de quoi il se servait, je téléchargeai un programme destiné à les cracker et les traduisis en texte. Pendant une heure, je passai en revue les détritus ennuyeux d'une vie ordinaire : blagues par e-mail, échanges de mails avec des femmes rencontrées en ligne, notifications de paiements, étiquettes d'adresses pour cartes de Noël, ainsi qu'une centaine de fragments de données banals élevés au statut d'informations top secrètes par un esprit paranoïaque et un programme de cryptage shareware.

À 22 h 50, l'alarme de ma montre se déclencha. Il était temps d'appeler Elena. Je lui passai un coup de fil, parlai à Savannah, puis retournai à mon travail. Le reste des fichiers présents sur le disque paraissait en rapport avec son travail. Contrairement à celle de beaucoup d'employés, la journée de Weber ne se terminait pas quand sonnaient 17 heures, et les employés en contrat à durée indéterminée étaient souvent obligés, pour transformer ce contrat en poste à plein-temps, de rapporter du travail chez eux afin d'impressionner la société par leur capacité de production. Il avait sur son ordinateur une grande quantité de fichiers de données, ainsi qu'un dossier rempli de programmes en SAS, en COBOL et en RPG. Le côté le plus assommant de la programmation : la manipulation et l'extraction de données.

J'examinai les listes de fichiers de données. Le disque en comportait plus d'une centaine et je n'avais pas vraiment envie de les parcourir un par un. Mais je ne pouvais pas me contenter de les écarter sur de simples suppositions quant à leur contenu. Je bricolai donc un programme simple destiné à ouvrir chaque fichier et à écrire un échantillon aléatoire des données dans un unique nouveau fichier. Puis je parcourus celui-ci. Il semblait s'agir en grande partie de données financières, ce qui n'avait rien d'étonnant quand on savait que Weber travaillait pour la section comptable d'une société de Silicon Valley. J'avais parcouru un tiers du fichier quand je tombai sur ceci :

```
Tracy Edith
McIntyre        03/12/86         chaman          NY5N34414

Race Mark
Trenton         11/02/88         mage             YY8N27453

Morgan Anita
Lui-Delancy     23/01/85         semi-démon      NY6Y18923
```

Les sociétés de Silicon Valley emploient peut-être des gens très jeunes et quelques personnes très étranges, mais je ne crois pas que des adolescents appartenant à des espèces surnaturelles représentent une part importante de leur personnel. Je trouvai deux autres listes semblables un peu plus loin. Trois dossiers contenant des informations sur les enfants adolescents de créatures surnaturelles. Trois Cabales avaient été victimes d'un tueur qui s'en prenait à ses enfants. Ça n'avait forcément rien d'une coïncidence.

Mon programme d'échantillonnage n'avait extrait que les quatre-vingts premiers caractères de chaque dossier mais l'information que contenait chacun s'étendait bien au-delà. Toutefois, comme dans la plupart des dossiers de données, on ne voyait que des alignements de chiffres et d'indicateurs O/N qui ne signifiaient rien hors contexte. Pour lire et comprendre ces fichiers, il fallait un programme permettant l'extraction des données à l'aide d'une clé.

Dix minutes plus tard, j'avais trouvé le programme qui lisait les fichiers des Cabales. Je le lançai, puis ouvris le dossier qu'il venait de créer.

`Critère A : âge < 17 ; vivant avec le(s) parent(s) = N ; ville de résidence VIDE, pays de résidence = États-Unis`

| ID | Nom | Âge | Cabale | Race du p. | État |
|---|---|---|---|---|---|
| 01-645-1 | Holden Wyngaard | 16 | Cortez | Chaman | LA |
| 01-398-04 | Max Diego | 14 | Cortez | Vodoun | NY |
| 01-452-1 | Dana MacArthur | 15 | Cortez | sd/sorcière | GA |
| 02-0598-3 | Colby Washington | 13 | Nast | semi-démon | SC |
| 02-1232-3 | Brandy Moya | 14 | Nast | semi-démon | AL |
| 02-1378-2 | Sarah Dermack | 15 | Nast | Nécro | TN |
| 03-083-2 | Michael Shane | 16 | StC | semi-démon | CA |
| 03-601-2 | Ian Villani | 14 | StC | Chaman | NY |

`Critère B : vivant avec le(s) parent(s) = O ; statut marital des parents INDÉT. (D, V, C) ; l'employé est le parent qui a la garde = O ; activité du parent = garde du corps ; département = direction`

| ID | Nom | Âge | Cabale | Stat. marital du p. |
|---|---|---|---|---|
| 01-821-1 | Jacob Sorensen | 16 | Cortez | Veuf |
| 03-987-1 | Reese Tettington | 14 | St. Cloud | Divorcé |

J'avais près de moi un bout de papier sur lequel figuraient trois noms : ceux des adolescents tués dans d'autres Cabales, seule information dont nous disposions à leur sujet. J'avais déjà mémorisé cette liste mais je la consultai malgré tout pour m'assurer que je n'étais pas en train de me faire des idées. Je lus les noms.

Colby Washington.

Sarah Dermack.

Michael Shane.

J'appelai Lucas sur mon portable.

# UN MESSAGE D'ESPOIR

— Oh la vache, s'exclama Adam lorsque j'eus fini de lui expliquer mes trouvailles. Bon, les Cabales peuvent allumer leur chaise électrique. L'affaire est close.

— Une solution efficace sur un plan économique, dit Lucas. Mais je crois que dans une situation qui peut présenter une conclusion qui modifie aussi radicalement la vie de l'accusé – au point d'y mettre fin –, il n'est pas excessif de sa part de s'attendre à quelques privilèges, comme par exemple un procès.

— Ce type a établi des listes de gamins de la Cabale, et la moitié de ces gosses sont morts. On s'en tape, des procédures. Tiens, je veux bien le faire griller moi-même pour que la Cabale économise le prix de l'électricité.

— Nous apprécions ton enthousiasme, mais je pense toutefois que nous allons commencer par parler à Weber…

— L'interroger ? Hé, Clay m'a filé quelques bons conseils en matière de torture. Je pourrais…

— Nous allons commencer par lui *parler*, dit Lucas. Sans l'influencer par des contraintes physiques, mentales ou parapsychologiques. Nous allons mentionner les fichiers…

— Et lui dire quoi ? « Vous avez une explication plausible au fait que nous ayons trouvé des listes de gamins morts sur votre ordinateur ? » Des listes créées *avant* leur mort ? Ah ouais, je suis sûr qu'il y a une expli…

Je plaquai une main sur la bouche d'Adam.

— Donc, on va parler à Weber. Ce soir ?

Lucas consulta sa montre.

— Il est minuit passé. Je ne veux pas lui faire peur…

Adam baissa brusquement ma main.

— Lui faire peur ? Ce mec est un tueur en série ! Justement, on a plutôt intérêt à lui foutre la trouille et…

Je lançai un sort d'entrave. Adam se figea en plein milieu de sa phrase.

— Nous allons lui faire face demain matin, dit Lucas. Toutefois, pour nous assurer que rien ne se produise en attendant, je suggère que nous retournions chez lui afin de confirmer qu'il s'y trouve toujours, et de monter la garde jusqu'à demain.

J'acquiesçai, puis rompis le sort d'entrave et fermai mon ordinateur portable. Adam me fusilla du regard pendant qu'il récupérait. Je le coupai avant qu'il puisse se plaindre.

— Tu nous accompagnes ? Ou est-ce que notre absence d'activités meurtrières sera trop lourde à supporter ?

— Je viens. Mais si tu utilises encore un seul sort d'entrave contre moi…

— Je ne le ferai pas si tu ne m'y obliges pas.

— Rappelle-toi à qui tu parles, Sabrina. Il suffirait que je te touche du bout des doigts pour t'empêcher d'utiliser des sorts d'entrave à tout jamais.

Je ricanai et voulus répondre, mais Lucas m'en empêcha.

— Un autre détail avant de partir, dit-il. Mon père a laissé une demi-douzaine de messages sur mon téléphone pour demander qu'on le tienne au courant. Est-ce que je le fais ?

— Tu crois que c'est très sûr ? lui demandai-je.

Lucas hésita puis hocha la tête.

— Mon père est peut-être surprotecteur, mais il se fie à mon jugement et à ma capacité à me défendre. Si je lui dis que nous souhaitons parler à Weber avant de le mettre en garde à vue, il l'acceptera. Je vais lui demander de rassembler une équipe d'intervention.

— Quoi ? s'écria Adam. On ne va même pas avoir le plaisir de capturer le mec nous-mêmes ?

— L'équipe de la Cabale est formée pour s'en charger et je laisserai ces gens faire leur travail.

Adam soupira.

— Bon, j'imagine que c'est déjà cool de faire du boulot de surveillance.

— Oh punaise, s'exclama Adam en se laissant tomber sur le siège du chauffeur. On est ici depuis combien de temps ? Pourquoi il ne fait pas encore jour ?

— Parce qu'il n'est que 5 heures du matin, répondis-je.

— Pas possible. Ta montre a dû s'arrêter.

— Lucas ne t'avait pas conseillé d'emporter une revue ? Il t'a dit que ce serait rasoir.

— Il a dit longuet.

— Ça veut dire rasoir.

— Alors il aurait dû dire rasoir.

Adam fit semblant de lancer un regard noir à Lucas, assis près de lui, qui observait la maison de Weber avec des jumelles.

— Rasoir désigne simplement quelque chose de pas franchement passionnant, expliqua Lucas. Longuet insiste sur le fait que la tâche en question, en plus de ne pas être passionnante, dure trop longtemps, ce qui est très approprié ici comme tu en conviendras.

— Ah ouais ? Dans ce cas, rappelle-moi d'embarquer mon dico de poche la prochaine fois que vous m'embarquez dans une de vos aventures « longuettes ».

— « Embarquer » ? répéta Lucas en haussant un sourcil. Je ne me rappelle pas que nous t'ayons contraint par la force.

— Tiens, une idée subite, dit Adam. Et si je sortais regarder de plus près ? Pour nous assurer qu'il soit toujours là.

— Il l'est, dit Lucas. Paige a jeté des sorts de périmètre sur les deux portes.

— Ouais, mais sans vouloir offenser Paige…

— Pas un mot, lui dis-je.

Adam ouvrit la portière du côté chauffeur.

— Je vais jeter un coup d'œil.

— Non, dis-je avec Lucas à l'unisson. (Comme Adam hésitait, la porte toujours ouverte, j'ajoutai :) Ferme cette portière ou tu vas pouvoir tester mes talents de lanceuse de sorts.

Il grommela mais obéit. Deux nouvelles heures s'écoulèrent. Deux heures pendant lesquelles j'en vins à regretter, au moins une fois toutes les dix minutes, que nous ne soyons pas partis sans Adam. Puis, à 7 h 30, une lumière s'alluma dans la chambre de Weber. Adam se précipita vers la poignée de la portière. Lucas tendit la main pour l'arrêter.

— Nous n'allons pas lui foncer dessus dès le saut du lit, dis-je. Rien ne presse.

Adam grogna et se laissa retomber sur son siège.

Nous avions établi notre plan d'action avant de partir de chez les Vasic. Je m'étais rappelé la remarque de ces gosses des gangs dans cette ruelle quand ils nous avaient vus, ce qui m'avait également rappelé l'impression que Lucas m'avait faite la première fois qu'il était apparu à ma porte, avec son allure soignée et le sérieux à la limite du lugubre que lui conférait son costume de supermarché. Avec les vêtements adaptés et quelques livres empruntés à la bibliothèque de Robert, nous étions parés.

On laissa Adam se faufiler jusqu'à la porte de derrière, puis on gravit les marches de devant. Lucas sonna. Deux minutes plus tard, un homme mince et brun nous répondit. Weber correspondait à la photo de son dossier de la Cabale Cortez, jusqu'à la chemise noire identique.

— Bonjour, lui dit Lucas. Savez-vous où vous allez passer l'éternité ?

Le regard de Weber tomba sur nos bibles. Il marmonna quelque chose et tenta de fermer la porte. Lucas en attrapa le bord et le retint fermement.

— S'il vous plaît, dis-je. Nous avons un message important à vous délivrer. Un message d'espoir.

Nous ne pensions pas réellement que Weber nous laisserait entrer. Mon bavardage religieux ne servait qu'à laisser Lucas préparer son sort repoussoir, qui écarterait violemment Weber de la porte et nous permettrait d'entrer. Mais dès que ces mots quittèrent mes lèvres, Weber ouvrit de grands yeux.

— C'est vous, dit-il. Ceux qu'Ésus m'avait annoncés.

Je clignai des yeux, mais Lucas hocha la tête et murmura une réponse affirmative. Weber nous fit entrer, puis jeta un coup d'œil nerveux par la porte avant de la fermer.

— Entrez, dit-il en s'essuyant les paumes sur son pantalon. Asseyez-vous. Oh, attendez, laissez-moi débarrasser cette chaise. Désolé pour le désordre. J'étais…

— Occupé, termina Lucas.

Weber hocha la tête, qui rebondit comme celle des chiens qu'on place sur la plage arrière des voitures.

— Occupé, oui. Débordé. Quand Ésus m'a appris… eh bien, j'ai eu envie de m'enfuir, mais il me l'a déconseillé en me disant que ça ne ferait qu'aggraver les choses.

— Il a eu raison, dit Lucas.

— Il a toujours raison. (Weber jeta un coup d'œil nerveux autour de lui.) Il m'a dit que je n'étais pas en sécurité ici. Et que vous me conduiriez en lieu sûr.

Je regardai Lucas pour m'efforcer de jauger sa réaction, mais il n'en afficha aucune.

— C'est exact, dit Lucas. Laissez-moi simplement appeler notre chauffeur.

Lucas tira son téléphone portable de sa poche de poitrine, pour appeler l'équipe d'intervention. De toute évidence, Weber ne serait pas à l'aise pour parler ici, donc il ne servait à rien d'essayer. Il était temps de passer à l'étape suivante et de l'emmener pour l'interroger.

Lucas n'eut le temps que d'appuyer sur la première touche avant que retentisse un violent craquement, suivi d'un grand fracas. Une boîte métallique heurta le sol entre nous. Lucas plongea, m'attirant par les épaules pour nous jeter tous deux à terre. La boîte se mit à fumer.

— Couvre-toi la…, commença Lucas, mais le bruit du bois en train de se briser noya sa voix.

Je me tournai pour voir la porte d'entrée s'ouvrir à toute volée et trois hommes vêtus de noir débouler dans la maison. Ils dirigèrent leurs armes vers nous, puis disparurent à mesure que la fumée remplissait la pièce.

# ILS PRENNENT TOUJOURS LA FILLE

Quelqu'un se mit à crier des ordres, mais j'étais pliée en deux, en train de cracher mes poumons et incapable d'entendre autre chose que le bruit de ma propre toux. Je tirai ma chemise sur mon nez, mais ça n'arrangea rien. Le gaz faisait larmoyer mes yeux ; entre ça et la fumée, j'étais aveuglée. Des doigts me saisirent par le bras et m'entraînèrent en avant. On pouvait compter sur Lucas pour garder son calme, quelle que soit la situation.

Je suivis en trébuchant sa silhouette sombre. Une porte se dressa devant nous. Alors que nous la franchissions, la fumée se dissipa mais mes yeux ruisselaient toujours. Je les essuyai à l'aide de mon bras libre. Lucas m'entraînait toujours, sans doute vers la porte de derrière et l'air frais.

— Paige ! s'écria la voix d'Adam.

À travers la fumée, je distinguai sa silhouette qui courait vers nous.

— Sors d'ici, lui lançai-je d'une voix râpeuse. C'est…

Il fonça. La main qui tenait mon bras me tira en arrière. Je trébuchai et pivotai pour voir que ce n'était pas Lucas qui me tenait. C'était Weber.

Je lui balançai un coup de poing qui ricocha sur son épaule. Il baissa brusquement l'autre main. Je sentis quelque chose me heurter entre les côtes. J'entendis Adam hurler de rage. Lucas s'élança à travers la porte et interrompit Adam alors qu'il était en train de charger. Une puanteur de soufre et de chair brûlée noya l'odeur du gaz en train de s'estomper. La douleur coupa le souffle de Lucas. Je tentai de me soustraire à la poigne de Weber mais il me tint fermement.

— Personne ne bouge ! cria Weber d'une voix que la panique rendait stridente. Je tiens la fille !

Mes pensées redevinrent plus claires, quoique limite hystériques, pendant une fraction de seconde. Évidemment qu'il tenait la fille. C'était toujours ce qu'ils faisaient. Mais pourquoi fallait-il que ce soit moi ?

Puis je sentis de l'acier glacial appuyé contre ma gorge et cessai de réfléchir. La lame s'enfonça contre ma peau et un filet de sang me coula le long du cou. Lors de cet instant, il me sembla que le simple fait de respirer serait fatal, qu'une artère vitale serait tranchée au moindre mouvement. Tandis que je retenais mon souffle, je pris conscience d'une autre douleur, plus vive et plus basse. Ma cage thoracique. J'appuyai à cet emplacement. Du sang coula entre mes doigts. J'avais reçu un coup de couteau. Cette pensée me heurta si violemment que je vacillai et, ce faisant, je sentis le couteau m'entailler de nouveau la gorge. Je fermai les yeux et me mis à compter, luttant contre la panique.

— Éloignez ce couteau de sa gorge, dit Lucas d'une voix calme mais tendue.

— Elle… C'est mon otage.

— Oui, je sais, répondit Lucas. Mais si vous souhaitez qu'elle reste une otage viable, vous ne pouvez courir le risque de la blesser par accident, alors je vous en prie, baissez ce…

Un bruit de course l'interrompit tandis que les hommes de l'autre pièce fonçaient dans la cuisine. Je n'osai pas regarder pour en avoir confirmation, seulement fixer l'espace vide devant moi. Weber se raidit et la lame s'enfonça de nouveau dans ma gorge.

— Gardez vos distances ! cria Lucas pour couvrir le vacarme. Il a un otage. Baissez vos armes !

— Tous contre le mur ! aboya un homme.

— Ne faites pas semblant de ne pas me connaître, aboya Lucas en retour. Je viens de vous donner un ordre. Baissez vos armes !

— Je ne reçois d'ordres que de la Cabale Nast…

— Cette fois, vous allez recevoir les miens ou le regretter jusque dans l'au-delà ! Maintenant, reculez.

Il y eut un silence, puis la pression diminua contre ma gorge.

— Je veux un hélicoptère, dit Weber. Je veux…

— Vous voulez surtout sortir d'ici vivant, dit Lucas dont la voix avait retrouvé son intonation calme et raisonnable. La maison est entourée par des tireurs professionnels. Dès que vous entrerez dans leur ligne de mire, ils vont tirer.

— J'ai… j'ai un otage.

— Et ils sont formés pour gérer ce genre de situation. Vous mourrez avant d'avoir le temps de lui faire du mal.

Weber hésita, le couteau tremblant contre ma gorge. Adam se raidit, mais Lucas le retint en gardant la main sur sa chemise. Les lèvres de Lucas remuaient pour réciter une incantation. Puis il s'arrêta lorsque Weber baissa le couteau.

— Parfait, dit Lucas. Maintenant, vous allez…

— Ésus, dieu de l'eau et de ses dons ! cria Weber, faisant glisser ses doigts le long de la lame du couteau et jetant des gouttes de mon sang sur le sol. Ésus, entends-moi !

— Vous feriez mieux d'arrêter ça, dit Lucas.

Les yeux de Weber se révulsèrent et il se mit à parler une autre langue. Je comptai jusqu'à trois, puis me jetai en avant. Il me rattrapa d'un bras passé autour de mon cou. Mes pieds quittèrent le sol lorsqu'il me tira en arrière. Adam plongea vers lui. La lame jaillit vers ma gorge. Weber hurla un avertissement, mais Adam continua à foncer. Le couteau m'entailla la peau. Puis Adam trébucha, déséquilibré par Lucas qui avait eu cette fois la présence d'esprit de recourir à un sort repoussoir plutôt que de toucher Adam.

— Personne n'approche ! hurla Weber d'une voix stridente.

— Nous n'en avons pas l'intention, dit Lucas en faisant signe à Adam d'aller se placer derrière lui. Maintenant, baissez ce couteau…

— Ésus ! cria Weber. (Il essuya le sang qui coulait de mon cou et le jeta sur le sol de la cuisine.) Reçois cette offrande et délivre ton fidèle serviteur !

Weber attendit, mais rien ne se produisit. Je regardai Lucas. Il croisa mon regard et j'y lus sa peur, mais il me fit signe de rester calme et d'attendre. Weber répéta deux fois sa prière. Puis il patienta. On attendit tous, avec le ronronnement du réfrigérateur comme seul bruit de fond.

— Il ne répond pas, dit doucement Lucas. Il n'interviendra pas. Maintenant, si vous voulez négocier, vous allez devoir baisser ce couteau. Je refuse de vous parler tant que vous l'appuierez contre sa gorge.

Weber regarda une dernière fois le plafond, puis baissa les yeux vers Lucas.

— Si je baisse le couteau, ils vont me tirer dessus.

— Non. Ils ont baissé leurs armes et ne courront pas le risque que vous puissiez relever le couteau vers sa gorge avant qu'ils visent et tirent. Baissez votre couteau…

Tandis que Lucas continuait à raisonner Weber, la lame tremblait contre ma gorge. Un dérapage, une poussée trop forte contre ma peau et… oh mon Dieu, même respirer me faisait mal. Du sang trempait à présent l'avant de ma chemise, qui était humide et lourde contre ma peau. Où avais-je reçu ce coup ? Sous le cœur, je le savais, mais qu'y avait-il à cet emplacement ? Quels organes ?

Je songeai alors : *Bon sang, te voilà en train de larmoyer et d'espérer que ton copain te sauve avant que tu te vides de ton sang. Typique d'une sorcière.*

Je fermai les yeux et chuchotai un sortilège. Bien que les voix des deux hommes couvrent la mienne, chaque syllabe appuyait ma gorge contre la lame. J'ignorai les élancements de douleur et continuai à réciter. Alors que les derniers mots quittaient mes lèvres, le couteau s'immobilisa. Je déglutis en priant pour que ce ne soit pas une coïncidence. Je comptai jusqu'à cinq en attendant que le couteau se remette à trembler. Ce ne fut pas le cas. Nouvelle déglutition, puis je me concentrai de toutes mes forces pour maintenir le sort d'entrave et me glissai très lentement de côté, m'éloignant du couteau.

— Arrêtez…, commença Weber avant de remarquer qu'il ne pouvait pas bouger la main. Qu'est-ce que… ?

L'autre main de Weber se tendit pour me rattraper tandis que je plongeais hors de sa portée. Le sortilège céda. Je vis la lame de couteau s'abattre. Tandis que je me tortillais tout en descendant vers le sol, le couteau m'entailla le ventre. Puis Lucas me saisit et envoya valser le couteau d'un coup de poing, tandis qu'Adam se jetait sur Weber. Celui-ci hurla. Une puanteur de chair brûlée envahit la minuscule cuisine. L'équipe d'intervention de la Cabale se mit en action. Et tout prit fin.

# Accusations

De l'heure suivante, je ne me rappelle que des images et des bribes qui défilèrent aussi vite qu'un clip sur MTV. Lucas étanchant le sang de mes blessures. Adam qui faisait les cent pas derrière nous. Le chef de l'équipe d'intervention en train d'aboyer des ordres. Un homme qui examinait mes blessures. Adam qui l'inondait de questions. Lucas qui me rassurait. Un poids qui descendait lentement sur ma poitrine. La difficulté à respirer. Lucas qui criait des ordres. Une porte qui claquait. Une route qui grondait sous des pneus.

Lorsque je revins ensuite à moi, j'étais étendue sur une sorte de lit qui vibrait et tanguait. Je m'efforçai d'ouvrir les yeux mais ne parvins qu'à les entrouvrir. Quand j'inspirai, l'air avait un goût métallique. Je sentis une légère pression autour de ma bouche. Un masque à oxygène. Une bouffée de panique me fit mal à la tête. Je me sentis de nouveau plonger vers l'inconscience et tentai de résister.

Après un léger cahot, les vibrations cessèrent.

— Enfin.

La voix de Lucas, lointaine et étouffée. Une pression sur mon avant-bras. Je sentis la chaleur de ses doigts qui reposaient sur mon bras. Puis son souffle me chatouilla l'oreille.

— Nous sommes là, dit-il en donnant toujours l'impression de se trouver à l'autre bout de la pièce, si bien que je dus me concentrer pour distinguer ses mots. … m'entends ?

Un bruit métallique, puis celui d'une porte qui s'ouvrait et une faible lumière qui cédait la place à la clarté du milieu de journée. Lucas resserra sa prise sur mon bras.

— Qu'est-ce que tu fais ici ? demanda-t-il d'une voix glaciale.

Une autre voix lui répondit. Familière… Benicio.

— Je suis venu avec l'équipe. Notre équipe. Celle que tu as demandée. Comment va-t-elle ?

Un bruit métallique, le murmure étouffé d'autres voix. Mon lit s'ébranla. Les doigts de Lucas m'effleurèrent le front lorsque mon lit se souleva. Une secousse, une excuse à mi-voix, et on m'entraîna à la lumière du soleil. Quelques cahots, puis le crissement des roues et un souffle d'air. La main de Lucas trouva la mienne et la serra tandis que nous avancions.

— Tu es bouleversé, dit Benicio à voix basse.

Je parvins à ouvrir assez les yeux pour voir Lucas à mes côtés, qui marchait d'un pas rapide, avec Benicio près de lui qui se penchait pour lui parler en privé.

— Et ça t'étonne ?

Jamais je n'avais entendu Lucas parler d'une voix aussi tendue, aussi glaciale.

— Je ne te reproche pas d'être en colère, mais tu sais que je n'y suis pour rien.

— Tout ça n'était qu'un malentendu. Ou une coïncidence. Tu as décidé ? Sinon, puis-je te suggérer de choisir le malentendu ? Ça laisse plus de place aux faux-fuyants.

Benicio tendit la main vers le bras libre de son fils.

— Lucas, je…

Lucas intercepta la main de son père et la repoussa. Benicio ouvrit de grands yeux. Le visage de Lucas se tordit tandis qu'il se tournait pour dire quelque chose mais, alors qu'il pivotait, il remarqua que mes yeux étaient à moitié ouverts et s'arrêta net. Il se pencha au-dessus de moi et faillit perdre l'équilibre tandis qu'il s'efforçait de suivre l'allure du brancard.

— Paige ? Tu m'entends ?

Je voulus hocher la tête mais dus me contenter de battre des paupières. Il me serra la main.

— Tout va bien, dit-il. Tu es dans un hôpital – un hôpital privé. Robert a tout arrangé. Ils vont devoir…

Je sombrai de nouveau dans l'inconscience.

Les entailles à mon cou se révélèrent n'être que les moindres de mes blessures. La lame n'avait laissé que des entailles peu profondes qui ne demandèrent guère plus qu'un nettoyage rapide et de petits pansements. Mais j'avais subi deux autres blessures – l'une grave mais relativement indolore, l'autre mineure mais qui faisait un mal de chien. La plaie à la poitrine m'avait ouvert un poumon, provoquant un collapsus pulmonaire. Les médecins avaient procédé à une intubation, drainé le sang et regonflé mon poumon, qui semblait à présent fonctionner normalement, bien qu'ils aient dû laisser le tube en place un jour ou deux. La blessure à l'abdomen n'avait entaillé que du muscle – bon, d'accord, sans doute plus de graisse que de muscle, mais les médecins parlaient de « muscle » et je m'en tiendrai donc à leur version. Bien que la blessure soit superficielle, j'avais l'impression de me faire de nouveau poignarder chaque fois que je bougeais.

Quand j'ouvris les yeux le lendemain matin, je vis Adam penché sur un manuel de psychologie, surligneur en main. Je voulus lever la main pour me frotter le visage et faillis faire basculer la perfusion sur le lit. Adam la rattrapa juste à temps.

— Merde, dit-il. J'ai enfin réussi à convaincre Lucas qu'il pouvait te laisser quelques minutes et tu décides de te réveiller. S'il revient, ferme les yeux, d'accord ?

Je parvins à produire un faible sourire et ouvris la bouche pour parler, puis grimaçai. Je désignai l'eau. Adam m'en versa un verre. Il voulut y ajouter une paille mais je le lui pris et en bus une gorgée. Quand l'eau atteignit ma gorge desséchée, elle reflua et s'écoula entre mes lèvres.

— Très sexy, dit-il en allant chercher un mouchoir.

Je le lui pris avant qu'il puisse faire quelque chose d'aussi humiliant que m'essuyer le visage. Il s'empara de quelque chose sur le meuble de chevet.

— Je t'ai acheté un gadget. (Il me tendit un ours en peluche vêtu d'une robe et d'un chapeau noir de sorcière.) Tu te rappelles ces trucs-là ?

— Hmmm. (Je m'efforçai de faire le point, toujours dans les vapes.) Ouais. Les poupées. (Petit sourire lorsque le souvenir refit surface.) Tu… (Je m'humectai les lèvres et refis une tentative.) Tu m'en achetais tout le temps pour me les offrir.

Il sourit.

— Toutes les poupées sorcières les plus hideuses que je trouvais, avec des verrues plein la figure. Parce que je savais à quel point tu les adorais.

— Je les détestais. Et tu le savais. Je te sermonnais sur la sensibilité et les stéréotypes. (Je secouai la tête.) Mon Dieu, ce que je pouvais être insupportable, des fois.

— Des fois ?

Je lui donnai une tape en riant, puis grimaçai lorsque la douleur me transperça le ventre. Adam tendit la main vers le bouton d'appel mais je levai la main pour l'arrêter.

— Ça va, lui dis-je.

Il hocha la tête et s'assit au bord du lit.

— Tu nous as pas mal inquiétés. Tant qu'on était à la maison, tout paraissait aller, mais ensuite, *boum*, tu es tombée dans les vapes et ta tension a baissé… (Il secoua la tête.) Ce n'était pas beau à voir. J'ai flippé, et Lucas aussi, ce qui m'a fait flipper encore plus car je me suis dit : ça ne lui arrive pas souvent, donc là, s'il a peur, il doit avoir des raisons et… (Il secoua de nouveau la tête.) Pas beau à voir.

— Paige.

Je levai les yeux pour voir une silhouette sur le pas de la porte. Sa voix m'apprit que c'était Lucas mais je dus cligner des yeux pour m'en assurer. Il était pâle, pas rasé et portait encore le costume qu'il avait enfilé pour jouer les missionnaires, mais veste et cravate avaient disparu. Sa chemise était froissée et maculée de taches de café. Une manche était carbonisée au niveau de l'avant-bras. C'était l'inconvénient de travailler avec Adam : quand il perdait son sang-froid, il valait mieux ne pas rester dans les parages, faute de quoi on en payait le prix sous forme de brûlures au second degré.

— Je vais attendre dehors, dit Adam.

Il se faufila par la porte. Tandis que Lucas approchait de moi, je vis que sa chemise n'était pas tachée de café mais d'un rouge évoquant la rouille. Du sang. Le mien. Il suivit mon regard.

— Ah, je ferais mieux d'aller me changer. Je…

— Plus tard, lui dis-je.

— Tu veux appeler Savannah ? Je peux…

— Plus tard.

Je tendis la main. Il la prit puis se pencha pour m'étreindre.

Une heure plus tard, j'étais toujours réveillée, ayant convaincu l'infirmière de ne pas me donner tout de suite d'analgésiques. Je voulais d'abord des réponses.

— Ils détiennent Weber à L.A. ? demandai-je.

Lucas fit signe que non.

— Mon père a remporté cette bataille. Weber se trouve à Miami, et la date de son procès est fixée à vendredi.

—Je ne comprends pas, dit Adam. Pourquoi ils prennent cette peine ? Ils savent que ce type est coupable. Qu'est-ce qu'ils vont faire, dire « Oups, on n'a pas le mandat adéquat » et le laisser repartir ?

—Il a droit à un procès, dit Lucas. C'est la loi des Cabales.

—Mais est-ce que c'est un *vrai* procès ? demandai-je.

—Les procès des Cabales, dans leurs grandes lignes, reflètent les procès humains. Les avocats présentent le dossier aux juges qui décident de la culpabilité ou de l'innocence et fixent la peine. Pour ce qui est du risque de voir libérer Weber sur un détail technique, c'est improbable et même impossible. La définition du concept de droits civils est bien plus étroite dans les tribunaux des Cabales.

—Tu n'as pas à t'inquiéter de ce mec, Paige, dit Adam. Il ne ressortira pas.

—Ce n'est pas… (Je me tournai vers Lucas.) Il a avoué ?

Lucas fit signe que non. Son regard glissa sur le côté, de manière quasi imperceptible, mais j'étais avec lui depuis assez longtemps pour comprendre ce que ça signifiait.

—Il y a autre chose, hein ? demandai-je. Il s'est passé autre chose.

Il hésita, puis hocha la tête.

—Un autre ado des Cabales est mort vendredi soir.

Je me redressai brusquement, ce qui m'envoya des ondes de douleur à travers tout le corps. Lucas et Adam se redressèrent tous deux d'un bond, mais je leur fis signe de se rasseoir.

—Je suis désolé, dit Lucas. Je n'aurais pas dû lâcher ça comme ça. Matthew Tucker avait dix-neuf ans et c'était le fils du secrétaire particulier de Lionel St. Cloud. Quand Lionel est venu à Miami pour la réunion de jeudi, Matthew l'a accompagné avec sa mère. Vendredi soir, pendant que nous observions la maison de Weber, un groupe de jeunes employés de la Cabale a décidé de sortir en boîte et Matthew s'est joint à eux. Après quelques verres, ils se sont aventurés hors de la zone des boîtes pour aller dans un quartier moins recommandable. Le groupe s'est séparé et chacun croyait que Matthew était avec quelqu'un d'autre. Quand ils sont rentrés sans lui, les Cabales ont envoyé des équipes de recherches. Ils l'ont retrouvé mort, tué par balle dans une ruelle.

— Tué par balle ? dit Adam ? Alors ce n'est pas notre type. Lui, il donne dans les coups de couteau et la strangulation. C'est ça, son truc.

— Depuis, la Cabale Nast a confirmé que sa deuxième victime, Sarah Dermack, avait été tuée par balle.

— Et ce Matthew, il a appelé le numéro d'urgence ? demanda Adam.

Lucas fit signe que non.

— Mais Michael Shane, la victime des St. Cloud, ne l'avait pas fait non plus.

— Matthew figurait sur la liste de Weber ? demanda Adam.

— Non, répondis-je. Et s'il habite avec sa mère, qui n'est pas garde du corps, il ne semble pas répondre aux critères. Il est également plus âgé que les autres. Mais tout de même, ça paraît…

— Totalement différent, me coupa Adam. Ce mec se trouvait au mauvais endroit au mauvais moment et on lui a tiré dessus.

— Qu'en disent les Cabales ? demandai-je à Lucas.

— La même chose qu'Adam, quasiment au mot près.

Nos regards se croisèrent et je vis mes propres doutes reflétés dans le sien.

— Alors nous avons des questions, dis-je. Si les Cabales refusent de les poser, nous devons le faire nous-mêmes. Ce qui signifie que nous devons aller à Miami parler à Weber.

Lucas garda le silence. Adam nous regarda tour à tour.

— Vous voulez mon avis ? demanda-t-il. Vous poussez tous les deux cette histoire de « protection des innocents » beaucoup trop loin, mais si vous avez des questions, vous feriez mieux d'obtenir les réponses avant qu'il soit trop tard. Ouais, je sais que tu ne veux pas emmener Paige à Miami et je comprends très bien, mais ce Weber est enfermé. Il ne va pas lui faire de mal.

— Ce n'est pas Weber qui l'inquiète, dis-je en me tournant vers Lucas. Comment ton père explique-t-il ce qui s'est passé ?

Au début, Lucas ne répondit pas et parut hésiter à formuler les raisons avancées par son père. Puis il ôta ses lunettes et se frotta l'arête du nez.

— Son explication, c'est qu'il n'en a pas. Il suppose qu'en mentionnant le nom de Weber aux Nast, il les a incités par inadvertance à lancer leur propre enquête, qui a culminé avec l'arrivée de l'équipe d'intervention.

— Ça se tient, je pense, répondis-je. Je sais que tu crois que ton père a fait ça intentionnellement, mais tu étais dans cette maison, toi aussi. Il ne te mettrait jamais en danger comme ça.

— Paige a raison, dit Adam. Je ne connais pas ton père, mais d'après la façon dont il se comportait hier, il était aussi choqué que toi.

— Alors c'est réglé, dis-je. On va à Miami.

— À une condition.

L'hôpital dans lequel je me trouvais était une petite clinique privée, bien moins somptueuse que la clinique Marsh de Miami, mais qui servait un but semblable. Celle-ci n'était pas dirigée par une Cabale mais par des semi-démons. Les médecins, les infirmières, les techniciens de laboratoire, même le gardien et le cuisinier étaient des semi-démons.

San Francisco, comme plusieurs autres grandes villes américaines, possédait une enclave de semi-démons assez importante. Ils n'avaient pas d'organisation centrale comme le Convent des sorcières ou la Meute des loups-garous. Mais comme la plupart des minorités dans des sociétés plus grandes, ils reconnaissaient le confort et les avantages de la communauté, et beaucoup de ceux qui ne travaillaient pas pour une Cabale gravitaient vers l'une de ces villes peuplées de semi-démons.

L'un des principaux avantages à vivre près d'autres espèces surnaturelles étaient les soins médicaux. Toutes les principales espèces évitaient les médecins et les hôpitaux humains. Bien entendu, les créatures surnaturelles pouvaient être et ont déjà été soignées dans des hôpitaux. Quand on se fait heurter de plein fouet par une voiture, on ne peut pas dire aux ambulanciers qu'on veut être envoyé dans une clinique privée à des centaines de kilomètres de là. Dans la plupart des cas, ces séjours à l'hôpital se déroulaient sans histoires. Mais ce n'était pas toujours le cas, si bien que nous faisions notre possible pour éviter de courir ce risque.

La condition de Lucas était qu'on me transfère dans un autre hôpital puisque j'avais besoin d'un suivi médical. Là résidait le problème. Miami se trouvait sur le territoire de la Cabale Cortez. L'hôpital le plus proche à être dirigé par des créatures surnaturelles hors Cabales se trouvait à Jacksonville. En plus d'être à six heures de route de Miami, il était tenu par des mages. Si une sorcière était blessée à Jacksonville, elle avait de plus grandes chances de guérison en rentrant chez elle pour se soigner elle-même qu'en se présentant dans une clinique dont le personnel se composait de mages.

Benicio voulait que je récupère dans la grande propriété qui servait d'hôpital réservé à la famille, mais Lucas refusa. Il préférait que j'aille à la clinique Marsh et qu'il reste avec moi. Il commanderait tous mes repas à des restaurants et m'administrerait les médicaments que la clinique de San Francisco me fournirait. La clinique Marsh me donnerait un lit et rien de plus. Si ma guérison rencontrait quelques accrocs, on m'enverrait un médecin de l'extérieur.

Adam changea le téléphone d'oreille.

— Elena te laisse veiller jusqu'à quelle heure ? Et Paige est au courant ? Parce que, en tant qu'ami, je me sens obligé de le lui dire. (Il m'adressa un rictus.) Ouais, ben je ne sais pas trop… Mais les pots-de-vin, ça marche toujours. (Une pause.) Ah non, pas question. Ça exige un tee-shirt, au minimum. Et pas un de ces trucs pour touristes qu'on achète à dix dollars par lots de trois, hein.

J'avais passé mon appel matinal à Elena un peu plus tôt ce jour-là. À 11 heures, nous serions en vol, et je ne voulais pas l'inquiéter en omettant de l'appeler. Le samedi matin, Lucas avait téléphoné avec une heure de retard parce que j'étais en train de me faire opérer, et Elena avait été à deux doigts de faire ses bagages et de sauter dans un avion pour venir nous retrouver.

Je terminai de me brosser les cheveux et examinai le résultat dans le miroir posé sur ma table de chevet. Après deux jours d'hôpital, ce n'était pas glorieux. Mon seul espoir était une coupe de cheveux. Plus le port d'un chapeau.

Nous allions partir d'ici une heure. Lucas était en consultation avec mon médecin pour recevoir des instructions de dernière minute concernant les soins et les médicaments.

Au téléphone, Adam continuait à taquiner Savannah et, bien que je n'entende pas ce qu'elle disait à l'autre bout du fil, je savais qu'elle marchait à fond. Dès l'instant où Savannah avait rencontré Adam, il avait fait l'objet d'un sérieux béguin de fillette. J'avais cru qu'il disparaîtrait au bout de quelques mois, comme la plupart des béguins adolescents, mais un an plus tard, Savannah ne faisait pas mine de faiblir dans son affection, qui se manifestait par des taquineries et des insultes incessantes. Adam gérait magnifiquement la situation et se comportait comme s'il ignorait totalement qu'elle le voyait comme autre chose qu'un grand frère empoisonnant de substitution. Lucas et moi en faisions de même et nous ne disions ni ne faisions jamais rien qui risquait de l'embarrasser. Ça lui passerait bien assez tôt. En attendant, eh bien, elle aurait pu choisir de pires garçons dont s'enticher.

— Oh oh, dit Adam. J'entends Paige qui revient. Dernière chance, un tee-shirt ou je cafte. Non ? (Il se détourna du téléphone.) Hé, Paige… ! (Une pause.) Taille M ? N'importe quoi. Je porte du L. (Pause.) Aïe. Ça, c'est salaud. Allez, je raccroche. (Nouvelle pause.) Ouais, d'accord. Passe le bonjour à Elena et à Clay de ma part. Et ne te couche pas trop tard.

Il raccrocha, puis se laissa tomber au bord de mon lit, ce qui fit dévier ma main en m'étalant du mascara sur le front. Je le fusillai du regard, pris un mouchoir et essuyai les dégâts.

— Tu t'en sors bien, non ? demanda-t-il. Après tout ça… tu t'en sors vraiment bien.

— Mieux qu'il y a quelques semaines, tu veux dire ? Je sais. J'avais juste besoin qu'on me botte les fesses et cette affaire a joué ce rôle.

— Pas seulement ça, répondit-il. Je veux dire qu'en général, tu t'en sors bien. Tu as eu quelques mois difficiles pour t'y faire, mais quand vous êtes passés me voir cet été, je me suis dit : elle est heureuse. Vraiment heureuse.

— J'ai encore quelques petites choses à régler, mais oui, je suis sacrément heureuse.

— Parfait.

Tandis que je refermais ma trousse de maquillage, Adam glissa au bas du lit, se dirigea vers la fenêtre et regarda dehors. Je l'observai un moment.

— Tu es toujours furax pour Miami ? demandai-je.

Il se retourna.

— Nan. C'est vrai que j'adorerais vous aider et que je suis un peu en rogne de rester en arrière, mais Lucas a raison. Son père a déjà tenu à se présenter à moi et à lâcher des allusions aux « occasions d'embauche post-universitaire ». Il vaut sans doute mieux que j'évite les Cabales avant de savoir un peu mieux ce que je veux. Ce qui me fait penser… Tu disais le mois dernier qu'on devait faire quelque chose pour Arthur.

— Absolument. On a besoin d'un nécromancien au sein du conseil, et ça ne sert pas à grand-chose d'en avoir un qui ne soit jamais là. Tu sais, pour cette embrouille avec Tyrone Winsloe ? Arthur n'a même jamais répondu à nos coups de fil avant que tout soit terminé. Je lui ai laissé entendre qu'il valait mieux qu'il se trouve un remplaçant, mais il m'ignore.

— Ce type est miso… On appelle ça comment, déjà ? Les mecs qui n'aiment pas les femmes ? Pas les gays, tu sais, mais…

— Misogyne.

— Ouais, voilà. (Adam se percha sur mon lit.) Donc je me suis dit : peut-être que je devrais lui parler moi-même. Qu'est-ce que tu veux que je fasse ?

Un conseil me monta aux lèvres mais je le ravalai.

— Qu'est-ce que tu en penses ?

— Peut-être que s'il nous ignore, on devrait l'ignorer aussi. Simplement trouver un remplaçant et attendre qu'il le découvre la prochaine fois qu'il prendra la peine de se pointer à une réunion. T'en dis quoi ?

J'étouffai mon envie de lui donner mon avis. C'était difficile, limite pénible.

— On… tu pourrais faire ça, *toi*. Peut-être demander à ton père s'il a des remplaçants à te suggérer.

Je vis Lucas passer devant la porte – pour la deuxième fois. Jamais de la vie il n'interromprait une conversation. Quand je l'appelai, il passa la tête dans la chambre.

— Je suis prête si tu l'es aussi, lui dis-je.

Il disparut, puis revint en poussant un fauteuil roulant.

— J'espère que ce n'est pas pour moi, lui dis-je.

— Libre à toi d'essayer de marcher. Toutefois, si tu t'évanouis à mi-chemin de la sortie, tu peux toujours te réveiller dans ce lit et rester y récupérer pendant que j'interrogerai Weber à Miami.

Je lui lançai un regard noir et lui fis signe d'avancer le fauteuil. Adam éclata de rire.

— Ah au fait, dit-il. Avant que j'oublie, qu'est-ce que tu veux faire pour cette moto ?

Lucas m'aida à m'installer sur le fauteuil.

— Il vaut mieux que j'attende. Ce n'est pas vraiment une dépense nécessaire…

— Dis oui à ton ami, demandai-je à Adam avant de lever les yeux vers Lucas. Je sais que tu en as envie. Prends cette moto, et si tu ne veux pas utiliser l'argent de ton assurance, considère que c'est un cadeau de Noël anticipé de ma part. Je sais que tu n'as pas encore d'endroit où travailler, mais tu en auras un tôt ou tard.

— Tôt de préférence, dit Adam en souriant.

Puis il regarda Lucas par-dessus mon épaule et son sourire s'effaça.

— Le, heu, le marché de l'immobilier se porte bien en ce moment. Les affaires ralentissent toujours en automne, alors peut-être que vous allez trouver quelque chose.

— Y a pas le feu, dis-je. On est encore en train de s'installer.

Adam regarda de nouveau Lucas et je tordis le cou pour tenter d'intercepter l'expression qu'ils échangèrent, mais elle s'effaça avant que j'y parvienne. Lucas tendit la main vers sa sacoche.

— Attends, je m'en occupe, dit Adam. Tu prends la fille, je porte les sacs. (Petit rictus.) Ce n'est pas franchement équitable, mais je ne vais pas faire le travail ingrat toute ma vie. Vous allez voir. (Il me regarda.) Dès que j'arrive chez moi, je demande à papa s'il connaît des remplaçants pour Arthur. J'aurai réglé tout ça avant la prochaine réunion.

Je souris.

— Génial. Alors je te laisse t'en charger.

Adam nous accompagna à l'aéroport, on le remercia pour son aide et je promis de le tenir informé de l'évolution de l'enquête. Puis on se fit nos adieux et on monta à bord de l'avion.

# Totalement inapproprié

On regagna Miami par le jet des Cortez. Comme séjourner dans leur clinique, emprunter leur jet revenait à jouer la carte de la sécurité contre, eh bien, la sécurité. Étais-je plus en danger à bord de leur avion que d'un vol commercial ? J'aurais bien volontiers couru le risque de prendre un avion normal. Pas que je me sois attendue à être attaquée en vol par des tueurs à gages de Cortez, mais il était dans ma nature de ne pas faire d'histoires quand ma santé était en jeu. Lucas n'était pas d'accord et, comme je ne pouvais pas encore rester assise plus de quelques minutes, il devait avoir raison.

À Miami, Benicio faisait des pieds et des mains pour se réconcilier avec Lucas de la seule manière possible pour lui – en nous obtenant une entrevue avec Weber. Bien que Weber soit détenu en garde à vue par les Cortez, chaque Cabale avait affecté un garde. Une telle coopération aurait été encourageante s'ils n'avaient agi ainsi dans la seule intention de protéger leurs propres intérêts vis-à-vis du prisonnier. Personne, même le fils d'un P.-D.G., ne pouvait approcher de Weber sans l'accord de toutes les Cabales.

Je pensais que notre requête était simple. Nous promettions de respecter toutes les consignes de sécurité. Nous étions du même côté. Par ailleurs, sans nous, ils n'auraient pas Weber. Pourtant, comme on s'en aperçut très vite, c'était sans doute davantage un inconvénient qu'un atout. La Cabale Cortez avait frappé un grand coup quand nous avions trouvé Weber, et les autres Cabales paraissaient refuser notre demande sous l'effet de la rancune pure et simple.

On passa le lendemain à la clinique à étudier les détails de l'affaire tandis que Benicio faisait pression sur les Cabales en notre nom. Lucas était parvenu à trouver les ingrédients d'un cataplasme et d'une tisane curatifs. Il ne protesta pas quand je les préparai moi-même – les deux relevaient de la magie des sorcières et nécessitaient des incantations de sorcière et, bien qu'il connaisse les procédures, je m'en sortais mieux que lui. Je ne dis pas ça pour des questions d'ego – les sorcières sont plus douées pour la magie des sorcières, tout comme les mages le sont pour celle des mages. C'était également mon premier essai sur le terrain d'un sortilège curatif plus puissant que j'avais appris dans les grimoires de niveau tertiaire découverts au printemps dernier. Je le jetai sur le cataplasme, où il était censé non seulement accélérer la guérison mais servir également d'analgésique local de puissance moyenne. À ma grande joie, il dépassa mes attentes. À la fin du deuxième jour, j'étais levée, je portais mes habits normaux et je me sentais davantage comme une personne en arrêt de travail que comme une patiente.

Le père de Dana n'était pas encore arrivé. Prévenir Randy MacArthur se révélait quasi impossible. Quant à la mère de Dana, eh bien, moins je pensais à elle, mieux je me portais, sinon je risquais de faire sauter quelques-unes de mes sutures. Tant que je me trouvais à la clinique, je jouais le rôle de visiteuse de substitut. Dana n'en savait rien et s'en moquait bien désormais, mais je le faisais malgré tout.

Ce soir-là, je réussis à convaincre Lucas que j'étais assez en forme pour sortir dîner. Pour prolonger l'excursion le plus longtemps possible, j'avais commandé un dessert. Puis on s'attarda au moment du café.

— Ton père donne vraiment l'impression de se couper en quatre pour nous aider dans cette histoire, dis-je. Tu ne continues quand même pas à croire qu'il avait quelque chose à voir avec l'arrivée de cette équipe ?

Lucas but une gorgée de café.

— Disons simplement que, sans exclure la possibilité qu'il ait été impliqué, j'admets avoir eu une réaction excessive. Tu étais blessée, j'ai paniqué et je m'en suis pris à la cible la plus pratique. C'est simplement… que j'ai vraiment du mal à faire confiance à mon père.

Je lui adressai un minuscule sourire.

— Ah bon ? Étonnant.

Avant que Lucas puisse poursuivre, son portable sonna. Après deux « non », un « merci » et un « On y sera », il raccrocha.

— Quand on parle du loup ? demandai-je.

Il hocha la tête.

— La réponse est toujours non. Pire encore, on dirait que ce non restera permanent. Ils ont avancé le procès à demain.

— Quoi ?

— Ils disent qu'ils l'ont déplacé parce que les deux parties sont prêtes plus tôt que prévu, mais je suppose que nos efforts soutenus visant à obtenir une audience ont fait pencher la balance.

— Donc ils nous font barrage en précipitant le procès. (Je me laissai aller en arrière sur ma chaise, cachant une grimace lorsque ce geste tira sur les muscles blessés de mon ventre.) Alors c'est fini. On est foutus.

— Pas encore. Comme l'a souligné mon père, si Weber est reconnu coupable, il reste toujours la solution de l'appel. Ce qui nous donnerait au moins l'occasion d'entendre les détails de l'intégralité de l'affaire. Si la partie plaignante présente des preuves concrètes qui relient Weber aux agressions, nous estimerons peut-être qu'un appel n'est pas nécessaire.

— Ce qui éviterait à tout le monde, y compris nous-mêmes, des moments pénibles.

— Exactement. De la même manière, s'ils n'ont rien trouvé de nouveau et qu'ils refusent d'envisager d'autres possibilités – celle que Weber ait collaboré avec le véritable tueur, ou lui ait fourni ces informations à son insu –, alors nous avons des motifs pour faire appel. (Il but une gorgée de café.) Comment tu te sens ?

— Assez bien pour assister au procès, si c'est ce que tu veux savoir.

La séance devait commencer à 8 heures précises ; Lucas m'assura que c'était la norme pour les procès des Cabales. Contrairement aux procès humains pour meurtres, les séances des Cabales ne s'étiraient jamais sur des semaines ou des mois. Leurs journées de procès se déroulaient de 8 à 20 heures et l'on s'efforçait d'en avoir fini au bout d'un jour ou deux.

On arriva en taxi peu après 7 heures. La cour et les cellules de détention ressemblaient presque exactement à l'image que je m'étais faite des bureaux de la Cabale avant de les voir : un entrepôt rénové caché au plus profond d'un ghetto industriel. Lucas demanda au chauffeur de nous déposer sur le trottoir derrière l'un des bâtiments les plus miteux.

En règle générale, j'aurais insisté pour payer le chauffeur, mais cette fois je laissai faire Lucas. La dernière chose dont il ait besoin, c'était qu'on se chamaille pour une course de taxi. Tout le stress de ces derniers jours était gravé sur son visage. Lorsqu'il se retourna pour régler le chauffeur, je remarquai que sa cravate était de travers. Je dus y regarder à deux fois, persuadée d'avoir mal vu.

— Hmm ? demanda-t-il en surprenant mon expression.

— Ta cravate est mal mise.

Il leva les mains pour l'ajuster.

— Attends, je m'en occupe. (Je me haussai sur la pointe des pieds.) Tu as besoin de dormir ce soir. Dans un vrai lit. On va s'installer à l'hôtel.

— Pas avant que tu ailles mieux.

— Je vais déjà mieux, répondis-je. Ça se voit, non ?

Petit sourire.

— Et même mieux que ça.

— Alors dans ce cas…

— Oh, regardez, dit une voix derrière moi. Revoilà le geek justicier.

Lucas se raidit. J'étouffai l'envie de jeter une boule de feu par-dessus mon épaule. Lucas n'avait pas besoin de ça. Une boule de feu serait justifiée. Inappropriée, mais justifiée.

Je me tournai pour voir un homme d'une trentaine d'années, mince et bien bâti, dont le sourire méprisant enlaidissait le visage de mannequin. Derrière lui se tenait William Cortez, ce qui me poussa à émettre une hypothèse quant à l'identité de l'autre homme : Carlos.

— Il doit y avoir une manif quelque part, dit William. Je suis sûr qu'ils apprécieraient davantage tes talents, Lucas. Laisse le vrai travail aux grandes personnes.

Je serrai les dents pour me retenir de lui rappeler qui avait fait le « vrai travail » en capturant le tueur, et risqué sa vie par la même occasion.

— Paige, tu connais William, dit Lucas. Et voici Carlos. Carlos, Paige. Maintenant, si vous voulez bien nous excuser…

— Pas mal, petit frère, dit Carlos en me jetant un coup d'œil. Je dois te reconnaître ça. Mieux que j'aurais cru. Tu dois bien avoir quelques atouts cachés, en fin de compte.

— Ah ça oui, Lucas a des atouts cachés, dit William. Dans les cinq millions, et c'est juste la garantie. Mais s'il sort le grand jeu, ça lui fait un demi-milliard de plus.

Carlos éclata de rire.

— Sans déconner. À ce prix-là, n'importe quel minable arrive à tirer son coup, hein ? Quelques pipes, ce n'est pas cher payé pour accéder au fric des Cortez.

— Pas nécessairement, répondis-je. D'après ce que j'ai entendu dire, ça peut être un prix trop élevé. (Je croisai le regard de Carlos et souris.) Du moins, avec certains Cortez.

Son regard se durcit.

— N'importe quoi.

— Si vous le dites.

Je laissai Lucas m'éloigner. Nous avions avancé d'environ cinq pas quand il se pencha vers moi.

— Oserais-je te poser la question ? chuchota-t-il.

— Jaime.

Il faillit éclater de rire mais se retint.

— Jaime et Carlos ?

— Non, répondis-je, Jaime et *pas* de Carlos. Elle a décidé que cinq millions ne suffisaient pas.

Son rire s'échappa alors, un éclat qui me fit sourire et serrer sa main. Je lançai un coup d'œil en arrière et vis Carlos qui nous fusillait du regard. Visiblement, je ne m'étais pas fait un nouvel ami. Quel dommage.

— Pour être franc, je crois que c'est beaucoup moins que cinq millions à présent, dit Lucas tandis que nous marchions.

Au rythme où il jette l'argent par les fenêtres, je dirais que Carlos doit être descendu à cinq dollars. Il va falloir qu'il tienne jusqu'à l'héritage.

— Je croyais que les cinq millions, c'était justement l'héritage.

— Non, c'était le fidéicommis. (Ses lèvres esquissèrent un sourire.) Le silence retombe alors qu'elle se retient de formuler l'évidence, à savoir que son petit ami nécessiteux n'est pas aussi nécessiteux qu'elle le pensait. Repenses-y la prochaine fois que tu insistes pour payer la course de taxi.

Lucas ouvrit la porte arrière de l'entrepôt et l'on entra par un couloir qu'aurait jalousé n'importe quel tribunal de petite ville. Quelques personnes tournaient en rond, mais Lucas ne regardait ni à droite ni à gauche et se contentait de me conduire vers une double porte intérieure.

— J'ai dans l'idée que tu n'as pas plus les moyens de payer la course du taxi maintenant qu'il y a dix minutes, lui dis-je. Voilà un Cortez qui ne tirera jamais parti de ce fidéicommis. Tu pourrais être kidnappé par une escouade de démons, tu refuserais encore d'y puiser pour payer la rançon.

— C'est vrai, dit-il en me souriant. Mais si jamais c'est toi qu'ils enlèvent, je ferais une exception.

Un jeune homme au teint basané vêtu d'un costume et d'une casquette apparut à côté de Lucas.

— Monsieur Cortez ?

— Oui ? répondit Lucas.

— Je travaille pour les St. Cloud. Je suis le chauffeur de M. St. Cloud.

— Rick, c'est bien ça ?

L'homme sourit.

— Oui, merci, monsieur. Je voulais simplement vous dire que nous vous sommes reconnaissants de ce que vous avez fait en attrapant ce type. Griffin est à l'intérieur. Il vous parlera lui-même, mais je voulais vous remercier en mon propre nom. Et, hum… (Il jeta un coup d'œil à la double porte.) Vous informer qu'il y a une entrée par-derrière là-dedans, si vous préférez emprunter celle-là.

—Une entrée par-derrière ? répétai-je.

—Heu, oui, mademoiselle. Les Nast et quelques-uns des St. Cloud se trouvent dans la salle d'attente. Il y a un autre accès à la salle d'audience. M. Cortez et vous seriez peut-être plus à l'aise en passant par là.

—Merci, répondit Lucas. Mais ça ira.

—Comme vous voulez, monsieur.

L'homme s'éloigna et se faufila par un couloir latéral. Je levai les yeux vers le visage tendu de Lucas. Toute la tension qu'il avait expulsée alors que nous entrions dans le bâtiment était revenue en force. Ça ne ferait qu'empirer lorsqu'on aurait franchi ces portes.

Lucas avait besoin qu'on lui change les idées. Une idée me traversa alors que je regardais les deux couloirs latéraux. Totalement inappropriée mais, parfois, c'est exactement ce dont on a besoin.

—Il nous reste près de trois quarts d'heure, lui dis-je. On va passer la journée assis. Pas la peine de nous précipiter.

—Tu te sens assez bien pour marcher un peu ?

—Ce n'est pas à ça que je pensais.

Je l'entraînai vers le couloir latéral le plus proche. Il haussa les sourcils mais, comme je ne lui répondais pas, il me suivit. Je tournai au premier embranchement, me dirigeai vers la troisième porte et l'ouvris. Un bureau. Je tentai la quatrième. Fermée à clé. Je m'empressai de la déverrouiller à l'aide d'un sort et elle s'ouvrit sur un grand débarras.

J'allumai la lumière.

—Parfait.

—Oserais-je te demander ?

—Si tu es obligé de me poser la question, c'est que tu es *vraiment* fatigué ce matin.

Il hésita, puis sourit.

— Alors ? dis-je en reculant dans le débarras.

Il franchit la porte, la referma d'un coup de pied et jeta un sort de verrouillage. Je reculai mais il m'attira vers lui pour un baiser passionné.

— Oh la vache, dis-je en haletant tandis que je me dégageais. Ça m'a manqué, Cortez. Cette nuit, je me demandais quel poids mon lit d'hôpital pouvait soutenir. J'aurais dû faire un test.

— Peut-être ce soir.

— Nan. Ce soir, on fonce dans un hôtel avec un lit double.

— Tu es sûre de te sentir en état ?

Je lui montrai à quel point. Après quelques minutes passées à l'embrasser, je glissai les mains entre nous, déboutonnai sa chemise et fis courir les mains sur sa poitrine nue.

— Tu sais, lui dis-je, Carlos m'a donné à réfléchir. Si je dois devenir épouse de P.-D.G.

— Co-P.-D.G., non ?

— Désolée. Co-P.-D.G. Ça va me coûter pas mal de pipes, non ?

Lucas éclata de rire.

— Oui, pas mal, je le crains.

— Ces quelques jours d'hôpital m'ont fait prendre du retard sur mon quota. J'ai du boulot pour rattraper ça. (Je fis descendre un doigt le long de sa poitrine et le glissai sous la ceinture de son pantalon.) Le médecin m'a déconseillé de me pencher, mais il ne m'a pas interdit de m'agenouiller.

Lucas retint son souffle. Je lui souris en levant les yeux vers lui.

— Alors ?

— Bien qu'il me coûte énormément de refuser, tu es *toujours* en convalescence. (Il tendit la main pour soulever ma jupe sur mes hanches et approcha les lèvres de mon oreille.) Puis-je te suggérer quelque chose de moins ardu pour l'instant ?

Je baissai ma jupe.

— Nan nan. C'est une pipe ou rien. (Je reculai vers la porte.) Mais bien sûr, si ça ne t'intéresse pas…

Il m'attira vers lui puis appuya ma main contre son entrejambe.

— Assez intéressé ?

— Je ne sais pas trop, répondis-je en passant le bout des doigts sur le renflement de son pantalon. C'est un peu dur…

— Un peu ?

— … un peu *difficile* à dire. (Je défis sa ceinture, puis ouvris son pantalon et y glissai la main.) Hum, voyons voir. Oui, je dirais que c'est assez intéressé.

Je m'agenouillai et entrepris de le distraire.

Ensuite, on parla tranquillement, retardant notre sortie de la pièce. À 7 h 45, je m'écartai de lui.

— Un quart d'heure, lui dis-je. On ferait mieux d'y aller.

— Dans un instant. (Il m'embrassa.) Je t'aime.

— Évidemment. Tu es obligé. C'est la loi.

Il sourit.

— Ah bon ?

— Toute fille qui taille une pipe à un mec dans un débarras a le droit au minimum à un « Je t'aime ». Que ce soit sincère ou pas, tu as l'obligation morale et légale de le dire.

Il éclata de rire puis m'embrassa le sommet du crâne.

— Eh bien, c'était sincère. Tu le sais bien.

— Oui. Tout comme je sais que si on n'entre pas dans cette salle d'audience avant le début de la séance, ça leur donnera une excuse pour ne pas nous laisser entrer du tout.

# Signé. Cacheté. Envoyé

Lorsque Lucas ouvrit la porte pour entrer dans la salle d'attente, une vague de conversations d'une gravité adéquate s'en échappa. Puis elle s'interrompit et toutes les têtes se tournèrent pour nous regarder entrer. Il y avait là une bonne douzaine d'hommes dont l'âge allait de l'adolescence à la retraite, tous vêtus de costumes qui nous auraient payés trois mois de loyer, et tous mages. Ce qui me rappela le jour où j'avais rejoint le club d'informatique du lycée, uniquement masculin jusque-là. J'avais à peine franchi la porte que les regards glacials m'avaient pratiquement figée.

Lucas, qui se sentait maintenant nettement mieux, se contenta de balayer la pièce du regard, de hocher la tête une ou deux fois, puis de poser la main au creux de mes reins pour me pousser à travers la foule.

Un septuagénaire au dos très droit et aux cheveux argentés s'avança sur notre route. Le brassard noir qui entourait la manche de sa veste accrocha mon regard.

— Mais qu'est-ce qui vous prend ? siffla-t-il. Comment osez-vous l'emmener ici ?

— Paige, je te présente Thomas Nast, P.-D.G. de la Cabale Nast. Thomas, je vous présente Paige Winterbourne.

Thomas Nast. Mes yeux revinrent au brassard noir qui entourait son bras. Pour son fils, Kristof. C'était le grand-père de Savannah.

— Je sais parfaitement qui elle est, espèce de… (Il ravala ce mot avec un claquement de dents sonore.) C'est une insulte à ma famille et je ne le tolérerai pas !

Lucas soutint tranquillement le regard noir du vieil homme.

— Si vous faites référence aux événements qui ont conduit au décès de votre fils, puis-je vous rappeler que c'est votre famille qui était à l'origine de toute cette histoire ? En cherchant à obtenir la garde de Savannah d'une manière aussi peu conventionnelle, Kristof a enfreint la politique inter-Cabales.

— Mon fils est mort. Je vous interdis de sous-entendre…

— Je ne sous-entends rien du tout. Je ne fais qu'énoncer des faits. L'enchaînement d'événements qui a conduit à la mort de Kristof était entièrement de son fait. Quant à sa mort elle-même, Paige n'y a joué aucun rôle. S'il y avait la moindre preuve du contraire, vous l'auriez présentée cet été lors de l'enquête. Maintenant, si vous voulez bien nous excuser…

— Pas question qu'elle entre dans cette salle d'audience.

— Sans son intervention, aucun d'entre nous ne serait présent dans cette salle. Bonne journée, monsieur.

Lucas me fit contourner Nast et franchir la double porte suivante.

La salle d'audience contenait une cinquantaine de personnes grand max et elle était à moitié pleine lorsqu'on entra. Tandis que Lucas cherchait de bonnes places, une porte s'ouvrit à l'avant de la pièce et Benicio entra. Le moment était trop bien choisi pour qu'il s'agisse d'une coïncidence. Il nous attendait. Pourquoi, dans ce cas, ne pas être venu nous accueillir dans l'autre pièce pour affronter avec nous le comité d'accueil des Cabales ? Parce qu'il savait que ce serait une mauvaise idée. Lucas n'aurait pas apprécié que son père le protège de Thomas Nast et des autres, pour la même raison qui poussait Lucas à refuser d'entrer par la porte de derrière. Lucas avait choisi sa voie, littéralement, et en acceptait les conséquences.

Benicio croisa le regard de Lucas et lui désigna une rangée libre derrière le banc de la partie plaignante. Quand Lucas hocha la tête, une expression de surprise passa sur le visage de Benicio. Il s'attarda au bout de l'allée comme s'il n'était pas tout à fait sûr que Lucas ait réellement l'intention de le rejoindre. On se dirigea vers l'avant de la pièce et je m'y glissai la première, laissant Lucas me suivre de sorte qu'il puisse s'installer près de son père.

— Ravi de vous voir, Paige, me dit Benicio en se penchant par-dessus Lucas tandis qu'on s'asseyait. Je suis content que vous ayez pu vous joindre à vous. On dirait que vous guérissez vite.

— Pas aussi vite qu'elle le voudrait, dit Lucas. Mais elle s'en sort bien.

— La journée risque d'être longue, dit Benicio, et je me préparai à l'entendre me « suggérer » gentiment de renoncer au procès. Si vous avez besoin de quoi que ce soit – un coussin, un rafraîchissement –, n'hésitez pas à me le demander.

Tandis que je le remerciais d'un hochement de tête, les portes se rouvrirent et Griffin entra, accompagné de Troy et d'un homme que je ne reconnaissais pas mais que je supposai, vu sa taille, être un autre garde. Troy mena Griffin jusqu'à notre rangée, où Benicio se leva et lui fit signe de s'asseoir avec nous. Troy et l'autre garde s'installèrent aux extrémités opposées de notre rangée.

Pendant que Lucas et moi parlions à Griffin, les deux portes de devant s'ouvrirent simultanément. Weber entra par l'une d'entre elles d'un pas vacillant, clignant des yeux à la vue de la salle d'audience bondée. Il portait une chemise et un pantalon unis. Bien qu'il ne soit ni menotté ni enchaîné, on l'avait bâillonné. Ça pouvait sembler cruel, mais comme le pouvoir des druides consiste à invoquer des divinités, c'était une précaution compréhensible.

Tandis que les gardes conduisaient Weber à son siège, trois sexagénaires entrèrent par l'autre porte. Les juges. La veille au soir, Lucas m'avait expliqué dans les grandes lignes le système judiciaire des Cabales. Les affaires ne sont pas présentées à un juge unique ou à un jury, mais à un trio de juges, et c'est le vote majoritaire qui l'emporte. Les juges exercent leurs fonctions pendant trois ans et ce sont les trois mêmes qui sont employés par les quatre Cabales, selon un principe de tribunal itinérant. Les hommes – qui étaient toujours des mages, et par conséquent toujours de sexe masculin – étaient désignés par une commission intra-Cabales. C'étaient des avocats qui approchaient du terme de leur carrière et qui étaient payés grassement pour cette période d'exercice, ce qui leur permettait de prendre leur retraite ensuite et de ne pas être redevables à la Cabale pour leurs emplois suivants. Cinquante pour cent de leur salaire était retenu jusqu'à la fin de leur période d'activité, et tout juge reconnu coupable d'avoir accepté des pots-de-vin ou compromis sa position par d'autres moyens perd cette part. Tout ce système visait à contraindre les juges à la plus grande impartialité. Était-il parfait pour autant ? Bien sûr que non. Mais pour rendre justice aux Cabales, elles avaient pris des mesures raisonnables afin d'assurer un système judiciaire équitable.

Dans un souci d'écourter les procès, on les réduisait au strict minimum à tout point de vue. La présentation des preuves ainsi que le réquisitoire et la plaidoirie étaient limités à dix minutes chacun. Du fait de l'absence de jury, il était moins nécessaire d'expliquer chaque étape en détail. On n'autorisait les témoins experts qu'en cas de nécessité – pas de spécialistes appâtés par le gain, payés pour affirmer que l'identification par l'ADN n'est pas une science exacte. Même les témoins ordinaires n'étaient pas toujours obligés de venir à la barre. Quant aux moins capitaux, comme Jaime, on prenait leur déposition avant et chaque partie les interrogeait.

Les pauses étaient aussi basiques que la séance elle-même, avec une seule suspension d'audience d'un quart d'heure le matin. Arrivée à ce stade, je commençais déjà à sentir les effets de ma récupération accélérée. Lucas insista pour que je prenne des analgésiques et je dus accepter. Sans eux, j'aurais renoncé à l'heure du déjeuner. En l'état, disons simplement que ce n'était pas la matinée la plus confortable que j'aie jamais passée. Pour tenir le coup, je m'efforçai de me concentrer sur les événements et de prendre quantité de notes. Lucas et moi partagions un bloc sténo qu'on se passait chacun son tour pour noter les points pertinents, chacun développant à partir des notes de l'autre et échangeant des commentaires écrits sur la progression du procès.

Pour déjeuner, un traiteur livra des plateaux de sandwichs et l'on passa une demi-heure à manger debout dans le couloir. Benicio mangea avec nous, et l'on parvint à maintenir une conversation raisonnablement normale. Benicio ne dérapa qu'une fois en suggérant qu'on se joigne à lui pour le dîner du lendemain… auquel participeraient également trois importants actionnaires étrangers qui se trouvaient en ville par le plus grand des hasards. Lucas réagit en lui rappelant gentiment que, à l'allure où avançait le procès, nous serions sans doute occupés à préparer l'appel de Weber.

Après le déjeuner, Lucas appela l'hôtel où nous avions séjourné un peu plus tôt. Notre ancienne chambre était toujours libre et le gérant nous la proposa au même tarif.

Quand Benicio apprit nos projets, il appela la clinique Marsh et s'arrangea pour qu'on transporte nos affaires à l'hôtel afin que je puisse aller directement m'y reposer après le procès. Un geste prévenant parmi tant d'autres, qui me poussa à reconnaître que Lucas avait peut-être hérité davantage de Benicio que son « talent naturel pour le mensonge ».

Le procès ne se déroula pas très bien. Weber avait choisi son propre avocat. Quand je l'avais appris, j'en avais été soulagée. Mais à mesure que le procès avançait, je me surpris à regretter que les Cabales ne lui en aient pas affecté un d'office. Bien qu'il me coûte de leur reconnaître un quelconque mérite, je ne voyais pas d'injustice flagrante dans leur système et, si elles avaient fourni un avocat à Weber, je suis sûre qu'il aurait été correctement représenté, ce qui n'était pas franchement le cas actuellement.

Il y avait deux façons d'aborder ce procès. Premièrement : souligner que les témoignages reposaient essentiellement sur des présomptions. Deuxièmement : plaider la folie. L'avocat de Weber choisit de jouer sur les deux tableaux à la fois. Ce qui posait problème. La première option affirmait que Weber n'est pas coupable. La seconde que si, mais qu'on ne pouvait l'en tenir responsable. Conjuguer les deux revenait à dire qu'il avait bien tué ces ados mais qu'on ne pouvait pas le prouver et que, de toute manière, il était fou, mais pas assez pour laisser de preuves flagrantes.

À 18 heures, les avocats présentèrent le réquisitoire et la plaidoirie. À 18 h 20, les juges se retirèrent pour délibérer. À 18 h 30, ils revinrent présenter leur verdict.

Coupable.

La peine retenue : la mort.

Weber, de manière assez prévisible, paniqua et il fallut l'évacuer de la salle *manu militari* tandis qu'il hurlait des invocations étouffées à travers son bâillon.

Tandis que l'un des juges prononçait quelques mots pour conclure, je pris le bloc sténo et y dessinai un point d'interrogation, près duquel Lucas écrivit « pas de changement ». Nous n'avions entendu aucun témoignage qui condamne ou acquitte Weber, et aucun de nos motifs d'inquiétude n'avait même été soulevé. Nous allions donc lancer la demande d'appel.

Le juge remercia témoins et avocats et la séance fut levée. Benicio se pencha pour chuchoter qu'il allait revenir et nous demanda d'attendre. Puis il escorta Griffin à l'avant de la salle d'audience. L'autre garde le suivit, mais Troy resta à sa place dans notre rangée. Benicio, Griffin et l'autre garde se dirigèrent vers la porte par laquelle on venait d'emmener Griffin. Avant de la franchir, Griffin se retourna, attira notre attention et articula un « merci » en silence. Puis ils disparurent.

— Tu dois être épuisée, dit Lucas en ramassant mon sac par terre pour me le tendre.

— Ça va, répondis-je. C'est vraiment nécessaire de lancer la demande d'appel aujourd'hui ?

Lucas secoua la tête.

— Je vais dire à mon père que nous comptons le faire et il va transmettre le message aux Cabales. Ce soir, on se repose et on essaie de se changer les idées.

Je levai les yeux pour voir Benicio se glisser de nouveau dans la salle d'audience, accompagné de son nouveau garde.

— Le voilà, dis-je. C'était rapide.

— Parfait, répondit Lucas. Tout à l'heure, il proposait de nous conduire à l'hôtel et, si tu n'y vois pas d'objection, j'aimerais accepter. Ensuite on pourra lui parler de notre projet d'appel en cours de route, plutôt que de retarder notre départ en le faisant maintenant.

— Si ça me permet d'aller au lit plus tôt, je ne vais pas protester.

Lucas leva les yeux tandis que Benicio s'avançait vers nous.

— Paige et moi aimerions… (Il s'interrompit.) Qu'est-ce qu'il y a, *papá* ?

Benicio secoua la tête.

— Rien du tout. Tu disais ?

Lucas étudia le visage de son père. Au départ, je n'y vis rien d'anormal. Puis je remarquai la légère inclinaison de sa tête, sa façon de parler à Lucas sans vraiment croiser son regard.

— Paige doit être impatiente de sortir d'ici, déclara Benicio. Et si nous…

Un bruit de toux. On leva les yeux pour voir William et Carlos près de moi.

— Thomas Nast veut te parler, papa, dit William.

Benicio lui fit signe de s'en aller. Les lèvres de William se pincèrent.

— Nous t'attendrons dans la voiture, *papá*, dit Lucas. On pourra parler de l'appel en cours de route.

— L'appel ? dit Carlos. Pour qui ?

— Everett Weber, évidemment.

Carlos éclata de rire.

— Nom d'un chien, petit frère, je ne savais pas que tu t'étais lancé dans la nécromancie.

Lucas se tourna vers son père. Benicio se passa la main sur la bouche.

— Il n'est pas au courant, hein ? dit William dont les lèvres esquissèrent un sourire satisfait.

— Au courant de quoi ? demanda Lucas sans lâcher le regard de Benicio.

— Cette sentence d'exécution ? dit Carlos. Signée, scellée, envoyée.

Je clignai des yeux.

— Vous voulez dire… ?

— Everett Weber est mort, répondit William. Si justice devait être faite, autant qu'elle le soit promptement. Papa et les autres directeurs généraux s'étaient accordés là-dessus avant le début du procès.

Lucas se tourna vers Benicio.

— Avant le début du procès… ?

— Bien sûr, dit William. Tu crois qu'il te laisserait nous humilier en essayant de remettre en liberté un meurtrier d'enfants ? Tu ne peux donc jamais accepter les choses comme elles sont, Lucas ? Sauver les innocents, sauver les coupables, ça ne fait pas grande différence du moment que tu emmerdes les Cabales. Dieu merci, papa ne leur a pas dit que tu voulais une audience avant le procès, sinon qui sait quel genre de nid de guêpes tu aurais réveillé.

Lucas dévisagea son père, attendant qu'il nie les faits. Benicio se contenta de baisser les yeux. Je me levai. Lucas regarda son père une dernière fois, puis me suivit dans l'allée.

On se fraya un chemin parmi des groupes de mages en direction du parking. Il y avait là d'autres groupes de la Cabale qui fumaient une cigarette ou profitaient de Miami avant de repartir chez eux en avion. Alors que nous passions près d'un groupe, un jeune homme croisa mon regard. Plongeant dans cette paire de grands yeux bleus, j'éprouvai l'intuition de le connaître. Je m'arrêtai, mais pas Lucas dont l'attention était ailleurs, si bien que je me pressai pour le rejoindre.

On continua à traverser le parking bondé en silence. Tandis qu'on marchait, j'essayai de passer outre à ma réaction de choc pour réfléchir plus clairement. Weber était très probablement coupable, si bien que son exécution, bien que d'une inutile rapidité, n'était sans doute pas justifiée. Il restait toujours possible de lui parler par le biais d'un nécromancien pour nous rassurer en vérifiant qu'il était bel et bien le tueur. Tandis que je me demandais s'il était judicieux d'en parler tout de suite à Lucas, une voix nous héla.

— Lucas ? Attends un instant.

Je me raidis et me retournai pour voir un jeune homme se diriger vers nous d'un pas énergique. Grand et maigre, plus jeune que moi d'un ou deux ans, cheveux blonds ramenés en catogan, splendides yeux bleus. Lorsque je vis ces yeux, mon cœur bondit. C'était le jeune homme dont j'avais croisé le regard un peu plus tôt et dont je comprenais alors que j'aurais dû le reconnaître. Puis je remarquai son brassard noir et le déclic se produisit. Il me rappelait Kristof Nast. Les yeux de Kristof. Et de Savannah.

À quelques pas derrière lui se tenait un autre jeune homme, proche de la vingtaine, également muni d'un brassard. Il croisa mon regard d'un air renfrogné, puis le détourna.

— Salut, Lucas. (Le premier jeune homme s'arrêta et tendit la main.) Content de te voir.

— Bonjour, Sean, répondit Lucas distraitement, le regard fuyant.

— Vous avez fait du bon boulot en attrapant ce tordu. Évidemment, personne ne va vous envoyer de carte de remerciement, mais nous vous en sommes tous reconnaissants.

— Oui, eh bien…

Lucas se retourna vers la route, visiblement pressé de repartir, mais le jeune homme ne bougea pas. Ses yeux passèrent à moi, puis revinrent à Lucas. Celui-ci suivit son regard puis cligna des yeux.

— Ah oui, bien sûr. Paige, je te présente Sean Nast. Le fils de Kristof.

— Et voici… (Sean se tourna vers son compagnon maussade et lui fit signe d'approcher, mais le jeune homme se contenta de grimacer en traînant sa chaussure contre le trottoir.) Voici mon frère Bryce.

C'étaient les demi-frères de Savannah. Je m'empressai de tendre la main. Sean la serra.

— L'endroit est mal choisi, dit-il. Et je sais que vous êtes occupés, mais on passe encore quelques jours en ville et on se disait que…

— Sean ?

Celui-ci lança un regard mauvais dans la direction de son frère.

— D'accord, d'accord, *je* me disais que…

— Sean !

— Quoi ?

Sean pivota sur ses talons, puis écarquilla les yeux.

En me retournant, je remarquai une veste de costume jetée sur le capot d'une voiture. Une personne impatiente de se débarrasser de ses atours formels. Puis je vis un pantalon, des chaussures et une main qui dépassait de la manche de la veste. Des gouttes rouges s'écoulaient des doigts tendus sur le phare gauche de la voiture, laissant une trace luisante avant d'aller former la petite flaque de sang qui se trouvait en dessous.

# Montrés du doigt

On se précipita vers le corps. Je me rappelle ce premier aperçu comme une série d'instantanés en gros plan, comme si mon cerveau n'arrivait pas à appréhender l'ensemble. La main tournée paume vers le ciel, un filet de sang coulant le long de l'index. Un brassard noir autour du biceps de sa veste. Ses yeux fermés, ses longs cils blonds reposant sur une joue lisse, encore trop jeune pour le rasage. La cravate desserrée et tachée de rouge, qui se confondait avec la tache humide qui grossissait sur sa chemise de soirée blanche. La tache se déployait… le sang coulait… le cœur battait toujours.

— Il est vivant ! m'écriai-je.

— Prends son autre bras, dit Lucas à Sean. Dépose-le à terre.

À eux deux, ils soulevèrent le garçon du capot et l'abaissèrent sur le trottoir. Lucas et moi, on s'agenouilla des deux côtés. Lucas chercha des signes de respiration tandis que je tâtai son pouls.

— Il ne respire pas, déclara Lucas.

Il commença la réanimation cardio-pulmonaire. J'arrachai la chemise du garçon et m'en servis pour étancher le sang, cherchant à en localiser la source pour contenir le flot. J'en nettoyai assez pour voir trois, quatre, peut-être cinq coups de couteau, dont au moins deux saignaient encore.

La chemise humide se retrouva vite trempée. Je me tournai vers Sean et Bryce.

— Donnez-moi vos chemises, leur demandai-je.

Ils me dévisagèrent sans comprendre. Je m'apprêtais à leur reposer la question quand je remarquai leur regard choqué et compris qu'ils n'avaient pas bougé depuis que nous avions commencé.

— Vous n'avez pas appelé d'aide ? demandai-je.

— Appelé... ? répéta Sean d'une voix lointaine et perdue.

— Le 911 ou un truc comme ça. Quelqu'un, n'importe qui, mais appelez quelqu'un !

— Je l'ai, dit Lucas. Remplace-moi ici.

On échangea nos places. Je posai les mains sur la poitrine du garçon et me penchai pour exercer des compressions, mais le sang rendait sa peau si glissante que mes mains perdaient prise. Je trouvai une position plus stable et me mis à compter des séries de quinze.

Je pinçai le nez du garçon, me penchai vers sa bouche et expirai deux fois. Lucas donna des instructions à l'opérateur. Je me remis à exercer des compressions thoraciques. Le sang paraissait avoir cessé de couler. Je me dis que je me trompais. Il le fallait.

Tandis que je me dirigeais vers sa bouche, Lucas prit le relais des compressions thoraciques. Je me penchai par-dessus le garçon. Alors que mes lèvres touchaient les siennes, quelque chose me heurta, un impact brutal évoquant un airbag en train de se gonfler. L'espace d'un instant, je volai dans les airs. Puis je retombai en arrière sur le trottoir. La douleur me coupa le souffle et tout devint noir une fraction de seconde.

Je récupérai juste à temps pour voir un homme blond foncer vers moi, le visage tordu par la rage. Avant qu'il puisse m'atteindre, Lucas se jeta sur lui et le plaqua au sol. Alors que je m'éloignais tant bien que mal, la main de l'homme blond jaillit, doigts tendus vers moi, mais Lucas lui cloua les deux bras au sol, ce qui limitait les pouvoirs d'un mage aussi efficacement qu'un bâillon le faisait pour un druide. L'homme se débattit mais, comme il l'apprit très vite, Lucas était bien plus costaud qu'il en avait l'air.

— Mon fils... Elle était...

— En train d'essayer de lui sauver la vie, dit Lucas. Nous avons appelé une ambulance. À moins que vous connaissiez la réanimation cardio-pulmonaire, laissez-nous...

Un crissement de pneus l'interrompit. Un monospace banalisé entra précipitamment dans le parking. Avant même qu'il s'arrête, deux ambulanciers en bondirent. Je voulus me relever mais la force du coup avait embrasé ma blessure au ventre. Lucas s'agenouilla près de moi.

— Tu peux te lever ? demanda-t-il.

— J'essaie, répondis-je. Je sais qu'on ne dirait pas, mais j'essaie.

Il m'entoura de ses bras et me souleva avec précaution.

— On ne peut rien faire ici. On te ramène à l'intérieur.

Alors que Lucas se penchait pour passer mon bras autour de son cou, je vis l'homme blond agenouillé auprès du garçon dont il serrait la main. La foule s'écarta autour de lui et Thomas Nast la traversa. Le vieil homme s'arrêta. Il vacilla. Deux ou trois hommes se précipitèrent pour le rattraper mais il les repoussa, s'approcha, baissa les yeux vers son petit-fils couvert de sang et enfouit le visage dans ses mains.

Avec la scène qui se déroulait dehors, la salle d'audience était vide et silencieuse. Lucas me conduisit jusqu'à un canapé dans une petite pièce et m'aida à m'allonger. Une fois que je fus installée à mon aise, il sortit en fermant la porte derrière lui à l'aide d'un sort de verrouillage. Quelques instants plus tard, il revint accompagné d'un ambulancier.

L'homme m'examina. Il déclara que mes sutures étaient intactes, bien qu'elles aient été soumises à rude épreuve, et me conseilla davantage de repos, des analgésiques et un examen approfondi le lendemain.

Après son départ, je fus contrainte d'admettre l'évidence. Si l'infirmier avait eu le temps de venir inspecter mes blessures mineures, ça ne pouvait signifier qu'une chose.

— Il ne s'en est pas sorti, hein ? chuchotai-je.

Lucas fit signe que non.

— Si on avait appelé plus tôt…

— Ça n'aurait rien changé. Le temps qu'on arrive, il était déjà trop tard.

Je pensai à ce garçon. Le cousin de Savannah. Encore un membre de sa famille qu'elle n'avait jamais rencontré, dont elle ignorait même l'existence. Et qui n'existait plus désormais.

Un brouhaha dans le couloir interrompit mes réflexions, un fracas de bruits de pas et de voix furieuses. Lucas commença à lancer un sort de verrouillage, mais, avant qu'il puisse finir, la porte s'ouvrit à toute volée et Thomas Nast entra d'un pas furieux avec un Sean aux yeux rouges sur ses talons.

— C'est vous qui avez fait ça, lança-t-il en fonçant vers Lucas. Ne me dites pas le contraire.

La main de Lucas se leva brusquement et dessina un cercle tandis qu'il murmurait les paroles d'un sort de barrage. Nast le percuta et s'arrêta net. Sean prit le bras de son grand-père et le tira en arrière.

— Il n'a rien fait, papy, dit-il. On te l'a déjà dit. Lucas essayait de réanimer Joey, et puis il a dû appeler de l'aide, et Paige a pris le relais.

La porte s'ouvrit de nouveau et deux hommes entrèrent. Le premier agita un bloc sténo – le nôtre – que nous avions laissé tomber dans le parking.

— C'est à vous, non ? dit-il à Lucas. Je vous ai vu y écrire pendant le procès.

Avec un murmure affirmatif, Lucas tenta de le lui reprendre, mais l'homme le souleva hors de portée. Sean Nast le lui arracha par-derrière et y jeta un coup d'œil, puis leva les yeux vers nous.

— Vous prépariez un appel, dit Sean. Vous pensiez que Weber n'était pas coupable.

Tous les directeurs généraux de la Cabale, y compris Benicio, s'étaient alors entassés dans la petite salle et Lucas dut avouer que nous nous interrogions sur la culpabilité de Weber, ce qui souleva la question évidente du fait que nous n'avions informé personne de nos soupçons. Lucas ne s'abaisserait jamais à un « Je te l'avais bien dit », même quand il était aussi nettement mérité. J'aurais comblé cette lacune si Benicio ne l'avait fait lui-même. Son aveu ne lui valut pas de bons points pour sa sincérité, et les autres Cabales lui tombèrent dessus pour le noyer sous un flot d'accusations.

Tout ça ne fit qu'ouvrir la porte à d'autres récriminations. Quelques minutes plus tard, chacun avait sa théorie quant à l'identité de la personne responsable des meurtres, et chacune impliquait les autres Cabales. Les Cortez avaient tu l'innocence de Weber parce que le tueur véritable faisait partie de ses rangs. Les Nast étaient les plus proches de Weber sur un plan géographique, et c'étaient donc eux qui avaient semé de fausses preuves et envoyé l'équipe d'intervention, cette fois encore pour masquer la présence du tueur parmi eux. Les Boyd étaient la seule Cabale que le tueur n'avait pas attaquée, donc elle était forcément derrière tout ça. Et la Cabale St. Cloud ? Eh bien, aucune preuve ne la désignait, ce qui ne faisait que confirmer sa culpabilité.

Au milieu de tout ça, Lucas récupéra discrètement notre bloc et m'aida à sortir furtivement. Ma blessure donnait toujours l'impression d'avoir été rouverte et remplie de charbons ardents, si bien que je devais m'appuyer lourdement sur Lucas et que nous avancions lentement. Cette fois encore, nous avions atteint le milieu du parking quand on nous interpella.

— Où est-ce que vous allez comme ça ? nous lança William.

— Ne t'arrête pas, murmurai-je à Lucas.

— Je n'en avais pas l'intention.

William vint se placer devant nous et nous bloqua la voie.

— Vous ne pouvez pas vous enfuir comme ça.

— Malheureusement, non, répondis-je. Mais je peux boitiller, et croyez-moi, je boitille aussi vite que je peux.

Lucas voulut contourner son frère mais William se plaça de nouveau devant nous.

— Dégagez, lui dis-je. Tout de suite.

William me lança un regard noir.

— Je vous interdis…

— Non, *moi*, je vous interdis, aboyai-je. Je viens de voir un garçon mourir parce que vous avez exécuté la mauvaise personne. Je suis folle de rage et mon analgésique a cessé de faire effet il y a quelques heures, alors dégagez de mon chemin ou je vous renvoie dans cette salle d'audience à coups de pied dans le derche.

J'entendis un éclat de rire et Carlos nous rejoignit d'un pas nonchalant.

— Wouhouuuu. C'est un vrai dragon que tu as là, Lucas. Je dois te reconnaître ça. Tu as bien choisi.

— Elle a eu une journée difficile, William, dit Lucas. Je serais toi, je dégagerais de son chemin.

William s'avança à grands pas vers moi.

— Ce n'est pas une petite sorcière qui va…

D'un geste des doigts, je l'envoyai valser en arrière.

Carlos éclata de rire.

— Cette fille connaît des sorts de mage. Peut-être que tu devrais l'écouter, Will.

— Peut-être que Lucas ne devrait pas lui apprendre de tours, rétorqua William en fonçant de nouveau vers moi. Les sorts de mages, c'est pour les mages.

— Et ceux des sorcières sont pour les sorcières, répondis-je.

Je récitai une incantation et William inspira vivement lorsque l'air fut chassé de ses poumons. Il ouvrit et ferma la bouche, luttant pour respirer. Je comptai mentalement jusqu'à vingt puis mis fin au sortilège. Il se pencha en avant, haletant.

— Merde, dit Carlos. Je n'avais jamais vu ce genre de magie de sorcières.

— Et sur ce, nous allons prendre congé, dit Lucas. Bonne nuit.

Il me fit contourner William et sortir du parking du tribunal.

— Il faut qu'on poursuive notre enquête, dis-je tandis que Lucas me déposait sur le lit de l'hôtel. Maintenant plus que jamais. Si les Cabales continuent à se chamailler, le tueur a de beaux jours devant lui.

— Hm-hmm.

Lucas se baissa pour me retirer mes chaussures. Je voulus le faire moi-même mais il m'arrêta d'un geste et les ôta, puis replia les couvertures. J'entrepris de déboutonner mon chemisier. Il repoussa mes mains et le fit pour moi.

— Ce n'est pas une coïncidence si Weber a dressé cette liste de victimes potentielles, dis-je. Il l'a fait pour quelqu'un. Il avait accès aux fichiers et savait comment extraire les données. Si on arrive à contacter son esprit, il devrait pouvoir nous guider vers le tueur... ou nous conduire dans la bonne direction.

—Hm-hmm.

Lucas me retira ma jupe et la plia.

—Je connais quelques bons nécros. On pourra en appeler un demain matin.

Lucas glissa mes jambes sous les couvertures.

—Hm-hmm.

—Mais la première chose à faire, c'est...

Je sombrai dans le sommeil.

Je me trouvais dans une forêt où je pratiquais une cérémonie avec Lucas. Quelqu'un cogna à une porte, ce qui, bien sûr, paraissait curieux dans ces circonstances, mais mon cerveau ignora cette absence de logique, comprenant peut-être que je dormais, et mon alter ego onirique cria à l'intrus de nous laisser tranquilles.

Trois nouveaux coups, plus fort cette fois. La forêt se dissipa et je me redressai brusquement dans mon lit. Les bras de Lucas m'entourèrent pour me retenir doucement.

—Chut, murmura-t-il. Rendors-toi.

Nouveau coup. Je sursautai, mais il l'ignora.

—Ils vont s'en aller, dit-il.

Effectivement. Je me blottis contre son torse nu. Le sommeil m'attirait de nouveau. Je cédai et me sentis dériver quand le téléphone situé près du lit sonna.

—Ignore-le, chuchota Lucas.

Cinq sonneries. Puis le silence. Je me détendis de nouveau, m'étirai... *Ta-da-di. Ta-da-di.*

—Est-ce que ce n'est pas..., marmonnai-je en bâillant.

—Mon portable. (Un soupir le parcourut.) J'aurais dû l'éteindre. Je vais répondre et me débarrasser de lui. Peut-être que je peux atteindre… (Il se tortilla et soupira de nouveau.) Bien sûr que non.

Il glissa au bas du lit et tira le portable de sa veste de costume. Quand son intonation changea, je compris que ce n'était pas Benicio. Je me redressai et m'appuyai sur l'oreiller. Son regard dériva vers moi, sourcils froncés. J'articulai en silence « Qui c'est ? ».

— Eh bien, vous arrivez à un moment… intéressant, dit-il au téléphone. Juste un instant, s'il vous plaît. (Il couvrit le micro.) C'est Jaime.

— Tu l'as appelée ?

Il fit signe que non.

— Elle a appris ce qui s'est passé aujourd'hui et elle s'est dit qu'elle pourrait peut-être nous aider. Elle est dehors.

Je repoussai les couvertures et sortis les pieds du lit.

— Parfait. Ce ne serait pas mon premier choix, mais plus tôt on peut contacter Weber, mieux ça vaudra.

Il ouvrit la bouche comme pour protester, puis la referma brusquement et avertit Jaime qu'il arrivait.

# Réveiller les morts

Comme nous avions sauté le dîner et que nous n'allions sans doute pas nous recoucher avant un bon moment, Lucas alla nous chercher à manger. Il sortit avant que j'aie fini de m'habiller. Après m'être rapidement brossé les cheveux et lavé la figure, je me trouvai présentable, mais guère plus. Quand je vis Jaime faire les cent pas sur la moquette du salon, ma première pensée fut : « La vache, elle a presque aussi mauvaise mine que moi. »

Non maquillée, vêtue d'un jean et d'un tee-shirt, Jaime ne ressemblait vraiment pas à une vedette de la télé. Bien que je lui aie donné au départ une trentaine bien avancée, Lucas m'avait dit qu'elle avait eu quarante ans quelques jours plus tôt. Aujourd'hui, elle les faisait. Cette mise décontractée était peut-être intentionnelle, un déguisement visant à éviter qu'on la reconnaisse… Bien qu'elle ne m'ait pas semblé être du genre à *vouloir* passer inaperçue.

J'entrai dans la pièce en m'efforçant de ne pas tituber.

— Mon Dieu, ça va ? demanda-t-elle.

Elle se précipita pour m'aider mais je lui fis signe de rester en retrait.

— Évidemment que non, ça ne va pas, reprit-elle. J'ai appris ce qui s'est passé en Californie. J'aurais dû penser… Je peux parler à Lucas si vous voulez retourner vous coucher.

— Ça ira. (J'envisageai de m'installer sur le canapé mais le fauteuil inclinable semblait me promettre un meilleur appui.) Donc vous êtes au courant pour le procès ?

Jaime resta debout jusqu'à ce que je m'assoie, puis se laissa tomber sur le canapé.

— Les ragots des Cabales circulent plus vite qu'un esprit effrayé. J'ai demandé au type qui a pris ma déposition de m'appeler quand le verdict serait tombé, mais je n'ai toujours pas eu de nouvelles. Je n'en aurai sans doute jamais. Je suis nécro non grata auprès des Cabales.

— Ah bon ? Vu l'identité de votre grand-mère, vous devriez être un trophée de choix à recruter, et Dieu sait qu'ils détestent offenser les gens dont ils peuvent se servir.

Jaime tripota ses bagues.

— En fait, je suis loin d'être à la hauteur de ma grand-mère. Et bien sûr, ma visibilité déplaît aux Cabales. Quand j'ai commencé à me faire connaître, elles voulaient que je la ferme et que je laisse tout tomber. Lucas m'a aidée à régler ça. Maintenant, elles me foutent la paix.

La porte s'ouvrit avec un déclic. Lucas la poussa du bout du pied, car il tenait à deux mains un plateau de nourriture. Jaime le regarda se débattre un moment puis se leva pour aller l'aider.

— Mmm, ça sent très bon, dis-je. C'est de la soupe ?

— De la soupe de palourdes. Pas tout à fait du niveau de qualité dont tu as l'habitude, mais c'était ça ou pois cassés.

— Bon choix. (Je pris un verre rempli d'un liquide rouge rubis.) C'est du vin ?

— Pas tant que tu prends ce truc-là, dit-il en posant mon flacon de médicaments sur le plateau. C'est du jus de canneberge. Et au dessert, il y a de la crème brûlée – ça me paraissait plus appétissant que le pudding.

Je lui souris.

— Tu es le meilleur.

— Sans blague, dit Jaime. La dernière fois que j'ai été malade, le type avec qui je sortais m'a apporté une bouteille de *ginger ale*… et il voulait que je la lui rembourse.

Lucas prit un mug et une deuxième crème brûlée sur mon plateau pour les poser devant Jaime.

— Si vous préférez autre chose, la cuisine reste ouverte quelques minutes. (Il posa des doses de sucre et de lait près du café.) Et non, vous n'avez pas à me rembourser.

— De toute évidence, je sors avec les mauvais types.

Lucas entreprit de déballer son sandwich, puis s'arrêta.

— Est-ce qu'on ferait mieux de manger en route ?

— Dix minutes ne changeront pas grand-chose. Mangez votre sandwich et ensuite on y va.

— Où ça ? demanda Jaime.

Je lui détaillai les pièces à conviction qui semblaient accuser Weber et lui expliquai notre certitude qu'il avait obtenu ces listes pour le tueur.

— Le seul moyen de découvrir qui voulait ces listes consiste à parler à Weber. Donc vous pouvez nous y aider, si vous êtes partante.

— Eh bien, hmm, d'accord. Tant que je peux vous aider. Je pensais qu'on allait commencer par recontacter Dana, mais bon, c'est sans doute plus logique de contacter ce mec, là, ce Weber. On sait où il est enterré, hein ?

— Oh, répondis-je, ça m'étonnerait qu'ils l'aient déjà enterré.

— Si, dit Lucas. C'est la politique des Cabales. Elles enterrent leurs morts immédiatement.

Jaime hocha la tête.

— Autrement, ça revient à rentrer chez soi pour la nuit en laissant ouverte la porte de chez Tiffany's.

Lucas perçut mon expression perplexe.

— Les dépouilles des créatures surnaturelles sont considérées comme extrêmement précieuses pour les nécromanciens.

— Ouais, ajouta Jaime. Y a des gens qui cherchent des DVD ou des diamants au marché noir. Nous autres, les nécros, on s'y procure des morceaux de cadavres en décomposition. Encore une raison qui me fait chaque jour remercier le ciel pour ce don extraordinaire. (Elle racla la dernière trace de crème au fond de son ramequin et lécha sa cuiller.) Bon, ce n'est pas tout à fait comme ça que je pensais passer ma soirée, mais allons-y. Il est temps de réveiller les récemment décédés.

Jaime venait de terminer son dernier spectacle à Orlando quand elle avait appris les nouvelles concernant Weber. Elle avait alors loué une voiture pour parcourir le trajet de trois cents kilomètres jusqu'à Miami, si bien que nous disposions maintenant d'un véhicule. Lucas conduisait car il était le seul à savoir où se trouvait le cimetière. Mais, comme je le découvris bientôt, ce n'était pas la seule raison. Quand on franchit les limites de Miami, Jaime enfila un masque de sommeil. Au début, je crus qu'elle faisait un somme. Puis je compris qu'apprendre à une nécromancienne où la Cabale enterrait ses morts représenterait une sérieuse entorse aux consignes de sécurité. Pas que j'imagine Jaime rôder pelle en main dans un cimetière au clair de lune, mais je lui donnais des points pour s'être bandé elle-même les yeux plutôt que de mettre Lucas dans une situation délicate.

La Cabale n'enterrait pas ses morts dans un cimetière municipal… ni dans un cimetière reconnaissable, en fait. Lucas roula jusqu'aux limites de la ville puis emprunta tellement de tournants que je perdis le fil même sans avoir les yeux bandés. Puis il quitta enfin la route pour s'engager sur une mince étendue de terre bordée des deux côtés par des marais. Un kilomètre et demi plus loin, la route s'arrêta. Je regardai par la vitre en plissant les yeux.

— C'est ça le cimetière ? demandai-je.

Lucas hocha la tête.

— Il n'incite pas vraiment aux visites sur les tombes, mais les alligators découragent les intrus.

— Des alligators ? répéta Jaime en retirant son bandeau. Bon Dieu, mais on est au milieu des Everglades ou quoi ?

— À la périphérie, très précisément. Les Everglades se composent principalement de prairies de hautes herbes, pas de marécages comme vous en voyez ici. Il doit s'agir de Big Cyprus Swamp, qui se situe techniquement hors du Parc national des Everglades.

— D'accord, laissez-moi reformuler. Bon Dieu, on est au milieu d'un putain de marécage !

— En fait…

— Ne dites rien, le coupa Jaime. On n'est pas au milieu d'un marécage mais juste au bord, c'est ça ?

— Exact, mais on sera bientôt au milieu, si ça vous aide à vous sentir mieux.

— Oh, croyez-moi, c'est le cas. (Elle scruta le sombre fouillis d'arbres, de mousse et d'eau stagnante.) Et comment est-ce qu'on va atteindre le milieu ?

— Nous allons devoir prendre l'hydroglisseur. (Il se tourna vers moi.) Si tu vois un alligator, ton nouveau sort étourdissant devrait largement suffire à les décourager.

— Génial, marmonna Jaime. Et nous autres, les non-lanceurs de sorts, qu'est-ce qu'on est censés faire ? Prendre nos jambes à notre cou ?

— Je ne vous le conseille pas. L'alligator moyen bat l'humain moyen à la course. Maintenant, Paige, si tu veux bien lancer un sort lumineux, on va avancer jusqu'au bateau.

# Désolée, pas de vierges ici

Après avoir fait démarrer l'hydroglisseur, Lucas parvint à nous convaincre qu'il était sûr de monter à bord, et l'on s'embarqua pour le cimetière. Le trajet me rappela un tour à bord d'un train fantôme que j'avais fait un jour, le genre où l'on voyage dans le noir complet. Rien ne vous saute dessus, mais ça ne rend pas l'expérience moins terrifiante pour autant, car on passe tout ce temps à être tendu en attendant la grosse frousse. Je n'ai jamais bien vu l'intérêt de se foutre une trouille de tous les diables mais au moins, avec ce genre d'attractions, on sait que rien ne peut vous y faire de mal. Ce n'est pas le cas dans les Everglades. Il fait noir et ça pue, et on fonce sous des branches d'arbres d'où pendent mousse et lianes qui vous chatouillent la nuque comme des doigts spectraux. De tous côtés, il y a des arbres et de l'eau à perte de vue. Bien sûr, il n'y a pas grand risque de se noyer. Les alligators vous choperaient avant.

Ne me demandez pas comment Lucas savait où il allait. Même la combinaison de mon sort lumineux et du phare du bateau n'illuminait guère plus qu'à trois mètres devant nous. Et pourtant, malgré l'absence de repères évidents, Lucas guida le bateau d'une main experte en suivant virages et tournants. Au bout d'une vingtaine de minutes, il mit le moteur au ralenti.

— Qu'est-ce qu'il y a ? demandai-je.

— On y est.

— Et où donc ? demanda Jaime en se penchant par-dessus bord. Je ne vois que de l'eau.

Lucas avança encore le bateau de quelques mètres, le déplaça légèrement sur la droite puis sortit une amarre. Je dirigeai ma boule de lumière au-dessus de sa tête et vis de l'herbe qui menait en haut d'un monticule qui s'élevait hors de l'eau comme le dos d'un brontosaure endormi.

— On peut sortir ? demandai-je.

Il hocha la tête.

— Mais restez sur le chemin. Et évitez de marcher dans l'eau peu profonde.

— Laissez-moi deviner, dit Jaime. À cause des piranhas ?

— Pas aussi loin au nord. Il y a toutefois des serpents corail et des mocassins d'eau.

— Laissez-moi deviner : ils sont tous venimeux.

— Très.

— Il y a encore beaucoup d'autres surprises dans votre ménagerie ? Des lions, des tigres, des ours ?

— Je crois qu'il reste quelques ours noirs dans le marais, mais pas dans le voisinage. Quant aux prédateurs félins, bien que certaines personnes affirment avoir aperçu des lynx, je n'ai personnellement vu qu'une panthère.

Par chance, on ne rencontra ni alligators, ni mocassins d'eau, ni ours, ni panthères. J'entendis bien quelques bruits d'éclaboussures ponctuels, mais il devait s'agir de gros poissons. Et dans le cas contraire, eh bien, les bruits portent loin la nuit, donc la source devait se situer à des kilomètres de là… du moins, c'était ce que je me répétais.

Le chemin serpentait à travers quelques hectares de terre tout juste assez sèche pour marcher dessus, comme le sol après le dégel printanier, lorsqu'on hésite entre garder ses bottes ou passer aux chaussures. La zone était entourée de cyprès, ces spectres noueux, voûtés, ornés de mousse qui caractérisent les Everglades. À mesure que le sol s'élevait et s'asséchait, les plantes cédaient la place aux herbes, aux feuillus, et parfois à des bouquets d'orchidées blanches.

Lucas écarta un rideau de branches de saule et nous conduisit vers une zone à demi dégagée.

— Le cimetière numéro deux des Cabales, déclara-t-il. Réservé aux criminels exécutés et aux malheureuses victimes que les Cabales aiment qualifier de « dommages collatéraux ».

— Je vois qu'ils ont épargné des sous sur les pierres tombales, déclarai-je en observant le sol dénué de toute marque. Et comment est-ce qu'on va trouver... Non, attends, je vois de la terre fraîchement retournée, ça doit être là qu'on a enterré Weber. Oh, attendez, il y a une autre nouvelle tombe ici... Et ça aussi, ça a l'air tout récent. Merde. Ils doivent employer des fossoyeurs à temps plein.

— Le sol s'assèche très lentement ici, donc la plupart de ces tombes ne sont pas aussi récentes qu'elles en ont l'air, même si je soupçonne qu'elles datent de ce mois-ci. Pour ce qui est de trouver la tombe de Weber, ce n'est pas vraiment nécessaire. Lorsqu'on communique avec des morts récents, une proximité relative convient tout aussi bien qu'une absolue.

— C'est sûr, pas la peine d'être précis quand on réveille les morts, commenta Jaime en s'essuyant les paumes sur son jean. D'accord, il est temps de passer à la partie dégueulasse. Vous voulez bien aller vous promener pendant que je prépare tout ?

On s'aventura de l'autre côté du cimetière. Pendant les vingt minutes qui suivirent, on resta assis dans le noir à lutter contre des nuées de moustiques et de moucherons quasi invisibles dont Lucas m'apprit qu'ils portaient le nom fort approprié de *no-see-ums*[1].

Puis Jaime nous rappela enfin.

Bien que nous trouvant à quelques mètres de l'emplacement supposé de Weber, nous n'avions aucune intention de faire quoi que ce soit qui impliquerait son corps. Communiquer avec les morts ne nécessitait heureusement pas de les réveiller. Les nécromanciens pouvaient bel et bien faire réintégrer un corps physique par son esprit mais, l'ayant vu faire une fois, je ne voulais plus jamais y assister. La plupart des nécromanciens choisissaient plutôt d'autres moyens de communiquer avec le monde des esprits. Un peu plus tôt, Jaime avait décidé de recourir de nouveau au *channeling*, comme elle l'avait fait avec Dana. C'était une méthode plus ardue que d'autres, mais elle nous permettrait de communiquer directement avec Weber.

Cette fois encore, Jaime fit brûler de la verveine dans un encensoir, car Weber devait appartenir à la catégorie des esprits traumatisés. Près de l'encensoir se trouvait un autre contenant de l'écorce de cornouiller ainsi que du maté séché. C'était une mixture répulsive destinée à chasser les esprits tentés de s'incruster. Quand on invoque dans un cimetière, l'intrusion de fantômes n'est pas à exclure. Pour l'heure, on s'abstiendrait d'allumer ce mélange, mais Jaime gardait une boîte d'allumettes ouverte juste en dessous, prête à l'usage.

Lorsqu'on fut prêts, Jaime ferma les yeux et invita l'esprit de Weber à se joindre à nous. Ça n'avait rien d'un simple « Hé, viens nous dire bonjour ». Pour inviter un esprit, il fallait l'encourager longuement, si bien qu'on s'installa en sachant que ça risquait de prendre un moment.

Au bout d'une vingtaine de minutes, le sol se mit à vibrer. Jaime s'arrêta en pleine invocation, mains levées.

1. « Ceux qu'on ne voit pas » (*NdT*)

— Hum, dites-moi que personne d'autre n'a ressenti ça.

— Il arrive que le sol soit un peu instable par ici, répondit Lucas.

Je lui lançai un coup d'œil.

— Instable comme dans « risque de s'enfoncer dans le marécage à tout moment » ?

— Non, la Cabale a pris des précautions pour s'assurer que le cimetière ne sombre pas dans les Everglades avant d'atteindre le maximum de sa capacité. Mais de légers glissements ne sont pas à exclure. Continuez, je vous prie.

Avant qu'elle puisse reprendre, la terre gronda de nouveau. J'appuyai la main contre le sol, qui vibrait comme un accordeur de piano. Jaime s'empara de sa boîte d'allumettes et alluma l'encensoir contenant les herbes répulsives. Une nouvelle secousse ébranla le sol, si violente que j'aurais basculé en arrière si Lucas ne m'avait pas rattrapée. Derrière Jaime, un jeune chêne trembla puis s'éleva dans les airs. Le sol s'ouvrit, crachant des mottes de terre comme de la lave volcanique.

— Putain de bordel de merde ! s'écria Jaime en se précipitant vers nous. Je *sais* que ce n'est pas moi qui ai fait ça.

Une bande de gazon se décolla comme le couvercle d'une boîte de sardines, ouvrant une profonde fosse rectangulaire. Des bruits de grattements en jaillirent.

— Je suggérerais fortement de ne pas attendre de voir de quoi il s'agit, déclara Lucas.

On s'empressa de rassembler le matériel de Jaime par poignées. Alors qu'on se détournait pour s'enfuir, la créature qui occupait cette fosse en émergea et, malgré ses propres conseils, Lucas lui-même s'arrêta pour la regarder. Un corps lévita au-dessus de la tombe. C'était une vieille femme aux longs cheveux gris, vêtue d'une chemise de nuit d'hôpital.

Sa chair s'était desséchée au lieu de se décomposer et me rappelait ces momies des tourbières anglaises.

Le corps pivota à quatre-vingt-dix degrés jusqu'à ce que ses pieds soient tournés vers nous. Elle resta suspendue ainsi un moment. Puis elle s'assit soudain et ses yeux s'ouvrirent brusquement.

— Qui ose déranger mon repos éternel ? demanda une voix masculine tonitruante à l'accent écossais.

Jaime recula jusque derrière nous. Je m'apprêtais à la suivre mais remarquai que Lucas n'avait pas bougé. Je tirai sur sa veste.

— Hé, Cortez. Je crois que c'est le signal qui nous dit qu'on doit s'enfuir.

— Bien que je n'éprouve aucune aversion envers ce concept, je n'en ai pas la certitude.

— Point de chuchotements, mortel ! gronda le cadavre. Je vous ai posé une question. Qui ose…

— Oui, oui, j'ai entendu cette partie-là, répondit Lucas. Toutefois, compte tenu du fait que ce n'est pas nous qui vous avons dérangé, mais vous qui avez répondu à une invitation adressée à quelqu'un d'autre, je crois que c'est à vous de vous identifier.

— Vous êtes cinglé ? siffla Jaime. Arrêtez tout de suite !

— Je répète, dit Lucas. Veuillez vous identifier.

La tête du cadavre retomba en arrière avec un craquement écœurant, puis décrivit un cercle complet tandis que la chair cédait autour de son cou et qu'un hurlement de banshee traversait les Everglades.

— Ah, *L'Exorciste*, sauf erreur de ma part, murmura Lucas. On ne peut qu'admirer les entités qui comprennent pleinement la culture populaire contemporaine. (Il éleva la voix pour couvrir le hurlement.) Votre nom, je vous prie.

— Mon nom est guerre ! Mon nom est pestilence ! Mon nom est souffrance, détresse et tourments éternels !

— Possible, mais il est fort peu pratique pour nous adresser à vous. Comment vos amis vous appellent-ils ?

La créature cessa de faire tourner sa tête et fusilla Lucas du regard.

— D'amis, je n'ai point. J'ai des adorateurs. Des adeptes. Et grâce à vous, j'en possède aujourd'hui un de moins.

— Ésus, dis-je.

Le corps se tourna vers moi et se redressa encore davantage.

— Certes, je vous remercie. (Il lança à Lucas un regard mauvais.) La sorcière me connaît.

— Tout comme vous nous connaissez, apparemment, répondit Lucas.

— Je suis Ésus. Je connais tout. Je vous connais, ainsi que la sorcière et la nécromancienne. (Il se tourna vers Jaime.) J'ai vu votre spectacle. Pas mal, quoiqu'il manque un tantinet de punch.

La voix d'Ésus avait perdu sa puissance d'orateur pour adopter un curieux mélange d'expressions écossaises et américaines – le discours d'un esprit ancien qui aime rester dans le coup.

Jaime se détendit près de nous.

— Donc vous êtes un…

— Une divinité druidique, répondis-je. Ésus, dieu de l'eau et des bois.

— J'apprécie la sorcière, commenta Ésus. C'est à elle que je veux parler.

— Et nous, nous voulons parler à Everett Weber.

— Il n'en est point question. Je vous ai donné l'occasion de lui parler et qu'avez-vous fait ? Vous avez failli faire abattre ce pauvre vieux par des cow-boys de la Cabale. Mais suis-je intervenu ? Que nenni. J'ai laissé emmener mon acolyte en garde à vue car je comptais sur vous pour l'en sortir. (Le cadavre leva les mains au ciel.) Mais, *och*, il en est bien sorti à présent. Les pieds en avant !

— C'est vrai. (Je m'approchai aussi près du corps réanimé que je l'osai.) Mais comme vous êtes omniscient, vous savez également que ce n'était pas notre faute. Nous avons fait de notre mieux avec les informations dont nous disposions.

Ésus poussa un soupir qui délogea du cou déchiqueté du cadavre des lambeaux de peau flétrie.

— Je sais. Mais malgré tout, je ne puis vous laisser parler à Everett. Il est un tantinet traumatisé pour l'heure, suite à sa mort quelque peu subite, voyez le genre.

— C'est compréhensible, répondis-je. Mais nous avons vraiment besoin de lui parler, et c'est le meilleur moment.

— Je n'veux rien savoir, damoiselle. Vous aurez beau m'implorer, je ne changerai point d'avis. Bien entendu, tout ce que sait Everett, je le sais aussi, donc vous pourriez me le demander. Mais ce ne sera pas sans prix.

— Nan nan, répondit Jaime. Pas de pactes avec le diable. J'ai déjà appris ma leçon sur ce point.

Le cadavre la fusilla du regard.

— Point ne suis le diable. Ni un démon. Ni quelque spectre craintif. Je suis… (Ésus croisa les bras.) Un dieu.

— Parfait, dans ce cas, répondit Lucas. Qu'est-ce que vous souhaitez ?

— Que pensez-vous que je souhaite ? Qu'apprécient tous les dieux ? Un sacrifice, bien entendu.

— Je renonce à la gnôle pendant une semaine, dit Jaime.

— Ha ha. Vous pourriez utiliser un peu de cet humour dans votre spectacle. Il contient bien trop de sensiblerie gnangnan à mon goût. Quelques bonnes blagues macabres de temps en temps mettraient un peu d'animation. En tant que dieu druidique, j'exige un véritable sacrifice. Un sacrifice humain. (Il se tourna vers Lucas.) Vous feriez l'affaire.

— J'en suis persuadé. Mais pas de sacrifices humains.

— Un bouc, alors. Je me contenterai d'un bouc.

Jaime regarda autour d'elle.

— Un alligator, ça vous suffirait ?

— Pas de sacrifices d'êtres vivants, dit Lucas. De quelque sorte que ce soit. En échange de réponses claires et compréhensibles à nos questions, nous vous offrirons un quart de litre de sang.

— Le vôtre ?

— Bien sûr.

Ésus fit la moue.

— Un demi-litre.

— Un quart avant, un quart après.

— Adjugé.

Ésus nous dicta ses instructions pour tracer le cercle sacrificiel. Puis j'aidai Lucas à prélever son propre sang. Ce n'était pas pour les mauviettes. J'avais fait pas mal de bénévolat dans les cliniques de don du sang mais nos méthodes cette nuit-là furent, comment dire, un poil plus primitives, impliquant un canif et un soutien-gorge. En tant que garrot, aucun vêtement n'est davantage adapté, ni moins nécessaire à sa propriétaire. Et s'il était taché de sang, eh bien, je ne refuse jamais une occasion de refaire ma collection de lingerie.

Une fois le sang tiré, je défis le garrot de fortune et le replaçai sur la blessure. Lucas leva son bras pour ralentir le flot de sang, puis se tourna vers Ésus.

— Ça suffira ? demanda Lucas.

— De la soie rouge, répondit Ésus. Charmant. Oserais-je supposer qu'il y a une culotte assortie ? (Son regard glissa sur moi de haut en bas tandis que son rictus se chargeait de concupiscence, ce qui n'était pas franchement flatteur dans la mesure où il occupait le cadavre d'une vieille femme ratatinée.) J'ai peut-être demandé le mauvais sacrifice.

— Désolée, il n'y a pas de vierges ici.

— Je n'ai jamais été très porté sur les vierges, personnellement. Et je préfère toujours la soie rouge à la dentelle blanche. Vous savez quoi, si vous larguez le petit mage, là, vous et moi, on pourra…

Lucas s'éclaircit la voix.

— Que pouvez-vous nous apprendre sur le tueur ?

— On craint la compétition, *señor* ?

Lucas lança un coup d'œil appuyé à l'enveloppe corporelle actuelle d'Ésus.

— Non, pas vraiment.

— *Och*, je trouverais un meilleur corps, bien entendu. (Ésus se tourna vers moi.) Blond ou brun ?

— Je suis satisfaite de ce que j'ai, répondis-je. Désolée.

— Oh, je peux faire ça aussi. Je n'en voyais pas l'intérêt mais…

— Nous avons un marché, dit Lucas. Donc, nous avons trouvé des dossiers concernant les enfants des Cabales dans l'ordinateur d'Everett ainsi qu'un programme qui choisissait les victimes potentielles. Ce que nous voulons savoir, c'est…

— Qui a acheté les données, compléta Ésus. (Il ferma les yeux et se mit à fredonner tout bas en étirant la note quelques secondes.) Ce que vous cherchez peut être trouvé dans une terre que n'habitent ni les morts ni les vivants. Comme vous, mais point comme vous. Un chasseur, un traqueur, un cœur d'animal dans…

Lucas s'éclaircit la voix.

— Nous devrions peut-être définir le concept de « clair et compréhensible ».

— Nous devrions peut-être définir le concept de « rasoir et ennuyeux ». (Comme Lucas se contentait de le fixer, Ésus soupira.) À votre guise. Il appartient à cette dimension. Il est humain. Voilà une information qu'Everett lui-même n'aurait pu vous fournir car il n'a jamais vu cet homme. Je l'ai entrevu au tribunal, lorsqu'il a tué ce petiot. Ces maudits chamans des Cabales avaient dressé une barrière qui m'exilait, si bien que je n'ai pu aider Everett. Je m'efforçais de trouver une faille dans la cuirasse lorsque le type s'est emparé du petiot. Mais je ne l'ai pas bien vu.

— Pourquoi ? demanda Jaime. Je croyais que vous voyiez tout.

— Omniscient, point omnivoyant, aboya-t-il. Je suis un dieu, pas le Père Noël.

— Mais si vous êtes omniscient…, commença-t-elle.

Je la fis taire d'un coup de coude. Je doutais que les dieux, même les divinités celtiques mineures, apprécient qu'on souligne leurs lacunes.

— Qu'est-ce que vous *pouvez* nous apprendre sur lui ? demandai-je. D'après l'aperçu que vous avez eu ?

— Sexe masculin, enveloppe corporelle humaine, cheveux clairs, taille moyenne et aussi rapide que l'éclair de Thor. Il a poignardé ce pauvre petiot si rapidement qu'il n'a guère eu le temps de crier. Votre homme a l'expérience des mises à mort, et en abondance. Dans l'ancien temps, les prêtres me faisaient chaque printemps une dizaine de sacrifices mais aucun d'entre eux n'était aussi doué que ce gaillard.

— Alors revenons-en aux fichiers. Comment est-ce que ça s'est produit ?

— Comme pour la plupart des emplois. Par réseaux. Après que les Nast avaient viré Everett – au fait, savez-vous pourquoi ils l'avaient viré ? Parce que le fiston d'un mage voulait le poste. De toute évidence, Everett ne s'en réjouissait guère. Il cherchait une revanche, mais il ne savait jamais fermer son clapet. Ce type l'a appris et a appelé Everett pour lui demander s'il voulait se faire du blé en pénétrant dans les dossiers du personnel des Cabales. Everett a cru que le type cherchait à recruter des employés des Cabales. Ça arrive tout le temps.

Je hochai la tête.

—Ensuite, il a demandé les dossiers du personnel des Cabales Cortez, Nast et St. Cloud.

—Nenni, il voulait les quatre. Ceux des Cortez et des Nast, Everett pouvait facilement se les procurer, comme il avait travaillé pour elles. Il connaissait un type du département informatique des St. Cloud, donc il pouvait acheter ces fichiers. Mais il ignorait totalement comment se procurer celui des Boyd. Ce type n'en avait cure. Il disait que les trois autres suffiraient ; il s'occuperait des Boyd plus tard.

—Everett se procure les trois fichiers, et ensuite…

—Ensuite il demande à Everett d'extraire des informations sur les petiots des employés. Et c'est là qu'il a su que ce type ne recrutait guère.

—Sans blague, marmonna Jaime.

—Écoutez, je n'suis pas en train de défendre Everett. Il a déconné. Mais il n'est ni saint ni héros. Il a eu les dents longues, il a pris peur, et pour ces deux raisons il s'est persuadé qu'il pouvait exister quelque innocent motif poussant quelqu'un à vouloir la liste de petiots fugueurs des Cabales. Quand ces petiots ont commencé à mourir, nous avons compris tous deux qu'il avait des ennuis. Si les Cabales ne s'en prenaient pas à lui, le tueur le ferait pour effacer toutes les traces. Quand j'ai vu que vous preniez la direction d'Everett, je lui ai dit de s'en aller discrètement, car je vous connaissais de réputation et savais que vous partiriez en quête de la vérité.

—Désolée, murmurai-je.

—*Och*, vous n'auriez guère pu l'empêcher. Une fois que les Cabales tenaient un suspect, elles n'auraient rien laissé d'aussi importun que la vérité se mettre en travers de leur chemin. J'aurais dû le prévoir.

— Comment a-t-il fait parvenir la liste à ce type ? demandai-je.

— De manière fort clandestine. Le type n'est point idiot. Il communiquait par téléphone, ne donnait aucun moyen de le contacter, indiquait à Everett où laisser les sorties papier. Quand Everett y déposait les listes, de l'argent l'y attendait.

— Donc il y avait deux listes, dis-je. L'une des fugueurs des Cabales – les proies faciles. Puis une des enfants des gardes du corps personnels, pour prouver que s'il était capable de s'approcher si près des gardes, il pouvait s'approcher tout autant des P.-D.G. en personne. À partir de là, il est passé tout droit aux familles…

— Nenni, il existait une troisième liste. Everett l'avait établie séparément. Après que le type avait découvert qu'il n'existait que deux noms sur la deuxième, il a voulu celles des petiots du personnel du P.-D.G.

— Alors Matthew Tucker a *bel et bien* été sa victime, dis-je. Cela dit, passer du fils d'un secrétaire au petit-fils d'un P.-D.G., ça paraît un bond énorme.

— Son intention initiale devait être de s'en tenir à la troisième liste, répondit Lucas. Toutefois, la convergence des familles des Cabales lors du procès lui a fourni l'occasion parfaite de passer à la vitesse supérieure.

— Et à présent qu'il a atteint le sommet, il s'y tiendra certainement, dit Ésus. S'il s'abaissait à cibler de nouveau les enfants de simples employés, il admettrait qu'il a eu les yeux plus gros que le ventre. À compter de maintenant, ce seront les familles des P.-D.G. ou rien. Vous feriez mieux de surveiller vos arrières, *señor*.

— Je doute qu'il passe à un adulte alors qu'il lui reste un réservoir suffisant de victimes adolescentes parmi lesquelles choisir. Il s'en prend aux jeunes pour une raison, et pas seulement parce qu'elles représentent une cible plus facile.

— Il veut que ça fasse mal, dit Ésus. Votre homme souffre à cause de quelque chose que les Cabales lui ont fait, et il veut qu'elles souffrent en retour.

Lucas posa à Ésus des questions plus précises concernant la date et l'heure des appels téléphoniques, etc., puis on lui donna son dernier quart de litre avant de lui faire nos adieux.

# L'intermédiaire

Si Ésus n'avait pas insisté pour recevoir le sang de Lucas, je lui aurais volontiers donné moi-même ce deuxième quart de litre pour des raisons à la fois personnelles et pratiques. Du côté pratique, nous n'avions ni nourriture ni boisson pour faire remonter le taux de sucre dans le sang de Lucas après son « don », et il devait ramener le bateau à quai. Bien que je ne sache pas conduire de bateau, je savais conduire une voiture et j'insistai pour le faire depuis le quai jusqu'aux limites de Miami, où Jaime ôta son bandeau et prit le relais. On parvint à rester éveillés jusqu'à environ deux secondes après le moment où l'on s'effondra au lit peu après 4 heures.

Comme nous étions rentrés très tard à l'hôtel, Jaime dormit sur le canapé de notre chambre. Quand je me réveillai tard le lendemain matin, je trouvai un mot de Lucas. Il espérait découvrir des preuves tangibles reliant Weber au tueur, soit dans ses relevés téléphoniques soit dans ses effets personnels, dont on avait envoyé des caisses entières par bateau à Miami pour les fouiller en quête de preuves avant le procès.

Près du mot, Lucas avait laissé un verre d'eau, deux analgésiques et les ingrédients d'un nouveau cataplasme pour mon ventre. Malgré mon refus de l'admettre, j'en avais bien besoin… Autrement, je crois que je n'aurais jamais réussi à sortir de mon lit ce matin-là. En l'état, je dus déjà rester vingt minutes au lit à attendre que les médicaments et le sort curatif tertiaire fassent effet. Lorsque je retrouvai ma capacité de mouvement, je me douchai, m'habillai puis me glissai dans le salon de notre suite en croyant trouver Jaime toujours endormie. Au lieu de quoi elle lisait une revue sur le canapé.

— Parfait, vous êtes levée, dit-elle. Allons chercher à manger.

— Faire le plein avant de reprendre la route ? Bonne idée.

— Euh, oui. (Elle s'empara de sa brosse, se pencha et entreprit de se la passer dans les cheveux tête en bas.) Vous aimez le cubain ?

— Je ne crois pas avoir déjà testé.

— Vous ne pouvez pas quitter Miami sans essayer. J'ai vu un chouette petit restau près de la clinique.

— La clinique ?

— Vous savez, celle où est Dana.

Jaime continua à se brosser les cheveux depuis la racine, si bien qu'ils cachaient efficacement son visage ainsi que tout éclat fâcheux dans son regard. Elle s'attaqua à un nœud inexistant. J'attendis. Je lui accordai dix secondes. Elle n'en prit que quatre.

— Ah, et comme on sera dans les parages, on pourrait passer voir comment elle va. Peut-être essayer de nouveau de la contacter.

Jaime rejeta ses cheveux en arrière et en brossa le haut, ce qui lui permit de me couler un regard oblique et de jauger ma réaction. Je me demandais ce qui l'avait poussée à revenir vers nous. En réalité, je doutais qu'elle ait vraiment entendu parler de Weber et songé « Tiens, je ferais bien de foncer à Miami pour aller les aider ». La veille, elle avait mentionné qu'elle voulait contacter Dana, et je comprenais à présent que c'était sans doute la véritable raison de son retour, sa culpabilité d'avoir trompé Dana et son envie de lui reparler. Ça ne ferait en rien avancer l'enquête, mais si ça pouvait aider à tranquilliser l'âme de Dana – et celle de Jaime –, eh bien, je ne pouvais rien faire ici avant le retour de Lucas. Je passai donc mon appel de 11 heures à Elena, puis sortis en compagnie de Jaime.

— Elle n'est pas là, déclara Jaime en jetant son amulette près de la forme immobile de Dana. Saloperie de formation.

— Quelle formation ? demandai-je.

— C'est comme ça que je l'appelle. Les autres nécros lui donnent des noms plus sophistiqués. Pour faire plus mystique, vous voyez le genre. (Jaime se frotta la nuque.) Une fois qu'un esprit est passé de l'autre côté, on a un ou deux jours, parfois trois, pour le contacter, suite à quoi le train d'accueil fantôme l'embarque et le met au courant. Pendant cette période, l'esprit est en transition. Une sorte de porte psychique se claque et on a beau gueuler à pleins poumons, il ne va jamais nous entendre.

— J'en ai entendu parler, dis-je. Et ensuite, on peut les contacter, mais c'est plus dur que ça le serait les deux ou trois premiers jours.

— Parce qu'ils ont appris comment « simplement dire non » à ces emmerdeurs de nécros. Après ça, on est autant les bienvenus que les vendeurs d'encyclopédies. Il faut les harceler jusqu'à ce qu'ils acceptent d'écouter juste pour se débarrasser de vous. Sauf si *eux* veulent quelque chose, auquel cas ils vont *nous* rendre dingues jusqu'à ce qu'on les écoute. (Jaime se passa la main dans les cheveux.) Mais c'est bizarre. Si elle est en formation, pourquoi est-ce que… (Elle tordit ses cheveux en queue-de-cheval.) Vous auriez une pince, à tout hasard ?

— Toujours, répondis-je en piochant dans mon sac. Avec ces cheveux, il vaut toujours mieux être préparée. Une bruine ou un peu d'humidité et il est temps d'opter pour la queue-de-cheval.

— Alors ils sont naturellement bouclés ?

— Ah ça oui. Jamais je ne paierais pour ça.

Elle éclata de rire et fixa la pince dans ses cheveux.

— Alors que moi *si*, vous voyez. C'est ironique, non ? Les filles aux cheveux bouclés rêvent de les avoir raides et inversement. Personne n'est jamais content. (Elle s'inspecta dans son poudrier.) Ça m'a l'air bien. Prête pour le déjeuner ?

Je remis ma chaise en place de l'autre côté de la chambre.

— Qu'est-ce que vous disiez tout à l'heure ? Comme quoi c'était bizarre ?

— Hmm ? Oh, ne faites pas attention. Je suis toujours bizarre. N'oubliez pas que vous devez vous présenter à l'infirmière avant qu'on parte.

D'après l'infirmière, Randy MacArthur devait arriver deux jours plus tard. Cette nouvelle me soulagea. Dana ne reviendrait peut-être pas, mais ça l'aiderait de savoir que son père avait été là pour elle. Nous n'avions dit à personne qu'il était trop tard pour elle. Si notre silence permettait qu'on la laisse sous respirateur assez longtemps pour que son père la voie « vivante » une dernière fois, alors elle méritait au moins ça.

Tandis qu'on s'éloignait de la clinique, je remarquai un homme à la calvitie naissante qui lisait le journal sur un banc, de l'autre côté de la route. Alors qu'on descendait la route, il nous observa par-dessus son journal. Rien d'inhabituel à ça – Jaime devait s'attirer pas mal de regards insistants. Mais alors que nous avions avancé d'un demi-pâté de maisons, je regardai par-dessus mon épaule et vis cet homme qui marchait nonchalamment de l'autre côté de la rue, calquant son allure sur la nôtre à une dizaine de mètres derrière nous. Lorsqu'on tourna au coin de la rue, il nous imita. Je le signalai à Jaime.

Elle lui jeta un coup d'œil.

— Ouais, ça m'arrive des fois, généralement avec des types qui ressemblent à celui-là. Ils me reconnaissent, ils me suivent un moment, ils rassemblent le courage de venir me parler. À une époque, j'aurais tué pour obtenir ce genre d'attention. Maintenant, certains jours, c'est seulement…

Elle haussa les épaules au lieu de finir sa phrase.

— Bien plus que vous vous y attendiez.

Elle hocha la tête.

— C'est ça qui est chiant avec la célébrité. On passe des années à lui courir après, à en rêver, à crever de l'atteindre. Et puis quand ça se produit enfin, on s'entend chouiner sur l'absence de vie privée et on se dit : « Espèce de sale ingrate. Tu as eu ce que tu voulais et tu n'es pas contente malgré tout. » C'est là que les psys interviennent. Ou alors, on se soigne à coups de médocs jusqu'à finir en désintox.

— J'imagine.

Elle dirigea son regard vers moi et hocha la tête. On marcha une minute en silence, puis elle regarda par-dessus son épaule.

— Si ça ne vous dérange pas, je préférerais zapper ce restau cubain, dit-elle. On ira ailleurs en voiture, histoire de semer l'admirateur.

— D'accord. Ça arrive souvent ?

— Trois ou quatre fois par semaine, c'est souvent ?

— Sérieusement ?

Elle hocha la tête.

— Je dois quand même avouer que la plupart ne sont pas des admirateurs d'âge moyen, juste des types qui veulent que je contacte quelqu'un pour eux. Je ne donne pas de consultations privées mais les gens ne me croient pas. Ils pensent que c'est seulement qu'ils n'offrent pas assez d'argent. Une fois, y avait une femme, une amie de Nancy Reagan. Vous vous rappelez Nancy… ou vous êtes trop jeune pour ça ?

— Elle aimait bien les médiums.

J'avais lu cette info quelque part, comme j'étais à la garderie à l'époque de l'administration Reagan, mais Jaime n'apprécierait sans doute pas que je lui rappelle notre différence d'âge.

— Donc, Nancy avait une amie… C'est bien ici qu'on est garées ?

— Le parking suivant.

— La vache, ma mémoire, en ce moment… Je vous jure que les trous sont de plus en plus gros.

On entra dans le parking. Bien qu'il soit midi, les grands immeubles entourant la minuscule bande de terre la baignaient dans l'ombre.

— Quoi ? dit Jaime qui plissait les yeux pour regarder le parking à moitié rempli. L'électricité coûte trop cher ? Eh, notre ville n'a que le deuxième taux de criminalité le plus élevé de tout le pays. Quand on passera premiers, on arrosera ça en investissant dans des lampes de sécurité.

— Je lancerais bien un sort lumineux, dis-je, mais j'entends des pas.

Alors que Jaime jetait un œil, une portière de voiture claqua. On sursauta toutes les deux.

— Je n'ai pas vu de voiture entrer ici, et vous ? demandai-je.

Elle secoua la tête. Je regardai autour de moi mais ne vis personne.

— Et si on…, commença Jaime.

Le claquement d'une deuxième portière l'interrompit. Elle suivit le bruit et jura à mi-voix.

— Marchez vite et ne regardez pas, chuchota-t-elle. Deux types très grands qui approchent très vite.

— Grands comment ?

— Immenses.

Je m'arrêtai et me retournai.

— Salut, Troy !

Celui-ci releva ses lunettes de soleil sur son crâne.

— Salut, Paige. Morris, je te présente Paige.

Le garde intérimaire était le même que la veille au tribunal. Il était plus petit que Troy de quelques centimètres, plus large d'épaules et avait la peau noire, ce qui gâchait l'impression de voir deux serre-livres humains. Morris partageait toutefois avec Troy un maintien impassible, et répondit à cette présentation par un hochement de tête si abrupt que je le pris pour un hoquet.

De l'autre côté du parking, le type qui nous avait suivies se dirigea vers une Mercedes. Troy le salua d'un geste de la main. L'homme lui rendit son geste, confirmant ce que je venais à peine de soupçonner : il s'agissait d'un employé des Cabales envoyé pour suivre non pas Jaime mais moi-même.

Je terminai les présentations en identifiant Jaime. Troy sourit et lui serra la main.

— La nécro vedette, dit-il. Ravi de vous rencontrer.

— Heu, merci, répondit Jaime en tirant discrètement sur l'arrière de ton tee-shirt. Donc je suppose que vous faites partie de la sécurité des Cabales ?

— Ce sont les gardes du corps de Benicio, expliquai-je. Et je suppose que le patron est en train de m'attendre dans la voiture.

— Ouais, la ville change mais pas la méthode. Je vous avais bien dit qu'il aimait la routine.

— Benicio Cortez ? Il est ici ? demanda Jaime en jetant un coup d'œil à la Cadillac. Oh, merde.

— Ce serait plutôt « rhaaa, merde », répondis-je. C'est maintenant que ça devient pénible. Je vais devoir renvoyer Troy pour demander à Benicio de venir ici, ensuite il insistera pour que j'aille là-bas, et ce pauvre Troy fera son jogging quotidien à courir de l'un à l'autre.

Troy sourit.

— C'est vrai, mais ce qui est chouette, c'est que ce n'est vraiment pas la routine. La plupart du temps, quand je dis à quelqu'un que M. Cortez veut lui parler, cette personne me bouscule en courant pour le rejoindre.

— Comme il se fait tard, je vais vous faciliter les choses. Attendez ici, je vais voir ce qu'il me veut.

Je me dirigeai vers le véhicule, frappai à la vitre arrière et fis signe au chauffeur de la baisser. Au lieu de quoi Benicio ouvrit la portière.

— Venez de l'autre côté et prenez place, Paige, je vous prie.

— Non, merci. (Je maintins la portière ouverte et m'engouffrai dans la voiture.) Laissez-moi deviner : la clinique vous a appelé quand je me suis pointée, suite à quoi vous avez demandé à un de vos mecs de la sécurité d'attendre dehors et de me suivre après mon départ.

— Je voulais vous par...

— Je n'ai pas fini. Ce que je voulais dire, c'est que vous avez su dès que vous avez reçu cet appel que Lucas n'était pas avec moi, et il vous avait déjà dit qu'il n'était pas content de la façon dont vous m'aviez contactée à Portland. Donc à présent qu'il est encore plus en rogne que jamais contre vous, vous décidez que c'est le bon moment pour me suivre dans un parking vide, me coincer et me forcer à vous parler.

— J'aimerais vous...

— Je parle dans le vide ou quoi ? Vous avez entendu un seul mot de ce que je viens de vous dire ? Non, laissez tomber. Continuez à jacasser, et ensuite Lucas l'apprendra, et vous gagnerez une place vide au repas de Noël pour les années à venir.

— J'avais déjà des soupçons quand j'ai vu que mes appels sur son portable étaient bloqués automatiquement. Je veux m'expliquer mais je ne peux pas le faire s'il refuse de me parler. Donc j'espérais que je pourrais peut-être plutôt m'adresser à vous.

Je fis signe que non.

— Pas question que je vous serve d'intermédiaire.

— Ce n'est pas ce que je vous demande. Ce que j'essaie de vous dire, c'est que je reconnais que vous êtes une partenaire à part entière dans la vie de Lucas et dans cette enquête, et c'est à ce titre que je m'adresse à vous. Vous êtes une jeune femme intelligente…

— Arrêtez, lui dis-je. Ne m'insultez pas et ne me manipulez pas. Vous avez quelque chose à dire, parfait. Mais vous allez nous le dire à tous les deux. Vous allez me suivre à l'hôtel et je vous conduirai à Lucas. On lui dira que vous nous avez croisées devant la clinique et qu'en voyant qu'il n'était pas avec moi, vous avez demandé si vous pouviez nous parler à tous les deux à l'hôtel.

— Merci.

— Je ne fais pas ça pour vous.

# Les suspects habituels

Au lieu de demander à Benicio de nous suivre, je décidai de monter avec lui et de laisser Jaime nous suivre dans sa voiture de location. J'avais des questions, non pas sur les raisons qui l'avaient poussé à trahir Lucas, mais sur l'enquête. Quand Lucas verrait son père, il serait trop contrarié pour l'interroger sur cette affaire, donc j'allais le faire pour lui.

Benicio confirma que les Cabales avaient repris leur enquête. Après la mort de Joey Nast, elles avaient changé de tactique. Au lieu de se contenter de suivre les indices, elles avaient rassemblé les suspects habituels – toute personne connue pour avoir une dent contre les Cabales – et tentaient de leur « soutirer » des indices.

— Soutirer ? demandai-je tandis que le sang désertait mon visage. Vous voulez dire les torturer.

Benicio marqua une pause.

— Les Cabales emploient effectivement des techniques d'interrogatoire assez intenses. J'hésiterais à employer le mot « torture »… Mais vous devez comprendre, Paige, la pression qui s'exerce sur les Cabales. Non seulement la pression mais la peur, le sentiment d'impuissance. Est-ce que je crois que c'est la meilleure manière de procéder ? Non. Mais j'aurais beaucoup de mal à trouver des membres de mon conseil d'administration qui partagent cet avis. Ce sont les Nast qui se chargent actuellement de l'enquête.

— À cause de Joey.

— Exactement. (Il regarda un moment par la fenêtre puis se tourna vers moi.) Jusqu'au mois dernier, le bureau des Nast à New York se trouvait au World Trade Center.

— Est-ce qu'ils ont perdu… ?

— Vingt-sept personnes, sur un personnel de trente-cinq. Les Cabales… nous nous plaçons au-dessus de ces choses-là. Nous nous entre-tuons peut-être, mais en tant que créatures surnaturelles, nous n'avons pas grand-chose à craindre du monde extérieur. Si on nous attaque, nous avons les ressources nécessaires pour riposter. Mais ce qui s'est passé le mois dernier… (Il secoua la tête.) Il n'y a aucune revanche à exercer contre ça, et les Nast refusent de se retrouver de nouveau victimes. (Il me regarda.) Vous ne pouvez pas vous soucier de notre partie de l'enquête, Paige, parce que vous ne pouvez pas l'empêcher.

— Si, en trouvant le tueur.

Il me regarda puis hocha la tête.

Je ne mentis pas à Lucas. Comme il me le rappelle si souvent, je ne suis vraiment pas douée pour. Le mieux que je puisse faire était d'omettre les détails accablants du récit de ma rencontre avec Benicio et de présenter les choses de telle sorte qu'il en tire la conclusion que son père s'attendait à nous croiser ensemble. Goba-t-il mon histoire ? Sans doute que non, mais comme j'étais visiblement bien décidée à négocier la paix, Lucas décida de ne pas ralentir les négociations en présentant une nouvelle plainte pour coups et blessures.

Lorsque j'eus obtenu l'approbation de Lucas, je téléphonai à Benicio dans le vestibule pour l'inviter à monter. Comme il s'agissait d'affaires de famille, je suggérai à Jaime d'aller prendre le café avec Troy et Morris au restaurant de l'hôtel. Troy accepta mais Morris décida d'attendre dans le couloir.

J'avais raccroché depuis moins d'une minute quand Benicio frappa à la porte. Lucas ouvrit. Avant qu'il puisse formuler ne serait-ce qu'un salut, Lucas l'arrêta.

— Ayant repris l'enquête, Paige et moi sommes fermement décidés à employer toutes les ressources disponibles. Si tu acceptes de ne communiquer que dans l'intention de partager nos trouvailles, j'accepterai tes appels. J'espère que la fuite qui a conduit à cette descente chez Everett Weber a été réparée, quelle qu'elle ait pu être.

— Tu as ma parole…

— Pour l'heure, tu pourrais me le jurer sur ta propre tête sans que je te croie pour autant. Peut-être qu'à l'inverse, c'est toi qui vas me croire sur parole. Si tu me mens une nouvelle fois et que quelqu'un meure en conséquence, nous n'aurons plus rien à nous dire.

— Lucas, je veux m'expliquer…

— Je le sais très bien, ce qui me conduit à ma deuxième requête. Je ne veux pas entendre tes explications. Je sais parfaitement ce qui s'est passé. Tu as pris une décision de patron. À tes yeux, Weber était manifestement coupable et si je remettais ce fait en question, c'était parce qu'il est dans ma nature de le faire. Par conséquent, quand tu as eu le choix entre céder aux caprices chimériques de ton fils et épargner à la Cabale une humiliation, tu as choisi la Cabale.

Il se tut. Benicio ouvrit la bouche, mais rien n'en sortit. Lucas poursuivit :

— J'aimerais obtenir des copies des rapports sur les meurtres de Matthew Tucker et de Joey Nast.

— Heu, oui, certainement. Je te les fais envoyer tout de suite par coursier.

— Merci. (Lucas se dirigea vers la porte et l'ouvrit.) Bonne journée.

— Tu es en colère contre moi ? demandai-je après le départ de Benicio.

Quand il cligna des yeux, sa réaction de surprise à ma question m'en fournit la réponse.

— Pourquoi donc ?

— Pour avoir amené ton père ici.

Lucas secoua la tête et m'entoura la taille d'un bras.

— Je devais obtenir ces dossiers, mais je crains d'avoir en effet délibérément évité de passer cet appel.

— Comment est-ce que tu tiens le coup ?

— À part le fait que je me sente parfaitement idiot ? Au bout de vingt-cinq ans d'expérience, je me considère comme assez à même de juger des capacités de tromperie de mon père, et pourtant je n'ai pas douté un seul instant qu'il soit en train de faire pression pour nous obtenir une audience auprès de Weber. Je n'arrive pas à croire que j'aie été si bête.

— Eh bien, je le connais forcément beaucoup moins bien que toi, mais je n'ai jamais douté de ses intentions, moi non plus. Il savait que tu étais bouleversé par cette histoire avec l'équipe d'intervention, donc, naturellement, il voulait remonter dans ton estime en intervenant en ta faveur par rapport à Weber. Ça me paraissait logique.

— Merci, dit-il en m'embrassant le sommet du crâne.

— Je ne le dis pas seulement pour que tu te sentes mieux.

Sourire tordu.

— Je sais. Mais parfois… Je sais que ça doit être difficile pour lui d'être ce qu'il est. Il n'a personne à qui se fier, même pas sa famille. Il a du mal à supporter de se trouver dans la même pièce que sa femme. Sa relation avec ses fils est presque aussi catastrophique. Je sais que c'est au moins en partie, sinon principalement sa faute à lui, mais parfois, quand je suis avec lui, j'ai envie de compenser tout ça.

Il nous fit asseoir sur le canapé.

— Mon père m'a appelé quand j'étais dans l'avion pour Chicago. On a parlé. Vraiment parlé. Il n'a pas fait la moindre référence à la Cabale ni à mon avenir en son sein. Il voulait juste parler de moi, et de toi et moi, de la façon dont ça se passait, il m'a dit à quel point il était heureux de me voir heureux, et j'ai pensé… (Lucas secoua la tête.) J'ai été idiot.

— C'est lui qui est idiot, dis-je en me penchant pour l'embrasser. Et s'il ne voit pas ce qu'il rate, alors je veux bien prendre sa part.

On frappa à la porte.

— Oups, dis-je. J'avais oublié Jaime. Elle doit vouloir récupérer ses affaires avant de décoller.

J'ouvris la porte.

— Alors qu'est-ce qu'on a de prévu ensuite ? demanda-t-elle en entrant. J'imagine que le déjeuner est exclu, mais je pourrais peut-être aller nous chercher des plats à emporter.

— Ce serait… très gentil, répondis-je. Mais vous ? Votre prochain spectacle a lieu quand ?

— Mon spectacle ? Ah oui, la tournée. (Elle ouvrit son sac, en tira son rouge à lèvres et s'approcha du miroir.) Prochaine étape, Graceland. Enfin Memphis en réalité, mais je ferais aussi bien de le donner à Graceland, vu que la moitié du public va me demander d'invoquer Elvis. Je me contente de leur balancer une histoire comme quoi il est au paradis où il mange des sandwichs à la banane et au beurre de cacahuète et où il chante pour Dieu. Ça le fout en rogne, mais il faut bien donner aux gens ce qu'ils attendent, et tout le monde se fout de savoir ce qu'il fait en réalité.

— Et qu'est-ce qu'il fait, en réalité ? demandai-je.

— Désolée, les enfants, ça c'est pour le spectacle classé X. Disons simplement qu'il est heureux. J'en étais où ? Ah oui, Memphis. Je ne fais pas mon numéro sur Elvis avant Halloween, ce qui signifie que j'ai six jours pour moi. Je suis censée répéter, mais bon, ce n'est pas comme si je n'étais pas capable de faire ce truc-là en dormant…

— Donc au lieu de ça, vous allez… ?

— Prendre un congé bien mérité et gagner des points de karma en vous aidant. Je resterai sans doute dans le coin et je serai prête et disposée à vous aider si vous avez besoin d'un nécro.

— C'est très généreux, répondit Lucas. Mais nous n'aurons sans doute…

— Bien sûr que si, me coupa-t-elle. Pour chaque enquête sur un meurtre, on a besoin d'un nécro. Et si vous voulez quelqu'un qui passe des coups de fil ou fasse des courses pour vous, je suis celle qu'il vous faut.

J'échangeai un coup d'œil avec Lucas. Je comprenais que Jaime puisse avoir envie de quelques jours de congé. Elle paraissait épuisée la veille et, bien qu'elle s'en soit remise très vite, ces sursauts d'énergie paraissaient forcés, comme si elle fonçait à toute vitesse pour ne pas s'effondrer.

— Donc, qu'est-ce que vous…, commença Jaime avant de s'apercevoir dans le miroir et de s'interrompre au milieu de sa phrase.

Elle arracha la pince de ses cheveux et s'efforça de les rassembler de nouveau, mais ses mains tremblaient tellement qu'elle n'arrivait pas à les retenir assez longtemps pour fixer la pince. Elle la fourra dans sa poche.

— Je peux vous emprunter votre brosse, Paige ?

— Heu, oui, elle est…

Elle était déjà entrée dans la salle de bains. Lucas baissa la tête pour me chuchoter quelque chose, mais Jaime ressortit de la salle de bains, maniant la brosse à grands coups énergiques.

— Donc, nous en sommes où ? De nouvelles pistes ?

Lucas me regarda. Je haussai discrètement les épaules. Si Jaime proposait de nous aider dans l'enquête, je ne voyais aucune raison de refuser, ni de ne pas la tenir au courant.

— Lucas était en train d'étudier les relevés téléphoniques de Weber. Comme Ésus a dit qu'il contactait le tueur comme ça, ça paraissait un bon point de départ. (Je regardai Lucas.) S'il te plaît, dis-moi que c'en était un.

— Ce n'en était pas un mauvais, même si j'hésite à qualifier mes trouvailles de renversantes. Une fois que j'ai isolé les appels correspondant à la période souhaitée, j'ai obtenu une liste raisonnablement sûre de cinq appels. Les deux derniers datent de la semaine écoulée, sans doute après que le tueur avait inspecté la deuxième liste et décidé d'élargir ses critères. Les deux appels ont été passés après le début des meurtres. Le premier, reçu le huit, provenait de Louisiane, où il devait se préparer à attaquer Holden. Le deuxième a été passé le lendemain, de Californie, où il venait sans doute récupérer la dernière liste. Les deux appels provenaient de téléphones payants.

— Et les précédents ? Avant les agressions ? Dis-moi qu'ils provenaient tous du même endroit.

— De la même zone géographique, même si, là encore, tous provenaient de téléphones payants. Le premier a été passé à Dayton, dans l'Ohio, le deuxième à Covington, dans le Kentucky, et le troisième près de Columbus, dans l'Indiana. Si l'on joint ces trois points sur une carte, on trouve Cincinnati au centre du triangle.

— Donc il vient de Cincinnati ? demanda Jaime.

— On peut raisonnablement supposer qu'il y a résidé, au moins brièvement, avant le début des meurtres. En passant les appels depuis trois villes plus petites, il a sans doute cherché à éviter tout lien évident avec Cincinnati.

— Alors on devrait se rendre à Cincinnati ? Commencer à interroger la communauté surnaturelle ?

— Il n'y en a pas là-bas. (Je jetai un coup d'œil à Lucas.) Enfin je crois.

— Bien qu'il y ait sans doute quelques créatures surnaturelles qui vivent dans la région, il n'y a pas de « communauté » à proprement parler. Les Nast ont récemment envisagé d'y situer un bureau satellite pour cette raison même. (Il perçut mon expression songeuse et s'expliqua.) Les Cabales préfèrent s'étendre vers un territoire vierge où il n'y a pas beaucoup de créatures surnaturelles locales avec lesquelles se battre.

— Donc il n'y a personne à interroger à Cincinnati, soupira Jaime. Merde. Ça ne pouvait pas être si facile, hein ?

— Reste la piste de la motivation, dis-je. Ésus pense que nous cherchons une créature surnaturelle qui veut se venger des Cabales. L'autre motif probable, c'est l'argent. Versez-moi un milliard de dollars et j'arrête de tuer vos enfants. Mais les Cabales n'ont pas reçu de lettres de chantage. (J'hésitai.) Ou alors, ils ne nous ont rien dit. Ah merde, ça m'énerve.

— Je pense ne pas me tromper en affirmant qu'aucune tentative d'extorsion n'a eu lieu, déclara Lucas. À présent qu'un des petits-fils de Thomas Nast est mort, un tueur qui connaisse un tant soit peu les Cabales saura qu'il ne peut pas s'en sortir à bon compte. Comme l'a dit Ésus, c'est personnel.

— Donc, quand on rassemble les indices, on obtient une piste sérieuse. Adulte de sexe masculin, vivant dans la région de Cincinnati, qui a des raisons de vouloir se venger des Cabales… Pas d'une en particulier, mais de l'ensemble. Il ne peut pas y avoir énormément de créatures surnaturelles qui correspondent à ces critères.

— Donc on se contente de poser la question aux Cabales… (Jaime se tourna vers Lucas.) Et ce n'est pas si simple, je me trompe ?

— Sans doute pas, répondit-il. Si je donne trop d'informations aux Cabales, je crains que nous ayons à subir une répétition de l'incident Weber.

— Ou une soudaine épidémie qui affectera les créatures surnaturelles vivant dans l'Ohio, complétai-je.

— Exactement. Nous allons plutôt commencer par solliciter le soutien de mes contacts. Si une créature surnaturelle a des raisons d'être aussi en colère contre les Cabales, quelqu'un doit en avoir entendu parler.

— Nous autres, les étrangers, nous n'aimons rien tant que les ragots sur les grandes méchantes Cabales, dit Jaime. Je pourrais passer quelques appels de mon côté.

— Excellente idée, répondit Lucas. Mais d'abord, laissez-moi parler à un contact local. Il publie un bulletin clandestin anti-Cabales et c'est toujours ma meilleure source de rumeurs en la matière.

— Il vit à Miami et il publie un bulletin anti-Cabales ? demandai-je. J'espère pour lui que ton père ne va jamais le découvrir.

— Mon père est au courant pour Raoul. Pour ces choses-là, il suit la maxime de Sun Tzu qui recommande de garder ses amis près de soi et ses ennemis plus près encore.

— Ah, répondis-je. Bon, d'accord, et ce Raoul, je peux le rencontrer ?

— C'est un chaman, pas un mage, donc il ne verra aucune objection à discuter avec une sorcière. Par ailleurs, nous trouverons peut-être des... lectures intéressantes dans sa librairie.

— Des sortilèges ?

Petit sourire.

— Oui, des sortilèges. Toutefois, garde à l'esprit que dans la mesure où je te conduis à la source des sortilèges, tous ceux que tu souhaiteras acquérir devront être achetés par moi, et par conséquent s'ajouter au total de mes options.

Je souris.

— Adjugé.

— Les sortilèges ne m'aideront pas, dit Jaime. Mais j'aurais bien besoin d'un peu de lecture. Ça ne vous dérange pas si je vous accompagne ?

N'ayant pas d'objections, on rassembla nos affaires et on partit.

# Hantise littéraire

Raoul était en vacances. D'après son assistant, il n'avait pas pris plus de deux jours de congés consécutifs en cinq ans mais, à présent que nous avions besoin de lui, il avait jugé le moment opportun pour s'accorder tout un mois de vacances en Europe. Je doutais qu'il s'agisse d'une coïncidence – il avait dû entendre parler des récentes tactiques d'« investigation » et craignait d'être le prochain sur la liste.

Bien qu'absent, Raoul n'était pas injoignable. C'est la vie des travailleurs indépendants : on ne peut jamais s'absenter totalement, faute de quoi on risque de trouver son commerce sens dessus dessous en rentrant. Même allongée sur mon lit d'hôpital, j'avais consulté mes e-mails et traité tout ce qui était critique – enfin, tout ce que mes clients considéraient comme tel. Raoul n'avait pas laissé de numéro de téléphone, mais il était joignable par e-mail. Son assistant lui envoya immédiatement « Appelez Lucas Cortez » de notre part.

— On peut jeter un œil aux grimoires ? demandai-je. Attendez, laissez-moi deviner. Il les garde enfermés, ce qui signifie qu'ils ne seront disponibles qu'après son retour.

— Je crains que oui.

Je soupirai.

— C'est mal barré. Bon, allons retrouver Jaime.

Bien que le bâtiment soit plus grand que la plupart des librairies, chaque centimètre d'espace disponible y était utilisé, ce qui en faisait un labyrinthe d'allées serpentines bordées d'étagères de trois mètres de haut. De temps à autre, un murmure ou un crissement de chaussures trahissait la présence d'autres clients, mais ils se perdaient parmi les rangées.

— Je crois qu'on ferait mieux de se séparer, dis-je. Si on laissait une piste de miettes de pain ?

— Pourquoi pas, bien que je suggère une solution plus prosaïque. Tu as ton téléphone portable ?

Je hochai la tête.

— Le premier qui la trouve appelle l'autre. Compris.

Je retrouvai Jaime au rayon horreur et lui parlai de Raoul.

— Merde, dit-elle. C'est ce qu'on appelle manquer de bol, hein ? Dans ce cas, on ferait sans doute mieux de retourner à l'hôtel. Lucas et moi, on pourra se renseigner sur les ragots qui circulent.

Je regardai ses mains vides.

— Vous n'avez rien trouvé ?

— Pas ce que je cherchais.

Elle se détourna pour repartir mais je posai un bras sur sa main.

— On peut prendre une minute. Qu'est-ce que vous cherchiez ?

— Stephen King. On le trouve *forcément* dans toutes les librairies. Mais pas ici.

J'inspectai le rayon, où les auteurs paraissaient rangés par ordre alphabétique.

— C'est vrai. Bizarre. Vous vouliez son dernier ? Peut-être en littérature générale.

— En fait, je cherche *Christine*, qui devrait être classée en horreur.

— On n'a qu'à consulter le plan, ou demander au vendeur. (Je me remis en marche.) *Christine*, c'est celui avec la voiture possédée ?

— Voilà. J'ai envie de le relire depuis un spectacle que j'ai donné il y a deux ou trois mois. Un type avait une bagnole dont il jurait qu'elle était possédée, comme dans le bouquin. Je ne donne pas de consultations privées, mais ma boîte de prod filmait le spectacle et s'était dit que ce serait cool d'aller voir sa voiture dans le parking. Ah, voilà la carte.

Je la parcourus.

— Aha. Problème résolu. King a son propre rayon dans la section « Auteurs populaires ».

Alors que nous nous y dirigions, Jaime poursuivit son histoire.

— Donc ce gamin – il doit avoir votre âge – possède une magnifique décapotable 1967 Mustang. Ma première réaction : « Oh oh, faut qu'on appelle la brigade des stups. » Le gamin n'avait pas l'air d'un gosse de riche, alors comment il se serait payé une bagnole pareille ? Quand je lui pose la question, ça le rend nerveux. Il dit qu'il la tient de son grand-père. Et effectivement, elle est hantée. Devinez par qui ?

— Le grand-père, répondis-je.

— Bingo. Le vieux me saute dessus à la seconde où j'approche assez près pour le percevoir, tellement furax qu'il arrive à peine à communiquer. Il semblerait qu'il ait *effectivement* légué la voiture au gamin. Mais à une condition : il voulait qu'on l'enterre dedans. Comme personne d'autre ne l'écoutait dans la famille, le gamin avait promis de le faire.

— Et ensuite il l'a arnaqué.

Jaime éclata de rire.

— Ouais, il a plumé le pigeon. Il a pris la bagnole, l'argent et il a largué pépé dans le cercueil le moins cher qu'il ait trouvé.

— Donc, qu'est-ce que vous avez fait ?

— J'ai dit la vérité au gamin. Soit il enterrait pépé dans la bagnole, doit il devait vivre en permanence avec un auto-stoppeur furax. Ah, le voilà.

Le rayon King occupait deux étagères de deux mètres et demi de long et les livres n'y étaient pas classés par ordre alphabétique. Alors que je parcourais les titres, je consultai ma montre.

— On peut laisser tomber, dit Jaime. Y a pas mort d'homme.

— Une ou deux minutes, ça ne changera pas grand-chose. Tiens, j'ai oublié d'appeler Lucas. Il pourra nous aider.

— Ou alors, je pourrais prendre autre chose.

Comme sur un signal, un livre tomba de l'étagère du haut et atterrit entre nous. Jaime le ramassa.

— *Salem*. (Elle secoua la tête.) Pas un de mes préférés. Vous l'avez lu ?

— J'ai commencé, parce que je croyais que ça parlait de sorcières. Quand j'ai découvert que ça parlait de vampires, j'ai arrêté. Je n'en suis pas très fan.

— Personne ne l'est. Saloperie de parasites.

Jaime se leva sur la pointe des pieds pour remettre le livre en place. Dès l'instant où elle le relâcha, il jaillit de nouveau de l'étagère pour retomber par terre.

— Je crois qu'il s'ennuie, dis-je en riant. On dirait qu'il prend la poussière là-haut.

Cette fois encore, Jaime remit le livre en place. Cette fois, avant qu'elle puisse le lâcher, le livre revint lui heurter la paume assez fort pour lui arracher un cri. Puis il tomba par terre.

— Il doit y avoir un clou qui dépasse là-haut, dis-je. Tiens, je vais le ranger ailleurs.

Lorsque je me penchai pour prendre le livre, il fila en tournoyant hors de ma portée. Jaime me saisit par le bras.

— Lâchez-le, dit-elle.

Un livre jaillit de l'étagère et l'atteignit au flanc. Un autre jaillit d'une étagère plus basse, puis un autre, et encore un autre, bombardant Jaime. Elle se plia en deux, les bras au-dessus de sa tête.

— Laissez-moi tranquille ! dit-elle. Espèce de…

Je lui pris le bras et l'arrachai à la tempête de livres. Alors que nous avancions, je baissai les yeux vers les romans qui jonchaient l'allée. C'étaient tous des exemplaires de *Salem*.

Dès qu'on fut sorties du rayon Stephen King, les livres cessèrent de voler. Je m'empressai d'appeler Lucas et lui demandai de nous retrouver à la sortie.

— Un fantôme ? demandai-je à Jaime alors que je raccrochais.

Elle hocha la tête, portant le regard de gauche à droite comme si elle s'apprêtait à se baisser.

— Je crois que c'est terminé, murmurai-je. Mais on ferait mieux de hurler avant que quelqu'un remarque le désordre.

Cette fois encore, Jaime se contenta de hocher la tête. Je tournai à un coin et constatai que l'allée ne me disait rien.

— Les classiques, dis-je. On a tourné au mauvais endroit. Revenons…

Un livre jaillit tout droit de l'étagère et heurta Jaime à l'oreille. D'autres suivirent, la bourrant de coups de tous côtés. Je la poussai hors d'atteinte et récoltai quelques livres moi-même, chacun frappant plus fort qu'on l'aurait cru possible pour un mince livre de poche. L'un d'entre eux me heurta le genou. Dès que je basculai en avant, il s'effondra à terre. *L'Iliade*… Comme ceux qui avaient volé des étagères.

Je me redressai et continuai à pousser Jaime en avant jusqu'à ce qu'on atteigne la porte. Apercevant mon expression, Lucas nous rejoignit en courant.

— Qu'est-ce qui s'est passé ? murmura-t-il.

Je fis signe qu'on le lui expliquerait dehors.

Alors qu'on rejoignait la voiture, j'appris à Lucas ce qui s'était passé. Jaime garda le silence. Un silence étrange, au point qu'elle n'intervint même pas par un seul petit bruit pour ponctuer la conversation.

— On dirait que la librairie a un fantôme attitré, dis-je. J'ai entendu parler de ce genre de phénomènes. Un nécromancien est assis dans un bar, en train de prendre un verre et de vaquer à ses occupations, quand un esprit comprend soudain qu'il y a un nécro sur les lieux et se déchaîne en essayant de le contacter. Comme un survivant d'un naufrage qui repère un bateau.

Jaime hocha la tête, mais garda le regard fermement braqué devant elle, marchant si vite que je peinais à la suivre.

— Oui, ça arrive, sans aucun doute, répondit Lucas. Mais je suppose que ce n'est pas le cas ici… (Il gratifia Jaime d'un regard appuyé.) N'est-ce pas ?

Elle se mordilla la lèvre inférieure et continua à marcher. Lucas me tira sur le bras pour me faire signe de ralentir. Quand Jaime nous dépassa de six mètres environ, elle jeta un coup d'œil par-dessus chaque épaule, comprit qu'on ne la suivait pas et se retourna pour attendre.

L'espace d'une minute, on resta plantés là à se regarder. Puis Lucas s'éclaircit la voix.

— Vous avez un problème, dit-il à Jaime. Je présume que vous êtes venue pour que nous vous aidions à le résoudre. Mais nous n'allons pas vous obliger à parler contre votre gré.

— Vous avez plus important à faire. Je le sais bien. Mais je crois que c'est… peut-être lié.

— Et je suppose que vous allez tout nous expliquer dès que nous arriverons à l'hôtel ?

Elle acquiesça.

# Message non livré

La porte de la chambre n'avait pas fini de se refermer derrière nous quand Jaime prit la parole.

— Je suis hantée, expliqua-t-elle, et ça se manifeste de façon très bizarre. Je comptais vous en parler, mais je sais que vous êtes occupés et je n'étais pas sûre de comprendre ce qui se passait – je ne le suis toujours pas. (Elle se percha sur le bras du fauteuil sans cesser de parler.) Ça a commencé mercredi après-midi, avant mon spectacle à Orlando. Au début, j'ai cru que c'était Dana, qu'elle avait compris qu'elle était morte et qu'elle voulait me faire payer pour lui avoir menti. (Jaime tripota ses bagues.) Je n'aurais pas dû faire ça... Enfin je n'aurais pas pu lui dire qu'elle était morte – ce n'est pas à moi de le faire, hein ? Mais je me suis un peu emballée en essayant de la rassurer. C'est sorti par réflexe, comme pendant mes spectacles.

Elle nous regarda tour à tour, Lucas et moi. Comme aucun de nous ne parlait, elle poursuivit :

— C'est ce que je fais dans mes spectacles, au cas où vous n'auriez pas deviné. J'invente des histoires. Personne ne veut entendre la vérité. Fanny Mae veut que je contacte son cher vieux mari, et le type est à côté de moi en train de gueuler : « Tu te fais du souci pour moi ? Sale pute, tu ne t'inquiétais pas autant quand t'as filé au lit avec mon frangin une heure après mon enterrement ! » Vous croyez que je vais lui dire ça ? Alors je lui raconte la même chose qu'à tous les autres.

Qu'elle lui manque, mais qu'il est heureux et dans un endroit agréable. Et franchement, on pourrait s'attendre que les gens percutent une fois que j'ai donné le même putain de message pour la millième fois, mais rien à faire. Ils ne se plaignent jamais quand on leur dit ce qu'ils veulent entendre.

Elle inspira et s'installa sur le siège.

— Quand ce spectre s'est pointé, j'ai cru que c'était Dana, donc je suis revenue ici lui parler. Mais elle était partie, et pas mon visiteur, donc de toute évidence ce n'était pas elle.

— Vous ne pouvez pas le contacter ? demandai-je.

Jaime fit signe que non.

— C'est ça le plus bizarre. Je n'arrive pas à le contacter. Et en plus, il se comporte… eh bien, il ne suit pas vraiment le protocole entre fantômes et nécros. (Elle me regarda.) Vous savez comment ça marche ? Comment les esprits contactent les nécros ?

— Vaguement, répondis-je. La plupart des nécromanciens que je connais n'en parlent pas vraiment.

— C'est typique. Ils font comme si c'était un gros secret professionnel. De mon point de vue, mes amis – du moins les surnaturels – *devraient* savoir comment ça marche. Autrement, quand ils me voient marmonner toute seule et regarder des murs vides, ils vont croire que j'ai perdu la boule. Quand un fantôme veut dire bonjour, il peut s'y prendre de deux façons. S'il connaît les procédures adéquates, il peut se manifester et j'aurai le son et l'image. S'il ne connaît pas la méthode, alors je n'ai que le son – le vieux truc des voix dans ma tête. N'importe quel fantôme devrait être capable de recourir à la seconde méthode. Mais pas celui-là.

— Donc au lieu de ça, il jette des objets ?

— Aujourd'hui, oui. Avant ça, il se contentait de me tourner autour comme un maniaque autour de sa proie. Je sais qu'il est là. Je le sens en permanence, comme si quelqu'un regardait par-dessus mon épaule, et… (Elle leva la main pour montrer ses doigts tremblants.)... ça me rend nerveuse. Alors s'il commence à jouer les esprits frappeurs ? C'est carrément... Ça me fout la trouille, j'avoue.

— Les véritables manifestations d'esprits frappeurs sont plutôt rares, non ? demandai-je.

— Extrêmement rares. Quand j'étais plus jeune, j'ai un peu bossé comme chasseuse de fantômes pour payer le loyer. Et quelle était la plainte numéro un des propriétaires de logements hantés ? Les esprits frappeurs. J'ai répondu à des dizaines, pour ne pas dire des centaines d'appels. J'ai trouvé en tout et pour tout trois authentiques esprits frappeurs. Le reste du temps, c'étaient des gosses rusés qui cherchaient à attirer l'attention. Je racontais aux familles des histoires à dormir debout comme quoi les fantômes voulaient les voir passer plus de temps ensemble et ça suffisait généralement à régler le problème. Mais pour les véritables manifestations d'esprits frappeurs, il faut qu'un fantôme découvre comment déplacer des objets dans notre dimension, et c'est un talent assez rare.

Lucas fronça les sourcils.

— Donc, comment est-ce qu'un fantôme qui n'arrive même pas à contacter une nécromancienne parvient à manipuler des objets à travers les dimensions ? Je vois où est le problème. Vous avez envisagé la possibilité qu'il ne s'agisse pas d'une entité d'origine humaine ?

— Un démon mineur, par exemple, dis-je. Ou un esprit de la nature.

— C'est sans doute possible, répondit Jaime. Mais je suis nécro. Je parle aux morts, comme l'indique mon titre. S'il n'est pas mort, pourquoi est-ce qu'il me harcèle ? C'est vous les lanceurs de sorts – les invocateurs – donc il devrait essayer de vous parler, à *vous*. Et je suis persuadée que le message s'adresse à vous, de toute façon. Avant l'incident de la librairie, il s'effaçait chaque fois que vous étiez dans les parages.

— Parce qu'il croyait que vous alliez transmettre le message, lui dis-je. Mais peut-être que ce message consiste à nous dire de commencer à invoquer, afin qu'il puisse communiquer. Quand il s'est aperçu que vous ne le compreniez pas, il est passé à la vitesse supérieure dans la librairie. On n'a qu'à tenter une invocation de groupe. Entre nous trois, il trouvera bien quelqu'un à qui il peut parler.

Jaime leva les yeux au plafond.

— T'as entendu ça, Casper ? On va essayer de te contacter, alors vas-y mollo à partir de maintenant.

Après un silence, je demandai :

— Il a arrêté ?

Jaime secoua la tête.

— Je crois que le problème de communication se pose dans les deux sens. Je ne l'entends pas et il ne m'entend pas non plus. Laissez-moi prendre ma trousse et voir si on peut y remédier.

Alors que Jaime ouvrait sa valise, le portable de Lucas sonna.

— Oui, bien entendu, ça m'intéresse, dit-il après un échange de saluts. Toutefois, il risque de s'écouler une semaine environ avant que nous puissions la voir. Est-ce que ça posera problème ? (Une pause.) Parfait. Merci. (Nouvelle pause.) Non, je n'en ai pas encore eu l'occasion et, de toute façon, c'est à elle de prendre la décision, mais j'aimerais beaucoup la voir. (Pause.) Oui, je vous ferai signe dès notre retour à Portland.

Il raccrocha, puis tira son agenda de sa sacoche et prit note tandis que Jaime étalait ses outils à terre. Cette fois, elle ne prit pas la peine de nous demander de partir.

— Une authentique séance de spiritisme, dit-elle quand elle en eut fini. Maintenant, il ne nous manque plus que des sacs de couchage et une bataille de polochons. Quand j'étais jeune, on ne m'autorisait jamais à passer la nuit chez des amis, des fois que les gamins tentent des séances de spiritisme. Ils auraient peut-être obtenu plus qu'ils en attendaient.

On s'installa par terre.

— Je vais lancer un sort général d'invocation, dit Lucas. Tout à fait mineur, dois-je préciser, et qui ne risque pas d'invoquer quoi que ce soit de dangereux.

— Je vais tenter mon sort de communication, dis-je. Il sert à communiquer mentalement avec les vivants, mais ça peut servir.

— La communication mentale ? dit Jaime. Les sorcières peuvent faire ça ? Classe.

— Pas vraiment. Ça ne marche que si l'autre personne s'y attend et seulement si elle ne se trouve pas trop loin, donc en fait, quel intérêt ? Économiser quelques dollars sur les factures de téléphone portable ? La réception est plus pourrie qu'avec le moins cher des fournisseurs.

On se prépara tous, chacun fit ce qu'il avait à faire… et rien ne se produisit.

— Hé ho ! brailla Jaime en direction du plafond. Il y a une heure, tu semais la pagaille dans une librairie pour attirer mon attention, et maintenant, tu ne prends même pas la peine de dire bonjour ? Tu sais à qui tu t'adresses ? À la nécro la plus célèbre des États-Unis d'Amérique. Et en plus de ça, à une ancienne chef de Convent et au fils d'un P.-D.G. de Cabale. Trois créatures surnaturelles puissantes qui attendent impatiemment que tu leur parles.

De l'autre côté de la pièce, l'agenda de Lucas tomba de la table.

— Je crois que ça veut dire qu'il n'est pas très impressionné, commentai-je.

La couverture de l'agenda s'ouvrit.

— Je crois que c'est un signe, dit Lucas. Et si je… ?

— Approche-toi et regarde, dis-je. Nous, on continue.

Jaime répéta son invocation tandis que je lançais mon sort.

— Rien, dit Lucas avant que je puisse poser la question. Peut-être que...

Les pages commencèrent à tourner.

— On dirait qu'on a un temps de décalage par rapport au monde des esprits, dis-je.

— Il a ouvert à la première page *D* de mon carnet d'adresses, déclara Lucas. Si l'esprit fait référence à une personne en particulier sur cette page, je ne vois pas le lien. Mes contacts surnaturels sont codés dans une autre section. Ceux-là sont tous humains.

Mon sac glissa au bas de la chaise près de la porte et s'ouvrit au passage en déversant son contenu sur la moquette. L'instant d'après, mon PalmPilot se mit à tournoyer.

— Un fantôme branché technologie, dit Jaime. Peut-être qu'il veut communiquer par texto.

— Plus probablement, dit Lucas, il n'est *pas* branché technologie ou, du moins, il ne peut pas faire fonctionner un agenda électronique. Je crois que le message qu'il veut nous transmettre est que le nom correct se situe non pas dans mon carnet d'adresses, mais dans celui de Paige.

— Comment est-ce qu'il saurait ce qu'il contient ? demandai-je en traversant la pièce pour aller ramasser mon Palm.

— Peut-être qu'il ne s'agit pas d'une certitude mais d'une supposition. Qui est-ce que tu pourrais connaître dont le nom commence par un *D* ? Sans doute une créature surnaturelle.

— Ça peut représenter une dizaine de personnes, peut-être plus. Il y a... Attends, on a d'autres indices. La librairie. De tous les livres d'une même section, il n'a balancé que des exemplaires de *Salem*.

— Des sorcières ? demanda Lucas.

Jaime fit signe que non.

— Des vampires… mais si le spectre ne s'y connaît pas trop en culture populaire, il peut croire qu'il s'agit de sorcières.

— Il jetait aussi des exemplaires de l'*Iliade* d'Homère, dis-je.

— Ah, génial, répondit Jaime. On passe de *Qui veut gagner des millions* à *Jeopardy*. Où est-ce qu'on va trouver un intello qui ait lu l'*Iliade* ?

— Heu, moi, répondis-je. Enfin, par obligation. Lecture imposée pour le cours d'anglais à la fac.

— Je l'ai eu au programme aussi, dit Lucas.

— Bon, d'accord, la cancre qui a lâché ses études au lycée vient encore de se trahir, dit Jaime. Enfin bref, je connaissais la réponse pour Stephen King. Ça devrait me valoir un chouette cadeau d'adieu. Alors ça parle de quoi, l'*Iliade* ?

— De la guerre de Troie, dis-je.

— Le truc avec le cheval, dit Jaime. Je le savais. Y a des créatures surnaturelles dans l'histoire ?

— Il y a une enchanteresse, Circé… Ah non, c'est dans l'*Odyssée*.

— À moins, encore une fois, que l'esprit se trompe dans ses références littéraires, dit Lucas. S'il croyait que *Salem* parlait de sorcières, et que cette sorcière-là apparaissait dans l'*Iliade*…

— Alors cherchons par là, dit Jaime. Les sorcières dont le nom de famille commence par « D ». Vous êtes une sorcière, donc le fantôme doit supposer que vous connaissez…

— Cassandra, dis-je en reposant brusquement mon Palm. La prophétesse Cassandre dans l'*Iliade*. Cassandra DuCharme du conseil interracial.

— Laissez-moi deviner, dit Jaime. Cette Cassandra est une sorcière.

— Une vampire.

— Encore mieux. (Jaime regarda le plafond.) C'est ça, on a gagné ?

Pas de réponse.

— S'il ne nous entend pas, il va falloir le questionner autrement, dis-je. Attendez.

Je pris un stylo et un carnet parmi le contenu renversé de mon sac, arrachai une page du carnet et inscrivis CASSANDRA. Je posai la feuille sur la table. Cette fois encore, l'esprit resta sans réaction.

— Eh bien, dit Jaime. Trois possibilités. Premièrement, on se plante royalement. Deuxièmement, le fantôme s'est calmé parce qu'on a enfin pigé le message. Troisièmement, il est illettré.

— Si le message est *bel et bien* Cassandra, je ne comprends toujours pas ce que ça veut dire, répondis-je.

— Pourquoi tu ne l'appellerais pas, suggéra Lucas, pour voir si elle peut nous éclairer ?

# Pagayer à contre-courant pendant un ouragan

J'appelai Cassandra depuis le téléphone de notre chambre d'hôtel. C'était relativement peu discret et je me serais montrée plus prudente en temps ordinaire mais, en réalité, c'était le meilleur moyen de m'assurer qu'elle réponde. Cassandra filtrait les appels, et pas simplement pour ignorer les coups de fil des étrangers. Elle laissait presque toujours déclencher le répondeur, puis rappelait quand ça lui chantait. La seule façon de la convaincre de répondre, c'était de piquer sa curiosité. Un appel d'un hôtel de Miami y parviendrait sûrement.

Cassandra répondit à la deuxième sonnerie.

— C'est Paige, annonçai-je.

Le silence retomba au bout de la ligne et j'entendis presque sa contrariété crépiter tout du long. Mais à moins d'arracher le fil du téléphone « par accident », elle ne pouvait pas faire grand-chose. Enfin si, raccrocher, mais ce serait grossier, et Cassandra refusait de se montrer grossière.

— Quel est le problème, Paige ? demanda-t-elle avec des glaçons plein la voix.

— J'avais une question…

— Ah, évidemment. Quelle autre raison auriez-vous d'appeler ? Simplement bavarder, dire bonjour ? Jamais de la vie. C'est très présomptueux de votre part, Paige, de venir me demander des services après ce que vous m'avez fait, Elena et vous.

— Je n'ai rien…

— Je ne sais pas ce que vous lui avez raconté sur moi, mais permettez-moi de vous assurer que je vais la détromper. Je comprends que vous vous sentiez menacée dans votre amitié avec elle, mais…

— Cassandra, répondis-je d'une voix brusque. Je n'ai rien raconté à Elena sur votre compte. Pourquoi est-ce que je ferais ça ? Si elle ne répond pas à vos coups de fil, je vous suggère de lui demander pourquoi. Ou mieux encore, de vous poser vous-même la question.

— Qu'est-ce que vous essayez de…

— Ça n'a rien à voir avec moi, c'est tout ce que je vous dis. Croyez-moi, j'ai mieux à faire que de saboter vos amitiés. Le monde des autres ne tourne pas autour de vous, Cassandra.

— Vous appelez pour m'insulter, Paige ?

— Non, pour vous demander comment ça va.

— Très drôle.

— Non, je suis sérieuse. Je suis en plein milieu d'une enquête pour meurtre et votre nom est ressorti…

— Ah, et vous me soupçonnez, c'est ça ? Comme c'est… gentil de votre part.

— Non, je ne vous soupçonne pas, dis-je en serrant les dents. (Parfois, mener une conversation avec Cassandra revenait à pagayer à contre-courant pendant un ouragan.) Les victimes avaient tout leur sang et je suis sûre que vous ne gaspillez jamais un repas gratuit. Je vous appelle parce que votre nom est ressorti et que je m'inquiétais. Tout va bien en ce moment ?

— Vous êtes en train de me dire que je suis en danger ? Et vous le saviez depuis combien de temps avant de daigner m'appeler ?

— Environ deux minutes.

Une pause, tandis que son cerveau tournait à toute allure pour chercher un moyen de transformer mon inquiétude en affront.

— Qu'est-ce qui se passe ? demanda-t-elle.

— Une enquête pour meurtre, comme je vous le disais. Il y a eu plusieurs morts...

— Et vous n'avez pas averti le conseil ?

Je comptai jusqu'à trois. De l'autre côté de la pièce, Lucas désigna le minibar. Je roulai les yeux.

— Ce ne sont pas les affaires du conseil, dis-je. Ce sont celles des Cabales...

— Eh bien dans ce cas, ça ne peut pas me concerner, hein ? Les Cabales ne veulent pas traiter avec les vampires. Donc, de toute évidence, je ne compte ni parmi les suspects, ni parmi les victimes potentielles.

— Sans doute, répondis-je. Ça doit être une erreur. On se verra à la prochaine réunion...

— Ne me remballez pas comme ça, Paige. Si mon nom est ressorti dans cette enquête, je veux en savoir plus. Qu'est-ce qui se passe ?

Je fermai très fort les yeux. À présent que j'avais piqué sa curiosité, elle ne me laisserait pas raccrocher sans lui avoir fourni une explication complète. Je n'avais pas le temps pour ça.

— Comme vous le disiez, ça doit être une erreur..., commençai-je.

— Je n'ai pas dit ça.

— Désolée de vous avoir ennuyée. Si j'apprends autre chose, je vous le dirai. Merci. Au revoir.

Je laissai tomber le téléphone sur son support et m'effondrai sur le canapé.

— Mon Dieu, dit Jaime. Sacré personnage.

— La prochaine fois qu'on doit établir un contact, j'échangerai avec vous, dis-je. Votre fantôme contre ma vampire.

— Je crois que j'en resterai au fantôme. Donc, on dirait que ma hantise n'est pas liée à cette affaire, en fin de compte. Cet esprit m'a vue avec vous la semaine dernière, vous connaissez Cassandra et il voulait lui transmettre un message. Même si, d'après ce que j'ai entendu, j'ai du mal à croire qu'on puisse *vouloir* lui parler.

— Elle n'est pas si terrible, dis-je. C'est seulement qu'on ne s'entend pas.

— Peut-être, mais c'est un vampire. Il doit y avoir une ribambelle de fantômes dans l'au-delà à cause d'elle, qui attendent simplement qu'elle s'y pointe. C'est peut-être ça, le message : « Quand vous allez mourir, on va vous tuer… » ou un truc du genre. Évidemment, ils risquent d'attendre très, très longtemps.

— Pas avec Cassandra, répondis-je. C'est une ancienne. Il doit rester moins de cinquante ans sur sa garantie de quasi-immortalité.

— Mais ça n'y change rien, hein ? Si quelqu'un l'attend dans l'au-delà, cette personne sera déçue, comme les vampires n'y vont pas.

Je levai les yeux, imitée par Lucas.

— Ah non ?

— Tiens tiens, pas croyable. La nécro connaît quelque chose que les petits surdoués ignorent. Les vampires sont déjà morts, vous vous rappelez ? Donc où vont les morts après leur décès ? Une vraie colle. Tout ce que je sais, c'est qu'il n'y a pas de vampires morts dans le monde des esprits. Ce que j'en dis ? Que c'est *ici*, leur au-delà. Quand leur abonnement expire, « pouf », ils disparaissent. C'était votre leçon du jour sur les vampires. Maintenant, il est temps de nous remettre au travail. Sauf si vous préférez que j'aille chercher d'abord des plats à emporter ? On a sauté le déjeuner et il est presque l'heure de dîner.

— Vous devez passer des coups de fil à vos contacts, répondis-je. Mes seuls contacts sont des membres du conseil, qui ne connaissent quasiment rien aux affaires des Cabales. Donc c'est moi qui vais chercher le dîner. Qu'est-ce que vous voulez ?

— Ce que je veux, répondit Lucas, c'est que tu fasses une pause. Tu es…

— Ça va.

— Quand je t'ai vue sortir de la librairie, Paige, tu avais l'air assez pâle pour être toi-même le fantôme de Jaime. Et bien que tu penses arriver à le cacher, ne crois pas que je n'aie pas remarqué que tu grimaces chaque fois que tu t'assieds ou que tu te lèves. Quant au dîner… (Il me montra son téléphone portable.) On peut se le faire livrer ici. Un service extrêmement pratique. Va t'allonger, Paige.

— Mais je…

— Paige…

— Les dossiers sur Joey et Matthew, dis-je. On ne les a pas encore lus…

Il me les tendit.

— Alors va les lire au lit.

J'hésitai, puis pris les dossiers et les laissai passer leurs appels.

Je m'endormis en lisant les dossiers et ne me réveillai qu'après 21 heures. Lucas, qui avait dû se douter que je m'assoupirais, m'avait commandé un sandwich et une salade. Il m'avait également retiré mes habits, supposant certainement que j'étais partie pour la nuit. Quand je me levai, j'envisageai de me rhabiller, mais ça semblait un effort inutile, si bien que je me contentai d'enfiler mon kimono. C'était une tenue bien assez correcte. J'avais déjà vu Jaime moins vêtue.

Jaime avait réservé la chambre voisine où elle finissait de passer ses appels, mais elle vint me tenir au courant quand je me réveillai. Lucas et elle avaient sollicité leurs contacts sans trouver personne qui ait ne serait-ce qu'entendu de vagues rumeurs sur une créature surnaturelle vivant dans l'Ohio qui ait eu récemment des contacts ou des ennuis avec les Cabales. Même Raoul n'avait pu nous aider. Lucas était déçu, mais pas surpris. Quand on vivait si loin du réseau des Cabales, il était peu probable qu'on ait la moindre occasion de se friter avec elles.

Sachant que le lien avec Cincinnati pouvait être une fausse piste, Lucas et Jaime avaient élargi leurs questions pour inclure toute créature surnaturelle ayant été en rapport avec les Cabales lors des deux dernières années. Ce qui donna une liste de vingt noms, plus une demi-douzaine de promesses de nous rappeler avec plus d'informations. Mais parmi ces noms, on ne vit personne dont les griefs contre les Cabales soient assez importants pour expliquer cette frénésie meurtrière. Les plaintes les plus fréquentes étaient que les Cabales avaient refusé de les employer, ou qu'elles les avaient harcelés parce qu'ils refusaient, *eux*, de travailler pour elles. Personne ne tuerait jamais d'adolescents pour ce genre de raison. Nous espérions que les listes que nous fourniraient les autres contacts quand ils rappelleraient nous indiqueraient d'autres hypothèses plus probables.

— Et en attendant ? demandai-je. Je n'ai pas vu grand-chose dans les rapports, mais on devrait sans doute les parcourir ensemble. Laissez-moi aller chercher…

Lucas m'arrêta en posant la main sur mon genou.

— Demain. On en a fait assez pour aujourd'hui, et je crois qu'on a gagné une ou deux heures de répit.

— On pourrait louer un film, suggéra Jaime.

Je ne répondis pas, mais Lucas perçut mon expression peu enthousiaste. Il se leva, traversa la pièce et tira de sa valise le tube de carton contenant le parchemin. Quand il se tourna vers moi, je souris.

— Ça ne vous ennuierait pas si on zappait le film ? demandai-je à Jaime. Mon cerveau tourne encore en boucle et j'ai vraiment besoin d'une distraction plus active. Lucas et moi, on a un sortilège qu'on brûle de tester.

— Tester des sorts ? dit-elle. Moi, j'appelle ça du travail.

Je souris.

— Jamais, surtout quand il s'agit d'un nouveau sortilège. On n'a jamais assez de sorts.

Elle éclata de rire.

— De vrais premiers de la classe. Vous êtes trop mignons. Alors, qu'est-ce qu'il fait, votre nouveau sort ?

— Il abaisse la température corporelle de trois degrés environ, ce qui provoque une légère hypothermie.

Jaime nous regarda tour à tour, Lucas et moi.

— Ouais. Bon, puisqu'il faut que je pose la question : mais qu'est-ce que vous voulez bien faire d'un sort pareil ?

— On dispose tous les deux d'un répertoire assez limité de sorts mortels.

— Et… c'est une mauvaise chose ?

— Ça peut l'être. Ne vous en faites pas. Nous sommes tous deux des lanceurs de sorts très responsables. Nous n'abusons jamais de nos pouvoirs. Ah au fait, si ça ne vous dérange pas de rester un peu, nous aurions bien besoin d'une cible.

— Une cible ?

— Eh bien, on n'aura pas de certitude que le sort fonctionne sans cible.

Jaime se leva.

— J'entends l'appel de ma télé. Amusez-vous bien, les enfants.

— Comptez sur nous.

Lucas attendit le départ de Jaime puis se laissa tomber près de moi.

— Enfin seuls, murmura-t-il.

Je lui arrachai le parchemin, le déroulai et le lus.

— Alors, comment est-ce qu'on va faire ? On passe directement aux sorts ? Ou on s'amuse un peu avant ?

— Tu as besoin de poser la question ? Mais c'est à toi que devrait revenir la décision. Si tu es trop fatiguée ou si tu as trop mal…

— Oh, je me sens très bien, répondis-je en souriant. Assez bien, en tout cas. Le strip-sort, ça t'irait ?

— Et comment. (Il baissa les yeux vers mon kimono.) Même s'il semble que tu sois légèrement désavantagée dès le départ.

— Tu protestes ?

Il m'attira vers lui avec un sourire paresseux.

— Non, pas du tout.

On échoua à faire fonctionner le sortilège, ayant épuisé notre – ou *ma* – réserve d'énergie avant de le lancer de manière satisfaisante. Mais ça n'avait aucune importance. Comme les choses avaient changé ! Avant, le succès ou l'échec lorsqu'on s'entraînait à lancer des sorts était d'une importance capitale, et nous admettions avoir connu des heures, voire des jours de frustration suite à un échec. Mais à présent que nous nous entraînions presque toujours ensemble, c'était devenu un jeu plutôt qu'un test. Et quelle que soit l'issue de notre essai sur un nouveau sort, le fait de nous entraîner ensemble présentait un avantage indéniable : nous ne terminions jamais de séance sur un sentiment de frustration.

# Je ne suis pas encore morte

On se réveilla à 7 heures. Jaime débarqua quelques minutes plus tard après n'avoir visiblement dormi qu'une heure ou deux. Tandis que Lucas allait chercher le petit déjeuner, je me douchai vite fait. Je venais de sortir quand on frappa à notre porte. Sans doute Lucas avec les mains pleines, cette fois encore.

— Vous pouvez y aller ? demandai-je à Jaime.

Je m'habillai puis ouvris la porte de la salle de bains pour trouver Jaime plantée là.

— Vampire à la porte, me dit-elle.

— Sérieusement ?

— Sérieusement.

Je soupirai.

— Par pitié, dites-moi que ce n'est pas Cassandra.

— Cheveux courts auburn ? À peu près mon âge ? Maquillage parfait ? Tenue de haute couture ?

— Et merde, dis-je en m'appuyant contre le mur.

— Et si je refusais de l'inviter ?

— Malheureusement, ça ne marche pas. Cassandra va où elle veut, qu'on l'y invite ou non, qu'elle y soit la bienvenue ou non. Les croix, l'eau bénite, les regards glacials, rien ne l'empêche d'entrer.

— Je vous ai entendue, Paige, cria Cassandra depuis la pièce principale. Cessez de vous cacher dans la salle de bains et racontez-moi tout.

Je traversai la chambre pour rejoindre le salon. Cassandra se prélassait près de la fenêtre, exposée à la lumière du soleil mais ne donnant malheureusement pas signe de prendre feu.

Je me tournai vers Jaime.

— Cassandra, je vous présente…

— Je la connais, répondit Cassandra. J'ai la télé.

— Ah, mais vous vous êtes déjà présentées… Non, attendez. (Je me tournai vers Jaime.) Vous ne connaissiez pas son nom. Alors comment avez-vous su qu'elle était vampire ?

— Facile. C'est comme quand vous vous reconnaissez entre mages et sorcières. Je suis nécro. Elle est morte. Donc je le remarque. Les seuls cadavres ambulants sont des vampires. Enfin il y a aussi les zombies, mais ils ne dégagent pas une odeur de parfum français.

— Ne soyez pas ridicule, dit Cassandra en lui décochant un regard noir. Je ne suis pas morte.

— Bien sûr que si. Donc vous êtes venue jusqu'ici… ?

— Je *ne* suis *pas* morte.

Jaime roula des yeux à mon intention.

— D'accord, d'accord. Donc…

La porte du couloir s'ouvrit. Lucas entra, puis s'arrêta. Il regarda Cassandra, puis baissa les yeux vers son plateau contenant le petit déjeuner pour trois.

— Ne vous en faites pas, dit Jaime. Elle ne mange pas. Enfin si, mais vous n'êtes pas hospitaliers à ce point-là.

— Ah, Cassandra, je présume, dit-il en déposant son plateau sur la table du coin repas.

— Cassandra, voici Lucas Cortez, dis-je. Lucas, Cassandra DuCharme.

Le regard de Cassandra glissa sur Lucas, le jaugeant puis le rejetant en une milliseconde. Une bouffée de colère m'envahit, moins à cause de l'insulte qu'à cause de la confiance glaciale avec laquelle elle agissait, ce regard qui disait qu'elle aurait pu l'avoir si elle l'avait voulu. Je comprenais maintenant ce que ressentait Elena.

— Cassandra était sur le point de partir, dis-je. On dirait qu'elle a atterri ici par accident alors qu'elle se rendait ailleurs.

— Je ne partirai pas sans une explication.

— Premièrement, nous ne vous en devons aucune. Deuxièmement, si j'étais persuadée que vous allez partir quand vous l'aurez reçue, je m'empresserais de tout vous dire. Nous sommes très occupés et bien que nous appréciions votre intérêt...

— Vous m'avez dit que mon nom était ressorti en référence à ce dossier. Je veux savoir qui, comment et pourquoi.

— Aucune idée, aucune idée et aucune idée, répondit Jaime. Il ne nous a rien dit.

— Il ?

— Le visiteur.

Cassandra croisa les bras.

— Quel visiteur ?

— Un fantôme, répondis-je. Enfin, peut-être pas – on ne l'a pas encore déterminé. Une entité spirituelle dont on ignore la nature harcèle Jaime et il semble qu'il existe un lien avec vous. C'est tout ce que nous savons.

— Moi ? Mais pourquoi donc est-ce qu'un fantôme voudrait communiquer avec moi ?

— Peut-être parce que c'est vous qui l'avez mis dans cet état, dit Jaime. Votre dîner revient vous hanter. Littéralement.

Avant que Cassandra puisse répondre, le téléphone de notre chambre sonna.

— Punaise, marmonna Jaime. C'est un vrai moulin ici.

Lucas décrocha. Il s'annonça, puis attendit. Il me regarda, la moue légèrement songeuse.

— Oui, bien entendu, peut-être que nous… (Une pause.) Ah, très bien, certainement dans ce cas. Tu peux monter. (Lucas raccrocha et se retourna vers moi.) C'était Sean Nast.

— Le cousin de… Le fils de Kristof ?

— Oui, il a quelque chose à nous dire au sujet de l'affaire. Il appelait du vestibule.

— Vous voulez que je file ? demanda Jaime.

— Pas besoin. Il sait depuis le procès que vous travaillez avec nous. Mais peut-être que…

Il se tourna vers Cassandra.

— Je n'irai nulle part avant d'avoir de réponses, dit-elle.

— Je comprends bien, mais compte tenu de l'animosité entre Cabales et vampires…

— Ce n'est pas de l'animosité, répondit-elle. Pour en éprouver, il faut reconnaître l'existence de l'autre partie. Ne vous en faites pas. Je serai telle que le veulent les Cabales : invisible. Comme personne ne peut reconnaître les vampires à des signes externes… (Elle lança à Jaime un coup d'œil appuyé.)… il n'est pas nécessaire qu'il sache ce que je suis.

Un coup à la porte. Lucas ouvrit. Sean Nast entra, suivi d'un homme qui ne pouvait être qu'un garde du corps de la Cabale. Sean se tourna vers son garde.

— Attendez dehors, murmura-t-il.

— M. Nast nous a dit…, commença le garde.

— S'il vous plaît, répondit Sean.

Le garde hocha la tête et se retira dans le couloir. Lucas ferma la porte derrière lui.

— Papy devient parano, dit Sean. J'ai l'impression d'avoir de nouveau douze ans.

— Sean, je te présente Jaime Vegas, dit Lucas. Jaime, Sean Nast, le petit-fils de Thomas Nast.

Sean sourit.

— Hé, mes potes du campus vous regardent tous les mois dans le *Keni Bales Show.*

Tandis qu'ils se serraient la main, le regard de Sean passa à Cassandra.

— Sean, voici Cassandra, dit Lucas. Cassandra, Sean Nast.

Si Sean remarqua l'absence de nom de famille désignant la vampire, il n'en montra rien et se contenta de secouer la tête en marmonnant un « Ravi de vous rencontrer », puis se tourna vers nous.

— Tyler Boyd a disparu. (Il me jeta un coup d'œil et ajouta :) C'est le fils cadet du P.-D.G. des Boyd. Il a dix-sept ans.

— Il a disparu ? Depuis quand ?

— On ne sait pas au juste. Tyler est monté dans sa chambre d'hôtel vers 23 heures hier soir. Comme il ne se présentait pas pour le petit déjeuner, son père a envoyé quelqu'un le chercher. Son garde du corps se trouvait dans la pièce, mort, et Tyler avait disparu. M. Boyd a appelé papy et les Cabales le recherchent depuis.

— Parfait, dit Lucas. Mon père a d'excellents pisteurs chamans.

— C'est bien le problème. Ils n'ont pas appelé ton père, ni personne de ta Ca… de la Cabale de ta famille.

— Quoi ? m'exclamai-je. Mais il a disparu ici, non ? À Miami ?

— Alors que ce sont les Cortez qui possèdent toutes les ressources ici, je sais. C'est dingue. J'en ai plein les couilles… (Il jeta un coup d'œil à Jaime et à Cassandra.) Désolé. C'est juste que j'en ai marre de leurs conneries. Joey est mort, Tyler a disparu et tout ce que les Cabales arrivent à faire, c'est se chamailler pour savoir qui est responsable et qui essaie de prendre le contrôle de l'enquête. Sans les pisteurs et les experts scientifiques de ton père, tout ce qu'on a, c'est une poignée de gardes du corps qui tournent en rond dans la ville en espérant tomber sur Tyler.

— Donc tu veux que j'appelle mon père.

Sean se frotta le menton.

— Ouais, je sais que tu es brouillé avec lui, et ça me coûte de te demander ça, mais je ne sais pas quoi faire d'autre. J'ai essayé d'appeler le standard de sa boîte mais, évidemment, ils passaient leur temps à me renvoyer à un assistant de troisième ordre qui ne voulait même pas prendre de message. Si tu as le numéro direct de ton père, je passerai l'appel moi-même.

— Ta famille n'apprécierait pas. Il vaut mieux que je m'en occupe.

— Je me fiche de ce que pense ma famille. Tu peux dire à ton père que c'est moi qui t'ai dit d'appeler.

— Je vais l'appeler, parce que c'est lui qui a les ressources nécessaires pour enquêter sur les lieux et chercher Tyler. Toutefois, je ne vais pas lui dire que c'était sur ta demande. Tu es en colère, et à juste titre, mais c'est une décision qu'il vaut mieux que tu évites de prendre maintenant.

— Je me moque bien de…

— Lucas a raison, intervins-je. Non seulement il vaut mieux que tu évites de créer des dissensions au sein de ta famille, mais il vaut mieux que tu n'aggraves pas celles qui existent déjà entre vos Cabales. Ça ne ferait qu'aggraver les choses.

Sean hocha la tête.

— D'accord, mais quand tu auras passé ce coup de fil, tu veux bien m'accompagner à l'hôtel des Boyd ? Je suis venu ici parce que je veux que ton père soit impliqué, mais vous deux aussi. Jusqu'ici, vous en avez fait sacrément plus que les Cabales.

— Nous viendrons sans aucun problème, répondit Lucas. Mais je crois qu'il vaudrait mieux que nous arrivions séparément. Et si tu donnais l'adresse à Paige pendant que j'appelle mon père ?

En l'absence de Lucas, Sean étudia Jaime et Cassandra, dont aucune n'essayait seulement de faire croire qu'elle n'écoutait pas. Comme il avait visiblement autre chose à me dire, je lui proposai de le raccompagner jusqu'à sa voiture. Le garde du corps nous suivit jusqu'à l'ascenseur. Pendant qu'on attendait, Sean me donna l'adresse de l'hôtel des Boyd.

— Donc vous, heu…, commença Sean tandis que nous montions dans l'ascenseur, vous avez laissé quelqu'un avec Savannah, hein ? Elle est en lieu sûr ?

— Avec des amis, répondis-je. (Le voyant hésiter, j'ajoutai :) Surnaturels.

— Ah, parfait. Je m'en doutais. J'ai essayé de le dire à mon oncle, que quelqu'un devait s'assurer qu'elle soit protégée, comme elle fait partie des cibles potentielles. Je ne peux pas en parler à papy. Après… après ce qui s'est passé avec mon père, il… eh bien, on n'a pas le droit de mentionner Savannah. Mon oncle ne voulait pas non plus parler d'elle à Benicio. Je crois qu'ils…

— Préfèrent se comporter comme si elle n'existait pas ? Après ce qui s'est passé au printemps dernier, j'aime autant.

Il plongea les mains dans ses poches et se balança sur ses talons. J'aurais mieux fait de la boucler. Rien n'arrête une conversation plus efficacement que rappeler à quelqu'un que sa famille est responsable d'avoir foutu votre vie en l'air.

Les portes de l'ascenseur s'ouvrirent. Je fis signe à Sean d'attendre pendant que je griffonnais une adresse e-mail.

— C'est celle de Savannah, lui expliquai-je. Si jamais vous voulez lui dire bonjour, vous présenter, ce sera peut-être la manière la plus facile d'y arriver. Si vous préférez éviter, je comprendrai.

Il prit le papier.

— Je vais le faire. J'aimerais bien… la contacter. Ce n'est pas normal qu'on l'ignore.

Il plia le papier en quatre et le fourra dans son portefeuille. Ce faisant il baissa les yeux vers une photo abîmée dans son porte-cartes.

— À tout hasard, vous n'auriez pas une photo d'elle ?

— Si, bien sûr. (Je sortis mon portefeuille et feuilletai mon porte-cartes qui était rempli de photos.) Un jour, il faudra que j'achète un album photo qui tienne dans mon sac, comme toutes ces petites vieilles qui vous montrent leurs petits-enfants pendant que vous faites la queue à la banque.

J'en sortis deux. La première représentait Savannah lors de sa toute première balade à cheval pendant l'été ; l'autre montrait Savannah, Lucas et Adam faisant des paniers près de chez nous le mois précédent.

— Elle est mignonne, dit-il. Elle a vraiment les yeux de papa.

— Vous pouvez garder celle-ci, dis-je en lui montrant celle de la balade à cheval. Je l'ai sur fichier chez moi.

Il me remercia et on se fit nos adieux.

Je regagnai notre chambre pour y trouver Cassandra et Jaime assise aux extrémités opposées du canapé, Jaime en train de lire une revue, Cassandra prête à bondir dès l'instant où je rentrerais.

— Donc le tueur s'en prend aux familles des Cabales ? dit-elle. D'abord les Nast, maintenant les Boyd ?

Je lui résumai brièvement les événements.

— Le petit-fils d'un P.-D.G. ? (Sa moue s'intensifia.) Donc c'est une vengeance.

— Heu, oui. C'est ce que nous…

Lucas ouvrit la porte de la chambre.

— Tu as réussi à joindre ton père ? lui demandai-je.

Il hocha la tête.

— Il est en route vers l'hôtel avec une équipe. Je lui ai dit qu'on arrivait bientôt, et il a promis de nous dégager la voie. Ça ne devrait pas être trop difficile. Je suppose que toute personne en position de s'opposer à lui sera déjà en train de rechercher Tyler. On y va ?

Cassandra se leva et prit son sac.

— Hum, répondis-je. Tout ça est très sérieux…

— Je le comprends bien, Paige. Vous cherchez une personne disparue. Les vampires sont de bien meilleurs pisteurs que les chamans.

J'hésitai et jetai un coup d'œil à Lucas. Il hocha la tête.

— Parfait, dit Cassandra. Vous pourrez m'expliquer le reste de l'affaire en cours de route.

# L'instinct du prédateur

Lucas ayant loué une voiture la veille au matin, nous n'avions plus besoin d'emprunter celle de Jaime. Elle resta à l'hôtel et promit d'appeler si quelqu'un se présentait. En règle générale, quand il y avait un invité dans la voiture, je m'installais à l'arrière. Simple question de politesse. Mais Cassandra faisait ressortir chez moi une certaine grossièreté, si bien que je me glissai sur le siège passager avant en la laissant froisser ses habits Donna Karan dans l'espace étroit à l'arrière.

Il nous fallut quarante-cinq minutes interminables pour atteindre l'hôtel des Boyd. Non seulement il se situait de l'autre côté de la ville, mais on tomba sur des bouchons dans une zone en construction et nous serions peut-être arrivés encore plus tard si Lucas n'avait emprunté un itinéraire alternatif en prenant de petites routes.

En chemin, je fis un résumé plus détaillé de la situation à Cassandra. Quand on se gara dans le parking de l'hôtel, elle était encore en train de poser des questions.

— Désolé de vous interrompre, dit Lucas. Mais au risque de vous offenser, Cassandra, je dois vous demander une fois encore de ne pas révéler…

— Je n'ai pas la moindre intention de leur apprendre ce que je suis.

— Merci.

— Ce serait peut-être encore mieux si Cassandra attendait ici, dis-je. Jusqu'à ce qu'on commence les recherches.

— Bonne idée. Cassandra, si vous…

La portière claqua. Elle se dirigeait déjà vers le bâtiment.

— Ou peut-être pas, commentai-je.

— Si nous ne l'empêchons pas de s'impliquer, peut-être qu'elle satisfera sa curiosité plus rapidement.

— Et qu'elle rentrera plus vite chez elle ?

Il eut un petit sourire.

— C'est l'idée.

Troy nous retrouva dans le parking puis nous escorta dans l'hôtel, qui ressemblait davantage à un immeuble de luxe qu'à un logement temporaire.

En voyant l'extérieur de la suite de Tyler Boyd au deuxième étage, on n'aurait jamais deviné qu'un meurtre venait d'y être commis ni qu'une équipe criminologue était en train de retourner toute la pièce. Ce ne fut que lorsque la porte s'ouvrit que le bruit s'échappa de l'intérieur.

Deux hommes travaillaient dans le salon, le premier prenant des photos et le deuxième passant sur le canapé un aspirateur manuel. Un troisième homme sortit d'une autre pièce, portant ce qui ressemblait à un étui d'ordinateur portable. Il échangea des saluts rapides avec Lucas puis sortit précipitamment.

Le garde semi-démon assassiné était affalé sur les vestiges de la table basse, couvert d'éclats de verre et d'échardes de bois. Sa tête était tournée sur le côté, le visage figé sur une grimace. Je luttai contre l'impulsion de détourner le regard de ces yeux morts. Près de moi, Cassandra se pencha sur le cadavre, l'étudiant avec détachement. Je tentai de l'imiter, de ne pas voir ce corps comme une personne mais comme une pièce à conviction.

Je crus au départ qu'on avait ouvert la gorge du cadavre. Mais je vis un morceau de câble enroulé autour de son cou et compris qu'on l'avait étranglé avec.

— Notre médecin légiste pense que ça a été fait *post mortem*, déclara Dennis. Sans compter qu'il est peu probable que quelqu'un soit parvenu à étrangler un homme de cette taille, avec ses pouvoirs.

— Et Tyler ? demandai-je. Il s'est enfui ou il a été enlevé ?

Dennis nous dirigea vers la salle de bains. On entra. Benicio resta sur le pas de la porte, regardant à l'intérieur. De l'autre côté de la pièce, un homme roux et mince examinait l'appui de fenêtre à l'aide d'une sorte de scanner électronique. La vitre était brisée. Il y avait quelques éclats de verre à l'intérieur, mais la plupart avaient dû tomber dehors.

Lucas se retourna pour regarder le montant de porte cassé.

— Donc soit Tyler se trouvait ici quand le tueur est arrivé, soit il est parvenu à s'y réfugier avant d'être attaqué. Ensuite, le tueur a réussi à entrer dans la salle de bains… (Lucas se tourna vers la fenêtre.) Tyler était déjà parti, par cette fenêtre. Simon ? A-t-on la moindre raison de penser que le tueur ait mis en scène cette fenêtre brisée ?

Le rouquin secoua la tête.

— Non, monsieur. Il y a des traces de sang sur l'un des éclats. Il me faudra un échantillon du labo des Boyd pour comparer, mais l'ADN est sans doute possible celui de leur famille, donc il doit s'agir de celui de Tyler. Il n'y a aucune trace de lutte ni de sang dans la salle de bains. J'ai trouvé des empreintes de Nike sur le sol en dessous, assez profondes, ce qui indique que quelqu'un a sauté par cette fenêtre.

— Nous supposons donc que Tyler a pris la fuite, dit Lucas. C'est logique. Je doute que le tueur l'ait emmené hors de l'hôtel. Trop risqué. Les fois précédentes, il a toujours tué sur les lieux. Il est peu probable qu'il change ses méthodes à présent.

Le téléphone portable de Benicio sonna. Après quelques mots tendus, il raccrocha.

— On a retrouvé Tyler. (Voyant mon expression, il ajouta :) Vivant.

— Il a été pourchassé ? demandai-je. Si c'est le cas, alors le tueur est peut-être encore dans le coin…

— Je ne crois pas, dit Cassandra. Il est passé à autre chose.

— Quoi ?

Elle roula très légèrement les yeux, comme si sa conclusion était d'une telle évidence qu'elle ne nécessitait pas d'explication.

— C'est un chasseur. Il vise les proies faciles. Quand elles ne le sont plus, il en trouve d'autres.

— Donc vous pensez qu'il a pourchassé Tyler…, commençai-je.

— Dès l'instant où ce garçon s'est échappé, votre tueur l'a abandonné. Comme l'a dit Lucas, il tue sur les lieux. Il suspend une fille à un arbre ou dépose un garçon sur un capot, mais uniquement pour choquer. C'est un chasseur. Il les tue là où il les trouve, et il tue efficacement. Quand cette autre agression a été interrompue, il a préféré laisser le garçon en vie plutôt que de risquer d'être découvert. Il n'a pas l'intention de poursuivre ce jeune homme à travers les rues de Miami.

— Par « passé à autre chose », vous voulez dire… (Je me tournai vers Lucas.) À un autre membre d'une famille centrale. C'est ce que disait Ésus. Avec Joey Nast, il a atteint le niveau maximal, et il va y rester à compter de maintenant.

Cassandra hocha la tête.

— Le reste ne serait qu'une régression. Quoi qu'il en soit, il se complique les choses à chaque nouvelle étape. Il va devoir profiter de chaque moment où la sécurité se relâchera un peu, comme…

— Comme ceux où les Cabales croient qu'il traque une autre victime. Où elles sont toutes à sa recherche. Lucas ? Où sont les autres ados ? Est-ce qu'il y en a dans ta famille ? Des neveux…

— J'ai un petit-fils de onze ans et un de douze, répondit Benicio. Les enfants d'Hector. J'ai triplé le nombre de gardes qui les surveillent dès que le fils de Griffin a été tué, et je les ai fait conduire en lieu sûr hors de Miami. Pour ce qui est des autres, Lionel St. Cloud a un fils, Stephen. Il a dix-huit ans. Ensuite, il y a encore plusieurs adolescents parmi les petits-fils de Nast, et Frank Boyd a plusieurs neveux de l'âge de Tyler.

— Stephen St. Cloud, déclara Lucas. Il a déjà frappé les Nast. S'il ne peut pas atteindre un Cortez, il ira chercher un St. Cloud.

— Je vais appeler Lionel…

— Où est-ce qu'ils logent ? demanda Lucas.

Benicio hésita, doigt suspendu au-dessus du clavier de son téléphone portable.

— Au Fairfield, du côté de South Beach. Attendez juste que je…

Nous avions déjà franchi la porte.

— Mais pourquoi vous n'avez pas essayé de nous dire ce que vous pensiez ? demandai-je en me tortillant sur mon siège pour lancer un regard noir à Cassandra tandis que Lucas sortait du parking de l'hôtel.

— Je l'ai fait.

— Vous saviez que le tueur avait changé de proie dès l'instant où vous avez vu que Tyler s'était échappé, mais vous n'avez rien dit. Ensuite, quand vous avez pris la peine de nous dire qu'il était passé à autre chose, il a fallu vous soutirer des explications. Ce n'est pas un jeu, Cassandra.

— Ah bon ? répondit-elle. Votre tueur n'est peut-être pas de cet avis.

— Vous savez très bien ce que je veux dire. Vous auriez dû nous en parler immédiatement, nous avertir…

— Et vous seriez partis quelques minutes plus tôt ? J'avais l'intention de m'expliquer, Paige. Simplement, je ne voyais pas la nécessité de nous presser.

— Vous…

Lucas me jeta un coup d'œil pour me dire d'ignorer Cassandra, mais je ne pouvais pas.

— Un jeune homme est peut-être mort et vous ne voyiez pas la nécessité de nous presser !

Son regard vert croisa le mien, tandis que ses sourcils soigneusement épilés se haussaient.

— Eh bien, s'il est mort, nous n'avons aucune raison de nous presser, non ? Si vous voulez dire que vous auriez pu le sauver si je vous avais avertis plus tôt, je vois mal en quoi soixante secondes auraient fait la moindre différence. Oui, un jeune homme est en danger. Oui, il risque de mourir. C'est tragique, mais ce n'est pas comme si ça ne se produisait pas à chaque heure de chaque journée.

— Ah bon, alors ce n'est pas si grave.

— Je n'ai pas dit ça, Paige. Je faisais simplement remarquer que la mort est une tragédie, mais, en fin de compte, une tragédie inévitable. Vous ne pouvez pas sauver tout le monde, si difficile qu'il vous soit de l'accepter.

— Je ne suis pas…

Je me forçai à refermer la mâchoire, ravalai le reste de la phrase et m'obligeai à me retourner vers le pare-brise.

Le téléphone portable de Lucas sonna. Il me le tendit.

— Paige Winterbourne, répondis-je.

Une brève pause. Puis Benicio demanda :

— Lucas est là ?

— Il conduit. Vous avez contacté Lionel St. Cloud ?

Nouvelle pause, comme s'il hésitait à insister pour que je lui passe son fils.

— Oui, et il a tenté d'appeler Stephen mais n'a obtenu aucune réponse. Les deux oncles de Stephen sont partis chercher Tyler, mais on a réussi à trouver un cousin encore à l'hôtel. Il nous dit que la chambre de Stephen est verrouillée et que personne ne répond quand on frappe à la porte. Donc, Paige, j'ai envoyé mon équipe de recherches au Fairfield. Ils ont peut-être quelques minutes de retard sur vous, mais ils y seront bientôt. Je... (Une pause.) Le tueur se trouve peut-être encore dans cet hôtel. Je ne veux pas que Lucas y entre.

— Je comprends bien, dis-je. Je peux lui demander de rester dehors pendant que j'irai voir, mais...

— Je veux dire que vous devez rester dehors tous les deux, au moins en attendant d'être accompagnés par l'équipe de recherches. Une ou deux minutes ne vont pas changer grand-chose.

— J'ai déjà entendu ça, répondis-je. Mais je n'ai pas l'intention de courir ce risque. Dites simplement à votre équipe de se dépêcher et de nous retrouver à l'intérieur.

J'appuyai sur le bouton pour raccrocher. Alors que je rendais le téléphone à Lucas, il sonna. Il tendit la main pour l'éteindre.

Une minute plus tard, on emprunta le couloir central. Sur notre gauche se dressait une grande villa de style espagnol. Un panneau discret, près de l'allée bordée de palmiers, annonçait que nous arrivions au Fairfield.

# Tueur surnaturel

Le Fairfield était nettement moins somptueux que l'hôtel des Boyd, bien que son tarif soit au moins le double de celui du nôtre. Il possédait ce genre d'atmosphère douillette et discrète qui s'accompagne généralement d'un prix bien moins discret. La chambre de Stephen St. Cloud se trouvait au troisième étage. Comme l'ascenseur tardait trop, on prit l'escalier.

On émergea à l'extrémité d'un couloir silencieux. À l'autre bout, un homme d'une vingtaine d'années aux cheveux sombres traînassait près des ascenseurs. Il ne nous accorda pas la moindre attention avant qu'on s'arrête devant la chambre de Stephen. Puis il réagit avec un temps de retard et s'avança à grands pas vers nous, l'expression furieuse.

— Bonjour, Tony, dit Lucas.

— Mais qu'est-ce que vous…

— C'est mon père qui m'envoie. Vous avez réussi à entrer dans la chambre de Stephen ?

— Pour ça, il faudrait qu'on sache traverser les murs. On a besoin d'un serrurier.

— Non, répondis-je. Simplement d'une sorcière.

Je lançai mon sort de déverrouillage le plus avancé. Les derniers mots n'avaient pas encore franchi mes lèvres que Cassandra tendait la main vers la poignée de la porte. Quand j'en eus fini, elle l'ouvrit et entra en nous laissant dans le couloir.

— Pas de verrou ni de chaîne, dis-je en inspectant la serrure alors que j'entrais. J'adore ces systèmes avec cartes magnétiques. N'importe quelle sorcière peut entrer comme elle veut.

Cassandra passa du salon dans la chambre. Nous venions à peine de quitter l'entrée lorsque Cassandra sortit de la chambre et nous frôla en rejoignant la porte.

— J'ai fini, dit-elle. Allons-y.

— Je suppose que ça veut dire qu'il n'est pas là, dis-je. Je ne vois pas de signes de lutte, donc on dirait qu'il est sorti seul. Tony ? Vous avez la moindre idée de sa destination ?

Tony me lança un coup d'œil, puis se tourna vers Lucas.

— Quoi ? demandai-je. J'ai la voix trop aiguë pour que les mages l'entendent ? Lucas, tu veux bien jouer les interprètes ?

— Vous savez où peut se trouver Stephen ? demanda Lucas.

— Sorti prendre le petit déjeuner, j'imagine. Tous les autres sont partis chercher Tyler, et Step râlait parce qu'on lui interdisait d'y aller. Il déteste qu'on le traite comme un gamin.

— Donc il a piqué une crise et filé, dis-je. C'est très adulte. Par pitié, dites-moi qu'il a un garde du corps avec lui.

— Est-ce qu'il a un garde du corps ? traduisit Lucas pour la sorcière invisible.

— Euh, ouais, répondit Tony. Moi.

On le regarda fixement. Tony haussa les épaules.

— En fait, le père de Step avait besoin de son garde habituel pour l'aider dans les recherches, donc il m'a demandé de le surveiller, de m'assurer qu'il reste dans sa chambre.

— Ce que vous avez fait magnifiquement, répondis-je.

Tony me fusilla du regard.

— Il a dix-huit ans, c'est un adulte. Je ne comprends pas pourquoi on fait tant d'histoires. Si vous voulez bien m'excuser, j'ai du travail.

— Ne vous en faites pas, lui lançai-je alors qu'il s'éloignait. On va retrouver Stephen nous-mêmes. Mais merci d'avoir proposé de nous aider à le chercher.

Cassandra passa la tête par la porte.

— Vous venez, tous les deux ?

Lors des quelques secondes nécessaires pour atteindre la porte, elle avait rejoint l'ascenseur et appuyé sur le bouton. Une minute plus tard, nous étions dans le vestibule. Cassandra s'arrêta à mi-chemin, tournant la tête de gauche à droite, plissant les yeux. Je ne comprends pas comment les vampires pistent les gens et je n'ai jamais osé le lui demander. Tout ce que je sais, c'est que ce n'est pas à l'odeur, mais que c'est quelque chose de similaire dans le sens où ils le repèrent à la source et que la piste s'efface avec le temps.

Cassandra pivota et remonta le couloir à grands pas. Je regardai Lucas, haussai les épaules et me dépêchai de le rattraper. Lorsqu'elle bouscula un couple d'âge moyen, l'homme lui marmonna une insulte. Sans s'arrêter, elle jeta un coup d'œil par-dessus son épaule et croisa son regard. L'homme s'empressa de détourner le sien et entoura d'un bras la taille de sa compagne tandis qu'ils pressaient l'allure.

Cassandra se dirigea vers un couloir latéral. Lorsque je l'y suivis, je la vis pousser une porte annonçant clairement SORTIE DE SECOURS. Avant que je puisse l'en empêcher, elle ouvrit la porte en grand. La lumière du soleil inonda le couloir et m'aveugla momentanément. Je m'attendais à entendre sonner des alarmes, mais rien ne se produisit.

Cassandra entra et laissa la porte se refermer derrière elle. Lucas la rattrapa avant qu'elle me cogne. On sortit. Quand l'éblouissement se dissipa, je me retrouvai au bord d'un parking à moitié rempli.

— Merde, marmonnai-je. On ne peut pas suivre sa piste s'il a pris une voiture.

Cassandra m'ignora et se dirigea vers le parking. De l'avant du bâtiment nous parvint le crissement des pneus d'un véhicule en train d'arriver.

— L'équipe de recherches ? demandai-je à Lucas.

— Je doute qu'ils fassent une arrivée aussi peu discrète, mais ils devraient être là. Je ferais mieux de les informer de la situation. Ça va aller ?

— Ça va me faire un peu d'exercice, répondis-je. Mais ça va aller. Va faire ce que tu as à faire.

Je me remis à suivre Cassandra. Elle s'arrêta à six mètres environ de la porte.

— Vous pouvez… ? commençai-je.

Elle fila de nouveau, se glissant entre deux monospaces. Je soupirai et me mis à trottiner. Elle avançait vite, traversant le parking selon une diagonale grossière, contournant les voitures. Quand je l'approchai par-derrière, elle se retourna si vite que je sursautai. Elle plissa les yeux et je me préparais à me faire enguirlander quand je remarquai que son regard était fixé derrière moi. Je me retournai mais ne vis rien.

— Il y a quelqu'un ici, dit-elle.

Dans un parking d'hôtel, ça ne me paraissait pas si étrange, mais avant que je puisse formuler cette réponse, elle revint rapidement sur ses pas le long d'une rangée de voitures. Puis elle s'arrêta et balaya le parking du regard.

— Peut-être qu'on devrait…, commençai-je.

Elle disparut entre deux voitures. Je regardai autour de moi. Au-delà du bruit lointain de la route, le parking était calme et silencieux. Je lançai un sort de détection. Rien. Je ne percevais même pas Cassandra, qui aurait dû se trouver dans son rayon d'action. Maudit sortilège. Il fallait vraiment que je m'entraîne.

Je me dressai sur la pointe des pieds. La lumière du soleil faisait briller les cheveux auburn de Cassandra qui dépassaient entre les voitures. Alors que je me dirigeais vers elle, j'entendis derrière moi des pas étouffés. Je ralentis mais ne me retournai pas. Je regardai plutôt mon reflet sur le flanc d'un véhicule utilitaire. L'espace situé derrière moi était vide.

Je reportais mon attention sur Cassandra quand une ombre passa furtivement près de moi et je vis alors le flanc métallique du véhicule s'assombrir l'espace d'une fraction de seconde. Je pivotai tout en jetant mon sort de détection. Cette fois, le sort perçut quelque chose, mais plus loin sur ma gauche. J'entendis simultanément un cliquetis de chaussures de femme sur ma droite ainsi que les pas tout aussi décidés de la personne qui approchait de moi par la gauche. Sur ma droite, les pas s'arrêtèrent lorsque Cassandra émergea d'entre deux voitures.

— Vous voilà, dit-elle. Il faut que vous me suiviez, Paige. Je ne peux pas…

Je me tournai vers la gauche. Cette fois encore, c'était la personne que je m'attendais à voir. Lucas me rejoignit, l'expression voilée par le soleil.

— C'est étrange, dis-je à Cassandra. J'avais perçu Lucas, mais pas vous.

Elle fronça les sourcils.

— Avec mon sort, je veux dire. Je ne vous avais pas perçue.

— Oui, eh bien vos sorts ne sont pas exactement infaillibles, Paige.

— Ou alors, c'est votre nature de cadavre ambulant.

Elle pinça les lèvres.

— S'il vous plaît, ne recommencez pas avec ça. Je ne suis pas…

Alors qu'elle parlait, je remarquai l'expression de Lucas et mes tripes se nouèrent. Je n'entendis pas la fin de la phrase de Cassandra.

— On l'a retrouvé, c'est ça ? demandai-je.

Lucas hocha la tête, et je compris qu'on n'avait pas retrouvé Stephen vivant.

On l'avait tué dans sa voiture, d'une balle dans la tempe, puis placé sur le siège du chauffeur baissé, avec des lunettes de soleil et une casquette baissée pour cacher sa blessure. N'importe quel passant aurait cru le voir faire un somme dans sa voiture. Curieux, mais pas alarmant.

Je fis part à Lucas de mon impression d'avoir été suivie. Cassandra confirma mes propos, et Lucas déploya l'équipe pour fouiller le parking tandis qu'on restait auprès du corps. Si je n'avais rien dit, Cassandra aurait-elle fait part de ses soupçons ? J'en doutais, mais pas parce que je la pensais capable de nous empêcher volontairement de trouver le tueur. Pourquoi l'aurait-elle fait ? Elle s'en moquait bien. Et c'était là un point capital pour comprendre Cassandra : elle se moquait de tout.

Une heure plus tard, l'équipe conclut que le tueur était parti. J'aurais aimé rester pour écouter ce qu'ils avaient trouvé, mais il était difficile d'enquêter clandestinement sur un crime commis dans un parking d'hôtel sans attirer de badauds.

— Tu es bien silencieuse, murmura Lucas alors qu'on regagnait notre voiture.

— Je réfléchissais.

Comme je ne poursuivais pas, il demanda :

— Tu veux en parler ?

Je lui fis signe que je le ferais dans la voiture. J'attendis que nous ayons rejoint l'autoroute avant de prendre la parole.

Je me disais que je rassemblais mes pensées, mais je crois que j'attendais de voir si Cassandra allait aborder le sujet la première. Elle n'en fit rien.

— C'est un chasseur, dis-je. Il frappe vite, laisse les corps là où il les a tués et modifie ses plans si les choses se compliquent. Un tueur expérimenté.

— Oui, comme l'a dit Ésus…, commença Lucas.

Il remarqua que j'avais adressé ma remarque à Cassandra et s'arrêta. Elle continua à regarder par la vitre latérale. Soit elle m'ignorait, ce qui ne m'aurait pas surprise, soit j'avais tiré la mauvaise conclusion, ce qui, compte tenu de mon manque d'expérience en la matière, ne m'étonnerait pas davantage.

— Et c'est aussi un expert de la traque. Dana ne l'a pas entendu arriver. Joey n'a rien vu venir. Même une divinité druidique ne l'a pas entendu attaquer. Je suis sûre qu'il m'a suivie dans le parking, mais je n'ai entendu qu'un pas de temps en temps, j'ai à peine vu un mouvement furtif. Et mon sort de détection n'a pas perçu sa présence.

Lucas me regarda par-dessus son épaule

— Donc, tu suggères qu'Ésus a pu se tromper, que notre tueur est peut-être effectivement dépourvu d'enveloppe physique, qu'il s'agit d'un démon ou d'une autre entité.

— Je ne le qualifierais pas de démon, répondis-je. Même si certains pourraient contester ce point. Le genre d'entité à laquelle je pense vit ici, dans notre monde. Le tueur a vaincu un garde du corps de plus de cent kilos. Il l'a abattu comme un arbre. On ne parvient pas à ce résultat en lui plantant une seringue hypodermique dans le dos. Il serait encore capable de se battre quelques instants. Ce type de tueur a une manière particulière de paralyser ses victimes. Mais jusqu'ici, il ne s'en est servi que deux fois – sur Dana et sur ce garde. C'est pour ça que les deux étaient blessés au cou : pour couvrir les marques. Des marques très difficiles à détecter, mais qui sont celles que recherchent toutes les autopsies menées par les Cabales.

— Des morsures de vampire, répondit Lucas.

Cassandra hocha la tête.

— Ce serait également mon interprétation.

Je ravalai l'envie de hurler « Et quand est-ce que vous comptiez nous le dire, bordel ? ».

Lucas entra dans le parking de notre hôtel.

— Le seul problème avec ce scénario, c'est que je n'imagine pas quel genre de grief un vampire pourrait avoir contre une Cabale.

— Ça ne m'étonne pas de vous, murmura Cassandra.

Lucas regarda dans le rétroviseur.

— Non, Cassandra, je ne l'imagine pas. Mais si vous le pouvez, vous, pourquoi ne pas nous en parler ?

Elle resta un moment sans répondre. Puis elle soupira, comme si on l'obligeait une fois de plus à expliquer quelque chose d'évident.

— Les Cabales ne traitent pas avec les vampires, répondit-elle.

— Exactement, dit Lucas. Leur politique leur interdit strictement de traiter avec des loups-garous ou des vampires, et c'est pour cette raison que je n'imagine pas… (Il s'interrompit, puis regarda Cassandra dans le rétroviseur.) À moins que cet argument les disqualifie pas tant qu'il les *désigne*.

— En matière d'argent et de pouvoir, les Cabales n'ont pas leur égal, dis-je. Peut-être que quelqu'un en a marre de rester sur la touche.

# Une belle-mère de série télé

On regagna notre chambre d'hôtel. Quand Jaime nous entendit arriver, elle passa s'informer de la situation.

— Donc mon fantôme n'essayait pas de vous dire de contacter Cassandra, dit-elle en décapsulant un Pepsi Light. Il voulait juste nous signaler qu'on cherche un vampire.

— Sans doute, répondis-je. *Salem* parle de vampires, et Cassandra est le vampire que je connais le mieux. Donc ça colle à la théorie. Mais ça change la motivation possible. Il faut un grief bien moindre pour pousser un vampire au massacre. Ce sont déjà des tueurs expérimentés – ça ne représente pas la même chose à leurs yeux. Je dirais que nous avons maintenant deux motivations plausibles. Premièrement, un vampire a essayé de postuler auprès des Cabales ou de traiter avec elles, il s'est fait remballer et a décidé de leur montrer qu'on ne contrarie pas les morts-vivants. Deuxièmement, un vampire est juste en rogne contre la politique anti-vampires des Cabales en général et il veut marquer le coup.

— Un vampire en croisade ? dit Jaime. Les seuls vampires que j'ai rencontrés n'étaient pas vraiment du genre altruiste. (Elle jeta un coup d'œil à Cassandra.) La preuve en images.

Celle-ci la regarda froidement.

— Ah oui. Et rappelez-moi la raison de votre présence, déjà ? Vous étiez davantage harcelée par un fantôme que par votre conscience, si j'ai bonne mémoire.

Jaime rougit.

— Eh bien, j'ai résolu ce problème et je suis encore là, non ?

— Donc votre fantôme se tient toujours tranquille ? demandai-je.

— Jusqu'ici, tout va bien.

— Cassandra, dit Lucas. Si nous affrontons un vampire, c'est votre domaine d'expertise. Compte tenu des deux motivations possibles avancées par Paige, vaut-il mieux que nous envisagions les deux sur le même plan ou que nous nous concentrions sur une histoire de revanche ?

— Les vampires sont capables de faire croisade pour une cause, dit-elle en s'installant sur le canapé. Mais généralement, uniquement sur une cause qui présente des avantages pour les vampires, comme ce serait le cas de celle-ci. Vous devez chercher un jeune vampire. Comme dans le cas de toutes les autres espèces, les plus jeunes sont les plus idéalistes, les plus susceptibles de chercher à provoquer des changements. Les plus anciens savent qu'il vaut mieux dépenser leur énergie pour des causes plus réalistes et individualistes. (Elle nous lança un regard en biais, à Lucas et à moi.) Vous l'apprendrez bien assez tôt.

— Pas si je peux l'éviter, murmurai-je.

— La recherche de la droiture est romantique, immature et, en fin de compte, autodestructrice, Paige. On pourrait s'attendre que vous ayez appris la leçon au printemps dernier avec Samantha.

— Savannah, rectifiai-je. Et la seule chose que j'aie apprise, c'est que la forme la plus pure du mal ne ressemble pas aux Cabales. Mais plutôt à quelqu'un qui est prêt à sacrifier les autres pour se sauver lui-même.

Jaime suivait notre échange avec intérêt. Avant qu'elle puisse formuler des commentaires, Lucas prit la parole.

— Donc, après avoir décidé que les deux voies sont tout aussi plausibles, puis-je suggérer que nous explorions les deux ? Le fait que nous affrontions probablement un vampire explique pourquoi aucun de mes contacts n'a entendu parler d'une telle situation, car les vampires ont peu de contacts avec les autres créatures surnaturelles. Ce qui signifie que je vais devoir demander des informations directement aux Cabales, ou, plus précisément, à mon père, qui peut poser des questions sur les cas précis où un vampire a pu être en contact avec les Cabales. En attendant, peut-être que Cassandra peut aider Paige à contacter la communauté vampire, à jauger l'humeur ambiante et les rumeurs liées aux Cabales.

— Je ne crois pas vous avoir offert mon aide, répondit Cassandra. Ce n'est pas mon problème.

— Ah non ? demanda Jaime. Ce n'est pas pour ça que vous participez au conseil interracial ? Pour pouvoir arrêter tout vampire qui ferait des siennes ? Toutes les espèces font ça, elles contrôlent ce que font les leurs. C'est une nécessité.

— Ce n'est pas pareil. Vous me demandez de *trahir* les miens. D'aider Paige à nous infiltrer pour rassembler des informations qui pourront être retournées contre nous.

— Non, dis-je. Nous vous demandons de m'aider à vous infiltrer pour rassembler des informations qui vont vous aider – vous tous. Les Cabales n'apprécient pas trop les vampires actuellement. Comment croyez-vous qu'elles réagiront quand elles découvriront que c'est un vampire qui tue leurs enfants ?

— Je ne m'inquiète pas des représailles.

— Parfait. Alors vous pouvez rentrer chez vous, Cassandra. Je n'ai pas besoin de vous pour obtenir ce que veut Lucas.

Un rictus étira les lèvres de Cassandra tandis qu'elle se laissait aller sur ses coussins.

— Vous devriez vous entraîner à bluffer mieux que ça, Paige. Votre technique est beaucoup trop transparente.

Je pris mon sac et me dirigeai vers la chambre.

— Ça ne marchera pas, Paige, me lança Cassandra. Votre seul autre contact vampire est Lawrence, et il se trouve en Europe depuis deux ans. Vous aurez bien de la chance s'il se rappelle votre nom. Je le vois mal s'empresser de revenir ici pour vous aider.

Alors que mes doigts frôlaient la poignée de porte de la chambre, je m'arrêtai. Je savais que la chose à faire consistait à appeler mon contact et à ignorer ses sarcasmes. Mais je ne pouvais pas, pas avec Cassandra. J'ouvris mon Palm, cliquai sur mon répertoire téléphonique, trouvai une entrée, revins en arrière et le tendis à Cassandra.

Elle la lut et cligna des yeux. Cette infime réaction me procura plus de plaisir que je voulus l'admettre.

— Aaron ? dit-elle. Quand vous a-t-il donné… ?

— Après que nous l'avons sorti du centre. Il nous a dit, à Jeremy et à moi, que nous pouvions l'appeler si jamais nous avions besoin de quoi que ce soit en rapport avec les vampires.

— Dans la mesure où lui aussi peut en bénéficier, Jeremy n'apprécierait peut-être pas que vous fassiez appel à lui pour une affaire qui ne bénéficie en rien aux loups-garous.

— Raison pour laquelle je vais l'appeler d'abord. Mais nous savons toutes les deux qu'il me dira de le faire.

— Les loups-garous au secours des vampires ? murmura Jaime. Un jour, il faudra que vous me racontiez cette histoire. Enfin bref, Cass, on dirait bien qu'elle vous a battue. Il est temps de reposer vos cartes et de rentrer chez vous.

— Elle est ici pour une raison particulière ? demanda Cassandra.

— Je n'ai pas envie de me chamailler avec vous, Cassandra, répondis-je. J'apprécie ce que vous avez fait ce matin en nous aidant à rechercher Stephen, mais je vous en prie, rentrez chez vous. On arrivera à gérer ça tout seuls.

Comme mon intonation s'adoucissait, la flamme s'éteignit dans ses yeux. Elle soupira et tendit la main pour prendre mon Palm.

— Je vais appeler Aaron, dit-elle. Gardez votre indic pour une autre fois.

J'hésitai.

— Ce n'est peut-être pas une très bonne idée. À moins que j'aie vraiment tout compris de travers, Aaron semblait franchement en rogne contre vous quand nous l'avons croisé au centre.

— C'était un malentendu.

— La dernière fois qu'il vous avait vue, vous l'aviez livré à une foule roumaine en colère avant de vous enfuir pour sauver votre peau. Traitez-moi de folle si ça vous chante, mais je ne crois pas qu'il y ait beaucoup de place pour un malentendu là-dedans.

De l'autre côté de la pièce, Jaime ricana. Cassandra la fusilla du regard, puis se retourna vers moi.

— Je ne l'ai pas livré à la foule, dit-elle. Je me suis contentée de le laisser là-bas. Je savais qu'il saurait se débrouiller. Enfin bref, rien de tout ça n'a d'importance à présent. Nous sommes de nouveau en bons termes.

— En si bons termes que vous n'avez même pas son numéro de téléphone ?

Elle m'arracha le Palm de la main, se dirigea vers la chambre d'un pas énergique et ferma la porte.

Deux heures plus tard, j'embarquais dans un avion pour Atlanta afin d'y rencontrer Aaron. Malheureusement, je n'étais pas seule, n'ayant pas réussi à convaincre Cassandra qu'elle avait mieux à faire. Je m'étais efforcée de faire preuve de courtoisie en lui disant que je comprendrais si elle préférait la première classe. Mais ma gentillesse n'avait fait que provoquer une manifestation similaire de générosité, si bien qu'elle m'avait offert une place en première classe à côté d'elle.

Comme j'avais emporté mon ordinateur portable, je me mis au travail sitôt installée pour rattraper mon courrier professionnel en retard. Cassandra garda le silence jusqu'au décollage.

— J'ai appris par Kenneth que vous essayez de monter un nouveau Convent, dit-elle.

— Pas vraiment, marmonnai-je avant de me mettre à taper plus vite.

— Ah, c'est une bonne chose.

Je m'arrêtai, les doigts suspendus au-dessus du clavier. Puis, avec de gros efforts, je les forçai à redescendre jusqu'aux touches pour me remettre à taper. *Ne pas mordre à l'hameçon, ne pas mordre…*

— Je lui ai dit que je ne vous imaginais pas faire une bêtise pareille.

Taper plus vite. Plus fort. Ne pas s'arrêter.

— Je comprends comment vous pourriez le vouloir. Ça doit être très dur pour votre ego. De vous faire virer de votre Convent. Et en tant que chef, pas moins.

Je commandai à mes doigts de rester sur le clavier, mais ils ignorèrent les ordres de mon cerveau et se crispèrent pour former des poings.

— J'imagine que c'était très satisfaisant pour vous, ces quelques mois passés comme chef du Convent. De toute évidence, vous devez vouloir retrouver ce sentiment d'importance.

— Ça n'a jamais été une question d'importance. Je voulais simplement…

Je me tus et me remis à taper.

— Vous vouliez simplement faire quoi, Paige ?

L'hôtesse de l'air fit un passage. Je commandai un café. Cassandra prit du vin.

— Vous vouliez faire quoi, Paige ? répéta Cassandra après son départ.

Je me retournai vers elle.

— Ne m'asticotez pas. Vous faites tout le temps ça. Vous ressemblez à ces belles-mères des séries télé qui passent leur temps à se mêler de tout, qui font semblant de s'intéresser mais cherchent seulement un point faible, une faille, un endroit où placer une insinuation, une insulte.

— Et s'il s'avérait que je ne fasse pas semblant de m'intéresser ? Que je souhaite réellement en savoir plus sur vous ?

— Vous ne vous êtes encore jamais intéressée à moi.

— Vous n'aviez jamais été intéressante. Mais vous êtes enfin en train de grandir, et je ne parle pas simplement de la question de l'âge. Depuis environ un an, vous avez mûri pour devenir un individu intrigant. Pas forcément quelqu'un avec qui je choisirais de me retrouver échouée sur une île déserte, mais les conflits d'opinion peuvent créer des relations plus intéressantes que les intérêts communs. Si je remets vos opinions en cause, c'est parce que je suis curieuse de vous entendre les défendre.

— Je ne veux pas les défendre, répliquai-je. Pas maintenant. Vos questions ressemblent à des insultes, Cassandra, et je n'ai aucune envie de m'embarrasser avec ça.

À ma grande surprise, elle ne répondit rien. Elle se contenta de déguster son vin, d'incliner son siège et de se reposer pendant le restant du vol.

# Déconnectée

Les vampires sont une espèce des grandes villes. Ça peut sembler une évidence, car il est beaucoup plus facile de tuer discrètement dans une ville où les crimes non résolus se comptent par centaines chaque année, plutôt que dans une petite ville qui ne connaît peut-être qu'un seul crime par an. Mais en réalité, ce n'est pas un facteur majeur expliquant ce choix.

Les véritables vampires ne sont pas les buveurs de sang en maraude qu'on voit dans les séries nocturnes, qui cumulent une dizaine de victimes par nuit. Un vrai vampire n'a besoin de tuer qu'une fois par an, bien qu'il doive se nourrir plus souvent que ça. Se nourrir ne leur donne pas trop de mal – s'il vous arrive jamais de tomber dans les vapes dans un bar et de vous réveiller avec une gueule de bois pire que d'ordinaire, je vous suggère d'examiner votre cou. Toutefois, vous ne trouverez peut-être pas les marques. Les morsures de vampires sont quasi invisibles à moins de savoir ce qu'on cherche, et les effets ne sont guère plus débilitants que ceux d'un don du sang avec l'estomac vide.

Comme leur morsure est rarement fatale, il serait assez facile aux vampires de vivre en dehors de la grande ville et de faire la navette pour leur mise à mort annuelle. Ce serait peut-être même plus sûr. Le problème, c'est cette saleté de semi-immortalité. Quand on ne vieillit pas, les gens le remarquent. Ça peut prendre un moment, mais ils finissent par demander quelle marque de crème hydratante vous utilisez. Plus la ville est petite, plus les gens vous prêtent attention et plus ils parlent. Dans une grande ville, un vampire peut rester au même endroit quinze à vingt ans sans jamais entendre davantage que des commentaires narquois sur le Botox. Sans parler de la question de l'ennui. Les petites villes sont géniales pour y élever une famille, mais quand on est célibataire et sans enfants, les samedis soir sur la balancelle du porche deviennent un peu assommants passé les cent premières années.

Donc, les vampires aiment la vie citadine. En Amérique du Nord, ils préfèrent également les États ensoleillés du Sud, et plus de la moitié des vampires du continent vivent en dessous de la ligne Mason-Dixon. Les hivers nordiques doivent perdre assez vite de leur attrait quand on se rend compte qu'on pourrait passer la journée à se prélasser sur la plage sans risquer ne serait-ce qu'un coup de soleil. Et il est beaucoup plus facile de mordre une personne en débardeur que de ronger à travers une parka.

Cassandra avait donné rendez-vous à Aaron dans un bar du côté sud d'Atlanta. Je ne connaissais pas la ville et notre bref trajet en voiture jusqu'au bar ne nous permit pas d'en voir grand-chose. Je fus surtout frappée par sa modernité. Elle avait l'air, eh bien, d'une ville du Nord, très high-tech, très efficace, très peu sudiste. Je m'étais attendue à l'équivalent de Charleston ou de Savannah mais je ne vis pas grand-chose qui me rappelle l'une ou l'autre. Si j'avais réfléchi d'abord en termes historiques, j'aurais sans doute compris qu'il ne fallait pas s'attendre qu'Atlanta fasse très « vieux Sud ». Le général Sherman s'en était occupé.

Le taxi nous conduisit dans un quartier que je ne peux décrire que comme ouvrier, avec des maisons toutes identiques, des pelouses au format timbre-poste et des rues bordées de voitures vieilles de dix ans. Le chauffeur se gara devant un bar coincé entre un magasin de fournitures automobiles et une laverie automatique. Sur la porte, un panneau annonçait LUCKY PETE'S BILLIARDS, mais on avait récemment barré la partie BILLIARDS.

Cassandra régla le chauffeur, sortit de la voiture, regarda le bar et secoua la tête.

— Aaron, Aaron. Au bout de deux cents ans, tu n'as toujours pas acquis la moindre notion de goût.

— Ça me paraît très bien. Tiens, regardez, le panneau dit que le vendredi, c'est soirée filles. La bière est moins chère après 16 heures. Il est plus de 16 heures ?

— Malheureusement, oui.

J'aperçus Aaron dès que je balayai le bar du regard. Je peux affirmer avec certitude que n'importe quelle femme le remarquerait en entrant dans n'importe quel bar. Il mesure au moins un mètre quatre-vingt-cinq, il est bronzé et large d'épaules, avec des cheveux blond-roux et un visage d'une beauté un peu rude. Aaron était assis au bout du bar, concentré sur une bière et une cigarette, ignorant les coups d'œil d'un quatuor de secrétaires derrière lui. Tandis que Cassandra approchait, elle remarqua ses bottes de travail boueuses, son jean usé et son tee-shirt couvert de poussière de mortier.

— Comme c'est gentil à toi de bien t'habiller pour moi, Aaron, dit-elle.

— Je sors du travail. Tu as déjà du bol que j'aie accepté…

Il me vit et cligna des yeux.

— Je te présente…, commença Cassandra.

— Paige, dit Aaron. Comment allez-vous ?

— Très bien. (Je me glissai sur le tabouret près du sien.) Qu'est-ce que vous devenez ?

— J'évite les ennuis. (Sourire furtif.) En gros. Et je surveille un peu mieux mes arrières. Ça reste franchement embarrassant de m'être laissé enlever comme ça. Une bière ?

— S'il vous plaît.

Il fit signe au barman.

— Je ne te pose pas la question, Cass. Je sais qu'il n'y a rien ici que tu accepterais de toucher. Même pas les clients. Tu vas prendre un tabouret ou juste rester plantée là ?

— Ça ne me paraît pas un bon endroit pour une conversation privée, dit-elle avant de pivoter et de se diriger vers un coin plus intime au fond du bar.

Aaron secoua la tête. Je commandai ma bière et il fit remplir son verre. Alors qu'il repoussait son verre vide, il remarqua sa cigarette dans le cendrier et l'écrasa.

— En plus d'être un vampire, il faut aussi que je tue des gens par tabagisme passif. (Il repoussa le cendrier près du verre de bière vide.) J'ai entendu une rumeur selon laquelle vous vous étiez mise avec le jeune Cortez. C'est vrai ?

Je hochai la tête, pris ma bière au barman et posai un billet de cinq dollars. Aaron me le rendit et échangea sa nouvelle bière contre un billet de dix, en murmurant « Pas la peine de rendre la monnaie ».

— Merci, lui dis-je.

— Je vous dois bien plus qu'une bière bon marché. Donc, ce Cortez, c'est Lucas, c'est ça ? Le benjamin ? Il ne travaille pas pour la famille ?

— C'est bien ça.

— C'est une bonne chose, parce que quelqu'un essayait de me dire que c'était le deuxième. Il vaut mieux que vous évitiez de vous frotter à ces gars des Cabales. Mais d'un autre côté, Cassandra disait vouloir parler d'un problème lié aux Cabales, donc comme vous êtes ici, je suppose que vous êtes impliquée. Mais si vous êtes avec Lucas, et qu'il ne travaille pas pour les Cabales…

— Rejoignons Cassandra et je vais tout vous expliquer.

Je racontai toute l'histoire à Aaron. Quand j'en eus fini, il se laissa aller en arrière et secoua la tête.

— Non mais c'est pas croyable. On a autant besoin de ce genre de problème que d'un pieu dans le cœur. Quand vous trouverez ce minable, assurez-vous que les Cabales soient au courant qu'on n'y était pour rien. (Il but une gorgée de bière.) Je suppose que vous voulez savoir si j'ai la moindre idée de la personne qui peut se trouver derrière tout ça. Je suppose aussi que vous avez déjà enquêté sur John et sa bande.

— John ? répétai-je.

— John, Hans ou quel que soit le nom qu'il se donne ces jours-ci. Tu vois de qui je parle, Cass.

— Ah, répondit Cassandra, retroussant les lèvres. Lui.

— Tu as parlé de lui à Paige, hein ? De sa petite croisade anti-Cabales ?

Je levai brusquement la tête.

— Quelle croisade anti-Cabales ?

Elle fronça les sourcils.

— Quand est-ce qu'il a commencé ?

— Oh, il y a seulement une dizaine d'années.

— C'est la première fois que j'en entends parler.

Aaron secoua la tête.

— Non, c'est seulement la première fois que tu en entends parler et que tu y prêtes attention.

— Qu'est-ce que tu essaies de me dire ?

Aaron se tourna vers moi.

— Ce type s'appelle John, mais il se fait appeler Hans ; il trouve que « John », ce n'est pas terrible pour un vampire. Il fait partie de ceux de La Nouvelle-Orléans.

— Ah.

Aaron sourit.

— Ça explique tout, non ? John a une dent contre les Cabales. Ça colle avec toute la mentalité de ces gars-là. Ce sont des vampires, donc ils sont une « élite » et ce sont eux qui devraient régner sur tout le monde surnaturel. Tout ça à cause de cette sale garce d'auteur... Ça leur est monté à la tête. Je ne serais pas surpris qu'ils se trouvent derrière tout ça.

— Vous avez la moindre idée de l'endroit où on peut les trouver ?

— Je peux obtenir l'adresse de John mais ça risque de prendre un jour ou deux. Il ne figure pas vraiment sur la liste des personnes à qui j'envoie mes cartes de vœux. Mais si vous êtes pressée, sa bande traîne au Rampart à La Nouvelle-Orléans. (Il se tourna vers Cassandra.) Mais va voir par toi-même, Cass. N'emmène pas Paige là-bas.

— C'est réservé aux vampires ? demandai-je.

— Nan, simplement ce n'est pas un endroit très recommandable. De mon côté, je vais tâter le terrain pour voir si j'entends des rumeurs.

Je tirai mon carnet pour lui donner mon numéro.

— Attendez, dit-il en tirant son téléphone portable. C'est plus sûr comme ça. Tous les bouts de papier que je fourre dans mes poches finissent dans la machine à laver. Je peux vous dire où j'étais quand j'ai appris qu'on avait tué Lincoln, mais vous croyez que je penserais à vider mes poches avant de faire la lessive ? Jamais de la vie.

Je dictai mon numéro de téléphone ainsi que celui de Lucas et Aaron les entra dans le répertoire de son téléphone. Puis il remit le téléphone dans sa veste, se détendit sur son siège et fit craquer ses articulations.

Cassandra soupira.

— Qu'est-ce qu'il y a, Aaron ?

— Hmmm ?

— Chaque fois que tu fais ça… (elle désigna ses mains)… ça veut dire que quelque chose te tourne dans la tête. Qu'est-ce que c'est ?

Il s'arrêta, puis se tourna vers moi.

— Le Rampart. Il pose problème, depuis un bon moment, et ça me fait penser à autre chose. Le conseil interracial. Je sais que vous avez Cass, mais vous devriez peut-être envisager de prendre un autre vamp…

— Pardon ? dit Cassandra.

— Oh, relax. Je veux dire un deuxième vampire, quelqu'un qui soumettra des sujets qui tracassent les vampires, comme le Rampart. Je le ferais bien, mais si tu connais quelqu'un de mieux, pas de soucis. Il n'y a pas assez de vampires pour que nous ayons notre propre organisation dirigeante, et dans le temps, le conseil tenait ce rôle…

— Dans le temps ? dit Cassandra. Si qui que ce soit a des motifs d'inquiétude, je les transmettrai au conseil.

Aaron se retourna pour croiser son regard.

— Cass, tu as arrêté de faire ça depuis des années. Des décennies. Tu n'es pas… Tu ne fais plus partie de rien à présent. Tu es déconnectée.

— Déconnectée ?

— Je n'essaie pas de te brusquer. S'il y a toujours eu deux délégués vampires, c'est pour une raison précise : il y en a un qui sert d'informateur et l'autre de médiateur. Maintenant que Lawrence est parti, tu as repris son ancien rôle et il faudrait, eh bien, que quelqu'un reprenne le tien.

Comme elle ne répondait pas, il lui toucha le coude mais elle recula vivement le bras.

— Je *ne* suis *pas* déconnectée, dit-elle.

Aaron soupira et me regarda.

— Réfléchissez-y.

Je hochai la tête. On termina nos verres puis on s'en alla.

# Problèmes vampiriques à La Nouvelle-Orléans

Je changeai le téléphone portable d'oreille et me dirigeai vers un coin plus tranquille de l'aéroport.

— Il y a un vol pour La Nouvelle-Orléans qui part dans une heure, donc je serai coincée là-bas jusqu'à demain.

— Peut-être que j'aurais dû venir, dit Lucas. Je n'ai pas accompli grand-chose ici. Mon père a convoqué une assemblée interne des Cabales cet après-midi et il dit que personne ne se rappelle avoir traité avec des vampires. Bien entendu, c'est grotesque. Même si aucun vampire ne les a contactés, ils doivent en avoir croisé un ou deux dans le cadre des affaires. Soit ils me prennent pour un idiot, soit ils ne se donnent pas la peine d'inventer de mensonges plus créatifs.

Je lâchai un juron.

— C'est exactement ce que je pense. Donc, mon père a *bel et bien* avoué que la Cabale Cortez a eu une interaction récente avec un vampire. Il semblerait qu'il y en ait eu un qui cherchait à obtenir un rendez-vous privé avec lui en juillet. La requête a été rejetée, bien entendu, et la question en est restée là.

— De quoi est-ce que ce vampire voulait lui parler ?

— Personne n'a pris la peine de le demander. Dès qu'ils ont découvert qu'il était vampire, ils ont refusé d'entendre quoi que ce soit d'autre. Ni sa motivation, ni son nom, rien. Et malgré mon intuition que mon père fait de la rétention d'informations, je dois admettre que c'est exactement ainsi que les employés des Cabales sont formés à traiter les vampires.

— Non mais j'hallucine. Quand tout ça sera terminé, on n'aura plus jamais besoin de travailler avec ces charmantes personnes, dis ?

— Tu as ma parole. Mais peut-être qu'il en sortira quelque chose de bon. Ça te convaincra peut-être de t'associer à mon futur travail *anti*-Cabales.

— Hé, je n'ai eu besoin de personne pour me convaincre. J'ai toujours été disposée à filer un coup de main. Il te suffisait de me le demander.

Silence au bout de la ligne. Cassandra apparut derrière moi pour me dire que l'embarquement commençait. Je lui fis signe que j'arrivais tout de suite.

— Je dois y aller, dis-je à Lucas.

— J'ai entendu. Pour ce qui est de travailler ensemble, j'ai toujours eu l'impression – enfin c'est-à-dire… (Une pause.) Je sais que tu dois filer, mais j'aimerais qu'on en parle plus tard. Et n'oublie pas de m'appeler quand tu arriveras à La Nouvelle-Orléans.

— Promis.

Cassandra n'avait pas dit grand-chose depuis que nous avions quitté Aaron. Cette fois encore, elle m'offrit un billet en première classe. Je savais qu'elle avait de l'argent, en grande quantité, et je doutais qu'elle s'abaisse jamais à voyager en car, mais le geste était gentil malgré tout. Pendant le vol, elle m'offrit également son repas, que je refusai, même si j'acceptai son paquet de cacahuètes apéritif. Quand je terminai mon dîner, elle en était à son deuxième verre de vin, ce qui m'apprenait que quelque chose n'allait pas. Je n'avais jamais vu Cassandra boire plus d'un demi-verre d'affilée.

Quand l'hôtesse de l'air arriva avec le dessert, je regardai le carré gélatineux qu'ils baptisaient tarte au citron meringuée et optai plutôt pour un thé. Cassandra désigna son verre pour qu'on le lui remplisse.

— Depuis combien de temps est-ce que vous assistez aux réunions du conseil, Paige ? demanda Cassandra alors que l'hôtesse s'éloignait. Cinq, six ans ?

— Presque douze.

— Douze ans, donc. (Elle tâta le bord de son verre.) Comme vous avez toujours eu bonne mémoire, vous vous rappellerez peut-être mieux que moi. À quand remonte la dernière fois où nous avons enquêté sur un sujet qui inquiétait ?

— 98. À Dallas, au Texas. Nous avions entendu un témoignage sur un tueur qui vidait ses victimes de leur sang. Mais il s'est révélé être un tueur humain, donc je suppose que ça ne compte pas vraiment. (Je marquai une pause.) Voyons, la fois précédente doit remonter à 96. Un vampire russe en vacances faisait du grabuge…

— Oui, oui, je me rappelle. Je voulais dire : à quand remonte la dernière fois où j'ai présenté au conseil un sujet qui nous inquiétait *vraiment* ?

— Du genre de celui dont parlait Aaron ? Une situation qui inquiète les vampires en général ?

— Exactement.

Je pris mon thé à l'hôtesse et retirai le sachet.

— Vous ne l'avez jamais fait.

— Oh, voyons, Paige. Bien sûr que si. (Elle se laissa aller sur son siège.) Peu importe. Vous n'étiez qu'une enfant et vous passiez votre temps à faire l'andouille avec Adam…

— Hé, je n'ai jamais fait l'andouille pendant les réunions. Vous ne vous rappelez pas toutes les fois où Robert a enguirlandé Adam parce qu'il était moins attentif que moi ? Ça le rendait dingue. Ensuite, Adam s'en prenait à moi, il me traitait de lèche-bottes… (Je m'arrêtai en constatant que l'attention de Cassandra avait dérivé vers son verre de vin.) Ce que je voulais dire, c'est que j'étais attentive. Je prenais des notes. Posez-moi des questions si vous le voulez. Sur les dates, les lieux, je peux vous les citer. En douze ans, vous n'avez jamais présenté le moindre sujet d'inquiétude au conseil.

— Et ça ne vous a pas paru bizarre ?

Je haussai les épaules.

— Au niveau des chiffres, les vampires sont rares et vous êtes tous autarciques de nature, donc je supposais que vous n'aviez pas de sujets d'inquiétude. Comme ça n'a jamais dérangé qui que ce soit, ça ne me dérangeait pas non plus. Lawrence ne soulevait pas de problèmes particuliers quand il était votre codélégué.

— C'est parce que Lawrence était tellement vieux qu'il ne s'intéressait à personne d'autre qu'à lui-même. (Elle agita les doigts au-dessus de sa tablette.) Il s'est envolé en Europe et n'a même jamais pris la peine de nous dire qu'il ne reviendrait pas. Je suis peut-être égocentrique, mais je ne ferais jamais ça.

Je bus une gorgée de thé. Cassandra me lança un regard glacial.

— Non, je ne ferais jamais ça.

— D'accord. Compris. Donc, pour en revenir à ce bar, le Rampart…

— J'ai bien dû présenter un problème au conseil ces douze dernières années. Et pendant la guerre du Golfe ? Plusieurs vampires avaient pris l'identité de citoyens américains et s'inquiétaient qu'on les appelle sous les drapeaux…

— Il n'y avait pas d'appelés pour la guerre du Golfe. Il devait s'agir du Vietnam.

Elle fronça les sourcils.

— C'était quand, le Vietnam ?

— Avant ma naissance.

Cassandra ramassa sa serviette et la replia avec précision.

— Eh bien, il y a eu autre chose depuis. Je ne me rappelle *celle-là* que parce qu'elle était importante sur un plan historique.

— Sans doute.

Lorsqu'on atteignit La Nouvelle-Orléans, il n'était pas encore 23 heures et il était encore trop tôt pour courir les bars. Alors que j'appelais Elena pour prendre des nouvelles de Savannah avant la nuit, Cassandra dirigeait le taxi vers l'Empire Hotel, son préféré de la ville. Lorsqu'on fut installées, j'appelai Lucas pour lui confirmer que j'étais bien arrivée, puis me douchai et me préparai.

Alors qu'on descendait, Cassandra demanda au portier de nous appeler un taxi.

— Ce bar, lui dis-je. Le Rampart. Il inquiète Aaron ?

Cassandra soupira.

— Il n'y a pas qu'Aaron. Pour un homme qui donne l'impression de ne pas réfléchir beaucoup, il le fait beaucoup trop. Il réfléchit et il s'inquiète. Il peut être la pire mère poule que vous puissiez imaginer.

— Donc il a une réaction excessive au sujet du Rampart ? Sur le fait que ce ne soit pas un lieu sûr pour moi ?

— Le Rampart est sûr dans la mesure où n'importe quel bar l'est ces jours-ci. C'est un endroit où les vampires aiment bien traîner, rien de plus.

— Sans vouloir vous vexer, si les vampires aiment y traîner, ça ne me paraît pas un endroit extrêmement sûr pour toute personne dont le cœur batte encore.

— Ne dites pas de bêtises, Paige. Les chiens ne pissent pas dans leur lit et les vampires ne chassent pas là où ils vivent.

Cassandra se dirigea d'un pas énergique vers un taxi qui se garait le long du trottoir. Je me hâtai de la suivre.

En chemin, Cassandra m'en apprit un peu plus sur le Rampart. Il pouvait sembler dangereux d'avoir de telles conversations là où des humains pouvaient nous entendre, mais les créatures surnaturelles n'éprouvent plus la nécessité de surveiller attentivement leurs discussions depuis le XIXe siècle. Ces jours-ci, on baisse la voix et on surveille nos propos, mais si le mot « démon » ou « vampire » nous échappe, les gens tirent l'une de trois conclusions logiques. Un, ils ont mal entendu. Deux, nous parlons d'un livre ou d'un film. Trois, nous sommes cinglés. Si notre chauffeur entendait quoi que ce soit de notre conversation, le plus grand danger que nous courions consistait à ce qu'il nous demande où se situait ce « bar vampire », non pas pour pouvoir alerter les autorités compétentes de l'existence d'un repaire de meurtriers buveurs de sang mais pour ajouter une nouvelle destination à sa liste de recommandations pour les touristes goths et fans d'Anne Rice. Après tout, c'était La Nouvelle-Orléans.

À propos d'Anne Rice, bien que je sois persuadée qu'il s'agit d'une femme charmante, beaucoup de gens dans le monde surnaturel lui reprochent le problème vampirique à La Nouvelle-Orléans. L'afflux de vampires dans la ville, qui coïncidait grosso modo avec le succès de ses romans, avait augmenté dans des proportions sidérantes. À un moment donné, vers la fin des années 1980, il y avait neuf vampires à La Nouvelle-Orléans… dans un pays dont la moyenne nationale, historiquement, n'atteint jamais la vingtaine. Certains avaient émigré d'Europe rien que pour s'installer à La Nouvelle-Orléans. Heureusement, trois ou quatre d'entre eux sont partis depuis, et la population tourne autour d'une moyenne de cinq ou six depuis une décennie.

Le problème, avec les vampires de La Nouvelle-Orléans, n'était pas la surpopulation. C'était le fait qu'ils partagent tous une même mentalité, celle-là même qui les avait attirés vers cette ville en premier lieu. Voir leur popularité culturelle grimper avec les livres de Mme Rice leur avait fait le même effet qu'à un chanteur de rock se voyant en couverture de *Rolling Stone*, un moment suprême d'affirmation de soi qui les autorisait à dire : « Vous voyez, j'ai toujours su que j'étais cool. » Et pour les vampires de La Nouvelle-Orléans, la vie n'a plus jamais été la même.

Le Rampart n'était pas un bar à vampires uniquement dans le sens où il les attirait. Ses propriétaires étaient vampires eux aussi. Comme me l'expliqua Cassandra : John/Hans et deux autres avaient acheté cet endroit deux ans plus tôt. Ils en avaient fait un petit bar exclusif, un endroit qu'ils pouvaient s'approprier et où ils s'amusaient à jouer les propriétaires de bar.

Le chauffeur de taxi s'arrêta dans une zone industrielle. Tous les bâtiments étaient constellés de lampes de sécurité sauf celui qui se trouvait près de nous, enveloppé d'une obscurité qui paraissait presque artificielle. Lorsque j'ouvris la porte, je vis qu'elle l'était bel et bien. On avait peint les briques et les fenêtres en noir. On avait même enveloppé l'unique lampadaire de papier crépon noir et brisé ou retiré l'ampoule.

— Cauchemar gothique à l'ancienne. Comme c'est original, dit Cassandra en descendant de la voiture. La dernière fois que je suis venue ici, ça ressemblait à un bar tout à fait normal. Pas étonnant qu'Aaron soit tout retourné par cet endroit. Il a horreur de ce genre de choses.

— Eh bien, leurs goûts en matière de décoration sont peut-être criminels, mais malheureusement, ils n'enfreignent aucun des statuts du conseil. Cela dit, ils sont discrets. Je ne vois pas d'enseigne.

— Ni même de porte, marmonna Cassandra. Ils ont dû la peindre en noir comme tout le reste. Voyons, elle était où la dernière fois… ?

Tandis que son regard balayait le bâtiment, une limousine se gara et recracha sur le trottoir trois jeunes femmes hilares. Deux d'entre elles portaient des minijupes en cuir. La troisième était vêtue d'une longue robe blanche qui paraissait plus adaptée à un mariage qu'à une soirée entre filles. Un garde du corps costaud saisit le coude de la mariée et conduisit le trio vers le bâtiment. Lorsque la limousine fit marche arrière, ses phares les illuminèrent tous les quatre. La « mariée » se tourna vers la lumière en plissant les yeux.

— Tiens, dis-je. Ce n'est pas… comment elle s'appelle… une chanteuse.

Le quatuor venait de disparaître au coin du bâtiment lorsqu'un 4 x 4 Hummer s'arrêta et cracha deux jeunes hommes en costume de croque-mort. Ils suivirent le même groupe que le cortège nuptial.

— Parlez de discrétion, marmonna Cassandra.

— Au moins, dis-je, on a trouvé la porte.

Cassandra secoua la tête et on contourna le bâtiment à la recherche d'une entrée.

# Rester dans le coup

Une fois de l'autre côté, on ne vit toujours pas de porte.

— C'est ridicule, dit Cassandra qui allait et venait le long du bâtiment. On est aveugles ou quoi ?

— Je ne sais pas pour vous, dis-je, mais moi, je n'y vois pas dans le noir. Est-ce que je tente de lancer un sort lumineux ?

— Allez-y. À en juger par l'apparence des crétins qui viennent d'entrer, je crois qu'ils ne remarqueraient rien même si vous éclairiez tout le quartier.

Avant que je puisse commencer l'incantation, un treillis couvert de lierre remua et une ombre émergea de derrière. Une jeune fille, à peine une ado, sortit en titubant, le visage blanc et les mains flottant dans l'air, désincarnées. Je clignai des yeux puis vis qu'elle était vêtue d'une longue robe noire ; avec ses cheveux noirs, elle se confondait avec la toile de fond du bâtiment.

Quand elle nous vit, elle vacilla et marmonna quelque chose. Alors qu'elle passait près de nous d'un pas instable, la tête de Cassandra pivota pour la suivre, les yeux plissés, les iris verts brillants. Elle entrouvrit les lèvres puis les referma brusquement. Avant qu'elle détourne le regard, je la suivis jusqu'au bras de la jeune fille. De la gaze noire encerclait son avant-bras nu. Autour des bords, du sang maculait sa peau blême.

— Elle est blessée, dis-je alors que la jeune fille titubait en direction de la route. Attendez-moi, je vais voir si elle a besoin d'aide.

— Faites donc. Je crois qu'Aaron a raison. Vous feriez mieux d'attendre à l'extérieur.

Je m'arrêtai. Mon regard se reporta sur la jeune fille qui titubait le long de la route. Elle était saoule ou défoncée, mais pas mortellement blessée. Quoi qu'il puisse se dérouler à l'intérieur, c'était sans doute pire et je ne pouvais compter sur Cassandra pour s'en occuper. Je tendis la main pour tirer sur le treillis.

— Je suis sérieuse, Paige, dit Cassandra. Allez vous occuper de cette fille. N'entrez pas là-dedans.

Je trouvai la poignée, ouvris la porte et me faufilai en contournant Cassandra. À l'intérieur, l'endroit était aussi sombre qu'à l'extérieur. J'inspectai à tâtons les murs des deux côtés et compris que je me trouvais dans un couloir. Je parcourus environ cinq pas avant de percuter une muraille de muscles. Un visage bien en chair baissa vers moi un regard noir. L'homme braqua une lampe torche sur nous et nous gratifia d'un sourire narquois.

— Désolée, mesdames, dit-il. Vous vous êtes trompées d'endroit. Bourbon Street[1], c'est par là.

Il leva sa lampe torche pour désigner la direction, l'agitant près du visage de Cassandra. D'un geste brusque, elle l'obligea à la baisser.

— Qui est là ce soir ? demanda-t-elle. Hans ? Brigid ? Ronald ?

— Heu, les trois, répondit le videur en reculant.

— Dites-leur que Cassandra est ici.

— Cassandra qui ?

1. La rue la plus touristique de La Nouvelle-Orléans. (*NdT*)

Il lui braqua le faisceau de la lampe en pleine figure. Elle la lui arracha des mains.

— Cassandra tout court. Maintenant, foncez.

Il tendit la main vers sa lampe.

— Je peux récupérer ma… ?

— Non.

Il hésita puis se tourna, cogna le mur, jura et s'éloigna dans le noir.

— Bande de crétins, marmonna Cassandra. Mais à quoi ils jouent ici ? Quand est-ce qu'ils ont fait tout ça ?

— Heu, votre dernière visite ici remonte à quand ?

— Ça ne peut pas faire plus d'un an… (Elle marqua une pause.) Enfin quelques années. Pas si longtemps.

La porte s'ouvrit si vite que l'homme qui se trouvait derrière faillit tomber à nos pieds. La quarantaine, dépassant à peine mon mètre cinquante-cinq, il était grassouillet avec des traits doux et des cheveux poivre et sel retenus en arrière par un ruban de velours. Il portait une chemise à jabot tout droit sortie de *Seinfeld*, dont les trois boutons du haut, ouverts, révélaient un torse glabre. Il portait un pantalon de velours noir mal ajusté, rentré dans des bottes. Il ressemblait à un comptable d'âge moyen parti passer une audition pour un film de pirates.

Il se redressa et la lampe torche de Cassandra le fit cligner des yeux à la manière d'une chouette. Je désignai la sortie. Il ne parut pas me voir, mais resta planté là à regarder Cassandra bouche bée.

— Cass… Cassandra. Je suis… ravi de vous…

— Mais c'est quoi cette tenue, Ronald ? Par pitié, dites-moi que les vendredis sont soirée déguisements ici.

Ronald baissa les yeux vers sa tenue et fronça les sourcils.

— Où est John ? demanda Cassandra.

— J… John ? Hans, vous voulez dire ? Il est, hum, à l'intérieur. (Comme Cassandra se tournait vers la porte, Ronald bondit devant.) Nous ne nous attendions pas… nous sommes honorés, bien sûr. Très honorés.

— Retirez votre langue de mes bottes, Ronald, et dégagez de mon chemin. Je suis venue parler à John.

— Ou… oui, bien entendu. Mais ça fait si longtemps. Je suis simplement ravi de vous voir. Il y a un bar de blues un peu plus loin. Très sympa. Nous pourrions aller là-bas, et Hans nous y rejoindrait…

Cassandra repoussa Ronald à l'intérieur et tendit la main vers la poignée de porte.

— Att… attendez, dit Ronald. Nous n'étions pas prêts à vous recevoir, Cassandra. C'est une vraie pagaille à l'intérieur. Je vous déconseille d'entrer là-dedans.

Elle ouvrit la porte et pénétra dans la pièce. Je la rattrapai avant qu'elle se referme. Ronald me regarda en clignant des yeux, comme si je venais d'apparaître de nulle part.

— Je suis avec elle, dis-je.

Il saisit le bord de la porte, puis s'arrêta, hésitant. Je l'ouvris juste assez pour me glisser dans ce qui ressemblait à un autre couloir plus long. Ronald se précipita à notre suite. Il me dépassa pour aller se placer juste derrière Cassandra. Comme elle lui lançait un regard noir, il recula, mais d'un pas seulement.

— Je… je crois que vous aimerez ce que nous avons fait ici, Cassandra, dit Ronald. C'est une nouvelle ère pour nous, et nous en profitons. Nous nous adaptons à l'époque. Le refus du changement sonne le glas de toute civilisation – c'est ce que dit Hans.

— Continuez à me suivre à la trace et c'est vous qui allez entendre sonner le glas.

Elle s'arrêta devant une autre porte et me fit signe d'avancer. Je contournai Ronald.

— Je veux que vous attendiez ici, dit Cassandra.

Je fis signe que non.

— Si vous y allez, moi aussi.

— Je ne veux pas être responsable de vous, Paige.

— Vous ne l'êtes pas, répondis-je en ouvrant la porte.

Au-delà de la porte se trouvait une pièce caverneuse, illuminée à grand-peine par une terne lumière rouge. Au début, je ne parvins pas à déterminer quelle était la source lumineuse, mais je remarquai ensuite que les fausses colonnes à la grecque étaient criblées de trous minuscules, dont chacune laissait échapper un mince rayon de lumière rouge, évoquant un viseur infrarouge.

D'un coup d'œil autour de moi, je compris que le terme de « bar » ne s'appliquait plus au Rampart. C'était un club, sans doute privé. Les seuls meubles étaient une demi-douzaine de canapés et de divans, occupés pour la plupart. Des deux côtés de la pièce, des zones avaient été délimitées par des rideaux de perles. Seul un murmure ou un rire étouffé rompait parfois le silence.

Sur le canapé le plus proche, deux femmes étaient blotties l'une contre l'autre, l'une à moitié inclinée, la main tendue, l'autre se penchant sur ce que tenait sa compagne. De la cocaïne, peut-être de la méthamphétamine. Si Hans et sa bande avaient ouvert un club très select pour clients camés, ils arpentaient un terrain dangereux pour des gens qui devaient rester discrets. Je ne savais pas trop si ça violait les statuts du conseil, mais nous allions devoir nous pencher sur la question lorsque cette enquête serait terminée.

L'une des femmes installées sur le divan se pencha sur le bras de sa partenaire. Je tentai de leur jeter un coup d'œil discret pour voir quel genre de drogues elles prenaient, mais la femme ne tenait rien. Elle tendait simplement le bras, paume vide tournée vers le ciel, soutenant son avant-bras à l'aide de son autre main. Une ligne sombre divisait en deux parties l'intérieur de son avant-bras. Elle serrait le poing et un filet de sang coulait. Sa compagne approcha la bouche de la coupure.

Je reculai en titubant et bousculai Cassandra. Elle se retourna vivement, ouvrant la bouche pour me remballer, puis suivit mon regard. Elle pivota vers Ronald.

— Qui est cette femme ? Je ne la connais pas.

— Ce n'est pas… (Ronald baissa la voix)… une vampire.

— Ce n'est pas… ? dis-je. Alors pourquoi est-ce qu'elle… ?

— Parce qu'elle le veut, dit Ronald. Certains aiment donner, d'autres recevoir. Ce n'est pas exactement une nouvelle perversion, mais ils s'affichent plus ouvertement qu'avant. On se contente d'en profiter…

Cassandra s'éloigna à pas lourds avant qu'il puisse terminer. Elle se dirigea vers le rideau le plus proche et l'écarta, arrachant des cris aigus de surprise aux clients qui se trouvaient derrière. Elle se détourna, laissa retomber le rideau, et se dirigea vers la cabine suivante. Ronald la suivit. Je restai sur place. J'en avais déjà assez vu.

— Tu ne vois pas la beauté de tout ça, Cassandra, chuchota Ronald. Les portes que ça nous ouvre. Être invisible parmi les foules, c'est le but suprême, non ? Les autres espèces en sont capables. Pourquoi pas nous ?

Cassandra repoussa un autre rideau de perles. Je détournai le regard, mais pas assez vite. La chanteuse se trouvait à l'intérieur, affalée au milieu du canapé dans sa fausse tenue de mariée tandis que ses deux compagnes s'accrochaient chacune à un de ses bras tendus, sa robe retroussée sur ses hanches tandis que son garde du corps s'agenouillait devant elle, pantalon baissé… et je n'ai pas besoin de vous en décrire davantage. Je me contenterai de vous dire que j'espérais effacer cette scène de ma mémoire avant qu'elle réapparaisse à un moment inopportun en gâchant une partie de jambes en l'air qui se déroulait parfaitement jusque-là.

Cassandra se tourna vers Ronald.

— Faites sortir ces gens d'ici tout de suite.

— Mais… mais… ce sont des membres. Ils ont payé…

— Faites-les sortir et vous aurez de la chance si vous ne perdez rien d'autre que de l'argent.

— P… peut-être que ce n'était pas une si bonne idée, peut-être que nous avons commis une erreur de jugement, mais…

Cassandra approcha le visage du sien.

— Vous vous rappelez le problème athénien ? Et la pénalité pour cette « erreur de jugement » ?

Ronald déglutit.

— Donnez-moi une minute.

Il se précipita vers la cabine de la chanteuse et passa la tête à travers le rideau de perles. Je perçus les mots « police », « descente » et « cinq minutes ». Le quatuor déguerpit si vite qu'ils étaient encore en train de se rhabiller lorsqu'ils passèrent devant moi à toute vitesse.

Une minute plus tard, alors que les derniers traînards se précipitaient vers la sortie, une porte s'ouvrit à l'extrémité opposée de la pièce. Entra une femme de grande taille approchant de la trentaine. Son visage était trop anguleux pour être beau, avec des traits davantage adaptés à un homme. Elle portait ses cheveux blonds raides et longs, dans un style peu flatteur qui poussait à se demander brièvement s'il ne s'agissait pas d'un travesti, mais sa nuisette de soie noire en révélait assez pour rassurer tout observateur s'interrogeant sur son appartenance au sexe féminin. Même ses pieds étaient nus, les ongles peints en rouge vif, comme ceux de ses doigts ainsi que ses lèvres. Elle donnait l'impression d'avoir mis du rouge à lèvres dans le noir et d'en avoir étalé partout par accident. Alors qu'elle avançait dans la pièce semi-éclairée, je vis que ce n'était pas du rouge à lèvres mais du sang.

— Essuie-toi la bouche, Brigid, lâcha Cassandra d'un ton cassant. Ça n'impressionne personne ici.

— Il m'a semblé entendre une voix de mégère, répondit Brigid en glissant jusqu'au centre de la pièce. J'aurais dû me douter que c'était la reine des vipères… (Minuscule sourire.) Oups, je voulais dire la reine des vampires.

— On sait très bien ce que vous vouliez dire, Brigid. Ayez au moins les tripes de l'admettre.

Le regard de Cassandra glissa sur le côté pour aller se fixer à un jeune homme qui suivait la vampire sculpturale de si près qu'il était presque caché derrière elle. Il n'avait guère plus de mon âge et il était menu avec des traits délicats et d'immenses yeux marron figés en une expression d'hébétude bovine. Du sang coulait du côté de son cou mais il ne semblait rien remarquer et il se contentait de rester planté là, regard fixé sur l'arrière de la tête de Brigid, lèvres recourbées en un petit sourire idiot.

— Faites-le sortir d'ici, dit Cassandra.

— Ne me donnez pas d'ordres, répondit Brigid.

— Je le ferai si vous êtes assez idiote pour avoir besoin d'eux. Renvoyez-le chez lui.

— Ah, mais il est chez lui. (Elle tendit la main pour lui toucher l'entrejambe.) Il s'y plaît.

— Ne soyez pas grossière, dit Cassandra. Trouvez un autre pigeon à charmer quand je serai partie.

— Je n'ai pas besoin de le charmer, dit Brigid, la main reposant toujours sur l'entrejambe du jeune homme. Il reste parce qu'il en a envie.

Cassandra poussa le jeune homme en direction de Ronald.

— Faites-le sortir d'ici.

Brigid saisit le bras de Cassandra. Comme celle-ci lui lançait un regard noir, elle baissa le bras et recula, lèvres retroussées. Puis elle me vit et ses yeux scintillèrent. Je me raidis, prête à lancer un sort d'entrave.

— Vous amenez votre humaine ici et vous m'interdisez d'amener le mien ? dit Brigid, regard fixé au mien.

— Elle n'est pas humaine, comme vous allez le découvrir si vous continuez sur cette voie.

L'éclat des yeux bleus de Brigid s'intensifia. Elle me charmait, ou du moins essayait. Ce pouvoir marchait rarement sur d'autres créatures surnaturelles, mais pour m'en assurer, je saisis cette occasion de tester sur le terrain un autre de mes nouveaux sorts : une incantation anti-charme. Brigid poussa un cri aigu.

— Ça pique, hein ? dit Cassandra. Laissez-la tranquille ou elle va passer à quelque chose d'encore moins confortable.

Brigid se tourna vers Cassandra.

— Qu'est-ce que vous voulez, espèce de salope ?

Cassandra sourit.

— Une réaction de haine franche et assumée. On progresse. Je veux voir John.

— Il n'est pas ici.

— Ce n'est pas ce que m'a dit votre videur.

Brigid écarta les cheveux de son épaule.

— Eh bien il se trompe. Hans n'est pas ici.

Cassandra se tourna vers Ronald, qui recula contre le mur.

— Il se trouvait dans la pièce du fond, avec Brigid et le garçon, dit-il.

— Laissez-moi deviner, lança Cassandra à Brigid. Il vous a dit de ressortir et de créer une diversion pendant qu'il s'esquivait par la porte de derrière. Venez, Paige. Nous avons un lâche à pourchasser.

# Ne jamais sous-estimer la puissance de l'ego vampirique

La porte de derrière du Rampart s'ouvrait sur une ruelle.

— Et Ronald et Brigid ? demandai-je en m'arrêtant sur le pas de la porte. Ils savent peut-être quelque chose, et dès qu'on aura disparu, ils vont filer, eux aussi. Un tiens vaut franchement mieux que deux tu l'auras.

Cassandra secoua la tête, balayant la ruelle du regard.

— Ils ne trahiraient jamais John. Sans lui, ils ne survivraient pas. (Elle se tourna vers la gauche.) Par là.

— Vous avez repéré sa piste ?

— Non, mais moi, j'irais par là.

On se faufila derrière un atelier de carrosserie pour ressortir dans un dédale de maisons délabrées toutes identiques qui donnaient l'impression d'avoir été condamnées depuis l'époque où j'étais en primaire. Au bout de la ruelle, Cassandra s'arrêta pour étudier les maisons. Une bouteille tinta. Je sursautai.

— Si vous entendez quelqu'un, ce n'est pas lui, me dit-elle.

— Il y a quelqu'un là-dedans ?

— Des tas de « quelqu'un », Paige. Abandonné ne veut pas dire vide.

Comme pour souligner ses propos, un rire de femme flotta le long de la rue. Une bouteille tomba d'une fenêtre du deuxième étage et s'écrasa sur la route, ce qui ajouta des éclats à un petit tas de verre brisé.

J'emboîtai le pas à Cassandra tandis qu'elle se dirigeait vers le trottoir d'en face et longeait la rangée de maisons. Je me sentais idiote de la suivre ainsi et, pis encore, je me sentais inutile, mais je ne pouvais rien faire d'autre. Mon sort de détection ne marcherait pas pour trouver un vampire, et s'il ne voulait pas se trahir en faisant du bruit, il était inutile que je le cherche par moi-même.

À deux maisons du bout de la rangée, Cassandra leva les yeux vers le bâtiment. Elle saisit la rampe rouillée et entreprit de gravir les marches menant à la porte d'entrée. À mi-chemin, elle s'arrêta. Elle regarda la porte, inclina la tête, puis se retourna. Je m'écartai de son chemin mais elle resta sur le seuil et regarda vers la rue. Au bout d'un moment, elle se retourna vers la maison, l'étudia puis secoua la tête et s'en éloigna. Arrivée au niveau de la rue, elle dépassa la dernière maison en ne lui accordant qu'un infime coup d'œil et traversa la route. Je la suivis en trottinant.

— Je peux faire quoi que ce soit ? demandai-je.

— Oui. Restez hors de mon chemin.

Je levai les bras au ciel et retournai vers la première maison dont elle s'était approchée.

— Je ne vous ai pas dit de vous barrer, me lança-t-elle.

— Je ne me barre pas. Quelque chose a retenu votre attention dans cette maison, donc j'y jette un coup d'œil pendant que vous inspectez les autres.

— Il n'est pas là-dedans.

— Parfait. Alors ça ne fera pas de mal que je regarde.

— La dernière chose dont j'aie besoin, c'est de m'inquiéter que vous marchiez sur une aiguille usagée.

— Je ne suis pas une enfant, Cassandra. Si je marche sur une aiguille ou si je me fais agresser, je vous décharge par avance de toute responsabilité. Examinez ce côté de la route pendant que je vais enquêter sur votre intuition.

Cassandra marmonna quelque chose à mi-voix et s'éloigna. Je gravis les marches menant à cette maison. La porte d'entrée était condamnée, mais quelqu'un y avait ouvert un gros trou d'un coup de pied tout en bas. Je m'accroupis et me faufilai par là.

L'odeur me frappa en premier, réveillant des souvenirs de la période où j'avais joué les bénévoles dans un asile pour SDF. Inspirant par la bouche, je regardai autour de moi. Je me trouvais dans un vestibule. Du papier peint en train de se décoller pendait des murs, se mêlant aux bandes de papier tue-mouches constellé de corps d'insectes momifiés. Je lançai un sort lumineux et lui fis longer le sol du couloir. La moquette avait été arrachée depuis longtemps, dévoilant la doublure à nu. Tandis que j'avançais, je repoussai les ordures hors de mon chemin du bout du pied. Bien qu'il n'y ait pas d'aiguilles, il y avait assez de verre brisé et de crottes de rats pour que je me félicite d'avoir échangé mes sandales contre des chaussures fermées avant de quitter Miami.

À partir du vestibule, trois destinations s'offraient à moi : l'étage, le salon ou la porte située au bout, qui devait conduire à la cuisine. Je lançai un sort de détection depuis le bas des marches. Il ne fonctionnait peut-être pas sur les vampires mais, dans un endroit comme celui-là, les vivants m'inquiétaient tout autant. Comme j'obtenais un résultat négatif, je me dirigeai vers le salon. Je n'y vis aucune trace de vampire, ni de quoi que ce soit d'assez gros pour en cacher un. Même chose avec le salon/coin cuisine. Même les placards étaient dénudés, toutes les portes et les étagères ayant été retirées, sans doute pour nourrir le feu pour lequel on avait creusé un emplacement au milieu du sol du salon.

Alors que je me dirigeais vers les escaliers, j'entendis un chuintement sur le sol, à l'étage. Le bruit était trop léger pour des bruits de pas… à moins que ce soient ceux des gros rongeurs velus qui avaient laissé leur carte de visite en bas parmi les débris. Je montai jusqu'au milieu de l'escalier et lançai mon sort de détection. J'obtins une réponse négative. À la réflexion, c'était étrange. Ces crottes de rats récentes indiquaient que des rongeurs étaient passés par là récemment, et mon sort aurait dû les détecter. Je pensais connaître les motifs de cet exode soudain. Les rats ne fuient pas seulement les navires en train de couler – ils fuient aussi les prédateurs.

Je préparai un sort repoussoir et montai jusqu'au palier. La maison était tranquille et silencieuse. Beaucoup trop. Ce calme surnaturel me rappelait un autre moment plus tôt dans la journée, celui où j'avais cru que le tueur me traquait dans le parking.

Depuis le haut des marches, j'y voyais dans les quatre chambres. Je voulais me trouver à l'avant de la maison, ce qui me limitait à deux choix, dont la salle de bains – trop petite pour ce que j'avais en tête. Je jetai un coup d'œil dans la chambre de devant, m'assurant qu'elle était vide, puis entrai et jetai un sort de périmètre autour de la porte. Le problème était que je n'avais jamais testé ce sortilège sur un vampire, si bien que je ne pouvais pas compter dessus en ce moment. Quand tout ça serait terminé, il faudrait que je teste toute ma gamme de sorts sensoriels sur Cassandra. Pas que je la croie du genre à se proposer d'elle-même comme cobaye, mais il y avait des moyens de contourner ce détail.

Je préparai ensuite un nouveau sort repoussoir. « Préparer un sort » signifie commencer l'incantation afin de pouvoir la lancer dès qu'on prononce les derniers mots. Les sorts sont des armes formidables mais se classent tout en bas sur une échelle de rapidité d'usage, à égalité avec les arcs et les flèches. Si la flèche n'est pas prête dans l'arc quand on vous saute dessus, vous êtes dans la mouise. L'autre problème, toutefois, est que l'on ne peut pas s'interrompre indéfiniment en milieu d'incantation. Une fois, Lucas et moi avions passé un week-end à expérimenter sur le sujet et avions conclu qu'on pouvait mettre en pause un sortilège pendant deux minutes environ. Après quoi il fallait de nouveau le préparer. Comme c'était ma première mise en pratique de ces recherches, je renouvelais mon sort toutes les soixante secondes, par sécurité.

Je traversai la pièce en direction de la fenêtre de devant. Elle était condamnée mais quelqu'un avait forcé la planche du milieu pour laisser entrer le soleil. Je me plaçai de biais afin de voir à la fois la fenêtre et la porte, puis redirigeai mon sortilège lumineux de sorte qu'il m'éclaire par-derrière.

Lorsque mes yeux se furent adaptés à l'obscurité de la rue en dessous, je distinguai la silhouette de Cassandra qui remontait la rue vide, ses chaussures Prada martelant impatiemment l'asphalte, son manteau Dolce & Gabbana claquant derrière elle. Combien de personnes étaient tapies derrière d'autres fenêtres le long de cette rue, attirées là par le boucan que nous avions fait un peu plus tôt et regardaient à présent cette quadragénaire séduisante à la mise impeccable marcher seule le long de leur rue ? Parlez d'une proie facile. Pourtant, personne ne sortit. Peut-être qu'ils n'osaient pas.

À en juger par l'angle et le pas décidé de Cassandra, elle se dirigeait ici, n'ayant sans doute rien trouvé plus loin. Ce qui signifiait que mon intuition concernant la cachette de John était sans doute correcte, et par conséquent que je devais agir vite.

Je tournai le dos à la porte et ajustai ma boule de lumière jusqu'à ce que je voie le reflet de la porte dans la vitre. Puis je sortis mon téléphone portable. Je préparai un nouveau sort, appelai notre appartement et commençai à parler avant que le répondeur déclenche.

— Salut, c'est moi. Je suis à La Nouvelle-Orléans. Cassandra est en train de suivre une piste au sujet d'un vampire. Il était censé se trouver dans ce bar mais il s'est barré par la porte de derrière. Tu te rends compte ? Monsieur « Je suis un grand méchant vampire » qui se barre par-derrière. (Après une pause, j'éclatai de rire.) Non mais sans blague. Ces vampires, hein ?

À travers le reflet dans la vitre, je vis une silhouette franchir le seuil. Je préparai un nouveau sort et continuai à parler au répondeur.

— Ça oui, j'en suis sûre, dis-je tandis que la silhouette approchait à pas de loup. Il doit se planquer dans un cagibi en espérant que les rats ne vont pas le choper. Avec des mecs comme ça, c'est un miracle que l'espèce ne soit pas en voie d'extinction...

Je finis de lancer le sort d'entrave, puis me retournai pour voir un homme figé en plein bond. Mince, la trentaine, cheveux noirs ramenés en catogan, chemise de lin blanc, manteau de cuir noir flottant à longueur des genoux, pantalon de cuir assorti. Du mascara, peut-être. De l'eye-liner, sans aucun doute.

— John, je présume, dis-je. Vous aviez oublié que les vampires se reflètent dans les vitres, hein ?

Ses yeux marron s'assombrirent de rage. En dessous, la porte de devant se ferma avec un déclic.

— Ici, appelai-je. Je l'ai trouvé.

Le cliquetis des talons de Cassandra redoubla de vitesse dans l'escalier. Lorsqu'elle entra dans la pièce, elle parut presque inquiète. Puis elle vit John et ralentit.

— Ma statue vous plaît ? demandai-je. Le vampire pas si malin en train de fondre sur sa proie pas si insouciante.

— Je vois que vous avez progressé avec vos sorts d'entrave. (Elle regarda John en soupirant.) Relâchez-le.

Je mis fin au sortilège. John tomba face contre terre. Cassandra soupira de nouveau, plus fort. John se redressa tant bien que mal puis épousseta son pantalon.

— Elle m'a piégé, dit-il.

— Non, répondis-je. C'est votre ego qui vous a piégé.

John rajusta son manteau, puis grimaça en voyant une trace de graisse sur sa chemise blanche.

— Vous avez intérêt à ce que ça s'en aille, dit-il.

— Hé, je n'y suis pour rien, répondis-je. Ça vous apprendra à rôder dans des taudis comme celui-ci.

— Je ne rôdais pas. Et je ne me suis pas barré par la porte de derrière. Je…

— Ça suffit, dit Cassandra. Maintenant, John…

— Je préfère Hans.

— Et moi, je préfère ne pas devoir vous courir après dans des bâtiments abandonnés, mais on dirait qu'aucun de nous deux ne verra ses vœux exaucés ce soir. Je suis venue vous parler de…

— Du Rampart. (John roula des yeux et s'affala contre le mur, puis remarqua sa chemise froissée et rajusta sa position.) Laissez-moi deviner, vous êtes passées voir Saint Aaron. Quel gâchis d'un superbe vampire. Je pourrais le faire changer, bien entendu. (Il sourit de toutes ses dents.) Lui montrer ses erreurs, ou comment en commettre de bien plus délicieuses. Lui montrer ce que ce corps parfait…

— Vous n'êtes pas gay, John. Faites-vous à l'idée. Maintenant, je ne sais pas quelle dent Aaron a contre le Rampart, mais je ne suis au courant de rien et je n'y ai personnellement rien vu d'inquiétant.

John se redressa.

— Ah bon ?

— Le sujet dont je viens vous parler concerne les Cabales.

— Les Cabales ? (Il fronça les sourcils.) Qu'est-ce qu'elles ont, les Cabales ?

— Je vous présente… (elle me désigna d'un grand geste) Paige Winterbourne. Vous avez déjà rencontré sa mère.

Un éclat s'alluma dans le regard de John, indiquant qu'il reconnaissait mon nom, mais il l'éteignit et haussa les épaules.

— Bien sûr, poursuivit Cassandra, je ne m'attends pas que vous vous rappeliez une non-vampire, mais la mère de Paige était chef du Convent américain. Je me doute que vous ne devez pas vous intéresser aux commérages des lanceurs de sorts, mais Paige est avec Lucas Cortez, le fils cadet et héritier de Benicio Cortez.

À en juger par l'expression de John, rien de tout ça n'était une révélation pour lui, mais il n'en montra rien et laissa Cassandra continuer.

— Le jeune Lucas a eu quelques conflits d'éthique avec l'organisation de son père et s'implique activement dans des activités anti-Cabales. C'est pour cette raison que Paige m'a contactée. En tant que membre du conseil comme moi, elle connaît parfaitement ma position très ferme anti-Cabales.

Je hochai la tête, bien qu'il me soit difficile de garder mon sérieux en imaginant Cassandra s'opposer fermement à quoi que ce soit.

— Paige voulait que je rejoigne leur petite croisade, mais je n'ai pas l'intention de m'associer à des lanceurs de sorts. Elle m'a appris ensuite que vous et vos… associés aviez formé votre propre ligue anti-Cabales. Naturellement, ça m'intrigue, même si je ne comprends pas pourquoi vous ne m'avez pas contactée vous-même à ce sujet.

— Je… nous… personne ne vous en a parlé ? J'ai demandé à Ronald…

— Pour l'heure, j'accepte cette excuse, mais je vous suggère de ne plus y recourir par la suite. Pour ce qui est de cette campagne, j'ai entendu dire que vous étiez très occupés. Et que vous remportiez un certain succès.

John hésita, puis haussa les épaules.

— Ça n'a franchement rien d'étonnant. Ils sont une proie tellement facile.

— Mais cette dernière attaque ? C'était vraiment inspiré.

Cette fois encore, John hésita et je vis à son expression qu'il ne comprenait pas de quoi parlait Cassandra. Il toussa pour masquer sa confusion, puis s'empressa de reprendre.

— Oui, eh bien, c'était un travail d'équipe. Des mois de préparation. Mais nous étions satisfaits des résultats et nous espérons capitaliser sur ce succès pour la prochaine étape.

— Je n'en doute pas.

Cassandra s'avança vers la fenêtre et regarda dehors, le temps de rassembler ses idées et de prévoir la prochaine étape. Je la laissai s'en charger. Mon coup de fil factice avait éprouvé les limites de mes capacités de tromperie.

John retroussa vivement les manches de son manteau.

— Nous avons laissé trop longtemps ces Cabales agir en toute impunité. C'était un exercice amusant à observer, mais elles ont oublié leur place dans le monde surnaturel. Nous aurions dû contribuer aux Cabales dès le départ, exiger un tribut, quelque chose qui leur rappelle qui commande. Pas que je vous le reproche…

Cassandra regarda John. Il leva les mains et recula.

— Pas du tout. On vous a induits en erreur, comme nous tous. Quand ils disaient qu'ils ne voulaient pas que des vampires s'engagent, on s'en moquait. Pourquoi s'en serait-on souciés ? Les vampires n'ont aucune intention de pointer au service des lanceurs de sorts. On ne voyait simplement pas où ça mènerait.

— Où ça mènerait…, murmura Cassandra. Oui, évidemment. Je suppose que vous faites référence aux problèmes récents que nous avons eus avec les Cabales.

— Ouais. C'est ça.

Cassandra me jeta un coup d'œil pour me signaler que c'était à moi de jouer l'étrangère mal informée.

— Quels problèmes ? demandai-je.

Cassandra fit signe à John, comme pour l'inviter à prendre la parole.

— Eh bien, les, hum, les problèmes généraux qu'ils ont avec les vampires. Ils savent que nous pouvons nous soulever contre eux à tout moment. Nous sommes en sommeil depuis trop longtemps, satisfaits de notre place dans le monde…

Cassandra rejoignit la porte à grands pas et disparut dans le couloir. John se précipita à sa suite.

— Vous avez entendu quelque chose ? demanda-t-il.

— Non, j'en ai entendu assez. Paige ? Venez.

Je la suivis hors de la maison.

# Comprendre Cassandra

— J'espère que nous partons parce que vous avez une idée, lui dis-je alors que nous remontions la rue.

— Il n'est au courant de rien.

— Comment vous le savez ? Vous l'avez à peine questionné.

— Qu'est-ce que j'étais censée faire ? Lui arracher les ongles ? J'ai plus de trois cents ans, Paige. J'ai une excellente compréhension du comportement humain et vampire. John n'est au courant de rien.

Je jetai un coup d'œil en arrière à la maison.

— Je ne vous permets pas, dit Cassandra. Vraiment, Paige, vous vous comportez parfois comme une enfant. Une enfant impétueuse qui surestime sa propre infaillibilité. Vous avez de la chance que ce sort d'entrave ait retenu John, ou j'aurais dû vous tirer d'affaire une fois de plus.

— Parce que vous m'avez *déjà* tirée d'affaire ? (Je secouai la tête, comprenant que je me laissais adroitement détourner de mon but.) Alors oublions John. Et les deux autres ? On devrait passer au Rampart, voir si vous arrivez à retrouver leur piste…

— Si John ne sait rien, eux non plus.

— Je ne suis toujours pas convaincue que John ne sache rien.

Elle marmonna quelque chose et pressa le pas pour me distancer. Je sortis mon téléphone portable. Elle jeta un coup d'œil par-dessus son épaule.

— Je ne vais pas rester plantée ici à attendre un taxi, Paige. Il y a un restaurant à quelques rues d'ici. On l'appellera de là-bas.

— Je ne suis pas en train d'appeler un taxi. J'appelle Aaron.

— Il est 3 heures du matin. Il ne va pas apprécier…

— Il m'a dit de l'appeler quand nous aurions fini de parler à John, quelle que soit l'heure, et de voir s'il avait trouvé d'autres pistes.

Cassandra m'arracha le téléphone portable de la main.

— Il n'a rien trouvé. Aaron a passé les soixante-dix dernières années en Australie, Paige. Il est rentré depuis deux ans à peine. Comment pourrait-il savoir quoi que ce soit sur nous ? Sur les vampires d'ici ?

— Il était au courant pour John et le Rampart. (Je l'observai à travers les ténèbres.) Vous n'avez vraiment aucune envie que je demande des informations aux autres vampires, hein ?

— Ne dites pas de bêtises. Je vous ai conduite à Aaron. Je vous ai amenée ici. J'ai poursuivi John…

— C'est *moi* qui ai poursuivi John. Vous êtes passée à côté.

— John n'est au courant de rien.

— Mais vous, si.

— Non, dit-elle en croisant mon regard. Moi non plus.

Je sus alors qu'elle me disait la vérité. Elle ne savait rien… et c'était pour cette raison qu'elle me mettait des bâtons dans les roues et qu'elle me remballait, parce que ces gens étaient de son espèce, qu'elle les représentait et qu'elle aurait dû savoir quelque chose. Elle aurait dû être au courant pour le Rampart, pour la croisade anti-Cabales de John, savoir qui avait eu des ennuis avec les Cabales. Mais elle n'en savait rien. Tout le problème était là.

— On peut s'occuper de ça, Lucas et moi, dis-je en adoucissant le ton. Vous n'êtes pas obligée de…

— Mais si. Vous aviez raison. En tant que déléguée du conseil, il est de mon devoir d'aider à résoudre cette histoire avant que la situation empire pour toutes les personnes impliquées. (Elle me rendit mon portable.) Allez-y. Appelez Aaron.

Je secouai la tête.

— Ça peut attendre le matin. Regagnons l'hôtel et dormons un peu.

Bien entendu, je n'avais pas envie de dormir. Je voulais prévoir la prochaine étape. Je voulais appeler Lucas pour lui demander son avis. Appeler Aaron et voir s'il avait découvert quoi que ce soit. Mais par-dessus tout, je voulais secouer Cassandra jusqu'à ce que ses crocs s'entrechoquent.

Je ne fis rien de tout ça. Comme je pouvais difficilement suivre des pistes récentes à cette heure-ci, il n'y avait aucune raison pour ne pas appeler Lucas et Aaron le lendemain matin. Quant à Cassandra, eh bien, disons simplement que j'avais du mal à rassembler une dose suffisante d'indignation justifiée. Pour une fois dans ma vie, je crois que je la comprenais, ou du moins une infime partie d'elle.

Aaron avait raison : Cassandra était en train de se déconnecter. Un terme moderne pour un mal ancien affectant les vampires. Quand un vampire commence à se retirer du monde, c'est un signe très sûr indiquant qu'il atteint la fin de sa vie. J'avais toujours cru que c'était intentionnel. Comme on sait qu'il ne nous reste pas beaucoup de temps, on commence à se retirer, à faire la paix avec soi-même.

J'avoue que, si j'avais su que mon heure arrivait, je me serais immergée dans le monde comme jamais auparavant, et j'aurais passé chaque minute avec les gens que j'aimais. Mais ça me paraissait logique que les vampires soient davantage poussés à l'introspection et à l'isolation, à mesure qu'ils voyaient approcher la fin et comprenaient pleinement le coût de leur existence. Même s'ils ne tuaient qu'une seule personne par an, ils accumulaient des centaines de victimes sur une vie. Des centaines qui mouraient afin qu'eux vivent. Lorsque cette vie touche à sa fin, ils doivent regarder en arrière et s'interroger sur leurs choix.

À voir Cassandra nier ainsi ce phénomène, lutter pour feindre de faire tout autant partie du monde qu'avant, je comprenais que ce processus devait être aussi involontaire que tout autre aspect lié au vieillissement. J'ai déjà dit que Cassandra se moquait bien des autres et que je l'avais toujours connue ainsi. Malgré ma certitude qu'elle n'avait jamais été la personne la plus altruiste qui soit, si elle avait toujours été aussi égocentrique qu'actuellement, on ne lui aurait jamais accordé de siège au conseil. Peut-être qu'en vieillissant elle commençait à avoir plus de mal à se soucier des choses, à mesure que les années et les visages se fondaient et se brouillaient, au point que sa personne et sa vie étaient la seule constante. Pourtant, elle se persuadait que ça ne l'affectait pas, qu'elle était toujours aussi énergique et dynamique qu'avant. Pouvais-je vraiment le lui reprocher ? Bien sûr que non.

Et ma mère ? Pouvais-je le lui reprocher ? Elle avait dû voir les signes chez Cassandra. Pourquoi n'avait-elle rien dit ? Quand le codélégué de Cassandra, Lawrence, était parti en Europe, ma mère aurait dû insister pour nommer un second délégué vampire, plus jeune. Si elle l'avait fait, rien de tout ça ne se serait peut-être produit. Nous aurions su quels vampires avaient des ennuis avec les Cabales. Mais ma mère n'avait rien fait. Pourquoi ? Peut-être pour la raison même qui me poussait à rester assise sur mon lit d'hôtel, à regarder la porte, sachant que j'aurais dû sortir affronter Cassandra mais étant incapable de le faire.

La peur me clouait à ce lit. Pas la peur de Cassandra elle-même, mais celle de l'offenser. Je n'ai jamais été très douée pour respecter mes aînés. Tout le monde mérite mon respect de principe, mais pour en gagner un peu plus, il faut davantage qu'un tas de bougies sur un gâteau d'anniversaire. Ma mère m'avait élevée pour devenir chef de Convent, ce qui signifiait que j'avais grandi en sachant que mes « aînés » seraient un jour mes subordonnés. Mais il y a une grande différence entre faire des courbettes devant une sorcière de soixante-dix ans et faire preuve de respect envers un vampire de trois cents ans. Je ne pouvais pas me contenter d'aller la trouver et de lui dire « Écoutez, Cass, je sais que ça ne va pas vous faire plaisir, mais vous êtes en train de mourir, alors faites-vous à l'idée ».

Il fallait agir. Ça me remuait les tripes d'admettre que ma mère ait pu commettre une erreur, mais si c'était le cas, je ne pouvais pas la perpétuer simplement pour éviter de manquer de respect à sa mémoire. Si Aaron voulait une place au conseil, il l'obtiendrait. Je n'allais pas le dire à Cassandra pour l'instant – que nous allions la virer quand elle serait hors service. Mais il fallait vraiment que nous parlions.

Dans le salon, Cassandra regardait par la fenêtre. Elle ne se retourna pas quand j'entrai. Tandis que je la regardais, ma résolution faiblissait. Ça pouvait attendre le matin.

— La salle de bains est à vous, lui dis-je. Vous pouvez avoir la chambre aussi. Je vais préparer le canapé.

Elle secoua la tête, toujours sans se retourner.

— Prenez la chambre. Je ne dors plus beaucoup de toute façon.

Nouveau signe trahissant un vampire mourant. Je la regardai en train de scruter la fenêtre. Elle paraissait… pas triste, pas vraiment, mais plus petite d'une certaine façon, plus effacée ; sa présence était réduite à ce coin de la pièce au lieu de l'occuper tout entière.

— Alors on peut parler ? demandai-je.

Elle hocha la tête et se dirigea vers le canapé. Je pris la chaise placée à côté.

— Si vous voulez reparler à John, je vais vous aider, dit-elle. Mais je vous avertis qu'il y a des chances qu'il nous fasse courir partout pour rien. (Une pause.) Pas intentionnellement. Simplement, il prête trop de foi aux ragots.

— Eh bien, peut-être qu'Aaron peut nous aider à trier les conneries que raconte John. Aaron semble avoir un bon réseau de contacts.

Cassandra se raidit, presque imperceptiblement, puis hocha la tête.

— Aaron a toujours été doué pour ça, pour s'immerger dans notre monde. Pour aider les autres. Maintenir l'ordre. C'est ce qu'il fait le mieux. (Petit sourire.) Je me rappelle que nous étions à Londres quand Peel a commencé à recruter ses bobbies et je lui ai dit : « Aaron, enfin un métier pour toi. » Il n'y aurait vraiment pas été à sa place. S'il avait surpris un enfant affamé en train de voler une miche de pain, il ne l'aurait pas arrêté, il l'aurait aidé à voler davantage. C'est un homme bon. Je… (Une pause.) Donc nous reparlerons de John. Aaron devrait être capable de nous fournir une adresse plus tard dans la journée.

— Je dois pouvoir l'obtenir aujourd'hui. S'il est propriétaire du Rampart avec Brigid et Ronald, alors l'un d'entre eux doit avoir leur adresse dans le système d'archives. Je vais aussi appeler Lucas pour lui dire que je ne rentre pas tout de suite à Miami et voir où il veut nous rejoindre.

Trouver l'adresse de John fut encore plus simple que je l'espérais. Elle se trouvait dans l'annuaire. Mais par sécurité, je pénétrai dans les archives pour vérifier. On pourrait croire que les créatures surnaturelles, surtout les vampires, préfèrent éviter de laisser des traces écrites, et c'est vrai dans la plupart des cas. Peu d'entre elles figurent dans l'annuaire local comme c'était le cas de John. Mais quand on en vient à des questions aussi strictement réglementées que les licences de débit de boissons, il est plus dangereux de fournir de fausses informations. Les vampires ont des permis de conduire valides et paient leurs impôts comme tout le monde, mais le nom figurant sur leur paperasse peut très bien être ou non le véritable, tout dépend des choix qu'ils font en matière d'identité. Certains choisissent une victime de leur âge approximatif et adoptent temporairement son identité. D'autres paient des faussaires qui sont eux-mêmes des créatures surnaturelles une fois par décennie pour leur fabriquer de nouveaux papiers. Comme Cassandra, John choisissait visiblement cette dernière option.

J'appelai ensuite Lucas. Comme je m'y attendais – et comme je l'espérais –, il souhaitait bel et bien se joindre à nous. On discuta pour décider si Cassandra et moi devions l'attendre avant de rendre visite à John, mais il ne pensait pas que sa présence nous serait très utile. Il allait prendre le prochain vol pour La Nouvelle-Orléans et nous le retrouverions après le déjeuner.

Comme il était alors 6 heures du matin, il était hors de question d'aller dormir. Je préparai un nouveau cataplasme pour mon ventre et jetai un nouveau sort curatif. Ça me fit du bien. Je n'aurais pas craché sur quelques heures de sommeil mais je n'avais pas le temps. Ni sur des analgésiques mais je les avais laissés à Miami, et pas par accident. Sur ce voyage, j'avais besoin de garder les idées claires.

À 7 heures, on descendit à un petit restaurant voisin, où je pris des beignets et un café au lait tandis que Cassandra buvait du café noir. Après le petit déjeuner, Cassandra tenta d'appeler Aaron mais il ne répondait pas sur son portable, si bien qu'elle laissa un message. Puis on appela un taxi et on repartit pour un nouvel entretien avec le vampire.

# Revendiquer son héritage culturel

On se trouvait devant chez John, sur le trottoir. Cassandra leva les yeux et soupira.

— Vous ne vous attendiez quand même pas à un pavillon en brique, dites ? lui demandai-je. Au moins, ce n'est pas aussi atroce que le Rampart. (Je jetai un coup d'œil à travers la grille de fer forgé.) Ah, je n'avais pas vu ça… ni ça. Est-ce que c'est ce que je crois… Oooh. (Je reculai.) Il vaut peut-être mieux que vous attendiez dehors.

Cassandra poussa un nouveau soupir, plus sonore et plus profond cette fois.

Je n'ai rien contre l'architecture victorienne, ayant grandi dans une formidable petite maison datant de cette même époque, mais la maison de John était un concentré de tout ce qui donne mauvaise réputation à ce style, avec en plus une solide dose de « gothique sudiste ». Elle ressemblait à un archétype de maison hantée, couverte de lierre et dont la peinture s'écaillait, les vitres obscurcies, les flèches rouillées. En l'inspectant de plus près, je vis que son état de délabrement n'était que décoratif – le porche ne s'affaissait pas, le bois ne pourrissait pas, même l'allée en train de s'effriter le faisait artistiquement et les pierres étaient encore assez solides pour qu'on ne risque pas de trébucher dessus. Le jardin paraissait négligé et envahi par les mauvaises herbes, mais le plus novice des jardiniers aurait compris qu'il s'agissait en réalité, pour la plupart, de plantes vivaces qui n'avaient de sauvage que l'apparence.

— C'est le genre de choses qui rendaient ma mère complètement dingue, dis-je en désignant la pelouse. Des gens qui paient pour donner à leur jardin une apparence qui fait croire qu'il est abandonné. Pas étonnant que les voisins aient des murs aussi hauts. Mais il a de chouettes gargouilles. Je dois admettre que je n'en avais jamais vu d'aussi anatomiquement correctes.

Cassandra suivit mon regard et frissonna.

— Qu'est-ce qu'il fait noir là-dedans, commentai-je. À moins que ce soit à cause de stores occultants ? Non, attendez. C'est de la peinture. Il a noirci toutes les fenêtres. On n'est jamais trop prudent avec ces coups de soleil fatals.

— Ce type est un idiot, Paige. Si vous en doutiez encore hier soir, cette maison devrait achever de vous convaincre. On perd notre temps.

— Oh, mais c'est amusant. Je n'avais encore jamais vu de *vraie* maison de vampire. Comment ça se fait qu'il n'y ait pas de chauve-souris en fer forgé sur votre grille ? (Je m'emparai du portail et l'ouvris, puis m'arrêtai net.) Tiens, j'avais raté ça. Laissez tomber les chauves-souris. C'est *ça* qu'il vous faut devant chez vous.

Cassandra franchit le portail, regarda à l'intérieur et jura.

— Je ne savais pas que vous aviez ce mot dans votre vocabulaire, dis-je. J'imagine que maintenant, on comprend pourquoi les voisins ont installé de hautes clôtures.

Des deux côtés, le sentier était bordé de fontaines surélevées. La base de chacune était un bassin en forme de coquillage rempli d'eau et de nénuphars. Dans chacun se tenait une version masculine de la célèbre *Naissance de Vénus* de Botticelli. L'homme affectait la même pose que Vénus, main gauche couvrant sa poitrine avec une feinte timidité, main droite baissée vers les parties génitales, à la différence près qu'au lieu de les cacher, il tenait son pénis aux proportions optimistes qu'il dirigeait vers le haut. De l'eau jaillissait de chaque pénis et allait se déverser dans la cuvette de la statue d'en face, de l'autre côté du chemin. Toutefois, l'eau ne coulait pas en flot continu. Elle coulait par jets.

— Par pitié, commenta Cassandra, dites-moi qu'il y a un problème avec la pression de l'eau.

— Non, je crois que c'est l'effet recherché. (Je suivis le trajet de l'eau par-dessus le chemin.) Donc, on est censées se baisser ou traverser en courant entre deux jets ?

Cassandra contourna la statue située sur sa gauche, suivant un chemin certainement créé par le passage d'innombrables livreurs.

— Tiens, dis-je alors que je me baissais pour passer entre les statues. Ça me rappelle quelque chose.

Cassandra me regarda d'un air bizarre.

— Non, répondis-je. Pas *ça*. Le visage. Regardez le visage des statues. C'est John, non ? Il les a fait sculpter à son image.

Elle baissa brièvement les yeux.

— Pas totalement.

Je souris.

— Cassandra, John et vous ? Dites-moi que non.

— J'espère bien ne jamais être désespérée à ce point. Je voulais dire que s'il était si bien doté, j'en aurais certainement entendu parler. La communauté vampire n'a pas de telles proportions.

— Et John non plus, apparemment.

On monta sur le porche, puis on s'arrêta pour regarder le marteau de porte en fer, une tête de vampire à la Nosferatu qui montrait les dents.

— Vous savez, lui dis-je. Je crois qu'on sous-estime peut-être John. Tout ça est peut-être un exemple de psychologie inversée. Personne ne s'attendrait jamais qu'un véritable vampire soit assez idiot pour vivre comme ça.

— On espère surtout que *personne* ne sera jamais assez idiot pour vivre comme ça.

Elle souleva le marteau de porte.

— Attendez, dis-je en tendant la main pour l'arrêter. C'est vraiment une si bonne idée ?

— Non, dit-elle en faisant volte-face et en descendant les marches. En effet. J'ai vu une jolie petite boutique au coin de la rue. Et si on allait faire quelques courses, en attendant qu'Aaron nous rappelle…

— Je voulais dire que ce n'était peut-être pas très judicieux de nous annoncer. S'il a filé hier soir, il risque de le refaire.

— Seulement si on a de la chance.

— Je crois qu'on devrait entrer par effraction.

— C'est peut-être bien la seule suggestion qui puisse rendre cette excursion encore plus insupportable. Si ça implique de nous faufiler par une fenêtre cassée au sous-sol, puis-je vous signaler dès à présent que ce pantalon se nettoie uniquement à sec ? Je n'ai pas apporté de tenue de rechange et je n'ai aucune intention de…

Je terminai de murmurer un sort de déverrouillage et ouvris la porte. À l'intérieur, tout était sombre et silencieux.

— On est en plein jour, chuchota Cassandra. Il doit dormir.

J'aurais sans doute dû le savoir. Il fallait que je révise un peu mes connaissances sur les vampires.

La maison était fraîche, presque froide comparée à la douceur du jour d'automne à l'extérieur. J'aurais pu mettre la baisse de température sur le compte d'un frisson d'effroi due à cette intrusion dans la demeure d'un mort-vivant, mais je soupçonnais John d'avoir simplement poussé un peu trop fort l'air conditionné.

Je jetai un sort lumineux et regardai autour de moi. Les murs étaient couverts de papier peint de velours floqué cramoisi et décorés de tableaux qui devaient violer les lois d'une bonne dizaine d'États en matière d'obscénité.

— Je ne savais pas que les boucs étaient capables de faire ça, dis-je en projetant ma lumière sur un tableau. Et je ne sais pas trop ce qui pourrait les y pousser.

— Vous pourriez baisser ça ? demanda Cassandra. S'il vous plaît ?

— Désolée, ce sort n'a qu'un réglage possible, répondis-je. Mais je pourrais vous bander les yeux. Tenez, regardez, il y a une cagoule de cuir là-bas, sur le portemanteau. Oooh, regardez-moi ce martinet. Vous croyez que John s'en apercevrait si je le lui piquais ?

— Tout ça vous amuse beaucoup trop.

— C'est simplement agréable de voir un vampire qui revendique pleinement son héritage culturel. (Je dirigeai ma boule de lumière vers les escaliers.) Et si on allait tenter de réveiller les morts ?

Cassandra me décocha un regard qui disait qu'elle était en train de sérieusement revoir sa politique consistant à ne pas mordre les moins de trente ans. Je lui souris et me dirigeai vers les marches.

À l'étage, on trouva de nouveau du papier peint de velours rouge, des tableaux d'une valeur artistique discutable, des babioles d'inspiration SM, mais pas de John. Il y avait quatre chambres. Deux étaient aménagées pour y dormir, mais paraissaient ne servir que de dressing. Quant à la troisième, on aurait pu la qualifier de musée sur le fétichisme vampirique mais il vaut mieux s'abstenir de la décrire plus en détail. La quatrième porte était verrouillée.

— Ça doit être sa chambre, chuchotai-je à Cassandra. Ou alors, cette pièce contient des trucs encore pires que la précédente.

— Je doute que ce soit possible. (Le regard de Cassandra fila vers le musée.) Mais peut-être que je ferais mieux d'attendre dans le couloir. Des fois que John revienne.

Je souris.

— Bonne idée.

Je jetai un sort de déverrouillage simple, supposant qu'il s'agissait d'un verrou normal pour une porte interne, du genre qu'on pouvait ouvrir avec une épingle à cheveux. Comme le sort échouait, je passai au deuxième sortilège le plus puissant de mon répertoire, puis au plus puissant. La porte s'ouvrit enfin.

— Merde, murmurai-je. Je ne sais pas ce qu'il garde là-dedans mais il ne veut vraiment pas que les gens le voient.

Je poussai doucement la porte, y fis entrer ma boule lumineuse et me retrouvai face à… un bureau. Un bureau ordinaire et moderne, avec une moquette grise, des murs peints en bleu, un éclairage au néon, un bureau métallique, deux ordinateurs et un fax. Sur le mur du fond, un tableau blanc affichait le planning de John : aller chercher la lessive au pressing, payer la taxe d'habitation, renouveler le contrat de nettoyage, louer un nouveau lave-vaisselle. Pas la moindre référence au fait de boire du sang, de violer les vierges locales ou de transformer ses voisins en monstres morts-vivants. Un coup d'œil par cette porte et toute l'image qu'il s'appliquait à construire s'effondrait.

Je ressortis et fermai la porte derrière moi.

— Vous feriez mieux d'éviter d'entrer, lui dis-je.

— C'est si terrible que ça ?

— Vous n'imaginez pas. (Je balayai le couloir du regard.) Donc, il n'est pas ici et on dirait qu'il n'y a pas dormi depuis un bail. Où dort un vampire fidèle au folklore ? Vous n'avez pas vu de mausolée dehors, à tout hasard ?

— Non, Dieu merci. On dirait qu'il a le bon sens de s'arrêter là.

— Sans doute parce qu'il n'a pas pu obtenir le permis de construire. Bon, donc… (Je la regardai.) Filez-moi un coup de main. Je ne suis pas très au fait des stéréotypes vampiriques.

Elle hésita comme s'il lui coûtait de me répondre, puis soupira.

— Le sous-sol.

Nous venions d'y descendre. Ma boule de lumière planait au-dessus de l'unique objet contenu dans la pièce, un immense cercueil d'ébène noir et luisant aux poignées d'argent.

— Juste au moment où on croyait avoir vu le pire, hein ? commentai-je. Au moins, ce n'est pas un mausolée.

— Il dort dans une boîte, Paige. Je ne vois pas ce qu'il peut exister de pire. Un mausolée, au moins, on peut l'arranger un peu, ajouter des Velux, voire un lit de plume avec des draps de coton égyptien…

— Il a peut-être des draps de coton égyptien là-dedans, répondis-je. Ah, et vous savez, ce n'est peut-être pas aussi terrible que vous l'imaginez. Peut-être qu'il n'y dort pas. Peut-être que c'est seulement pour le sexe.

Cassandra me fusilla du regard.

— Merci, Paige. Si ce qu'on a vu à l'étage ne suffisait pas à gâcher ma vie sexuelle pour les semaines à venir, cette image le fera sans aucun doute.

— Eh bien, au moins, on sait qu'il n'est pas en train de faire l'amour là-dedans en ce moment même. Je crois que pour ça, il faudrait l'ouvrir. Donc, quelle est l'étiquette pour réveiller un vampire dans son cercueil ? Est-ce qu'on doit frapper d'abord ?

Cassandra saisit le bord du cercueil et s'apprêtait à l'ouvrir quand elle leva brusquement la tête.

— Paige ! s'exclama-t-elle.

Ce fut tout ce que j'entendis avant qu'un corps percute le mien. Tandis que je basculais en avant, un éclair de douleur traversa les muscles blessés de mon ventre. Je me tortillai et entrevis une cuisse nue ainsi qu'une longue mèche bouclée de cheveux blonds. Puis une main me saisit par-derrière et une tête plongea vers mon cou.

Je réagis instinctivement, non pas en lançant un sortilège mais par un geste que je me rappelais vaguement de mes cours d'autodéfense. Mon coude s'enfonça dans la poitrine de mon agresseur et mon autre main lui écrasa le nez, paume en avant.

Avec un cri aigu de douleur, il recula en titubant. Je le contournai précipitamment, sort d'entrave prêt à être lancé, et vis Brigid tapie par terre, nue, entourant son nez d'une main.

— Salope ! Je crois bien que vous m'avez cassé le nez.

— Arrêtez de pleurnicher, dit Cassandra qui tendit la main pour m'aider à me lever. Ça va guérir en moins de temps qu'il vous en faut pour vous habiller. (Elle secoua la tête.) Deux vampires immobilisés en deux jours par une sorcière de vingt-deux ans. J'ai honte pour mon espèce.

J'aurais pu lui faire remarquer que j'avais vingt-trois ans mais ça n'aurait pas eu le même impact. Au moins, Cassandra avait une vague idée de mon âge. La plupart du temps, c'était tout juste si elle prenait la peine de se rappeler les noms.

Derrière nous, le cercueil s'ouvrit en grinçant.

— C'est quoi ce…, grommela John en arrachant un masque de sommeil de ses yeux. Cassandra ? (Il gémit.) Qu'est-ce que j'ai encore fait ?

— Ils sont entrés par effraction, Hans, lui dit Brigid. Ils étaient en train de rôder, de tout regarder…

— On ne rôdait pas, dit Cassandra. Et on faisait de gros efforts pour *ne pas* regarder quoi que ce soit. Maintenant,

John, sortez de ce cercueil. Je ne peux pas vous parler tant que vous êtes à l'intérieur de ce truc.

Il soupira, saisit les deux côtés et se hissa. Contrairement à Brigid, il n'était heureusement pas nu, autrement je n'aurais jamais pu m'empêcher d'exprimer tout haut des comparaisons avec les statues de l'extérieur. Bien qu'il ne porte pas de chemise, il était vêtu d'un pantalon bouffant de soie noire, resserré à la taille. Il était sans doute censé donner une impression d'élégance nonchalante mais j'avais de méchants flash-backs de MC Hammer.

— Nous avons besoin d'informations, commença Cassandra. Hier soir, nous n'avons pas été tout à fait sincères avec vous pour des raisons de sécurité. Mais après vous avoir parlé, j'ai compris que j'avais dû sous-estimer votre… envergure dans le monde des vampires.

— Ça arrive, répondit John.

— Donc, voici la situation. Un vampire tue les enfants des Cabales – les enfants de leurs employés.

— Depuis quand ? demanda John avant de se mettre à tousser. Enfin, j'étais au courant, bien entendu.

— Bien entendu. Pour l'heure, les Cabales n'ont pas encore compris qu'elles cherchaient un vampire. Le conseil interracial aimerait que les choses restent ainsi, afin de capturer l'auteur des crimes en toute discrétion. Nous savons que les Cabales n'aiment pas les vampires. Inutile de leur donner un prétexte pour s'en prendre à nous.

— Qu'ils viennent, dit Brigid en s'avançant. S'ils veulent une guerre, on va la leur…

John la fit taire d'un geste. Tandis qu'il nous observait, je compris que Cassandra l'avait sous-estimé, comme je l'avais espéré. Ce n'était pas parce qu'il faisait l'idiot qu'il l'était bel et bien.

— Si vous l'attrapez, qu'allez-vous faire de lui ? demanda John. Je ne vais pas vous aider à trouver un vampire si c'est pour que vous le tuiez. Je pourrais répondre qu'il nous rend service.

— Pas si les Cabales le découvrent.

Après une pause, John hocha la tête.

— Donc, je suppose que vous voulez savoir qui a une dent contre les Cabales.

— Elle ne devrait pas déjà être au courant ? demanda Brigid avec un regard en biais en direction de Cassandra. C'est son travail, en tant que représentante de notre espèce, non ? De savoir qui a été méchant et qui a été gentil ?

Cassandra répondit au sarcasme de Brigid par un hochement de tête solennel.

— Oui, en effet, et si je me suis montrée négligente dans l'exercice de mes devoirs, je m'en excuse. Pour l'heure, comptez sur moi pour le faire et, si ce n'est pas le cas, vous pouvez très bien déposer une demande auprès du conseil pour me faire renvoyer. Il se peut également que j'envisage de chercher un codélégué.

— Ce serait une bonne chose, Cassandra, dit John. Nous en avons déjà parlé. Nous aimerions un deuxième délégué au conseil. Je me porterais volontaire, bien entendu.

— Je… j'apprécie votre proposition, répondit-elle. Mais pour l'instant, nous avons des questions plus urgentes à résoudre. Si vous connaissez qui que ce soit qui ait eu un problème avec les Cabales…

— En premier lieu, je veux que vous me promettiez que le responsable, quel qu'il soit, ne sera pas exécuté.

— Je ne peux pas faire ça. La loi du conseil…

— Je l'emmerde, la loi du conseil.

Cassandra me jeta un coup d'œil. Je secouai la tête. Nous ne pouvions pas. Nous savions toutes deux que le tueur devait être livré aux Cabales. Si nous procédions autrement, nous courrions le risque qu'elles se retournent à la fois contre les vampires et contre le conseil. Tout ce que nous pouvions faire pour l'heure, c'était négocier avec elles pour minimiser les répercussions.

— Nous ne pouvons pas vous promettre l'absolution, répondit Cassandra. Mais nous allons nous assurer qu'il soit traité équitablement…

— Pas de compromis.

— Vous ne comprenez peut-être pas l'importance de tout ça. Plus ce vampire tuera d'enfants, plus la situation s'aggravera. Nous devons l'arrêter…

— Alors arrêtez-le, dit Brigid. Vous ne devriez pas avoir besoin de nous. Et ne croyez pas que c'est le cas. Je crois que tout ça n'est qu'un petit numéro pour vos copains du conseil, pour qu'ils ne découvrent pas la vérité.

Cassandra plissa les yeux.

— Quelle vérité ?

— Le fait que vous ayez très bien su ce qui se passait. Vous saviez à quel point la situation était grave. Vous vouliez que nous le disions à votre petite sorcière, là, pour que vous puissiez affirmer que vous n'étiez au courant de rien. Eh bien, j'ai du mal à croire que vous puissiez être hors du coup à ce point…

— Je crains que si, dit une voix derrière nous.

On se retourna pour voir Aaron entrer dans le sous-sol, suivi par Lucas.

— Cassandra n'est pas au courant de ce qui se passe, dit Aaron. Mais moi, si.

# Edward et Natasha

— Bonjour, Aaron, dit Brigid en se faufilant jusqu'à lui pour lui passer un doigt le long de la poitrine. Vous êtes très séduisants… comme toujours.

Aaron souleva le doigt de Brigid et le laissa retomber.

— Allez vous habiller, Brigid.

Elle leva les yeux vers lui en souriant.

— Pourquoi ? Vous êtes tenté ?

— Oui, de me cacher les yeux.

Brigid renifla puis se tourna vers Lucas.

— Donc c'est lui, le prince héritier de la Cabale, c'est ça ? (Elle le toisa de la tête aux pieds.) Rien qu'on ne puisse arranger avec des lentilles de contact et une meilleure garde-robe.

Elle s'avança d'un pas vers lui.

— Non, merci, murmura Lucas.

— Brigid ? dit John. S'il te plaît, va te rhabiller.

— Pas la peine, dit Cassandra. Si Aaron a ce que nous voulons, nous allons vous laisser à votre repos immortel.

Elle se dirigea vers la porte.

— Attendez, dit John. J'ai peut-être des détails qu'Aaron ignore. Mon offre tient toujours.

— Quelle offre ? demanda Aaron.

Je hochai la tête.

— Il veut nous faire promettre de ne pas exécuter le tueur ni de le livrer aux Cabales.

— Ah, merde, Hans, vous savez bien qu'on ne peut pas faire ça. Elles ne lâcheront jamais le morceau.

Brigid éclata de rire.

— Vous croyez que nous avons peur des Cabales ? Nous sommes des vampires. Les dieux du monde surnaturel, invulnérables…

— Ouais, jusqu'à ce qu'on nous coupe la tête, suite à quoi on est bons pour nourrir les vers comme tout le monde. Hans, vous avez peut-être réussi à faire gober à Brigid toutes ces conneries sur la supériorité des vampires, mais je sais que vous êtes plus intelligent que ça.

— Nous n'avons pas besoin de ça, dit Brigid. Si vous avez un nom…

— En effet, mais Hans en sait peut-être plus. Je veux trouver ce type avant qu'il tue un autre enfant des Cabales.

— Pourquoi ? demanda Brigid. On s'en fout que des gamins des Cabales se fassent tuer.

— Mais pas les Cabales.

John hésita, puis hocha la tête.

— Alors parlons.

Comme Cassandra insistait, on quitta le sous-sol. John suggéra le jardin de derrière et ce fut donc là qu'on l'attendit. Comme celui de devant, il était entouré d'une haute barrière. Mais ici, elle avait été dressée par John, pas par ses voisins. Le jardin était presque aussi choquant que le bureau, et c'était sans doute pourquoi il le gardait caché.

Il était petit et ne dépassait pas les quelques dizaines de mètres carrés. Au lieu d'herbe, il contenait des jardins japonais et des bassins entourés de chemins de gravier. Au centre du jardin se trouvait une pagode avec une table et des chaises en tek, où l'on attendit John.

Brigid nous avait déjà bien fait comprendre qu'elle n'allait pas se joindre à nous. Apparemment, elle prenait très au sérieux son rôle de « vraie » vampire et ne sortait jamais en plein jour. C'était sans doute pour cette raison que John avait choisi de tenir cette réunion à l'extérieur, afin de pouvoir parler sans qu'elle l'interrompe.

Pendant qu'on patientait, Lucas nous expliqua comment ils nous avaient retrouvés. Aaron l'avait appelé tôt ce matin-là, pensant que nous serions en train de dormir après notre nuit passée à pourchasser John. Ils avaient décidé de se donner rendez-vous et de venir ensemble à La Nouvelle-Orléans. Lucas savait que nous nous rendions chez John, mais n'avait pas l'adresse. Aaron, lui, la connaissait.

J'étais impatiente d'entendre Aaron nous parler de ses découvertes, mais John revint avant que je puisse lui poser la question. Il portait un pantalon de cuir noir et une chemise de lin blanc. Toujours très gothique, mais pas aussi théâtral que son accoutrement de la nuit précédente. Je soupçonnais qu'il y avait beaucoup de cabotinage dans son image. La nuit précédente, il avait fanfaronné en parlant d'Aaron, mais quand celui-ci s'était montré en personne, seule Brigid avait joint le geste à la parole.

— C'est Edward, non ? demanda Aaron alors que John tirait un siège.

— C'est mon hypothèse, dit John. Je ne le connais pas assez pour l'affirmer avec certitude…

— *Personne* ne les connaît assez pour ça.

— « Les » ? demandai-je.

— Edward et Natasha. Ils forment un couple. Ils sont ensemble depuis très longtemps.

— J'ai déjà entendu ces noms, répondis-je. Dans les comptes-rendus du conseil. Ce sont des chercheurs d'immortalité.

— Le conseil a déjà enquêté sur eux ? demanda Lucas.

— Il l'a fait, et il les a disculpés, si j'ai bonne mémoire, répondis-je. C'était il y a au moins trente ou quarante ans. Un autre vampire avait exprimé quelques inquiétudes quant à leur quête – pas de franches accusations, juste un mauvais pressentiment. Enfin bref, Edward et Natasha n'enfreignaient aucune règle, ils étaient simplement en quête de réponses, comme la plupart des chercheurs d'immortalité.

— En fait, c'est allé plus loin que de mauvais pressentiments, dit Aaron. Des rumeurs qui circulent sur leur compte dans la communauté vampire depuis un moment, comme quoi ils se sont retrouvés embarqués dans une sale histoire en Ohio. (Aaron vit mon expression.) Ouais, ils vivent à Cincinnati. Lucas m'a dit que vous pensiez que le tueur était originaire de là-bas. Je dirais que nous avons trouvé un suspect.

— Est-ce que c'est lié à leur quête ? demandai-je.

— Possible, répondit Lucas. Ils ont peut-être découvert un rituel qui nécessite du sang de créatures surnaturelles.

— Mais où est le lien avec les Cabales ? D'accord, c'est un excellent moyen de trouver des créatures surnaturelles – il suffit de s'infiltrer dans les dossiers des employés des Cabales –, mais on pourrait s'attendre qu'ils se cantonnent à la marge, aux fugueurs comme Dana. Attaquer la famille d'un P.-D.G. ne servira qu'à faire monter les enchères.

— C'est peut-être un effet secondaire de la mise à mort elle-même, dit Lucas. Après Dana et Jacob, Edward a vu quel chaos il provoquait et n'a pas pu résister à un plus gros défi.

— Ou alors, le rituel ne marchait pas et ils ont pensé que le sang royal des Cabales serait plus efficace.

— Pas « ils », dit John. Edward tout seul.

Cassandra secoua la tête.

— Ces deux-là ne font jamais rien seuls.

— Maintenant, si, répondit Aaron. Personne n'a vu Natasha depuis des mois. La rumeur dit qu'elle en a enfin eu marre, que les choses sont allées trop loin et qu'elle a filé.

— J'ai du mal à le croire, dit Cassandra. Ils sont ensemble depuis plus d'un siècle. Après tout ce temps, on ne se contente pas de… (Elle jeta un bref coup d'œil à Aaron.) Ce que je veux dire, c'est qu'on imagine mal ces deux-là se séparer.

— Eh bien, quelle qu'en soit la raison, elle est *bel et bien* partie, dit John. Et je doute qu'Edward en soit ravi.

# En quête d'immortalité

Étape suivante : Cincinnati, dans l'Ohio. En se servant des pseudonymes connus d'Edward et de Natasha, qu'Aaron lui avait fournis, Lucas avait trouvé deux adresses dans la zone de Cincinnati. Nous espérions découvrir d'autres preuves ou d'autres indices quant à l'endroit où ils se trouvaient actuellement. Aaron proposa de nous accompagner, et Cassandra demanda qu'on voyage par avion, si bien qu'on partit à quatre, ce qui paraissait devoir nous coûter cher… jusqu'à ce que Lucas nous conduise à la piste privée de l'aéroport de Lakefront.

— Je me demandais comment vous étiez arrivés si vite à La Nouvelle-Orléans, dis-je alors que nous approchions du jet des Cortez.

Lucas détourna le regard tandis qu'il changeait nos sacs d'épaule.

— En fait, après notre conversation, mon père m'a appelé et quand je lui ai dit que nous étions sur une piste, il m'a proposé de me prêter le jet. Ça m'a semblé judicieux, comme ça nous permettait d'éviter de nous soumettre aux horaires et aux restrictions des vols commerciaux. (Il changea de nouveau les sacs d'épaule.) J'aurais peut-être dû…

— Tu as eu raison, répondis-je. Mieux vaut nous déplacer le plus vite possible.

— Je ne comprends pas pourquoi on fait tant d'histoires, dit Cassandra alors que l'équipage s'affairait à baisser la passerelle. Cette histoire de refus de vous joindre à votre propre Cabale. Si vous voulez mon avis…

— Je ne crois vraiment pas qu'il le veuille, Cass, dit Aaron.

— J'allais simplement dire…

Pile au bon moment, le pilote appela Lucas pour parler de détails de dernière minute concernant le vol. Un membre de l'équipage nous prit nos sacs de voyage, puis l'hôtesse nous montra nos sièges. Lorsque Lucas revint, l'avion roulait sur la piste. L'hôtesse le suivit et prit nos commandes de boissons, puis discuta un moment avec Lucas tandis que l'avion décollait. Et si vous croyez que ça empêcha Cassandra d'exprimer son opinion quant à la situation de Lucas, vous la connaissez mal.

— Comme je vous le disais, reprit-elle lorsque l'hôtesse nous eut servi nos boissons, j'ai du mal à comprendre toute cette histoire de rébellion…

— Cass, s'il te plaît, intervint Aaron.

— Non, pas de problème, dit Lucas. Poursuivez, Cassandra.

— On pourrait penser que si vous êtes sérieux au sujet de cette histoire de réforme des Cabales, la meilleure place depuis laquelle provoquer des changements est à l'intérieur de l'organisation elle-même.

— Ah, la stratégie Michael Corleone, commentai-je.

Aaron sourit.

— Tiens, je n'y avais pas pensé.

La lumière clignota pour nous signaler qu'on pouvait retirer nos ceintures. Après avoir ôté la sienne, Aaron se leva et retira sa veste. Il portait en dessous un tee-shirt aux manches arrachées. Le look « sans manches » ne va pas à tout le monde, mais… Aaron le portait très bien. Et ce spectacle détourna momentanément l'attention de Cassandra. Alors qu'Aaron tendait la main pour suspendre sa veste, elle fit glisser son regard le long de ses bras musclés et s'arrêta sur son postérieur. Un éclat davantage mélancolique que lascif traversa son regard. Puis elle le détourna d'un brusque mouvement de tête.

— Michael Corleone, dit-elle en fonçant de nouveau sur sa cible. Je le connais ?

— Dans la trilogie du *Parrain*, répondit Aaron en se rasseyant. Son père était un chef de la Mafia. Il ne voulait pas participer aux affaires familiales, mais il a fini par décider de les reprendre pour les transformer en entreprise légitime. En fin de compte, il est devenu exactement ce contre quoi il s'était rebellé.

— C'est ça qui vous fait peur ? demanda Cassandra à Lucas.

— Non, mais le principe de base tient toujours. Un homme seul ne peut réformer une institution, pas quand toutes les personnes qui travaillent pour lui se satisfont du statu quo. J'affronterais une telle opposition que mon autorité serait complètement sapée et, si je continuais, le conseil d'administration me ferait assassiner.

— Donc, vous traquez des injustices individuelles de l'extérieur de l'organisation. (Cassandra but une gorgée de café, puis hocha la tête.) Oui, je crois que ça se tient.

— Et je suis sûre qu'il est ravi d'apprendre que tu approuves son choix de vie, commenta Aaron.

Elle le fusilla du regard.

— Je ne faisais que clarifier les choses pour ma propre compréhension.

— D'accord, mais pourquoi est-ce qu'il faut toujours que tu te montres aussi hostile ? Tu ne te contentes jamais de *poser* des questions, Cassandra. Tu les balances comme des grenades.

— Aaron, intervins-je. Vous dites avoir deux adresses. Une en ville et une en dehors. Est-ce qu'il s'agit d'une ancienne et d'une actuelle ?

— Je n'en sais trop rien, répondit-il. Elles correspondent à deux pseudonymes différents, un ancien et un actuel. D'après Josie…

— Josie ? le coupa Cassandra. C'est Josie, ta source ? Aaron, franchement. Cette femme a de la bouillie à la place de la cervelle. Elle…

— Je ne couche pas avec elle.

— Ce n'est pas… (Cassandra regarda autour d'elle d'un air mauvais.) Où est cette fille ? Elle nous sert du café puis elle disparaît jusqu'à la fin du vol ? La tasse de Paige est presque vide.

— Heu, ça ira, Cassandra, répondis-je. Mais merci de penser à moi.

— Si vous avez besoin de quoi que ce soit, appuyez sur le bouton situé près de votre coude, dit Lucas. Autrement, j'ai demandé à Annette de rester à l'avant afin que nous puissions parler librement. Donc, au sujet de ces deux adresses. L'adresse rurale correspond à un ancien pseudonyme, mais nous avons tout intérêt à vérifier les deux. Ça ne prendra pas longtemps.

— Ce sera encore plus rapide si on se sépare, dit Aaron. Lucas et moi, on en prend une, et vous, mesdames, vous prenez l'autre. Comme ça, on aura chacun un lanceur de sorts pour pénétrer sur les lieux et un vampire pour fureter.

— Bonne idée, répondis-je. On va prendre l'adresse rurale et laisser la citadine à Lucas, au cas où il aurait davantage à faire que jeter un coup d'œil par la fenêtre. C'est lui le pro de l'effraction, pas moi.

Cassandra haussa les sourcils.

— Et vous l'admettez ? C'est une première. Vous êtes vraiment en train de grandir, hein ?

— Cassandra ? dit Aaron. La ferme.

— Quoi ? J'étais en train de la complimenter…

— Arrête. S'il te plaît. (Il se tourna vers moi.) J'aimerais pouvoir vous dire qu'elle n'a pas toujours été comme ça, mais si. Au bout de quelques décennies, on s'y fait.

— On se fait à quoi ? demanda Cassandra.

— Donc, reprit Aaron. Vous vous plaisez à Portland, tous les deux ?

Cassandra et moi nous tenions au bord d'une route de campagne avec notre voiture de location garée derrière nous. À travers les épaisses broussailles et les squelettes noueux d'arbres morts, on distinguait une minuscule chaumière qui donnait l'impression de dater d'avant l'invention de la plomberie intérieure.

— Hum, une résidence secondaire rustique ? demandai-je en vérifiant l'adresse qu'Aaron avait griffonnée sur mon bloc. Peut-être qu'ils préféraient la vie avant l'électricité.

— C'est ridicule, dit Cassandra. Je vous avais prévenue, Paige. Aaron est beaucoup trop confiant. Il déteste croire quoi que ce soit de négatif sur les gens, mais Josie est, sans exception, la vampire la plus idiote qui ait jamais marché sur cette terre. Elle a dû donner le nom de ses ex-petits copains au lieu des pseudonymes d'Edward. Elle…

Mon téléphone portable sonna. Dieu merci.

— C'est Aaron, annonça-t-il quand je répondis. Nous avons trouvé la maison. Lucas est en train de l'explorer mais j'ai parlé à la voisine qui m'a donné une description très fidèle d'Edward et de Natasha. Elle dit qu'ils se sont pas mal absentés récemment et qu'elle n'a pas vu Natasha depuis quelques mois, mais qu'Edward passe de temps en temps.

— Vous voulez qu'on vienne vous aider à chercher ?

— Si vous pouvez. Quatre paires d'yeux valent mieux que deux. Si Cassandra braille, dites-lui qu'elle peut attendre dans un café pendant ce temps. Ça lui fermera son clapet. Elle déteste manquer quoi que ce soit.

Je raccrochai et transmis le message d'Aaron à Cassandra.

— Donc ce n'est pas la bonne maison ? dit-elle. Quelle surprise.

Elle se dirigea vers la voiture. Je restai sur place, observant la chaumière à travers les arbres.

— Attendez là, lançai-je à Cassandra. Je veux inspecter ça d'abord.

Je me dirigeai vers la chaumière. Cassandra poussa un soupir assez sonore pour qu'on l'entende depuis la route mais, l'instant d'après, elle se trouvait à mes côtés sans avoir fait ne serait-ce que murmurer l'herbe haute.

— La seule chose que vous allez trouver ici, c'est la maladie de Lyme, dit-elle. Ce n'est pas une maison de vampire, Paige. Ça ne l'a jamais été. Elle est trop petite, trop loin de la ville...

— C'est peut-être justement l'idée, répondis-je. Les chercheurs d'immortalité sont connus pour leur paranoïa en matière de sécurité. Ils ont besoin d'un endroit où mener leurs expériences. Pourquoi pas ici ?

— Parce que c'est un trou perdu. Et certainement pas un endroit sûr.

— Quel mal y aurait-il à y jeter un coup d'œil ? demandai-je. Elle doit faire cinquante mètres carrés grand max.

Cassandra soupira, puis passa devant moi et marcha d'un pas énergique vers la chaumière.

Quand on demande aux gens ce qu'ils craignent le plus dans la vie, s'ils répondent sincèrement, ils diront « qu'elle prenne fin ». La mort. Le grand point d'interrogation.

Qu'y a-t-il alors d'étonnant à ce que les gens cherchent l'immortalité avec une implacabilité qui surpasse la recherche de la fortune, du sexe, de la gloire ou de la satisfaction de tout autre désir matériel ?

On pourrait s'attendre que les créatures surnaturelles ne tombent pas dans ce piège. Après tout, on sait très bien ce qui se passe après. Bon, d'accord, on ne le sait pas *exactement*. Les fantômes ne nous disent jamais ce qu'il y a de l'autre côté. L'une des premières leçons qu'on enseigne aux apprentis nécromanciens, c'est « Ne posez pas de questions sur l'au-delà ». S'ils persistent, ils finiront par se retrouver dans l'incapacité totale de contacter les morts, comme s'ils figuraient sur une sorte de liste noire du monde des esprits. On ne sait donc pas précisément ce qu'il y a ensuite, mais on a au moins une certitude : on va quelque part, et ce n'est pas un endroit si désagréable.

Pourtant, même quand on sait qu'une vie correcte nous attend après la mort, ça ne signifie pas qu'on soit pressé d'y arriver. Le monde qu'on connaît, les gens qu'on connaît, la *vie* qu'on connaît, se trouvent ici sur terre. Face à la mort, on se débat en hurlant aussi fort que les autres. Peut-être même encore plus fort. Le monde surnaturel déborde de chercheurs d'immortalité. Pourquoi ? Peut-être parce que nous savons, par notre existence même, que les phénomènes magiques existent. Si une personne peut se transformer en loup, pourquoi ne pourrait-on pas vivre éternellement ? Les vampires vivent des siècles, ce qui semble prouver que la semi-immortalité n'a rien d'une chimère. Alors pourquoi ne pas se contenter de devenir vampire ? Eh bien, sans rentrer trop en détail dans la nature du vampirisme, disons simplement que c'est extrêmement difficile, encore plus que de devenir loup-garou. Pour la plupart des créatures surnaturelles, trouver le Saint-Graal de l'immortalité paraît plus réaliste que devenir vampire. Et il suffit aux chercheurs d'immortalité de regarder autour d'eux pour comprendre que devenir vampire ne guérit pas la soif de vie éternelle. On pourrait même dire qu'elle l'attise.

J'ai toujours supposé que si les vampires étaient des chercheurs d'immortalité si fervents, c'était parce que, après y avoir goûté, ils ne pouvaient s'empêcher de vouloir la totale. Maintenant, après avoir entendu Jaime me dire qu'elle n'avait jamais entendu parler de nécros contactant des vampires morts, je commençais à me demander combien de vampires savaient qu'il n'existait aucune preuve d'un au-delà vampirique. Je n'ai jamais trouvé que l'immortalité avait l'air si géniale mais, à choisir entre ça et l'anéantissement total, je choisirais la vie éternelle sans hésiter.

— Eh bien, lança Cassandra depuis l'entrée de la chaumière. Je crois qu'on peut affirmer sans risque de se tromper qu'il n'y a pas de labo secret ici.

Je la contournai. À l'intérieur, la chaumière était encore plus petite qu'elle y paraissait, pièce unique ne dépassant pas les trente mètres carrés. La porte avait été équipée d'un verrou assez efficace pour nécessiter l'emploi de mon sort de déverrouillage le plus puissant et il n'y avait pas de fenêtres, ce qui m'avait poussée à espérer que l'endroit cachait quelque chose d'intéressant. Mais d'après ce que j'en voyais, le verrou ne servait qu'à tenir à l'écart les ados qui cherchaient un endroit où faire la fête. Il n'y avait rien ici qui vaille la peine d'être volé.

La chaumière semblait bel et bien être utilisée, peut-être en tant que résidence secondaire pour un artiste ou un écrivain, quelqu'un qui ait besoin d'un endroit où travailler sans être distrait. Ça, il ne risquait pas de l'être ici. Les seuls meubles étaient un bureau de bois, un canapé convertible, une bibliothèque et une table basse. Le bureau était vide et l'étagère ne contenait que des textes de référence bon marché.

J'inspectai le contenu de l'étagère, puis jetai un coup d'œil derrière le meuble.

— Par pitié, dites-moi que vous n'êtes pas en train de chercher un passage secret, dit Cassandra.

Je me tournai vers le canapé, agrippai une extrémité et poussai, mais il était aussi lourd que la plupart des canapés-lits.

— Vous pourriez… ? demandai-je en désignant l'autre bout. S'il vous plaît.

— Vous ne parlez pas sérieusement.

— Cassandra, s'il vous plaît. Faites-moi plaisir. Vous savez que je ne partirai pas d'ici avant d'avoir déplacé ce canapé, donc à moins que vous vouliez rester un moment ici…

Elle saisit l'autre extrémité et souleva. On le déplaça juste assez pour que j'enroule le tapis et regarde en dessous.

— J'ai toujours dit que vous étiez pragmatique, Paige. Chaque fois que quelqu'un remettait vos idées en question au sein du conseil, je disais : « Paige est quelqu'un de pragmatique. Elle n'est pas sujette aux caprices. »

— Hum, répondis-je en soulevant le tapis. Je ne me rappelle pas avoir déjà entendu ça.

— Eh bien, vous ne deviez pas être dans les parages. Ce que je veux dire, c'est que j'ai toujours reconnu que vous aviez du bon sens. Et maintenant, vous voilà en train de chercher une pièce secrète…

Sous le tapis, le sol était un damier de carrés de bois, dont chacun faisait environ un mètre carré. L'intervalle entre la plupart des carrés était de moins de cinquante millimètres, mais l'un des sillons paraissait un poil plus large. Je passai mes doigts tout du long.

Cassandra poursuivit :

— Si Edward et Natasha donnaient dans l'alchimie, ce qui m'étonnerait beaucoup, ils auraient loué un espace de stockage en ville pour leurs expériences. Ils ne s'amuseraient pas à installer des pièces secrètes en dessous d'une chaumière délabrée dans…

Le bout de mes doigts trouva un loquet et la porte s'ouvrit. Je scrutai l'obscurité au-delà.

— Drôle d'endroit pour une cave à légumes, vous ne trouvez pas ?

Je lançai un sort lumineux, puis jetai la boule dans le trou. D'un côté se trouvait une échelle. Alors que je me déplaçais pour poser le pied sur le premier barreau, Cassandra me saisit par l'épaule.

— Vous n'êtes pas invulnérable, Paige. Moi, si. Il y a peut-être un piège. Je passe la première.

Je supposai sa proposition davantage motivée par la curiosité que par l'inquiétude, mais je reculai et la laissai passer.

# Un appétit artistique

Alors que je posais le pied sur l'échelle, ma vision se voila un instant, comme une sorte de bégaiement mental.

— Quelqu'un vient, chuchotai-je dans le trou. Mon sort de périmètre vient de s'éteindre. Je l'avais jeté le long de l'avant de la propriété.

Cassandra cligna des yeux, comme stupéfaite de cette démonstration de prévoyance. Elle me fit signe de descendre et de me cacher dans le trou mais je refusai, me précipitai vers la porte, l'entrebâillai et jetai un coup d'œil. Un jeune homme se dirigeait vers la chaumière. Il portait de lourdes brassées de fournitures et voyait à peine où il marchait, sans parler de me voir, moi. Quand Cassandra jeta un coup d'œil par-dessus mon épaule, je désignai un chemin le long du côté gauche de la chaumière, derrière les buissons mal entretenus.

Cassandra, comme à son habitude, prit la direction des opérations. Mais cette fois, c'était logique. Les vampires possèdent une capacité à se déplacer discrètement qui tient en partie de leur caractère surnaturel et en partie de leur expérience de la chasse. En lui emboîtant le pas, je pouvais me déplacer presque aussi discrètement qu'elle.

Derrière la chaumière, le terrain formait un patchwork de prés et de forêts. La forêt alternait entre des bouquets d'arbres à feuilles persistantes et caduques. Même le pré semblait hésiter quant à la forme à adopter, au point que les carrés d'herbe haute étaient parsemés de broussailles et de ronces.

— Est-ce qu'on ferait mieux d'attendre ou de revenir plus tard ? chuchotai-je quand on se fut assez éloignées.

— On attend.

— Alors je vais appeler Lucas. Il doit se demander où on est passées.

Il s'avéra que Lucas et Aaron n'avaient pas besoin de notre aide. La maison n'avait nécessité qu'une fouille rapide qui n'avait rien dévoilé. Quand ils apprirent notre trouvaille, Lucas promit de se dépêcher de venir nous aider, *nous*.

Alors que je raccrochais, Cassandra sortit furtivement de derrière un bouquet d'arbres. Je ne l'avais pas vue partir.

— Ça ne va pas marcher, me dit-elle. Il va rester ici un moment. C'est un artiste.

— Un artiste ?

— Il s'est installé devant la chaumière avec une toile à moitié finie qui la représente, même si je me demande franchement comment on peut vouloir accrocher une peinture de cet endroit dans son salon.

— Génial. Bon, comme il ne va visiblement pas partir de lui-même, il va falloir recourir à des moyens de persuasion surnaturels. Vous pensez qu'une tempête de grêle le convaincrait d'en rester là ?

— Je m'en occupe. Attendez-moi ici.

Cassandra s'esquiva sans attendre de réponse, ce qui était une bonne chose car je n'avais aucune intention de rester en arrière. Si douée soit-elle, elle pouvait avoir besoin de renforts comme tout le monde. J'attendis donc qu'elle ait disparu puis fis le tour de la chaumière de l'autre côté.

De toute évidence, son plan d'action consistait à le charmer. Comme la plupart des pouvoirs vampiriques, c'est un don très pratique, un des talents qui font d'eux des chasseurs experts. Sous sa forme la plus basique, le don de charmer est un charisme poussé à l'extrême. Il permet à un vampire de s'approcher de la fille la plus prudente d'un bar et de l'entendre lui dire, quelques minutes plus tard : « Hmm, oui, j'aimerais bien vous suivre dans cette ruelle obscure. »

Le temps que j'approche suffisamment pour pouvoir jeter un coup d'œil au coin de la maison, Cassandra aurait sans doute presque fini de « convaincre » l'artiste de partir. Mais si les choses tournaient mal, je serais assez proche pour lui venir en aide. Quand j'atteignis le coin donnant sur l'avant de la chaumière, je préparai un sort de camouflage qui me cacherait tant que je resterais immobile. Une fois le sort à moitié lancé, je me penchai et conclus l'incantation en même temps, afin de pouvoir regarder sans être vue.

Cassandra n'était pas là. Je voyais l'artiste assis sur un siège pliant, un homme à la calvitie naissante qui approchait de la trentaine, son attention rivée à la toile sur son chevalet portable. Je vis miroiter quelque chose dans un buisson de quelques mètres de long lorsqu'un soudain coup de vent l'agita. Cassandra ? Que faisait-elle là-bas ? Ah, elle devait l'approcher depuis la route afin qu'il ne se demande pas d'où elle venait.

La chemise verte de Cassandra apparut entre deux buissons, à moins de un mètre derrière l'artiste à présent. *Allez, arrête de jouer et sors de là avant de donner une crise cardiaque à ce pauvre type.*

Comme si elle m'avait entendue, elle sortit à découvert. Elle se planta entre l'artiste et le buisson, un éclat brillant dans ses yeux plissés. Elle pencha la tête, regard braqué sur sa nuque. Puis elle sourit. Ses lèvres s'entrouvrirent et la pointe de la langue glissa sur ses dents.

Oh, merde.

Je surgis de derrière la chaumière alors même qu'elle bondissait. J'entendis une brusque inspiration, entre soupir et hoquet. Puis le silence. J'entourai ma poitrine de mes bras et fis de gros efforts pour ne pas penser à ce qui se déroulait à tout juste trois mètres de moi, ce qui, bien entendu, ne m'y fit penser que davantage. Elle n'allait pas le tuer. Je le savais. Elle était simplement en train… de se nourrir.

Je frémis et m'étreignis encore plus fort. Ce n'était pas une si mauvaise idée, me dis-je. En plus de l'effet affaiblissant lié à la perte de sang, la morsure initiale d'un vampire, quand elle était exécutée correctement, assommait sa victime afin que le sang coule librement. Suite à la morsure de Cassandra, l'artiste resterait inconscient quelques heures. Sans compter qu'elle avait besoin de manger. Mais tout de même…

—Je vous avais dit de rester sur place, Paige.

Je me retournai et vis Cassandra au coin de la chaumière. Il n'y avait pas la moindre trace de sang sur ses lèvres, mais son visage avait pris des couleurs et ses yeux perdu leur scintillement habituel, paupières à demi closes avec l'expression paresseuse et repue de quelqu'un qui sort d'un très bon repas… ou d'une fabuleuse partie de jambes en l'air.

—Je… renforts… je voulais…, parvins-je à articuler.

—Eh bien, j'apprécie l'intention, mais vous auriez dû m'écouter. Maintenant, suivez-moi. Il faut qu'on inspecte ce sous-sol.

Au lieu de s'éloigner en marchant la première, elle me poussa en avant. Quand je contournai le coin de la maison, je vis l'artiste effondré par terre. Je ne pus réprimer un frisson.

—Il va bien, Paige, dit Cassandra d'une voix plus douce que d'habitude.

—Je sais.

—Ça ne vous plaît peut-être pas, mais je pourrais vous répondre que certaines personnes éprouveraient la même chose pour le poulet que vous avez mangé au dîner hier soir.

—Je sais.

Petit gloussement.

— Vous n'allez pas défendre votre position ? Quelle surprise. (Elle me donna une tape dans le dos.) Allons inspecter cette pièce secrète. Je suis impatiente de voir ce qu'ils ont entreposé là-dedans.

Avant de regagner la chaumière, je lançai un nouveau sort de périmètre. Si qui que ce soit arrivait avant Lucas et Aaron, il nous fallait être prévenues assez à l'avance pour déplacer l'artiste inconscient. Il aurait peut-être été plus judicieux de le faire immédiatement mais, dans le cas d'une morsure de vampire, le meilleur moyen de cacher les faits consiste à ne pas les cacher du tout. Mieux valait que l'artiste se réveille par terre près de son siège en croyant être tombé dans les pommes.

Avec Cassandra sur mes talons, je descendis l'échelle. Puis je restai plantée en bas et projetai ma boule lumineuse le long des quatre murs, équipé chacun d'une étagère à conserves qui allait du sol au plafond. Toutes les étagères étaient vides.

Je m'affalai contre l'échelle.

— En fait, c'est vraiment une cave à légumes.

— Ne tirez pas de conclusions hâtives, dit Cassandra en déplaçant les mains le long de l'étagère la plus éloignée. Tenez, celle-ci paraît fixée moins solidement que les autres. Prenez l'autre bout.

Je m'en emparai et tirai après avoir compté jusqu'à trois. L'étagère ne bougea pas. Je me dirigeai ensuite vers la plus proche et entrepris de l'examiner, ma déception initiale ayant cédé la place à la résolution. Je m'étais peut-être trompée sur cette pièce, mais je ne partirais pas avant d'en être sûre.

Je tentai de faire bouger l'étagère, en vain. Je passai à la suivante.

— Celle-ci est fixée solidement, dit Cassandra en inspectant la dernière. Elle n'a même pas frémi.

Je cessai de tirer sur l'étagère pour passer plutôt le doigt le long des deux côtés, là où elle était fixée au mur. Elle était pressée si fermement contre le mur que je ne pouvais même pas passer un doigt dans l'intervalle. Je m'accroupis pour examiner le dessous des étagères du bas.

Sur l'avant-dernière étagère, je trouvai un clou qui dépassait près du coin. J'appuyai dessus. Le clou s'enfonça dans le bois et l'étagère jaillit brusquement contre mes mains.

— Un loquet, dit Cassandra. Bien vu, cette fois encore.

Avant que je puisse ouvrir, ma vision se brouilla.

— Oh non, marmonnai-je. Mon sort de périmètre, pile au mauvais moment.

Cassandra consulta sa montre.

— Aaron et Lucas.

— Du moins, je l'espère. Je vais voir. Vous, entrez.

Je remontai rapidement l'échelle et sortis par la porte de la chaumière. Lucas et Aaron se frayaient un chemin à travers les ronces. Je les appelai.

— J'ai appris que vous aviez trouvé la planque d'Edward, me lança Aaron alors qu'ils approchaient. Bravo !

— On n'a pas encore eu l'occasion de regarder à l'intérieur, répondis-je. On a rencontré quelques complications.

Quand ils nous rattrapèrent, la main de Lucas frôla la mienne puis la serra.

— Oooh, s'agirait-il d'une de ces complications ? demanda Aaron en désignant du menton l'artiste effondré. Ou d'un simple en-cas de fin d'après-midi ?

— Les deux, je crois, répondis-je.

— Est-ce qu'elle est de meilleure humeur à présent ?

— En fait, maintenant que j'y pense, de bien meilleure humeur.

Le rire d'Aaron résonna à travers le pré silencieux.

— Ah oui, c'est toujours la même vieille Cassandra. Je me disais que c'était peut-être ça, le problème. Elle peut devenir assez irritable quand elle n'a pas mangé. C'est un des gros inconvénients quand on se lie avec des non-vampires. Personne n'a envie de vous entendre dire « Je passe juste pour un en-cas ». Si jamais elle devient encore plus vache que d'habitude, c'est le bon moment pour l'envoyer chercher le café en pleine nuit. C'est le meilleur moyen de lui remonter le moral. (Il sourit.) Enfin, il y a d'autres moyens, mais vous n'aimeriez pas en entendre parler.

On contourna l'artiste puis on entra dans la chaumière.

# Drôle d'endroit pour se baigner

Je conduisis Lucas et Aaron jusqu'à la pièce secrète. Alors que je l'inspectais, ma première pensée fut : « Ça, c'est logique, et ça aussi, mais… ça sert à quoi, ce truc-là ? »

La pièce était à peine plus grande que la fausse cave et devait faire dans les deux mètres cinquante sur deux cinquante. Une bibliothèque occupait la longueur d'un mur, remplie de livres de référence et de vieux comptes-rendus d'expériences. Les étagères du mur opposé étaient remplies de fioles, de vases à bec, de bocaux et d'autres outils scientifiques. Tout ça correspondait exactement à ce que je m'attendais à trouver dans le laboratoire d'un chercheur d'immortalité. Ce que je ne comprenais pas en revanche, c'était la baignoire pattes de lion qui occupait un quart de l'espace au sol.

— Moi aussi, j'aime lire dans mon bain, commentai-je. Mais ça me paraît un peu extrême.

— Surtout en l'absence d'eau courante, dit Aaron.

— Je suppose qu'on s'en sert pour les mélanges, dit Lucas. Cela dit, elle me paraît un peu grande pour cet usage et il aurait sans doute fallu retirer le sol de la chaumière pour la descendre jusqu'ici. Peut-être qu'elle a un sens plus profond, comme une sorte de relique.

Cassandra leva les yeux du journal qu'elle était en train de lire.

— Vous avez raison tous les deux. On devait s'en servir pour mélanger un composé, puis pour s'y baigner. L'ingestion est la méthode la plus populaire pour prendre des potions d'immortalité, mais l'immersion est fréquente aussi.

— Tu as trouvé quelque chose ? demanda Aaron en regardant par-dessus l'épaule de Cassandra. Au moins, ce n'est pas codé.

— Il vaudrait mieux que ça le soit, répondit-elle. Un code, on peut le déchiffrer. Mais ils n'ont noté qu'un minimum de détails, juste assez pour se rappeler ce qu'ils ont fait.

— Quoi ?

Elle souleva le livre afin de l'approcher de ma boule de lumière.

— « 7 mars 2001. Réessayé variation B avec du matériau source de type Hf plus frais. Aucun changement. 12 avril 2001. Augmenté variation A pour inclure du matériau source de type Hm, sous-type E. Aucun changement. »

— Merde, marmonna Aaron. Tout ressemble à ça ?

Cassandra acquiesça.

— De quand date la dernière entrée ? demanda Lucas.

— Juin de cette année.

— Un mois ou deux avant que Natasha le quitte, dis-je. Vous avez la moindre idée de ce qu'ils faisaient à ce moment-là ? Peut-être que quelque chose a changé et l'a poussée à le quitter ?

Cassandra me tendit le journal.

— Cette entrée-là est exactement comme les autres. Ils parlent de « matériaux », de « variations » et de « sous-types », mais sans rentrer dans les détails.

Je m'approchai de Lucas et tins le journal entre nous tandis que nous lisions la dernière demi-douzaine de pages. Puis je passai au début du livre, qui remontait à 1996, et feuilletai jusqu'à l'heure actuelle.

— Le seul changement visible, c'est une augmentation progressive des ingrédients Hf et Hm. Il apparaît de temps en temps dans les premières entrées, puis devient un ingrédient régulier la dernière année. Autrement, toutes les entrées se ressemblent – variations A à E, méthodologies A à K.

— Alors voyons de quels autres éléments on dispose, dit Aaron en balayant l'étagère du regard. Des tas de flacons à moitié vides et sans étiquette. (Il en prit un, le déboucha, le renifla et eut un haut-le-cœur.) Je suis peut-être invulnérable, mais par pitié, ne me demandez pas de goûter quoi que ce soit.

Je lui pris le flacon et reniflai à mon tour.

— Du soufre. (Il m'en tendit un autre.) Du romarin. (D'un coup d'œil à l'étagère, j'en nommai trois autres rien que d'après leur aspect.) Ce sont tous des ingrédients assez communs pour des potions. Même chose pour tous ces trucs séchés. On peut en trouver la moitié dans n'importe quelle boutique ésotérique.

— Ce qui peut signifier que c'est tout ce qu'ils utilisent, déclara Cassandra, ou bien qu'ils ont caché les ingrédients les plus accablants.

— Il est temps de commencer à chercher d'autres planques, dit Aaron. Je m'occupe des étagères du haut.

Il passa la main le long de l'étagère supérieure, qui paraissait vide. Ce faisant, il délogea un flacon qui alla s'écraser dans la baignoire. Cassandra tendit la main à l'intérieur de la baignoire et en toucha le fond, près des éclats.

— Elle est sèche, dit-elle. Il était vide.

Elle fit mine de se lever, puis s'arrêta et passa le doigt à l'intérieur de la baignoire. Avec un froncement de sourcils, elle se pencha plus en avant, puis secoua la tête et se redressa.

— Vous voyez quelque chose ? demandai-je.

Elle fit signe que non.

— Elle a été nettoyée.

— Je crois que j'ai trouvé quelque chose ici, déclara Lucas.

Il se tenait accroupi devant l'étagère qui contenait le matériel. Je m'attendais à voir une autre porte derrière. Au lieu de quoi il désigna l'étagère elle-même, qu'il avait débarrassée de ses flacons. Quand je regardai, je vis non pas une étagère de bois, mais un tiroir. Il paraissait trop peu profond pour contenir quoi que ce soit. Puis Lucas ôta le morceau de velours qui en cachait le contenu – une rangée d'instruments chirurgicaux.

— Il pourrait s'agir, hum, d'outils de vétérinaire, déclara Aaron. Certains chercheurs recourent au sacrifice d'animaux. C'est généralement déconseillé, mais ça arrive.

Je croisai le regard de Lucas.

— Hm et Hf.

Il hocha lentement la tête.

— Humain de sexe masculin et féminin.

Cassandra ne dit rien. Quand on se tourna vers elle, elle était penchée vers un trou dans le sol, où elle avait retiré un morceau de planche.

— Qu'est-ce que c'est ? demandai-je.

Elle le remit en place.

— D'autres ingrédients. Ils sont… humains.

Aaron s'accroupit près d'elle et voulut soulever la planche, mais elle la maintint fermement en place.

— Et ce n'est pas nécessaire que vous regardiez.

— J'ai vécu à l'époque de Jack l'Éventreur, Charles Manson et Jeffrey Dahmer. Rien de ce que cache cette planche ne va me choquer.

— Mais ça ne t'aidera pas à trouver le sommeil plus facilement. (Elle se tourna vers nous.) Je vais dresser l'inventaire de ce qui est caché là-dessous, et l'emballer si vous le voulez. Pour l'heure, je peux vous dire qu'ils se servaient de morceaux de cadavres, provenant de multiples humains, et qu'ils n'allaient pas les chercher dans les cimetières.

Son regard fila vers la baignoire. Elle cligna très fort des yeux puis les détourna.

— Il y a une odeur de sang, c'est ça ? demanda Lucas.

— J'ai perçu une odeur légère et je pensais que c'en était, mais je n'arrive plus à la retrouver.

Aaron plongea la tête dans la baignoire. Il inspira, puis secoua la tête.

— Rien. C'est une odeur qu'on arrive toujours à localiser mais je ne… (Il s'interrompit.) Je rectifie. Je la tiens. Très légère, mais sans aucun doute, c'est du sang humain.

— Donc c'est à ça que sert cette baignoire, dis-je. Ils les mettent là-dedans pour… récolter ce dont ils ont besoin sans faire trop de dégâts.

— Possible, répondit Lucas.

Je croisai son regard.

— Mais tu ne penses pas que ce soit le cas.

Il prit le journal et l'ouvrit vers une page proche de la fin.

— Il y a plusieurs références cette année à une immersion dans du matériau source Hm et Hf.

— Elizabeth Báthory, murmura Cassandra.

C'était une comtesse hongroise qui vivait au XVIe siècle. D'après la légende, elle avait tué six cent cinquante jeunes femmes, paysannes pour la plupart, et se baignait dans leur sang en croyant obtenir ainsi la jeunesse éternelle. Après plusieurs décennies de meurtres, Báthory avait été arrêtée, jugée, condamnée et enfermée dans une pièce. Puis on avait muré cette pièce.

On supposait qu'elle avait au moins partiellement inspiré Bram Stoker quand il avait créé Dracula, peut-être plus encore que le tout aussi sadique et plus célèbre Vlad Dracul dont Stoker avait emprunté le nom. Dans la société vampire, on pensait généralement qu'Elizabeth Báthory avait été vampire et qu'elle cherchait non pas la jeunesse éternelle, mais sa propre jeunesse pour l'éternité – en d'autres termes, que c'était une chercheuse d'immortalité.

La rumeur courait également que ses expériences avaient réussi, qu'elle avait trouvé la vie éternelle et que l'histoire de sa mort avait été concoctée non pas par des humains mais par des éléments puissants de la communauté vampire. Quand ils avaient découvert ses crimes – oui, tuer six cents humains était bel et bien un crime, même d'après les critères des vampires –, ils avaient organisé son arrestation et son procès. Ensuite, les vampires l'avaient emmurée eux-mêmes dans cette pièce où elle demeurait encore à ce jour, ayant survécu à tous ceux qui savaient où elle était emprisonnée.

En étouffant le succès de ses expériences sur l'immortalité, ses ravisseurs avaient voulu s'assurer que ces crimes ne seraient jamais reproduits. Mais l'histoire, véridique ou non, s'était transmise à travers des générations de chercheurs d'immortalité. La plupart n'osaient pas répéter les travaux de Báthory mais quelqu'un essayait une fois tous les cent ans

— Mais se baigner dans le sang, déclarai-je. Ce serait… Combien de personnes faudrait-il tuer pour chaque tentative ? Où est-ce qu'ils enterreraient tous ces… ? (Je m'interrompis en me rappelant la configuration curieuse du terrain. Je déglutis.) Je crois que j'ai une petite idée.

Après la découverte du quatrième cadavre, on cessa de creuser. Tous avaient été vidés de leur sang et se trouvaient en terre depuis moins de un an, ce qui signifiait qu'il ne s'agissait pas de la victime annuelle nécessaire pour qu'Edward et Natasha se nourrissent. En observant le schéma des zones d'herbe neuves et anciennes, on comprit qu'on en trouverait beaucoup d'autres si on continuait à creuser.

Après nous être assurés que l'artiste était encore inconscient, on regagna la chaumière et on emporta tout ce qu'on pouvait pour l'examiner plus tard. Puis on se rendit à la maison d'Edward et de Natasha en ville pour la fouiller de nouveau, cette fois en quête de planques et de pièces secrètes. On ne trouva rien, ce qui ne nous étonna guère ; il était peu probable qu'ils se donnent le mal de cacher tout leur matériel dans leur chaumière si c'était pour en laisser dans leur maison.

Pendant les recherches, on avait gardé le silence, toujours choqués par nos découvertes de la chaumière. Mais lorsque Lucas nous conduisit à l'aéroport, mon cerveau engourdi commença enfin à retourner les faits dans tous les sens… et trouva un trou de logique béant.

— Est-ce que ça n'esquinte pas sérieusement notre théorie concernant le motif du meurtre des enfants des Cabales ?

Lucas me jeta un coup d'œil en biais pour m'encourager à poursuivre.

— Si les expériences d'Edward sur les humains ont échoué, je le vois bien les tenter sur des créatures surnaturelles. Mais qu'est-ce qu'il leur prend ? Pas du sang, j'en suis sûre. Du moins, pas assez pour se baigner dedans. S'il prend autre chose, comme ce qu'a trouvé Cassandra… (Je lui lançai un coup d'œil à l'arrière de la voiture.) Et si c'était… quelque chose dont on ne remarquerait pas l'absence ?

Elle fit signe que non.

— Certains de ces ingrédients étaient externes, d'autres internes, mais je ne vois rien dont on n'aurait pas remarqué l'absence, sinon après un examen visuel, du moins à l'autopsie, même la plus superficielle. Peut-être qu'il prenait quelque chose de différent, assez petit pour qu'on ne s'aperçoive de rien.

— J'en doute, répondit Lucas. Joey Nast était encore en vie quand on l'a retrouvé. Je ne crois pas que le tueur ait eu le temps de retirer quoi que ce soit de son corps.

— Mais tout le reste correspond, répondis-je. On cherche un tueur vampire, qui vient peut-être de la zone de Cincinnati. Edward est un vampire de Cincinnati, dont l'expérience du meurtre va bien au-delà de la simple nécessité de se nourrir. D'après ses voisins, il n'est pas rentré chez lui depuis plus d'une semaine. Sa compagne de longue date l'a quitté, ce qui a pu le faire basculer, le rendre encore plus impatient de trouver la clé de l'immortalité afin de pouvoir la reconquérir. Même sa description physique correspond au peu qu'Ésus a vu de lui. Tout colle.

— À ce détail près, répondit Lucas. Comme Edward paraît être notre homme, je suggère que nous réfléchissions à une autre théorie concernant ses motivations.

— Par exemple ? demanda Aaron.

— Je n'en sais rien, dit Lucas. Mais je suis ouvert à toute suggestion.

On se regarda tous les uns les autres… sans échanger un mot.

# Une intrusion fâcheuse

On embarqua dans le jet. Notre première étape serait Atlanta. Bien que le lendemain soit un dimanche, Aaron devait travailler. Enfin, il n'était pas *obligé*, mais il avait promis à un ami de le remplacer et, comme nous ne paraissions pas sur le point de trouver Edward, il ne voulait pas faillir à cette promesse. Quand nous aurions du nouveau, Aaron voulait revenir nous aider. En tant que vampire, il avait pas mal de jours de congé maladie non utilisés et ne pensait donc pas avoir d'ennuis s'il posait un congé auprès de la boîte qui l'employait comme maçon.

Quand Lucas revint après s'être entretenu avec le pilote, il suggéra que nous essayions tous de dormir.

— Ce n'est pas l'environnement le plus confortable qui soit, dit-il. Mais je crois qu'aucun d'entre nous n'a bien dormi la nuit dernière, et les quelques heures à venir seront peut-être notre seule occasion cette nuit.

Cassandra hocha la tête.

— Paige et vous, vous feriez effectivement bien d'essayer de dormir. Mais moi, je ne suis pas fatiguée, donc je vais rester assise dans la cabine arrière, si ça ne vous dérange pas.

Lucas escorta Cassandra dans la minuscule cabine privée située derrière la nôtre.

— Est-ce qu'elle a dormi la nuit dernière ? me chuchota Aaron lorsqu'ils se furent assez éloignés pour ne plus nous entendre.

Je fis signe que non.

— Elle dit… qu'elle ne dort pas beaucoup ces temps-ci.

Ses yeux se remplirent d'un chagrin assourdi, comme s'il avait à la fois anticipé et redouté cette réponse.

— Je vais la rejoindre, dit-il.

Alors que je tirais des oreillers et une couverture du placard, Lucas disparut dans la zone réservée à l'équipage. Il revint quelques minutes plus tard muni de deux mugs de thé. Il tira de sa poche le flacon d'analgésiques que j'avais « oublié ». J'ouvris la bouche pour protester, puis remarquai son expression, hochai la tête et tendis la main. Il y fit tomber deux comprimés puis s'assit près de moi.

— Comment ça va ? me demanda-t-il.

— Je suis secouée, mais ça va. Quand on nous a dit qu'Edward et Natasha avaient des pratiques occultes, je me suis préparée à ce que j'imaginais être le pire – l'idée qu'ils expérimentaient sur des humains. Mais l'échelle… le nombre de gens qu'ils ont dû…

Je bus une gorgée de thé et la recrachai lorsque le liquide me brûla la gorge. Lucas me reprit mon mug en déversant un flot d'excuses.

— Non, répondis-je, c'est ma faute. Je te demande toujours de le préparer très chaud. J'ai bu trop vite.

Je lui repris le mug. Alors que je le reposais sur mon meuble de chevet, mes mains tremblaient tellement que le thé déborda et faillit me brûler de nouveau.

— Et merde, marmonnai-je avant de réussir à sourire faiblement. On dirait que je ne vais pas si bien que ça, en fait.

Il me serra la main.

— C'est parfaitement compréhensible.

— Je sais que je vais devoir apprendre à mieux gérer ça. Si je dois t'aider, je dois surmonter ma sensibilité. Je suis trop...

— Pas de problème, répondit-il. Je ne me sens pas très bien moi-même. Je peux te garantir qu'en tant que, hum, que partenaire de mes activités, tu ne reverras sans doute jamais rien de cette échelle.

— Partenaire ? répétai-je avec un sourire cette fois plus sincère. Je ne crois pas avoir entendu de sarcasme dans ta voix. Ne t'en fais pas. Je n'ai pas l'intention de m'imposer dans ta vie de cette façon. Je serai là pour t'aider quand tu auras besoin de moi, mais ça ne va pas plus loin.

— Ce n'était pas... Enfin je veux dire, je n'y vois absolument aucune objection, si tu es intéressée...

— Je ne le suis pas. Enfin si, mais ce n'est pas possible, hein ? Entre le conseil et le nouveau Convent, mon assiette est déjà pleine. (J'inspirai.) On a déconné. Au conseil, je veux dire. On aurait dû le voir venir.

— Vous ne pouvez pas tenir tous les vampires à l'œil...

— Ah non ? répondis-je. La Meute le fait pour les loups-garous, alors qu'il y en a davantage à contrôler et moins de personnes pour le faire. Je ne veux pas dire qu'on doit talonner tous les vampires, mais on doit faire preuve d'un peu plus d'initiative en général. Il y avait eu des rumeurs. Nous aurions dû les entendre. Je ne peux pas le reprocher à Cassandra. C'est notre responsabilité à tous. Je veux changer les choses, pour qu'on commence à se montrer plus attentifs. Mais je veux aussi lancer ce nouveau Convent. Il le *faut*. C'est ce que je suis censée faire.

— Parce que ta mère l'aurait voulu, dit-il doucement.

— Pas seulement. Je voulais... ou je croyais vouloir... (Je me passai les mains sur le visage.) Je sais que la reconstruction du Convent est importante, mais certains jours, j'ai l'impression que j'ai d'autres choses à faire, des choses qui me motivent davantage, et que le Convent… Je ne suis pas sûre que ce soit encore mon rêve, ou qu'il l'ait jamais été.

— Tu vas tirer ça au clair.

Lucas se pencha pour m'embrasser, et ce baiser lent et doux apaisa la confusion qui me tournoyait dans le crâne. Quelques minutes plus tard, on inclina nos sièges, blottis l'un contre l'autre, pour se laisser bercer par le bourdonnement sourd de l'avion. Quand il atterrit à Atlanta, je me réveillai juste assez pour entendre Aaron et Cassandra se faire leurs adieux à voix basse. La porte de la cabine venait de se refermer derrière Aaron quand Cassandra remit en place ma couverture qui venait de tomber. Je la sentis qui m'observait, mais elle avait disparu lorsque je parvins à ouvrir les yeux.

Quand je me réveillai, l'avion avait atterri à Miami. Je savais que le jour devait s'être levé mais il faisait presque totalement noir à l'intérieur à cause des volets occultants de l'avion. Je me blottis plus près de Lucas et relevai la couverture pour me protéger de la froideur de l'air conditionné.

— Tu as le nez froid, dit-il avec un rire assoupi.

Je tentai de reculer mais il me souleva le menton pour m'embrasser.

— Voilà quelque chose de doux et chaud, dit-il.

— Hmmm. Très chouette.

— Il va falloir qu'on voie mon père aujourd'hui, murmura-t-il entre deux baisers.

— Hmmm. Ça l'est déjà moins.

Nouveau rire.

— Désolé.

— Non, tu as raison. Il faut qu'on lui parle de nos découvertes… et qu'on le remercie de nous avoir prêté son jet. (Je remarquai l'expression de Lucas.) Tu ne regrettes toujours pas de l'avoir pris, dis-moi ?

Il soupira.

— Je n'en sais rien. Je m'inquiète de la façon dont ce sera interprété. Ensuite, je me demande si ce n'est pas un signe indiquant que je fais marche arrière. Et puis, je me demande si je ne m'inquiète pas trop et ce que tu en penses. (Quart de sourire.) Le fait de douter de soi-même, ce n'est pas un trait de caractère très sexy chez un amant.

— Tout dépend de l'amant. Parfois, Lucas, tu es d'une confiance presque inquiétante. J'aime être la seule personne autorisée à jeter des coups d'œil à travers les défauts de la cuirasse. Mais si ça t'inquiète quand même, je connais un bon remède temporaire.

Sourire tordu.

— Une distraction ?

— Hm hmmmm.

Je glissai les mains sous la couverture.

— Attends, dit-il. Je te dois toujours une faveur pour le placard à balais, et ça me distrairait tout autant de te rendre ce service.

Je souris.

— Tu ne me dois jamais rien. Mais je ne vais pas protester si tu insistes.

— J'insiste.

Alors qu'il se penchait pour m'embrasser, un des sièges grinça… Sauf qu'il ne paraissait pas s'agir de celui sur lequel nous étions étendus. Levant la tête, je vis Benicio qui se dirigeait vers la porte de la cabine sur la pointe des pieds. Lucas se redressa d'un bond en jurant.

Benicio s'arrêta, nous tournant toujours le dos.

— Toutes mes excuses. Je venais me tenir au courant des derniers avancements. J'attendais votre réveil.

— Nous sommes réveillés, et bien visiblement, depuis quelques minutes, répondit Lucas.

— Oui, eh bien…

— Tu n'as pas pu résister à la tentation d'espionner une conversation privée, dit Lucas. Jusqu'à ce qu'elle menace de le devenir un peu trop.

— Je…

— Nous sommes habillés, dis-je. Vous feriez aussi bien d'entrer et de cracher le morceau.

Benicio se retourna et son regard ricocha sur le regard noir de Lucas avant d'aller se reposer sur le mur d'en face. Je me levai et le contournai d'un pas énergique, sortis de la cabine pour rejoindre la desserte, où j'allumai la cafetière. À mon retour, j'avais eu le temps de me calmer. J'étais toujours contrariée, mais je ne risquais plus de renverser « par accident » le café de Benicio sur ses genoux.

— Je viens de lui résumer nos découvertes, me dit Lucas tandis que je distribuais les mugs de café.

— Je n'arrive pas à y croire, dit Benicio. Ils n'auraient jamais pu faire ça impunément ici, mais dans l'Ohio… (Il secoua la tête.) Il nous faut davantage de bureaux dans le Midwest. Je l'ai déjà dit.

Lucas s'arrêta, le mug à mi-chemin de ses lèvres.

— Les Nast envisageaient un bureau à Cincinnati, non ?

Benicio hocha la tête.

— Je crois que c'est toujours le cas, mais ils ont retardé leurs projets. Ils se sont heurtés à un problème car il fallait nettoyer la zone d'abord.

Je me retournai vers Lucas. Nos regards se croisèrent.

— Quand est-ce qu'ils…, commença-t-il.

L'Interphone sonna.

— Désolé de vous interrompre, monsieur, mais il y a ici une femme rousse qui demande à vous parler. Elle dit…

— Aucun problème, répondit Lucas. Elle est avec nous. Laissez-la entrer.

Je jetai un coup d'œil à la porte toujours fermée entre les cabines de derrière.

— J'imagine qu'elle a dû sortir avant qu'on se réveille.

La porte principale s'ouvrit et j'aperçus Morris, le garde du corps remplaçant de Benicio. Puis une femme entra à toute allure et faillit renverser le colosse. C'était en effet une femme rousse, mais pas Cassandra.

# Une hystérie compréhensible

Jaime dépassa le garde en titubant, tête baissée, épaules voûtées. La voyant s'avancer d'un pas chancelant, je crus qu'elle avait bu. Puis je remarquai ses pieds – une basket, une chaussure avec des talons de cinq centimètres, enfilées toutes deux sur des pieds nus, et la basket toujours délacée, comme si elle s'était emparée des deux premières chaussures qui lui tombaient sous la main et les avait enfilées précipitamment avant de filer. Son chemisier mal boutonné était maculé de taches marron et rouge sombre, et ses cheveux emmêlés pendaient en désordre, une pince accrochée d'un côté. Elle écarta ses cheveux, dévoilant un visage maculé de traces de maquillage et de larmes.

— Oh mon Dieu, dis-je en me précipitant vers elle. Qu'est-ce qui s'est passé ?

Elle se retourna. Quatre entailles rouge sang lui striaient le visage de l'œil à la mâchoire. J'en eus le souffle coupé.

— J'appelle un médecin, dit Lucas tandis que je guidais Jaime vers un siège.

— N… non, dit-elle. S'il vous plaît. Je… je vais bien.

Elle s'effondra sur le siège, baissa la tête jusqu'à presque toucher ses cuisses et aspira une goulée d'air, tremblant de tout son corps. Au bout d'un moment, elle se convulsa en proie à un ultime frisson puis leva la tête et écarta les cheveux de ses yeux. Elle promena autour d'elle un regard lent et prudent, les épaules raidies, comme si elle s'attendait à voir quelque chose lui sauter dessus.

— Je vais appeler ce médecin, dit Benicio en se levant lentement.

— Non ! aboya-t-elle. (Puis elle vit à qui elle s'adressait. Elle écarquilla les yeux et enfouit le visage entre ses mains avec un rire hoquetant.) Ah, génial, voilà que je craque devant Benicio Cortez. Il ne me manquait plus que ça aujourd'hui. (Elle inclina la tête vers le plafond.) Merci beaucoup !

Je m'assis sur le siège voisin du sien et lui pris les mains. Elle serra les miennes si fort que ses ongles me firent saigner. Je murmurai un sort apaisant. Jaime prit une longue inspiration frémissante, expira et relâcha prise. Après un dernier coup d'œil prudent autour d'elle, elle se laissa retomber sur son siège avec un soupir de soulagement.

— Il est parti, dit-elle. Je me disais bien que le problème était peut-être là. Il a dû croire que vous nous aviez abandonnés pour de bon, tous les deux.

Lucas expliqua la situation à Benicio.

— Un fantôme capable de déplacer des objets mais pas de contacter une nécromancienne ? dit Benicio, sourcils froncés. Je n'ai jamais entendu une chose pareille.

— Bienvenue au club, marmonna Jaime. C'était déjà terrible quand il jouait les esprits frappeurs, mais là… (Elle désigna sa joue.) La dernière fois que j'ai eu un contact physique avec un esprit, c'était il y a plus de vingt ans, la fois où j'ai dérangé par accident quelque chose de très vieux et de très puissant. Et croyez-moi, il savait répondre – en plusieurs langues. Mais celui-ci… (Elle secoua la tête.) Eh bien, je ne sais pas quel est son problème, mais il ne se comporte comme aucun fantôme que j'aie déjà vu.

— Nous pensons qu'il ne s'agit peut-être pas d'un fantôme, dis-je à Benicio avant de me tourner vers Lucas. Je crois qu'il est temps d'envisager un exorcisme.

Il hocha la tête.

— Et même largement, vu la situation. Nous devrions…

— Pas d'exorcisme, répondit Jaime.

— Oui, je sais bien que c'est déplaisant, dit Lucas. Mais ça ne peut pas être pire que ce que vous subissez actuellement. Tout ça est déjà allé trop loin…

— Non, pas du tout, dit-elle d'une voix ferme. Ce n'est pas allé assez loin. Pas encore. Quoi que puisse être cette chose, elle a un message qu'elle est impatiente – douloureusement impatiente – de vous livrer. La balade est mouvementée, mais je suis prête à serrer les dents si ça peut vous aider à résoudre cette affaire.

— Et si elle n'essayait pas de nous aider ? dis-je. Regardez la façon dont elle se comporte. Ce ne sont pas des agissements normaux pour un esprit serviable.

— Mais il nous a aidés, non ? Il nous a donné l'indice concernant les vampires et nous a conduits à Cass… (Elle s'interrompit, ouvrant de grands yeux.) Oh mon Dieu. Paige a raison. Il est *réellement* maléfique.

— J'ai entendu.

Je me tortillai pour voir Cassandra sur le pas de la porte ouverte entre les cabines. Elle étouffa un bâillement.

Je lui souris.

— Vous avez dormi ?

— J'ai fait un somme.

— Parfait.

Elle fit mine de s'avancer, puis cligna des yeux en voyant Benicio. Elle me lança un coup d'œil en biais et je compris qu'elle voulait cette fois des présentations en bonne et due forme.

Je la désignai d'un geste.

— Benicio, je vous présente…

— Cassandra DuCharme, dit-il en se levant, main tendue. Ravi de vous rencontrer.

Cassandra haussa les sourcils.

Benicio sourit tandis qu'il relâchait sa main.

— La première fois que Lucas a évoqué la possibilité que nous nous trouvions face à un vampire, j'ai supposé que ça devait être vous que j'avais rencontrée dans la chambre de Tyler Boyd. La Cabale tient des dossiers très précis sur toutes les créatures surnaturelles influentes, si bien qu'il m'a suffi de les consulter en quête de votre photo pour m'en assurer.

— C'est l'avantage des photos d'identité des vampires, dis-je. Elles ne sont jamais dépassées.

— Je suppose que vous êtes ici pour représenter les intérêts des vampires dans l'affaire ? demanda Benicio.

— Oui, répondit Cassandra. Ce qui, je le crains… (Elle s'interrompit et balaya du regard l'autre côté de la cabine, se renfrognant davantage lorsqu'elle ne vit personne. Elle secoua vivement la tête.) Ce qui, je le crains, risque de devenir…

Elle pivota et leva brusquement la main, paume tendue, comme pour chasser quelque chose. Elle grimaça en voyant l'espace vide derrière elle.

— Ha, dit Jaime. Ravie de voir que je ne suis pas la seule à être un peu nerveuse ce matin.

Le regard de Cassandra fila vers Jaime, l'inspectant pour la première fois.

— Mais qu'est-ce qui vous est arrivé ?

— La même chose qu'à vous, je crois, répondit Jaime. Plus quelques coups de griffes, paires de claques, tirages de cheveux et toutes ces façons tellement marrantes de blesser les médiums.

— L'esprit de Jaime est de retour, expliquai-je. Il doit être ici en ce moment même. Est-ce que c'est ce que vous sentez ?

Cassandra regarda de nouveau autour d'elle.

— Je ne sais pas trop. Qu'est-ce…

Jaime valdingua en avant et faillit atterrir sur les genoux de Lucas. Il plongea pour la rattraper mais, avant qu'il y parvienne, elle retomba sur son siège si violemment qu'elle y rebondit et aurait basculé à terre si Lucas et moi ne l'avions rattrapée.

— Quoi ? cria-t-elle en direction du plafond. On ne va pas assez vite pour toi ? Un peu de patience, sale garce.

— C'est une femme ? demanda Benicio.

D'un grand geste, Jaime désigna les marques de griffe qui lui labouraient le visage.

— Ou alors un démon avec des serres. Il se bat comme une femme, c'est tout ce que je peux vous dire. (Elle se tâta le cuir chevelu et grimaça de manière appuyée, puis me regarda.) Vous ne voyez pas de zones chauves, dites ?

Je me soulevai sur mon siège pour regarder de plus près, puis secouai la tête.

— Rien qu'un bon coup de brosse ne puisse réparer.

— Dieu merci. La dernière chose dont j'aie besoin…

La tête de Jaime bascula si violemment en arrière que ses vertèbres craquèrent. Je bondis de mon siège, imitée par Lucas et Benicio, et même Cassandra s'avança. Des marques jumelles apparurent sur le côté du cou de Jaime. Avant qu'on ait le temps de réagir, les entailles transpercèrent la peau et du sang jaillit.

Cassandra m'écarta d'un coup d'épaule. Jaime poussa un cri aigu, portant la main à son cou tandis qu'elle reculait devant Cassandra. Du sang lui giclait sur les doigts. Lucas tendit la main pour saisir Cassandra par le bras, lèvres entrouvertes pour jeter un sort. Puis il vit que je ne cherchais pas à arrêter Cassandra.

— Ne vous en faites pas, dis-je à Jaime. Laissez-la…

Jaime tendit des mains ensanglantées pour repousser Cassandra.

— Elle peut…, commençai-je, mais le hurlement de Jaime m'interrompit.

Cassandra tendit la main vers Jaime, mais celle-ci la repoussa d'un coup de pied. Du sang artériel jaillissait toujours du cou de Jaime. Alors que Lucas plongeait pour l'attraper, je lançai un sort d'entrave, qui échoua. Benicio était au téléphone, en train d'appeler à l'aide. Le temps qu'une ambulance arrive, il serait trop tard, mais je n'avais pas le temps de le lui dire. Je lançai ce sort d'entrave et ratai mon coup sous l'effet de la panique. Lucas saisit Jaime par le bras, mais il était glissant de sang et elle se dégagea facilement. Elle se battait à présent à l'aveuglette, frappant des poings et des pieds tout ce qui approchait d'elle.

— Jaime ! m'écriai-je. Laissez Cassandra…

Lucas saisit Jaime à bras-le-corps. Elle se débattit, mais il l'immobilisa. Cassandra se pencha sur elle. Du sang lui aspergea le visage alors qu'elle approchait la bouche des plaies. Jaime hurla et regimba, se débarrassant de Cassandra, mais lorsqu'elle se redressa brusquement, les plaies s'étaient refermées et il n'en restait que deux minuscules piqûres invisibles depuis l'endroit où je me tenais.

Jaime se releva tant bien que mal, puis hésita. Elle porta les doigts à son cou.

— La salive des vampires arrête les hémorragies, expliquai-je.

— Ah, dit Jaime dont le visage s'empourpra.

Elle vacilla. Lucas la rattrapa avant qu'elle tombe et la guida jusqu'à son siège, que j'inclinai avant quelle s'y assoie. Comme elle tentait de se redresser, je l'en empêchai doucement.

— Restez allongée. Vous avez perdu beaucoup de sang. Lucas, tu pourrais…

Il franchit la porte de la cabine, muni d'un grand verre et d'un carton de jus de fruits.

— Parfait, lui dis-je. Merci.

Pendant que j'aidais Jaime à boire du jus de fruits, Benicio demanda si nous pensions qu'il fallait prévoir une transfusion sanguine. Cassandra répondit que ce n'était pas nécessaire, que la quantité de sang qu'avait perdue Jaime allait se remplacer sans intervention. Comme elle devait connaître le sujet, on la crut sur parole. Quand Jaime eut terminé le jus de fruits, elle s'étendit et ferma les yeux.

— Ils ne sont pas censés faire ça, marmonna-t-elle.

— Faire quoi ? demandai-je.

Elle bâilla.

— Tuer leur messager.

Après un nouveau demi-bâillement, le visage de Jaime se relâcha. Je portai les doigts à son cou. Son pouls était régulier. Je tirai la couverture sur elle et me tournai vers les autres.

— Elle a raison, dis-je à voix basse. Si bouleversé que puisse être le fantôme, ça n'aurait aucun sens qu'il cherche à tuer Jaime. C'est la seule qui ait la moindre chance de communiquer avec.

— À moins qu'il sache qu'elle n'allait pas mourir, dit Lucas. Si c'est le cas, alors on pourrait interpréter ça comme une sorte de message, pour nous dire qu'en plus d'avoir entendu parler de Cassandra, il la connaît de vue et sait qu'un vampire peut arrêter le flux sanguin.

— C'est un vampire, dit Cassandra.

— Pas forcément, répondis-je. Il savait que vous pouviez arrêter l'hémorragie – toute créature surnaturelle qui a étudié les vampires le sait. Quant aux marques de morsure, elles étaient sans doute censées évoquer celles des vampires, afin de bien faire comprendre qu'elle parlait de vous.

— Elles ne se contentaient pas d'*évoquer* celles des vampires. C'en étaient.

— Mais…

— Je connais les morsures de vampires, Paige. Tout comme je sais qu'il y en a un autre que moi dans cette pièce. J'ai vécu assez longtemps pour être en mesure de reconnaître mes semblables plus vite que vous identifiez un mage.

Je hochai lentement la tête.

— Ce qui signifie que si les nécromanciens n'entendent jamais parler de vampires morts, ce n'est pas parce qu'ils n'existent pas mais parce qu'ils sont hors d'atteinte, où qu'ils puissent bien être. Donc nous savons déjà une chose quant à notre fantôme. C'est un début.

— Deux choses, murmura Jaime, les yeux toujours clos. C'est un vampire et c'est une femme.

J'échangeai un regard avec Cassandra et Lucas.

— Natasha, chuchotai-je. Elle n'a pas disparu. Elle est morte.

# Maudit don de voyance

— Quand Edward a agressé Dana, déclarai-je, il a dit qu'il le faisait pour quelqu'un. Elle a cru comprendre « Nasha ». (Je me tournai vers Lucas.) Quelque chose a empêché les Nast d'établir un bureau à Cincinnati. Un problème qu'il fallait résoudre d'abord. Est-ce qu'un couple de vampires tueurs en série en quête d'immortalité compterait ?

Il hocha lentement la tête.

— Une Cabale enquête toujours sur les créatures surnaturelles locales avant de bâtir un nouveau bureau. Si elles ont des inquiétudes mineures, elles persuadent généralement les gêneurs de déménager. Mais dans un cas comme celui là, à cette échelle, et particulièrement un cas qui implique des vampires… La solution devait être permanente.

— Les tuer.

— Laissez-moi passer quelques coups de fil, déclara Lucas. Avant qu'on tire la moindre conclusion.

— Donc maintenant, vous pensez que les Nast vont vous dire la vérité ?

— Non, mais avec ce genre de détails pour leur rafraîchir la mémoire, je connais des gens qui le feront.

Une demi-heure plus tard, Lucas confirma nos soupçons. La Cabale Nast avait entendu parler du hobby meurtrier d'Edward et Natasha et décidé qu'ils ne feraient pas de bons voisins. D'après les sources de Lucas, le projet initial consistait à les tuer tous les deux, mais les vampires avaient déjoué les plans de plusieurs assassins et quitté le pays. Refusant d'accepter cet échec, la Cabale avait envoyé un dernier tueur, qui était parvenu à décapiter Natasha. Les Nast avaient alors commis une erreur. Ils avaient décidé de ne pas dépenser davantage d'argent pour pourchasser Edward aux quatre coins du monde. En tuant sa compagne, ils lui avaient donné une leçon qu'il n'oublierait pas de sitôt. Effectivement, il ne l'avait pas oubliée.

— Ils ont tué Natasha et il veut se venger, dis-je. C'est compréhensible… dans la mesure où ils s'en prenaient aux Nast. Mais qu'est-ce que les autres Cabales ont à voir dans l'histoire ?

Lucas se tourna vers son père.

— Un vampire a demandé un entretien privé avec toi en juillet. Les Nast ont exécuté Natasha fin août. Si plusieurs tentatives d'assassinat ont eu lieu, les Nast devaient sans doute pourchasser le couple depuis un mois minimum. Je dirais que la date de cette requête n'avait rien d'une coïncidence.

— Edward voulait parler au P.-D.G. des Cortez ? demandai-je. Mais pourquoi ?

— Sans doute pour demander l'asile, répondit Lucas. Ce n'est pas si rare. Quand on est pourchassé par une Cabale, le meilleur endroit où demander de l'aide, c'est dans une autre Cabale. Si les Boyd et les St. Cloud étaient honnêtes avec nous, ils admettraient sans doute avoir reçu des requêtes semblables.

— En d'autres termes, il est allé trouver chacune des Cabales pour leur demander une aide qu'elles lui ont toutes refusée, sans même chercher à savoir ce qu'il voulait. Et ça l'aurait assez énervé pour qu'il se mette à tuer leurs enfants ? Ça n'a aucun sens.

— Non, dit Cassandra, qui prononçait là ses premiers mots depuis que nous avions commencé. Ça n'en a aucun. À vos yeux.

Elle se dirigea vers la fenêtre et ouvrit le store. L'espace d'un instant, elle se contenta de regarder dehors. Puis elle se tourna de nouveau vers nous.

— Vous devez y réfléchir du point de vue d'un vampire. Est-ce que je considère que ce genre d'affront justifie qu'on tue les enfants des autres ? Bien sûr que non. Mais je comprends pourquoi Edward le pense. Que représente la vie de ces enfants pour lui ? Rien de plus que ces cadavres dans son champ. Un moyen d'atteindre un but. Est-ce qu'il les tue parce qu'il veut qu'ils meurent ? Non. Parce qu'il veut faire souffrir, blesser à leur tour ceux qui l'ont blessé. Ils ont tué sa compagne de longue date. Je ne crois pas que vous compreniez vraiment ce que ça signifie.

— Ils étaient ensemble depuis longtemps, répondis-je. De toute évidence, ils…

— De toute évidence, rien du tout. Qu'est-ce qui passe pour un mariage de longue durée dans votre monde ? Au bout de vingt-cinq ans, c'est déjà quelque chose qu'on fête, non ? Edward est devenu vampire quand la reine Victoria est montée sur le trône. Il l'était depuis moins de dix ans quand il est allé en Russie où il a rencontré Natasha, qui l'était elle-même devenue depuis peu. Ils n'ont jamais été séparés depuis. Cent cinquante ans ensemble, et ils n'avaient personne d'autre : ni parents, ni frères et sœurs, ni enfants, ni amis. Chacun d'eux n'avait que l'autre.

— Et maintenant qu'elle est morte, il veut se venger. Il continuera à tuer jusqu'à ce qu'il ait fait payer sa mort à chaque Cabale, en tuant des enfants de chacune.

— Non, il continuera jusqu'à sa mort, répondit Cassandra. Rien d'autre ne l'en empêchera. J'ignore ce qu'est son plan, et il se peut très bien qu'il en ait un, mais il ne s'arrêtera pas quand il en sera venu à bout, parce qu'il ne se sentira pas vengé. Comment serait-ce possible ? Aucune douleur qu'il puisse infliger aux Cabales n'égalera la sienne.

— D'accord, dit une voix endormie depuis l'autre siège, alors que Jaime ouvrait un œil. Je comprends toute cette histoire d'« amour éternel » et, si bizarre que ça puisse paraître, je crois que vous avez raison quand vous pensez que mon fantôme est cette fille, là, Natasha, mais ça nous laisse une grosse question. Pourquoi est-ce qu'elle voudrait nous aider à attraper son homme ?

— C'est ce qu'elle a fait ? demanda Lucas. Je ne suis pas sûr que ce soit la bonne interprétation de ses actions jusqu'à présent. Le seul indice qu'elle nous ait fourni, c'est la piste vampire, ce qui n'était certainement pas censé nous apprendre que notre tueur est un vampire, mais qu'*elle-même* l'est.

Je hochai la tête.

— Peut-être qu'elle s'est dit que si Jaime savait qu'elle était vampire, elle trouverait la bonne manière de la contacter.

— Mais qu'est-ce qu'elle veut ? demanda Jaime.

On se tourna tous vers Cassandra.

— Je ne la connais pas assez bien pour répondre à cette question, dit celle-ci. La seule chose que je puisse affirmer avec certitude, c'est qu'elle n'a pas été une partenaire passive ou non consentante des activités d'Edward.

— En d'autres termes, dis-je, elle n'est pas en proie à une soudaine crise de conscience qui la pousserait à vouloir nous aider à arrêter Edward avant que d'autres enfants meurent.

— Absolument pas, dit Cassandra. Elle cherche peut-être la chose même qu'ils cherchaient avant sa mort : la protection face aux Cabales rivales, en proposant de vous aider à trouver Edward à la condition que les Cortez le protègent des Nast.

Ou alors, elle espère vous donner de fausses informations pour vous détourner de lui.

— Dans un cas comme dans l'autre, ça ne change rien, dit Jaime. À moins qu'elle apprenne à graver des mots dans ma chair, elle ne va rien nous apprendre. Où qu'elle se trouve, c'est hors d'atteinte des nécros. Elle a fait son possible pour y remédier mais ça ne marche pas.

— Et où se trouve-t-elle exactement ? demandai-je. Coincée dans les limbes ? Dans une dimension démoniaque ? Dans un au-delà distinct réservé aux vampires ? Peut-être que si on le savait…

— On peut se renseigner là-dessus, dit Lucas. Mais on n'obtiendra peut-être jamais la réponse. La question importante, pour l'heure, n'est pas de savoir où la chercher, mais où le chercher, *lui*.

Nous savions tous qu'Edward était presque certainement à Miami. Pourquoi se rendre ailleurs alors que toutes les Cabales y étaient ? Mais comment le localiser ? À ce stade, nous aurions tout aussi bien pu prendre une carte de Miami, y lancer des fléchettes et mener nos recherches ainsi.

Lucas partit peu après pour commencer à travailler sur le problème lié à Edward avec les Cabales – ou, du moins, celles qui n'y travaillaient pas déjà. Dès l'instant où les Nast avaient entendu les mots « tueur vampire », ils avaient dû savoir précisément qui tuait leurs enfants et entreprendre de le chercher. Bien sûr, il aurait été sympa qu'ils partagent ces informations, mais ça aurait nécessité de partager aussi la gloire de sa capture – et d'accepter la pleine responsabilité de l'avoir laissé leur filer entre les doigts en premier lieu.

— Le seul moyen de le capturer, c'est d'attendre le moment où il ira chercher sa prochaine victime, dit Cassandra en s'installant sur le canapé de notre hôtel. Et le meilleur moyen d'y parvenir, c'est de lui tendre un piège.

— Pas une mauvaise idée, dit Jaime. Parmi les cibles possibles, il y a vos neveux, Lucas. Je suis sûre que votre père ne voudra pas qu'on les utilise comme appât, mais il a les moyens d'assurer leur sécurité. Si vous étiez là, ce ne serait pas si terrible pour les gamins. Ils vous connaissent…

Lucas secoua la tête.

— Ils ne me connaissent pas.

— Peut-être pas très bien, mais vous êtes leur oncle. Ils vous voient à Noël, aux pique-niques familiaux, ce genre de trucs. Ils…

— Je voulais dire, très littéralement, qu'ils ne me connaissent pas. Je ne les ai jamais rencontrés et je doute qu'ils sachent que j'existe. Non seulement je suis un étranger pour mes neveux, mais ils connaissent à peine mon père – c'est comme ça qu'Hector le punit pour son choix de succession.

— D'accord, répondit Jaime. Mais tout de même, ce type va s'en prendre à ces gamins tôt ou tard. Hector le sait très bien. Je suis sûre qu'il vous aiderait si ça permettait de protéger ses enfants une bonne fois pour toutes.

— Pas si ça impliquait aussi de m'aider, moi, ou de participer à une enquête qu'il considère comme la mienne.

Jaime secoua la tête.

— Et moi qui croyais que ma famille était tordue. Bon, peut-être qu'on peut utiliser quelqu'un d'autre. Et l'aîné des enfants Nast ? Celui qui est venu ici ?

— Sean ? demandai-je.

— Voilà. C'est vrai qu'il est un peu plus âgé que les autres, mais je suis sûre qu'il serait partant. Et Ed ne refuserait certainement pas une occasion de s'en prendre à un autre Nast.

— Peut-être, répondit Lucas. Mais je ne sais pas où se trouve Sean. Thomas leur a fait quitter Miami, à Bryce et à lui, le jour de la mort de Stephen. Tous les membres des familles des Cabales de moins de trente ans ont été évacués.

— Et Edward ne mettra pas longtemps à le comprendre, déclarai-je. Quand il le fera, nous n'aurons plus besoin de fouiller Miami à sa recherche. Nous devrons nous inquiéter pour une dizaine de victimes possibles, dans une dizaine de villes différentes.

— Nous devons agir vite, dit Lucas. À cette fin, j'ai une idée. Un instrument de dernier recours. Un voyant.

— Génial, dit Jaime. Il y a juste un problème. Ce serait encore plus dur d'en trouver un que de trouver Ed lui-même.

— Pas forcément. J'en ai un parmi mes contacts.

— Sérieusement ? demanda Jaime. Qui ça ?

— Faye Ashton.

— Elle est toujours en vie ? (Cassandra secoua la tête.) Ravie de l'apprendre, mais je ne vois pas comment elle pourrait nous aider. Elle est cinglée.

Je frissonnai.

— C'est généralement ce qui leur arrive, non ? Aux voyants véritables. Leurs visions les rendent fous. Comme les très bons néc...

Je m'interrompis.

— Nécromanciens, compléta Jaime. Pas de soucis, Paige, vous ne m'apprenez rien que je ne sache déjà. À l'époque de sa mort, ma mamie n'était pas un très bon exemple de stabilité mentale. Mais c'est encore pire pour les voyants. Si cette Faye a, comment dire, une case en moins, comment est-ce qu'elle peut nous aider ?

— Elle peut, au prix de quelques efforts, retrouver une lucidité temporaire, déclara Lucas. Je suis invité à recourir à ses pouvoirs, mais compte tenu de l'épreuve que ça représenterait pour elle alors qu'elle est déjà fragile, je n'ai jamais accepté son offre. Je ne lui ai pas rendu visite au cours de ce séjour, sachant qu'elle avait dû entendre parler de l'affaire et qu'elle voudrait nous aider.

— Elle est ici ? demandai-je. À Miami ?

Lucas hocha la tête.

— Dans une maison de repos privée, une clinique psychiatrique dirigée par les Cortez.

— Donc ton père s'occupe d'elle ? lui demandai-je.

— Il a intérêt. C'est à cause de lui qu'elle s'y trouve.

Le dictionnaire définit un voyant comme une personne capable de voir des objets ou des actions qui dépassent les limites naturelles de la vision. C'est une description quasi parfaite de la véritable voyance. Si on les dirige correctement, ils peuvent voir à travers les yeux d'une personne distante de plusieurs kilomètres. Un bon voyant peut aller au-delà du simple aspect visuel et percevoir les intentions ou les émotions de sa cible. Ce n'est pas de la télépathie, mais c'est le plus proche équivalent existant chez les créatures surnaturelles.

C'est aussi le plus proche équivalent des devins. Aucun d'entre nous ne peut réellement prévoir l'avenir, mais un voyant peut émettre des hypothèses concernant les actions futures d'une personne, fondées sur sa situation actuelle. Par exemple, s'ils « voient » quelqu'un souffrir d'une rage de dents, ils peuvent « prévoir » que cette personne consultera un dentiste dans un futur proche. Certains voyants affinent à tel point ce talent de déduction qu'ils paraissent posséder un don de prophétie.

Je n'avais jamais rencontré de voyant. Même ma mère n'en avait croisé qu'un au cours de sa longue vie. Comme la capacité à lancer des sorts, c'est un don inné, mais si peu de gens possèdent ce gène qu'il ne naît qu'une poignée de voyants par génération, qui apprennent dès le berceau à dissimuler leur don. Pourquoi ? Parce que leurs pouvoirs sont si précieux que toute personne qui découvre un voyant et signale son existence aux Cabales récolte une récompense digne de la cagnotte d'une loterie.

Pour une Cabale, un voyant est un trophée sans pareil. Ils sont l'équivalent vivant d'une boule de cristal. *Dites-moi ce que complotent mes ennemis. Ou mes alliés. Ou ma famille.* Un P.-D.G. de Cabale qui dispose d'un bon voyant parmi son personnel peut doubler ses bénéfices et réduire de moitié ses problèmes internes. Et les Cabales reconnaissent pleinement la valeur des voyants, qu'ils traitent et récompensent mieux que tout autre employé qui ne soit pas mage. Alors pourquoi les voyants déploient-ils de tels efforts pour éviter un poste aussi idéal ? Parce qu'il va leur coûter leur santé mentale.

Les bons nécromanciens sont harcelés par les esprits en demande. On leur apprend comment dresser des barrières mentales, mais, au fil du temps, des fissures apparaissent et les meilleurs nécromanciens basculent presque systématiquement dans la folie vers la soixantaine. Pour conserver le plus longtemps possible leur santé mentale, ils doivent régulièrement soulager la pression en abaissant cette barrière et en communiquant avec le monde des esprits. C'est comme lorsque Savannah veut quelque chose contre mon avis – lorsqu'elle m'a suffisamment harcelée, je négocie un compromis, sachant qu'il me garantira la paix pour quelques mois avant qu'elle recommence à me supplier. Les voyants sont eux aussi la proie d'empiétements constants sur leurs barricades mentales, des images et des visions d'autres vies. Quand ils abaissent la barrière, elle ne se referme jamais totalement et l'espace est chaque fois un peu plus béant.

Dans la réalité, les Cabales prennent les voyants et les épuisent. Ce pouvoir et la tentation de l'utiliser sont tels qu'ils obligent le voyant à continuer à « voir » jusqu'à ce que les barrières s'effondrent et qu'il se retrouve aspiré dans un monde cauchemardesque de visions sans fin, où ils assistent à la vie de tous les autres et perdent la leur de vue.

C'était ce que Benicio avait fait subir à Faye Ashton. Le grand-père de Lucas avait récupéré Faye quand elle était enfant, puis l'avait fait placer sous bonne garde jusqu'à ce qu'elle atteigne ses pleins pouvoirs. Quand ça s'était produit, Benicio était P.-D.G. Pendant vingt ans, Faye avait été la voyante des Cortez. C'est très long pour une voyante, ce qui laissait penser que Benicio s'efforçait de ménager ses pouvoirs, mais le résultat final avait été le même. Elle était devenue folle et il l'avait placée dans la clinique où elle vivait depuis une décennie.

En même temps qu'une partie de ses pouvoirs, elle avait recouvré une lucidité suffisante pour ne plus jamais laisser Benicio l'approcher. Mais Lucas, c'était une autre histoire. Non seulement elle le connaissait depuis l'enfance, mais elle n'avait jamais refusé une occasion d'aider toute personne qui s'opposait aux Cabales. Elle lui avait donc donné carte blanche pour utiliser ses pouvoirs. Pourtant, il ne l'avait jamais fait. Bien qu'elle lui ait assuré que les « visions » occasionnelles n'allaient pas endommager son esprit déjà déglingué, il n'avait jamais voulu prendre ce risque. Mais aujourd'hui, nous n'avions personne d'autre vers qui nous tourner.

La clinique était un manoir vieux d'un siècle situé dans un quartier où la plupart des bâtiments avaient déjà été convertis en cabinets de médecins et d'avocats, car le coût nécessaire pour entretenir ces monstruosités passait avant leur valeur historique. Vue de la rue, la clinique paraissait être l'une des rares encore utilisées comme résidences privées, dépourvue de signalisation et pourvue à l'avant d'un jardin qui n'avait pas été transformé en parking.

On se gara dans l'allée, derrière un monospace. Une fois à la porte, Lucas actionna la sonnette. Quelques minutes plus tard, un Noir âgé ouvrit la porte et nous fit entrer. Quand elle se referma, ce fut comme si nous entrions dans le quartier général des Cortez. Tous les bruits de la rue disparurent ; je soupçonnai la maison de bénéficier d'une insonorisation de haute gamme, sans doute pour éviter que les voisins comprennent qu'il ne s'agissait pas d'une résidence privée.

À l'intérieur, rien n'égratignait ce vernis de normalité domestique, ni bureau de réception ni poste d'infirmière, ni même l'odeur habituelle des hôpitaux, entre désinfectant et nourriture trop cuite. La porte d'entrée s'ouvrait sur un couloir décoré avec goût, donnant d'un côté sur un petit salon et de l'autre sur une bibliothèque. Un rire de femme nous parvint depuis l'étage, suivi par une conversation à voix basse. Les seules odeurs qui nous accueillirent étaient celles des fleurs fraîchement coupées et du pain frais.

Lucas échangea des saluts avec Oscar, le gardien, puis fit les présentations. Comme Lucas nous l'avait expliqué plus tôt, Oscar et Jeanne, son épouse, étaient chamans, une espèce dont la réputation de compassion et de stabilité faisait d'eux d'excellents infirmiers pour les malades mentaux. Cet endroit était un établissement de soins à long terme et aucun des huit pensionnaires ne semblait susceptible d'en sortir. Tous étaient d'anciens employés des Cabales. Tous étaient ici en apparence grâce aux avantages dont bénéficiaient les employés de la société, mais en réalité parce que la Cabale Cortez était responsable de leur folie.

— Ravi de vous voir, déclara Oscar en donnant une tape dans le dos de Lucas tandis que nous remontions le couloir. Ça fait plus de un an, n'est-ce pas ?

— J'ai été très…

— Occupé. (Oscar sourit.) C'était une remarque, pas une accusation. Nous savons tous à quel point vous l'êtes.

— Comment va Faye ?

— Ni mieux, ni moins bien. Je l'ai avertie de votre venue, donc elle est prête. Cette femme a la force d'un taureau. Elle peut être complètement catatonique mais dès l'instant où je la préviens d'une visite, elle se ressaisit. (Il me sourit.) Enfin, à moins qu'elle ne veuille pas voir cette personne, auquel cas elle fait la morte. Je suppose que vous venez à cause de ces enfants qui ont été tués.

Lucas hocha la tête.

— Faye est au courant ?

— Elle est voyante, jeune homme. Bien sûr qu'elle est au courant. On a tenté de lui cacher les nouvelles, mais elle a senti qu'il se passait quelque chose et a harcelé un de ses amis de l'extérieur pour lui faire cracher le morceau. Depuis, elle nous tanne pour qu'on vous fasse venir, mais on lui a dit : « Non, Faye, s'il a besoin de votre aide, il viendra vous la demander. »

— Est-ce qu'elle a… vu quoi que ce soit ?

— Si c'était le cas, je vous aurais appelé. Tout le monde fait très attention à ne pas lui donner de détails. Ainsi, elle ne va pas s'épuiser à farfouiller dans ce grand étang psychique.

— Nous pouvons lui fournir assez de détails pour éviter ça, répondit Lucas. Toutefois, si vous estimez que ce serait trop épuisant…

— Je vous interdis de répondre, lança une voix stridente, tandis qu'une petite femme aux cheveux blancs apparaissait sur le pas de la porte en fauteuil roulant. Si vous le renvoyez,

Oscar Gale, je vais vous rendre la vie infernale. Et vous savez que je ne dis pas ça en l'air.

Oscar sourit.

— Je ne comptais pas faire ça, Faye. Vous allez être à la hauteur, comme toujours.

Faye fit marche arrière sur son fauteuil roulant et disparut dans la pièce. On la suivit.

# Un grand puits noir rempli de haine

Faye Ashton était une femme minuscule qui n'aurait sans doute, si elle s'était tenue debout, pas dépassé le mètre cinquante. Je doutais qu'elle pèse plus de cinquante kilos. Bien qu'elle approche à peine de la soixantaine, elle avait les cheveux d'un blanc pur et le visage ridé. Ses yeux noirs débordaient d'énergie, ce qui donnait à son visage l'expression hantée d'un esprit jeune prisonnier d'un corps vieilli avant l'âge.

Le fauteuil roulant n'était pas dû à la vieillesse ni à une infirmité mentale. Faye s'y trouvait depuis qu'elle s'était battue contre la polio dans l'enfance. C'était ainsi que la Cabale l'avait découverte. Comme le père de Faye, celui de ses parents qui était voyant, ne pouvait pas faire face à ses frais médicaux sans cesse croissants, il avait contacté la Cabale Cortez pour lui faire une proposition. S'ils offraient à Faye les meilleurs soins possible, ils pourraient la prendre. Et ils l'avaient fait.

Tandis qu'Oscar refermait la porte derrière nous, Faye fit brusquement pivoter son fauteuil de 180 degrés.

— Vous en avez mis du temps… Et ne me racontez pas de conneries comme quoi vous ne vouliez pas me faire de mal. Il ne reste plus grand-chose qui puisse souffrir.

— Nous avions d'autres pistes à explorer, dit Lucas.

Faye sourit.

— Bonne réponse. (Elle se tourna vers moi.) Vous devez être la fille de Ruth Winterbourne.

— Paige, répondis-je en lui tendant la main.

Elle la prit et, avec une poigne d'une fermeté stupéfiante, m'attira vers elle pour m'embrasser sur la joue. Puis elle posa les mains des deux côtés de mon visage et le tint face au sien, sondant mon regard. Une pellicule de sueur lui couvrait le front. Au bout d'une minute, elle me relâcha en souriant.

— Magnifique, dit-elle.

— C'est aussi mon avis, commenta Lucas.

Faye éclata de rire.

— Vous avez raison. Vous n'auriez pas pu trouver mieux. Donc, qu'avez-vous pour moi ?

Lucas lui fournit tous les détails, surtout ceux qui concernaient Edward. Il lui donna également une photo d'Edward et de Natasha qu'il avait prise chez eux, ainsi qu'une chemise empruntée au panier à linge d'Edward. J'ignorais qu'il s'en était emparé. Il devait déjà envisager à ce moment-là de contacter Faye.

Tandis qu'elle l'écoutait, la pellicule de sueur s'était étendue à ses joues et à sa mâchoire, avant de former des filets. Il faisait frais dans cette pièce, et l'air conditionné faisait naître la chair de poule sur mes bras nus, mais ce n'était visiblement pas assez pour Faye. Quand Lucas en eut fini, je proposai d'aller chercher Oscar et de voir si nous pouvions obtenir un ventilateur ou une boisson fraîche pour Faye.

— Ce n'est pas la température, ma chérie, dit-elle. C'est moi. Ça me demande un effort de garder les idées claires dans cette vieille cervelle.

Je me rappelai alors quelque chose qu'avait fait ma mère pour une amie nécromancienne quand elle avait commencé à perdre la bataille contre le monde des esprits.

— Je peux essayer quelque chose ? demandai-je. Un sortilège ?

— Tout ce que vous voulez.

Je lançai un sort apaisant, puis le relançai pour le renforcer. Faye ferma les yeux. Elle remua les lèvres en silence, puis ouvrit un œil.

— Pas mal, dit-elle avant d'ouvrir l'autre œil. (Elle sourit et fit rouler ses épaules.) Enfin, ça soulage un peu. Qu'est-ce que c'était ?

— Simplement un sort apaisant. Toutes les sorcières savent faire ça. Je suis étonnée qu'il n'y en ait pas ici. Les chamans font d'excellents gardiens, mais en tant qu'infirmière, il vous faudrait vraiment une sorcière.

Faye ricana.

— Essayez de dire ça à ces satanés mages.

— Je vais le faire, répondis-je. J'en parlerai à Benicio la prochaine fois que je le verrai.

Faye haussa les sourcils et ses lèvres se retroussèrent légèrement, comme si elle s'apprêtait à éclater de rire dès que je reconnaîtrais avoir plaisanté.

— Elle est sérieuse, dit Lucas. Elle va le lui dire, et le plus stupéfiant, c'est qu'il va sans doute l'écouter.

— J'ai des moyens de pression, déclarai-je avec un coup d'œil en direction de Lucas.

Faye rejeta la tête en arrière et son rire emplit la pièce.

— Vous avez trouvé la faiblesse de ce salopard, hein ? Petite maligne. Si vous arrivez à m'obtenir une sorcière, vous passerez en tête de ma liste de visiteurs autorisés. Maintenant, voyons ce que je peux faire pour *vous*.

Faye posa la photo d'Edward sur ses genoux et se mit à l'observer. Je m'assis légèrement en retrait derrière elle, sachant qu'il est toujours plus facile de se concentrer quand on ne voit pas son auditoire. Dix bonnes minutes s'écoulèrent en silence. Puis le corps de Faye se raidit. Sa bouche s'ouvrit.

— J'ai…

Avec un hoquet, son corps se redressa brusquement et ses yeux chavirèrent en dévoilant les blancs. Lucas se releva d'un bond. Elle cligna des yeux, se ressaisit et le chassa d'un geste.

— Désolée, dit-elle. Erreur de tactique. J'étais trop ouverte. Je me suis pris une onde de choc émotionnelle.

— Vous l'avez trouvé ? demanda Lucas.

— Un grand puits noir rempli de haine ? Ça devait être lui. Cette saloperie a failli m'engloutir. (Elle frissonna puis se redressa.) Bon, passons au deuxième round. Cette fois, j'éteins le radar émotionnel et je m'en tiens au visuel.

Faye baissa la tête et il ne lui fallut cette fois qu'une minute pour cibler Edward.

— Il est assis au bord d'un lit et il fixe le mur. Ça ne doit pas beaucoup vous aider. Laissez-moi regarder tout autour. Un lit, une commode, une télé, deux portes… Attendez, il y a quelque chose au dos de la porte. Des consignes en cas d'incendie. Donc il s'agit d'un hôtel ou d'un motel. Rien de surprenant. Des détails, des détails… Je vois une fenêtre. Elle donne sur des toits, donc partons du principe qu'il s'agit d'un hôtel, un bâtiment à trois étages au moins, il doit se trouver au troisième ou quatrième. La chambre est rangée. Je ne vois pas ne serait-ce qu'une chaussette à terre. Bon, donnez-moi vos instructions.

— Revenez à la fenêtre, dit Lucas. Décrivez-moi le bâtiment que vous voyez dehors.

— Il y en a deux. En béton, avec beaucoup de fenêtres. Un grand au loin, le plus petit devant, à une quinzaine de mètres de la fenêtre. Ça cache une grande partie de la vue.

— Des signes particuliers sur l'un ou l'autre ?

— Non… Attendez, il y a un panneau sur le plus éloigné, sur le toit, mais il est trop loin pour que je le déchiffre.

— Vous voyez le soleil ?

— Non.

— Des ombres ?

— Il y en a une près de la fenêtre.

— Projetée dans quelle direction ?

Faye sourit.

— Petit malin. L'ombre pénètre tout droit dans la pièce, ce qui signifie que la fenêtre donne au sud.

— Revenons aux consignes en cas d'incendie. Vous pouvez vous approcher assez pour les voir ?

— Oui, mais ça n'indique ni le nom de l'hôtel, ni le numéro de la chambre. J'y avais déjà pensé.

— Est-ce que ça précise le prix de la chambre ?

— Ah, oui. Cent dollars tout rond.

— Parfait.

Lucas continua à faire décrire la pièce par Faye mais ne trouva rien d'utile. Malgré les sorts apaisants que je lançais de temps à autre, elle recommençait à transpirer, si bien que Lucas conclut la recherche.

— Une dernière chose, dit Faye. Laissez-moi lire en lui vite fait. Comme il est toujours assis là, il doit être en train de réfléchir. S'il projette quelque chose, je dois être en mesure de vous en avertir.

Elle se tut, baissant de nouveau la tête vers sa poitrine. Une minute s'écoula en silence, puis elle frissonna et rejeta la tête en arrière, les pupilles décrivant les mêmes mouvements que celles d'une personne plongée dans un sommeil paradoxal. Lucas lui posa la main sur l'épaule. Au bout d'un moment, elle frémit de nouveau.

— Désolée, c'est encore cette saloperie de puits noir. C'est… Je n'ai jamais rien ressenti de tel. Elle comptait tellement pour lui. (Faye déglutit.) Enfin, même Hitler aimait son chien, non ? Ça ne fait pas de lui quelqu'un de bien, et celui-là ne l'est absolument pas. La seule chose dont il se souciait, c'était elle. Bon, laissez-moi refaire une tentative…

— Vous feriez peut-être mieux d'éviter.

— Je l'ai. Attendez juste un instant. (Elle expira et laissa retomber sa tête.) Il est frustré. Ces meurtres – ça ne le soulage pas, ça ne comble pas le vide. Il lui en faut davantage. Il y a une personne qu'il réservait pour la fin, mais il ne peut pas attendre. Il va…

Sa tête se rejeta brusquement en arrière et heurta si violemment le repose-tête du fauteuil roulant qu'elle rebondit.

— Oh.

Ce mot sortit en un souffle.

Ses bras agrippèrent les côtés de son fauteuil lorsque son corps se raidit et que son torse se souleva du fauteuil. Je bondis, ainsi que Lucas. Avant qu'on puisse l'atteindre, son corps devint aussi raide qu'une planche et elle glissa au bas du fauteuil. Lucas plongea pour la rattraper avant qu'elle heurte le sol. Elle se convulsa, roulant des yeux, bouche ouverte. Je m'emparai d'un stylo sur une table proche, lui ouvris la bouche et l'y enfonçai pour maintenir sa langue en place. Puis les convulsions cessèrent. Elle s'immobilisa tout simplement, comme figée. Lucas la déposa doucement à terre.

— Je vais chercher Oscar, dit-il.

— Est-ce qu'elle est…

— Ça va aller. Je crains que ce soit là son état normal. La catatonie.

Lorsqu'il s'éloigna, je remis en place les bras de Faye afin qu'elle soit plus à l'aise, tout en sachant qu'elle ne se rendrait compte de rien. Alors que je déplaçais sa tête, j'entrevis ses yeux, aveugles et écarquillés. Non, pas aveugles. Quand je me penchai vers elle, j'y vis un mouvement, une contraction et un mouvement des pupilles, infime, comme celles d'une personne qui regarde la télévision. Sauf qu'en lieu et place d'un écran de télé, elle voyait l'écran minuscule de son propre esprit qui lui diffusait le film d'une centaine de vies défilant si rapidement dans son cerveau qu'elle n'arrivait plus à les déchiffrer.

Il fallait *vraiment* que je demande à Benicio qu'il lui accorde une sorcière comme infirmière. Ça ne la guérirait pas, mais tout valait mieux que… ça. Oui, ça revenait à insister pour qu'une sorcière travaille pour une Cabale, ce que je n'aurais jamais cru faire un jour, mais la triste vérité était qu'il existait des dizaines de sorcières désirant travailler pour les Cabales, et si ça leur permettait d'aider des gens comme Faye, eh bien, pour l'heure, c'était le mieux que je puisse faire.

# LA CHASSE AUX HÔTELS

Lorsque vint le soir, nous avions étudié près de la moitié des hôtels de Miami en cherchant celui qui possédait une vue correspondant à ce que Faye avait aperçu par la fenêtre d'Edward. Nous avions commencé par cibler les hôtels proposant des chambres à cent dollars. Plus difficile qu'il y paraissait. C'était un chiffre bien pratique et bien rond et beaucoup d'hôtels possédaient au moins plusieurs chambres à ce prix.

Après avoir quitté Faye, nous avions appelé Jaime, qui nous avait proposé de partager avec elle la liste tirée de l'annuaire. Comme nous avions ciblé plusieurs hôtels possibles, elle offrit de s'occuper des coups de fil avec Cassandra pendant que nous enquêterions sur le terrain. Un arrangement judicieux, au détail près que Jaime et Cassandra avaient trouvé tellement d'hôtels avec des chambres à cent dollars qu'il nous était impossible d'en faire le tour.

À 20 heures, Jaime nous appela.

— On travaille toujours sur le lot précédent, lui dis-je.

— C'était ce que je me disais. Je vous appelle pour vous dire qu'on tient le reste de la liste en otage. Ça fait six heures que vous y êtes et je sais que vous n'avez pas dîné. Vous avez dû sauter le déjeuner aussi.

— Nous devons simplement…

— Non, Paige, je suis sérieuse. Il est temps que vous en restiez là. Mieux vaut que vous arrêtiez pour aujourd'hui, que vous mangiez, que vous dormiez, et que vous repreniez demain à l'aube.

Bien qu'il me coûte de m'interrompre, elle avait raison. À présent que la nuit tombait, nous distinguions à peine les bâtiments qui entouraient les hôtels. Je transmis le conseil à Lucas, qui acquiesça.

— Parfait, dit Jaime quand je le lui dis. Il y a un bar pas très loin d'ici, qui sert jusqu'à minuit. Je vous y retrouve dans une demi-heure. Si vous continuez à travailler, vous allez me faire attendre. Je peux causer pas mal d'ennuis quand on me laisse seule dans un bar. N'oubliez jamais ce détail.

On fit effectivement attendre Jaime un quart d'heure, mais seulement parce que Lucas avait eu une autre idée qu'il voulait mettre en pratique sur-le-champ. La Cabale possédait des photos par satellite de Miami. Peut-être qu'en nous y référant, nous aurions plus de chances de trouver la configuration des bâtiments que Faye nous avait décrits. Comme le quartier général des Cortez était sur notre chemin, on s'y arrêta en route et on obtint des copies des photos en moins de vingt minutes.

Malgré ses menaces, Jaime n'avait pas causé le moindre ennui dans le bar. Et elle n'était pas seule. Quand je remarquai une silhouette en face d'elle à table, je pensai aussitôt qu'elle était de sexe masculin, avant de reconnaître Cassandra. On commanda à dîner pour trois tandis que celle-ci faisait durer son verre de vin.

Jaime était parvenue à faire pression sur Lucas pour qu'il ne regarde pas les photos pendant que nous mangions, mais il les sortit à la seconde où les assiettes quittèrent la table. Je voulus l'aider mais nous ne possédions qu'une loupe et les détails étaient trop petits pour qu'on les voie à l'œil nu, si bien que je laissai Jaime me convaincre d'aller prendre un verre.

Nous étions encore en train de boire quand Cassandra balança une pique à Jaime sur le thème de la « nécro vedette », ce à quoi celle-ci répondit en soulevant son sujet de prédilection.

— Je ne suis pas morte, dit Cassandra, desserrant à peine assez les dents pour laisser sortir ces mots.

— Vous voulez qu'on mette cette théorie à l'épreuve ? Supposons qu'on trouve un type allongé par terre sans trop savoir s'il est mort ou vivant. Comment est-ce qu'on vérifie ? Il y a trois moyens. Le cœur, le pouls, la respiration. Tenez, Cass, donnez-moi votre poignet, que je vérifie votre pouls.

Cassandra lui lança un regard mauvais et but une gorgée de vin.

— Je ne vois pas de condensation sur ce verre, Cass. Quelque chose me dit que vous ne respirez pas.

Le verre de Cassandra cogna bruyamment le dessus de la table.

— Je ne suis pas morte.

— Rhaa, mais vous me faites penser à ce film des Monty Python. Vous l'avez déjà vu ? Ils sont en train d'évacuer les victimes de la peste et il y a un type qui répète tout le temps « Je ne suis pas encore mort ». Vous me faites penser à lui, Cassandra. L'accent britannique mis à part. (Jaime but une gorgée de son verre.) Enfin bref, je ne vois pas où est le problème. Vous *avez l'air* vivante. Alors que les zombies, ils en bavent vraiment une fois qu'ils ont claqué.

— À propos de zombies, commençai-je, désireuse de changer de sujet. J'ai entendu dire qu'un nécro en avait réveillé un à Hollywood pour ce film, il s'appelle comment, déjà…

— *La Nuit des morts-vivants* ? demanda Lucas.

Sa jambe frôla la mienne sous la table. Au printemps précédent, nous avions tenté d'oublier une journée infernale en regardant ce film, avant de passer à des méthodes de distraction plus efficaces. Notre première nuit ensemble. Nos regards se croisèrent et on se sourit, puis Lucas se remit au travail.

—Non, pas celui-là, répondis-je. Un plus récent.

—J'ai entendu cette rumeur, dit Jaime. Ça fait une bonne histoire mais ce n'est pas vrai. Le seul mort-vivant à Hollywood, c'est Clint Eastwood.

Je crachai ma boisson. Jaime me tapota le dos en riant.

—Oh, je blague. Mais vous ne trouvez pas qu'il a le physique de l'emploi ? Il n'a pas très bien vieilli.

—Je ne dirais pas ça, murmura Cassandra.

—Eh bien moi, si, dit Jaime. Et la question que je me pose, c'est pourquoi, dans chaque putain de film, il est toujours maqué avec une poulette sexy qui a le quart de son âge.

—Jalouse ? demanda Cassandra.

Jaime ricana.

—Ah ouais, je crève d'envie de me balader avec un mec de dix-huit balais à mon bras. Y a pas de mal à s'amuser, mais il faut garder un peu de dignité. Ma règle, c'est : pas de type qui ait plus de dix ans de plus que moi ou plus de cinq ans de moins. Franchement, les Mrs Robinson…

—Mrs Robinson ? répéta Lucas en levant le nez de ses photos.

—Les femmes qui sortent avec des hommes nettement plus jeunes, dis-je.

—Pourquoi vous me regardez, Paige ? ajouta Cassandra.

Jaime éclata de rire.

—Bien vu, Cass. Vous aviez quel âge quand vous êtes morte – quand vous vous êtes transformée ? À peu près le mien, j'imagine.

—Quarante-cinq ans.

Jaime hocha la tête.

— Si je pouvais choisir à quel âge arrêter de vieillir, ce serait maintenant. Je sais que la plupart des femmes – la plupart des *gens*, même – choisiraient la vingtaine, voire la trentaine, mais j'aime la quarantaine. On a de l'expérience à son actif, mais le corps est encore en parfait état de marche. Un sacré bel âge pour une femme. (Elle leva son verre.) Prends ça dans les dents, Clint.

On commanda une nouvelle tournée, puis on discuta encore un moment avant de regagner l'hôtel.

Dans l'avion, nous étions convenus de rejoindre Benicio le lendemain au petit déjeuner afin de partager nos progrès sur cette affaire. À présent que nous avions une piste solide, nous détestions perdre du temps sur quelque chose d'aussi futile que les repas. Mais quand Lucas suggéra qu'il nous fallait commencer tôt notre journée, Benicio proposa de nous rejoindre à l'hôtel pour prendre le petit déjeuner à 6 heures et d'écourter sa visite. Nous ne pouvions pas y objecter grand-chose.

Quand on atteignit le restaurant, Troy s'y faufila avant nous. Il coinça l'hôtesse, murmura quelque chose et lui tendit un billet plié. Une minute plus tard, l'hôtesse revint nous escorter jusqu'au patio. Notre table se trouvait dans le coin du fond. Les trois tables les plus proches comportaient des pancartes annonçant Réservé. Je supposai que le but du pourboire était là, garantir notre intimité. Le restaurant étant presque vide à cette heure-ci, c'était une requête facile à satisfaire. Troy et Morris s'installèrent à la table voisine.

Lorsqu'on eut commandé notre repas, j'abordai avec Benicio la question de l'embauche d'une sorcière pour servir d'infirmière à Faye.

— Un sort apaisant, hein ? dit-il en dépliant sa serviette. Moi-même, je n'ai jamais réussi à le faire marcher. Vous croyez que ça aiderait aussi les autres pensionnaires ?

J'hésitai, non par manque de réponse toute prête, mais parce que l'idée de Benicio Cortez en train de pratiquer la magie des sorcières… Eh bien, même moi, ça me laissait sans voix.

— Heu, oui, répondis-je. Je crois que oui. Mais ce n'est qu'une supposition, bien sûr. Il faudrait le tester sur les autres.

Il hocha la tête.

— Dans ce cas, je vais engager une sorcière à temps partiel pour Faye, et si elle peut aider les autres, nous en ferons un poste à temps plein. Cela dit, mes contacts dans la communauté des sorcières, comme vous pouvez l'imaginer, sont extrêmement réduits. Nous en reparlerons plus tard, mais j'aurai peut-être besoin de votre aide pour trouver quelqu'un de qualifié…

— Je suis sûr que tu y arriveras sans l'aide de Paige, *papá*, dit Lucas. Les ressources humaines devraient pouvoir te fournir tous les noms dont tu as besoin.

— Possible, mais si jamais j'ai des questions, Paige, puis-je vous appeler ?

Je lançai un coup d'œil à Lucas, qui soupira puis hocha légèrement la tête.

— Si ça permet d'obtenir une bonne infirmière sorcière pour Faye, lui dis-je, vous pouvez m'appeler.

Benicio ouvrit la bouche pour formuler ce que je supposai être une autre « requête », mais fut distrait par l'arrivée de note café. On passa la minute suivante en silence pendant que chacun y ajoutait sucre ou lait.

— Donc, Paige, reprit Benicio après sa première gorgée. Est-ce que Miami vous plaît ?

Un nouveau sujet. Dieu merci. Je me détendis sur mon siège.

—Je ne peux pas dire que j'ai eu beaucoup de temps pour me balader, mais j'apprécie beaucoup le soleil.

—Miami a son charme, bien que son rythme ne soit pas du goût de tous. Ni la violence. Avant que vous partiez, Lucas, tu devrais emmener Paige faire une promenade en voiture, lui montrer où tu as grandi. (Il se tourna vers moi.) C'est un joli coin. (Il se tourna vers moi.) Une petite fraction seulement du taux de criminalité de Miami, les rues les plus sûres de Floride, un excellent système scolaire…

—Du nouveau concernant l'affaire ? demanda Lucas.

Il n'y avait rien de neuf. On apprit à Benicio qu'on suivait une piste, mais il n'insista pas pour obtenir de détails et nous proposa simplement de recourir à l'intégralité des ressources de la Cabales si nécessaire. On passa le reste du petit déjeuner à parler de ce que faisaient les Cabales pour retrouver Edward. Les Nast, comme nous nous y attendions, le recherchaient depuis vendredi. Malheureusement, ils n'avaient pas trouvé le moindre indice… du moins aucun qu'ils souhaitaient partager.

Alors que la fin du repas approchait, Benicio déclara :

—Comme je vous le disais, Lucas devrait vous emmener visiter les environs. Je sais très bien que j'ai tout intérêt à vouloir que mon fils habite plus près qu'en Oregon, mais il faut penser à Savannah. Vous avez déjà eu une mauvaise expérience liée à sa garde et même si vous vous en êtes très bien sortie, c'était la *deuxième* tentative, non ?

—La deuxième, mais venant de la même personne… qui ne risque plus de recommencer.

—Possible, mais à présent que tout le monde surnaturel est au courant du trophée que représente Savannah, vous devez songer…

— Paige et Savannah se plaisent beaucoup à Portland, le coupa Lucas.

— Je comprends, mais avant de vous y établir de façon permanente, vous devez réfléchir sérieusement à la question. Il n'est pas question d'acheter une maison à Portland pour découvrir six mois plus tard que Savannah n'y est pas en sécurité.

— Je le sais très bien, répondis-je. Raison pour laquelle je ne compte pas partir en quête d'une maison avant d'y avoir passé un an.

— Ah non ? (Benicio fronça les sourcils.) Je croyais que vous aviez choisi une maison. Lucas m'a dit… (Il se tut en voyant mon expression perplexe.) Ah, je vois qu'il ne vous en a pas parlé.

— Non, en effet, dit Lucas d'une voix tendue. Mais merci de l'avoir fait à ma place. (Il se tourna vers moi et baissa la voix.) Je t'expliquerai plus tard.

On finit notre repas en silence.

— Quelle maison ? demandai-je avant que la porte de la chambre d'hôtel se referme derrière nous.

— Il me semble avoir mentionné un arrangement potentiel avec mon dernier client, lequel, estimant qu'il avait une dette envers moi…

— Quelle maison ? répétai-je en jetant mon sac sur le canapé. La version condensée.

— Je comprends que tu sois bouleversée…

— Tu m'étonnes. Tu fais des projets à long terme pour nous deux et il faut que ce soit ton *père* qui me l'apprenne ?

— Ce n'est pas ce que tu crois. La première fois qu'il m'a appelé à Chicago, il voulait parler de notre appartement. Il estimait que ce n'était pas correct que je vous impose de vivre là, à Savannah et à toi, parce que je refusais de recourir au fidéicommis. Je lui ai répondu que l'appartement était une solution à court terme. Comme il refusait de m'écouter, je lui ai appris que j'avais une piste pour acheter une maison à Portland.

— Pourquoi tu ne m'as rien dit ? On n'en a pas parlé, Lucas. (Je me laissai tomber lourdement sur le canapé et me massai les tempes.) Si c'était censé être une surprise…

— Non, absolument pas. Je ne me permettrais jamais de faire une chose pareille. Mais quand tout ça sera terminé, j'avais prévu de te montrer cette maison et, si elle te plaît, alors tu pourrais l'obtenir au prix proposé, que tu choisisses ou non de la partager avec moi.

— Que je choisisse… ? Qu'est-ce que ça veut dire, ça ?

Il s'assit à côté de moi sur le canapé, assez près mais sans me toucher.

— Je comptais t'en parler mais je voulais d'abord en finir avec tout ça. Il me semblait injuste de parler de projets à long terme en ce moment, alors que tu commençais à peine à entrevoir ce que pouvait impliquer de partager ma vie – les… problèmes familiaux.

— Alors tu crois que je vais prendre mes jambes à mon cou ?

Il parvint à sourire d'un air ironique.

— Je m'étonne que tu ne l'aies pas encore fait.

— Non, je suis sérieuse. C'est vraiment ce que tu crois. ? Que je tiens si peu à toi que je… (Je me déplaçai sur le canapé pour m'éloigner de lui.) J'étais déjà au courant de tes « problèmes familiaux » quand on s'est mis ensemble, Lucas.

— Oui, mais tu n'étais peut-être pas préparée à l'impact qu'ils auraient sur notre vie. Je comprendrais parfaitement…

— Ah, vraiment ? dis-je en me relevant d'un bond. Tu comprendrais si je quittais cette chambre ? Si je te disais « Désolée, très peu pour moi » ? Tout comme tu comprendrais si tu me montrais cette maison et que je te disais : « Je la prends… Et maintenant, où est-ce que tu vas vivre ? »

— Je ne veux pas faire pression sur toi, Paige. Évidemment que je veux que tu restes, et que je veux partager cette maison avec toi, mais si ce n'est pas ce que tu souhaites…

Il me saisit par le bras mais je le dégageai brusquement.

— Tu ne sais vraiment pas ce que j'éprouve pour toi, hein ?

Comme il hésitait, je me dirigeai vers la porte à grands pas. Puis je m'arrêtai, la main sur la poignée. Je ne pouvais pas faire ça. Pas maintenant.

— Viens, lui dis-je. On a du travail.

Les photos de Miami fournies par la Cabale avaient permis à Lucas d'isoler une demi-douzaine d'hôtels possibles, que nous devions à présent aller inspecter. Quant à notre prise de bec, aucun d'entre nous n'en parla, bien que le silence pesant qui régnait dans la voiture indique que nous y pensions tous les deux. Malgré mon envie de résoudre le problème et de tourner la page, je me disais qu'il valait mieux l'ignorer pour l'instant. Nous aurions largement le temps d'y remédier plus tard.

Le quatrième hôtel visité correspondait. Un établissement milieu de gamme à cinq étages avec une vue plein sud qui collait à la description de Faye.

Nous remontions la ruelle latérale pour rejoindre l'avant du bâtiment quand le portable de Lucas sonna.

— C'était Oscar, annonça-t-il en raccrochant. Faye est réveillée et bouleversée. Tout ce qu'il arrive à comprendre, c'est qu'elle veut me voir – tout de suite.

— Merde, répondis-je.

— Si elle a des informations concernant l'affaire, elles sont presque certainement liées à l'endroit où se trouve Edward, que nous avons probablement découvert, ce qui rend ses informations bienvenues mais potentiellement inutiles. Pour l'heure… (Il leva les yeux vers l'hôtel.) Je détesterais m'éloigner, même brièvement, de la meilleure piste dont nous disposions.

— Je pourrais aller parler à Faye, proposai-je. Mais si Edward se trouve dans cet hôtel, je préfère être avec toi pour jouer les renforts.

— Et je préfère moi aussi t'avoir comme renforts.

— Et si on envoyait Jaime ? Elle a un bon contact avec les gens et on dirait qu'elle a déjà l'expérience de problèmes semblables à ceux de Faye, avec sa grand-mère.

— Bonne idée.

Lucas lui téléphona. Jaime était toujours au lit, mais dès qu'elle fut assez réveillée pour comprendre ce qu'il lui demandait, elle accepta d'aller parler à Faye. Si c'était important, elle me rappellerait. Lucas éteignit donc son téléphone, je réglai le mien en mode vibreur et on entra dans l'hôtel.

— Ouais, c'est ça, dit le jeune réceptionniste en hochant la tête face à la photo que lui montrait Lucas. Chambre 317. C'est lui.

— Il est toujours là ?

— Ouais.

— Il est sorti ce matin ?

— Pas par ici. (Il consulta sa montre.) Et pas aussi tôt. En général, il sort vers midi et il revient après la fin de mon service.

Lucas inscrivit un numéro de téléphone.

— S'il descend, attendez qu'il soit sorti, puis appelez ce numéro. Mais seulement après son départ. Ne faites rien qui puisse éveiller ses soupçons.

— OK. (Nouveau hochement de tête.) Pigé. OK.

Lucas franchit la porte à grands pas, l'expression sévère.

— Il est temps d'appeler l'équipe d'intervention ? demandai-je.

— Je crains que nous ayons des sujets d'inquiétude plus pressants. En ce moment même, le réceptionniste est au téléphone avec Edward, en train de lui apprendre que nous sommes ici.

— Quoi ?

Lucas tourna au coin du bâtiment, marchant si vite que je devais trottiner pour le suivre.

— Je nous présente comme la NSA [1] et je lui dis que nous devons trouver cet homme immédiatement. La première chose à laquelle il devrait penser, compte tenu du climat actuel, c'est « terroriste ». Mais il ne pose pas de questions, même quand je lui conseille de ne pas éveiller ses soupçons, ce qui sous-entend qu'il est dangereux. Il nous dit ce qu'on veut savoir et nous fait sortir très vite pour pouvoir appeler Edward et récolter je ne sais quelle récompense qu'il lui a promise s'il le prévenait.

— Et une fois qu'Edward aura reçu ce coup de fil, il va rassembler ses affaires et filer.

— Exactement. Donc… (Il s'arrêta à mi-chemin entre la façade de l'hôtel et la porte latérale.) Je veux que tu te tiennes ici. Lance un sort de camouflage. S'il sort, ne fais rien. Laisse-le partir, mais regarde où il se dirige, puis viens me chercher. Je resterai derrière pour surveiller cette porte.

Je hochai la tête, mais Lucas s'était déjà mis à courir, se dirigeant vers l'arrière. Je me plaçai contre le mur qui faisait face à l'hôtel et me cachai derrière un sort de camouflage.

---

1. *National Security Agency* : l'une des branches du service des renseignements américain. (*NdT*)

Moins de deux minutes plus tard, la porte latérale s'ouvrit. Un homme en sortit. Il portait un coupe-vent ample, un jogging, des lunettes de soleil et une casquette baissée sur son visage, mais rien de tout ça ne laissait le moindre doute quant à son identité : c'était l'homme de la photo, Edward.

Il franchit la porte et regarda des deux côtés. Quand son regard passa sur moi, je résistai à la tentation de retenir mon souffle et me concentrai plutôt pour rester parfaitement immobile. Il referma doucement la porte. Puis il déposa son sac à dos par terre, se pencha et l'ouvrit. Alors qu'il s'accroupissait, je ne pus m'empêcher de songer à quel point il serait facile de le piéger par un sort d'entrave. Tout ce que j'avais à faire, c'était rompre une seconde mon camouflage et…

Edward tira un pistolet de son sac à dos et mon idée mourut à peine formulée.

Il tripota son pistolet, puis le fourra dans la poche de son coupe-vent, hissa son sac sur son dos et se dirigea vers l'arrière du bâtiment. Et merde ! Si seulement Lucas et moi nous étions exercés davantage avec ce sort de communication à distance, j'aurais pu le prévenir. Il devait se cacher, mais pas sous un sort de camouflage, qu'il ne maîtrisait pas encore assez. Je me rassurai en me disant que Lucas avait assez de bon sens pour ne pas sauter à découvert dès qu'il entendrait quelqu'un. Cela dit, il n'entendrait même pas Edward. Celui-ci marchait sur le gravier comme sur un tapis de mousse, sans faire ne serait-ce que crisser une pierre sous ses semelles. Il restait parmi les ombres, jetant parfois un coup d'œil par-dessus son épaule. Juste avant d'atteindre l'arrière du bâtiment, il tourna à gauche et parut traverser le mur contre lequel je me tenais.

Je comptai jusqu'à trois, puis rompis mon sort de camouflage et me penchai pour voir une ruelle contiguë un peu plus loin. J'avançai lentement d'un pas. Le crissement du gravier sous mes pas résonna comme le tonnerre. Je m'empressai de renouveler mon camouflage, mais Edward ne revint pas. Je le rompis de nouveau. Je fis un nouveau pas. Cette fois encore, le gravier crissa sous mes semelles.

Je ne pouvais pas m'y prendre comme ça. Après réflexion, je créai une boule lumineuse et la lançai dans la ruelle en priant pour qu'Edward ne choisisse pas justement ce moment pour regarder derrière lui. Quand Lucas l'aperçut, il passa la tête au coin du bâtiment. Je lui désignai la ruelle latérale. Il hocha la tête, fila vers la ruelle et rasa le mur opposé. Puis il s'approcha très lentement de l'ouverture et y jeta un coup d'œil. Alors qu'il reculait, il me fit signe d'avancer.

Quand j'atteignis la ruelle contiguë, elle était vide. Lucas me fit signe qu'Edward s'était faufilé dans un couloir un peu plus loin.

— Il est armé, articulai-je en mimant un pistolet dans ma main.

Lucas hocha la tête et on s'élança à sa poursuite.

# La cible

On s'empressa de remonter le passage, puis on jeta un coup d'œil dans l'allée transversale qu'Edward avait empruntée. Elle donnait sur une rue. Edward monta sur le trottoir et tourna à droite. On se pressa jusqu'au bout de la ruelle puis on jeta un coup d'œil. Edward attendait sur un trottoir au bord d'une route animée, comme s'il hésitait à s'élancer au milieu de la circulation. Lucas me fit signe de choisir un emplacement d'où je verrais mieux et de lancer un sort de camouflage. Je m'exécutai.

Au bout d'un moment, Edward fit volte-face et se dirigea à gauche le long du trottoir. Au premier feu, il se joignit à une petite foule et attendit, oscillant sur la pointe des pieds. Quand le feu passa au vert, il se fraya un chemin parmi les autres piétons, puis fila vers la première porte de l'autre côté.

Je rompis mon camouflage.

— Il est entré dans un café, dis-je. Il se cache ?

— Peut-être. Je vais aller voir. Quand j'aurai vérifié qu'il s'y trouve bien, j'appellerai des renforts. Il vaut mieux ne pas essayer de l'affronter seuls, s'il est armé.

— Mais il se trouve dans un endroit public. Il n'oserait pas tirer…

— Tu en es sûre ?

— Tu as raison. Mais dans ce cas, je ne suis même pas sûre d'avoir envie que tu jettes un coup d'œil par la vitre. Il nous faut un sort d'apparence. Et ce sort d'illusion ?

Celui que tu avais utilisé avec Savannah pour me donner les traits d'Eve ?

— Il ne marche que si la personne à qui on le destine veut voir quelqu'un d'autre ou s'attend à le voir. Je ne sais pas quelles informations ce réceptionniste a données à Edward, mais je le soupçonne de savoir de qui il doit se méfier. Je crois que nous en sommes réduits au choix le plus évident et le moins satisfaisant. Je m'arme d'un bon sortilège, je me faufile là-dedans et j'espère que tout se passera bien.

— *On* s'arme de sortilèges. Je couvre tes arrières.

Edward ne se trouvait pas dans le café. Lucas passa même dans les toilettes des hommes afin de s'en assurer, mais il ressortit en secouant la tête. Je balayai la pièce du regard. Près des toilettes, il y avait un petit couloir muni de trois portes. Deux d'entre elles indiquaient RÉSERVÉ AU PERSONNEL. La troisième était munie d'une barre – c'était une sortie de secours.

On jeta un coup d'œil par la porte de derrière, puis on s'avança dans la ruelle. Elle était vide et s'étirait sur un la moitié d'un pâté de maisons des deux côtés.

— Merde, marmonnai-je.

Lucas inspecta le sol. De l'eau gouttait depuis une gouttière qui fuyait. Une flaque s'était formée pendant la nuit encore fraîche mais s'asséchait rapidement à la chaleur de la matinée. Il y avait plusieurs empreintes de pas dans la boue en train de durcir, mais une seule contenait encore de l'eau accumulée. Lucas désigna la direction vers laquelle se dirigeaient ces empreintes.

Une dizaine de mètres plus loin, la ruelle se divisait, s'éloignant encore davantage de la rue. Lucas me fit signe d'attendre, puis passa la tête au coin de la ruelle. La seconde d'après, il recula, sourcils froncés, et me fit signe de regarder.

Je jetai un coup d'œil au coin. Edward se trouvait là, à moins de dix mètres de nous. Je m'apprêtais à reculer à toute allure quand je remarquai qu'il s'était arrêté en nous tournant le dos. Son sac à dos reposait à ses pieds et il était en train de sortir une carte. Lucas me tira en arrière, puis se pencha à mon oreille.

— Rentre dans la boutique, me chuchota-t-il. Appelle mon père.

Je me penchai à son oreille.

— Et s'il s'en va ?

— Je le suis et je t'appelle.

Comme on avait refermé la sortie de derrière en partant, je dus contourner tout le bâtiment. Je me trouvais encore dans l'allée quand mon téléphone vibra. Je jetai un coup d'œil par-dessus mon épaule, mais Lucas n'avait pas bougé. Je pressai le pas pour rejoindre le trottoir, où je pouvais répondre sans crainte que ma voix porte jusqu'à Edward. Avant que j'y parvienne, le téléphone cessa de vibrer. Je venais de poser le pied sur le trottoir quand il vibra de nouveau. Je vérifiai le numéro mais ne le reconnus pas.

— Allô ?

— Où êtes-vous ? demanda Jaime d'une voix affolée.

— Nous sommes…

— Venez ici tout de suite. Arrêtez ce que vous êtes en train de faire, allez chercher Lucas et rejoignez-moi.

— Pas possible. On est en train de suivre Edward. Il est en train de s'enfuir…

— Merde ! Non, laissez tomber. Faites marche arrière et laissez-le tranquille. Où êtes-vous ? Je vais demander à la Cabale de vous envoyer quelqu'un. Revenez ici… Non, trouvez un endroit…

— Plus doucement, Jaime. Qu'est-ce qui… ?

La ligne bourdonna, puis Cassandra prit le relais.

— Paige ? Écoutez-moi. Nous sommes avec Faye. Elle sait qui est la prochaine cible d'Edward. C'est…

Je sus ce qu'elle allait dire avant même que le nom franchisse ses lèvres. Je raccrochai et tentai de fourrer le téléphone dans ma poche, mais il m'échappa et tomba sur le trottoir. Je l'ignorai et me précipitai dans la ruelle.

# Coup de grâce

Quand j'atteignis la ruelle derrière le café, Lucas avait disparu. Edward s'était remis en marche. Évidemment. Il savait très bien qui le poursuivait. Il n'était pas en train de fuir Lucas : il l'attirait dans un piège.

Je remontai en courant la ruelle contiguë, le dernier endroit où nous l'avions vu. Je ne me souciais pas de faire du bruit. Si Lucas m'entendait, il accourrait en s'éloignant d'Edward, et c'était exactement ce que je voulais.

Quand je tournai au premier carrefour, je vis Lucas. Il avançait prudemment, regardant de tous côtés, me tournant le dos. J'ouvris la bouche pour lui crier quelque chose, puis me ravisai. Si Edward l'attendait un peu plus loin, toute perturbation risquait de lui faire peur. Et je ne tenais pas à effrayer un vampire armé.

Je remontai la ruelle en trottinant. À quelques mètres de Lucas, alors que je courais en dessous d'un escalier de secours, une ombre bougea au-dessus de moi. Je pivotai et levai les yeux pour voir Edward accroupi sur l'escalier.

— Lucas ! m'écriai-je.

Alors que je me précipitais vers lui, je compris que nous étions dans une impasse, qui ne donnait que sur un renforcement à son extrémité. Je pivotai alors même qu'Edward bondissait à terre. Il éleva son arme. Je bondis de côté pour me placer sur son trajet et commençai à lancer un sort d'entrave. Edward braqua son arme sur ma poitrine.

— Je vais tirer avant que vous en ayez fini, dit-il. (Ses lunettes de soleil avaient disparu, dévoilant des yeux aussi vides et inexpressifs que sa voix. Il regarda par-dessus mon épaule en direction de Lucas, qui s'était lui aussi interrompu en pleine incantation.) Vous aussi. Si vous lancez un sort, je la tue.

— Paige, dit Lucas. Écarte-toi. S'il te plaît.

— Pour qu'il puisse te tirer dessus ? C'est après toi qu'il en a. C'était le message que Faye essayait de nous transmettre. C'est toi, la cible.

— Vous croyez vraiment que je vais me retenir de tirer juste parce que vous êtes sur mon chemin ? demanda Edward.

Mais il n'en fit rien. Il éleva son arme comme s'il envisageait de viser Lucas par-dessus mon épaule, puis la baissa de nouveau vers ma poitrine, visiblement trop peu sûr de son adresse au tir pour tenter autre chose que viser le torse. Il se moquait peut-être de m'ajouter au nombre de ses victimes, mais il ne voulait pas risquer que Lucas jette un sort et s'enfuie pendant le temps qu'il lui faudrait pour me tuer.

— Vous savez ce que vous fera Benicio si vous tuez Lucas ? demandai-je.

— La même chose que veulent faire tous les autres : me donner la chasse et me tuer. Que voulez-vous que ça me fasse ? J'ai arrêté de m'en soucier le jour où j'ai regagné ma chambre d'hôtel et découvert que les assassins des Cabales avaient accompli leur travail.

— Nous…

— Je suis entré dans cette chambre et vous savez ce que j'ai vu ? (Son regard transperça le mien.) Sa tête sur le montant du lit. La tête de ma femme sur le montant du lit !

Je m'efforçai d'éprouver de la compassion mais ne réussis qu'à penser qu'aux dizaines de corps enterrés sous cette chaumière.

Un vent léger traversa la ruelle, provenant de derrière nous. Bien que je n'ose pas jeter un coup d'œil par-dessus mon épaule, je savais qu'il y avait derrière Lucas le mur d'un bâtiment de trois étages. Aucun vent ne pouvait provenir de là. Étais-je en train de lancer un sort à mon insu ? Je l'avais déjà fait une fois, sous l'effet du stress. Étais-je capable de le recommencer ? Mais non, je ne pouvais pas compter sur la magie. Pas maintenant. Je poursuivis :

— Donc, vous avez pris ce qu'ils avaient de plus cher, dis-je. Mais quand Benicio va découvrir…

— Vous m'écoutez ou quoi ? Vous avez entendu un seul mot de ce que je vous ai dit ? Je m'en fous !

— Mais vous vouliez l'immortalité…

— Je voulais vivre éternellement avec ma *femme*. Sans elle, ça n'a plus d'importance.

Une rafale de vent s'engouffra dans la ruelle et nous fit frissonner. Un autre lui succéda, mais ce n'était plus tant désormais un souffle de vent qu'un tremblement, comme si c'était l'air lui-même qui se soulevait, qui s'agitait.

Edward s'écarta très vite sur le côté et leva son arme vers Lucas. Je me jetai sur son chemin, mais l'air vibrait si violemment autour de nous que je perdis mon équilibre et tombai sur un genou. Alors que je me tortillais, mes plaies pas encore totalement guéries s'enflammèrent en me coupant le souffle.

— Ne bouge pas, Paige, dit Lucas d'une voix tendue. S'il te plaît, ne bouge pas.

Je levai les yeux, m'efforçant de voir Edward. Il braquait son arme sur ma poitrine.

— Ne faites pas ça, dit Lucas. Elle ne vous a rien fait. Si vous la laissez partir, je vous promets que…

Edward tourna son arme sur Lucas.

— La ferme.

— Écoutez-le, Edward. Si vous arrêtez maintenant, vous pouvez rejoindre Natasha.

— Natasha n'est plus !

— Non, pas du tout. C'est un fantôme.

Ses lèvres se tordirent.

— Arrêtez de me mentir, espèce de salope. Vous me raconteriez n'importe quoi pour le sauver, hein ?

Il voulut braquer son arme sur moi. Puis l'air se mit à crépiter et il la dirigea de nouveau vers Lucas.

— Je vous ai dit que si vous lanciez ne serait-ce qu'un sort…

Derrière Lucas, l'air s'assombrit, puis le décor se fendilla comme un miroir en train de se briser. De la lumière s'infiltra par les fissures. Une silhouette de femme apparut en son sein. Edward leva la tête. Il cligna des yeux.

— Nat… ? Natasha ?

Elle tendit la main vers lui. Edward s'avança d'un pas lent et prudent. Puis, soudain, le corps de Natasha se redressa, aussi raide qu'un piquet. Le trou se mit à miroiter autour d'elle. Ses yeux s'écarquillèrent, sa bouche s'ouvrit sur un hurlement silencieux et elle bascula en arrière dans le trou béant, les bras toujours tendus vers Edward.

— Non ! s'écria-t-il.

Le pistolet fut agité d'une secousse, puis tomba de sa main alors qu'il se précipitait vers le portail. Je vis l'arme tomber. Je jure que ce fut la première chose que je vis, et je compris alors que Lucas ne risquait plus rien. Puis il bascula en arrière, un trou noir dans sa poche de poitrine. Alors, et alors seulement, j'entendis le coup de feu résonner dans l'allée.

Je me retournai. Lucas était toujours en train de tomber dans le trou. La lumière engloutit sa tête, puis sa poitrine, et enfin ses pieds.

Je plongeai à sa suite.

# Par une porte dérobée

J'étais en train de sauter sur un lit, le plus haut possible, poussant des glapissements chaque fois que mes pieds y retombaient. Quelqu'un chantait. Ma mère ? Non, une voix plus jeune, qui s'efforçait de chanter sans éclater de rire.

*Cinq ouistitis sautaient sur un lit*
*L'un d'eux tomba au bas du matelas*
*Maman appela le docteur qui s'écria :*
*« Fini les âneries, petits ouistitis ! »*

— Encore, hurlai-je. Encore !

— Encore ? dit la voix en riant. Si tu casses le lit de ta mère, elle aura notre peau à toutes les deux.

Je projetai mes poings dodus en l'air tout en sautant, puis perdis pied et m'effondrai à plat ventre sur les oreillers. Des mains se tendirent pour me rattraper mais je les repoussai, me levai, me retournai et me mis à rebondir.

— Encore ! Encore !

Soupir théâtral.

— Une dernière fois, Paige. Je suis sérieuse. Rien qu'une fois.

Je pouffai de rire, sachant que ce ne serait pas la dernière, loin de là.

*Cinq ouistitis...*

Je gémis et le rêve se dissipa, mais j'entendais toujours cette chanson, chantée par la même personne. La voix titilla un souvenir, qui s'évapora avant que je le saisisse au vol.

J'ouvris les yeux mais ne vis rien. Une obscurité froide et humide m'enveloppa et je frissonnai. Je clignai des yeux et tentai d'éclaircir mes pensées embrumées. J'étais étendue sur le côté. Je tendis la main et sentis quelque chose de froid mais de lisse et de solide. Alors que j'y passais la main, je sentis des bosses et des bords acérés. De la pierre. J'étais étendue sur de la pierre.

*Quatre ouistitis sautaient sur un lit.*

Je serrai très fort les yeux mais la chanson me tournait toujours dans la tête. De quoi s'agissait-il donc ? À présent que je l'entendais, je pouvais en réciter les paroles par cœur tandis qu'elles remontaient en bouillonnant de mon inconscient. Une image me vint à l'esprit. Moi, âgée d'à peine deux ans, en train de sauter sur le lit de ma mère tandis que quelqu'un chantait.

*« Fini les âneries, petits ouistitis ! »*

*Trois ouistitis...*

— Oh mon Dieu, arrêtez ! dis-je en prenant ma tête douloureuse à deux mains.

La chanson s'interrompit. Une voix poussa ce même soupir théâtral que j'avais entendu dans mon rêve.

— C'était ça ou hurler jusqu'à vous réveiller. Réjouissez-vous que j'aie choisi l'approche musicale.

Je me relevai tant bien que mal et regardai autour de moi. Mes yeux avaient accommodé juste assez pour que je distingue des formes floues autour de moi, mais aucune ne paraissait même vaguement humaine. Je clignai des yeux très fort et me concentrai. Autour de moi étaient éparpillés d'énormes rochers, s'élevant du lit rocheux sur lequel j'étais étendue.

— De la pierre, commentai-je. Tout est en pierre.

— Bizarre, hein ? On a des endroits très étranges ici. On dirait que vous avez atterri dans l'un d'entre eux. Espérons simplement qu'aucune créature peu recommandable ne débarque.

Ma tête pivota brusquement, cherchant la source de cette voix, mais je ne vis que des pierres.

*Deux ouistitis...*

— Arrêtez, dis-je.

— Hé, j'essaie simplement de stimuler votre mémoire. Dans le temps, vous adoriez cette chanson. Savannah aussi. Vous en étiez dingues, toutes les deux, même si je crois que vous profitiez surtout de cette excuse pour sauter sur les lits.

Savannah ? Comment connaissait-elle... ? Je déglutis et établis la seule association qui me vienne à l'esprit.

— Eve ? demandai-je.

— Qui vouliez-vous que ce soit d'autre ? Ne me dites pas que vous avez oublié.

Comme je ne répondais pas, elle reprit :

— Oh, allez. Vous devez bien vous rappeler votre baby-sitter préférée. Je me suis occupée de vous tous les mercredis soir pendant près de deux ans. Quand je n'étais pas disponible, vous refusiez de laisser votre mère appeler quelqu'un d'autre. Vous pleuriez si fort qu'elle devait annuler la réunion des Aînées et rester chez elle.

Eve s'interrompit. Comme je ne disais toujours rien, elle soupira.

— Vous ne vous rappelez vraiment pas, hein ? Et merde. D'habitude, je fais plus forte impression.

— Où êtes-vous ? demandai-je.

— Attendez. J'y travaille. Donnez-moi juste… (Un miroitement sur ma gauche. La silhouette vacilla puis commença à se préciser.) J'y suis presque. Ce n'est pas évident, je peux vous le dire.

Un claquement audible. Près de moi apparut une version adulte de Savannah, une femme de haute taille et d'une beauté exotique avec une large bouche, un nez et un menton forts et de longs cheveux noirs et raides. Seuls ses yeux étaient différents, noirs au lieu du bleu vif que Savannah avait hérité de Kristof Nast.

Elle s'accroupit près de moi, puis toucha le sol et frissonna.

— Fait un froid de canard. Vous avez choisi un drôle d'endroit où apparaître. Si j'avais su, je me serais habillée plus chaudement. (Elle croisa mon regard et afficha un large sourire qui rappelait celui de Savannah.) C'est de l'humour de fantôme. (Elle baissa les yeux vers ses habits : jean, baskets, ainsi qu'un chemisier vert sombre brodé.) Vous savez, dans le temps, j'aimais vraiment ce chemisier, mais après l'avoir porté pendant toute une année… Il est temps que je découvre comment changer de vêtements. (Elle jaugea mon ensemble d'un coup d'œil.) Pas mal. Ça aurait pu être pire.

— Je ne suis pas… Je ne suis pas un fantôme. Je ne suis pas…

— Morte ? Le jury attend toujours de trancher sur ce point. Tout ce que je sais, c'est que vous êtes ici, ce qui doit signifier que vous êtes morte. (Eve secoua la tête.) Je n'aurais jamais cru que vous me feriez un numéro à la *Roméo et Juliette*, Paige. Je sais que lorsque vous vous engagez dans quelque chose, vous allez jusqu'au bout, comme vous l'avez fait avec Savannah, mais franchement… (Elle désigna notre environnement.) Là, c'est allé trop loin.

— Lucas, dis-je en essayant de me relever.

— Doucement, jeune fille. Il est par… (Eve se leva.) Alors, où est-ce qu'il… Ah, par là.

Je me précipitai. Alors que j'esquivais un affleurement rocheux, je vis les chaussures de Lucas. Je contournai en courant un gros rocher et le découvris allongé sur le dos, les yeux clos. Je me laissai tomber près de lui, levai les doigts vers son cou pour chercher son pouls.

— Hum, vous n'allez pas le trouver, Paige, dit Eve derrière moi. Ni sur vous, d'ailleurs. Ça fait partie du truc, quand on passe de ce côté-ci. Vous pouvez courir tant que vous voulez sans jamais vous essouffler. Je parie que c'est la première fois en une semaine que votre ventre ne vous fait pas mal.

Je touchai la joue de Lucas. Sa peau était tiède. Je me penchai pour approcher le visage du sien et le secouai doucement par l'épaule tout en l'appelant par son nom.

— Vous pourriez essayer de l'embrasser, dit Eve. Mais je ne crois pas que ça marche dans la vraie vie… ou dans le vrai au-delà.

Je lui lançai un regard noir. Elle leva les mains.

— Désolée, pas le moment de lancer des vannes. (Elle contourna Lucas et s'agenouilla de l'autre côté.) Il va bien, ma grande. C'est normal. C'est le choc lié à la mort. Il faut un jour ou deux pour s'en remettre. Normalement, vous auriez dû arriver par une des zones d'attente, où il y a des gens pour s'occuper de vous, mais vous êtes passés par une porte dérobée.

— Le… le choc lié à la mort ?

Je baissai les yeux vers la poitrine de Lucas. Sa chemise était intacte. Je glissai ma main en dessous mais ne trouvai pas de plaie par balle.

— Non, il va bien, dis-je. Il ne s'est pas fait tirer dessus. Il est juste tombé à travers la faille, comme moi.

Eve ne dit rien. Je me retournai vers elle.

— Il ne s'est pas fait tirer dessus. Regardez, il n'y a pas de plaie.

Elle hocha la tête sans croiser mon regard. Je déglutis, puis relevai mon chemisier. Sur mon ventre, là où Weber m'avait poignardée, la peau était désormais lisse et sans marques.

Eve se pencha vers Lucas pour remettre en place ses lunettes tombées pendant la chute.

— On n'en a pas besoin ici mais elles traversent quand même. Bizarre, hein ? (Elle se redressa pour mieux le regarder, puis redressa de nouveau les lunettes et écarta des mèches de cheveux du front de Lucas.) Pauvre gosse. Pendant toutes ces années, le fait d'avoir Benicio comme père était la seule chose qui le protégeait, et maintenant c'est ce qui l'a tué. (Elle secoua la tête.) Est-ce que Lucas vous a jamais raconté notre rencontre ?

Je m'efforçai de me concentrer, puis hochai la tête. Le souvenir me revint et un minuscule sourire m'étira les lèvres.

— Il m'a dit qu'« affrontement » était un terme plus approprié que « rencontre ».

Eve éclata de rire.

— C'est tout Lucas, hein ? Toujours à chercher la précision. (Elle se balança sur ses talons.) C'était il y a combien de temps ? Merde, ça doit bien faire quatre ou cinq ans. Il ne devait pas avoir plus de vingt ans. Il a tenté de me confisquer des grimoires. Mais je l'ai pris la main dans le sac. Et je lui ai collé une belle raclée.

— C'est ce qu'il m'a dit.

Eve haussa le sourcil gauche.

— Il l'a avoué ? Eh bien, c'est ça la vraie force, non ? Pas être capable d'assommer quelqu'un, mais d'admettre qu'on est celui qui a mordu la poussière. C'est un brave gamin. Et il est gentil avec Savannah. Vous l'êtes tous les deux. (Elle nous regarda tour à tour, Lucas et moi, puis se laissa tomber par terre et releva les genoux.) Ah, merde, qu'est-ce qu'on va faire ?

— Il faut qu'on retourne là-bas.

— Hé, je suis bien d'accord avec vous, mais c'est plus facile à dire qu'à faire. En règle générale, c'est un aller simple, mais comme vous n'êtes pas arrivés par ce train-là, peut-être qu'on peut trouver… (Elle rejeta la tête en arrière et lança un regard mauvais à quelque chose derrière mon épaule.) C'est pas vrai, tu es pire qu'un limier. Tu me pistes toujours, où que je me cache. (Elle agita les mains.) Dégage. Je suis occupée. Va-t'en.

Je tordis le cou pour regarder derrière moi, mais il n'y avait personne.

— Évidemment que je veux l'aider à sortir d'ici, lâcha-t-elle. Tu crois que j'ai envie que notre fille soit élevée par des loups ?

J'hésitai.

— Kristof ?

— Ouais. Vous ne l'entendez pas ?

Je fis signe que non. Eve éclata de rire.

— Ha ! Tu as vu ça, monsieur le mage tout-puissant des Cabales ? Tu n'arrives même pas à te projeter assez loin dans cette dimension pour qu'elle t'entende. Alors que moi, je suis passée sans problème.

— Dimension ?

— Dimension, niveau, strate, répondit-elle. C'est compliqué.

— Donc les véritables fantômes sont tous dans votre strate ? Celle où se trouve Kristof en ce moment ?

— Nan, ils sont éparpillés un peu partout. C'est ça le plus terrible, en fait. On arrive ici en croyant retrouver toutes les personnes qui sont parties avant nous, mais en fait non, parce qu'elles ne sont pas toutes dans la même dimension. Certains d'entre nous, les espèces magiques, peuvent brouiller une ou deux strates pour voir à travers, comme Kristof en ce moment même. Mais pour traverser… (Elle se tourna dans la direction de Kristof, un rictus aux lèvres.) Il faut un vrai lanceur de sorts.

— Donc ma… ma mère. Elle est ici ?

Eve secoua la tête.

— Désolée, ma grande. Pas dans cette strate-ci ni dans la mienne. Mais il y en a d'autres. C'est seulement que je n'ai pas encore trouvé comment voir à travers.

Elle leva de nouveau les yeux.

— Mais ouais, gros malin. Va trouver quelqu'un d'autre à harceler. Je dois parler à Paige.

Une pause.

— Il est parti ? demandai-je.

— Nan, il se tient juste assis là. Mais il se tait, et c'est ce que je peux espérer de mieux. Donc, voyons ce que nous avons là. Cette garce de vampire, Natasha, a réussi à ouvrir une faille dans sa strate. Je ne sais pas comment elle s'y est prise. Merde, je ne pensais même pas que les vampires en possédaient une à eux. Tout ça est très bizarre. J'en viendrais presque à me demander si les Parques l'ont *laissé* l'ouvrir, pour qu'elle puisse aspirer son monstre de compagnon en enfer avec elle.

— Ah.

— Belle théorie, mais ça ne vous aide pas énormément, hein ? Le truc, c'est que vous avez atterri ici par accident, et on doit vous faire repartir en sens inverse. Donc, comme vous êtes arrivés ici, cet endroit doit être important. Un portail, si vous voulez vous la jouer *Star Trek*.

Je regardai autour de moi.

— Sale endroit où en coller un, non ? poursuivit-elle. C'est sans doute fait exprès. Personne ne vient ici pour faire du tourisme.

— Donc, vous pouvez repasser de l'autre côté ?

Eve lança un regard mauvais derrière moi.

— Si tu termines cette phrase, Kris, c'est à tes risques et périls. (Une pause.) C'est bien ce que je pensais. (Elle se tourna vers moi.) Pas possible. Pas pour l'instant, en tout cas. Il nous faut un nécromancien.

— Parfait. Je sais où en trouver une.

— Jaime Vegas ? (Eve fit la grimace.) Pas mon premier choix, mais j'imagine que n'importe quel nécro fera l'affaire. À nous deux, on devrait réussir à ouvrir ce truc juste assez pour vous laisser passer.

— *Lucas* et moi.

— Heu, oui. Bon, je ne peux pas vous assurer que ça marche, parce que je sais qu'il m'est impossible, à *moi*, de revenir de manière permanente. Croyez-moi, j'ai essayé.

Ses yeux visèrent Kristof et j'y entrevis, l'espace d'une fraction de seconde, quelque chose qui me fit naître un frisson dans la colonne vertébrale et me rappela qui était Eve, ce qu'elle était. Elle fusilla du regard l'espace situé derrière moi.

Quoi que Kristof ait pu lui dire, je supposai que c'était lié au fait qu'elle ait tenté de retourner dans le monde des vivants. À la façon dont elle l'avait dit, je devinai qu'elle avait déployé des efforts colossaux pour revenir à la vie et je m'interrogeai là-dessus un instant. Elle paraissait heureuse et à son aise. Ce n'était pas comme si elle se trouvait dans une sorte de dimension démoniaque. Alors pourquoi tenter de revenir à la vie ?

Alors même que la question me traversait l'esprit, je songeai à ma propre situation. J'étais ici, dans l'au-delà, et je n'envisageais pas une seconde de rester. Pourquoi ? Parce que ma vie se trouvait de l'autre côté et que, si agréable soit-il de vivre dans un monde où la douleur et l'inconfort n'existaient pas, je voulais terminer ma « vraie » vie avant de m'embarquer dans l'au-delà. Et Lucas faisait partie de cette vraie vie. Il le fallait.

— Donc si vous n'arrivez pas à retourner là-bas, dis-je, vous croyez qu'on peut… ?

— Je n'en sais rien, mais comptez sur moi pour essayer. Vous êtes un cas à part, donc il doit y avoir moyen.

— D'accord, allons-y. Vous êtes un fantôme, donc c'est à vous de contacter Jaime…

— Ce n'est pas si facile. D'abord, il faut la trouver.

— La trouver ? Elle est à Miami.

— Obstacle numéro un, même s'il n'est pas aussi insurmontable qu'il y paraît. Miami existe ici, sauf que ce n'est pas très… Enfin, c'est différent. La distance n'est pas un problème. Tout ça est très… relatif.

— Ouais.

Eve secoua la tête.

— Je ne peux pas vous l'expliquer. Même moi, je ne comprends pas encore tout. Mais l'obstacle numéro deux… (Elle baissa les yeux vers Lucas.) C'est qu'on ne peut pas le transporter.

— Pas question que je l'abandonne ici.

— Eh bien dans ce cas, on a un vrai problème. Il va se réveiller dans un jour ou deux, mais à ce moment-là, les Traqueurs nous auront retrouvés, et si ça se produit, vous allez devoir rester ici pour de bon. Maintenant, on peut… (Elle se tut et regarda Kristof, puis hocha la tête.) Kristof propose de rester ici avec Lucas.

Comme j'hésitais, elle se tourna de nouveau vers Kristof.

— Tu as détruit la vie de cette pauvre fille. Ça n'encourage pas la confiance, Kris. (Elle me regarda.) Ne vous en faites pas, Paige. Si Kristof dit qu'il va surveiller Lucas, il tiendra parole. Il n'a rien à gagner à ce que Lucas et vous ne réussissiez pas à rejoindre Savannah. Maintenant, il sait que je veux et que j'ai toujours voulu que Savannah reste avec vous. Il ne s'en mêlera plus.

Eve se leva. Je serrai la main de Lucas, le regardai une dernière fois, puis suivis Eve à travers la plaine rocheuse.

# Marais primitif

On traversa la plaine rocheuse pendant ce qui me parut durer deux heures. Un problème dans le monde des esprits ? De sérieuses lacunes en matière de transports publics. Et pourtant, malgré la distance parcourue, je n'eus même pas mal aux pieds. J'imagine que ça rendait les véhicules motorisés inutiles. Ça plus le fait qu'on avait ici tout le temps nécessaire pour aller où on se rendait.

En temps normal, voyager dans le monde des esprits doit ressembler à une balade dominicale où l'on se détend en profitant du décor. Mais là où nous étions, il n'y en avait aucun dont profiter, à moins d'être géologue. De la pierre, encore et toujours. Pas franchement les Champs-Élysées que j'avais espérés. Bien sûr, c'était un séjour temporaire – j'espérais qu'il le serait le plus possible – mais je ne pouvais m'empêcher d'éprouver de la curiosité, ne serait-ce que pour chasser de mon esprit les inquiétudes qui me rongeaient les tripes. L'au-delà, le plus grand mystère du monde, se déployait devant moi. Mais quand je cherchais à soutirer des informations à Eve, elle décourageait mes tentatives par des mots d'esprit et de brusques changements de sujet. Toutefois, comme je sais me montrer extrêmement têtue, elle finit par se voir contrainte de me répondre.

— Je ne peux rien vous dire, Paige. Je sais que vous êtes curieuse, mais si nous devons vous faire sortir d'ici, moins vous en saurez…

— Mieux ça vaudra, conclus-je.

— Pour *moi* aussi, dit-elle. Je suis déjà mal vue des Parques, alors quand elles découvriront…

— Donc les Parques existent ?

— Oh, oui, sauf qu'elles ne passent pas leur temps assises à filer… (Elle feignit de me fusiller du regard.) Arrêtez tout de suite. Vous allez me piéger pour me faire parler, et ensuite elles le découvriront et je ne serai plus simplement dans la merde jusqu'au cou, mais carrément en train de m'y noyer. Croyez-moi, elles *vont* s'en apercevoir… Mais avec un peu de chance, pas avant votre départ.

— Comment est-ce qu'elles vont nous retrouver ? Grâce à ces Traqueurs dont vous parliez ?

Eve continua à marcher. Je poursuivis :

— Si je dois me méfier ces choses-là, je dois savoir quoi chercher.

— Pas du tout. Si vous les voyez, c'est qu'elles vous ont déjà vue, et qu'on va plonger toutes les deux. Il n'y a pas des masses de règles ici, mais on est en train d'en enfreindre la plupart.

— Et si…

Je m'interrompis et regardai fixement devant moi. La plaine rocheuse prenait fin à moins d'une dizaine de mètres devant nous. Et au-delà, il y avait… le néant. Elles ne se terminaient pas par une falaise, un mur de ténèbres ou quoi que ce soit d'aussi théâtral. Elles s'arrêtaient, tout simplement, comme lorsqu'on atteint la dernière page d'un livre. Je ne peux pas le décrire mieux que ça.

— Eh bien, venez, me dit-elle.

Je ne pouvais pas bouger. Ce néant avait quelque chose d'indiciblement terrifiant par sa béance.

— Oh, merde, dit Eve. C'est seulement un relais.

Elle me saisit par le coude et me poussa en avant. Quand on atteignit le bout de la plaine, mon cerveau regimba de toutes ses forces. Cette réaction se transmit à mes jambes qui cessèrent de bouger. Eve soupira, se plaça derrière moi sans un mot et poussa.

Elle m'avait piégée. Lors de cette dernière seconde avant qu'elle me précipite de l'autre côté, je compris la vérité. Eve n'était pas en train de m'aider. Elle ne voulait pas que je retrouve Savannah. Elle me haïssait, elle détestait ce que je faisais à sa fille, la façon dont je l'élevais. C'était là sa revanche. Elle était…

— Voilà, dit Eve en se plaçant près de moi. Ce n'est pas si terrible, hein ?

Je regardai autour de moi. Le brouillard m'enveloppait, une étrange brume froide et bleuâtre. Je me frottai les avant-bras.

— Alors, c'est quoi cet endroit ? Un relais entre quoi et quoi ?

— Entre deux plans, les royaumes immatériels du monde des esprits, comme celui où vous avez atterri. D'ici, je peux nous transporter vers un autre plan, ou vers n'importe quel endroit sur terre. Enfin, notre version de la terre.

— Mais comment…

— Essayez de voir ça comme un ascenseur cosmique. Mais un moderne. Il n'y a pas de portier en service. On ne peut pas se pointer simplement là en disant « Miami, s'il vous plaît ». J'aimerais bien. Non, il faut se débrouiller seul et découvrir la bonne incantation qui mène à chaque endroit, comme si on déchiffrait un code. Pour chaque nouvel endroit, un nouveau code.

— Donc je suppose qu'ils n'aiment pas que les fantômes se baladent.

Eve haussa les épaules.

— Ils ne sont pas totalement contre, mais ils préféreraient qu'on trouve un endroit et qu'on s'y cantonne, du moins pendant un moment. Ils n'encouragent pas les allées et venues fréquentes. Ça perturbe les fantômes les plus anciens, quand ils voient constamment apparaître de nouveaux visages.

— Mais vous connaissez les codes.

Elle sourit.

— Pas autant que je voudrais, mais j'accumule beaucoup plus de kilomètres au compteur que le voudraient les Parques. Elles m'ont tapé sur les doigts plusieurs fois. Pas parce que j'utilisais les codes, vu que c'est techniquement autorisé, mais parce qu'elles n'approuvent pas toujours les méthodes auxquelles je recours pour les obtenir.

— Ah.

— Et c'est tout ce que vous avez besoin de savoir sur le sujet. Maintenant, attendez.

Eve murmura une incantation dans une langue que je n'avais jamais entendue. Puis elle se retourna et revint sur ses pas.

— Ça n'a pas marché ? demandai-je en m'élançant à sa suite. Alors maintenant, qu'est-ce qu'on…

— Arrêtez de parler et accélérez, Paige.

J'avançai d'un pas supplémentaire et mon pied s'enfonça dans ce qui me fit l'effet d'un tas fumant de crottin de cheval. Je poussai un cri aigu et reculai vivement. Je baissai les yeux. Une boue tiède et visqueuse s'infiltrait dans mes sandales.

— C'est dégueu, hein ? dit Eve. Venez.

Je la suivis. La brume tourbillonnait toujours autour de nous. J'ouvris la bouche pour demander quelque chose à Eve, puis flairai l'air et eus un haut-le-cœur. En primaire, un instituteur sadique avait obligé les élèves de ma classe à faire une visite éducative d'une station d'épuration. Cette odeur-ci me la rappelait, en moins agréable encore. J'avançai prudemment d'un nouveau pas et une vague de chaleur humide m'engloutit. Puis la brume se dissipa.

Je regardai autour de moi. La première association qui me traversa l'esprit fut : les Everglades. Mais ce n'était pas le cas. Cet endroit avait la même odeur, la même allure générale et dégageait la même impression, mais tout y était multiplié par cent. Je touchai la fougère la plus proche. La feuille était plus grande que moi. D'immenses arbres tordus se dressaient au-dessus de moi, entourés d'une mousse pâle qui rappelait une robe de mariage en lambeaux sur le cadavre de l'épouse. Un insecte de la taille d'une hirondelle passa près de nous en bourdonnant. Alors que je me retournais pour mieux le regarder, j'entendis un hurlement aigu au plus profond du marais. Je sursautai. Eve éclata de rire et me rattrapa.

— Bienvenue à Miami, me dit-elle. Population : quelques centaines d'habitants… que vous n'aimeriez vraiment pas rencontrer.

— C'est Miami, ça ? demandai-je.

— C'est bizarre, hein ? Regardez ça.

Elle murmura une incantation, puis passa la main devant nous comme si elle nettoyait une vitre. À l'endroit qu'elle venait de dégager, je vis, comme à travers un tunnel, une rue de grande ville vivement éclairée par des enseignes au néon. La lumière de deux phares apparut à un virage et fonça droit sur nous. J'obligeai mes genoux à ne pas prendre la fuite. La voiture passa à toute allure au bord de la « fenêtre », puis disparut.

— Ça, c'est votre Miami, dit-elle avant de désigner le marais. Et ça, c'est le nôtre.

D'un geste de la main, elle essuya l'image qui se dissipa. J'avançai de quelques pas tandis que mes chaussures faisaient des bruits de succion dans la boue.

— Restez près de moi, dit-elle. Je suis sérieuse quand je dis qu'il y a là des créatures que vous n'aimeriez pas rencontrer.

Je regardai autour de moi en secouant la tête.

— Donc toutes les grandes villes ont disparu dans le monde des esprits ?

— Nan. Miami, c'est particulier.

— À quoi ressemblent les autres grandes villes ? Aux nôtres ?

— Plus ou moins. C'est ça qui est chouette. Elles ressemblent aux vraies, mais elles sont coincées dans le passé, à un point important de leur histoire, leur âge d'or ou un truc comme ça.

Je regardai autour de moi.

— Donc l'âge d'or de Miami, c'était l'époque où il s'agissait d'un marécage primitif ?

Eve sourit.

— À partir de là, tout a foutu le camp, hein ? Ou alors, c'est une métaphore.

— Vous m'avez dit que des fantômes résidaient dans les autres villes. Et si on habitait Miami de son vivant ? On est obligé de déménager ?

— Le plus souvent, oui. Mais ces créatures dont je parlais, celles qui vivent ici ? D'après la rumeur, il s'agissait de… (Elle grimaça et mima le geste de tirer une fermeture Éclair sur ses lèvres.) Plus de questions, Paige.

— Mais est-ce qu'il n'est pas important que je sache…

— Non. Ce n'est pas nécessaire. Vous en avez simplement envie. Mon Dieu, j'avais oublié comme vous êtes curieuse. Quand vous étiez petite, je vous jure que votre premier mot n'a pas été « maman », mais « pourquoi ».

— Juste une dernière…

— Une dernière question ? Ha ! Vous savez combien de fois je suis tombée dans ce panneau-là ? (Elle se remit en marche.) Une dernière question. Un dernier jeu. Une dernière chanson.

— Mais je…

— Arrêtez de parler et mettez-vous en marche ou vous allez en apprendre plus que vous voulez sur ce marais.

# Aveuglement

Eve savait se diriger dans le Miami fantomatique pour y être souvent venue ces deux dernières semaines. Qu'est-ce qui l'avait attirée dans ce marais infernal ? Nous. Elle nous gardait à l'œil, Lucas et moi, depuis notre arrivée à Miami, car elle surveillait périodiquement Savannah depuis que nous l'avions confiée à Elena. Apparemment, elle faisait ça depuis sa mort, pour s'assurer que sa fille était en sécurité, et surveillait désormais également ses tuteurs. C'était là une surveillance strictement visuelle, mais seulement parce qu'elle n'avait pas trouvé comment l'étendre à une forme plus active. De manière assez prévisible, les Parques voyaient d'un mauvais œil ce numéro d'ange gardien. Toute interaction avec les vivants était interdite. Elles dissuadaient même de regarder ce que devenaient les proches, comme le faisait Eve. Pour que la transition vers le monde des esprits soit complète, il fallait rompre tous les liens avec le monde des vivants. Eve avait un peu de mal à se faire à l'idée.

Il nous fallait marcher trois kilomètres pour atteindre l'endroit où se trouverait notre hôtel dans le monde des vivants. J'espérais que Jaime s'y trouvait. Autrement, nous risquions de la chercher longtemps.

Trois kilomètres, ce n'était pas si loin, compte tenu de la taille de Miami, mais quand on traversait un marais avec de la boue jusqu'aux chevilles, en se frayant un chemin à travers la végétation à l'aide de sorts de feu, quelques mètres paraissaient un kilomètre. Heureusement, Eve avait tracé des chemins un peu plus tôt, dont un menait à notre hôtel. Autrement, la végétation aurait été impraticable. Lors de la demi-journée écoulée depuis son départ, les plantes grimpantes avaient déjà recouvert le chemin dégagé et la végétation luxuriante l'envahissait à une telle vitesse qu'on la voyait quasiment pousser.

Alors qu'on progressait à travers une zone particulièrement encombrée par les plantes, il me sembla *effectivement* les voir pousser, alors que des fougères, à quelques mètres devant nous, s'agitaient dans l'air immobile et fétide. Puis je vis une forme bouger derrière les frondes.

— Merde ! s'écria Eve.

La silhouette s'avança d'un pas traînant, prenant forme sous cette faible lumière. Je distinguai une silhouette vaguement humanoïde, puis tout s'assombrit. Je ravalai un cri et entrepris de jeter un sort lumineux. Eve me saisit l'avant-bras et se pencha à mon oreille.

— C'est moi, Paige. C'est moi qui ai fait ça.

Fait quoi ? Avant que je puisse le lui demander, je me rappelai qu'Eve était également une semi-démone, engendrée par un Aspicio. Le pouvoir des Aspicio est lié à la vue, et leur progéniture peut provoquer une cécité temporaire.

— Quoi ? sifflai-je. Ne… Je n'y vois plus rien !

— C'est le but.

J'entendis des bruits de succion dans la boue tandis que la créature avançait à travers le marais, s'approchant de nous à chaque pas.

— Eve ! chuchotai-je. Arrêtez. Je ne suis plus une petite fille. J'ai vu des choses, beaucoup de choses. Des démons, des cadavres, dont certains *réanimés* – beaucoup, même. Quoi que ça puisse être, je suis capable de…

Je m'arrêtai au milieu de ma phrase, bouche ouverte, figée, non sous l'effet de la peur mais d'un sort d'entrave.

Les cheveux d'Eve me chatouillèrent les oreilles lorsqu'elle se pencha vers moi.

— Vous êtes peut-être capable d'y faire face, Paige, mais vous n'êtes pas obligée.

Je lui lançai un regard mauvais – du moins, dans la direction où je supposais qu'elle se trouvait.

— Ne vous en faites pas, chuchota-t-elle. J'ai déjà affronté ces choses-là. La plupart du temps, si on ne bouge pas, elles s'en vont.

Ne pas bouger ? Avais-je le choix ? Je n'y voyais rien. J'étais paralysée. Je ne pouvais pas parler. En revanche, j'entendais. J'étais figée là, aveuglée, à écouter les bruits de succion émis par je ne sais quelle atrocité qui s'avançait vers moi. Puis un autre sens prit le relais. L'odorat. Une senteur douceâtre et écœurante, pire encore que la puanteur de la végétation pourrissante. Mes tripes se nouèrent.

Alors que la créature approchait, j'entendis un bruit léger évoquant celui de feuilles sèches agitées par le vent. Le bruit acquit une cadence, puis une clarté, un « ung-ung-ung » régulier et râpeux. Le duvet se hérissa sur mes bras et je luttai contre le sort d'entrave. L'odeur s'intensifia jusqu'à devenir tellement envahissante que ma gorge se contracta par réflexe. Mais, sous l'emprise du sort d'entrave, je ne pouvais pas avoir de haut-le-cœur. Ma bouche se remplit de bile. Je résistai de toutes mes forces contre le sortilège, mais il ne céda pas.

— Ung-ung-ung.

Le bruit était à présent si proche que je sus que la créature se trouvait juste en face de nous, un peu sur ma gauche, là où se tenait Eve. Le bruit cessa, remplacé par un reniflement sec.

— Ne vous en faites pas, Paige, chuchota-t-elle. Laissez-la vous renifler, et elle va... (Bruit de mastication, puis un hoquet de surprise.) Espèce de... !

Elle lança un sort que je ne reconnus pas. Un cri aigu fendit l'air, suivi d'un hurlement, puis d'un bruit de course dans la boue.

— C'est ça, casse-toi, lança Eve. Saloperie de…

— Ung-ung-ung !

Ce cri, plus fort à présent, provenait de notre gauche, aussitôt suivi d'un autre sur notre droite.

— Oh merde, murmura Eve.

Elle rompit le sort d'entrave et je basculai en avant, retrouvant la vue juste à temps pour voir le sol se précipiter vers moi. Eve me saisit par le bras et me redressa en tirant. Je distinguai trois, peut-être quatre formes humanoïdes qui fonçaient vers nous avant qu'elle me fasse pivoter et qu'on se mette à courir.

On traversa le marais à toute allure, glissant, dérapant et trébuchant. Les créatures, visiblement peu habituées à avancer vite, avaient tout autant de mal. On revint sur nos pas par le chemin qu'on avait dégagé en arrivant, ce qui nous facilita la tâche.

Alors que nous empruntions un tournant, Eve glissa dans une flaque de boue. Je la rattrapai avant qu'elle tombe.

— J'ai horreur de m'enfuir, marmonna-t-elle alors que nous nous remettions en route d'un pas lourd. Vraiment horreur de ça.

— Et si on s'arrêtait pour les combattre ?

— Dès qu'on aura pris assez d'avance pour pouvoir commencer à lancer des sorts. Ils sont loin derrière, non ?

— On dirait bien.

— Parfait. Saloperies. Je n'en reviens pas qu'elles m'aient attaquée.

— Voyez le bon côté des choses, dis-je alors que nous empruntions un autre tournant à toute vitesse. Au moins, elles ne peuvent pas nous tuer.

Le rire d'Eve résonna dans tout le marais.

— Très juste. Être morte a ses…

Une secousse agita son corps, comme si quelqu'un venait de lui faire un croche-pied pour qu'elle trébuche. Ses lèvres s'ouvrirent sur un juron mais elle fut aspirée par le marais avant d'avoir pu prononcer le moindre son.

— Eve ! m'écriai-je.

Quelque chose m'attrapa le pied gauche. Je reculai le droit pour lui assener un coup, mais une formidable traction le déséquilibra et le marais se précipita vers moi pour m'engloutir.

# La main dans le sac

Avant que j'aie le temps de paniquer, le marais disparut et j'atterris sur une surface froide et dure. Étions-nous revenues dans la plaine rocheuse ? Je regardai autour de moi mais j'étais enveloppée par la brume. Contrairement au brouillard froid du relais, celui-ci était tiède et d'une douceur presque tangible. Enfant, je m'allongeais souvent dans l'herbe, levant les yeux vers les nuages, en me demandant quelle était leur texture. La brume, autour de moi, possédait presque exactement celle que j'avais imaginée. Une soudaine image de nuages, de harpes et d'anges soufflant dans des trompettes me vint à l'esprit. Étais-je morte – une fois de plus – et montée au ciel ?

— Ah, merde, marmonna Eve près de moi. On s'est fait choper.

D'accord, ce n'était pas le paradis. Ouf. L'extase monotone, ce n'était pas ce que j'avais en tête pour passer l'éternité.

Alors que la brume se retirait, elle gagna en densité. L'espace d'une fraction de seconde, quelque chose apparut en son sein, évoquant un visage. Puis il s'étira en un ruban pâle, se tortillant tandis qu'il s'acheminait vers le toit puis disparaissait.

— Saletés de Traqueurs, marmonna Eve. Il doit bien y avoir un moyen de se montrer plus malin qu'eux. Il doit forcément y en avoir un. (Elle me jeta un coup d'œil.) Ne vous inquiétez pas. Tout va bien se passer. Contentez-vous de vous taire et de me laisser parler.

À présent que la brume avait complètement disparu, je regardai autour de moi. Ce que je vis était tellement renversant que, l'espace d'un instant, je ne pus que rester là à le regarder fixement sans comprendre. La pièce dans laquelle nous nous trouvions – non, ce n'était pas une pièce, il ne pouvait pas en exister d'aussi grande. Les murs de marbre d'un blanc bleuté paraissaient s'étirer à l'infini, et le sol de marbre sombre s'étendre à sa rencontre comme la terre rejoignant l'horizon. Le plafond blanc en voûte et les immenses colonnes lui donnaient l'air d'un temple grec, mais les mosaïques et les peintures décorant les murs paraissaient provenir de toutes les cultures imaginables. Chaque frise représentait une scène de vie. Chaque aspect de la vie, chaque fête, chaque tragédie, chaque instant jusqu'au plus terre à terre paraissait représenté sur ces murs. Alors que je balayais du regard une scène de bataille sanglante, la jambe avant d'un cheval en train de reculer bougea, de manière presque imperceptible. Je clignai des yeux. La bouche du cavalier s'ouvrit, si lentement qu'un observateur distrait n'aurait rien vu.

Je m'apprêtais à dire quelque chose à Eve quand le sol se mit à tourner.

—On nous accorde une audience, marmonna Eve. C'est pas trop tôt.

Le sol pivota jusqu'à ce qu'on se retrouve face à un espace ouvert d'une immensité presque aussi inconcevable que celle de l'autre côté. Partout à perte de vue, des lianes pendaient du plafond par milliers, par dizaines de milliers, à chaque centimètre d'espace libre. Ce spectacle était tellement incongru que je clignai des yeux et me passai le pouce et l'index sur les yeux. Quand j'y regardai de nouveau, je vis que ce n'étaient pas des lianes en réalité mais des morceaux de fil, de toutes les couleurs de l'arc-en-ciel, et possédant tous exactement la même longueur.

— Qu'est-ce que… ? commençai-je.

— Chhhut, siffla Eve. Laissez-moi parler, vous vous rappelez ?

Ce fut alors que je vis la femme. Elle se tenait sur une estrade derrière un rouet à l'ancienne. Elle n'était ni jeune ni vieille, ni laide ni belle, ni grosse ni maigre, ni petite ni grande, mais dans la parfaite moyenne de toutes les caractéristiques féminines, matrone d'âge moyen à la peau couleur de miel et aux longs cheveux noirs grisonnants.

Tête baissée, elle tira un morceau de fil du rouet jusqu'à ce qu'il paraisse avoir la même longueur que ceux qui pendaient autour d'elle. Puis, en une transition assez rapide et fluide pour faire croire à une illusion d'optique, elle vieillit de cinquante ans pour devenir une vieillarde, dos voûté, longs cheveux aussi rudes que du fil de fer, et sa robe mauve était à présent blanche avec une infime nuance de violet. Ses yeux enfoncés luisaient, sombres et vifs, comme ceux d'un corbeau. D'une main ratatinée, elle souleva le morceau de fil. Elle tendit l'autre, serrant une paire de ciseaux noirs, pour le couper. Un homme – si pâle qu'il semblait albinos – sortit de cette jungle de fils qui pendouillaient, prit le morceau qu'elle venait de trancher et disparut de nouveau dans les noires profondeurs de la laine.

Je me tournai de nouveau vers la vieillarde mais une enfant de guère plus de cinq ou six ans l'avait remplacée, si petite qu'elle n'y voyait pas au-dessus du rouet. Comme les autres, elle avait de longs cheveux, mais les siens étaient d'un brun doré et luisant, et ses yeux bleu vif. Sa robe était d'un violet tout aussi vif.

La fillette plaça un fil sur le rouet, dressée sur la pointe des pieds pour l'atteindre. Lorsque ce fut prêt, elle redevint la femme d'âge moyen qui se mit à filer.

Près de moi, Eve soupira bruyamment.

— Vous voyez ? Même les Parques n'hésitent pas à recourir au sadisme mesquin et à nous faire mijoter ici.

La femme, redevenue la vieillarde, braqua sur Eve un regard dur.

— Mesquin ? Jamais. Nous savourons l'un des trop rares moments de paix où nous ne devons pas nous inquiéter de ce que tu trafiques.

Elle coupa le fil. Alors que l'albinos le ramassait, la fillette apparut. Avant qu'elle puisse charger le rouet, elle s'arrêta, tête inclinée, une expression songeuse passant sur son joli visage. L'albinos apparut, tenant un morceau de fil dans les mains. La fillette hocha la tête d'un air grave et redevint la femme d'âge moyen qui prit le fil. Elle le fit glisser entre ses doigts, puis ferma les yeux. Une larme unique jaillit alors que ses doigts étaient pratiquement remontés jusqu'en haut du fil. La femme redevient la vieillarde, qui regarda le minuscule morceau de fil qu'elle pinçait entre ses doigts.

— Si jeune, murmura-t-elle avant de le couper.

Elle rendit le minuscule bout de fil à l'albinos, qui le lui prit et se dirigea vers un couloir sur notre gauche. La vieille femme redevint la fillette.

— Voici donc le problème dont nous avons été informées, dit la fillette d'une voix mélodieuse et haut perchée. Et vous êtes impliquée, Eve ? Quelle surprise.

— Eh, je n'ai…

La fillette sourit.

— Rien fait ? Ou pas provoqué le problème originel ? Nous sommes bien conscientes de votre innocence sur ce deuxième point, mais nous ne partageons pas votre avis sur le premier. Combien de règles au juste avez-vous enfreintes aujourd'hui ? Je ne suis pas sûre de savoir compter si loin.

— Des divinités sarcastiques, marmonna Eve. C'est pile ce dont on a besoin dans l'au-delà.

La fillette redevint la femme.

— Nous parlerons de vos transgressions plus tard, Eve. Pour l'heure… (Sa voix s'adoucit lorsqu'elle tourna le regard vers moi.) Nous devons régler une situation plus préoccupante. Nous ne vous reprochons rien, mon enfant, mais nous devons y remédier sur-le-champ. Nous allons vous renvoyer là-bas, bien entendu. Vous conserverez le souvenir de votre visite. Nous détestons toucher à la mémoire des gens et nous n'en voyons pas la nécessité dans votre cas. (Elle sourit.) Vous n'êtes pas du genre à transformer cette expérience en livre de mémoires à gros succès. Maintenant, tout ce qu'il nous faut…

— C'est Lucas, dis-je.

Eve m'assena un coup de coude. Je l'ignorai.

— Il nous faut retrouver Lucas. Nous l'avons laissé…

La femme secoua la tête.

— Il ne peut pas repartir, mon enfant. Il est mort. Il doit rester ici.

— Non, il n'est…

— Nous savons que vous ne voulez pas y croire, mais…

— Attendez, dis-je en levant les mains. Je conteste les faits, pas l'interprétation. La balle a atteint Lucas et il est tombé dans ce portail.

— Nous savons ce qui s'est produit.

— Alors vous savez qu'il faut plus que cette fraction de seconde pour mourir quand on reçoit une balle dans la poitrine. Par conséquent, quand il est tombé dans ce portail, il n'était pas mort.

La femme secoua la tête en souriant.

— Il faut toujours que vous recouriez à la logique, hein ? Je crains que ce soit une question de sémantique, mon enfant. La balle l'aurait tué. Nous le savons très bien.

Mon cœur se contracta dans ma poitrine mais je poursuivis.

— D'accord, vous le savez parce que son heure était venue, mais…

— Son heure ? dit la vieille femme qui venait d'apparaître, balayant de la main la jungle de fils derrière elle. L'heure de personne ne vient jamais, jeune fille. Nous ne prenons pas cette décision. Ce qui arrive arrive, et ce qui est arrivé, c'est que Lucas Cortez est mort…

La deuxième sœur l'interrompit.

— Et c'est une tragédie, bien entendu. Mais il pourra poursuivre son travail ici. Le bien et le mal existent également dans ce monde-ci. Lucas nous sera utile ici et, à votre mort, vous le rejoindrez. Vous serez ensemble. Cette décision a déjà été prise. C'est pourquoi vous êtes arrivée par la même dimension. Il vous suffit d'attendre…

— Je n'attendrai pas. S'il reste, moi aussi.

Les lèvres de la femme s'étirèrent en un sourire compatissant.

— Il vaut mieux que vous n'ayez pas à faire ce choix. Ça ne se déroulera pas comme vous l'espériez.

— Je n'espère rien. Je ne fais qu'énoncer des faits. Si Lucas reste, moi aussi.

— Ne faites pas ça, me siffla Eve à l'oreille. Vous ne pouvez pas les piéger.

— Je ne suis pas en train de bluffer.

La vieille femme apparut.

— Que vous partiez ou que vous restiez, la décision ne vous appartient pas, jeune fille.

— Mais si vous me renvoyez là-bas, je peux faire en sorte qu'elle m'appartienne. Vous m'avez dit qu'il n'y a aucune prédestination, donc je peux choisir l'instant de ma mort.

— Peu importe. Même si vous vous tuez, vous n'aurez aucune garantie de le revoir.

— Bien sûr que si. Vous venez de me le dire. La décision a été prise : nous serons ensemble. J'imagine que vous pouvez changer d'avis, mais ce serait mesquin, et vous m'avez dit que vous ne l'étiez jamais.

La femme apparut en soupirant.

— Je préfère nettement les fantômes qui tremblent en notre présence.

— Oui, elle est terrible, hein ? dit Eve. Elle est comme ça depuis l'enfance. Toujours à contredire tout et tout le monde. Vous voulez un conseil ? Renvoyez-les tous les deux, Lucas et elle, et vous vous épargnerez soixante, voire soixante-dix années de soucis inutiles.

— Merci, Eve, de vous soucier de nos sentiments en la matière. Toutefois, votre partialité dans cette affaire ne nous est pas inconnue. Vous voulez que Paige soit la tutrice de votre fille.

— Vous y avez réfléchi, Paige ? demanda la vieille femme qui réapparut pour fixer sur moi ce regard à vous transpercer l'âme. Si vous restiez ici, vous abandonneriez Savannah, après tout ce que vous…

La deuxième sœur l'interrompit :

— Non, ce n'est pas juste. Nous n'allons pas vous forcer à choisir, mon enfant. La décision doit venir de nous. C'est la seule manière vraiment équitable… (Elle s'arrêta, tête inclinée.) Oui, ma sœur, c'est une idée.

La femme disparut, l'enfant lui succéda, puis la vieille femme, et toutes les trois se mirent à défiler si vite que je ne savais plus qui je voyais. Des bribes de conversation dérivèrent, dépourvues de sens hors contexte. Puis la femme d'âge moyen prit le dessus.

— Eve, vous vouliez que Paige et Lucas soient les tuteurs de Savannah. Seriez-vous prête à négocier un échange à cette fin ?

Eve leva le menton pour soutenir franchement le regard de l'autre femme.

— Oui. Vous voulez que j'obéisse aux règles, hein ? Renvoyez-les – tous les deux – et je le ferai.

La femme sourit en secouant la tête.

— L'obéissance sans l'acceptation ne vaut rien. Quand vous comprendrez les règles, vous leur obéirez. D'ici là… (Elle haussa les épaules et désigna les fils pendus derrière eux.) Faites vos propres erreurs. Déterminez votre propre destin. Nous n'allons pas le faire à votre place.

Eve fronça les sourcils.

— Alors quel est le prix à payer ?

— Vous nous devrez un service. Une sorte d'avoir, auquel nous pourrons faire appel lorsque nous le souhaiterons.

— Je le ferai.

— En êtes-vous sûre ?

— Non, mais j'accepte quand même. Faites ça pour moi et je vous serai redevable. Donc, nous avons laissé Lucas…

La Parque interrompit Eve d'un geste.

— Nous savons. (Elle ferma les yeux et les trois silhouettes défilèrent dans un grand flou, avant de s'arrêter sur la deuxième sœur.) Voilà. Lucas est de retour dans le monde des vivants. Paige, nous vous reverrons un jour futur, espérons que ce soit après une vie longue et…

— Attendez ! s'écria Eve. Vous ne me laissez même pas lui dire au revoir ?

— Si, quand j'aurai fini. Maintenant, Paige, retournez-vous.

Je lui obéis. À six mètres de moi, l'air se mit à miroiter, évoquant l'asphalte en pleine chaleur.

— C'est le portail. Quand vous en aurez terminé avec Eve, traversez-le simplement. Mais faites vite. J'ai renvoyé Lucas là où il était parti, et il sera sans doute désorienté.

Il n'y avait aucun danger il y a quelques instants, mais… Faites vite.

Je me retournai vers les Parques.

—Merci.

La femme hocha la tête.

—Je vous en prie. Gardez simplement en tête la règle capitale quand on quitte l'au-delà. (Elle redevint la fillette, qui me sourit.) Ne vous retournez pas.

Je souris et me dirigeai vers le portail. Eve marchait derrière moi. Aucune d'entre nous ne dit mot jusqu'à ce qu'on l'atteigne. Puis je me tournai vers elle.

—Merci, lui dis-je. Pour tout.

—Hé, vous élevez ma gamine. Je vous dois tout. Dites à Savannah… Non, je ne vais pas gâcher votre dernière minute avec ça. Vous savez quoi lui dire. Et je ne vais pas vous demander de prendre bien soin d'elle, parce que je sais que vous allez le faire. Donc je vais plutôt vous demander de prendre bien soin de vous. Vous êtes devenue quelqu'un de bien. Peut-être un peu trop « bien » à mon goût, mais je suis toujours fière de vous. (Elle se pencha pour m'embrasser sur le front et chuchota :) Je vous souhaite une belle vie, Paige. Vous le méritez.

—Je…

Elle me saisit par les épaules, me fit pivoter et me poussa à travers le portail.

# Le sale type est mort ?

Je revins à moi dans une ruelle. Quand j'ouvris les yeux, je ne vis que les ténèbres. Je clignai des yeux et le monde se précisa tandis que mes yeux accommodaient. Il fallut un moment à mon cerveau engourdi pour comprendre pourquoi il faisait noir dehors, avant qu'il tire la conclusion la plus évidente. La nuit. Il faisait nuit. Combien de temps étions-nous… ? Cette pensée déserta mon esprit. Ça demandait un trop gros effort. Je tentai de lever la tête, mais ça paraissait également trop difficile. Tout était tellement… pesant. L'air lui-même avait une lourdeur qui allait bien au-delà de l'humidité des nuits de Miami.

Je bâillai et fermai les yeux. Alors que je dérivais vers le sommeil, mon cerveau repassa des bribes des huit dernières heures et je me redressai brusquement tandis que tout me revenait en mémoire.

— Lucas ? (Je me relevai tant bien que mal.) Lucas !

Basculant en avant dans le noir, je trébuchai sur quelque chose et tombai à genoux. Mes mains cherchèrent à tâtons l'objet responsable de ma chute, en priant pour que ce soit Lucas. Je touchai une surface froide et rêche de béton brisé. Toujours à quatre pattes, je cherchai frénétiquement à tâtons autour de moi. Quand je tendis le bras trop loin, la douleur me transperça l'abdomen, premier tiraillement que j'aie ressenti depuis ma traversée du portail. Le choc soudain lié à la douleur m'obligea à m'arrêter assez longtemps pour réfléchir. Je fermai les yeux, inspirai profondément et jetai un sort lumineux. Après l'avoir lancé, je gardai les yeux clos, me répétant que je verrais Lucas en les ouvrant, mais redoutant toujours... J'ouvris les yeux. Il n'était pas là.

— Lucas !

Je me redressai vivement, agitant la boule de lumière autour de moi. Il était forcément là. Elles avaient promis, elles...

Ma lumière éclairait une main tendue près du bout de la ruelle. Lucas reposait sur le dos, bras tendus, visage tourné vers le ciel, yeux clos. *Il dort*, me dis-je. *Moi aussi, je dormais.* Puis je vis le sang sur l'avant de sa chemise.

Alors que je me précipitais, une image me traversa l'esprit, une scène d'un film que je ne me rappelais qu'en partie où un homme se voyait accorder un vœu et où sa femme mourait avant qu'il puisse y recourir. Il formulait donc le vœu le plus évident : qu'elle revienne à la vie. Mais il n'avait pas été assez précis dans les détails, il n'avait pas dit ouvertement qu'il la voulait telle qu'elle était avant son accident, si bien que la dernière scène montrait le corps mutilé de sa femme qui franchissait le seuil en titubant.

*Tu aurais dû être plus précise !* criai-je pour moi-même, ma voix mentale résonnant dans ma tête.

J'avais dit que je voulais que Lucas soit renvoyé dans ce monde avec moi et les Parques m'avaient exaucée sur ce point. Elles l'avaient renvoyé dans ce monde tel qu'il était en le quittant : avec une balle dans le cœur.

Les gens disent toujours que la première pensée qui les traverse à la mort de quelqu'un, c'est tout ce qu'ils regrettent de ne pas lui avoir dit. Mes propres regrets auraient suffi à m'enterrer vive, mais ils ne m'avaient jamais traversée, ni dans le monde des esprits, où j'avais refusé de croire qu'il était mort, ni maintenant, où j'étais certaine qu'il l'était. En réalité, l'idée que j'étais responsable de sa mort me tournait en boucle dans le cerveau. J'avais eu la chance de le sauver, de négocier avec les Parques, mais j'avais fait preuve de mon impétuosité coutumière en exigeant quelque chose sans y avoir soigneusement réfléchi.

Alors que je m'agenouillais près de Lucas, ses paupières papillonnèrent. Je retins mon souffle. L'espace d'un long moment, je n'osai pas respirer, certaine qu'en me laissant tomber sur ce trottoir j'avais émis une vibration qui avait fait bouger ses paupières. Les doigts tremblants, je touchai son cou.

— Mmmm, murmura-t-il.

Mes mains s'activèrent sur sa chemise et je tentai d'ouvrir les boutons, avant de renoncer et de déchirer le tissu trempé. En dessous du trou ensanglanté, la poitrine de Lucas ne comportait aucune marque. Incapable d'y croire, je touchai l'emplacement où la balle aurait dû être entrée et sentis battre son cœur aussi fort que jamais. Je baissai la tête contre sa poitrine et toute la peur et l'inquiétude que j'avais réprimées dans le monde des esprits s'échappèrent en un sanglot déchirant.

Quand je cherchai mon souffle, un bruit lointain me fit tendre l'oreille. Puis je l'entendis de nouveau, un raclement doux et cadencé sur le béton. Une forme pâle flotta dans les ténèbres à quelques mètres de moi. Je me raidis et dirigeai ma boule de lumière plus haut, jusqu'à ce qu'elle projette une faible lumière le long de la ruelle. Un loup d'un blanc spectral se tenait à l'autre bout, tête penchée, comme s'il était aussi étonné que moi de cette rencontre. Nos regards se croisèrent. Le loup replongea parmi les ténèbres.

— Est-ce que tu viens de voir… ? dit Lucas d'une voix rauque, levant la tête et scrutant l'obscurité avec des yeux plissés.

— Je crois.

— Alors on est… revenus ? Ou toujours de l'autre côté ?

— Je n'en sais rien. Mais je suis contente que tu ailles bien. (Je l'étreignis violemment, puis m'empressai de reculer.) Ça ne t'a pas fait mal ? Tu vas *vraiment* bien, dis ?

Il sourit.

— Mais oui. Je suis juste un peu endolori… comme si quelqu'un m'avait tiré une balle en pleine poitrine.

— Tu te rappelles ?

— Je me rappelle beaucoup de choses, dit-il avant de froncer les sourcils, confus. Y compris des choses que je ne devrais vraiment pas me rappeler, sachant que j'étais inconscient sur le moment. C'était très… étrange. J'étais… (Ses lèvres esquissèrent lentement un sourire.) Oh.

— Quoi, oh ?

— Je viens de me rappeler comment je suis revenu ici. (Son sourire s'élargit pour devenir un rictus paresseux qui illumina ses yeux.) Les Parques. Tu as parlé aux Parques. Tu leur as dit… (Il s'interrompit et son sourire se dissipa tandis que ses yeux retrouvaient leur gravité.) Mais tu prenais un risque sérieux, Paige. S'ils avaient découvert que tu bluffais…

— Que je bluffais ? hurlai-je. Tu crois que je bluffais ? Je serais incapable de mentir pour sauver ma peau, alors celle de quelqu'un d'autre… Je n'arrive pas à croire que tu puisses penser…

Il m'attira vers lui pour m'embrasser.

— Il fallait que je vérifie. (Il sourit.) Au cas où.

— Eh bien, tu n'aurais pas dû en avoir besoin, et si tu crois que si, alors c'est ma faute. Plus de triturage de cerveau. Tu ne te débarrasseras pas de moi comme ça. Je t'ai même suivi dans l'au-delà. Et ça, c'est un engagement… typique d'une fille vraiment flippante qui refuse de lâcher le morceau.

Son sourire s'élargit.

— Tu es sûre que je suis vivant ? Parce que si l'au-delà ressemble à ça pour moi, j'ai dû être un garçon très sage.

— Et même mieux que ça, répondis-je.

Alors que nos lèvres se touchaient, Lucas leva la main pour m'attirer au-dessus de lui. Je nouai les doigts derrière sa nuque et l'embrassai avec une férocité qui m'étonna moi-même et fit naître en lui un petit rire qui le parcourut tout entier. Il me rendit pleinement ce baiser, ses lèvres écartant les miennes, le bout de sa langue chatouillant la mienne. On s'embrassa quelques minutes, puis ses mains glissèrent vers mes fesses, m'attirant vers lui…

— Heu, désolée de vous interrompre, dit une voix qui provenait de plus loin dans la ruelle. Mais si jamais vous comptez retirer vos vêtements, il y aurait moyen d'en lancer par ici ?

Je descendis de Lucas si vite que je faillis lui balancer un coup de pied à un endroit où je ne voulais vraiment pas le blesser.

— Elena ?

Elle nous observait depuis l'autre bout de la ruelle, où son visage dessinait une tache pâle dans le noir.

— Heu, ouais. Désolée, hein, mais j'ai préféré vous interrompre avant qu'il soit trop tard.

— Alors c'était toi. Le loup.

— Désolée si je vous ai fait peur. J'étais déjà passée une demi-douzaine de fois ici ce soir, donc quand j'ai perçu ton odeur, j'ai pensé que c'était l'ancienne piste, celle qui datait de ce matin. Mais je t'ai trouvée là.

Je m'avançai vers elle. Elle n'avait pas bougé de la poubelle derrière laquelle elle se cachait.

— Pourquoi est-ce que tu…, commençai-je, puis je souris. Oh, attends. Tu ne blaguais pas au sujet des vêtements, hein ?

Lucas, qui approchait derrière moi, s'arrêta net.

— Pas de problème, Lucas, dit-elle. Je vais rester planquée ici. Mais si quelqu'un a des habits en trop…

Lucas avait déjà à moitié déboutonné sa chemise. Il me la tendit et je la donnai à Elena.

— Quel gentleman, celui-là, dit-elle en lui tournant le dos. Merci. Je te promets de te la rendre en un seul morceau… Oh. (Elle tâta le trou ensanglanté laissé par la balle, écarquillant les yeux.) Qu'est-ce qui s'est passé ?

— On lui a tiré une balle dans le cœur, répondis-je. Mais il va bien maintenant.

— Ah oui ? dit-elle en haussant les sourcils. On a dû lui jeter un sort curatif, alors.

— C'est une longue histoire. Je t'expliquerai plus tard. Mais qu'est-ce que tu fais ici, déjà ?

— Je vous cherchais, tous les deux, dit-elle en enfilant la chemise de Lucas. Comme vous n'aviez pas passé votre coup de fil de 11 heures hier matin, j'ai commencé à m'inquiéter. Je t'ai laissé des messages sur ton portable, et puis j'ai continué à appeler jusqu'à ce qu'on me réponde – un type qui avait trouvé ton téléphone abandonné dans une ruelle pas loin d'ici. Mauvais signe. Donc on a pris le vol suivant pour Miami.

Elena tira sur la chemise pour la baisser, tordant le cou pour regarder jusqu'où elle tombait.

— Tout est couvert, lui dis-je avant de me pencher au coin de la ruelle. Lucas ? Elle est visible.

— Tant que je ne me penche pas, dit-elle en soupirant. Il va vraiment falloir que j'apprenne à laisser mes habits dans des endroits plus pratiques.

— Ou alors, lui dis-je, que tu t'achètes un grand sac banane. Et que tu l'attaches autour de ta taille avant la Mutation.

— Ne te moque pas, mais je l'ai déjà envisagé.

— Où est Clayton ? demanda Lucas. Je suppose que tu n'es pas venue seule.

— Oh ! m'écriai-je. Savannah. Est-ce que…

— Elle est avec Jeremy dans un hôtel près d'ici. Elle est très inquiète et folle de rage à l'idée de ne pas participer aux recherches. Tu devrais l'appeler tout de suite. J'ai mon portable… (Elle fit la grimace.) Que j'ai laissé avec mes vêtements. Désolée.

— Sac banane, commentai-je.

— Et puis quoi encore ? Donc, pour Clay… (Elle regarda autour d'elle.) On s'est séparés pour couvrir plus de terrain. J'aurais dû hurler pour l'appeler avant de muter de nouveau, mais j'étais tellement surprise de vous voir ici que j'ai complètement oublié.

— Tu pourrais toujours hurler maintenant, lui dis-je.

Elle me fusilla du regard.

— Non, merci.

— Tu sais siffler ? demanda Lucas.

— Une solution beaucoup moins embarrassante, dit-elle. Espérons seulement qu'il me reconnaîtra.

Elena mit les doigts dans sa bouche mais ne réussit qu'à produire un petit bruit aigu qui évoquait davantage un cochon pris au piège. Un rire résonna derrière nous.

— Tu es sûre qu'il n'aurait pas été moins embarrassant de hurler, ma chérie ? demanda Clay qui apparut au coin de la ruelle, avant de lui montrer un ballot de vêtements. Tu as oublié quelque chose ?

— Merci. (Elena lui prit les vêtements, fouilla dans la poche de son jean et me tendit son portable.) Tu n'as qu'à appuyer sur la touche *bis* pour appeler l'hôtel.

Je parlai à Jeremy, puis à Savannah. Je leur appris que nous étions sains et saufs et que nous arrivions dans quelques minutes. Le temps que je raccroche, Elena sortait d'une ruelle adjacente, occupée à relever ses cheveux en queue-de-cheval. Lucas et Clay s'entretenaient un peu à l'écart.

—On arrive trop tard, chérie, dit Clay à Elena lorsqu'elle approcha de lui. Ils ont fini sans nous.

—Le sale type est mort?

Je hochai la tête.

—Le sale type est mort.

—Merde, marmonna-t-elle. Enfin c'est une bonne chose, bien sûr…

—Mais c'est moins marrant.

Elle sourit.

—J'y survivrai. Alors, qu'est-ce qui s'est passé?

—Sa femme morte a ouvert un portail vers le monde des esprits et on est tous passés à travers. Enfin Lucas est tombé, j'ai sauté après lui et Edward a sauté pour la rejoindre, elle. Nous, on est revenus, ce qui est une bonne chose. Mais pas lui, ce qui en est une aussi… Sauf dans la mesure où, en guise de châtiment pour ses crimes, il obtient exactement ce qu'il voulait: l'éternité avec la femme qu'il aime.

—Ouais. Je crois qu'il me faudra la version non condensée une fois qu'on sera rentrés à l'hôtel. Oh, attendez, vous devez mourir de faim. Première étape: acheter à manger.

—Quelle heure est-il? demanda Lucas qui tapota sa montre et la regarda en fronçant les sourcils.

—La mienne aussi s'est arrêtée, lui dis-je. Je crois qu'elles n'ont pas survécu au voyage.

—Il est un peu plus de 4 heures du matin, dit Elena.

—Vous risquez d'avoir du mal à trouver un restaurant ouvert, dit Lucas.

—Ne vous en faites pas, dit Clay. On va trouver à manger. On y arrive toujours.

On patientait à la caisse d'un restaurant cubain ouvert vingt-quatre heures sur vingt-quatre et qui proposait des plats à emporter. N'ayant jamais mangé cubain, Elena et Clay demandaient donc conseil à Lucas. Après avoir passé commande, on emporta nos cafés dans la salle pour patienter. Au bout de quelques minutes, je compris qu'on attirait l'attention. Le restaurant n'avait pas beaucoup de clients, mais tous les regards se glissèrent vers nous plusieurs fois et, avant que j'aie fini la moitié de mon café, je jure que tous les cuisiniers et les aides-cuisiniers avaient jeté un œil depuis la cuisine. Je reconnais qu'Elena et Clay formaient un couple qui attirait le regard, mais ça paraissait tout de même un poil excessif. À une autre occasion où quelqu'un regarda vers nous, je suivis son regard jusqu'à la chemise de Lucas.

— Heu, Lucas ? lui dis-je.

Quand j'eus retenu son attention, je tapotai mon sein gauche. Il haussa un sourcil, étirant lentement les lèvres sur un sourire. Je roulai des yeux et désignai discrètement sa chemise. Son regard glissa vers le trou ensanglanté.

— Ah, dit-il. Je ferais peut-être mieux d'attendre dehors… Dans la ruelle ou dans un endroit assez sombre.

— Je t'accompagne, lui dis-je. Elena ? Je peux t'emprunter ton portable ? Je ferais mieux d'appeler Cassandra pour lui dire que nous sommes sains et saufs, au cas où elle aurait remarqué que nous avions disparu depuis 18 heures.

— Peu probable, marmonna Clay. Je te parie dix dollars qu'elle n'a pas remarqué que vous aviez quitté la chambre d'hôtel.

— Je crois qu'il s'agit là d'un pari que je suis à même de gagner, dit Lucas. En fait, je monterais même jusqu'à vingt en posant l'hypothèse qu'en plus d'avoir remarqué, elle a commencé à nous chercher.

Clay secoua la tête.

— Je déteste profiter de l'optimisme juvénile, mais d'accord. Disons vingt dollars.

En fin de compte, on n'eut pas besoin du portable d'Elena. Celui de Lucas fonctionnait toujours – mais j'espérais sincèrement que personne n'avait appelé pendant notre séjour dans le monde des esprits, sinon ils allaient raquer une fortune en appel à longue distance.

Cassandra ne se trouvait plus à l'hôtel. Elle était sortie avec Aaron pour nous chercher, et n'était pas rentrée depuis l'après-midi de la veille.

— Comment tu le savais ? chuchotai-je à Lucas pendant que Jaime m'en informait.

Il se contenta de me répondre par un petit sourire et me fit signe de continuer à parler à Jaime, qui était rentrée à l'hôtel une heure plus tôt, trop épuisée par ses nuits de hantise pour continuer les recherches. Je lui dis que j'allais joindre Cassandra sur le portable d'Aaron.

— Il vaudrait mieux appeler Benicio d'abord, dit-elle. Il est en train de devenir cinglé, je vous jure, la ville grouille de créatures surnaturelles en train de vous chercher. J'ai entendu dire qu'il avait appelé toutes les forces de sécurité du pays. On l'a prévenu dès qu'on a constaté votre disparition. (Elle marqua une pause.) J'espère qu'on a bien fait.

— Oui, merci. On se verra plus tard ? Ou vous partez déjà ?

— Partir ?

— Pour reprendre votre tournée. Maintenant que tout est fini…

— Fini ? Mais pour Edward ?

— Ah, oui. Désolée. Retour en arrière.

Je lui appris tout ce qu'elle ne savait pas. Puis elle me rendit la pareille. Quand Elena et Clay sortirent du restaurant, Lucas et moi étions blottis l'un contre l'autre, parlant tout bas tandis que nous nous efforcions de digérer les nouvelles.

— Qu'est-ce qui se passe ? demanda Elena.
— On a un problème, dis-je.
— Quoi donc ?
— Le sale type *n*'est *pas* mort.

# Match nul

La dernière fois que j'avais vu Edward, il se précipitait vers le portail, et nous en avions déduit qu'il avait sauté après nous. Mais ce n'était pas le cas. Moins de une heure après notre disparition, Edward avait appelé John à La Nouvelle-Orléans en demandant à être mis en contact avec Cassandra. John avait eu le bon sens de lui donner le numéro d'Aaron au lieu d'essayer de négocier lui-même avec Edward. Quand Edward avait fini par contacter Cassandra, il avait exigé que, en tant que déléguée vampire au conseil, elle négocie en son nom avec la Cabale Cortez.

Je n'y comprenais rien. Si Edward savait que Natasha l'attendait de l'autre côté, pourquoi voudrait-il négocier pour échapper à une condamnation à mort ? En réalité, ce n'était pas le cas. Comme me l'expliqua Cassandra, Edward savait qu'on l'exécuterait pour ses crimes, et il l'acceptait… tant que sa punition s'arrêtait là. Dans les tribunaux des Cabales, il existe une peine pire qu'une exécution : une exécution assortie d'une malédiction qui envoie votre âme dans les limbes. Pour un vampire, cette menace ne signifiait pas grand-chose, car la plupart supposaient qu'il n'existait rien pour eux après la mort. On ne peut maudire une âme qui n'existe pas. Mais Edward savait maintenant qu'il en allait tout autrement. Natasha vivait toujours, sous une forme quelconque, et il voulait la retrouver. C'était peut-être pour cette raison que Natasha cherchait à contacter Jaime, afin de négocier avec nous ou de transmettre un message à Edward pour lui dire d'arrêter et d'accepter qu'on l'exécute avant qu'il aille trop loin. Mais il avait déjà franchi les bornes. En tuant Lucas, il s'était assuré que sa mort s'accompagnerait de toutes les malédictions que Benicio soit capable de concevoir. Son seul espoir consistait à négocier un accord en béton avant que Benicio apprenne la disparition de son benjamin adoré.

Le problème était que Cassandra ignorait tout des portails et des malédictions des Cabales et ne savait même pas avec certitude si nous avions trouvé Edward. Elle savait seulement que nous avions disparu et qu'il en était peut-être responsable. Elle avait donc adopté la réaction la plus évidente : elle avait exigé de savoir où nous étions, si bien qu'Edward avait compris que nous avions disparu, ce qui signifiait que tout espoir de négocier avec les Cabales s'était également volatilisé, et qu'il n'avait plus besoin que Cassandra lui serve de médiatrice. Il avait donc raccroché.

Personne n'avait eu de ses nouvelles depuis, ce qui ne m'étonna pas. La première pensée qui me traversa fut que tout était terminé malgré tout. Edward allait se planquer, plus aucun enfant des Cabales ne mourrait et le problème serait résolu, si peu satisfaisante que soit cette résolution. Là encore, Jaime savait que ce ne serait pas le cas. Quand Edward avait tenté de convaincre Cassandra de négocier pour lui, la condition était qu'il cesserait de tuer si les Cabales rouvraient un portail pour lui. Bien sûr, Cassandra n'y avait rien compris et Edward avait raccroché avant qu'il puisse exiger une explication. Mais lorsque j'eus appris à Jaime ce qui s'était passé, elle comprit très bien ce qu'il avait voulu dire.

Une fois qu'un portail vers le monde des esprits avait été ouvert, il demeurait « en sommeil » pendant quarante-huit heures. Ce qui signifiait qu'on pouvait le réactiver avec les ingrédients appropriés. Quant au genre d'ingrédients nécessaires à cette réouverture, Jaime savait simplement qu'ils impliquaient un sacrifice – un sacrifice humain. Mais elle savait également que ce n'était pas aussi facile que de choisir une victime au hasard dans la rue. Elle avait une idée de l'endroit où elle pouvait se renseigner sur ce rituel et promit de le faire immédiatement. Tandis que j'expliquais la situation à Elena et à Clay, Lucas avait appelé son père. On parla encore quelques minutes puis on rejoignit nos voitures de location respectives, garées dans un parking proche de l'hôtel d'Edward. On avait parcouru moins d'un pâté de maisons quand un véhicule utilitaire noir à l'air familier fit demi-tour devant nous dans un crissement de pneus.

— Mais comment... ? commençai-je.

— En localisant mon portable, je présume, murmura Lucas.

Alors que le véhicule utilitaire se garait le long du trottoir, je me retournai pour dire autre chose à Lucas, puis il vit le trou ensanglanté laissé par la balle dans sa chemise.

— Merde ! m'écriai-je. Ta chemise. Une veste, est-ce que quelqu'un a...

Personne n'en avait, mais aucune importance. Avant même que le véhicule s'immobilise, la portière arrière s'ouvrit et Benicio en jaillit. Et bien entendu, la première chose qu'il vit fut la chemise trouée.

Benicio s'arrêta en pleine foulée, le regard scotché à ce trou ensanglanté dans la chemise de Lucas. Toute couleur déserta son visage. Il avança d'un pas hésitant vers son fils. Lucas n'hésita qu'une fraction de seconde avant de serrer son père dans ses bras.

Alors qu'ils s'étreignaient, Elena se glissa sur le côté, puis se retourna, agrippa Clay par le bras, l'attira vers elle, et me signala d'un geste qu'ils m'attendraient au coin de la ruelle pour nous laisser un peu d'intimité.

Lucas tenta de justifier la présence du trou, mais il était trop tard. Benicio était déjà allé voir Faye qui lui avait appris que Lucas était la prochaine cible d'Edward. Elle ignorait qu'on lui avait tiré dessus, mais Benicio comprit dès l'instant où il vit sa chemise, et il devint alors inutile d'essayer de déguiser les faits. On esquiva toutefois le sujet de notre séjour dans l'au-delà, affirmant simplement qu'on était tombés dans un portail avant de nous réveiller ici. Plus tard, Benicio insisterait sans doute pour obtenir des détails, mais pour l'heure, il s'en moquait. Lucas était sain et sauf. C'était l'essentiel.

— Donc, maintenant, il nous reste encore à trouver Edward, dit Lucas. Il va sans doute rester discret…

Benicio fit signe que non.

— Il va vouloir rouvrir le portail.

— Nous avons effectivement… envisagé cette possibilité, dit Lucas. Jaime est en train de se renseigner sur le sujet en ce moment même.

— Et je vais m'arranger pour que nos chercheurs fassent de même. Mais pour l'heure, ma priorité, c'est toi. J'ai tout organisé pour que Paige et toi preniez l'avion jusqu'à la planque sécurisée, où…

— Non, *papá*, dit calmement Lucas.

Benicio soutint le regard de son fils.

— Ne me contredis pas sur ce point, Lucas. Tu vas…

— Je vais poursuivre ce que j'ai commencé. Tant qu'Edward est en liberté, j'ai du travail à terminer.

— Il est déjà terminé. Il se termine ici, Lucas. Je ne m'en suis pas mêlé jusqu'ici…

Lucas le dévisagea. Benicio pinça les lèvres.

— Pas sur ce point, non. Je n'ai jamais cherché à empêcher tes croisades ni à te dissuader de les mener. (Il recula.) Tu crois que je ne sais pas à quelle fréquence tu risques ta vie, Lucas ? Tu sais combien de nuits j'ai passées à m'inquiéter ?

À me demander dans quel pétrin tu allais te fourrer la fois d'après ? Mais je n'ai *jamais* dit un mot. Quand tu pars en vadrouille à Boston pour affronter Kristof Nast à cause d'une sorcière, je ne dis rien. Quand tu files en Californie affronter un tueur en série potentiel, je ne dis rien. Mais maintenant, si. Cette fois, mon nom ne suffit pas à te protéger, alors je compte bien le faire moi-même. Tu vas rejoindre cette…

— Non, *papá*.

Leurs regards se croisèrent et ils restèrent simplement plantés là à se fixer une bonne minute. Puis Lucas secoua lentement la tête.

— Non, *papá*. C'est mon combat, au même titre que tout ce que j'ai fait d'autre. Tu as raison. Tous les « risques » que j'ai pris n'en étaient pas vraiment, parce que je suis ton fils. Donc à présent que je cours, peut-être pour la première fois, un danger véritable, tu crois sincèrement que je vais me cacher derrière toi ? Quel genre d'homme est-ce que ça ferait de moi ?

— Un homme en sécurité.

Lucas soutint calmement le regard noir de son père. Au bout d'un moment, Benicio se détourna. De profil, je voyais sa mâchoire s'activer tandis qu'il s'efforçait de retenir sa colère. Puis il se retourna enfin vers Lucas.

— Tu emmènes Troy, dit-il.

— Je n'ai pas besoin de garde du corps, *papá*, répondit Lucas.

— Tu…

— Il en a déjà un, dit une voix traînante derrière nous.

On se retourna pour voir Clay se diriger vers nous. Bien qu'ils se trouvent à six mètres de nous, au coin de la ruelle, ils n'avaient pu s'empêcher d'écouter – un inconvénient de l'ouïe accrue des loups-garous.

— Tout est réglé, dit Clay. S'il a besoin d'un garde du corps, il m'a, moi.

Benicio regarda Clay. Puis son regard glissa vers Elena, qui arrivait derrière lui. Il hocha légèrement la tête, comme s'il venait de faire le lien.

— Clayton Danvers, je présume, dit Benicio. Votre réputation vous précède.

— Alors vous savez que votre fils est entre de bonnes mains.

Benicio n'hésita qu'un instant, puis se tourna vers Lucas.

— Tu laisseras ton portable allumé ?

Lucas hocha la tête.

— Et je te donnerai des nouvelles.

Sur ce, Benicio nous laissa partir. Une victoire relativement facile. Trop, même. Après le départ de son père, Lucas nous conseilla de nous attendre à être suivis jusqu'à l'hôtel par une autre voiture, transportant cette fois une équipe de sécurité des Cortez. Et ce fut le cas. Benicio nous avait donc attribué des gardes du corps à distance. C'était un désagrément, mais qui valait mieux que de voir Troy surveiller nos faits et gestes – et rapporter le tout à Benicio.

On livra leurs repas à Jeremy et Savannah puis on les informa de la situation.

Quand on eut terminé, Jeremy se dirigea vers la fenêtre la plus proche et ouvrit les rideaux.

— Il nous reste à peu près une heure avant le lever du jour. Elena…

— Retourne dans cette ruelle renifler à droite et à gauche, dit-elle. Vous avez quoi que ce soit qui appartienne à Edward ?

— Une chemise tirée de son panier à linge, dit Lucas. (Comme Elena le regardait bizarrement, il lui expliqua :) Nous avions besoin d'un objet personnel pour une voyante.

— Une voy… ? Vous voulez dire… ? (Elena s'interrompit et secoua la tête.) Mon univers était beaucoup moins déroutant quand il ne comportait que des loups-garous. Une chemise portée, c'est parfait. (Elle adressa un sourire à Clay.) Même toi, tu arriverais à retrouver une piste avec ça.

— Ah ouais ? Eh ben dans ce cas, ça ne va pas te déranger que je vienne… Sauf si tu as peur que je le retrouve le premier, histoire de te donner une leçon.

Le sourire d'Elena s'élargit.

— Ça, jamais.

— Parfait. Donc… (Clay s'interrompit pour regarder Lucas.) Mais il vaut peut-être mieux que tu t'occupes de ça toute seule, ma chérie. J'ai promis au père de Lucas…

— Vas-y, dit Lucas. Même mon père devrait reconnaître que je suis en sécurité ici. Edward ne pourrait pas franchement entrer ici et nous vaincre tous autant que nous sommes.

Clay et Elena se tournèrent vers Jeremy pour demander sa permission. Je trouve toujours ça très étrange, l'idée que les loups-garous de la Meute n'agissent jamais sans l'approbation de leur Alpha. Et encore plus étrange que ça ne paraisse pas les déranger. C'est sans doute en partie parce qu'il n'en fait jamais toute une histoire – il ne s'imposerait jamais pendant qu'ils dressent des plans pour brailler « Hé, je n'ai jamais dit que vous pouviez faire ça ! ». Il agit plutôt comme il le faisait en ce moment même, répondant à leurs regards interrogateurs par un infime hochement de tête.

Après la visite à Faye, nous avions laissé la chemise d'Edward dans notre voiture de location. Lucas donna les clés à Clayton et lui dit où trouver la chemise.

— Paige ? dit Elena alors qu'ils se dirigeaient vers la porte. Tu veux nous accompagner ?

Bien entendu, mais je savais aussi que Clayton n'apprécierait pas.

— Allez-y tous les deux, répondis-je. Il vaut mieux que je reste ici pour attendre le coup de fil de Jaime.

— Je peux y aller ? demanda Savannah en se levant d'un bond.

Un chœur de « non » lui répondit. Elle se renfrogna et se laissa retomber lourdement sur le canapé.

— Tu as goûté les *arepas* ? lui demanda Lucas. Elles sont fourrées au poulet, et celles-là sont au bœuf.

Elle soupira mais laissa Lucas déposer des *arepas* sur son assiette et lui expliquer comment on les préparait.

Jeremy suggéra ensuite qu'on invite Aaron et Cassandra à nous rejoindre afin de pouvoir discuter ensemble d'un plan d'action. J'avais compté le proposer moi-même, mais j'attendais le départ de Clay et d'Elena. Sans doute Jeremy attendait-il la même chose, sachant qu'aucun des deux ne serait emballé par la perspective de travailler avec Cassandra.

Jeremy suggéra également que Jaime se joigne à nous. C'était là une décision plus difficile à prendre. Aaron et Cassandra connaissaient déjà les loups-garous ; Jaime, non. La Meute n'avait rejoint le conseil interracial que l'année précédente, après avoir passé plus d'un siècle à se couper du reste du monde surnaturel. Elena plaisantait peut-être en déclarant que son monde était plus simple quand il ne comportait que des loups-garous, mais il y avait là un grand fond de vérité. Pour la Meute, rejoindre le conseil représentait un compromis entre gagner des alliés et renoncer à la carapace protectrice qu'accordait l'isolation.

En dehors du conseil interracial, peu de créatures surnaturelles étaient capables de nommer les membres de la Meute, et moins encore de mettre des noms sur les visages. Jeremy était ravi que les choses restent ainsi, ce que je ne lui reprochais pas. Dans ce cas, toutefois, il soupesa le danger de dévoiler leur identité à Jaime contre l'aide qu'elle pouvait fournir pour le portail, et décida qu'elle devait se joindre à nous.

À 6 heures, Jaime nous appela pour nous dire qu'elle avait quelque chose et qu'elle arrivait tout de suite pour nous l'expliquer. Aaron n'avait pas encore répondu à nos messages, sans doute parce qu'il avait éteint son portable pendant qu'ils nous cherchaient, si bien qu'on en laissa un autre en lui donnant l'adresse de l'hôtel avec consigne de nous y retrouver. Elena nous appela quelques instants plus tard. Ils revenaient après avoir fait chou blanc.

Pendant que nous attendions le coup de fil de Jaime, j'avais parlé de l'affaire à Jeremy en espérant qu'il y verrait un indice qui nous avait échappé. Au bout d'une vingtaine de minutes, je remarquai que Lucas s'était tu, lui jetai un coup d'œil et découvris qu'il s'était endormi. J'imagine que le fait de mourir vous épuise un homme. J'avoue toutefois que, sous prétexte de lui retirer ses lunettes, je m'assurai discrètement qu'il respirait. J'allais sans doute continuer à faire ça un moment.

# Le chef de la Meute

Quand Elena nous appela, Jeremy leur dit qu'il n'était plus nécessaire d'acheter à manger sur le trajet du retour. Comme Savannah s'impatientait, il l'emmenait prendre le petit déjeuner. Ils étaient partis depuis une dizaine de minutes quand Jaime arriva.

— Bon sang, c'est calme ici, dit-elle quand je la fis entrer dans la pièce. Et on raconte que les loups-garous sont chahuteurs… (Elle vit Lucas endormi sur le canapé.) Merde, je suis désolée.

Je lui fis signe d'aller sur le balcon, puis refermai la porte du patio pour nous permettre de parler. Bien entendu, elle voulut tout de suite savoir ce qui nous était arrivé. Sur le chemin de l'hôtel, Lucas et moi avions décidé de raconter aux autres les grandes lignes de notre aventure, mais de ne pas rentrer dans les détails. Comme les fantômes ont interdiction de révéler quoi que ce soit concernant leur monde, nous supposions être censés faire de même. Mieux valait prétendre que nous ne nous rappelions pas ce qui s'était passé, comme nous l'avions fait avec Benicio.

— Et ensuite on s'est retrouvés ici. Recrachés par le monde des esprits.

— Ma mamie racontait souvent ce genre d'histoires, sur des portails qui s'ouvraient et des vivants qui passaient de l'autre côté… ou sur des fantômes qui en sortaient. Mais je garderai le silence sur ce point. Si les gens savaient que vous êtes passés de l'autre côté et que vous en êtes revenus… (Elle se pencha par-dessus le balcon du deuxième étage.) Tiens, c'est votre pupille ? Savannah ?

Je regardai en bas et hochai la tête.

— Alors ça doit être les loups-garous, reprit Jaime.

Elle se pencha un peu plus pour mieux y regarder. Soit Elena et Clay avaient croisé Jeremy et Savannah dans le parking, soit ils les avaient rejoints dans la rue, car ils traversaient le parking ensemble, tous les quatre. Jaime les regarda fixement, les lèvres étirées en un minuscule sourire, celui d'une femme qui voit quelque chose qui lui plaît vraiment… presque toujours quelque chose du sexe opposé.

— Ça doit être Clayton, lui dis-je.

— Ah, dit-elle en arrachant son regard à ce spectacle après un dernier coup d'œil nostalgique. Celui sur lequel Cassandra a essayé de sauter ? Je ne peux même pas faire preuve d'originalité, hein ? (Elle baissa les yeux vers le quatuor.) Ouais. J'aurais cru qu'elle choisirait plutôt le blond. Il ressemble un peu à Aaron, et j'ai l'impression que c'est un ex dont Cassandra n'a pas encore tout à fait guéri.

Je regardai Clay.

— Je ne l'avais jamais remarqué, mais effectivement, il y a peut-être une légère ressemblance. Au moins dans le teint, peut-être dans la carrure. Mais c'est *lui*, Clayton. Donc qui est-ce que… (Je suivis son regard.) Vous parliez de *Jeremy* ?

Autant que je signale tout de suite que Jeremy Danvers n'avait rien de rebutant. Quoique ne possédant pas vraiment une beauté conventionnelle, il était séduisant, avec un physique plus frappant que réellement beau, dépassait tout juste le mètre quatre-vingts et il était mince, avec des cheveux noirs, des pommettes hautes et des yeux noirs légèrement bridés qui laissaient penser qu'il y avait du sang asiatique quelque part dans son arbre généalogique. Ce qui me surprenait, c'était que Jaime faisait *bel et bien* là un choix original. Quand on plaçait Jeremy juste à côté d'un Clayton blond aux yeux bleus, rares étaient les femmes qui remarqueraient que Clayton n'était pas seul. Pour être franche, je n'aurais jamais deviné que Jaime serait cette femme-là.

— Jeremy Danvers ? dit-elle. Ce n'est pas le… le chef… oh, mon Dieu, c'est quoi le mot déjà ?

— L'Alpha. Le loup dominant d'une meute s'appelle l'Alpha. Les loups-garous emploient la même terminologie.

— Donc ce type, celui aux cheveux noirs… On parle bien de celui qui a les cheveux noirs, dites ?

— Celui-là, c'est Jeremy. L'Alpha. Le blond, c'est Clayton. C'était le fils adoptif de Jeremy ; maintenant, c'est le colosse de la Meute et le garde du corps autodésigné de Jeremy. La femme, c'est Elena, bien sûr. Elle est la compagne de Clay et joue les représentantes pour Jeremy en dehors de la Meute. Elena et Clay sont les loups bêta, même si je crois qu'ils n'emploient pas ce terme.

— Ah, d'accord, dit Jaime, le regard de nouveau scotché à Jeremy. (Dans dix minutes, elle demanderait sans doute qu'on lui réexplique les relations, car elle n'avait pas dû entendre un mot de ce que je venais de lui dire sur Clayton et Elena.) Donc c'est lui le chef ? Je croyais que l'Alpha serait un vioque. Il ne doit pas être plus âgé que moi. (Elle plissa les yeux pour mieux y voir.) Et merde, en fait, il se pourrait même qu'il soit plus jeune. C'est le cas, dites ?

Elle se détourna de ce spectacle et se passa les mains sur le visage.

— Ouille ! C'est une impression où je viens de me faire posséder par le fantôme d'une gamine de quinze ans transie d'amour ? Ne me demandez pas d'où c'est venu. (Elle inspira puis expira.) Voilà, c'est mieux. Donc, il a quel âge, en fait ?

Je souris.

— Trop vieux pour quelqu'un qui ne sort pas avec des types de dix ans de plus qu'elle.

— N'importe quoi. Enfin je veux dire, pour le fait qu'il soit vieux, pas pour le fait que je... Ce n'est pas une règle stricte, donc s'il est si âgé que ça... Mais non. Pas possible.

— Les loups-garous bénéficient d'une jeunesse prolongée. Il a cinquante-trois ans, je crois. Ou cinquante-quatre.

— J'y crois pas. (Elle soupira.) Merde, tous les autres ont droit à des pouvoirs hyperclasse, et moi je n'ai droit qu'aux hantises. Ça ne me paraît pas très équitable. Et pourquoi les loups-garous auraient besoin d'une fontaine de Jouvence, de toute façon ?

— Pour la même raison qui explique que les vampires aient droit à la régénération, répondis-je en retenant la porte du patio ouverte et en lui faisant signe de rentrer. Avec les chasseurs, tout est une question de survie. La jeunesse prolongée implique une force accrue, ce qui signifie qu'on est capable de se défendre plus longtemps.

— Et d'être totalement canon pendant tout ce temps.

La porte s'ouvrit brusquement et nous fit sursauter. Savannah entra précipitamment en devançant Jeremy, tandis qu'Elena et Clay fermaient la marche.

En voyant Jaime, Savannah s'arrêta net.

— Oh mon Dieu ! C'est... c'est vous ! (Elle me lança un regard noir.) Tu ne m'avais pas dit que c'était *elle*.

— Jaime, je vous présente Savannah, dis-je. C'est une de vos fans.

— Oh mon... J'y crois pas. Tu vois, Paige ? Je te l'avais dit qu'elle pouvait vraiment contacter les morts, mais toi, tu me répondais... (Savannah se lança dans cette imitation peu flatteuse que les ados font des adultes.) « Il n'y a que les nécromanciens qui peuvent contacter les morts, Savannah. » Et toc ! C'en est une, de nécromancienne. C'est trop cool !

Vous êtes géniale, Jaime. Je vous regarde tous les mois dans le *Keni Bales Show*. Enfin je ne peux pas toujours regarder, vu qu'en général je suis en cours, mais je l'enregistre.

Jaime rayonnait pratiquement et jetait des regards furtifs à Jeremy pour voir quelle impression produisait sur lui cette manifestation d'adoration. Savannah poursuivit :

— J'ai vu votre spectacle le mois dernier… Hé, qu'est-ce que vous avez au visage ? (Tandis que Jaime levait les mains vers sa joue éraflée, Savannah l'étudia de plus près.) Vous n'avez pas très bonne mine. Enfin pas comme à la télé. Vous êtes malade ?

Je saisis Savannah par le bras et la tirai sur le côté.

— On est encore en train de lui apprendre les bonnes manières. En temps normal, on l'enferme dans une pièce verrouillée au grenier, mais elle vient de s'échapper.

— C'est malin, Paige. Je voulais juste dire…

— Jaime a subi une hantise assez désagréable, en remerciement du coup de main qu'elle nous donne. Donc, pour faire les présentations correctement… Jaime, je vous présente Jeremy Danvers. Jeremy, Jaime Vegas.

Lorsque Jeremy serra la main de Jaime, son visage ne trahit rien de plus qu'un vague éclat d'intérêt poli – pas étonnant, sachant qu'il aurait réussi à faire passer Lucas pour quelqu'un d'hyperémotif. Une expression déçue passa sur le visage de Jaime. Savannah, qui considérait visiblement que Jeremy n'était pas assez impressionné, fila se placer à ses côtés.

— Jaime passe à la télé, dit-elle.

— À la télé ? répéta Jeremy.

Elena se plaça auprès de lui en souriant.

— Tu sais, la télé. La petite boîte avec de jolies images qui bougent… (Elle dit à Jaime en aparté :) Il est très âgé. Il ne s'est pas encore habitué à l'ère industrielle. (Elle tendit la main.) Je m'appelle Elena. (Elle regarda autour d'elle.)

Et le malpoli qui est passé à côté de vous sans dire bonjour, c'est Clayton.

Elle s'interrompit, attendant que Clayton réponde par un salut tardif, mais il continua simplement à se diriger vers le canapé où Lucas se réveillait lentement. Il tendit son café à Lucas, s'assit près de lui et brandit ses lunettes qu'il venait de prendre sur le meuble de chevet.

— Désolée, marmonna Elena. Contentez-vous de l'ignorer. S'il vous plaît. Vous savez, j'ai lu un article sur vous il y a quelques mois. À l'époque, j'ai trouvé ça très intéressant. Ensuite, quand Paige m'a dit avec qui elle travaillait, le nom me disait quelque chose, donc je l'ai entré dans un moteur de recherche et j'ai compris que vous étiez la personne sur qui j'avais lu cet article.

— Toi *aussi*, tu savais que c'était elle et tu ne m'as rien dit ? cracha Savannah.

— Edward est monté dans une voiture, annonça Clay de l'autre côté de la pièce.

L'espace d'un moment, on garda tous le silence, cherchant à raccorder cette déclaration à la conversation actuelle avant de comprendre qu'elle ne collait pas et n'était pas censée le faire.

— Oui, oui, dit Elena. On y arrive dans une minute. Un peu de patience.

On rentra tous dans la pièce. Lucas s'efforçait toujours de réprimer ses bâillements, mais parvint à m'adresser un sourire las et se déplaça pour me laisser m'asseoir près de lui. Clay resta de l'autre côté de Lucas et Elena se percha près de lui sur le canapé, laissant le fauteuil à Jeremy. Jaime et Savannah prirent des chaises dans le coin repas.

— Donc Edward est monté dans une voiture ? dis-je. J'imagine qu'on ne peut pas suivre sa piste comme ça. Merde.

— C'était dans un parking ? demanda Lucas.

Clay fit signe que non.

— Dans la rue, devant son hôtel.

— À tout hasard, vous avez repéré un arrêt de bus dans le coin ? demanda Lucas.

— Ah, très bien vu, répondit Elena. Nan. Ni arrêt de bus, ni places de parking. Donc il a dû appeler un taxi. Ça vous est utile ?

— Possible, répondit-il. J'ai un contact dans une des compagnies de taxis, qui arrive généralement à soutirer des informations aux autres moyennant une petite somme. Je vais l'appeler.

Tandis que Lucas se faufila dans la pièce voisine, je me retournai vers Jaime.

— Comment ça se passe de votre côté depuis notre départ ? Natasha se fait remarquer ?

Jaime fit signe que non.

— Elle n'est plus là. Elle a dû disparaître à peu près au moment où elle a ouvert ce portail. Mission accomplie, j'imagine.

— Peut-être, mais il lui est arrivé quelque chose quand elle l'a ouvert, et à en juger par son expression, ça n'avait rien de positif. Peut-être qu'elle ne vous hante pas en ce moment parce qu'elle *ne peut pas*. Soit quelqu'un l'a fait taire, soit…

Lucas réapparut. J'étudiai son expression.

— Rien de bon, on dirait.

— Edward a effectivement appelé un taxi de la compagnie de Peter, ce qui a facilité les choses. Malheureusement, il a demandé qu'on le dépose à Little Haiti, au marché antillais, ce qui ne nous aide absolument pas. (Il s'installa sur le canapé.) Et ce rituel qui ouvre les portails, Jaime ? Vous avez trouvé quoi que ce soit ?

— Yep, répondit-elle. Exactement ce que je cherchais. Mais d'abord, un avertissement. Je ne suis même pas sûre que ça marcherait vraiment. Comme je l'ai dit à Paige, les gens ne percent pas tous les jours des brèches donnant sur le monde des esprits. Les portails et la manière de les rouvrir font partie de la mythologie des nécros. Je savais que j'avais lu quelque chose sur le sujet il y a des années, dans les livres de ma mamie. Mais j'ai eu du mal à trouver un autre nécro qui connaisse les détails.

— Vous avez les livres chez vous ? demandai-je. Si ça peut vous être utile, on pourrait envoyer quelqu'un de la Cabale les chercher. Pas la peine de se fier à des infos de deuxième main.

— Je, heu, je n'ai pas les livres, dit-elle en laissant son regard filer sur le sol. Je ne les ai pas pris à l'époque où je suis partie de chez moi. Ma mère les a bazardés.

— Pas de souci, répondis-je. On n'en a pas besoin. Vous avez obtenu ces infos de quelqu'un d'autre, donc ça nous suffit. Qu'est-ce que ça disait ?

— Eh bien, les trois premiers nécros que j'ai appelés ne savaient absolument pas de quoi je parlais. Ensuite j'en ai trouvé deux qui savaient, et qui ont essayé de me dire que n'importe quel nécromancien pouvait rouvrir le portail, sans avoir besoin d'outils particuliers. Mais je savais que ce n'était pas vrai. Les livres de mamie étaient les meilleurs qui existent, des sources d'information authentiques, pas comme la camelote qu'on publie de nos jours. (Une nuance de regret remplit son regard. Elle la chassa.) Enfin bref, je savais que la réouverture d'un portail nécessitait un sacrifice humain très spécifique, donc j'ai continué à passer des coups de fil jusqu'à trouver quelqu'un qui avait lu le même livre que ma mamie. Il nous faut…

Quelqu'un frappa à la porte. On leva les yeux. Les narines d'Elena se dilatèrent et elle se pencha vers Clay pour lui murmurer quelque chose.

— Fais chier, marmonna-t-il. Continuez, Jaime. C'est juste Cassandra. Elle peut attendre. Éternellement, si on a un peu de chance.

— Je vous ai entendu, Clayton, dit celle-ci en entrant.

— Mais qui a oublié de verrouiller la porte, bordel ? demanda Clay.

— C'est toi qui es entré le dernier, murmura Elena.

— Merde.

# Le passe-partout de la magie noire

Aaron arriva quelques minutes plus tard, sans doute après avoir garé la voiture. On l'accueillit plus chaleureusement que Cassandra, mais la phase des présentations fut écourtée encore davantage cette fois-ci, car nous étions tous impatients d'apprendre ce qu'avait découvert Jaime. Mais il fallut dans un premier temps résumer les épisodes précédents pour Aaron et Cassandra.

— Donc, Jaime était sur le point de nous apprendre ce dont Edward a besoin pour rouvrir le portail, conclus-je.

— Comme je vous le disais, l'ingrédient clé est le passe-partout de la magie noire, un bon vieux sacrifice humain. Si Edward accomplit ce sacrifice à l'emplacement exact de l'ouverture du portail, il va se rouvrir quelques minutes.

— Qu'est-ce qui nous dit qu'il ne l'a pas déjà fait ? demanda Cassandra. C'est un vampire. Il peut très bien avoir déjà capturé une victime et traversé le portail.

— J'y viens, dit Jaime. Comme je l'ai dit à Paige, je savais qu'il lui fallait une victime bien précise. D'après les livres sur les rituels de nécromancie, il doit répandre le sang d'une personne qui a traversé le portail.

— Quoi ? s'exclama Cassandra. C'est ridicule. Vous avez dû vous tromper, Jaime. De toute évidence, si quelqu'un avait traversé le portail, il ne serait pas ici pour…

Aaron plaqua une main sur la bouche de Cassandra.

— Continuez, je vous en prie.

— Cassandra a raison, dit Jaime. La plupart des gens qui franchissent un portail n'en reviennent jamais, donc le rituel ne veut pas exactement dire qu'il faut tuer – ou retuer – la personne qui a traversé. Ça marcherait effectivement, mais le rituel est à prendre au sens figuré – le sang du parent du même sexe le plus proche. Ce qui nous laisse quatre possibilités, comme deux d'entre vous l'ont traversé. On pourrait utiliser la mère ou la fille de Paige, ou le père ou le fils de Lucas. Je sais que la mère de Paige est décédée, donc, à moins que l'un de vous ait un gamin caché quelque part – ce dont je doute sérieusement –, ça ne laisse qu'une possibilité.

— Mon père, murmura Lucas.

— Il reste combien de temps à Edward ? demandai-je. Environ vingt-quatre heures avant que le portail se referme pour de bon ? Ça lui laisse une journée pour enlever et tuer le P.-D.G. de la Cabale Cortez. Pour l'heure, je parierais qu'Edward étudie plutôt la théorie de l'enfant caché. Il lui serait quasi impossible de mettre la main sur Benicio.

— Possible, dit Jeremy. Mais s'il est aussi déterminé qu'il en a l'air, il va sans doute essayer.

— Je ferais mieux de l'avertir, dit Lucas.

Alors qu'il se levait, sa main frôla mon bras. Je levai les yeux et le vis désigner la chambre d'un signe de tête presque imperceptible pour me demander de l'y rejoindre. Je le suivis. Moins de trente secondes après le début du coup de fil, je compris pourquoi il avait besoin d'un peu de soutien moral.

— Non, *papá*, dit-il d'une voix ferme. Je ne cours absolument aucun danger. C'est de toi qu'il s'agit… (Pause.) Non, mon sang… (Pause.) Mon sang ne va pas… (Pause.) *Papá*, écoute-moi. S'il te plaît. Edward ne peut pas utiliser mon sang pour le rituel.

Ce mensonge lui échappa avec un tel naturel que je crus presque avoir mal compris les propos de Jaime.

— Réfléchis de manière logique, poursuivit Lucas. Pourquoi le rituel nécessiterait-il le sang de la personne qui l'a traversé ? Cette personne a disparu et, dans la grande majorité des cas, elle ne revient pas. Dans la plupart des sacrifices rituels, quand le sujet d'origine n'est plus disponible, on doit recourir au parent le plus proche du même sexe, c'est bien ça ?

Une brève pause. Les lèvres de Lucas s'entrouvrirent sur un soupir muet de soulagement.

— Oui, c'est exact, dit-il. Par conséquent, c'est toi qui es en danger. Je sais que tu es déjà extrêmement prudent en matière de sécurité, mais il va te falloir une protection accrue. Lors des prochaines vingt-quatre heures, tu ferais mieux de te retirer de toute vie publique et de…

Lucas se tut pour écouter, fronçant davantage les sourcils à chaque seconde.

— Oui, oui, je me souviens très bien de t'avoir entendu en parler, mais… (Pause.) Dans ce cas particulier, je crois que tu as une excuse valable pour ne pas assister… (Pause.) Oui, ce serait peut-être un moyen de le piéger mais… (Nouveau soupir, audible cette fois. Il me regarda.) Laisse-moi parler à Paige et je te rappelle.

— C'est quoi cette histoire de piège à tendre à Edward ? demandai-je lorsqu'il raccrocha.

— Mon père est censé faire une apparition ce soir – une apparition semi-publique – et il refuse de se désister. Il espère qu'Edward viendra.

— Le bal de charité. Pour les pompiers de New York.

— Exactement.

— Edward peut savoir qu'il doit s'y rendre ?

— C'est un gros événement qui bénéficie d'une vaste couverture médiatique. La société Cortez en est l'un des sponsors et mon père est censé y assister. Il suffirait qu'Edward lise le journal d'aujourd'hui pour qu'il soit au courant. Ça explique peut-être aussi pourquoi il s'est arrêté au marché antillais. Ce serait un excellent endroit où se procurer des accessoires de déguisement. (Il jura tout bas et se pinça l'arête du nez.) Peut-être que je peux encore réussir à le convaincre…

— Tu n'y arriveras pas, lui dis-je. Il ne compte pas plus que toi se rendre dans cette planque sécurisée. Nous allons devoir faire avec. Retournons voir les autres.

Lorsqu'on regagna la pièce, Elena était en train de parler.

— Bon, dit-elle. Je sais que c'est d'une évidence crasse, donc comme personne n'aborde le sujet, je sais qu'un détail m'échappe. On suppose qu'Edward veut franchir le portail pour rejoindre Natasha. Donc je me pose la question suivante : pourquoi est-ce qu'il ne se contente pas de se tuer ?

— Je sais que ça paraît facile, Elena, mais pour les vampires, c'est plus compliqué que ça, répondit Cassandra sans le ton cassant qu'elle réservait au reste du groupe. La seule façon pour nous de mourir, c'est d'être décapités.

— Pas la méthode la plus pratique pour se suicider. Compris. Mais pourquoi…

Elle hésita, comme si elle hésitait à contredire quelque chose si personne d'autre ne le faisait.

— Pourquoi ne pas demander à quelqu'un d'autre de le faire ? dit Clay.

Elena hocha la tête.

— Voilà.

— Parce que rien ne lui garantit qu'il se retrouvera au même endroit que Natasha, dis-je en m'installant sur le canapé. On ignore totalement où elle se trouve, s'il s'agit d'une sorte d'au-delà pour vampires, ou d'un effet secondaire de leurs expériences sur l'immortalité. Le meilleur moyen pour Edward de s'assurer qu'il se retrouvera auprès de

Natasha consiste à se servir du portail qu'elle a ouvert. En attendant, nous avons un nouveau problème.

Je leur parlai du plan de Benicio.

— Ça vaut peut-être mieux comme ça, dit Cassandra. Vous avez fait votre part, et largement. Laissez les Cabales en finir. Je préférerais voir Edward capturé tranquillement et jugé équitablement, mais s'il se fait tuer pendant qu'il tente d'enlever le P.-D.G. d'une Cabale, je ne peux pas y faire grand-chose.

Elle jeta un coup d'œil à Aaron comme pour lui demander confirmation. Il hocha la tête.

— Il est assez peu probable qu'ils le décapitent en plein milieu d'un gala de charité. Ils vont sans doute choisir de le garder en détention ; alors, on pourrait intervenir plus tard. Et sinon, eh bien, Cassandra et moi pourrons nous occuper des répercussions sur la communauté des vampires. Edward a commis assez de crimes pour que je refuse de mettre quelqu'un en danger simplement pour nous assurer qu'il soit jugé équitablement.

Je regardai Lucas. Impassible, il s'efforçait de ne pas protester, mais je voyais l'inquiétude couver dans ses yeux.

— Ton père nous a invités au bal masqué, lui dis-je doucement. Peut-être qu'on devrait y aller.

— En tant que renforts, j'espère, dit Clay. Parce que si tu es en train de dire ce que je crois…

Je levai la main.

— Laisse-moi finir, d'accord ? Oui, je voulais dire que Lucas et moi pouvions y aller comme invités afin de servir d'appâts.

Clay ouvrit la bouche mais Elena le fit taire.

— C'est logique, non ? repris-je. Edward nous croit morts. S'il nous voit là-bas, ça va le déstabiliser et détourner son attention de Benicio. Nous ferions des cibles plus faciles… (Je m'interrompis et me tournai vers Lucas.) À moins que ton père découvre qu'Edward *peut* en réalité se servir de notre sang. Il n'a pas demandé à ses chercheurs de se renseigner sur le rituel ?

— Ils n'ont rien trouvé.

— Parfait. Donc il nous fera peut-être suivre par quelques gardes, mais il sait qu'Edward sera concentré sur l'ouverture de ce portail, pas sur le fait de se venger en te tuant. Donc il supposera être *lui-même* la cible principale. Mais quand Edward nous verra, il comprendra que nous serons plus faciles à capturer.

— Vous ne ferez qu'échanger un appât contre un autre, dit Clay.

— C'est vrai, mais ce n'est pas un échange équitable, dit Lucas. Paige et moi en savons plus que mon père sur les vampires. Et nous sommes bien mieux équipés que lui pour faire face à une menace directe. Ça fait des années qu'il n'a pas eu à se défendre lui-même.

— Je peux jouer les gardes du corps, proposa Aaron. Vous surveiller depuis les coulisses.

Elena se tourna vers Jeremy, qui hocha la tête.

— J'en suis aussi, dit-elle.

— *On* en est aussi, dit Clay.

— Je ne sais pas trop ce que je peux faire, mais moi aussi, dit Jaime.

— Je vous accompagne, dit Cassandra.

— Génial, dit Savannah. Je suis obligée de venir déguisée ? Ou il vaut mieux que je file un coup de main à Elena et à Clay ?

On se tourna tous vers elle. Alors que son regard passait de mon visage à celui de Lucas puis de Jeremy, elle plissa les yeux.

— Pas question, dit-elle. Nan nan. Je ne resterai pas ici. Je peux vous aider. Je suis au moins aussi bonne que Paige pour lancer des sorts…

— Et même meilleure, dis-je. Mais tu as aussi treize ans. Si douée que tu puisses être, je suis responsable de toi. Non seulement tu risquerais d'être blessée par Edward, mais tu es toujours un trophée pour les Cabales.

— Tu es unique, tu te rappelles ? dit Elena en la gratifiant d'un sourire. Comme Jeremy. Vous pouvez vous tenir compagnie, tous les deux, surveiller le poste de contrôle, vous goinfrer de pizza et veiller hyper tard.

Savannah regarda Jeremy en roulant des yeux.

— Des fois c'est chiant d'être unique, hein ?

— Sans aucun doute, répondit-il.

Benicio fut ravi lorsqu'on lui proposa de lui servir de renforts au gala, même si j'avais la certitude qu'il ne comptait nullement nous laisser surveiller ses arrières. C'était le boulot d'un employé semi-démon, pas d'un mage héritier, mais si ça incitait Lucas à apparaître à ses côtés lors d'un événement public, alors il accepterait notre requête… Surtout si ça lui permettait également de garder son fils à l'œil.

On se prépara toute la journée pour cette soirée. Notre inquiétude première touchait aux costumes. Bien que ce ne soit nullement notre inquiétude *principale*, il fallait qu'on s'en occupe d'abord. Comme il n'était pas très sûr que l'on ratisse les boutiques de costumes, où Edward risquait de nous voir, on accepta que Benicio nous apporte des matériaux. On laissa les mecs bricoler quelque chose pour Lucas tandis que Cassandra, Jaime, Elena et Savannah m'aidaient. Lorsqu'on parvint à concevoir une tenue qui puisse s'assembler rapidement, j'appelai Benicio et lui donnai ma liste de matériaux.

Ensuite, Lucas obtint les plans des lieux. On s'en servit pour définir des trajectoires qu'Edward pouvait emprunter, plus les meilleurs endroits où les autres pourraient se cacher pour nous observer. Puis on passa le reste de l'après-midi à dresser des plans.

À 17 heures, on commença à s'habiller. La base de mon costume était une robe de soie verte. Je me servis des talents basiques de couturière que j'avais appris de ma mère pour coudre des morceaux et bandelettes de taffetas vert et marron. Ensuite, j'y ajoutai de véritables feuilles et des plumes. On entreprit ensuite de me faire une beauté. Cassandra me maquilla dans les tons or et brun. Savannah me peignit les ongles de vert mousse. Jaime releva mes cheveux et les coiffa dans un style décontracté avant d'y ajouter des feuilles et des plumes. Elena tint le miroir.

Clayton ouvrit la porte de la chambre à toute volée alors que Cassandra remontait la fermeture Éclair de ma robe.

— Quand on voit une porte fermée, on *frappe*, dit Elena en le chassant.

— Ça fait deux heures que vous êtes là-dedans, dit-il. Elle ne vous donne quand même pas tant de boulot que ça. (Il fronça les sourcils en examinant ma tenue.) Elle est déguisée en quoi, là ? En arbre ?

— En dryade, dit Elena en lui giflant le bras.

— Oh mon Dieu, s'exclama Jaime en inspectant mon costume. On a oublié le sac !

— Quel sac ? demanda Clay. Pourquoi est-ce qu'une dryade aurait besoin de…

— Un sac de soirée, dit Cassandra. Un sac à main.

— Elle en a un. Il est sur le lit.

— Celui-là est pour la journée, répondit sèchement Cassandra.

— Pourquoi, ils se transforment au coucher du soleil ?

Elena le poussa hors de la pièce.

— Bon, il nous reste assez de temps pour que quelqu'un sorte nous acheter quelque chose ?

— Non ! cria Clay à travers la porte fermée. La voiture passe nous prendre dans un quart d'heure.

— Je vais devoir renoncer au sac, dis-je. Je peux glisser mon rouge à lèvres dans la poche de Lucas. Il a son téléphone portable. Il faudra s'en contenter.

Jaime ouvrit la porte et m'annonça en fanfare. J'acceptai les obligatoires commentaires courtois de la part de Jeremy et d'Aaron. Lucas sourit, s'avança vers moi et m'offrit ses compliments en privé à l'oreille.

— Lucas ! lui cria Savannah. C'est quoi ton costume ?

— Je l'ai sur moi.

— C'est pas un costume, c'est un costard ! Tu portes le même quasiment tous les jours.

— C'est un smoking, répondis-je. Et très élégant avec ça.

— Mais vous êtes déguisé en quoi ? demanda Cassandra. En serveur ?

— J'allais dire en James Bond, suggéra Jaime.

— Ne me regardez pas comme ça, dit Aaron. J'insistais pour qu'il se déguise en chevalier, mais ces deux-là... (il désigna Lucas et Clay)... m'ont fait taire.

— Et j'ai eu le bon sens de ne pas l'ouvrir, dit Jeremy.

— S'il ne veut pas porter de costume, il n'est pas obligé, dit Clay. Il a un masque, c'est déjà suffisant.

Lucas nous montra un loup noir tout simple.

— Ils n'en font pas en couleur ? demanda Savannah en soupirant. Enfin au moins, t'as mis tes lentilles. (Elle regarda par la fenêtre du balcon.) Donc vous y allez en limousine ?

Lucas fit signe que non.

— En voiture avec chauffeur, mais pas en limousine. Mon père trouve ça trop tape-à-l'œil, même pour des occasions officielles.

— Les limousines, dit Cassandra, c'est pour les bals de fin de lycée.

— Et les mariages, ajouta Jaime.

— Pas les bons, répondit Cassandra.

— Moi j'aime bien les limousines, dit Savannah.

— Moi aussi, dis-je en souriant à Lucas. On a largement la place de… s'étendre.

Il hésita, puis un tic agita les commissures de ses lèvres et il sortit son téléphone portable.

— Je crois que nous avons encore le temps de demander un changement de véhicule.

— Nan nan, dit Jaime. Je viens de passer une heure à coiffer Paige. Pas de limousine. Mais vous savez quoi ? Quand tout ça sera terminé, je vous loue une limousine pour tout le trajet de retour jusqu'à Portland.

— La classe, répondit Savannah.

— Hum, ouais. Non, changement de programme. Qu'est-ce que vous diriez plutôt d'un tour en limousine plus bref et d'une baby-sitter gratos ?

— La voiture est ici, dit Clay depuis son emplacement à la fenêtre.

— Alors filez, dit Jaime. On vous retrouve là-bas.

# Bal masqué

Les organisateurs du bal de charité avaient choisi un bal masqué en raison de la date de l'événement – la veille de Halloween. Mais on avait tourné le dos aux thématiques habituelles en faveur de quelque chose de plus original, accentuant les aspects fantastiques plutôt qu'effrayants. Tout autour de la salle de bal étaient disposés des mannequins vêtus de costumes incroyablement recherchés, inspirés par la littérature pour enfants, de la Reine de Cœur au Chat botté ou à la princesse du *Lac des cygnes*. Des dragons de papier gardaient la porte, leur tête oscillant sous l'effet d'un vent invisible. Les tables de buffet étaient des tapis volants dont la nourriture dessinait le motif. Du punch coulait du bec d'un phénix sculpté dans la glace, qu'éclairait par-derrière un petit feu qui faisait fondre l'oiseau, aussitôt remplacé par un autre émergeant de la cuvette située en dessous. C'était un hymne splendide à toute magie, et j'aurais adoré ça… si je n'avais passé chaque minute à m'inquiéter au sujet d'un certain vampire meurtrier. Les créatures mythiques font de ravissantes sculptures sur glace, mais des ennemis bien moins enchanteurs.

La plupart des gens portaient des costumes encore moins identifiables que le mien – des robes de haute couture et smokings aux couleurs de l'arc-en-ciel, du maquillage corporel sophistiqué et des masques superbes – qui ne les transformaient en aucun personnage ou créature reconnaissable. Mais ils avaient fière allure et je crois que l'essentiel était là.

Comme Lucas, Benicio avait opté pour le smoking noir de base. Son masque, toutefois, n'avait rien de basique – c'était un visage de diable rouge très recherché, peint à la main, qui lui descendait jusqu'à la lèvre supérieure et ne laissait que sa bouche et son menton à découvert. Il était magnifique et la métaphore diable/P.-D.G. était d'une ironie fort judicieuse, mais elle collait mal avec le style généralement plus sobre de Benicio. Passé notre surprise initiale, on s'accorda à dire, Lucas et moi, que ce choix était très astucieux de la part de Benicio. Entre le smoking noir très simple et le masque d'un rouge brillant, il ne risquait pas de se fondre dans la foule ce soir. Il nous serait facile de le garder à l'œil.

Du reste de la famille Cortez, seuls William et son épouse étaient présents. J'ignorais totalement comment elle s'appelait car je ne l'avais jamais rencontrée. Lorsqu'on arriva, William se trouvait comme par hasard ailleurs en compagnie de sa femme, si bien que je savais seulement qu'elle était petite, grassouillette et hispanique.

Quant à l'épouse de Cortez, Delores, il semblait que notre invitation annule la sienne. Delores avait interdiction d'apparaître à tout événement où Lucas risquait d'être présent. Je supposai que tout s'était bien passé lorsqu'il l'avait informée ce matin-là qu'elle ne pouvait pas assister à l'événement de la saison. D'après Lucas, le mariage de Benicio et Delores ne tenait désormais plus que pour la forme, et depuis longtemps. Chacun vivait dans son propre foyer et ils n'apparaissaient ensemble qu'à des manifestations publiques. Et si je prenais Delores en pitié parce qu'elle ratait le gala de charité, il me suffisait de me rappeler que Benicio avait instauré cette règle de séparation huit ans plus tôt, lorsqu'elle avait tenté d'empoisonner Lucas lors de son dîner de remise de diplômes.

En parlant de souhaiter la mort de Lucas, le fils aîné des Cortez, Hector, avait été retenu à New York et manquerait sans doute la soirée. Franchement, quel dommage. Je savais qu'il me faudrait un jour affronter Hector, mais le plus tard possible serait le mieux. J'avais déjà bien assez de soucis comme ça.

S'il y avait une chose en revanche dont nous *n'*avions *pas* besoin de nous soucier, c'était de perdre Benicio de vue. Comme je m'y attendais, lui gardait attentivement Lucas à l'œil. On passa la première demi-heure à nous faire escorter tout autour de la salle et présenter à ce qui me paraissait être tous les hommes politiques et d'affaires de l'État. Je sais que j'aurais dû être impressionnée, mais je ne pouvais pas m'empêcher de penser que je me trouvais dans la même pièce qu'à peu près toutes les personnes responsables de l'embrouille des élections de Floride suite à laquelle George W. Bush s'était retrouvé président, ce qui m'empêchait curieusement d'être aussi impressionnée qu'il l'aurait fallu.

Tandis que Benicio nous baladait autour de la pièce, je jetais des coups d'œil constants à Lucas, sachant à quel point il devait détester tout ça. Si on lui laissait le choix entre affronter de nouveau un vampire armé d'un flingue et participer à un bal de charité avec son père, sans doute choisirait-il de frôler de nouveau la mort. Lorsqu'on le présenta pour la cinquantième fois comme le prochain P.-D.G. de la société Cortez, il dut me maudire de l'avoir ramené du monde des esprits. Mais il n'en montra jamais rien. Il se contenta d'esquiver les questions sur son avenir en changeant adroitement de sujet avec un sourire. Quand ces présentations constantes commencèrent à menacer de nous faire bâiller, Lucas supplia qu'on l'autorise à me conduire sur la piste de danse.

— Je croyais que tu ne savais pas danser, murmurai-je tandis qu'il me conduisait parmi les autres couples.

— En effet. (Petit sourire.) Mais je peux faire semblant quelques minutes.

Il nous déplaça à un endroit d'où nous pouvions tous deux voir Benicio ainsi qu'être facilement vus par toute personne observant la piste.

— On dirait que tu es en train d'apprendre les pas d'une autre danse, lui dis-je.

— Hmmm ?

— Avec ton père. J'ai vu ce que tu fais. Il te présente comme son héritier et tu ne dis rien. Tu ne nies pas, mais tu ne dis rien non plus qui le confirmerait.

— Je crois que j'ai compris que plus je proteste, plus il insiste.

— Et même si ça n'épuise pas ta résolution, ça t'épuise, *toi*.

Lucas m'attira plus près et frôla de ses lèvres le sommet de mon crâne.

— Oui, j'ai remarqué. Depuis que je suis ici avec toi, je m'observe par tes yeux en imaginant quel effet je dois te faire, et j'avoue ne pas être ravi de l'image que j'y vois reflétée.

— Celle que je vois me convient parfaitement. Depuis toujours.

Il se mit à rire doucement.

— C'est bon à savoir. Mais je ne peux pas continuer comme ça à courir, à le fuir, en espérant qu'il me laissera tranquille. Il ne le fera jamais. Je suis son fils. Il veut avoir une forme de relation avec moi, et je crois que je veux la même chose. Je dois apprendre à traiter avec lui selon ses termes, car il ne changera pas. Oui, si je m'associe avec mon père, certains y verront un signe de capitulation, mais je ne peux pas m'en inquiéter. *Moi*, je sais très bien que je ne vais pas reprendre la direction de la Cabale. Et si tu le sais aussi, alors c'est l'essentiel. Ce qui me conduit à une autre prise de décision. Qui te concerne. Ou *nous* concerne, devrais-je dire.

— J'espère que c'est du même ordre, dis-je. Qu'il s'agit de préférer la fermeté à la fuite.

— J'ai pris ma décision sur ce point depuis quatre mois. Depuis le premier signe d'intérêt de ta part, j'ai compris que je n'irais nulle part sans me battre.

Il s'arrêta et fronça les sourcils, balayant la foule du regard.

— Il parle à deux femmes près du bar, lui dis-je. Avec ce masque, il est difficile à rater.

— Ah, oui, je le vois. Donc, où est-ce que j'en… ? Ah oui, les décisions. Ça concerne ta participation à mes enquêtes.

— Tu ne veux pas de moi ici. Je comprends…

Il posa l'index sur mes lèvres.

— Non, ma décision consiste à mener cette conversation à son terme en disant ce que je veux dire sans faire marche arrière de peur de t'effrayer par une proposition qui risque de contrarier ton sens de l'indépendance.

— Ouais. Tu veux bien me la refaire… avec les sous-titres ?

Il se pencha vers mon oreille.

— J'aimerais bien… Non, *j'adorerais* que tu sois ma partenaire, Paige. Dans mon travail, dans ma vie, dans tous les domaines. Je sais que tu as tes propres aspirations, et si tu ne souhaites pas partager ma vie de manière si complète, je comprendrais. Mais si tu le souhaites, c'est avec grand plaisir que je te laisserai jouer un rôle aussi grand que tu le voudras dans mes enquêtes.

Je levai les yeux vers lui en souriant.

— Tu vas peut-être regretter d'avoir dit ça.

— Non, je ne crois pas. Ça veut dire oui ?

— Ça veut dire « il faut qu'on en reparle », mais je suis intéressée, aucun doute là-dessus.

Il sourit alors, un sourire si large que Benicio y regarda à deux fois depuis l'autre côté de la pièce.

Lucas remarqua la réaction de son père et rit doucement.

— Il doit croire que je viens de te demander en mariage.

Je voulus jeter un coup d'œil à Benicio mais un autre couple me bouchait la vue.

— On ferait mieux de le détromper très vite, dis-je. Avant qu'il fasse une crise cardiaque.

— Non, il a l'air content, dit Lucas. Je crois qu'il sera déçu quand il apprendra que je *ne* t'ai *pas* fait cette demande. Il devra attendre pour ça. J'ai assez de bon sens pour éviter de trop tirer sur la corde. J'attendrai un peu avant de faire le grand saut. (Son sourire s'élargit.) Au moins une semaine.

J'éclatai de rire mais il consulta sa montre avant que je puisse répondre.

— À propos de temps, nous sommes en retard pour notre rendez-vous avec les autres. On ferait mieux de…

— J'y vais. Ton père ne te lâchera pas des yeux ce soir. Ne t'inquiète pas, je serai prudente.

— Alors je vais partir en quête de deux coupes de champagne en attendant ton retour.

On se sépara et je m'esquivai de la piste de danse.

Je trouvai Jaime seule au point de rendez-vous, un coin situé entre la cuisine et le couloir des toilettes.

— Désolée d'être en retard, lui dis-je. Les autres en ont eu marre d'attendre ?

— Ils étaient plus inquiets qu'impatients, dit-elle. Comme Elena n'aimait pas beaucoup qu'on traîne tous ici où on ne voit rien de ce qui se passe, j'ai proposé de rester. Ce n'est pas comme si je pouvais faire grand-chose d'autre. Si j'essaie de les suivre, je vais simplement les gêner. J'ai déjà été suivie par des maniaques mais je n'ai jamais été très douée pour ces choses-là, alors que ces quatre-là sont des pros.

— Des chasseurs.

Elle frissonna.

— Ouais, j'essaie de ne pas trop y penser. Les loups-garous, comment dire, ils ne chassent que des animaux, hein ? Les variétés à quatre pattes ?

— Ceux de la Meute, oui. Les autres... on ne peut jamais savoir.

— Ouais. Dans tous les cas, rien à signaler. Aucun signe d'Edward. Ni de Natasha. Je crois qu'elle va me laisser tranquille à partir de maintenant. Ce qui me conduit à autre chose. Je ne sers vraiment pas à grand-chose ici, Paige. Si vous pensez que je peux être utile, je reste, mais sinon...

— Si vous voulez partir, aucun souci.

— Non, non. Enfin si, je veux partir, mais il y a une raison à ça. Je me disais que je me rendrais peut-être plus utile si je continuais à me renseigner sur ce rituel, à appeler d'autres gens, pour voir si quelque chose m'a échappé. Je pourrais regagner la chambre d'hôtel avec Jeremy et Savannah, passer mes coups de fil et les aider à surveiller le centre de contrôle.

— Le centre de contrôle, hmm ? dis-je avec un sourire. Oui, ça me paraît une bonne idée. Allez-y.

— Ce n'est pas ce que je voulais dire, rectifia-t-elle en rougissant. Sérieusement, je crois que je serais plus utile si j'étudiais cette piste, pas vous ? D'accord, le centre de contrôle n'a sans doute pas besoin de surveillants en plus. Peut-être que je devrais plutôt passer les coups de fil de notre hôtel...

— Non, rejoignez Jeremy. C'est plus sûr par bien des aspects et vous pourrez toujours lui soumettre vos idées. Il ne s'y connaît peut-être pas beaucoup en matière de rituels de nécromanciens, mais c'est quelqu'un d'intelligent à qui il est très facile de parler.

— Oui, hein ? De la part d'un loup-garou, un Alpha de surcroît, on s'attendrait à ce que ce type se donne des grands airs, qu'il soit tout en muscles et sans cervelle, mais pas du tout, et il a l'air tellement… (Elle enfouit son visage dans ses mains avec un gémissement.) Oh mon Dieu, je suis trop vieille pour ces conneries. (Elle leva les yeux vers moi.) Le manque de sommeil. C'est le manque de sommeil… et le traumatisme émotionnel. J'ai été traumatisée par ce fantôme de vampire et je n'ai plus les idées très claires.

— Exactement.

— Bon. Donc, je vais les rejoindre et passer mes coups de fil. Si Jeremy peut m'aider, c'est génial, mais sinon, je vais vaquer à mes occupations et il pourra tenir compagnie à Savannah. Il est hypergentil avec Savannah, hein ? Je veux dire que les autres types lui diraient d'aller jouer aux jeux vidéo ou de regarder la télé, mais il est attentif à elle et… (Elle inspira et expira.) Donc. Tout va bien maintenant. Je m'en vais. Si vous avez besoin de moi, je me dirige tout droit vers l'hôtel. (Elle marqua une pause.) Enfin, après un bref passage par ma chambre pour une douche rapide… Je crois que je me suis aspergée de votre laque tout à l'heure et je suis toute collante. Donc je vais me doucher, me changer et ensuite aller à leur hôtel.

— Compris, dis-je en me mordant la joue pour ne pas rire.

— D'abord, je vais trouver Elena et lui dire que je m'en vais. Elle a l'air gentille. On n'a pas vraiment discuté, mais elle paraît gentille. Très terre à terre.

— Elle l'est.

Sur ce, Jaime s'en alla et je rejoignis la fête. Je trouvai Lucas près des tables du buffet, muni des flûtes à champagne promises.

— Ton père ne t'a pas encore embrigadé de force ? lui demandai-je.

— Il se dirige par ici mais il se fait constamment assaillir par d'autres convives. À la lumière de ma nouvelle stratégie relative aux relations paternelles, je ne compte pas profiter de la situation pour lancer une partie de cache-cache, mais plutôt rester où je suis et le laisser arriver jusqu'ici, aussi longtemps que ça puisse lui prendre.

Je parlai de Jaime à Lucas et il estima lui aussi qu'elle ne pouvait pas faire grand-chose ici. Entre les vampires et les loups-garous, la sécurité était assurée.

— J'avoue que ça m'inquiète qu'Edward ne se soit pas encore montré, dit Lucas. Compte tenu des contraintes temporelles auxquelles il est soumis, ce serait le moment opportun pour s'emparer de mon père, et peut-être bien la seule occasion qu'il ait avant demain matin.

— Peut-être qu'il a du mal à passer la sécurité, dis-je. Elle est très stricte.

— Elle *paraît* stricte, répondit-il. Mais les autres n'ont eu aucun mal à passer alors qu'ils rôdent dans le coin depuis près de deux heures sans incident.

— Le fait qu'il s'agisse d'un bal masqué n'aide pas. (J'observai la foule.) Mais Elena ou Clay auraient tout de même flairé Edward, ou bien Aaron et Cassandra auraient perçu sa présence, ou bien...

— Du champagne, je vois. (Benicio apparut près de Lucas et lui plaqua une main sur l'épaule, le sourire radieux.) Puis-je en déduire que les félicitations sont de rigueur ?

— En effet. Paige a accepté de se joindre à mes enquêtes sur une base permanente.

Le sourire de Benicio faiblit, mais une seconde à peine.

— Eh bien, c'est un début. Vous avez formé une excellente équipe jusqu'ici, et cette collaboration vous permettra certainement de passer plus de temps ensemble, ce qui était un de tes sujets d'inquiétude.

Lucas me jeta un coup d'œil.

— En effet, marmonna-t-il.

— Et la maison ? demanda Benicio.

— Nous allons acheter *une* maison, dis-je. Peut-être celle de Portland, peut-être pas, mais nous allons en acheter une.

— Parfait, parfait.

On attendit que Benicio commence à nous offrir des conseils, au lieu de quoi il se tourna vers moi.

— Vous voulez bien m'accorder une danse ?

— Euh, oui, bien sûr.

On se dirigea vers la piste.

— Vous avez envisagé Seattle ? demanda Benicio alors qu'on entamait notre danse. Si vous appréciez Portland, vous aimerez sans doute Seattle.

— Portland me convient *a priori*, mais nous allons sans doute chercher ailleurs également, par sécurité.

— Bonne idée. L'achat d'une maison est un engagement de taille. Vous devez également songer à la sécurité de Savannah. Lucas vous a dit que nous avons un bureau satellite à Seattle ?

— Ah oui ? Quelle… surprise.

Je croisai le regard de Lucas à travers la pièce. Il enfonça les doigts dans ses oreilles et articula « Ignore-le ». Je lui souris en réponse.

Benicio poursuivit, m'expliquant tous les avantages qu'il y avait à vivre dans une grande ville qui possède un bureau de la Cabale Cortez. La sécurité que nous y gagnerions. La possibilité de partager nos ressources. De garder à l'œil les activités de la société pour nous assurer qu'aucun crime sérieux ne soit commis « par accident » contre des créatures surnaturelles. Tandis que je l'écoutais, je compris que Lucas avait raison. Il n'existait qu'une manière de traiter avec Benicio. Le laisser parler. Le laisser « suggérer ». Ne pas protester. Ne même pas répondre. Se contenter d'écouter… et tout laisser ressortir par l'autre oreille.

Tandis que nous dansions et que Benicio parlait, je tentais de garder Lucas à l'œil mais la tâche se révélait de plus en plus difficile. Benicio tentait de me détourner de Lucas, sans doute pour que son fils ne remarque pas qu'il profitait de cette occasion pour me « conseiller ». On se retrouva bientôt plongés tellement au cœur de la masse des danseurs que je le perdis de vue.

Quand on termina notre danse, Benicio me raccompagna là où s'était tenu Lucas. Il ne s'y trouvait plus. Benicio leva une main, très légèrement, et Troy apparut.

— Où est Lucas ? demanda Benicio.

— Morris le surveillait ; et moi, je vous surveillais, vous.

Troy regarda autour de lui, puis fit signe à Morris d'approcher. Troy s'esquiva alors.

Morris avoua qu'il avait vu la tête de Lucas s'éloigner de la table du buffet, mais quand il avait voulu le suivre, il ne l'avait pas retrouvé.

— J'ai cru qu'il était allé aux toilettes. Vous m'avez dit de ne pas le suivre à la trace, et il allait dans cette direction.

Troy revint.

— Tim a vu Lucas partir, monsieur. Il a essayé de le suivre mais Lucas a dit qu'il allait aux toilettes, donc Tim l'a laissé tranquille. Il attend au bout du couloir. Lucas n'est pas encore revenu.

— C'est vrai, dis-je en me retournant pour balayer la pièce du regard afin que Benicio ne lise pas ce mensonge sur mon visage. Juste avant qu'on aille danser, il m'a demandé si j'avais vu où étaient les toilettes. Il a dû décider d'y filer pendant que nous étions occupés. Maintenant que vous le dites, j'y passerais bien vite fait, moi aussi. Si Lucas revient avant moi…

— Je lui dirai où vous êtes, compléta Benicio.

— Merci.

Je m'éloignai précipitamment.

J'espérais effectivement que Lucas était allé aux toilettes, mais j'en doutais. Sachant que je m'inquiétais déjà pour sa sécurité, il n'aurait pas pris le large pour quelque chose d'aussi insignifiant sans m'en avertir. La seule chose qui avait pu lui faire quitter son poste, c'était qu'il ait vu Edward, ou plutôt qu'il l'ait entrevu de manière si furtive qu'il risquait de le perdre s'il ne le suivait pas immédiatement. Quand il avait vu le garde des Cortez le suivre, il avait dû recourir à l'excuse des toilettes pour s'en débarrasser.

Edward avait déjà attiré Lucas une fois dans un piège mortel. La même ruse pouvait-elle marcher deux fois ? Je me dis que c'était impossible, que Lucas était trop malin pour ça. Pourtant, si la situation inverse s'était présentée et que j'avais repéré Edward pendant que Lucas était occupé ailleurs, est-ce que je dirais « Arf, pas question que je me fasse avoir une deuxième fois » avant de rester sur place ? Non. Je comprendrais que c'était une ruse mais, si je devais choisir entre me protéger et attraper Edward avant qu'il tue de nouveau, je préparerais un bon sortilège et j'avancerais en restant sur mes gardes. Mais j'irais, sans hésiter. Lucas aussi.

Tandis que j'observais les convives, je tentai d'estimer la situation avec logique. La dernière chose dont j'avais besoin, c'était de paniquer et de foncer la tête la première dans un petit couloir, droit dans les bras d'Edward, pendant que Lucas reviendrait d'un passage d'urgence aux toilettes. Il fallait d'abord que j'essaie d'appeler son portable. Je voulus prendre mon sac… et me rappelai que je n'en avais pas. Ni de téléphone portable, du coup.

Je me précipitai vers les toilettes. Arrivée devant la porte des toilettes pour hommes, je lançai un sort de détection à l'intérieur. Il repéra une seule personne. Parfait. Puis la porte s'ouvrit et un homme âgé sortit. Après son départ, je relançai le sortilège mais les toilettes étaient vides.

— Merde, merde, merde, marmonnai-je.

Je devais trouver Lucas – non, je devais trouver les autres, qui m'aideraient à trouver Lucas. Bien que la perspective de perdre de précieuses minutes à chercher les autres me hérisse, je savais que cet effort supplémentaire en vaudrait la peine. Ils pourraient localiser Lucas en une fraction de seconde du temps qui me serait nécessaire.

Je balayai une dernière fois la salle de bal du regard, puis me dirigeai vers le labyrinthe de couloirs où les autres étaient censés rôder. Tandis que le bruit du gala s'atténuait pour devenir un murmure lointain, je compris que j'entrais en territoire inconnu – et inoccupé. Il était temps de préparer un sort d'autodéfense. Je commençai à lancer mon sort de suffocation, puis m'interrompis. Est-ce qu'il marcherait sur un vampire ? Bien sûr que non. Ils ne respiraient pas. Un sort de boule de feu ? Pas mortel, mais il pouvait le surprendre assez pour me permettre de m'échapper. En étais-je bien sûre ? Le feu ne faisait pas de mal aux vampires. Et merde ! Pourquoi est-ce que je n'y avais pas pensé…

— Bonjour, Paige.

Je sursautai et me retournai. Derrière moi, je vis non pas un vampire aux yeux verts et aux cheveux blond-roux, mais un mage aux yeux et aux cheveux sombres. Hector Cortez.

# UN PLAN DE LÂCHE

— Il faut qu'on parle, dit Hector en fonçant sur moi.

De tous les moments qu'il aurait pu choisir pour réapparaître dans ma vie, il avait choisi le pire. Une voix intérieure me dictait de fuir, quelle que soit l'impression produite, de m'enfuir et de me remettre à chercher Lucas. Mais mes pieds refusèrent de m'obéir. Après avoir passé toute ma vie à refuser de fuir les confrontations, ils n'avaient aucune intention de commencer maintenant.

— Je ne crois pas que nous ayons été présentés officiellement, déclarai-je. Enfin si, mais à l'époque, j'étais ligotée et bâillonnée et je crois que vous ne vous attendiez pas à me revoir en vie, donc vous avez sauté les formalités. Je m'appelle Paige Winterbourne. Vous êtes Hector Cortez. Je dirais bien que je suis ravie de vous rencontrer, mais on saurait très bien tous les deux que c'est un mensonge. Donc votre réunion n'a pas duré aussi longtemps que le croyait Benicio ? Désolée de l'apprendre. Maintenant, si vous voulez bien m'excuser…

Je me détournai pour partir. Hector vint se placer devant moi.

— Une réunion tardive ? C'est ça, l'excuse qu'il a utilisée ? Je n'avais pas de réunion. J'étais exilé à New York depuis deux semaines, sur ordre de mon père. Vous avez la moindre idée des raisons qui ont pu le pousser à faire ça ?

—À part vous empêcher de tuer Lucas ? Non, je ne vois vraiment pas. (Je m'arrêtai en voyant la dureté dans son regard, celui d'un faucon affrontant le moineau qui l'a chassé de son territoire.) Vous croyez que c'est *moi* qui vous ai fait bannir ? Que j'ai dit à Benicio que vous aviez tenté de me tuer à Boston ? Ben quand même, si j'avais cafté, j'aurais espéré que vous récoltiez un peu plus que des vacances prolongées à New York. Non, je n'ai rien dit à votre père. Maintenant, si vous voulez bien m'excuser…

Hector se plaça sur mon chemin.

—Je n'ai jamais dit que vous en aviez parlé à mon *père*.

—Quoi ? Ah, vous croyez que je l'ai dit à Lucas et qu'il a demandé à ton père de vous tenir à distance ? (Je rendis à Hector un regard aussi noir que le sien.) Non, je ne l'ai pas fait. Et je ne compte pas le faire. Ce qui s'est passé là-bas est entre vous et moi, et le restera. Maintenant, dégagez de mon chemin.

—Alors c'est ça votre plan, sorcière ? Faire planer cette menace sur moi ? (Il s'approcha, me dépassant de toute sa taille.) Je peux commettre une erreur une fois, mais pas deux. Ce n'est pas moi qui vais dégager de votre chemin, c'est vous du mien. Si vous restez avec Lucas, la seule question, c'est quand je vais décider de vous écarter… de manière permanente.

—Pourquoi pas maintenant ? dit une voix traînante derrière moi. Mais d'abord, c'est moi que vous allez devoir écarter.

Hector se retourna pour voir Clayton derrière lui. Son regard glissa sur l'autre homme avec un rictus méprisant. Il leva les yeux pour écarter Clay à l'aide d'un sort repoussoir, mais Clay retint sa main avant que les premiers mots quittent ses lèvres.

—Vous croyez que vous allez tuer Paige pour faire du mal à Lucas ? demanda-t-il en se penchant pour approcher son visage de celui d'Hector. Vous trouvez ça très intelligent ? Moi, ça me paraît très lâche.

Hector tenta de dégager sa main, mais sans parvenir ne serait-ce que la retourner dans la poigne de Clay.

— Qui êtes-vous ? demanda Hector d'une voix autoritaire.

— La question n'est pas vraiment qui, mais quoi, répondit Clay. Vous voulez le découvrir ? Touchez à un cheveu de Paige ou de Lucas et vous verrez.

Clay plaqua sa main libre sur la bouche d'Hector, puis serra l'autre autour de ses doigts. On entendit un craquement d'os écœurant et les yeux d'Hector s'ouvrirent très grand tandis que la main de Clay étouffait son hurlement.

— Vous croyez que ça fait mal ? dit Clay. Imaginez ce que je ferais si j'étais vraiment en rogne.

Il repoussa Hector et se tourna vers moi.

— Viens.

Je suivis Clay qui emprunta deux tournants avant de ralentir assez pour me laisser le rattraper.

— Il a essayé de te tuer à Boston ? demanda-t-il.

— Tu as entendu ?

— J'attendais au coin. Je me suis dit que tu n'apprécierais pas que j'intervienne si tôt. Donc Lucas n'est pas au courant ?

— Non, et ne lui dis rien, s'il te plaît. On peut penser qu'il a le droit de savoir, mais…

— Il ne vaut mieux pas. Il s'inquiète déjà assez de te mettre en danger. Si tu veux courir le risque, c'est à toi d'en prendre la décision, pas à lui. Contente-toi de prendre des précautions, et si l'autre, là, comment il s'appelle…

— Hector. C'est le frère aîné de Lucas.

— Quelle famille de tordus, dit Clay en secouant la tête. Si cet Hector revient te chercher des ennuis par la suite, préviens-moi. Ouais, je sais, ce n'est pas comme ça que tu aimes régler les choses, mais dans ce genre de cas, ça ne servira à rien de vous donner de petits coups pour vous faire reculer mutuellement. Pousse-le une bonne fois pour toutes et finis-en.

Il regarda des deux côtés d'un couloir transversal, pencha la tête pour flairer vite fait, puis leva le menton vers la gauche et fila.

— Je suppose qu'on suit Lucas ? demandai-je.

— Ouais. Enfin, non. C'est Elena qui suit Lucas. Moi, je suis Elena. On suppose que Lucas suit Edward.

— Ah.

— Comme on a vu partir Lucas, Elena m'a envoyé te chercher pendant qu'elle le suivait.

Il tourna à un autre coin, avança de trois mètres puis pivota et revint sur ses pas en direction d'une porte de sortie. Il ouvrit la porte, y passa la tête puis me fit signe de le suivre.

— Attends, lui dis-je. Benicio. Est-ce que quelqu'un surveille…

— Aaron.

Je m'apprêtais à sortir quand Cassandra nous appela depuis l'autre bout du couloir.

— Sors et ferme la porte, dit Clay. Peut-être qu'elle comprendra l'allusion.

— Attends. C'est peut-être important.

— Qu'est-ce qui se passe, Paige ? demanda Cassandra lorsqu'elle nous rattrapa. Pourquoi vous n'êtes pas dans la salle de bal ? (Elle regarda par la porte.) Clayton ? Qui est-ce que vous cherchez là-dehors ?

— Elena.

Cassandra roula des yeux.

— Quelle surprise. La pauvre s'éloigne de trois mètres et vous voilà dans tous vos états…

— Elle suit Lucas, qui suit Edward, dis-je.

— Ah.

Clay se dirigeait déjà parmi les ombres. Je regardai Cassandra.

— Aaron surveille Benicio. Ça ne vous dérangerait pas d'aller l'aider ? Des fois qu'Edward revienne sur ses pas ?

Je m'attendais qu'elle proteste, au lieu de quoi elle hocha la tête.

— Si vous avez besoin de nous, demandez à Elena d'appeler Aaron.

Je rejoignis Clayton en courant. Enfin j'essayai – on ne court pas avec des talons de cinq centimètres. Au lieu de quoi j'avançai d'un pas vacillant jusqu'à m'approcher assez pour le voir debout près du mur, bras croisés, secouant la tête. Je m'arrêtai alors, retirai mes chaussures et m'approchai autant de l'allure de la course que ma robe me le permettait.

— Bonne idée, dit-il en désignant les chaussures dans ma main. Mais faites attention. Le sol est accidenté.

— Vous croyez que ce serait sûr de lancer un sort lumineux ?

Il hocha la tête. Quand j'eus lancé le sort, on se remit en marche. Nous avions avancé d'une vingtaine de mètres quand Elena et Lucas apparurent, remontant un chemin qui conduisait au parking.

— Vous l'avez perdu ? leur criai-je.

— Ce n'était pas lui, répondit Elena, qui attendit d'avoir approché avant de continuer. Quand j'ai rattrapé Lucas, il avait déjà des doutes, donc j'ai reniflé un peu pour voir. Ça n'a rien donné de concluant mais on a décidé de continuer à le suivre, juste par sécurité. On l'a suivi dans le parking où il est monté à l'arrière d'un véhicule utilitaire et où il a retrouvé une femme dont je doutais sérieusement qu'il s'agisse de sa femme. On est partis avant le début du spectacle.

Tout en parlant, Lucas jetait constamment des coups d'œil inquiets en direction du bâtiment principal.

— Aaron et Cassandra surveillent ton père, dit-elle. Mais on ferait mieux de rentrer.

On trouva Benicio en train de guider la femme d'un associé autour de la piste de danse. Après trois quarts d'heure sans incidents, on rejoignit les autres dans une pièce latérale, d'où l'on voyait toujours Benicio.

À moins d'une demi-heure de la fin de l'événement, les chances de voir apparaître Edward devenaient de plus en plus minces. Il tenterait peut-être de s'emparer de Benicio en profitant de la confusion finale, quand la foule sortirait en direction des voitures. Mais comme il n'avait aucun moyen de savoir si Benicio comptait rester jusqu'au tout dernier moment, il devait encore être quelque part ici, à surveiller Benicio au cas où il partirait en avance. Il pouvait essayer de l'enlever entre ici et son foyer, mais ça impliquait de s'attaquer à une voiture blindée remplie de gardes du corps. Et il était évident que la maison de Benicio serait au moins aussi bien gardée que sa voiture. Le plus logique était de l'enlever ici. Alors où était Edward ?

Avant qu'on regagne la fête, je décidai de contacter Jaime. L'explication la plus probable à l'échec d'Edward était qu'il avait trouvé un moyen plus facile d'ouvrir le portail. Si Jaime avait découvert un deuxième rituel, elle aurait certainement appelé, mais ça ne faisait jamais de mal de s'en assurer.

Le téléphone de Jaime sonna quatre fois, puis je fus dirigée vers une boîte vocale. Ce qui devait signifier qu'elle était en ligne avec ses contacts nécromanciens. J'appelai donc la chambre de Jeremy. Il répondit à la deuxième sonnerie.

— C'est Paige, lui dis-je. Rien à signaler, je le crains. On espérait que Jaime aurait trouvé quelque chose. Je peux lui parler ?

— À Jaime ?

— Heu, oui. Une rousse ? Nécromancienne ? Qui squatte ta chambre d'hôtel en ce moment ? En espérant que Savannah ne l'embête pas trop…

— Oui, je sais de qui tu parles, Paige. Mais Jaime n'est pas ici.

— Elle est partie ? Merde, elle a essayé de nous appeler ? On était en train de courir partout…

— Doucement, Paige. Jaime n'est pas venue ici. Pas depuis qu'elle est partie avec vous autres. Elle se dirigeait ici ?

— Il y a deux heures. Je sais qu'elle allait d'abord passer à son hôtel, mais… deux heures ?

— Vous avez appelé dans sa chambre ?

— Non, je vais le faire tout de suite.

— Si elle n'y est pas, demandez à la réception si quelqu'un l'a vue rentrer.

Je fis ce qu'il me suggérait. Pas de réponse dans la chambre. Ni sur son portable. Le réceptionniste me dit qu'il ne l'avait pas vue rentrer. Quand je fis remarquer qu'elle avait pu entrer furtivement, il jura qu'il l'aurait remarquée et, à en juger par son bégaiement, je devinai qu'il gardait à l'œil sa cliente un peu célèbre et totalement sexy. Il proposa de monter dans sa chambre et me laissa poireauter en ligne avant que je puisse répondre. Cinq minutes plus tard, il revint en disant qu'il n'y avait aucune trace de Jaime. Il avait même regardé dans sa chambre, ce qui devait être contraire au règlement, mais je n'allais pas le lui faire remarquer. Je le remerciai pour son aide, puis transmis l'info aux autres.

— Oh, nom d'un chien, dit Cassandra. Cette femme a la capacité de concentration d'un moucheron. Elle a dû tomber sur une boutique de chaussures en solde à mi-chemin de l'hôtel et nous oublier.

Lucas secoua la tête.

— Jaime projette peut-être l'image de quelqu'un de futile mais elle est bien plus sérieuse qu'il y paraît, et bien plus dévouée. Jusqu'à présent, elle est restée à nos côtés, bien qu'elle se soit ramassé pas mal de coups.

—Lucas a raison, dis-je. Jaime voulait vraiment nous aider et il faudrait quelque chose de bien plus sérieux qu'une boutique de chaussures pour l'en distraire.

—Une soirée filles dans une boîte de strip-tease peut-être ? dit Cassandra.

—Miaou, dit Aaron. Rentre tes griffes, Cass, avant de te couper. Je me range à l'avis de Lucas et de Paige sur ce point.

—Alors c'est réglé, dit Clay. Jaime a disparu, donc il faut la chercher, et Elena et moi sommes les meilleurs pisteurs. Aaron et Cassandra peuvent rester ici et guetter leur camarade vampire. Lucas et Paige ? Comme vous voulez.

Je jetai un coup d'œil à Benicio sur la piste de danse.

—On ferait mieux de rester.

—Non, dit Lucas. On y va. Mon père est bien protégé par ses gardes, et Aaron et Cassandra peuvent s'occuper d'Edward s'il vient, ce dont je commence sérieusement à douter. Nous avons un portail qui doit être rouvert en utilisant un rituel de nécromancien, et maintenant une nécromancienne disparue. Je suppose que ce n'est pas une coïncidence.

—Ah, merde.

—C'est exactement le fond de ma pensée.

# Avis de recherche : nécromancienne célèbre

Sur le parking de l'hôtel, Elena flaira une piste. Mais pas celle de Jaime : celle d'Edward. Elle la suivit jusqu'à une place de parking vide, où je trouvai le portable de Jaime abandonné sur l'asphalte. Elena et Clay trouvèrent des traces de l'odeur de Jaime sur place, mais pas de piste, comme si elle était sortie de la voiture sans aller plus loin. Et à moins qu'Edward ait refait son trajet à l'identique en sens inverse, lui non plus n'était pas allé plus loin. Conclusion logique : Edward avait surpris Jaime en train de sortir de sa voiture ; elle avait eu le temps de chercher son portable mais l'avait laissé tomber lorsqu'il l'avait maîtrisée. Puis il s'était éloigné au volant de la voiture de location de Jaime dans laquelle elle se trouvait aussi.

Je me maudis de ne pas l'avoir vu venir. Mais comme me le répéta Lucas avec insistance, l'enlèvement de Jaime n'était pas le scénario le plus évident. La réouverture d'un portail n'était considéré comme un rituel de nécromancien que parce qu'il permettait un accès aux morts. Edward n'avait pas besoin d'un nécromancien pour le mener à bien. S'il avait la bonne victime, il lui suffisait de trancher la gorge de cette personne au-dessus de l'emplacement du portail. Sans ce sang, il lui était impossible d'ouvrir le portail, même avec l'aide d'une dizaine de nécromanciens.

Mais ce qui nous avait échappé, c'était la possibilité bien réelle qu'Edward ignore totalement comment rouvrir ce portail. Comme l'avait dit Jaime, c'était un rituel obscur. Edward ne connaissait peut-être même pas de nécromanciens à interroger sur le sujet. Mais il savait où en trouver une. Compte tenu de la célébrité de Jaime, tout le monde surnaturel devait avoir appris par le téléphone arabe son implication dans notre enquête. Même John, à La Nouvelle-Orléans, devait être au courant. Et pour trouver une photo d'elle, il suffisait à Edward de chercher sur Internet, comme l'avait fait Elena.

Est-ce que je pensais que Jaime allait apprendre à Edward ce qu'il devait faire pour mener la cérémonie à bien ? Oui, et je ne suis pas en train de porter un jugement de valeur. Quelle raison avait-elle de ne pas le lui dire ? Elle savait que Benicio était sous bonne garde et que, si elle dirigeait Edward vers lui, elle le dirigeait aussi vers nous, ce qui était exactement ce que nous voulions. Nous craignions principalement qu'il la tue après avoir obtenu d'elle des réponses. Il ne nous restait qu'à espérer qu'il ait trop peu confiance en la parole de Jaime pour la tuer avant d'avoir rouvert le portail.

On prépara notre attaque sous deux angles : d'un côté le gala, où Edward trouverait Benicio, et de l'autre l'emplacement du portail, qu'il devait regagner s'il accomplissait sa mission. Elena et Clay allaient rejoindre Aaron et Cassandra au gala ; avec une telle puissance surnaturelle pour le soutenir, il serait quasi impossible à Edward de capturer Benicio. Mais juste au cas où, Lucas et moi allions monter la garde à l'emplacement du portail.

Lucas nous reconduisit dans le quartier où le portail avait été ouvert. En chemin, je traçai une carte des environs, notant tous les accès possibles et tous les meilleurs endroits où jeter des sorts de périmètre. Puis on réfléchit aux endroits où attendre. On était toujours en train de débattre de nos choix quand le portable de Lucas sonna. Il consulta l'écran, puis me le passa.

Je n'eus même pas le temps de dire bonjour avant qu'Aaron m'interrompe.

— Lucas ? Où êtes-vous ?

— Heu, c'est Paige et on est toujours en route vers l'emplacement du portail. Vous voulez parler à…

— Non, pas si je peux l'éviter, dit-il d'une voix tendue et un peu essoufflée. Merde ! Je suis vraiment désolé, les gars. On a tout fait foirer. Mais alors en beauté.

— Qu'est-ce qui se passe ?

Je tentai de garder une voix calme mais le regard de Lucas pivota vers moi dès l'instant où ces mots franchirent mes lèvres. J'articulai « Tout va bien » et désignai la route.

— On surveillait Benicio, dit Aaron. Cass et moi. Il était sur la piste de danse. Difficile à rater avec ce masque. Puis Cass a vu partir son garde. Celui avec ces yeux bleus flippants.

— Troy.

— Voilà, et elle a voulu que je le suive. Elle m'a dit qu'il collait Benicio de près et que s'il s'en allait, c'était qu'il se passait quelque chose. Donc je l'ai suivi pendant qu'elle surveillait Benicio. J'ai surpris le type en train de s'esquiver par l'arrière. J'ai essayé de le faire parler mais il n'était pas d'humeur. On s'est bagarrés et pile au moment où je le mettais à terre, Cass est sortie en courant. Elle a dit que le type de la piste de danse n'était pas Benicio.

Un grand froid m'envahit.

— Ce n'était pas… ?

— C'était une doublure. Avec ce masque… Merde ! Quand on a vu ce masque, on était persuadés que c'était lui.

— Donc Benicio a dit…

Je m'interrompis, mais trop tard. Lucas dirigea la voiture vers le bord de la route et enfonça si violemment la pédale de frein que la ceinture de sécurité me tira contre le siège. Je lui tendis le téléphone.

— Aaron ? dit-il. Passez-moi Troy.

Quelques minutes plus tard, Lucas avait reconstitué toute l'histoire, qu'il me répéta tandis qu'il conduisait à un train d'enfer en direction de l'emplacement du portail. Les chercheurs de la Cabale avaient bel et bien trouvé des informations sur le rituel, et Benicio savait donc qu'Edward pouvait se servir du sang de Lucas pour rouvrir le portail. Il avait joué le jeu parce que ça lui semblait le meilleur moyen de s'assurer que Lucas assiste au bal masqué sous bonne garde de la Cabale. Par précaution, il avait emmené un sosie, qui pouvait prendre sa place avec ce masque très reconnaissable.

Quand Lucas et moi étions partis à la recherche de Jaime, Benicio avait redouté le pire. Et il avait craint que faire venir toute une équipe d'intervention de la Cabale ne serve qu'à remettre Lucas en danger. Il fallait agir avec délicatesse. Un peu plus tôt, Benicio nous avait juré que, si son nom ne suffisait plus à protéger son fils, il le ferait lui-même ; c'était ce qu'il avait décidé de faire.

Benicio avait emmené Morris et dit à Troy de rester en arrière au cas où l'on réapparaîtrait. Puis il était parti en direction de l'emplacement du portail, sachant que c'était là qu'Edward finirait par se rendre. Mais Troy n'avait pas l'intention de laisser son patron affronter un vampire meurtrier avec un seul garde temporaire en guise de renforts. Il avait attendu le départ de Benicio avant de le suivre. Et c'était là qu'Aaron l'avait intercepté.

À présent, Benicio se dirigeait bel et bien vers l'emplacement du portail avec Morris pour unique soutien. Mais pas pour très longtemps. Nous n'étions qu'à quelques minutes de là. Aaron, Cassandra et Troy étaient en route eux aussi, et Aaron téléphonait à Elena pour lui demander de faire demi-tour et de retourner sur les lieux du portail. D'ici une demi-heure, nous aurions sept créatures surnaturelles prêtes à affronter Edward. On priait seulement pour l'atteindre avant Benicio.

On se gara aussi près des lieux qu'on osa. Malgré notre impatience d'y arriver, il fallait nous montrer prudents. Et il n'y avait sans doute pas lieu de nous presser. Benicio pouvait être arrivé avant nous, mais si Jaime avait dit à Edward de qui il avait besoin pour le sacrifice, il devait déjà être de l'autre côté de la ville, en route pour le bal masqué. Le plus grand danger que nous courions était probablement Benicio en personne. Comme l'avait dit Lucas, ça faisait des années – sinon des décennies – qu'il n'avait pas eu à se défendre lui-même. Si on déboulait dans la ruelle, on risquait de recevoir une décharge électrique mortelle.

Une fois sortis de la voiture, on se précipita vers le café. Je jetai des sorts de périmètre dans la ruelle, des deux côtés, ainsi que sur la porte de derrière. Ça couvrait le côté est. Ensuite, l'ouest, de l'autre côté de l'impasse où nous avions rencontré Edward.

Nous n'avions parcouru que quelques pas quand Lucas leva la main pour m'arrêter. Je suivis son regard jusqu'au sol. Une flaque en forme de doigt serpentait autour du coin de la ruelle, progressant de manière presque imperceptible. Elle brillait d'un éclat sombre au milieu de la pénombre. Sans même jeter un sort lumineux, je compris que ce n'était pas de l'eau.

Alors que Lucas regardait au coin de la ruelle, je gardai le regard scotché à son visage, guettant une réaction que je priais pour ne pas voir. Ses yeux se fermèrent sur une légère grimace et mon souffle s'échappa de mes poumons. Je me faufilai jusqu'à lui et regardai.

Morris était assis contre le mur. Il était mort. Sa chemise avait été déchirée et ses mains serraient toujours la moitié manquante de sa gorge ensanglantée, en une ultime tentative désespérée de sauver sa vie. Au-dessus du tissu, je voyais de longues estafilades là où Edward lui avait ouvert la gorge. Puis il avait laissé Morris se vider de son sang tandis qu'il reportait son attention sur la menace secondaire : Benicio.

Lucas se précipita dans la ruelle, se déplaçant aussi discrètement que possible. Alors que je le suivais, un murmure flotta dans la nuit silencieuse. On se figea pour tendre l'oreille.

— … servir à rien…, dit une femme.

Je levai les yeux vers Lucas et articulai « Jaime ? ». Il hocha la tête.

— Vous avez parlé… d'un sacrifice, dit Edward, d'une voix tendue par la rage.

Jaime nous avait-elle trahis ? Nous trahissait-elle depuis le début ? Je me dis qu'elle n'avait aucune motivation, rien à y gagner, mais je n'avais pas le temps d'y réfléchir. Si je le faisais, je trouverais peut-être un motif. Pour l'heure, nous avions des préoccupations plus pressantes.

À mesure que nous avancions, les voix se précisèrent.

— Je vous dis que ça *ne* marchera *pas*, insista Jaime. Vous ne pouvez pas vous servir de lui. Il faut que ce soit un sacrifice bien précis. C'est ce que j'essayais de vous dire…

— Vous n'avez rien essayé de me dire du tout, rugit Edward. Vous m'avez parlé d'un sacrifice. *N'importe* lequel.

— Eh bien j'ai menti, d'accord ?

— Ah bon, et maintenant vous me dites la vérité ?

Lucas me fit signe de passer devant lui. Je me baissai avant de jeter un coup d'œil, puis lançai vite fait un sort de camouflage. Jaime était à genoux devant un autel de fortune… pieds et poings liés. Près d'elle, Benicio était étendu sur le côté, ligoté lui aussi. Il avait les yeux fermés. Un grand froid m'envahit.

— Oui, maintenant je dis la vérité, répondit Jaime. Et pourquoi ? Parce que je suis morte de trouille, d'accord ? Peut-être que j'ai menti tout à l'heure, mais c'était avant que vous tuiez un garde du corps des Cabales et capturiez le patron.

Un rire sans humour retentit.

— Alors maintenant vous me prenez au sérieux ?

— Écoutez, vous ne pouvez pas tuer Benicio, d'accord ?

Près de moi, Lucas expira et s'affala contre le mur. J'étouffai moi-même un soupir de soulagement, de peur de rompre mon sort de camouflage.

— Ça ne rouvrira pas le portail, poursuivit Jaime.

Edward s'avança vers Benicio. Je rompis mon camouflage tandis qu'un sort me montait aux lèvres. Lucas entreprit d'entrer dans la ruelle.

— Attendez ! dit Jaime. Si vous le tuez, vous ne pourrez pas obtenir Lucas.

Edward s'interrompit. Lucas me tira de nouveau à l'abri du mur.

— Il vous faut Lucas, dit Jaime. Quelqu'un qui ait traversé le portail.

— Et quel rapport avec le fait de garder ce salopard en vie ?

— Réfléchissez. Qu'est-ce qui se passerait si vous appeliez Lucas en disant que vous retenez son père ? Si vous pouviez le prouver ? Ce gamin met sa vie en jeu pour des étrangers. Vous croyez qu'il ne va pas accourir pour sauver son père ?

— Parfait, murmura Lucas. Merci, Jaime.

Je hochai la tête. C'était, bien entendu, le plan parfait. Edward ne tuerait pas Benicio avant d'avoir Lucas, et

Jaime savait que, quand Lucas recevrait ce coup de fil, il débarquerait effectivement en courant – soutenu par une petite armée de créatures surnaturelles.

—J'ai perdu mon téléphone, mais vous pouvez utiliser le sien, dit Jaime. Je suis sûre qu'il a mémorisé le numéro de Lucas. Sans doute tout en haut de la liste.

Lucas se raidit, prêt à filer vers le café afin de pouvoir répondre au téléphone sans être entendu.

—Dans un instant, répondit Edward. Pour l'instant, je dois d'abord réveiller celui-là… au moins assez longtemps pour qu'il passe cet appel pour moi. Mais après ça, je crois que je vais mettre votre parole à l'épreuve. J'espère pour vous que vous n'allez pas me décevoir.

—Qu… quoi ?

—J'ai simplement besoin qu'il appelle Lucas. Quand ce sera fait, il ne me sera plus d'aucune utilité. Et si son sang rouvre bel et bien ce portail, vous non plus. Croyez-moi, si vous m'avez menti sur ce point, je vous emmène avec moi de l'autre côté. Et sinon ? Eh bien, dans ce cas, le gamin aura une double surprise quand il arrivera ici, même s'il ne va sans doute pas pleurer son vieux très longtemps avant de le rejoindre.

J'échangeai un coup d'œil avec Lucas. Je lançai un sort d'isolation pour pouvoir parler sans chuchoter.

—Ne… ne réponds pas au téléphone, dis-je. Ne réponds surtout pas.

Il jeta lui aussi un sort.

—Je n'en avais pas l'intention. S'il n'arrive pas à me joindre, ça nous permettra de gagner du temps. Mais pas assez pour attendre les autres. Nous allons devoir régler ça tout seuls. (Il posa les doigts sur mon bras. Ils tremblaient contre ma peau. Il ferma très fort les yeux, repoussant la peur.) On peut y arriver. On a nos sortilèges, plus l'élément de surprise.

— Mais on ne sait pas quels sortilèges marchent sur les vampires. On… (J'inspirai profondément et luttai moi-même pour contenir ma panique.) Les sorts d'entrave devraient marcher. Mais il faudrait que je puisse approcher pour en lancer un sans qu'il me voie. Peut-être en distrayant son attention. Mais je ne sais pas ce qui…

— Moi, j'ai une idée, chuchota une voix sur notre gauche.

Jeremy apparut auprès de nous. Il nous fit signe de le suivre à l'autre bout de la ruelle, où Savannah attendait.

— Aaron a appelé l'hôtel pour demander le numéro d'Elena, chuchota Jeremy. J'ai pensé que vous auriez peut-être besoin d'aide, et nous étions plus proches que les autres. Donc, qu'est-ce qui s'est passé ?

On le lui expliqua le plus succinctement possible.

— Paige avait raison, dit-il. Notre meilleure chance consiste à le distraire avant de l'attaquer. Je peux me charger de la première partie et vous aider pour la seconde.

— Moi aussi, dit Savannah. Je peux vous aider.

— Nan nan, répondis-je. Toi, tu restes…

— Non, Savannah a raison, dit Jeremy. Elle peut m'aider à faire diversion.

Il nous exposa son idée, puis se tourna vers elle.

— Dans un premier temps, tu attends avec Paige et Lucas. Dès que tu me verras, tu pourras commencer, mais pas avant.

Elle hocha la tête et Jeremy remonta l'allée latérale pour contourner le bâtiment nord. On regagna notre cachette au bout de la ruelle du portail.

# Gentil, le chien

On rejoignit le coin alors même qu'Edward achevait d'expliquer à un Benicio désormais conscient qu'il devait passer un coup de fil. Tandis qu'on attendait Jeremy, je retirai mes chaussures à talons au cas où il nous faudrait remonter la ruelle en courant.

— Et si je refuse ? demanda Benicio.

Un bruit de gifle résonna dans le silence. Benicio n'eut même pas un hoquet de surprise.

— Ce n'est pas une affaire dont vous pouvez vous dépêtrer par la négociation, siffla Edward. Qu'est-ce que vous *croyez* qui va vous arriver si vous refusez ?

— Vous allez me tuer, dit calmement Benicio. Et si j'appelle Lucas et qu'il vient, vous allez le tuer aussi. Vous croyez sincèrement que j'échangerais ma vie contre celle de mon fils ?

Edward éclata d'un petit rire.

— Donc vous proposez de vous sacrifier pour le sauver. C'est très noble, mais ça ne marchera pas. Je vais le trouver et le tuer quand même.

— Mais vous n'en auriez pas besoin. Si vous me tuez et que vous utilisez mon sang sur ce portail, il va *bel et bien* se rouvrir.

Les yeux de Lucas s'agrandirent et ses lèvres formèrent un *non* muet. Je lui saisis le bras et inspectai nerveusement la ruelle en quête de Jeremy, sachant qu'il était encore trop tôt, qu'il ne pouvait pas encore être prêt.

— N... non, dit Jaime. Ça ne marchera pas. Ne l'écoutez pas. Il vous faut le sang de Lucas...

— Essayez avec le mien, dit Benicio d'une voix toujours aussi calme que s'il marchandait le prix de son déjeuner. Si je mens, vous n'aurez rien perdu. Comme vous le dites, vous arriverez quand même sans doute à capturer Lucas sans mon aide, que vous n'obtiendrez jamais. Mais tuez-moi et je vous garantis que votre portail va se rouvrir.

Lucas s'élança, échappant à ma prise. Ce fut alors que Jeremy apparut à l'autre coin. Nos regards se croisèrent et je compris à quoi il pensait. Est-ce que nous osions toujours tenter son plan ? L'un comme l'autre, nous aurions nettement préféré débouler tous sortilèges dehors, mais était-ce très judicieux ? Et très sûr ? Savannah nous regarda. Lucas déglutit, puis lui fit signe d'y aller. Alors qu'elle se détournait, il me prit la main et la serra si fort que j'entendis les os craquer. Je serrai la sienne en retour.

Alors que je regardais Savannah s'éloigner, de nouveaux doutes me traversèrent l'esprit. Elle était si jeune. Et si elle n'y parvenait pas ? Si elle paniquait ? Si ça se produisait et qu'on n'arrivait pas à jeter nos sorts avant qu'Edward lui saute dessus ? Et si Jeremy ne l'arrêtait pas à temps ? J'inspirai profondément et fermai les yeux. Jeremy pensait que ça allait marcher, et je lui faisais confiance pour ne pas mettre Savannah en danger.

Elle s'avança dans la ruelle. Edward lui tournait le dos, parlant toujours à Benicio. Mais Jaime et Benicio la virent. Jaime ouvrit de grands yeux. Je me penchai aussi loin de ma cachette que je l'osai et Jaime, en me voyant, masqua son expression surprise. Benicio hésita, puis hocha légèrement la tête et dit quelque chose à Edward pour retenir son attention.

Je lançai un sort de camouflage, puis préparai une boule de feu. Lors des quelques secondes que prit le processus, je restai visible, mais le voile d'invisibilité retomba dès l'instant où je m'arrêtai. Derrière moi, Lucas se tenait prêt à lancer un sort repoussoir – pas franchement mortel, mais c'était l'un des quelques sorts dont nous savions qu'ils marchaient sur les vampires.

Savannah continuait à avancer discrètement. Edward était trop concentré sur Benicio pour la remarquer. Quand elle atteignit la limite sur laquelle nous nous étions entendus, elle s'arrêta.

— Tiens, dit-elle. Il est classe, votre autel.

Edward pivota et la regarda fermement, temporairement abasourdi par la vue d'une fillette de treize ans seule dans une ruelle à minuit.

Savannah s'avança d'un nouveau pas.

— C'est un autel satanique, un truc comme ça ? Vous allez invoquer un démon ou quoi ? (Elle s'approcha de Jaime et parut remarquer pour la première fois ses liens ainsi que ceux de Benicio.) Un sacrifice ? Cool. Je n'ai encore jamais vu personne se faire sacrifier. Je peux regarder ?

Edward ouvrit la bouche, puis la referma, comme si son cerveau tournait toujours pour chercher comment se dépêtrer de la situation. Je jetai un coup d'œil à Jeremy mais il était déjà en route, rasant le mur opposé hors de vue d'Edward. Il bougeait aussi silencieusement qu'un vampire. Quelques secondes plus tard, il était à moins de un mètre d'Edward.

Savannah ouvrit des yeux comme des soucoupes, la bouche arrondie en un « O » de surprise et de ravissement.

— Waouh, dit-elle. Il est à vous ce chien, monsieur ?

Edward suivit son regard, puis recula très vite. Derrière lui se tenait un loup noir de jais, de la taille d'un danois. Quand Jeremy leva ses yeux noirs vers Edward, ils se fondirent parfaitement dans sa fourrure, produisant un étrange effet de noirceur ininterrompue qui évoquait davantage l'ombre d'un loup que l'animal lui-même. Elena, je pouvais facilement la confondre avec un gros chien. Mais dans le cas de Jeremy, aucune personne se trouvant assez près ne pouvait commettre cette erreur. Je lisais sur le visage d'Edward qu'il ne le prenait pas pour un chien errant.

Savannah s'approcha de lui pour plonger les doigts dans la collerette de fourrure entourant son cou. Edward inspira vivement, comme s'il s'attendait à la voir perdre cette main, mais Jeremy ne bougea pas.

— Il est magnifique, dit Savannah. Il s'appelle comment ?

Elle garda la main sur la nuque de Jeremy. Celui-ci leva les yeux et son regard croisa celui d'Edward. Il retroussa les babines et gronda si doucement qu'il nous parut ressentir davantage qu'entendre ce bruit à mesure qu'il se répercutait dans la ruelle.

— Oooh, dit Savannah. Je crois que votre chien ne vous aime pas beaucoup, monsieur.

Elle plissa le visage en une moue songeuse tout en étudiant le visage de Jeremy.

— Vous savez, je crois qu'il a faim. (Elle regarda Edward en souriant.) Vous devriez peut-être le nourrir.

Jeremy bondit.

Il atteignit Edward au ventre et le renversa à terre, loin de Jaime et de Savannah. Je bondis hors de notre cachette, imitée par Lucas, et on remonta l'allée à toute allure. Jeremy se trouvait au-dessus d'Edward, les dents plantées dans son épaule. Edward tentait de se défendre à coups de pied et de poing, en vain. Malheureusement, la morsure de Jeremy n'avait pas plus d'effet. Pas une goutte de sang ne coula de la plaie et la chair déchirée d'Edward se referma dès l'instant où Jeremy relâcha prise.

Edward releva brusquement la tête, montrant les dents et visant la patte avant de Jeremy.

— Jeremy ! m'écriai-je.

Il écarta sa patte hors d'atteinte. Nous ne savions pas si le sédatif qu'administrait la morsure d'Edward pouvait assommer un loup-garou, mais ce n'était pas le moment de le découvrir. Jeremy planta ses pattes avant sur les épaules d'Edward pour l'immobiliser, puis lui ouvrit la gorge, une entaille qui aurait été fatale à toute créature mortelle. Edward rugit de douleur, mais dès l'instant où Jeremy releva la tête et cessa de mordre, la blessure se referma totalement.

Je me retournai pour parler à Lucas mais il s'élançait déjà vers l'autel. Il s'empara du reste de la corde qui avait servi à ligoter Jaime et se précipita vers Edward et Jeremy. Si costaud que soit Jeremy, à moins qu'il parvienne à décapiter Edward, cette bagarre nécessitait une paire de mains humaines.

Tandis que Lucas approchait, Jeremy leva la tête et croisa son regard. Puis il plongea les dents dans le flanc d'Edward et le souleva pour le retourner sur le dos afin que Lucas puisse l'attacher. Edward balança son poing derrière l'articulation de la patte avant de Jeremy. La jambe de Jeremy céda et il lâcha prise.

Près de moi, Savannah commença à lancer un sort. Je préparai un sort repoussoir, puis entendis l'incantation de Savannah et me retournai.

— Non ! hurlai-je. Ne…

Les dernières paroles du sortilège quittèrent ses lèvres alors que Jeremy retrouvait prise et jetait Edward en l'air. Alors qu'il secouait, Jeremy se retrouva sur le trajet du sort d'entrave de Savannah et s'arrêta net. Edward atterrit au-dessus de Jeremy. Savannah rompit le sortilège, mais Edward avait déjà prise sur la patte arrière de l'Alpha. Il la mordit. Jeremy reprit ses esprits et se tortilla, mais Edward gardait les dents fermement plantées dans la patte de Jeremy, faisant couler le sang et injectant son sédatif. Lucas fonça sur eux. Il atteignit Edward au flanc et le repoussa loin de Jeremy.

Alors qu'ils glissaient tous les deux à travers la ruelle, Jeremy resta sur place, regardant autour de lui d'un air désorienté. Puis il renifla et glissa sur le trottoir.

Lucas et Edward heurtèrent le sol tout en luttant, chacun cherchant prise sur l'autre. Je préparai un sort d'entrave. Je savais que je ne pouvais pas m'en servir tant qu'ils cabriolaient ensemble, mais je ne pouvais pas non plus risquer d'utiliser quelque chose de dangereux. Je me sentais inutile, plantée là à les regarder. Au moins, le sort d'entrave me donnait l'impression de pouvoir immobiliser Edward si les choses tournaient mal.

Les deux hommes étaient de taille et de force équivalentes. Lucas avait fourré l'avant-bras sous la gorge d'Edward, ce qui l'empêchait de mordre, mais chaque fois que Lucas levait sa main libre pour jeter un sort, Edward la rabaissait violemment.

Edward se dégagea de Lucas et parvint à se redresser à moitié avant que Lucas l'attire de nouveau à terre. Ils roulèrent ensemble. Quand ils atteignirent le mur, Edward se redressa et se tortilla. La tête de Lucas cogna contre la brique.

Le coup n'étourdit Lucas qu'un moment, mais Edward y vit sa chance. Il rejeta la tête en arrière, bouche ouverte. Je lançai mon sort d'entrave – le jetai trop vite et compris avant même d'en venir à bout qu'il n'avait pas marché. On se précipita vers eux, Savannah et moi, mais nous étions à trois mètres, trop loin pour franchir cette distance à temps. Alors qu'Edward baissait la tête pour mordre, Lucas retrouva ses esprits et se baissa. Les crocs d'Edward atteignirent malgré tout la peau de son cou. Tandis que Lucas se dégageait, une fine brume de sang se mit à miroiter. Il plongea hors d'atteinte. Je saisis Savannah et la tirai en arrière.

Edward s'arrêta. Il vit le portail commencer à miroiter et ses lèvres s'étirèrent lentement sur un sourire.

—Natasha, murmura-t-il.

Lucas se jeta sur Edward, cherchant à le repousser loin du portail. Edward le laissa faire. Il savait qu'il n'était pas sur le point de s'ouvrir. Pas encore. Il n'avait pas versé le sang de Lucas en assez grande quantité. Il saisit Lucas par les cheveux et lui tira la tête en arrière, baissant la mâchoire pour lui ouvrir la gorge. Lucas écarquilla les yeux quand il comprit son erreur.

— Sort d'entrave ! criai-je à Savannah.

Alors qu'elle le lançait, je me jetai vers Edward. Je saisis l'arrière de sa chemise et me jetai sur le côté. Je parvins à l'éloigner de Lucas, mais pas avant que ses crocs l'atteignent. Du sang jaillit de nouveau. Le sol se mit à vibrer.

Edward s'éloigna brusquement de moi. Tandis que sa chemise me glissait entre les doigts, Savannah jeta son sort d'entrave. Edward se figea. Lucas pivota pour le saisir.

— Non ! hurlai-je. Va-t'en !

Il hésita.

— Éloigne-toi du portail !

Le regard de Lucas passa de moi à son père puis au portail qui miroitait derrière moi. Puis il se retourna et rejoignit en courant l'autre bout de la ruelle.

— Garde-le immobilisé, dis-je à Savannah. Je vais chercher la corde.

Quelque chose bougea derrière Savannah. Ce n'était que Jeremy qui se réveillait et se redressait en titubant, mais ce mouvement brusque la fit sursauter et le sort d'entrave céda. Edward se dégagea de ma prise. Lucas pivota, vit Edward et leva les mains pour jeter un sort.

— Non ! m'écriai-je. Ne t'arrête pas !

Lucas n'hésita qu'une seconde avant de se précipiter le long de la ruelle. Edward s'élança à sa suite. Et je les suivis, passant devant Jeremy tandis qu'il tentait de chasser les effets du sédatif.

Devant nous, les deux hommes disparurent au coin de la ruelle. Le silence retomba. Puis des poubelles résonnèrent comme des cymbales, mais le bruit ne suffit pas tout à fait à étouffer un cri de douleur. Je retroussai ma jupe et m'élançai le long de l'allée.

Je tournai au coin de la ruelle alors qu'Edward se relevait, récupérant du sort que Lucas lui avait lancé, quel qu'il puisse être. Avec un rugissement, Edward se lança sur Lucas. Celui-ci fit marche arrière et leva les mains pour jeter un nouveau sort. Puis Jeremy tourna au coin de la ruelle en dérapant. Il passa près de moi en courant et se jeta sur Edward. Alors qu'Edward tombait, Jeremy referma les crocs sur sa nuque. Puis il le cloua au trottoir, pattes avant sur ses épaules, sans éloigner la bouche de son cou. Je me précipitai avec la corde. Lucas saisit les mains d'Edward, les tira derrière son dos, et je les attachai à l'aide des meilleurs nœuds que je connaisse, puis laissai Lucas y ajouter les siens, par sécurité.

Quand on en eut fini, je me tournai vers Savannah et hochai la tête. Elle lança un sort d'entrave à Edward. Et tout prit fin.

Tandis que Jeremy reprenait forme humaine, je m'occupai de Lucas, jetai un sort pour étancher le flot sanguin, puis lui enveloppai le cou de bandes de tissu arrachées à ma robe. Puis, laissant Savannah se charger du sort d'entrave, on se précipita dans la ruelle pour libérer Jaime et Benicio. Lucas se dirigea tout droit vers son père.

Jaime gardait la tête baissée mais, quand elle m'entendit, elle leva les yeux et m'adressa un large sourire.

— Salut, dit-elle. Tout est sous contrôle ?

— Oui, répondis-je en m'agenouillant derrière elle. Merci beaucoup. Vous avez été formidable.

Comme j'entendais un bruit d'assentiment derrière moi, Jaime leva les yeux et, à voir la façon dont son visage s'illuminait, je compris qui se tenait là. Je levai les yeux pour voir Jeremy et lui désignai les cordes.

— Ça ne te dérange pas ? lui demandai-je. J'ai les doigts trop glissants. Ça doit être la transpiration.

Il hocha la tête et contourna Jaime.

— Je vais commencer par vos mains. Si je serre trop fort, vous me le dites.

— Hmmm, pas encore, d'accord ? Attendez une minute. Je suis encore en train d'essayer de comprendre comment m'échapper.

— Vous n'avez pas besoin de vous échapper, Jaime, dit-il doucement. Tout est fini. Je peux vous détacher maintenant.

— Oh, je sais, et vous pourrez, dès que j'aurai trouvé comment *j'aurais pu* le faire. C'est déjà assez humiliant d'être enlevée, ligotée et d'avoir besoin d'être secourue. Il faut au minimum que je sois en mesure de dire « Merci de m'avoir libérée, mais j'étais à deux doigts d'y arriver toute seule ».

Petit gloussement.

— Je vois.

— Qu'est-ce que vous pensez du brillant à lèvres ?

— En général ? Ou comme instrument d'évasion ?

— Pour l'évasion. J'en ai dans ma poche et j'arrive presque à l'atteindre. Et si j'en avais étalé sur les cordes, est-ce que j'aurais pu les faire glisser ?

Alors que Jeremy lui répondait, je sentis une main sur mon épaule. Je levai les yeux et vis Benicio. Il m'étreignit lorsque je me levai.

— Bien joué, me chuchota-t-il à l'oreille.

— Je viens d'appeler la Cabale, *papá*, dit Lucas. Elle envoie une équipe d'intervention.

— Oh, je ne crois pas que ce sera nécessaire.

Benicio s'écarta de moi. Tandis que Lucas et moi échangions un regard, Benicio se dirigea vers le bout de la ruelle.

— Il est hors d'état de nuire, *papá*, lui lança Lucas. Peut-être que…

Benicio leva le doigt et continua à avancer. Sa voix flotta jusqu'à nous, dépassant à peine le murmure. Lucas fronça les sourcils et le rejoignit en courant. Je les suivis, cherchant à entendre ce que disait Benicio. Puis j'entendis quelques mots de latin et compris qu'il jetait un sort. Lucas le comprit en même temps et se mit à courir. Mais quand on atteignit le coin, Benicio avait interrompu son incantation. Il se penchait sur Edward, qui était étendu sur le dos, levant vers le ciel des yeux froids où brûlait une flamme de défi.

— Les vampires sont vraiment une espèce arrogante, hein ? dit-il sur un ton agréable, et même aimable. Et ce n'est peut-être pas sans raison. Vous avez réussi à tuer mon fils une fois. Vous avez presque réussi à le faire deux fois. Vous pensiez vraiment vous en tirer comme ça ? Si c'était le cas, je vous aurais poursuivi à travers tous les niveaux de l'enfer pour assouvir ma vengeance. Mais en l'état, les choses sont un peu plus… (son sourire s'élargit, dévoilant ses dents)… faciles.

Benicio leva les mains et prononça les trois derniers mots de l'incantation. Lorsqu'il baissa les mains, un éclair trancha la tête d'Edward.

Personne ne bougea. On resta tous plantés là, choqués, à regarder la tête d'Edward rouler dans la ruelle.

Benicio releva les mains. Cette fois, sa voix résonna dans l'allée tandis qu'il maudissait l'âme d'Edward pour l'éternité.

# La boucle est bouclée

Pour moi, l'affaire ne prit réellement fin que lorsqu'elle revint à son point de départ : une sorcière adolescente nommée Dana MacArthur.

Pendant que nous traquions Edward, Randy MacArthur était enfin arrivé à Miami pour voir sa fille. Quand l'agitation suscitée par l'exécution d'Edward s'apaisa, on avoua à Benicio que Dana était morte. Bien sûr, la Cabale Cortez refusa de croire la parole de Jaime, mais ses nécromanciens tentèrent de contacter Dana et confirmèrent qu'elle avait bel et bien trépassé. Deux jours plus tard, je me rendis avec Savannah dans un cimetière de la Cabale pour dire au revoir à une jeune fille que nous n'avions jamais connue.

Depuis que j'avais vu ce qui se trouvait de l'autre côté, le décès de Dana m'affligeait moins qu'il aurait pu. Mais j'éprouvais toujours le poids de la tragédie que sa mort représentait pour son père, pour sa sœur cadette, et peut-être pour sa mère. Même pour Dana, c'en était une. Elle se trouvait dans un endroit agréable et j'étais sûre qu'elle y serait heureuse, mais ça ne signifiait pas pour autant que sa vie n'avait pas été écourtée, qu'elle n'avait pas manqué beaucoup de choses. Et pour quoi ? Pour venger la mort d'une vampire qui avait elle-même tué tant de gens, bien au-delà des besoins que lui imposait sa nature ? Debout dans ce cimetière, à écouter le pasteur tenter de faire l'éloge d'une jeune fille qu'il n'avait jamais rencontrée, je regardais les tombes au loin et songeai à toutes les autres tombes fraîches dans d'autres cimetières des Cabales. Je jetai un coup d'œil à Savannah et pensai à Joey Nast, le cousin qu'elle n'avait jamais connu. De l'autre côté du groupe de proches endeuillés, je voyais Holden Wyngaard, un rouquin rondouillard, désormais seul survivant. Je pensai aux autres. Jacob Sorenson. Stephen St. Cloud. Colby Washington. Sarah Dermack. Michael Shane. Matthew Tucker. Tous disparus. Combien d'autres tombes y aurait-il pour commémorer les vies de toutes les autres victimes d'Edward et de Natasha, les dizaines d'humains qu'ils avaient massacrés dans leur quête d'immortalité ? Je songeai à toutes ces existences et ne pus ne serait-ce qu'une seule seconde désapprouver ce qu'avait fait Benicio. Quel que puisse être le genre d'enfer qu'affrontait actuellement Edward, il l'avait largement mérité.

Je regardai la petite foule amassée autour de la tombe ouverte de Dana. Sa mère n'était pas là. Je me demandais toujours ce qui avait pu si mal tourner dans la vie de cette femme pour lui faire abandonner sa fille, et je ne pus m'empêcher de me demander si l'appartenance à un Convent aurait pu y remédier, au moins pour Dana. Si elle avait eu d'autres sorcières vers lesquelles se tourner, elle n'aurait jamais fini dans les rues d'Atlanta, puis ici.

Mais malgré le chagrin que j'éprouvais pour Dana, je devais accepter que la responsabilité de la création d'un deuxième Convent ne reposait pas uniquement sur mes épaules. J'avais envie d'en fonder un. J'en aurais toujours envie et je le ferais savoir, mais je ne chercherais plus à convaincre activement les sorcières qu'elles avaient besoin d'un Convent. Elles devraient venir le constater par elle-même. En attendant, je n'allais pas manquer de travail. J'avais un conseil interracial à réformer et un nouveau partenariat avec Lucas à mettre en œuvre. Oui, j'aurais largement préféré consacrer mon énergie à ce rêve qui commençait avec moi, mais je crois qu'en grandissant on apprend que tout ne doit pas être *à soi*. Ça pouvait être *à nous* sans qu'il s'agisse d'un signe de faiblesse ou de dépendance. J'appréciais ce que faisait Lucas. Je croyais en sa cause. Je voulais la partager. Et s'il le voulait aussi, alors ce serait quasi parfait.

Quand le service funèbre prit fin, Benicio se pencha pour chuchoter une invitation à déjeuner avant notre départ pour Portland. On accepta et il s'esquiva pour aller offrir ses dernières condoléances à Randy MacArthur.

Les autres étaient partis chacun de son côté. Les loups-garous avaient quitté Miami le matin suivant l'affrontement avec Edward. Cassandra et Aaron avaient suivi un peu plus tard dans la journée, après avoir rencontré Benicio et les autres directeurs généraux des Cabales pour parler de dissensions possibles entre les Cabales et la communauté vampire. Jaime avait donné son spectacle de Halloween à Memphis la veille au soir, puis était revenue assister à la messe de souvenir de Dana le matin avant de retourner dans le Tennessee pour son spectacle suivant.

Tandis que l'assemblée s'éloignait de l'emplacement de la tombe, je jetai un dernier regard en arrière. Lucas prit ma main et la serra.

— Tout ira bien pour elle, dit-il.

Je parvins à sourire.

— Je le sais bien.

— Monsieur Cortez ? Mademoiselle Winterbourne ?

On se retourna pour voir derrière nous Randy MacArthur, qui paraissait mal à l'aise dans son costume noir trop serré. Sa main reposait sur l'épaule d'une jeune fille à l'air tout aussi mal à l'aise qui possédait les longs cheveux blonds de Dana.

— Je… nous voulions vous remercier, dit-il. Pour l'avoir arrêté. C'est… ça ne devrait jamais… je ne comprends pas comment ça a pu arriver. Je ne savais pas que les choses étaient allées jusque-là…

— T'en fais pas, papa, murmura la jeune fille dont les yeux rougis fixaient le sol. C'est la faute de maman. Et de ce type. Il ne voulait pas d'enfants alors elle l'a laissé chasser Dana.

— Je vous présente Gillian, dit Randy. La sœur de Dana. Je vais m'occuper d'elle à présent. M. Cortez me donne un emploi ici, en ville, pour que je puisse rester avec elle.

— C'est formidable, répondis-je. (Je tentai de croiser le regard de Gillian et souris.) Tu dois avoir dans les treize ans ? Quatorze ? Je suppose que tu commences les sorts de niveau deux.

Gillian leva vers moi des yeux inexpressifs, puis finit par comprendre de quoi je parlais.

— Des sorts, non, on ne fait pas ces trucs-là. Ma mère, je veux dire. Elle n'a jamais… Enfin, pas souvent.

— C'était, hum, une des raisons pour lesquelles je voulais vous parler avant votre départ, déclara Randy. Je sais que mademoiselle Nast a environ l'âge de Gillian…

Je mis un moment à comprendre qu'il parlait de Savannah. Randy poursuivit :

— Je sais que vous lui donnez des cours, que vous avez fait partie du Convent et que vous y avez un peu enseigné, donc bien entendu, j'ai pensé que vous pourriez peut-être aider Gillian. À distance, évidemment. Par téléphone, par e-mail ou autre, peut-être en lui rendant visite quand vous passez en ville, ou alors nous pourrions venir vous voir. Je vous paierai, bien entendu. Ça me déplaît d'abuser de votre gentillesse, mais je ne connais pas d'autres sorcières. Mon ex-femme n'a pas gardé contact avec sa sœur, et je ne saurais même pas où la trouver, mais je veux vraiment que Gillian en apprenne un peu plus, qu'elle soit capable de lancer des sorts pour se protéger… (rapide coup d'œil à la tombe de sa fille)… contre tout.

— C'est une bonne idée, lui dis-je. J'adorerais l'aider, de quelque manière que ce soit.

— Vous en êtes sûre ? demanda Randy.

J'affichai un large sourire en croisant le regard timide de Gillian.

— Sûre et certaine.

**EN AVANT-PREMIÈRE**

Découvrez un extrait de la suite des aventures des Femmes de l'Autremonde :

HANTISE

(version non corrigée)

Traduit de l'anglais (Canada) par Mélanie Fazi

# France / 1666

Marie-Madeleine alluma la flamme sous le bol. Un courant d'air s'engouffra dans la cheminée vide et l'éteignit. Elle ajusta l'écran métallique devant le foyer puis déplaça le bol et renouvela sa tentative. Lorsque la flamme prit enfin, de la fumée s'éleva en tourbillonnant dans la pièce et la remplit d'une âcre puanteur de cheveux brûlés ainsi que d'une odeur douceâtre de romarin.

— *Entstehen, mein* Nix, dit-elle, trébuchant sur ces mots étrangers.

Elle récita la suite de l'incantation. L'air se mit à onduler.

— Tu as échoué… une fois de plus, chuchota une voix féminine.

Marie-Madeleine serrait le bol entre ses doigts tremblants. Des cendres rouges et ardentes en tombèrent et lui brûlèrent la main.

— Ce n'est pas ma faute. Vous ne m'en donnez pas assez. C'est… ce n'est pas facile. Il m'en faut davantage.

— Davantage ? siffla la voix qui résonnait dans sa tête. Ce n'est pas une de tes potions, sorcière, que tu peux boire jusqu'à satiété. Ce que je t'offre, c'est la volonté véritable, une qualité qui te fait cruellement défaut. Que tu choisisses ou non de l'employer, c'est à toi d'en décider.

— Mais je *veux* l'utiliser. Il faut que Godin obtienne sa revanche, et moi ma liberté.

La voix de la Nix résonna à son oreille, charriant les mots comme un souffle d'air chaud.

— Quelle idiote tu fais, marquise. Une petite souris piaillante tombée par hasard sur le sortilège qui m'invoque, et qui m'a menti et fait perdre mon temps. Ce que tu cherches, ce n'est pas la détermination. C'est la délivrance. Tu veux que je fasse ça pour toi, pour te décharger de la responsabilité et de la culpabilité qu'implique le parricide.

— N-non. Je ne demanderais jamais…

— Je vais t'exaucer.

Marie-Madeleine se figea.

— Vous allez… m'exaucer ?

— Tu n'es pas la seule à tâter de la magie ésotérique, sorcière. J'ai un sortilège que je voulais utiliser depuis longtemps, mais pour lequel j'attendais le bon réceptacle – le réceptacle adéquat. Grâce à lui, tu m'autoriseras à posséder ton corps, à accomplir cet acte et à obtenir ma récompense. Ensuite, tu pourras en accuser ton amant.

— Quel est ce sort ? Dites-le-moi, vite. Par pitié. Godin s'impatiente.

Le rire de la Nix se déploya dans les airs.

— Et moi donc. Écoute-moi attentivement, ma marquise, et nous en aurons fini avant l'aube.

Le Nix ouvrit les yeux. Elle reposait à terre. Des bougies brûlaient tout autour d'elle, d'une lueur si vive qu'elle lui fit cligner des paupières. La fumée envahit ses narines. Elle toussa par réflexe puis sursauta, surprise par la sensation.

Elle leva les mains. Des mains humaines, douces et chargées de bagues. Celles de la marquise. Elle les tendit, puis les ferma. Ses ongles longs s'enfoncèrent dans ses paumes et elle eut le souffle coupé. Alors c'était ça, la douleur. Comme c'était… intrigant. Elle les enfonça encore davantage et laissa la douleur se diffuser le long de ses bras. Du sang coula sur sa robe. Elle baissa la main pour la toucher, porta le doigt à son nez, inspira cette odeur, puis tendit la langue pour le goûter.

La Nix se leva, vacilla, retrouva son équilibre. Elle avait déjà pris forme humaine, mais jamais comme ça, en habitant une créature vivante. C'était très différent. Inconfortable… mais intéressant.

Elle leva la tête et renifla l'air. L'aube approchait. Il était temps de se mettre au travail.

Elle porta la soupe au père de la marquise, brandissant le bol telle une offrande, savourant la chaleur qui s'en dégageait. Il faisait si froid ici, les murs de pierre laissaient passer des courants d'air à tous les coins. Elle avait ordonné aux serviteurs d'allumer d'autres feux mais ils s'étaient contentés de marmonner quelques paroles d'obéissance avant de s'éloigner d'un pas traînant, sans rien faire pour autant. Quelle insolence. Si elle était leur maîtresse – mais ce n'était qu'une possession temporaire pour tester le sortilège.

Alors qu'elle entrait dans la pièce, elle regarda le vieil homme, assis, qui lui tournait le dos. Puis elle baissa les yeux vers le bol de soupe empoisonnée. La dose avait intérêt à être la bonne cette fois-ci. Marie-Madeleine l'avait testée sur sa domestique, Françoise, mais la jeune fille n'était pas morte et son amant, Godin Sainte-Croix, avait ajusté la dose. Plutôt que de réessayer sur un nouveau sujet, ils avaient déclaré la mixture satisfaisante.

Que de paresse, d'imperfections et de demi-mesures chez ces humains. Comme ces serviteurs qui ne souhaitaient pas s'aventurer hors des murs du château afin d'aller couper du bois pour le feu. Quelles leçons elle pouvait leur enseigner ! Elle le ferait peut-être. Tandis qu'elle avançait, yeux baissés vers le bol de soupe, elle comprit avec une bouffée de surprise que la décision suivante était entre ses mains. Elle pouvait administrer le poison au père de Marie-Madeleine ou plutôt aux serviteurs paresseux qui n'avaient pas tenu compte de ses ordres. Pour une fois, elle était actrice et non plus spectatrice.

Depuis trois cents ans, elle était contrainte d'observer passivement les humains en espérant qu'ils utiliseraient la détermination qu'elle leur offrait. Elle recevait en récompense douleur, souffrance et chaos. Mais s'ils échouaient, elle restait sur sa faim – aussi impuissante qu'un gamin des rues qui mendie une croûte de pain. Ces gamins des rues que les humains surnommaient d'ailleurs « rejetons des Nix » – comme s'ils savaient et se riaient du pouvoir qu'ils exerçaient sur ces semi-démons. Et pourtant, elle était là, avec entre les mains le pouvoir de la mort qu'elle pouvait administrer à sa guise. Elle sourit. Peut-être resterait-elle un peu plus longtemps que Marie-Madeleine l'avait souhaité.

Lorsqu'il l'entendit approcher, le père de Marie-Madeleine se retourna.

— Tu n'avais pas besoin de l'apporter toi-même.

Elle s'inclina.

— C'est le devoir d'une fille, et son privilège, de servir son père.

Il rayonna.

— Et c'est le plaisir d'un père d'avoir une fille si dévouée. Tu comprends maintenant que j'avais raison au sujet de Godin Sainte-Croix. Ta place est auprès de ton mari et de ton père.

Elle baissa la tête.

— Ce n'était qu'une passade, dont je conçois d'autant plus de remords qu'elle a couvert ma famille de honte.

— N'en parlons plus, dit-il en lui tapotant le bras. Profitons donc de nos vacances ensemble.

— Vous devriez d'abord goûter votre soupe, père. Avant qu'elle refroidisse.

Lors des quatre jours qui suivirent, d'Aubray connut les souffrances d'une lente agonie. Elle resta à ses côtés et mit grand soin à faire tout ce qu'elle pouvait pour lui, sachant que ça ne suffirait pas à le sauver, profitant de cette excuse pour s'attarder et absorber sa souffrance. Lorsqu'il reposa enfin dans ses bras, à deux doigts de la mort, il employa son dernier souffle à la remercier pour tout ce qu'elle avait fait.

— Tout le plaisir était pour moi, dit-elle avec un sourire en lui refermant les yeux.

Il fallut six ans à la Nix pour se lasser de Marie-Madeleine et épuiser les possibilités offertes par sa petite vie stupide. Il était temps de passer à autre chose, de trouver de nouvelles occasions… mais pas avant d'avoir exploité les dernières bribes d'amusement que pouvait lui offrir celle-ci.

D'abord, elle avait tué Sainte-Croix. Rien de personnel : il avait été un bon amant ainsi qu'un partenaire utile, mais elle n'avait plus besoin de lui, sinon pour le laisser jouer un rôle dans le dernier acte du drame. Il était mort dans son laboratoire, victime apparente de son propre poison, son masque de verre ayant glissé au moment inopportun.

Après avoir anonymement averti la police de sa mort, elle s'était ruée à l'intendance pour réclamer qu'on lui retourne une boîte qui se trouvait dans le laboratoire scellé. Elle lui appartenait et devait donc lui être rendue sans qu'on y ait touché. Naturellement, cette requête ne fit que pousser la police à l'ouvrir. Elle y trouva le bon que la marquise avait remis à Sainte-Croix en échange du poison destiné à tuer son père, plus l'héritage que lui léguait son amant – un assortiment de poisons dont les autorités françaises n'avaient jamais vu l'équivalent. Elle avait fui Paris pour se réfugier dans un couvent. Le procès avait eu lieu et Marie-Madeleine, ne s'étant pas présentée pour se défendre, fut condamnée à mort.

Et tout se mit en place.

La Nix regagna Paris, où elle savait que Marie-Madeleine serait vite arrêtée. Elle prit une chambre tranquille dans une auberge, s'étendit sur le lit, ferma les yeux et récita l'incantation qui mettait fin à la possession. Au bout de quelques minutes, elle ouvrit les yeux et leva la main. Toujours humaine.

Avec un grognement, elle ferma les yeux et répéta le sortilège. Rien ne se produisit. Elle gronda, contracta sous forme de boule son essence spirituelle et se projeta vers le haut, répétant les mots une fois de plus, avec un volume croissant, tandis que son âme restait attachée à cette forme humaine. Pendant deux heures, elle se jeta contre les murs de sa prison de chair.

Puis elle se mit à hurler.

Nicolette balaya du regard la foule amassée dans la cour en priant pour ne reconnaître personne. Si sa mère apprenait qu'elle était là... Elle frissonna en imaginant comme elle se ferait attraper. La mort n'est pas un spectacle, dirait sa mère. Nicolette devrait le savoir mieux que personne. Mais elle n'était pas ici pour voir mourir la marquise de Brinvilliers... pas vraiment. C'était le spectacle entourant le spectacle qui l'attirait, l'occasion de prendre part à un événement dont tout Paris parlerait pendant des années.

Un jeune homme traversait la foule pour distribuer des brochures décrivant la torture de la marquise. Quand il vit Nicolette, il sourit tout en la toisant de la tête aux pieds.

— Une brochure, madame, dit-il en lui jetant un exemplaire. Avec mes compliments.

Nicolette baissa les yeux vers le papier qu'il lui tendait. Au recto figurait le croquis grossièrement tracé d'une femme nue dont le corps se cambrait comme pour se tendre vers celui d'un amant, les membres attachés à la table, un entonnoir enfoncé dans la bouche, le visage tordu par la souffrance. Nicolette frissonna et détourna le regard. Sur sa gauche, une vieille femme gloussa de rire. Le jeune homme aux brochures s'approcha d'elle et ouvrit la bouche, mais un homme l'interrompit et le renvoya avec quelques mots bourrus.

— Vous ne devriez pas être ici, madame, lui grommela-t-il à l'oreille après le départ du jeune homme. Ce n'est pas un endroit pour vous

Non, sa place était sur les balcons, d'où elle pourrait assister au spectacle avec une vue dégagée tout en dégustant des gâteaux et du vin. Nicolette s'était déguisée pour se fondre aux gens du commun, mais on la reconnaissait toujours.

Elle s'apprêtait à repartir quand les portes de la prison s'ouvrirent. Un petit groupe en émergea. Au centre se trouvait une femme minuscule, ne dépassant pas le mètre cinquante, dont le visage sale trahissait toujours la beauté qui avait dû être la sienne. Pieds nus, vêtue d'une robe droite très simple, elle s'avança en titubant, trébuchant et tirant sur les cordes qui la ligotaient, l'une autour des mains, l'autre de la taille, la troisième du cou.

Tandis que le garde tirait la marquise en arrière, elle leva la tête et vit la foule pour la première fois. Ses lèvres se retroussèrent, déformant son visage en une grimace si affreuse que la vieille femme placée près de Nicolette recula, refermant les mains sur son chapelet. Tandis que la marquise montrait les dents, son visage ondulait comme si son esprit même cherchait à s'échapper. Nicolette avait déjà vu des fantômes, elle en voyait depuis l'enfance – comme sa mère et son grand-oncle. Pourtant, lorsque l'esprit de la marquise se dévoila, tous les gens qui l'entouraient reculèrent avec un hoquet de surprise collectif.

Nicolette regarda furtivement autour d'elle. Eux aussi l'avaient donc vu ?

Le garde poussa la marquise dans un tombereau. Ce voyage-là, elle ne le ferait pas dans une voiture dorée tirée par des chevaux. Son véhicule était un chariot crasseux, à peine assez gros pour la contenir et au fond recouvert de paille sale. Elle dut s'accroupir dans le chariot comme un animal, jurant et montrant les dents tandis qu'il s'éloignait.

Autour de Nicolette, la foule se mit en marche en direction de la cathédrale de Notre-Dame. Elle hésita, car elle n'était plus très sûre de vouloir assister à la fin du voyage de la marquise, mais la foule l'emporta tel un courant, auquel elle céda après de faibles tentatives de résistance.

On avait dressé l'échafaud devant Notre-Dame. Nicolette les regarda entraîner la marquise en haut des marches, la forcer à se baisser et commencer à couper ses longs cheveux.

Nicolette y voyait presque trop bien à son goût, mais la foule, derrière elle, était si dense qu'elle n'avait aucune chance de s'échapper. Alors qu'elle s'efforçait de détourner son attention de l'échafaud, un homme s'écarta de la foule. Un étranger à la peau olivâtre et aux sombres cheveux ondulés. Ce qui aurait suffi, en soi, à retenir son attention, mais pas autant que sa beauté. Nicolette, qui considérait ces choses-là comme indignes d'elle, se surprit à le regarder aussi fixement qu'une fillette sortie d'un couvent.

Il ressemblait à un soldat – non par ses habits, très communs, mais par son port. Un homme qui retenait irrésistiblement l'attention… et pourtant, aucun regard ne se tourna vers lui. Ce qui, pour Nicolette, ne pouvait signifier qu'une chose. C'était un fantôme.

Il monta sur l'échafaud. Parvenu au sommet, il s'arrêta au garde-à-vous tandis que le garde taillait la chevelure de la marquise. De toute évidence, il voulait une place de premier choix. Était-il l'une de ses victimes ?

Puis, alors que le bourreau tirait son sabre des plis de sa robe, le fantôme tendit les mains, paumes tournées vers le haut. Un geste curieux, comme pour vérifier s'il pleuvait. Ses lèvres remuèrent. Quelque chose miroita dans ses mains puis prit forme. Une épée. Une énorme épée luisante. Tandis qu'il laissait glisser la main jusqu'à la poignée, Nicolette comprit ce qu'il était et se laissa tomber à genoux en faisant le signe de croix.

Malgré la densité de la foule, l'ange remarqua son geste et croisa son regard. Lors de cet instant, toutes les mauvaises actions qu'elle ait jamais commises défilèrent dans sa tête et un grand froid envahit ses tripes, tant elle était certaine qu'il était en train de la juger… et de lui trouver des lacunes. Mais l'ange esquissa un faible sourire et inclina la tête, avec la même désinvolture que s'il saluait un voisin de passage. Puis il reporta son regard sur la marquise et son expression se durcit.

Le sabre du bourreau s'abattit. Un soupir s'éleva de la foule lorsque la tête de la marquise tomba lourdement sur l'échafaud. Nicolette ne la vit pas tomber. Elle regardait, pétrifiée, une brume jaune s'élever du corps de la marquise. Le brouillard se tortilla et s'épaissit pour prendre la forme d'une jeune femme.

L'ange leva son épée et parla d'une voix aussi claire et mélodieuse que les cloches de Notre-Dame.

— Marie-Madeleine d'Aubray de Brinvilliers, pour vos crimes, vous avez été jugée.

Alors qu'il agitait son immense épée, l'esprit qui s'échappait du corps de la marquise rejeta la tête en arrière puis éclata de rire.

— Je ne suis pas la marquise, idiot, cracha-t-il.

L'ange fronça les sourcils en une expression de perplexité aussi humaine que le signe de tête dont il avait gratifié Nicolette. Mais l'épée était déjà en mouvement, fendant l'air en direction du fantôme.

Les lèvres de l'esprit se tordirent.

— Vous n'avez aucun pouvoir sur…

Lorsque l'épée frappa l'esprit, il laissa échapper un hurlement qui obligea Nicolette à se plier en deux, les mains sur les oreilles. Tout autour d'elle, les gens se poussaient et se bousculaient pour mieux voir le corps de la marquise tandis qu'on y mettait le feu, sans entendre les hurlements.

Nicolette leva la tête. L'ange se tenait sur l'échafaud, l'esprit embroché au bout de son épée. La créature se tortillait, hurlait, jurait, mais l'ange souriait simplement. Puis ils disparurent.

CPI
AUBIN IMPRIMEUR

Achevé d'imprimer en juin 2010
N° d'impression L 73796
Dépôt légal, juin 2010
Imprimé en France
81120363-1